SUPERBUR
NARRATIVA

Kathy Reichs

CORPI FREDDI

traduzione di ANNA RUSCONI
e ALESSANDRA EMMA GIAGHEDDU

Biblioteca Universale Rizzoli

Proprietà letteraria riservata
© 1997 by Kathleen J. Reichs
© 1998 RCS Libri S.p.A., Milano

ISBN 88-17-20266-5

Titolo originale dell'opera:
DÉJÀ DEAD

Si ringrazia la dottoressa Cristina Cattaneo, antropologa forense, e la sua équipe presso l'Istituto di Medicina Legale di Milano.

prima edizione Superbur Narrativa: settembre 1999
sesta edizione Superbur Narrativa: maggio 2001

Questo romanzo è opera della fantasia. Nomi, personaggi, luoghi e avvenimenti sono il prodotto dell'immaginazione dell'Autore o, se reali, sono utilizzati in modo fittizio. Ogni riferimento a fatti o persone viventi o scomparse è del tutto casuale.

*Per Karl e Martha Reichs,
le persone più gentili e generose che conosco.
Paldies par jūsu mīlestību, Vecāmamma un Paps.*

Kārlis Reichs 1914-1996

Ringraziamenti

Nel tentativo di dar forma a un romanzo che fosse il più possibile accurato e verosimile, ho consultato esperti in diversi campi. Desidero ringraziare Bernard Chapais per avermi spiegato le norme canadesi riguardanti la custodia e il mantenimento degli animali in laboratorio; Sylvain Roy, Jean-Guy Hébert e Michel Hamel per il loro aiuto nel settore della seriologia; Bernard Pommeville per avermi mostrato in dettaglio che cosa sia la microfluorescenza ai raggi X; e Robert Dorion per i suoi preziosi consigli sull'odontoiatria forense, l'analisi delle impronte dentali e l'uso appropriato della lingua francese. Da ultimo, ma non perché sia meno importante, voglio esprimere la mia gratitudine a Steve Symes per l'infinita pazienza con cui mi ha spiegato il funzionamento delle seghe e i loro effetti sulle ossa.

Sono in debito con John Robinson e Marysue Rucci senza i quali *Corpi freddi* non avrebbe mai visto la luce. John ha segnalato il manoscritto a Marysue, che lo ha ritenuto degno di considerazione. I miei editor, Susanne Kirk, Marysue Rucci e Maria Rejt, hanno lavorato con impegno alla prima stesura del libro perfezionandola con i loro suggerimenti. Mille grazie a Jennifer Rudolph Walsh, il mio agente. È straordinaria.

Infine, da un punto di vista più personale, voglio ringraziare i membri della mia famiglia che hanno letto il libro quando era ancora allo stato embrionale e mi hanno fornito preziosi commenti. Sono grata del sostegno che mi hanno offerto e della pazienza con cui hanno sopportato le mie lunghe assenze.

1

Non stavo pensando all'uomo saltato in aria. Non ci pensavo più. Adesso lo stavo solo rimettendo insieme. Davanti a me avevo due sezioni del cranio; la terza sporgeva dalla vaschetta d'acciaio colma di sabbia, mentre il collante asciugava sui frammenti ricomposti. Le ossa erano sufficienti a confermare l'identità. Il coroner sarebbe stato soddisfatto.

Era il 2 giugno 1994, giovedì, tardo pomeriggio, e la mente vagabondava nell'attesa che la colla solidificasse. Mancavano ancora dieci minuti alla visita che avrebbe interrotto i miei pensieri, ribaltato la mia vita e modificato per sempre la mia capacità di comprendere i limiti della depravazione umana. Per il momento potevo continuare a godermi la vista sul San Lorenzo, unica nota positiva di quell'angusto ufficio d'angolo. Da sempre l'acqua sortisce su di me un effetto rigenerante, specie quando scorre in modo ritmico. Altro che Lago Dorato, e Freud dica pure quello che vuole.

Stavo pensando al weekend ormai vicino. Avrei potuto spingermi fino a Québec, vedere le Plains of Abraham, mangiare crêpe e cozze e curiosare fra le bancarelle di bigiotteria. Programma piuttosto vago per due giorni d'innocente evasione. Abitavo a Montréal da un anno, dove lavoravo come antropologa forense, ma non ero mai stata a Québec e quella gita mi sembrava una buona idea. Un fine settimana senza scheletri, corpi in decomposizione e cadaveri ripescati dal fiume mi avrebbe senz'altro giovato.

Le idee mi vengono facilmente, più difficile è metterle in pratica. In genere lascio che le cose accadano. Forse permettere a molti dei miei progetti di defilarsi dall'uscita di servizio non è che una scappatoia. Indecisa nella vita privata, ossessiva sul lavoro.

Capii che era dietro la porta prima ancora che bussasse. Nonostante la corporatura si muoveva in modo silenzioso, ma lo tradiva l'odore di tabacco da pipa stagionato. Pierre LaManche dirigeva il Laboratoire de Médecine Légale da quasi vent'anni. Le sue visite nel mio ufficio non erano mai di pura cortesia, e sospettavo che neppure adesso venisse a portarmi buone notizie. Picchiò delicatamente con le nocche.

«Temperance?» Faceva rima con *France*. Lui non usava mai la forma abbreviata. Forse alle sue orecchie non suonava bene, o forse gli era andato storto qualcosa in Arizona. Di fatto LaManche era l'unico a non chiamarmi Tempe.

«*Oui?*» Rispondere in francese ormai era diventato un automatismo. Ero arrivata a Montréal convinta di saper parlare la lingua con disinvoltura, ma non avevo tenuto conto della variante *québecoise*. Ora stavo migliorando, ma i progressi erano lenti.

«Ho appena ricevuto una telefonata.» Il suo sguardo indicò un foglietto rosa con un appunto. Aveva una faccia dove tutto era verticale. Persino le rughe e le increspature correvano dall'alto verso il basso, parallele al naso lungo e diritto e alle orecchie, come nei bassethound. Una faccia di quelle che da giovani sembrano già vecchie, e che il tempo non cambia mai molto. Non riuscivo a dargli un'età precisa.

«Oggi due operai dell'Hydro-Québec hanno rinvenuto delle ossa.» Studiò la mia espressione, non particolarmente felice, quindi riportò gli occhi sul foglietto rosa.

«Si trovano nei pressi del sito archeologico scoperto l'estate scorsa», continuò nel suo francese impeccabile. Non l'avevo mai sentito usare una forma contratta, niente slang né gergo da poliziotto. «C'eri anche tu, no? Probabilmente si tratta della stessa cosa. È necessario che qualcuno si rechi sul posto per confermare che non è un caso per il coroner.»

Distolse lo sguardo dall'appunto e il cambiamento di angolazione gli approfondì i solchi del viso, risucchiando la luce del pomeriggio. Quattro rughe virarono a nord.

«Pensi che siano reperti archeologici?» Stavo cercando di prendere tempo. Un sopralluogo non rientrava nei miei piani per il weekend. Prima di partire dovevo ancora ritirare i vestiti in tintoria, fare il bucato, passare in farmacia, preparare i bagagli, rabboccare l'olio e ricordare a Winston, il custode, di occuparsi del gatto.

Annuì.

«Bene.» Bene un corno.

Mi passò il foglietto. «Se vuoi ti metto a disposizione una volante.»

Lo guardai, sforzandomi di non sembrare troppo cordiale. «No, sono qui con la mia macchina.» Lessi l'indirizzo. Era vicino a casa. «Lo troverò.»

Se ne andò, silenzioso com'era venuto. Pierre LaManche girava con scarpe di gomma e tasche rigorosamente vuote per evitare fruscii e tintinnii di qualunque tipo. Arrivava e se ne andava senza seminare indizi sonori, come un coccodrillo nel fiume, caratteristica che diversi colleghi trovavano piuttosto snervante.

In uno zaino infilai un camice di protezione e gli stivali di gomma, sperando di non doverli usare; quindi presi il laptop, la cartella e la borsetta dell'estate, una bustina portaposate ricamata. Continuavo a ripetermi che non sarei tornata in ufficio prima di lunedì, ma in testa un'altra voce mi diceva il contrario.

A Montréal l'estate irrompe come una ballerina di rumba, tutta volant, cotoni sgargianti, cosce scoperte e pelle lucida di sudore. È una festa irriverente che si protrae da giugno a settembre.

La stagione viene accolta e vissuta con grande entusiasmo. Dopo un inverno lungo e cupo rispuntano i caffè all'aperto, ciclisti e rollerblader si contendono le piste ciclabili, lungo le strade gli spettacoli si susseguono uno dopo l'altro e la folla trasforma i marciapiedi in un incessante turbinio di colori.

L'estate sul San Lorenzo è così diversa dall'estate in North Carolina, dove sono nata. Là i simboli languidi e pigri della bella stagione sono sdraio, verande montane e solarium suburbani, e senza un calendario i confini tra primavera, estate e autunno sono difficili da stabilire. Più che la durezza della brutta stagione in quel primo anno al nord era stata proprio la sfacciata rinascita primaverile a sorprendermi e a scacciare la nostalgia patita durante il lungo e scuro inverno.

Immersa in quelle riflessioni attraversai il ponte Jacques Cartier e svoltai a ovest sulla Viger. Superai la fabbrica di birra Molson, che si estendeva lungo la riva sinistra del fiume, e la torre circolare di Radio Canada, e così mi ritrovai a pensare a tutte le persone intrappolate là dentro, api di un alveare industriale che sicuramente agognavano la libertà quanto me. Le immaginai studiare la bella giornata da dietro i rettangoli di vetro e, divorate da quel mese di giugno, controllare gli orologi sognando barche, biciclette e scarpe da tennis.

Abbassai il finestrino e accesi la radio.

Gerry Boulet cantava *Les yeux du coeur*. Gli occhi del cuore, tradussi meccanicamente, riandando con la memoria a quell'uomo intenso e appassionato, innamorato della sua musica e morto a soli quarantaquattro anni.

Reperti archeologici: tutti gli antropologi forensi se ne occupano. Vecchie ossa dissotterrate dai cani, dagli operai edili, dalle piogge primaverili, dai becchini. Nello stato del Québec l'ufficio del coroner è il grande supervisore della morte. Se il trapasso non avviene in modo ortodosso, in ospedale o nel letto di casa, il coroner vuole sapere perché. Se la morte di un uomo mette a repentaglio altre vite, il coroner vuole esserne informato. Esige una spiegazione per ogni decesso violento, inaspettato o prematuro, ma quelli di vecchia data per lui non sono di grande interesse, e anche se all'epoca sono stati frutto dell'ingiustizia o segno premonitore di un'imminente epidemia, la loro eco si è spenta ormai da troppo tempo. Una volta stabilita la loro antichità, i reperti vengono quindi affidati agli archeologi. Questo prometteva di essere uno di quei casi. O almeno così speravo.

Nel giro di un quarto d'ora, destreggiandomi nel traffico cittadino, arrivai all'indirizzo indicato da LaManche: Le Grand Séminaire. Residuo dei vasti possedimenti della Chiesa cattolica, il Grand Séminaire occupa un'ampia superficie proprio nel cuore di Montréal, a Centre-Ville. Il centro, dove abito anch'io. Qui la piccola cittadella urbana resiste come un'isola verde all'assedio del mare dei grattacieli di cemento, muta testimone di un'istituzione un tempo assai potente. Mura di pietra interrotte da torrioni circondano castelli grigi e severi, prati curatissimi e spazi aperti ormai inselvatichiti.

Nei giorni gloriosi della Chiesa migliaia di famiglie vi mandavano i figli a studiare in seminario; qualcuno viene ancora, ma ormai sono rimasti in pochi. Oggi gli edifici più grandi ospitano scuole e istituzioni dai fini meno spirituali, dove i fax e Internet sostituiscono come paradigma del lavoro le Scritture e le dissertazioni teologiche. Forse è una buona metafora della società moderna: siamo troppo impegnati a comunicare tra noi per occuparci di un possibile architetto supremo.

Mi fermai in una stradina di fronte al seminario e lanciai un'occhiata a est, lungo la Sherbrooke, verso gli stabili del Collège de Montréal. Tutto regolare. Sporsi un gomito dal finestrino e guardai nella direzione opposta. Il metallo rovente e impolverato mi costrinse a ritrarre di scatto il braccio, come un granchio infilzato da uno stecco.

Eccoli là. All'altezza dell'ingresso ovest, sullo sfondo anacronistico di una torre medievale, vidi una volante azzurra e bianca con la scritta POLICE – COMMUNAUTÉ URBAINE DE MONTRÉAL. Davanti era parcheggiato un camion grigio dell'Hydro-Québec, l'azienda idrica, con i suoi ricchi apparati di scale e attrezzature varie che sporgevano come appendici di una stazione spaziale. Vicino al camion un agente in uniforme parlava con due uomini in tuta da lavoro.

Decisi di svoltare a sinistra e m'infilai nel traffico che portava a ovest, sulla Sherbrooke, lieta di non aver notato cronisti in giro. A Montréal un incontro con la stampa può trasformarsi in un doppio supplizio: già non sono particolarmente contenta quando mi tempestano di domande in una sola lingua, se poi gli attacchi arrivano da due fronti divento decisamente intrattabile.

LaManche aveva ragione. Ero già stata lì l'estate precedente. Ricordavo il caso: ossa affiorate durante i lavori di riparazione di una tubatura dell'acqua. Terreni della Chiesa. Un vecchio cimitero. Resti di tombe. Roba per gli archeologi. Caso chiuso. Con un po' di fortuna questo rapporto sarebbe stato uguale.

Mentre parcheggiavo la Mazda davanti al camion i tre uomini smisero di parlare e guadarono verso di me. Scesi dalla macchina. L'agente ebbe un attimo di esitazione, forse rifletté un istante, poi si avvicinò. Non sorrideva. Alle quattro e un quarto probabilmente il suo turno di lavoro era già finito da un pezzo e non aveva più nessuna voglia di trovarsi lì. Be', neppure io ne avevo.

«Deve spostarsi, signora. Non può parcheggiare qui.» Gesticolando mi indicò la direzione verso cui dovevo proseguire. Lo immaginai mentre faceva lo stesso gesto per scacciare le mosche dall'insalata di patate.

«Dottoressa Brennan», annunciai chiudendo la portiera della Mazda. «Laboratoire de Médecine Légale.»

«Lei sarebbe quella mandata dal coroner?» Al suo confronto gli agenti del KGB erano dei creduloni.

«Sì, sono l'*anthropologiste judiciaire*.» Lentamente, come una professoressa. «Mi occupo di scheletri e dissotterramenti. Immagino che qui si tratti di entrambe le cose.»

Un piccolo rettangolo d'ottone sopra il taschino lo qualificava come agente Groulx.

Gli porsi il tesserino di riconoscimento. Osservò la foto, poi me. Il mio aspetto non lo convinceva. Avevo previsto di lavorare tutto il giorno alla ricostruzione del teschio ed ero in tenuta anticolla: jeans marroni scoloriti, camicia di cotone con le maniche arrotolate fino ai gomiti, un paio di Topsider e niente calze. Capelli tirati su e trattenuti da un fermaglio. Non tutti: quelli che avevano perso la loro battaglia contro la forza di gravità mi ricadevano mollemente intorno alla faccia e sul collo. Avevo macchie ormai secche di colla Elmer's sparse ovunque. Più che a un'antropologa forense dovevo assomigliare a una madre di mezza età costretta a interrompere sul più bello la posa della tappezzeria.

Studiò il tesserino a lungo e infine me lo restituì senza commenti. Era evidente che non soddisfacevo le sue aspettative.

«Ha visto i resti?» domandai.

«No. Sono qui solo di guardia.» Utilizzò una versione modificata del gesto precedente per indicarmi i due uomini che, sospesa la conversazione, ci stavano osservando.

«Loro li hanno trovati. Io ho ricevuto la chiamata. La faccio accompagnare.»

Mi chiesi se l'agente Groulx era in grado di mettere insieme una frase composta. Con un altro gesto della mano indicò ancora gli operai.

«Le tengo d'occhio io la macchina.»

Annuii, ma lui si era già voltato. Mentre mi avvicinavo gli operai dell'Hydro-Québec mi guardarono in silenzio. Portavano entrambi gli occhiali da sole e quando muovevano la testa le lenti riflettevano i raggi arancioni del tardo pomeriggio. Entrambi avevano la bocca incorniciata da un identico paio di baffi che si piegavano in due U capovolte.

Quello sulla sinistra era il più anziano, un uomo esile e scuro che ricordava un rat terrier. Osservava nervosamente intorno a sé, spostando lo sguardo da un oggetto all'altro, da una persona all'altra, come un'ape che entra ed esce da un bocciolo di peonia. Lo faceva guizzare su di me, poi subito altrove, quasi temesse che il contatto con altri occhi potesse invischiarlo in qualcosa di cui poi si sarebbe pentito. Oscillava sui piedi, destro, sinistro, destro, sinistro, incurvava le spalle e poi le rilassava.

Il suo compagno invece era un uomo molto più grosso, con un lungo codino di capelli unti e il viso appassito. Mentre mi avvicinavo sorrise, scoprendo buchi laddove in passato dovevano esserci stati dei denti. Immaginai che fosse il più loquace dei due.

«*Bonjour. Comment ça va?*» Come va?

«*Bien. Bien.*» Simultanei cenni della testa. Bene. Bene.

Mi presentai, chiedendo se avevano già denunciato il ritrovamento delle ossa. Nuovi cenni di assenso.

«Raccontatemi tutto.» Dallo zaino estrassi un piccolo notes a spirale, ribaltai la copertina e feci scattare la punta della biro. Sorriso d'incoraggiamento.

Codino prese a chiacchierare con entusiasmo, le parole gli uscivano di bocca con l'energia dei bambini lasciati liberi per la ricreazione. Si stava godendo l'avventura. Parlava in francese e aveva un accento terribile: non lasciava pause fra le parole e inghiottiva le finali come usava presso i *québecois* della riva opposta del fiume. Dovevo ascoltarlo con molta attenzione.

«Stavamo togliendo le erbacce, fa parte del nostro lavoro.» Indicò i cavi elettrici sospesi sopra le nostre teste, quindi fece il gesto di spazzare il terreno. «Dobbiamo tenere le linee pulite.»

Annuii.

«Quando sono sceso laggiù, in quell'avvallamento» – si voltò a indicare una zona boscosa che delimitava la proprietà nel senso della lunghezza – «ho sentito un odore strano.» Fece una pausa, lo sguardo fisso sugli alberi e il braccio disteso con l'indice puntato nel vuoto.

«Strano?»

Si voltò nuovamente verso di me. «Be', non proprio strano.» Esitò, mordendosi il labbro inferiore, come se stesse consultando il suo dizionario personale in cerca della parola giusta. «Di morte», specificò. «Di morte, capisce?»

Aspettai che proseguisse.

«Ha presente quando gli animali si cercano un posto isolato dove andare a morire?» Nel pronunciare quella frase scrollò appena le spalle, poi mi guardò in cerca di conferma. Sapevo. Ho molta familiarità con l'odore della morte. Annuii ancora.

«Ho pensato a un cane, o a un procione, così ho cominciato a smuovere la sterpaglia con il rastrello dove l'odore era più forte. E infatti ho trovato un mucchio di ossa.» Altra scrollata di spalle.

«Aha.» I primi timori iniziavano a farsi largo. Di solito i reperti archeologici non puzzano.

«Allora ho chiamato Gil...» Rivolse un'occhiata al compagno più anziano, in cerca di conferma, ma Gil non sollevò gli occhi da terra. «... e abbiamo cominciato a scavare tutti e due in mezzo alle foglie e agli sterpi. Però quello che abbiamo trovato non mi sembra né un cane né un procione.» Aveva incrociato le braccia sul petto, abbassando il mento e cominciando a oscillare avanti e indietro sui tacchi.

«Perché?»

«Troppo grosso.» Arrotolò la lingua sondando una delle finestre che aveva fra i denti. La punta rosata si affacciava e rientrava come un verme che esplora la luce del giorno.

«Nient'altro?»

«In che senso?» Il verme si ritrasse.

«Avete trovato nient'altro a parte le ossa?»

«Sì. Ed è proprio quello che mi convince di meno.» Allargò le braccia come per indicare le dimensioni di qualcosa. «Questa roba è avvolta in un sacco di plastica e...» Per l'ennesima volta scrollò le spalle mostrandomi il palmo delle mani e lasciando la frase in sospeso.

«E...?» I miei timori crescevano.

«*Une ventouse*», rispose di getto, imbarazzato ed elettrizzato al contempo. Gil, come me, era in apprensione. Aveva smesso di guardare per terra e i suoi occhi avevano ripreso a guizzare nervosi a destra e a sinistra.

«Una che?» ribattei, convinta di avere frainteso.

«*Une ventouse*. Una ventosa. Di quelle per il lavandino.» Per farmi capire meglio si sporse in avanti e con le mani strinse un invisibile manico, sollevando e abbassando le braccia; in quel contesto però la sua macabra pantomima era una nota insopportabilmente stonata.

Gil si lasciò sfuggire un «*Sacré...*» e tornò a fissare per terra. Mi limitai a guardarlo. Quella storia non mi piaceva per niente. Terminai di prendere appunti e chiusi il notes.

«C'è molto bagnato là sotto?» Non intendevo mettermi gli stivali e il camice a meno che non fosse davvero necessario.

«Noo», rispose Codino, tornando a guardare Gil in cerca di conferma. L'altro scosse la testa e continuò a fissare imperterrito il fango che aveva sotto i piedi.

«Okay», dissi. «Andiamo.» Speravo di apparire più calma di quanto non fossi in realtà.

Codino ci fece strada tra l'erba e i cespugli, scendendo lungo un breve dirupo dove la boscaglia diventava sempre più fitta. Con la mano destra afferravo i rami che lui piegava all'indietro per me, e a mia volta li tenevo fermi per Gil mentre i capelli mi si impigliavano tra le fronde più piccole. Ovunque aleggiava un odore di terra umida, erba e foglie marce. Penetrando irregolarmente tra il fogliame, la luce disegnava sul terreno chiazze simili alle tessere di un puzzle. Qualche raggio di sole trovava una rara apertura, riuscendo a ritagliarsi un varco fino al suolo, e in quelle lame di luce danzavano infinite particelle di polvere, mentre frotte di insetti mi sciamavano intorno alla testa ronzandomi nelle orecchie e le erbe striscianti del sottobosco mi si aggrappavano alle caviglie.

Ai piedi del dirupo Codino si fermò per orientarsi, quindi girò a destra. Ripresi la marcia, scacciando le zanzare mentre mi facevo largo nella vegetazione e sbirciando fra nugoli di moschini che mi volavano intorno. Il sudore mi imperlava le labbra e mi incollava ciocche di capelli al collo e alla fronte. Almeno non dovevo preoccuparmi dei vestiti né dell'acconciatura. Giunti a una quindicina di metri dal cadavere non ebbi più alcun bisogno di guida: mescolato all'odore argilloso del bosco avevo già riconosciuto quello inconfondibile della morte. Il puzzo di carne in decomposizione, diverso da qualsiasi altro, impregnava debolmente ma innegabilmente l'aria tiepida del pomeriggio. A ogni passo il fetore dolciastro si faceva più intenso e riconoscibile, come il lamento di una locusta, fino a sovrastare tutti gli altri odori. Le fragranze del muschio, dell'humus, dei pini e del cielo si arrendevano al lezzo rancido di carne in putrefazione.

Gil si fermò a una certa distanza. L'odore gli bastava, non aveva alcun bisogno di dare un'altra occhiata. Dopo qualche passo anche Codino si fermò. Poi si voltò e in silenzio indicò un cumulo di terra in parte ricoperto di foglie. Tutt'intorno si affollavano le mosche, come professori a un buffet gratuito.

Sentii lo stomaco chiudersi in una morsa e una voce cominciare a ripetermi nella testa: «Te l'avevo detto». In preda al peggiore dei presentimenti deposi lo zaino sotto un albero, ne estrassi un paio di guanti da chirurgo e con circospezione ripresi ad avanzare tra il fogliame fino a distinguere il punto in cui i due uomini avevano rimosso la vegetazione. Ciò che vidi confermò i miei timori.

Dal cumulo di terra spuntava un'arcata di costole con le punte rivolte verso l'alto, quasi lo scheletro di una barca allo stato embrionale. Mi chinai a guardare meglio. Le mosche, iridescenti e bluastre sotto i raggi del sole, levarono un ronzio di protesta. Smossi ancora un po' di terra e notai che le costole erano trattenute da un segmento di colonna vertebrale.

Respirai profondamente, infilai i guanti di lattice e cominciai a rimuovere manciate di foglie secche e di aghi di pino. Quando riportai alla luce la spina dorsale un nugolo di scarafaggi fuggì spaventato in ogni direzione zampettando freneticamente tra le vertebre.

Ignorai gli insetti e continuai a spazzare via il terriccio. Lentamente, con grande cura, sgomberai una superficie di circa un metro quadro e nel giro di dieci minuti ebbi davanti ciò che Gil e il compagno avevano solo intravisto. Scostandomi i capelli dalla faccia con il guanto, sedetti sui calcagni per esaminare la situazione più da vicino.

Si trattava di un busto parzialmente scheletrizzato in cui la gabbia toracica, la colonna vertebrale e il bacino erano ancora uniti da muscoli e legamenti disidratati. Mentre però i tessuti connettivi sono tenaci e restano abbarbicati alle articolazioni anche per mesi o anni, il cervello e gli organi interni sono meno resistenti e si decompongono rapidamente per effetto di insetti e batteri, talvolta nell'arco di poche settimane.

Sulle superfici delle ossa toraciche e addominali riuscii a individuare alcuni resti di tessuto secco e brunastro e mentre me ne stavo acquattata in quella posizione, con le mosche che mi ronzavano intorno e la boscaglia screziata dai raggi del sole, mi resi conto di almeno due cose: che quel busto apparteneva a un essere umano e che non si trovava lì da molto tempo.

Era inoltre evidente che la sua presenza in quel luogo non era casuale. La vittima doveva essere stata uccisa altrove e poi sepolta nella sua attuale fossa. I resti poggiavano su un sacco di plastica di quelli normalmente utilizzati per i rifiuti domestici; laceratosi probabilmente in un secondo tempo, ero convinta fosse lo stesso usato per trasportare il cadavere. La testa e gli arti mancavano, e non vedevo oggetti né effetti personali. A parte uno.

Al centro del cerchio formato dalle ossa del bacino spiccava una ventosa con il lungo manico di legno rivolto verso l'alto e la calotta di gomma rossa incastrata contro la cavità pelvica. Vista la posizione doveva essere stata messa lì di proposito e, per quanto raccapricciante, l'idea non mi sembrava del tutto infondata.

Mi alzai e lanciai un'occhiata all'intorno, mentre le ginocchia protestavano per il brusco passaggio in posizione eretta. Sapevo per esperienza che gli animali necrofagi possono trascinare pezzi di cadavere anche per distanze notevoli. Spesso i cani li nascondono nelle zone di bassa boscaglia, mentre gli animali che scavano nella terra occultano i denti e le ossa più piccole in buchi sotterranei. Mi pulii le mani ed esaminai l'area circostante in cerca di qualche pista.

Le mosche continuavano a ronzare e a un milione di chilometri, sulla Sherbrooke, si lamentava un clacson. Mi tornarono alla memoria ricordi di altri boschi, di altre tombe, di altre ossa, come tanti spezzoni di vecchi film. Ero immobile, i sensi in allerta. Dopo qualche istante più che vedere percepii qualcosa di irregolare nelle vicinanze, ma, simile al riflesso di un raggio di sole in uno specchio, la percezione si dissolse prima che i miei neuroni potessero dare forma a un'immagine. Poi un minuscolo sfarfallio mi costrinse a voltare di nuovo la testa. Niente. Rimasi lì, rigida, non più certa di avere realmente visto qualcosa, e mentre allontanavo gli insetti dagli occhi mi accorsi che stava rinfrescando.

Merda. Continuai a guardare. Una brezza leggera muoveva le foglie e mi sollevava le ciocche umide dal viso. Di colpo tornai a percepire qualcosa. L'impressione di un raggio di sole che rimbalza su una superficie. Feci qualche passo, incerta sulla direzione da prendere, poi mi fermai, ogni cellula concentrata su quel gioco di ombre e di luci. Nulla. Che stupida. Ovvio che lì non c'era nulla: non c'erano nemmeno le mosche.

Poi lo vidi. Un refolo di vento aveva solleticato una superficie lucida provocando un'increspatura momentanea nella luce del pomeriggio. Non era molto, ma bastò ad attirare la mia attenzione. Trattenendo il respiro mi avvicinai e guardai per terra. Ciò che vidi non mi sorprese. Ci siamo, pensai.

Da un piccolo avvallamento fra le radici di un pioppo spuntava l'angolo di un altro sacco di plastica. Tutt'intorno una distesa di ranuncoli si ergeva sui gambi snelli fino a confondersi con la sterpaglia. I vivaci fiori gialli sembravano fuggiti da un'illustrazione di Beatrix Potter, e la freschezza dei loro boccioli contrastava brutalmente con quanto sapevo essere celato nel sacco.

Mi avvicinai, accompagnata da uno scricchiolio di foglie e di rametti secchi. Reggendomi al tronco con una mano, dissotterrai una porzione di plastica sufficiente a garantire la presa e cominciai a tirare delicatamente. Inutile. Strinsi meglio e provai a tirare con più forza, provocando un lieve cedimento. Dagli insetti che mi ronzavano intorno intuivo già quale fosse il contenuto del sacco. Un rivolo di sudore mi colò lungo la schiena mentre il cuore batteva come se volesse sfondarmi il petto.

Un altro strattone e finalmente riuscii a sfilare il sacco dal terreno. Lo trascinai un po' più in là per esaminarlo meglio. O forse volevo solo allontanarlo dai fiori di Beatrix Potter. Il peso, ma soprattutto il lezzo ormai insopportabile di putrefazione, lasciavano poco spazio al dubbio. Quando lo aprii e vi guardai dentro, seppi con certezza di non essermi sbagliata.

Dal fondo del sacco mi spiava una faccia umana. La carne non aveva subito l'azione degli insetti, che velocizzano il processo di decomposizione, e non era ancora marcita del tutto anche se il calore e l'umidità avevano alterato i lineamenti di quel viso trasformandolo in un'irriconoscibile maschera di morte. Gli occhi, compressi e disidratati, mi fissavano da sotto le palpebre socchiuse, e il naso era schiacciato e appiattito lateralmente contro la guancia infossata. Le labbra, curve verso il basso in un ghigno eterno, scoprivano un fila di denti perfetti. La pelle, bianca come la cera, non era altro che un involucro esangue e molliccio perfettamente aderente alle ossa sottostanti. A completare la macabra visione, una massa di riccioli fulvi e opachi, incollati alla testa da un rivolo di materia cerebrale liquefatta.

Richiusi il sacco, profondamente scossa, e solo in quel momento mi ricordai dei due operai. Lanciai un'occhiata intorno e scoprii così che Codino aveva osservato attentamente tutte le mie operazioni. Il suo compagno invece si era fermato un po' più indietro, spalle curve e mani sprofondate nelle tasche della tuta.

Sfilai i guanti, superai i miei accompagnatori e mi addentrai nel bosco per tornare alla volante. Nessuno osava aprire bocca ma dai fruscii dietro di me capii che mi stavano seguendo.

Appoggiato al cofano della macchina l'agente Groulx restò a guardarmi mentre mi avvicinavo, senza nemmeno accennare a cambiare posizione. Avevo lavorato con persone decisamente più amabili.

«Posso usare la radio?» Anch'io sapevo essere gelida.

Spingendosi con le mani si staccò dal cofano e girò dalla parte del guidatore, quindi si sporse nell'abitacolo attraverso il finestrino aperto, sganciò il microfono e mi guardò con aria interrogativa.

«Omicidio», sentenziai.

Groulx non riuscì a celare la sorpresa, e naturalmente se ne pentì subito. «*Section des homicides*», disse al centralinista. Dopo la consueta attesa infarcita di scariche elettrostatiche e passaggi ai numeri interni, finalmente si sentì la voce di un investigatore.

«Claudel», rispose in un tono irritato.

L'agente Groulx mi passò il microfono. Mi identificai e comunicai la mia posizione. «Omicidio», annunciai. «Forse un cadavere abbandonato. Probabilmente di sesso femminile. Probabilmente decapitato. Meglio se mandate subito la Scientifica.»

Seguì una lunga pausa. Nessuno amava ricevere simili notizie.

«*Pardon?*»

Ripetei quanto avevo appena detto, pregando Claudel di contattare l'obitorio e riferire il tutto a Pierre LaManche. Non si trattava di un caso per gli archeologi.

Restituii il microfono a Groulx, che non si era lasciato sfuggire una sola parola, e gli ricordai di stendere un rapporto dettagliato con le dichiarazioni dei due operai. Sembrava un uomo appena condannato a vent'anni di galera. Certo, per un po' sarebbe rimasto inchiodato lì ma non mi sentivo particolarmente solidale. In fondo anch'io avrei dovuto rinunciare al mio weekend a Québec. Peggio ancora: mentre percorrevo i pochi isolati che mi separavano da casa intuii che per parecchio tempo nessuno avrebbe più avuto molti weekend liberi. I fatti mi avrebbero dato ragione. Ma ciò che invece non sospettavo era la vera portata dell'orrore che ci attendeva.

2

Il giorno successivo si annunciava caldo e assolato come il precedente, particolare che in genere mi regalava il buonumore. Sensibili alle condizioni meteorologiche, i miei stati d'animo seguono fedelmente l'andamento della colonnina di mercurio. Ma quel giorno il tempo non sarebbe stato di grande aiuto. Alle nove ero già nella sala autopsie numero 4 del Laboratoire de Médecine Légale, piuttosto piccola ma dotata di un impianto di ventilazione particolarmente potente. Mi capita spesso di lavorare lì perché i casi di cui mi occupo sono tutt'altro che ben conservati, ma non sempre questo basta. Niente funziona contro l'odore della morte, non c'è ventilatore né disinfettante che possa cancellarlo. E neppure l'asettica lucentezza dell'acciaio inossidabile riesce a neutralizzare le immagini di un corpo straziato.

I resti recuperati al Grand Séminaire erano decisamente materiale per la sala numero 4. La sera prima, dopo una rapida cena, ero tornata a ispezionare il luogo del ritrovamento e alle nove e mezzo le ossa erano già in obitorio. In quel momento giacevano chiuse in un sacco mortuario su una barella alla mia destra. Il caso 26704 era stato discusso durante la riunione del giorno per essere affidato, come da procedura, a uno dei cinque patologi del laboratorio. Tuttavia, poiché il cadavere era quasi completamente scheletrizzato e i pochi tessuti molli rimasti troppo decomposti per consentire una regolare autopsia, la scelta era caduta su di me.

Quella mattina, inoltre, con tempismo ammirevole, uno degli assistenti si era dato malato. Nel corso della notte avevamo messo insieme il suicidio di un adolescente, il caso di una coppia di anziani trovati morti in casa e il cadavere carbonizzato e irriconoscibile di una vittima di incidente stradale. In tutto quattro autopsie. Alla fine mi ero offerta di lavorare da sola.

Sfoggiavo una delle mie tenute più sexy: camice verde da chirurgo, occhialini di plastica e guanti di lattice. La testa del cadavere, già pulita e fotografata, sarebbe stata sottoposta ai raggi X e successivamente bollita per eliminare la carne putrefatta e la materia cerebrale, così da rendere possibile un esame più approfondito.

Nella speranza di trovare fibre o altre tracce significative cominciai ad analizzare i capelli, e mentre separavo le ciocche bagnate non potei fare a meno di chiedermi di che umore era la vittima l'ultima volta che si era pettinata. Triste? Allegra? Indifferente? Meglio scacciare questi pensieri.

Prelevai un campione e lo inviai in una bustina al laboratorio di biologia per l'esame tricologico. La ventosa e i sacchi di plastica, invece, si trovavano già al Laboratoire des Sciences Judiciaires per l'esame delle impronte, delle tracce di fluidi organici e di altri eventuali indizi interessanti.

La sera precedente avevamo passato tre ore carponi nel fango rovistando fra l'erba e le foglie e rivoltando pietre e pezzi di legno fino all'ultimo raggio di luce. Nessun indumento. Niente scarpe. Niente gioielli, né effetti personali. L'indomani la Scientifica sarebbe tornata a setacciare la zona, ma dubitavo che avrebbero trovato qualcosa. Purtroppo le mie deduzioni non sarebbero state corroborate da nessuna fibbia o etichetta, cerniera o collana, corda o arma. Nessuna stoffa mi avrebbe permesso di esaminare squarci o fori d'entrata. Il corpo era stato abbandonato nudo, mutilato e privo di qualsiasi elemento in grado di collegarlo alla persona che era stato.

Tornai al sacco mortuario e al suo macabro contenuto. Avrei eseguito un esame preliminare degli arti e del tronco che, una volta ripuliti, mi sarebbero stati restituiti per l'analisi completa di tutte le ossa. Lo scheletro era stato recuperato quasi per intero. L'assassino ci aveva semplificato il lavoro mettendo braccia e gambe, testa e busto in sacchi diversi. Quattro in tutto. L'assassino o l'assassina? Comunque fosse aveva agito con grande precisione impacchettando e buttando via il corpo come si fa con la spazzatura di casa. Cercai di non pensare alla barbarie di quel gesto e tornai a concentrarmi.

Avrei disposto i vari pezzi in ordine anatomico sul tavolo operatorio al centro della sala. Partii dal tronco, che appoggiai in posizione supina. Diversamente dal sacco che conteneva la testa, gli altri non erano rimasti perfettamente sigillati e la parte nelle condizioni peggiori era proprio quella. A tenere insieme le ossa restavano solo brandelli di muscoli e di legamenti disidratati e duri come cuoio. Sperando di trovarle attaccate alla testa, annotai che mancavano le vertebre superiori e che gli organi interni erano scomparsi da tempo.

Dopodiché allineai le braccia ai lati del busto e posizionai le gambe alla sua base. Non essendo stati esposti all'aria e alla luce, gli arti apparivano meno disidratati e conservavano ampie porzioni di tessuti molli putrefatti. Mentre li estraevo dal sacco mortuario mi sforzai di ignorare la sostanza giallastra che si ritirava dalla loro superficie con il movimento pigro delle onde sulla battigia. Davanti a me i vermi colpiti dalla luce abbandonavano i resti scivolando sul tavolo e poi sul pavimento in una pioggia lenta ma costante, e una volta atterrati fra i miei piedi sembravano chicchi di riso in preda alle convulsioni. È una vista a cui non mi sono mai abituata, e facevo molta attenzione a non pestarli.

Andai a prendere alcuni moduli e iniziai a riempirli. Nome: *Inconnu*. Sconosciuto. Data dell'autopsia: 3 giugno 1994. Investigatori: Luc Claudel, Michel Charbonneau, *Section des Homicides*, CUM. Sezione omicidi, Polizia municipale di Montréal.

Aggiunsi i numeri del rapporto di polizia, dell'obitorio e del Laboratoire de Médecine Légale, detto anche numero LML, e come sempre l'arrogante indifferenza del sistema mi riempì di rabbia. Una morte violenta non concede privacy e spoglia un essere umano della sua dignità con la stessa disinvoltura con cui lo spoglia della vita. Il corpo viene manipolato, analizzato e fotografato al solo scopo di ricavarne una serie di cifre. La vittima diventa un oggetto di reato, una prova a disposizione di polizia, patologi, specialisti forensi, avvocati e giurati. A mia volta devo numerare, fotografare, prelevare campioni, etichettare alluci. Anch'io sono un ingranaggio di questo sistema, eppure non sono mai riuscita ad accettarne l'impersonalità e mi sembra sempre di violare nel profondo l'intimità del defunto. Quella volta avrei almeno cercato di dare un nome alla vittima, per non aggiungere la morte nell'anonimato al lungo elenco di violenze che aveva già subito.

Scelsi un altro modulo fra quelli contenuti nella cartellina decidendo di non rispettare la procedura ordinaria e di rimandare a un altro momento l'inventario completo dello scheletro. Gli investigatori mi avevano richiesto solo il profilo di identità: sesso, età e razza.

Stabilire la razza non sarebbe stato difficile: i capelli erano rossi e la pelle, quella rimasta, sembrava bianca. Talvolta però il processo di decomposizione può trarre in inganno e quindi, dopo la pulitura, avrei esaminato anche lo scheletro. Per il momento mi sentivo di azzardare un "razza caucasoide".

Quanto al sesso, sospettavo già che la vittima fosse una donna per via dei lineamenti delicati e della corporatura esile. La lunghezza dei capelli, invece, non faceva testo.

Passai all'esame del bacino. Prima lo ruotai di lato e rilevai che l'incavo al di sotto dell'ileo era ampio e profondo, poi lo rigirai e controllai il pube, costituito dall'unione di due metà. I bordi inferiori formavano un ampio arco e le facce anteriori delle due ossa pubiche erano attraversate da una crestolina leggermente sporgente che, agli angoli inferiori, creava triangoli distinti. Due caratteristiche tipiche dello scheletro femminile. Sebbene ormai fossi certa che si trattava del cadavere di una donna, per maggiore sicurezza avrei controllato le misure ed eseguito al computer alcune analisi di funzioni discriminanti.

Stavo avvolgendo in un panno bagnato la porzione pubica, quando lo squillo del telefono mi fece sobbalzare. Non mi ero resa conto di quanto fosse silenziosa la sala. O di quanto io fossi tesa. Raggiunsi la scrivania schivando i vermi come un bambino che gioca a non pestare le righe sul marciapiede.

«Dottoressa Brennan», risposi, sollevando gli occhialini e lasciandomi cadere sulla sedia. Con la mano scacciai un verme dalla scrivania.

«Claudel», disse una voce all'altro capo del filo. Era uno dei due investigatori della CUM incaricati del caso. Guardai l'orologio a muro: le dieci e quaranta. Più tardi di quanto pensassi. Il mio interlocutore non accennò a proseguire dando per scontato che il suo nome mi dicesse già tutto.

«Sto ancora lavorando sulla donna», spiegai, mentre un suono aspro e metallico disturbava la linea. Poi aggiunsi: «Dovrei essere in...»

«*Sulla donna?*» mi interruppe. «È una femmina?»

«Sì.» Stavo osservando un altro verme compiere le sue incredibili evoluzioni. Fisico atletico, il ragazzo.

«Bianca?»

«Sì.»

«Età?»

«Dovrei essere in grado di formulare un'ipotesi nel giro di un'ora.»

Lo immaginai consultare l'orologio.

«Bene. Sarò lì all'ora di pranzo.» Clic. Era un'affermazione, non una proposta. Era evidente che non gli interessava affatto sapere se ero d'accordo.

Riagganciai e tornai alla mia paziente sul tavolo, passando alla voce successiva del referto: età. Che si trattava di un adulto lo sapevo già perché avevo controllato la bocca rilevando che i denti del giudizio erano spuntati del tutto.

Esaminai quindi le braccia all'altezza delle spalle, nel punto in cui erano state staccate. L'estremità di ciascun omero era pienamente formata e la testa dell'osso completamente saldata. Le estremità opposte invece non mi servivano a niente poiché erano state troncate di netto appena sopra i polsi. Più tardi mi sarei occupata dei frammenti. Le gambe: anche qui la testa del femore risultava perfettamente sviluppata, sia a destra sia a sinistra.

In quelle articolazioni martoriate però c'era qualcosa che mi turbava. Non il solito sentimento che provo al cospetto della depravazione umana, ma un'impressione vaga, che non riuscivo ancora a definire. Mentre riponevo sul tavolo l'arto inferiore sinistro capii che era la stessa sensazione di orrore da cui ero stata colta nel bosco. La scacciai e mi sforzai di concentrarmi sul referto. Età. Dovevo stabilire l'età perché una stima precisa poteva portare a un nome e nessun altro elemento sarebbe stato importante fino a che quella donna non avesse avuto un'identità.

Con un bisturi incisi e sollevai la carne intorno alle articolazioni del ginocchio e del gomito. Le ossa lunghe erano completamente formate, particolare che avrei comunque verificato con una radiografia. Le articolazioni non presentavano slabbrature né degenerazioni dovute all'artrite. Si trattava di uno scheletro adulto insomma, ma di un adulto giovane, come confermato dalla mancanza di usura dei denti.

Ciononostante volevo essere più precisa. Era questo che Claudel si aspettava da me. Controllai le due clavicole nel punto di inserimento nello sterno, alla base della gola. Quella di destra era staccata, ma la sua articolazione era ancora avvolta in un tenace nodo di cartilagine e di legamenti disidratati. Cercai di recidere i tessuti con le forbici, poi fasciai l'osso in un altro panno bagnato e tornai a occuparmi del bacino.

Lo esumai dal suo involucro di tela e, sempre servendomi di un bisturi, cominciai a penetrare delicatamente nella cartilagine che univa la parte anteriore delle due metà. L'umidità le aveva rese un po' più morbide e flessibili, ma dovevo comunque agire con la massima cautela per non correre il rischio di danneggiare gli strati sottostanti. Quando le ossa pubiche furono ben separate, liberai il bacino tagliando le poche fibre muscolari disidratate che ancora lo univano all'estremità della colonna vertebrale e lo portai al lavabo per immergere la zona pubica in acqua.

Quindi tornai a dedicarmi alla clavicola. Svolsi il panno in cui l'avevo racchiusa e anche in questo caso cercai di scalzare il più possibile i tessuti, poi riempii una bacinella di plastica, la posai accanto alla gabbia toracica e vi intinsi l'estremità dell'osso.

L'orologio a muro segnava mezzogiorno e venticinque. Mi allontanai dal tavolo, tolsi i guanti e, molto lentamente, cercai di rilassarmi con un po' di stretching. Mi sembrava di essere finita sotto uno schiacciasassi. Appoggiai le mani sui fianchi e provai a sciogliere la muscolatura della schiena inarcandomi all'indietro e ruotando il busto. Non servì a farmi rinascere ma mi procurò comunque un po' di sollievo. Da qualche tempo soffrivo di dolori alla schiena, e lavorare china sul tavolo operatorio per tre ore di fila certo non mi giovava. Tuttavia mi rifiutavo di credere che fosse un problema dovuto all'età. O forse semplicemente non riuscivo ad accettarlo, così come non riuscivo ad accettare l'idea che gli occhiali da vista e qualche chiletto di troppo, entrambe novità recenti, fossero segni del tempo che passava. Per me il tempo non passava e basta.

Voltandomi mi accorsi che Daniel, uno degli assistenti, mi stava osservando. Un tic gli fece sollevare per una frazione di secondo il labbro superiore e contemporaneamente chiudere gli occhi, mentre con una specie di spasmo spostava tutto il peso su una gamba e raccoglieva l'altra. Sembrava un piovanello che aspetta il ritirarsi dell'onda.

«Quando potrò fare le radiografie?» si informò. Gli occhiali gli scivolarono sul naso.

«Per le tre dovrei avere finito», risposi, buttando i guanti nel bidoncino dei rifiuti biologici. Solo in quel momento mi resi conto di essere tremendamente affamata. Non avevo nemmeno toccato il caffè, che giaceva ancora intatto su un ripiano.

«Bene.» Daniel girò su se stesso con un saltello e scomparve nel corridoio.

Lasciai gli occhialini sul banco di lavoro e coprii il corpo con un lenzuolo di carta bianca; poi mi lavai le mani e tornai in ufficio, al quinto piano, dove mi cambiai per andare a mangiare un boccone. Accadeva di rado, ma quel giorno sentivo proprio il bisogno di uscire alla luce del sole.

Claudel fu di parola. Quando tornai, all'una e mezzo, lo trovai seduto davanti alla scrivania che osservava tutto concentrato il teschio ricostruito sul mio tavolo. Sentendomi arrivare distolse lo sguardo ma non disse nulla. Appesi il cappotto dietro la porta e sedetti al mio posto.

«*Bonjour*, monsieur Claudel. *Comment ça va?*» lo salutai sorridendo.

«*Bonjour*», tagliò corto lui, poco incline ai convenevoli. Bene, avrei aspettato. Non avevo alcuna intenzione di cedere al suo fascino.

Appoggiò una mano sulla cartellina che aveva davanti e mi guardò. Il volto affilato, i lineamenti spigolosi e il naso aquilino facevano venire in mente un pappagallo. Quando sorrideva, e capitava di rado, le labbra più che curvarsi si stringevano in una linea sottile.

Sospirò, dimostrandomi la sua infinita pazienza. Non avevo mai lavorato con lui ma lo conoscevo di fama: si credeva un uomo eccezionalmente intelligente.

«Ho qui diversi nomi», esordì. «Sono tutte donne scomparse negli ultimi sei mesi.»

Avevamo già ipotizzato l'epoca del decesso durante la riunione del mattino, e l'esame in sala autopsie non ci aveva smentiti: sicuramente la vittima era morta da meno di tre mesi, quindi l'omicidio era stato commesso dopo marzo. In Québec l'inverno è rigidissimo: spietato con i vivi ma misericordioso con i morti. I cadaveri congelati non si decompongono e non attirano insetti; se i resti in questione fossero stati sepolti in autunno, dunque prima dell'inverno, avrei trovato qualche larva o altri indizi di tentativi di colonizzazione. Invece non ce n'erano. Considerato poi che la primavera era stata mite, l'abbondanza di vermi e lo stato degenerativo suggerivano un arco di tempo non superiore ai tre mesi. Più precisamente, la presenza di tessuto connettivo e la totale assenza di viscere e di materia cerebrale ci autorizzavano a situare il decesso tra la fine dell'inverno e l'inizio della primavera.

Mi appoggiai allo schienale e lo guardai. Anch'io sapevo fare la preziosa. Aprì la cartellina e ne sfogliò il contenuto, mentre continuavo a fissarlo impassibile.

Finalmente estrasse un modulo. «Myriam Weider», recitò, e subito si interruppe per scremare le informazioni. «Scomparsa il 4 aprile 1994.» Pausa. «Sesso femminile. Razza bianca.» Lunga pausa. «Data di nascita: 6 settembre '48.»

Entrambi calcolammo mentalmente l'età: quarantacinque anni.

«Possibile», fu il mio responso, e con un cenno della mano lo invitai a proseguire.

Posò il modulo sulla scrivania e passò a quello successivo. «Solange Leger. Scomparsa denunciata dal marito...» Questa volta si interruppe per cercare la data. «... il 2 maggio 1994. Sesso femminile. Razza bianca. Data di nascita: 17 agosto '28.»

Scossi la testa. «No, troppo vecchia.»

Fece scivolare il modulo in fondo alla cartellina e ne prese un altro. «Isabelle Gagnon. Vista per l'ultima volta il 1° aprile 1994. Sesso femminile. Razza bianca. Data di nascita: 15 gennaio '71.»

«Ventitré. Sì.» Annuii lentamente. «Possibile.» Anche quel modulo finì sulla scrivania.

«Suzanne Saint-Pierre. Sesso femminile. Scomparsa il 9 marzo 1994.» Per un attimo continuò a leggere mentalmente, muovendo solo le labbra. «Non è mai rincasata da scuola.» Nuova interruzione per fare due calcoli. «Sedici anni. Cristo...»

Ancora una volta scossi la testa. «Troppo giovane. Non è il cadavere di una ragazzina.»

Corrugò la fronte ed estrasse l'ultimo modulo. «Evelyn Fontaine. Sesso femminile. Età: trentasei anni. Vista per l'ultima volta il 28 marzo a Sept-Îles. Ah, sì: è una Innu.»

«Molto improbabile.» Ero praticamente certa che i resti non appartenevano a un'indiana.

«È tutto», concluse. Sulla scrivania c'erano due moduli. Myriam Weider, quarantacinque anni, e Isabelle Gagnon, ventitré. Forse una di loro adesso si trovava nella sala numero 4. Claudel mi guardò aggrottando le sopracciglia.

«Insomma, quanti anni aveva?» chiese, sottolineando con il tono di voce la sua infinita pazienza.

«Scendiamo a vedere.» Spero che questo ti illuminerà la giornata, pensai.

Non era un gesto carino, ma non ero riuscita a trattenermi. Conoscevo l'avversione che Claudel nutriva per le sale autopsia e avevo una gran voglia di metterlo in difficoltà. Per un istante sembrò una volpe in trappola, e io ebbi modo di godermi tutto il suo disagio. Quindi afferrai un camice dal gancio della porta, percorsi velocemente il corridoio fino all'ascensore e inserii la mia chiave. Mentre scendevamo Claudel non disse una parola. Trovarsi lì era un'occasione molto rara per lui: quell'ascensore portava solo all'obitorio.

Il corpo giaceva indisturbato sul tavolo d'acciaio. Infilai un paio di guanti e sollevai il lenzuolo. Con la coda dell'occhio notai che Claudel si era fermato sulla soglia della porta, il minimo per poter dire che era stato in obitorio. Il suo sguardo ispezionava la sala senza risparmiare nulla: i piani di lavoro, le vetrinette stracolme di contenitori di plastica trasparente, la bilancia sospesa. Tutto, tranne il cadavere. Avevo già assistito a scene del genere. Le fotografie sono meno minacciose, il sangue e l'orrore restano lontani, altrove. Anche recarsi sul luogo del delitto può essere vissuto come una semplice esercitazione. Nessun problema: l'importante è osservare e risolvere il rompicapo. Ma una volta che il cadavere è disteso sul tavolo operatorio, tutto cambia. Sperando di apparire tranquillo, Claudel assunse un'espressione indifferente.

Estrassi le ossa del bacino dall'acqua e delicatamente le separai, quindi con uno specillo sollevai i bordi della guaina gelatinosa che ricopriva la sinfisi pubica destra. L'involucro si staccò progressivamente fino a venire via del tutto scoprendo le crestoline e le profonde scanalature che ne attraversavano la superficie in senso orizzontale. Una scaglia ossea circondava parzialmente il bordo esterno della sinfisi formando un orlo delicato e incompleto intorno alla sinfisi pubica. Ripetei l'operazione sulla parte sinistra, identica alla precedente.

Claudel non si era mosso dalla porta. Portai il bacino sotto la Luxolamp, tirai il braccio estensibile verso di me e premetti l'interruttore. Le ossa furono inondate da un bagliore fosforescente. Attraverso la lente d'ingrandimento potevo finalmente distinguere i particolari invisibili a occhio nudo e seguendo la curvatura superiore di ciascun osso iliaco individuai quanto mi aspettavo di trovare.

«Signor Claudel», lo chiamai senza distogliere lo sguardo. «Venga un po' qui a vedere.»

Si avvicinò, stando bene attento a fermarsi alle mie spalle. Mi spostai per consentirgli una visuale migliore e gli indicai una irregolarità sul bordo superiore dell'osso, segno che al momento del decesso la cresta iliaca era sul punto di saldarsi.

Posai il bacino e Claudel continuò a osservarlo mentre io tornavo al cadavere per esaminare la clavicola. In realtà già sapevo cosa avrei trovato. Recuperai l'osso dall'acqua e cominciai a sollevare i tessuti. Quando l'articolazione fu completamente esposta feci avvicinare Claudel e, senza fiatare, gli indicai l'estremità della clavicola. Anche quella superficie era percorsa da crestoline, come la sinfisi pubica. Un piccolo disco osseo dai bordi distinti e non saldati aderiva invece alla zona centrale.

«Allora?» Aveva la fronte imperlata di sudore e cercava di mascherare il nervosismo ostentando un atteggiamento spavaldo.

«Era una donna giovane. Probabilmente aveva poco più di vent'anni.»

A quel punto avrei potuto spiegargli come si fa a stabilire l'età di una persona analizzandone lo scheletro, ma non pensavo mi avrebbe ascoltato volentieri, così lasciai perdere. Alcune particelle di cartilagine mi si erano attaccate ai guanti, perciò tenevo le mani lontane dal corpo con le palme rivolte all'insù. Sembravo una mendicante ma Claudel mi evitava addirittura come se fossi stata colpita dal virus Ebola e, pur dando l'impressione di guardarmi, in realtà si stava concentrando sui dati delle donne scomparse per trovare qualche collegamento.

«Gagnon.» Era un'affermazione, non una domanda.

Annuii. Isabelle Gagnon. Ventitré anni.

«Chiederò al coroner di farmi avere la documentazione odontoiatrica», mi informò.

Annuii di nuovo. Sembrava non volesse concedermi altro.

«Causa del decesso?»

«Nulla di evidente», risposi. «Saprò dirle qualcosa di più dopo aver esaminato le radiografie. O quando avrò analizzato a fondo i segni sulle ossa, dopo che saranno pulite.»

Con questo se ne andò. E, come previsto, senza salutare. La sua partenza fu un sollievo per entrambi.

Mi tolsi i guanti e li gettai via. Uscendo sporsi la testa nella sala più grande per informare Daniel che avevo terminato. Gli chiesi di fare un'indagine panoramica completa del corpo e del cranio, con veduta antero-posteriore e laterale. Al piano superiore passai dal laboratorio di istologia per avvertire Denis, il responsabile, che il corpo era pronto per essere sottoposto a bollitura. Aggiunsi che, trattandosi di un caso di smembramento, si imponeva la massima cautela, ma era una raccomandazione del tutto superflua: Denis sapeva trattare i cadaveri come nessun altro e nel giro di due giorni mi avrebbe restituito uno scheletro pulito e perfettamente integro.

Trascorsi il resto del pomeriggio lavorando al teschio che stavo incollando. Per quanto frammentarie, le informazioni ricavate erano state sufficienti a confermare l'identità del suo possessore, che di sicuro non avrebbe più guidato nessuna autobotte di gas propano.

Tornando a casa fui nuovamente assalita dal senso di presagio che mi aveva accompagnata nella discesa al dirupo. Per tutto il giorno l'avevo tenuto a bada distraendomi con il lavoro. Avevo cercato di rilassarmi concentrandomi sull'identificazione della vittima e sul teschio del camionista, e durante la pausa del pranzo mi ero distratta con i piccioni del parco, perdendo tempo a cercar di capire l'ordine di beccata: Grigio era il primo, Macchiabruna forse il secondo, Zampenere decisamente l'ultimo.

Finalmente potevo lasciarmi andare. E pensare. E preoccuparmi. Cominciai a farlo appena entrata in garage, subito dopo aver spento l'autoradio. Via la musica, arrivava l'ansia. No, mi ribellai. Più tardi. Dopo cena.

Entrando in casa udii il bip rassicurante dell'impianto antifurto. Posai la cartella in entrata e uscii di nuovo, diretta al libanese dietro l'angolo, dove ordinai shish-taouk e shawarma. Questo è ciò che più amo del vivere in centro: a pochi isolati da casa trovi rappresentanze significative di tutte le cucine del mondo. Aumenti di peso in vista? Naa...

Mentre aspettavo sbirciai fra le pietanze del buffet. Humus. Taboulé. *Feuilles de vignes.* Benedetto il villaggio globale. La gastronomia libanese ormai parlava francese.

A sinistra della cassa c'era lo scaffale dei vini rossi. La mia arma preferita. Per l'ennesima volta la vista di quelle bottiglie scatenò il mio desiderio. Ricordai il sapore, il profumo, la sensazione secca e pastosa del vino sulla lingua. Ricordai il calore che dalle viscere si diffonde ovunque, aprendosi un varco nel corpo e infiammandolo di benessere. Era il fuoco del potere, del vigore, dell'invulnerabilità. Mi avrebbe fatto comodo, in quel momento. In quel momento? Ma chi stavo prendendo in giro? Non mi sarei certo fermata lì. Com'erano i vari stadi? Dal senso di onnipotenza all'illusione di essere invisibili? O era il contrario? Poco importava. Prima o poi avrei fatto un passo falso, superando il punto di non ritorno. Il benessere non sarebbe durato a lungo e l'avrei pagato a caro prezzo. Non toccavo una bottiglia da sei anni.

Portai a casa la cena e la consumai in compagnia dei Montréal Expos e di Birdie, che dormiva acciambellato sulle mie ginocchia facendo fusa leggere. Gli Expos perdevano contro i Cubs per due run. Con mio grande sollievo, non avevo sentito notizie dell'omicidio.

Dopo un lungo bagno caldo, alle dieci e mezzo ero già a letto. Sola, immersa nel buio e nel silenzio, non potei fare a meno di ripensarci. Quell'idea era una cellula impazzita che cresceva e si rafforzava riuscendo invariabilmente a penetrare la mia coscienza e a conquistare la mia attenzione. L'altro omicidio. L'altra giovane donna arrivata a pezzi in obitorio. Rivedevo ogni particolare, ricordavo le sensazioni mentre lavoravo su quelle ossa. Chantale Trottier. Sedici anni. Picchiata, strangolata, decapitata, fatta a pezzi. Era entrata in sala autopsie meno di un anno prima, nuda e chiusa in alcuni sacchi per l'immondizia.

Ero pronta a concludere la giornata, ma il cervello si rifiutava di staccare la spina. Sdraiata a letto, assistevo alla formazione di catene montuose e a spostamenti della piattaforma continentale. Infine mi addormentai con quella frase che mi rimbalzava in testa e che mi avrebbe perseguitato per tutto il weekend. Omicidi seriali.

3

Sentivo la voce di Gabby che annunciava il mio volo. La valigia era enorme e non riuscivo a trascinarla lungo il corridoio dell'aereo. Gli altri passeggeri erano infastiditi ma nessuno mi dava una mano. Dai sedili di prima classe Katy si sporgeva per guardarmi. Indossava il vestito che le avevamo comprato per il diploma, quello in seta verde muschio. Dopo la cerimonia mi aveva confessato che non le piaceva, che non aveva approvato la scelta. Avrebbe preferito un motivo floreale. Ma allora perché lo indossava? Perché Gabby era all'aeroporto e non all'università? Attraverso l'altoparlante la sua voce diventava sempre più forte, sempre più stridula.

Balzai a sedere. Erano le sette e venti. Lunedì mattina. La luce illuminava i contorni della finestra, filtrando appena attraverso le persiane.

La voce di Gabby insisteva. «... ma sapevo che più tardi non ti avrei trovata. Devo dire che non ti facevo così mattiniera. Comunque, a proposito di...»

Alzai il ricevitore. «Pronto?» risposi, cercando di sembrare un po' più sveglia di quanto non fossi. La voce si interruppe a metà della frase.

«Tempe? Sei tu?»

Annuii.

«Ti ho svegliata?»

«Sì.» Non ero ancora in grado di dare risposte brillanti.

«Scusami. Ti richiamo più tardi?»

«No, no. Ormai sono sveglia.» Evitai di puntualizzare che comunque mi ero dovuta alzare per rispondere al telefono.

«Salta giù dal letto, piccola. Chi dorme non piglia pesci. Senti, a proposito di stasera. Possiamo fare le...» Fu interrotta da un fischio stridulo.

«Aspetta un attimo... devo aver lasciato la segreteria in automatico.» Appoggiai la cornetta e andai in soggiorno. La spia rossa stava lampeggiando. Presi il cordless, tornai in camera da letto e riagganciai.

«Okay.» Ormai ero completamente sveglia e stavo morendo dalla voglia di bere un caffè, così andai in cucina.

«Ti chiamavo per stasera.» Dalla voce sembrava un po' seccata. Non potevo biasimarla: non era ancora riuscita a concludere una frase.

«Scusami, Gabby. Ho passato il weekend a leggere la tesi di uno studente e stanotte sono andata a letto molto tardi. Stavo dormendo come un sasso... non ho nemmeno sentito il telefono squillare.» Il che, persino per una come me, era davvero strano. «Dimmi pure...»

«Senti, per stasera... potremmo fare alle sette e mezzo invece che alle sette? Questo progetto mi fa schizzare più di un grillo in una gabbia di lucertole.»

«Ma certo. Nessun problema. Anzi, anche a me va meglio così.» Stringendo il telefono contro la spalla, aprii il mobiletto, presi il barattolo del caffè e ne versai tre misurini nel macinino.

«Vuoi che passi a prenderti?» mi chiese.

«Come preferisci. Se vuoi vengo con la mia macchina. Dove andiamo?» Valutai se macinare subito il caffè e poi decisi che non era il caso. Gabby mi sembrava già abbastanza irritata così.

Silenzio. La immaginai riflettere giocherellando con l'anellino da naso. O forse quel giorno aveva optato per una borchia. All'inizio quell'orecchino mi aveva distratta al punto che non riuscivo più a parlare con lei senza domandarmi in continuazione se davvero valeva la pena sopportare tanto dolore per un orecchino al naso. Adesso ormai non ci badavo più.

«Stasera dovrebbe fare bello... che ne dici di un posticino all'aperto? Prince Arthur o Saint-Denis?» propose infine.

«Ottimo», risposi. «Allora però non ha senso che tu venga qui. Passo io intorno alle sette e mezzo. Tu pensa a un locale nuovo. Ho voglia di qualcosa di esotico.»

Lasciare a Gabby la scelta del ristorante poteva essere un rischio, ma fra noi era sempre stato così perché lei conosceva la città meglio di me.

«Okay. *À plus tard.*»

«*À plus tard*», risposi. Tanta rapidità fu una piacevole sorpresa. A volte mi teneva al telefono per ore e per concludere dovevo inventarmi delle scuse.

Il telefono era sempre stato la nostra ancora di salvezza e nel tempo era diventato un po' sinonimo di Gabby. Le lunghe chiacchierate erano una consuetudine nata all'inizio della nostra amicizia, il solo antidoto alla malinconia che mi avvolgeva in quegli anni. Davo da mangiare a mia figlia Katy, le facevo il bagno, la infilavo nel lettino e poi passavo ore al telefono con Gabby a condividere l'entusiasmo per un libro appena letto o a discutere delle lezioni all'università, dei professori, dei compagni. Di tutto e di niente. Erano gli unici momenti frivoli che ci concedevamo in quel periodo così poco frivolo della nostra vita.

Adesso ci sentivamo meno, ma in fondo le nostre abitudini non erano cambiate. Vicine o lontane, appena era possibile continuavamo a raccontarci i nostri alti e bassi. Era sempre Gabby quella con cui mi confidavo all'epoca degli Alcoolisti Anonimi, quando il bisogno di bere riempiva i miei giorni e mi teneva sveglia la notte, sudata e tremante. Ed era a me che Gabby telefonava, elettrizzata e speranzosa, quando un nuovo amore faceva ingresso nella sua vita, e sempre io quella che cercava quando, una volta di più, si ritrovava sola e disperata.

Quando il caffè fu pronto lo portai in sala da pranzo e lo appoggiai sul tavolo di vetro. I ricordi legati a Gabby mi affollavano la mente come tante fotografie e, come al solito, mi strapparono un sorriso: Gabby al corso di laurea, Gabby al Pit, Gabby agli scavi, i riccioli rossi di henné e il fazzoletto di traverso, mentre raschiava la terra con la paletta. Un metro e ottantacinque di altezza, aveva capito in fretta di non essere una bellezza convenzionale. Non aveva mai cercato di dimagrire o abbronzarsi e non si depilava le gambe né le ascelle. Gabby era Gabby. Gabrielle Macaulay di Trois-Rivières, in Québec. Madre francese, padre inglese.

All'università eravamo molto amiche. Lei odiava l'antropologia fisica e soffriva durante i miei corsi preferiti, io avevo lo stesso problema con i seminari di etnologia. Quando lasciammo la

Northwestern io andai in North Carolina e lei tornò in Québec. Nel corso degli anni ci eravamo viste poco, ma il telefono ci aveva tenute vicine ed era stato in gran parte merito di Gabby se nel 1990 ero riuscita a entrare alla McGill come visiting professor. Nello stesso anno avevo anche iniziato a lavorare part-time per il Laboratoire de Médecine Légale, incarico che avevo mantenuto dopo essere rientrata in North Carolina facendo la pendolare verso il Canada ogni sei settimane. Attualmente beneficiavo di un anno di congedo dalla University of North Carolina di Charlotte e lavoravo a Montréal a tempo pieno. L'assenza di Gabby mi era pesata molto e finalmente potevo godermi la nostra ritrovata vicinanza.

D'un tratto il mio sguardo fu attirato dalla spia lampeggiante della segreteria telefonica. Qualcuno doveva aver chiamato prima di Gabby. L'avevo impostata perché entrasse in funzione dopo quattro squilli a meno che non ci fossero già altri messaggi, nel qual caso si attivava dopo uno squillo solo. Mi avvicinai domandandomi come avessi fatto a non svegliarmi nonostante i trilli ripetuti e un intero messaggio. Premetti il tasto del riavvolgimento e il nastro partì. Silenzio. Clic. Seguivano un segnale acustico e la voce di Gabby. Messaggio vuoto. Bene. Riavvolsi il nastro e mi preparai per uscire.

Il Laboratoire de Médecine Légale si trova in un edificio noto come QPP o SQ, a seconda della preferenza linguistica. Per gli anglofoni è la sede della Quebec Provincial Police, la Polizia di Stato del Québec, per i francofoni, della Sûreté du Québec. Il Laboratoire de Médecine Légale, cioè l'Istituto di medicina legale, condivide il quinto piano con l'LSJ, o Laboratoire des Sciences Judiciaires, il Laboratorio centrale per le discipline forensi del Québec. Insieme, l'LML e l'LSJ formano un'unità nota con la sigla DEJ, o Direction de l'Expertise Judiciaire, il Dipartimento per le attività forensi. Il quarto piano e gli ultimi tre piani sono occupati dal carcere, mentre l'obitorio e le sale autopsia si trovano nel seminterrato. I rimanenti otto piani ospitano gli uffici della Polizia di Stato.

Indubbiamente il fatto di essere tutti riuniti in un unico stabile presenta dei vantaggi. Se per esempio mi serve un parere su una fibra o un campione di terra, non ho che da attraversare il corridoio e arrivo direttamente alla fonte delle informazioni. Il rovescio della medaglia è che siamo tutti facilmente raggiungibili. In qualunque momento a un investigatore dell'SQ o della CUM venga in mente di lasciarci una prova o dei documenti, prende l'ascensore ed è nei nostri uffici.

E infatti quando arrivai, quella mattina, Claudel mi stava già aspettando davanti alla porta. Stringeva una piccola busta marrone che continuava a picchiettarsi sul palmo della mano. Dire che sembrava un po' agitato sarebbe stato come dire che Gandhi aveva un languorino nello stomaco.

«Ho la documentazione odontoiatrica», fu il suo saluto. Brandì la busta come un presentatore alla cerimonia degli Oscar. «Sono andato a prenderla di persona.»

Lesse un nome scarabocchiato sul davanti. «Dottor Nguyen. Ha un ambulatorio a Rosemont, sarei arrivato anche prima se non si fosse scelto per segretaria un'autentica cretina.»

«Caffè?» domandai. Benché non conoscessi la segretaria del dottor Nguyen, provai un istintivo moto di simpatia nei suoi confronti: la giornata non doveva essere iniziata troppo bene per lei.

Claudel aprì la bocca per rispondere, ma in quel momento da dietro l'angolo spuntò Marc Bergeron. Senza minimamente accorgersi della nostra presenza, superò la fila di porte nere e lucide e andò a fermarsi davanti a quella prima della mia. Qui sollevò la gamba e, piegando il ginocchio, si appoggiò la cartella sulla coscia. Mi ricordava la posizione della gru in *Karate Kid*. Trovato l'equilibrio fece scattare le chiusure metalliche, rovistò al suo interno e infine estrasse un mazzo di chiavi.

«Marc?»

Lo vidi trasalire. In un unico movimento richiuse la cartella e se la fece scivolare via dalla coscia.

«*Bien fait*», commentai, trattenendo un sorriso. Complimenti.

«*Merci.*» Rimase lì, con la borsa nella mano sinistra e le chiavi nella destra, guardando prima Claudel e poi me.

Marc Bergeron aveva un'aria decisamente particolare. Sulla sessantina, era di corporatura ossuta e longilinea e se ne stava sempre lievemente incurvato in avanti all'altezza del petto, come tenendosi pronto a incassare un pugno nello stomaco in qualsiasi momento. I capelli avevano l'attaccatura altissima ed esplodevano in una corona bianca e crespa che lo aiutava a sfiorare il metro e novanta di statura. Portava occhiali con la montatura sottile perennemente unti e coperti di polvere, e strizzava gli occhi in continuazione, come se stesse sempre leggendo le postille di una polizza assicurativa. Più che un dentista forense sembrava una creatura di Tim Burton.

«Monsieur Claudel ha la documentazione odontoiatrica del caso Gagnon», dissi indicando l'investigatore, che confermò sollevando la busta.

Dietro le lenti sudice nessuna reazione. Bergeron continuò a fissarmi inespressivo. Sembrava un fiore di tarassaco in stato confusionale, stelo sottile e soffione di lanugine bianca alla sommità. Di colpo realizzai che non era al corrente del caso.

Bergeron era uno degli esperti forensi impiegati part-time presso l'LML e consultati per la loro competenza molto specifica. Neuropatologia. Radiologia. Microbiologia. Odontoiatria. Era impegnato con il laboratorio solo il venerdì e per il resto del tempo si dedicava alla libera professione. La settimana precedente non era venuto.

Gli feci un breve riassunto della situazione. «Giovedì scorso due operai hanno trovato alcune ossa nei terreni del Grand Séminaire. Pierre LaManche pensava si trattasse di un vecchio cimitero e mi ha mandata a fare un sopralluogo. In realtà le cose stavano diversamente.»

Appoggiò la cartella dedicandomi tutta la sua attenzione.

«Ho trovato alcuni sacchi della spazzatura con un corpo umano smembrato. Dovevano essere lì da un paio di mesi. I resti appartengono a una femmina, bianca, sui vent'anni.»

Nel frattempo Claudel aveva accelerato il tamburellare della busta che interrompeva solo per lanciare eloquenti occhiate all'orologio. A un certo punto si schiarì la voce.

Bergeron lo guardò per una frazione di secondo e subito tornò a concentrarsi su di me.

«Con monsieur Claudel», proseguii, «abbiamo individuato fra i vari casi possibili quello che ci sembrava più probabile: il profilo di identità corrisponde e l'arco temporale anche. È andato a ritirare personalmente la documentazione odontoiatrica. Dottor Nguyen di Rosemont: ti dice qualcosa?»

Bergeron scosse la testa e tese la mano ossuta. «*Bon*», disse.

«Me la lasci. Le darò un'occhiata. Denis ha già fatto le radiografie?»

«Ci ha pensato Daniel», risposi. «Dovresti trovarle sulla tua scrivania.»

Entrò in ufficio seguito da Claudel. Attraverso la porta aperta vidi una sottile busta marrone appoggiata sulla scrivania. Bergeron la raccolse e verificò il numero del caso. Claudel si mise a studiare la stanza con l'atteggiamento di un monarca in cerca di uno scranno su cui sedersi.

«Mi chiami pure fra un'ora, monsieur Claudel», lo congedò invece Bergeron.

Ricerca interrotta. Claudel fece per rispondere, ma poi serrò le labbra, si sistemò i polsini e se ne andò. Per la seconda volta nel giro di pochi minuti dovetti trattenere un sorriso. Bergeron non avrebbe mai tollerato che un investigatore gli stesse col fiato sul collo mentre lavorava, e Claudel aveva appena imparato la lezione.

Il viso spigoloso di Bergeron si affacciò alla porta. «Vieni dentro?» mi invitò.

«Con piacere», risposi. «Ti va un caffè?» Da quando ero arrivata non ne avevo ancora preso uno. Spesso capitava che ce lo preparassimo a vicenda nella piccola cucina situata nell'ala opposta dell'edificio.

«Magnifica idea.» Recuperò la sua tazza e me la porse. «Ti aspetto qui.»

Andai a prendere anche la mia e imboccai il corridoio. Il suo invito mi aveva fatto piacere. Ci occupavamo quasi sempre degli stessi casi: corpi decomposti, carbonizzati, mummificati o scheletrizzati, comunque impossibili da identificare attraverso le normali procedure. Con lui mi trovavo bene e il mio apprezzamento sembrava ricambiato.

Quando tornai, notai che sul diafanoscopio erano già disposte due serie di quadratini neri. Ciascuna radiografia mostrava un segmento di mandibola, con la dentatura bianca e luminosa che spiccava sullo sfondo nero compatto. Ricordavo bene quei denti: li avevo visti nel bosco, e ricordavo il contrasto fra la loro perfezione e l'orrore che li circondava. Adesso però mi sembravano diversi, asettici, così perfettamente in fila e pronti all'esame. Le forme familiari di corone, radici, canali pulpari spiccavano in tonalità di grigio e di bianco più o meno intense.

Bergeron iniziò a raggruppare le lastre anteriori al decesso sulla destra e quelle postmortem sulla sinistra. Con le dita ossute cercò una piccola protuberanza su ogni radiografia, quindi le orientò una per una con quella stessa protuberanza rivolta verso l'alto. Al termine dell'operazione tutte le lastre anteriori al decesso si trovavano in posizione simmetrica rispetto alle corrispondenti postmortem.

Confrontò le due serie in cerca di eventuali differenze, ma tutto collimava. In nessuna mancavano denti, le radici erano integre e il profilo e le curvature di sinistra rispecchiavano fedelmente quelle di destra. Ciò che più colpiva, tuttavia, era la perfetta corrispondenza fra le macchie bianche delle otturazioni: il variegato campionario di forme delle radiografie antemortem si ripeteva in ogni dettaglio nelle radiografie eseguite da Daniel.

Dopo aver studiato le immagini per un tempo che mi parve infinito, Bergeron scelse un quadratino da destra, lo sovrappose alla corrispondente lastra postmortem e lo posizionò in modo da facilitarmi l'esame. La forma irregolare dei molari coincideva in tutto e per tutto. A quel punto si girò verso di me.

«*C'est positif*», sentenziò, appoggiandosi allo schienale e puntando un gomito sulla scrivania. «Naturalmente te lo dico in via del tutto ufficiosa. Come sai, devo ancora esaminare la documentazione.» Prese la tazza di caffè. Avrebbe letto i referti scritti e confrontato in modo più approfondito le radiografie, ma ciò che aveva già visto non lasciava molti dubbi: sembravano proprio i resti di Isabelle Gagnon.

Ero lieta che non toccasse a me affrontare i genitori. Il marito. Il fidanzato. I figli. Mi era già capitato di assistere a quegli incontri, conoscevo l'atmosfera, gli sguardi imploranti. Ditemi che è un errore, che è un brutto sogno. Datemi un pizzicotto. Ditemi che non è vero. Poi la presa di coscienza. E, in una frazione di secondo, il mondo cambia per sempre.

«Grazie per averle guardate subito. E grazie per avermi dato un parere, anche se ufficioso.»

«Vorrei che fosse sempre così facile.» Bevve un sorso di caffè, fece una smorfia e scosse la testa.

«Claudel lo avverto io?» Mi sforzai di controllare il tono di voce per non lasciar trapelare la mia antipatia, ma evidentemente non feci del mio meglio. Bergeron mi sorrise con complicità.

«Sono sicuro che riuscirai a domarlo, quel Claudel.»

«Esatto», replicai, «un domatore è proprio quello di cui ha bisogno.»

Ero già in corridoio e lo sentivo ancora ridere.

Mia nonna diceva sempre che in ognuno di noi c'è qualcosa di buono. «Basta cercare...» ripeteva, «... e qualcosa si trova. Tutti hanno qualche virtù.» Ma mia nonna non aveva mai conosciuto Claudel.

Forse la sua virtù era la puntualità. Dopo cinquanta minuti esatti era di ritorno.

Si era fermato nell'ufficio di Bergeron. Li sentivo parlare attraverso la parete e, mentre Bergeron lo congedava, udii pronunciare il mio nome diverse volte. Dal tono Claudel sembrava irritato: voleva il parere di un vero professionista e invece ancora una volta si sarebbe dovuto rivolgere a me. Dopo qualche secondo me lo trovai davanti, l'espressione più arcigna che mai.

Si fermò sulla porta e nessuno dei due salutò.

«Confronto positivo», tagliai corto. «Gagnon.»

Corrugò la fronte, ma ormai il suo sguardo tradiva un certo entusiasmo: finalmente aveva la sua vittima. Adesso poteva cominciare le indagini. Mi domandai se provava qualcosa per quella poveretta o se per lui era un semplice passatempo. Trovare il cattivo. Fregare il delinquente. Avevo già sentito spesso battute, commenti e barzellette sul corpo straziato di qualche vittima. Era un modo di affrontare una violenza altrimenti insopportabile, uno scudo protettivo contro la realtà dei massacri quotidiani. Umorismo da obitorio, orrore dissimulato con la spavalderia. Per qualcuno però era qualcosa di più profondo. E sospettavo fosse il caso di Claudel.

Lo osservai per alcuni secondi. In fondo al corridoio squillava un telefono. Quell'uomo non mi piaceva per niente eppure ciò che pensava di me mi importava. Volevo la sua approvazione. Volevo piacergli. Volevo essere accettata da tutti loro. Volevo essere ammessa al club.

Mi balenò in testa un'immagine della dottoressa Lentz, un ologramma della mia psicologa sfuggito al passato.

«Tempe», mi diceva, «lei è figlia di un padre alcolista ed è ancora alla ricerca dell'attenzione che lui le ha negato. Vuole l'approvazione di papà, per questo cerca sempre di compiacere tutti.»

Mi aveva aiutata a capire il problema, ma non poteva certo risolverlo al posto mio. Dovevo farcela da sola. A volte però tendevo a esagerare nel senso opposto, e infatti per molti ero un'autentica rompiballe. Con Claudel, però, non avevo esagerato. Anzi, semmai avevo letteralmente evitato il conflitto.

Tirai un respiro profondo, scelsi con cura le parole e mi buttai.

«Monsieur Claudel, ha considerato la possibilità che questo omicidio possa collegarsi ad altri delitti commessi nel corso degli ultimi due anni?»

Lo vidi irrigidirsi di colpo e contrarre le labbra così forte da farle quasi scomparire, mentre sul collo si diffondeva una chiazza rossa.

«Per esempio?» Sguardo impassibile. Voce gelida.

«Per esempio Chantale Trottier», continuai. «È stata uccisa nell'ottobre del 1993. Smembrata, decapitata e sventrata.» Lo fissai dritto negli occhi. «I resti sono stati ritrovati chiusi in sacchi per l'immondizia.»

Portò entrambe le mani all'altezza della bocca, intrecciò le dita e si diede qualche colpetto sulle labbra. I gemelli d'oro, scelti con cura e infilati nei polsini di un'impeccabile camicia firmata, tintinnarono debolmente. Anche lui mi fissava dritto negli occhi.

«Miss Brennan», attaccò, sottolineando le mie origini anglosassoni, «le suggerirei di occuparsi solo di ciò che le compete. Le garantisco che, qualora esistano, siamo perfettamente in grado di riconoscere da soli i collegamenti fra reati commessi nella nostra giurisdizione. Se questi esistono. Questi due omicidi non hanno niente in comune.»

Ignorando il suo invito, ripresi: «Due donne. Tutte e due assassinate negli ultimi due anni. Entrambi i corpi mostrano segni di mutilazione o di tentativo di...»

Benché costruiti con cura, gli argini del suo autocontrollo ce-

dettero rovinosamente, e di colpo mi ritrovai investita da un torrente di rabbia.
«*Tabernac!*» esplose. «Voi do...»
Stava per pronunciare l'odiata parola, ma riuscì a fermarsi in tempo e a ricomporsi, anche se a prezzo di un notevole sforzo.
«Deve sempre reagire in modo così esagerato?»
Gli vomitai addosso un «Ci pensi», e quando mi alzai per andare a chiudere la porta mi accorsi che tremavo di rabbia.

4

Starmene seduta nel bagno turco a sudare come una verdura lessa avrebbe dovuto essere piacevole. Così almeno prevedevano i miei piani. Cinque chilometri allo StairMaster, un giro sul Nautilus e poi vita vegetativa. Purtroppo invece, come tutte le attività della giornata, anche la palestra si stava rivelando al di sotto delle mie aspettative, e se la fatica aveva in gran parte smorzato la collera, nulla aveva potuto contro il mio generale stato di agitazione. Claudel era un vero bastardo, per limitarmi a uno solo degli epiteti che gli avevo affibbiato correndo sullo StairMaster. Bastardo. Idiota. Fetente. Gli insulti a tre sillabe gli si addicevano in modo particolare, ma più di così non avrei saputo dire. Per un po' quel giochino mi aveva distratta; adesso, però, non potevo fare a meno di ripensare ai due omicidi. Isabelle Gagnon. Chantale Trottier. Quei nomi continuavano a frullarmi per la testa come uccelli in gabbia.

Mi sistemai l'asciugamano e lasciai che il mio cervello ripercorresse gli eventi della giornata. Dopo l'incontro con Claudel, ero andata da Denis per sapere quando avrei potuto esaminare lo scheletro di Isabelle Gagnon. Intendevo analizzarlo centimetro per centimetro, in cerca di ogni minimo segno di trauma: fratture, tagli, qualsiasi cosa. Le ferite riportate da quel corpo non mi davano pace e volevo studiarle meglio. Purtroppo la sala bollitura non era immediatamente disponibile e le ossa sarebbero state pronte solo l'indomani.

Così ero passata in archivio per controllare il dossier di Chantale Trottier e avevo trascorso il resto del pomeriggio china su rapporti di polizia, referti di autopsia, esami tossicologici, fotografie. L'idea che i due casi fossero collegati continuava a tormentarmi, mentre particolari che credevo dimenticati riaffioravano alla memoria creando associazioni ancora incomprensibili fra le due vittime. Tracce di ricordi a cui ormai non avevo più accesso mi dicevano che mutilazioni e sacchi di plastica non erano semplici coincidenze. E io volevo trovare il nesso.

Risistemai l'asciugamano e mi detersi il sudore dal viso. Avevo i polpastrelli raggrinziti e il resto del corpo viscido come un'anguilla. La mia resistenza al calore era limitata e dopo una ventina di minuti i presunti benefici del bagno turco cominciavano a perdere d'interesse. Cinque minuti e poi basta.

Chantale Trottier, sedici anni, era stata assassinata circa undici mesi prima, nell'autunno del mio primo anno di lavoro fisso presso il Laboratoire. Quel pomeriggio avevo sparpagliato sul tavolo le foto dell'autopsia, ma poi mi ero resa conto che non era necessario: ricordavo già tutto perfettamente. Il giorno in cui Chantale Trottier era arrivata in obitorio era rimasto indelebilmente impresso nella mia memoria.

22 ottobre, il pomeriggio della festa delle ostriche. Era un venerdì e molti avevano smesso di lavorare presto per andare a tuffarsi nei cesti di Malpeques e nei boccali di birra, come esigeva la tradizione autunnale.

D'un tratto tra la folla rumorosa della sala riunioni avevo notato che LaManche parlava al telefono coprendosi l'orecchio libero con una mano. Terminata la comunicazione aveva percorso con lo sguardo l'intera sala, fino a individuarmi, e mi aveva fatto cenno di seguirlo nella hall. Dopodiché aveva localizzato anche Bergeron, comunicandogli lo stesso messaggio. Cinque minuti dopo eravamo già in ascensore ad ascoltare i particolari del caso. In obitorio era appena arrivato il corpo straziato e smembrato di una ragazza. L'identificazione a vista sarebbe stata impossibile: voleva che Bergeron esaminasse i denti e io i segni delle ferite sulle ossa.

L'atmosfera della sala autopsie contrastava fortemente con l'allegria del piano superiore. Un agente in divisa della Sezione anagrafica stava scattando delle foto mentre due investigatori dell'SQ si tenevano in disparte. Gli assistenti di sala sistemavano i pezzi senza fiatare. Nessuno osava aprire bocca. Non si sentivano scherzi né battute. Per una volta, niente spiritosaggini. L'unico commento sonoro proveniva dall'otturatore, impegnato a documentare l'atrocità esposta sul tavolo operatorio.

I resti della ragazza erano stati ricomposti a formare il corpo, sei pezzi insanguinati disposti secondo l'esatto ordine anatomico. I vari margini, però, non combaciavano più, e nell'insieme quel corpo sembrava solo un manichino di plastica snodabile a grandezza naturale. Uno spettacolo assolutamente macabro.

La testa era stata mozzata appena sotto la gola e i muscoli recisi avevano il colore acceso dei papaveri. La pelle esangue si era delicatamente ritirata dai bordi della ferita, come per evitare il contatto con quella carne fresca e cruda. Gli occhi erano semichiusi e dalla narice destra partiva un filo di sangue rappreso. I lunghi capelli biondi erano ancora bagnati e incollati alla testa.

Il busto era stato segato all'altezza della vita. Gli arti superiori erano piegati ai gomiti, gli avambracci rivolti in dentro e appoggiati sul torace. Ricordava la posizione dei corpi composti nella bara.

La mano destra si presentava parzialmente staccata e i tendini color crema spuntavano come fili elettrici troncati di netto. A sinistra l'aggressore era stato più efficace, e ora la mano giaceva solitaria accanto alla testa, dove l'assistente l'aveva posata, con le dita rattrappite come un ragno.

Il petto appariva squarciato verticalmente dalla gola allo stomaco e i seni, ricadendo ai due lati della gabbia toracica, trascinavano con sé i lembi della ferita tenendoli separati. La parte inferiore del busto andava dalla vita fino alle ginocchia. Le gambe, disposte l'una accanto all'altra sotto i normali punti di articolazione ma non più trattenute dai tendini, erano completamente ruotate verso l'esterno.

A un certo punto, con una fitta di dolore, mi ero accorta che le unghie erano laccate di rosa pallido. L'intimità di quel particolare mi aveva procurato una tale sofferenza che avrei voluto coprire il corpo e urlare a tutti di lasciarlo stare. Invece ero rimasta a guardare, in attesa del mio turno d'invasione.

Mi bastava chiudere gli occhi per rivedere ancora i margini frastagliati delle ferite sul cuoio capelluto, altrettante prove dei ripetuti colpi inferti con un oggetto non perfettamente affilato. E potevo visualizzare nei minimi dettagli i lividi sul collo, o le emorragie petecchiali della cornea, piccole macchie causate dalla rottura dei capillari in seguito alla fortissima pressione sulle giugulari, e classico segno dello strangolamento.

Quali altri orrori aveva subito quella donna-bambina così graziosa, cresciuta a burro di arachidi, gite con gli scout, campeggi estivi e catechismo? Quella domanda mi aveva provocato una violenta stretta allo stomaco. E mi intristiva l'idea degli anni che non avrebbe vissuto, dei balli di scuola a cui non avrebbe mai partecipato, delle birre che non avrebbe mai bevuto. Noi americani di fine millennio ci crediamo una tribù civilizzata: le avevamo promesso una settantina di anni di vita e invece gliene avevamo dati solo sedici.

Allontanai i ricordi di quella dolorosa autopsia, tornai ad asciugarmi il sudore dal viso e scossi la testa agitando i capelli bagnati. Le immagini mi si confondevano nella mente e non riuscivo più a distinguere i ricordi dalle fotografie che avevo visto nel pomeriggio. La stessa cosa mi succede nella vita privata. Da tempo ho il sospetto che gran parte dei miei ricordi d'infanzia in realtà siano solo un collage di vecchie istantanee, un mosaico di immagini di celluloide rielaborate in una realtà fittizia e poi archiviate nella memoria. Ma forse rievocare il passato in questo modo è meglio: raramente si scattano fotografie nei momenti tristi.

La porta si aprì e una donna entrò nel bagno turco. Sorrise, mi rivolse un cenno del capo, si avvicinò alla panca alla mia sinistra e con cura sistemò l'asciugamano. Le sue cosce avevano la consistenza di spugne di mare. Raccolsi il mio telo e andai a fare la doccia.

A casa Birdie mi stava aspettando. Mi guardò dalla parte opposta dell'ingresso, la sagoma bianca vagamente riflessa nel marmo nero del pavimento. Sembrava infastidito, ma forse era solo una mia proiezione. Controllai la scodella. Non era vuota ma poco ci mancava. Sentendomi in colpa gliela riempii di nuovo fino all'orlo. Grande e immediata soddisfazione. In fondo i suoi bisogni erano elementari: gli bastavamo io, le crocchette al pesce Friskies e tante belle dormite, tutte esigenze facili da soddisfare e che non creavano troppe difficoltà.

Mancava ancora un'ora all'appuntamento con Gabby, perciò decisi di stendermi un po' sul divano. La giornata di lavoro e il bagno turco cominciavano a farsi sentire. Mi sembrava che i miei muscoli avessero ceduto su tutta la linea, cosa che comunque aveva i suoi vantaggi: se non altro quello sfinimento era riuscito a rilassarmi, almeno fisicamente. E come sempre a quel punto morivo dalla voglia di bere qualcosa.

Il sole del tardo pomeriggio filtrava dalle finestre schermate di mussolina, immergendo la stanza in un perfetto amalgama di luce e colori pastello. Questa atmosfera ariosa e rasserenante è ciò che rende la mia casa un'isola di tranquillità nel mare delle mie tensioni.

L'appartamento si trova al piano terra di un edificio a forma di U raccolto intorno a un cortile interno e occupa quasi un'intera ala del palazzo. Nessun altro abita nelle immediate vicinanze. Ai lati del soggiorno si aprono due serie di porte-finestre da cui accedo al giardino condominiale o al mio cortiletto privato, una vera rarità urbana che mi permette di coltivare erba e fiori nel cuore di Centre-Ville. Ho persino un orticello di piante aromatiche.

All'inizio temevo che vivere da sola potesse non piacermi. Non l'avevo mai fatto. Ero passata dalla casa dei miei genitori al college, quindi alla vita con Pete e con mia figlia Katy, senza mai essere padrona del mio spazio. Tutti timori inutili: stare da sola mi piaceva moltissimo.

Oscillavo fra il sonno e la veglia quando lo squillo del telefono mi riportò alla realtà. Risposi ancora frastornata, e all'altro capo del filo sentii una voce che cercava di vendermi un lotto di terreno al cimitero. Riagganciai.

«*Merde!*» esclamai poi, allungando le gambe e alzandomi dal divano. Ebbene sì, parlo da sola: è uno dei lati negativi della vita da single.

Un altro è essere lontana da mia figlia. Composi il numero e al primo squillo Katy sollevò la cornetta.

«Oh, mamma, sono così contenta di sentirti! Dove sei? Senti, adesso non posso stare al telefono, sono già impegnata sull'altra linea. Ti posso richiamare più tardi?»

Sorrisi. La mia Katy. Sempre di corsa, sempre travolta da mille cose.

«Certo, cucciola. Non era niente di importante, volevo solo farti un salutino. Sto uscendo a cena con Gabby. Che ne dici se ci sentiamo domani?»

«Fantastico. Dalle un bacione da parte mia. Ah, credo di aver preso un trenta a un esame di francese, nel caso t'interessasse.»
«Non avevo dubbi», commentai divertita. «A domani.»

Venti minuti dopo stavo parcheggiando di fronte a casa di Gabby. Per miracolo ero riuscita a trovare un posto proprio davanti al suo portone. Spensi il motore e scesi dall'auto.

Gabby vive in Carré Saint-Louis, una deliziosa piazza incastonata fra Boulevard Saint-Laurent e Rue Saint-Denis. Il piccolo parco è circondato da un anello di villette a schiera dalle forme fantasiose e ornate da elaborate decorazioni in legno, vestigia di un'epoca di bizzarrie architettoniche. Dipinte con policroma eccentricità dai vari proprietari e rallegrate da giardinetti macchiati di fiori estivi, nell'insieme creano uno scenario da cartone animato di Walt Disney.

La stessa frivola atmosfera percorre anche il giardino centrale, dalla fontana che si innalza sul laghetto simile a un tulipano gigante al recinto in ferro battuto, alto fino al ginocchio, che separa con le sue estrose volute gli spazi verdi dalle originali villette che formano il perimetro della piazza. A quanto pare, nonostante tutta la loro *pruderie*, in campo architettonico i vittoriani riuscivano a concedersi una certa leggerezza. Trovo tutto questo rassicurante, un'ennesima conferma che nella vita l'equilibrio esiste.

Lanciai un'occhiata alla casa di Gabby, la terza sul lato nord del parco partendo da Rue Henri-Julien. Katy l'avrebbe definita «disgustosamente eccessiva», come i vestiti per i balli scolastici che ogni primavera rimediavamo con le nostre raccolte di beneficenza. In effetti devo ammettere che l'architetto non si è davvero risparmiato alcun capriccio stilistico.

È un edificio a tre piani in arenaria rossastra con grandi bovindi nella parte inferiore. Il tetto culmina in una torretta esagonale rivestita di mattonelle ovali che ricordano le scaglie sulla coda di una sirena. In cima alla torretta si apre un terrazzino protetto da una ringhiera di ferro battuto. Cornici di legno intagliato color lavanda pallido racchiudono le porte e le finestre in stile moresco, quadrate alla base e arrotondate a cupola alla sommità. Le volute del recinto del parco si ripetono negli elaborati motivi della balaustra della scala di ferro che, da terra, a sinistra del bovindo, conduce al portico del secondo piano. Qui, a partire da giugno, ogni anno i fiori degli enormi vasi e delle cassette sbocciano in un'esplosione multicolore.

Evidentemente mi stava aspettando. Prima ancora che potessi attraversare la strada, la tendina di pizzo si mosse impercettibilmente e la porta si aprì. Gabby uscì salutandomi con la mano, poi chiuse a chiave e controllò dando un vigoroso strattone. Di corsa scese la ripida scala di ferro con il gonnellone che si gonfiava dietro di lei come uno spinnaker pieno di vento. Quella sera i suoi passi erano accompagnati dal tintinnio di un filo di campanellini d'argento legato alla caviglia. Gabby ama tutto ciò che luccica e che tintinna e fin dai tempi dell'università aveva optato per quello che io chiamavo lo «Stile Nuovo Ashram».

«Allora, tutto bene?»

«Tutto bene», recitai.

Sapevo di mentire, ma non avevo nessuna voglia di finire a parlare degli omicidi, di Claudel, della mia gita mancata a Québec, del mio matrimonio fallito o di tutto ciò che ultimamente turbava la mia serenità.

«E tu?»

«*Bien.*»

Dondolò la testa facendo oscillare l'ammasso di riccioli. *Bien. Pas bien.* Come ai vecchi tempi. Non proprio, però. Adesso anche lei sceglieva la mia stessa linea e tergiversava per alleggerire la conversazione. Mi assalì un vago senso di tristezza, ma probabilmente ero stata io a dare il la e quindi lasciai che le cose andassero come dovevano, accettando il gioco di mutua circospezione.

«Allora, dove si va?»

Non stavo cambiando argomento perché non avevamo ancora parlato di nulla.

«Tu dove hai voglia di andare?»

Ci pensai. In genere prima di scegliere un ristorante cerco di immaginarmi il cibo nel piatto. Io amo la modalità visuale e anche quando si tratta di mangiare, preferisco l'impostazione grafica ai menù. Quella sera volevo qualcosa di rosso e di corposo.

«Italiano?»

«Okay.» Ci pensò. «Vivaldi's sulla Prince Arthur? Possiamo sederci fuori.»

«Perfetto. Così non devo neanche rinunciare a questo splendido parcheggio.»

Attraversammo la piazza passando sotto i grandi alberi di latifoglie che punteggiavano il prato. Sulle panchine gruppetti di anziani chiacchieravano tenendo d'occhio i passanti. Un donna con in testa una cuffia per la doccia gettava briciole ai piccioni da un sacchetto del pane, sgridandoli come bambini chiassosi. Una coppia di poliziotti sorvegliava i sentieri che solcavano il parco, le mani intrecciate dietro la schiena. Di tanto in tanto si fermavano per scambiare convenevoli o per rispondere a una domanda o a qualche battuta.

Superammo il gazebo in muratura situato all'angolo occidentale della piazza. Notai la parola VESPASIANO e come sempre mi domandai per quale motivo il nome di un imperatore romano fosse inciso su quella porta.

Dopo la piazza attraversammo Avenue Laval e sgusciammo fra le colonnine in cemento che segnano l'inizio di Rue Prince Arthur. Non avevamo scambiato nemmeno una parola. Strano. Raramente Gabby era così tranquilla, o così passiva. In genere era un vulcano di idee e di progetti, mentre quella sera si era limitata ad assecondare i miei desideri.

La spiai con la coda dell'occhio. Osservava le facce dei passanti rosicchiandosi l'unghia del pollice, ed era un esame tutt'altro che superficiale. Sembrava nervosa, incapace di distogliere l'attenzione dalla folla.

La serata era umida e calda e la Prince Arthur brulicava di gente. I ristoranti avevano spalancato porte e finestre e i tavoli erano straripati sui marciapiedi in modo del tutto caotico, come fossero ancora in attesa di una sistemazione definitiva. Sotto gli ombrelloni multicolori uomini in maniche di camicia e donne con le spalle nude chiacchieravano allegramente, mentre altri facevano la fila in attesa di un posto. Mi unii alla coda di fronte al Vivaldi's mentre Gabby andava al *dépanneur* – il negozietto – d'angolo per comprare una bottiglia di vino.

Una volta sedute, Gabby ordinò un piatto di fettuccine Alfredo e io mi orientai sulla piccata di vitello con contorno di spaghetti. Ero rimasta fedele all'idea del rosso, concedendomi in più il giallo del limone. In attesa dell'insalata, sorseggiai una Perrier. Di quando in quando scambiavamo due parole, ma era giusto per muovere le labbra e perlopiù tacevamo, chiuse in un mutismo imbarazzato che poco aveva a che fare con il gradevole silenzio che a volte si crea fra vecchi amici.

Conoscevo molto bene gli sbalzi d'umore di Gabby, tuttavia quella sera mi sembrava che avesse qualcosa di strano. Era tesa, evitava il mio sguardo e si guardava intorno di continuo, com'era successo poco prima nel parco. Era evidente che aveva la testa altrove. Si portava spesso il bicchiere alle labbra e a ogni sorso il Chianti color rubino si accendeva del riflesso dell'ultima luce del giorno, incendiandosi come un tramonto in Carolina.

Beveva troppo, nel tentativo di placare l'ansia. L'alcool, panacea di tutti i mali. Conoscevo quell'espediente per esservi ricorsa io stessa. Il ghiaccio si scioglieva lentamente nella mia Perrier, e osservavo il limone affondare di cubetto in cubetto con un leggero sfrigolio.

«Insomma, Gabby, cosa ti succede?»

La domanda la colse di sorpresa.

«Cosa?»

Fece una risatina nervosa, togliendosi una ciocca dal viso. Il suo sguardo era imperscrutabile.

D'accordo, messaggio ricevuto. Meglio tornare ad argomenti più neutri. Me ne avrebbe parlato lei spontaneamente quando fosse stata pronta. O forse mi stavo solo comportando da codarda e non volevo pagare scomodi tributi alla ricerca dell'intimità.

«Sei ancora in contatto con qualcuno della Northwestern?»

Ci eravamo conosciute negli anni Settanta, durante il corso di specializzazione all'università. Io ero sposata e avevo già una figlia che andava all'asilo, mentre Gabby e gli altri potevano ancora godersi l'esaltante esperienza di interminabili feste notturne che si concludevano direttamente alle lezioni della mattina dopo. Li invidiavo. Avevo la loro età ma vivevo in un mondo a parte, e Gabby era l'unica con cui avevo legato. Non ho mai capito perché. Forse le piaceva Pete, o almeno così mi faceva credere. Flashback: Pete, impeccabile e inamidato, circondato da un nugolo di figli dei fiori sballati d'erba e birra scadente. Odiava le feste del campus e mascherava il suo disagio ostentando una sdegnata supponenza. Solo Gabby aveva fatto lo sforzo di guardare oltre.

I miei vecchi compagni di corso si erano sparpagliati nei vari musei e nelle università degli Stati Uniti, e alla fine li avevo persi di vista quasi tutti. Gabby invece si era dimostrata molto più capace di me nel tenere i contatti. O forse erano loro a cercarla.

«Ogni tanto sento Joe. Credo che insegni da qualche parte nell'Iowa. O in Idaho.» La geografia americana non era mai stata il suo forte.

«Ma dai!» replicai in tono incoraggiante.

«Vern si occupa di immobili a Las Vegas. Qualche mese fa è passato da queste parti per una conferenza. L'antropologia non sa neanche più cos'è, ma è felice come una pasqua.»

Altro sorso.

«Sempre gli stessi capelli, comunque.»

Questa volta la risata sembrò autentica. Non so se per merito del vino o della mia presenza, comunque si stava rilassando.

«Ah, e poi ho ricevuto un e-mail da Jenny. Sta pensando di ributtarsi nella ricerca. Lo sapevi che si era sposata con una specie di coglione e che aveva mollato una cattedra alla Rutgers per seguirlo alle Keys?»

Gabby non era tipo da misurare le parole.

«Be', ora è qualcosa come un'assistente e si sta facendo un culo così per una borsa di studio.»

Sorsata di Chianti.

«Quando lui glielo permette, naturalmente. E con Pete come va?»

La domanda mi prese alla sprovvista. Ero sempre stata molto cauta nel parlare del mio matrimonio fallito. Era come se le parole non mi uscissero di bocca, forse perché liberarle avrebbe significato trovarsi di colpo di fronte alla verità. Mi sembrava che la semplice azione di articolare delle frasi dovesse confermare una realtà che non ero ancora pronta ad affrontare. Evitavo l'argomento, e Gabby era una delle poche persone a sapere.

«Bene. Ci parliamo.»

«Le persone cambiano.»

«Già.»

Arrivarono le insalate e per alcuni minuti fummo impegnate con salse e condimenti vari. Quando alzai lo sguardo vidi Gabby immobile con una forchettata di lattuga sospesa a mezz'aria. Era di nuovo lontana, anche se questa volta sembrava più immersa nel suo mondo interiore che non in quello circostante.

Provai un'altra strada.

«Raccontami qualcosa del tuo progetto. Come procede?» Infilzai un'oliva nera.

«Cosa? Ah, sì, il progetto. Bene. Procede bene. Finalmente mi sono conquistata la loro fiducia. Qualcuno comincia a sciogliersi.»

Boccone d'insalata.

«Ti spiacerebbe ripetermi in cosa consiste l'obiettivo della ricerca? È vero, me lo hai già spiegato una volta, ma sai che tutto quello che non riguarda le scienze fisiche mi mette in difficoltà.»

La nota distinzione che opponeva gli studenti di antropologia fisica a quelli di antropologia culturale la fece ridere. La nostra era stata una classe piccola ma composita: alcuni si erano orientati verso l'etnologia, altri verso la linguistica, l'archeologia o l'antropologia biologica. Io mi intendevo di decostruzionismo quanto Gabby di DNA mitocondriale.

«Ricordi gli studi etnografici che ci aveva fatto leggere Ray? Gli Yanomano e i Semai, e i Nuer? Be', l'idea è la stessa. Stiamo cercando di descrivere il mondo delle prostitute attraverso le interviste e l'osservazione diretta. Lavoro sul campo. Niente filtri.» Prese un'altra forchettata di insalata. «Chi sono? Da dove vengono? Come entrano nel giro? Qual è la loro routine quotidiana? Quale il loro posto all'interno del sistema economico? Che visione hanno di sé? Dove...»

«Ho capito.»

Finalmente si stava animando, forse per il vino o forse perché l'avevo fatta parlare dell'unico argomento che la appassionava davvero. Nonostante il buio, vidi che aveva ripreso colore. Sotto il riflesso dei lampioni, gli occhi le brillavano. O era l'effetto dell'alcool?

«La società ha come cancellato l'esistenza di queste donne. Nessuno se ne interessa realmente, tranne chi si sente minacciato e per questo vuole cacciarle.»

Annuii, mentre entrambe addentavamo un boccone di insalata.

«Quasi tutti pensano che facciano la vita perché sono costrette o hanno subito una violenza. In realtà molte di loro lo fanno semplicemente per denaro. Sanno di non essere abbastanza qualificate per il mercato del lavoro e che non riuscirebbero mai a guadagnarsi da vivere. Così scelgono di fare la vita per qualche anno perché è la prospettiva più redditizia. Vendere sesso rende più che impacchettare hamburger.»

Altro boccone d'insalata.

«E, come tutti i gruppi sociali, hanno la loro sottocultura. Io studio i rapporti interni, i loro riferimenti, la rete di solidarietà a cui si appoggiano e questo genere di cose.»

Il cameriere arrivò con le nostre ordinazioni.

«E gli uomini che le frequentano?»

«Eh?» La domanda parve innervosirla.

«I loro clienti: immagino siano un anello importante di tutta la catena, no? Intervisti anche loro?» Arrotolai una forchettata di spaghetti.

«Se li... sì, qualcuno», balbettò, chiaramente a disagio. Una pausa e poi: «Ora però basta parlare di me, Tempe. Raccontami a che cosa stai lavorando tu. Hai qualche caso interessante per le mani?» mi domandò senza alzare gli occhi dal piatto.

Quel brusco cambio di argomento mi colse impreparata.

«Sono un po' tesa per via di questi omicidi», risposi senza riflettere. E subito me ne pentii.

«Quali omicidi?» Cominciava ad avere la voce impastata e ad arrotondare le finali delle parole.

«Un caso piuttosto brutto che è arrivato giovedì scorso», spiegai senza aggiungere altro. A Gabby i dettagli del mio lavoro interessavano poco.

«Oh...» Prese dell'altro pane. Stava cercando di mostrarsi educata: aveva parlato del suo progetto e ora mi avrebbe ascoltato mentre parlavo dei miei casi.

«Sì. Stranamente però la stampa non se ne è occupata molto. Hanno trovato il corpo la settimana scorsa dalle parti della Sherbrooke. Una donna. Cadavere non identificato. Poi si è scoperto che era stata uccisa lo scorso aprile.»

«Non mi sembra tanto diverso dal solito. Come mai sei così agitata?»

Mi appoggiai allo schienale e la guardai, chiedendomi se davvero avevo voglia di raccontarle tutto. Forse parlarne sarebbe stato utile. Ma utile a chi? A me? Non potevo farlo con nessun altro. E poi, ero sicura che lei volesse sapere?

«La vittima è stata mutilata, il corpo massacrato e sepolto in fondo a un dirupo.»

Mi guardò senza commentare.

«Penso che il modus operandi sia simile a quello di un altro caso a cui ho lavorato.»

«E cioè?»

«Ho trovato gli stessi...» cercai la parola giusta, «... gli stessi elementi in entrambi.»

«Per esempio?» Sollevò il bicchiere.

«Sevizie, corpo sfigurato.»

«Ma è una cosa piuttosto comune, no, quando si tratta di vittime di sesso femminile? Ti sfondano la testa, ti soffocano e poi ti fanno in mille pezzi. Hai presente la Legge 101 sulla violenza maschile?»

«Ho presente», ammisi. «E in quest'ultimo caso lo stato di decomposizione era così avanzato che non ho nemmeno potuto stabilire la causa del decesso.»

Gabby sembrava a disagio. Forse stavo facendo un errore.

«Nient'altro?» Di nuovo alzò il bicchiere, ma senza bere.

«Le mutilazioni. Gli squarci. Le parti asportate. O...» Mi interruppi, pensando alla ventosa. Il suo significato non mi era ancora chiaro.

«Insomma, credi che sia opera dello stesso bastardo?»

«Sì, ne sono convinta. Ma non sono riuscita a convincere l'idiota che ha in mano il caso. Non ha neppure fatto un confronto con l'altro.»

«Pensi che possa trattarsi di uno di quei sacchi di merda che si eccitano solo massacrando le donne?»

«Sì.» Risposi senza alzare lo sguardo.

«E pensi che lo rifarà?»

La voce le era tornata normale, non era più impastata. Posai la forchetta e la guardai. Mi osservava intensamente, la testa leggermente protesa in avanti e le dita strette intorno allo stelo del bicchiere. La sua mano imprimeva al calice un leggero tremolio che increspava la superficie del vino.

«Scusami, Gabby. Non avrei dovuto parlarti di questo. Ehi, Gabby, stai bene?»

Si allungò sulla sedia, strinse il bicchiere ancora per un attimo e poi lo posò. Non smetteva di fissarmi. Feci un cenno al cameriere.

«Caffè?» le chiesi.

Annuì.

La cena si concluse in bellezza con cannoli e cappuccino. Gabby sembrava aver ritrovato il buonumore e arrivammo persino a farci quattro risate ricordando la vita da studentesse dell'Era dell'Acquario. Capelli lunghi e lisci, magliette tinte in casa, jeans a zampa d'elefante con la vita bassa, una generazione intera che aveva percorso le stesse vie di fuga dal conformismo. Uscimmo dal ristorante a mezzanotte passata.

Mentre camminavamo sulla Prince Arthur, Gabby riprese l'argomento degli omicidi.

«Secondo te che tipo potrebbe essere?»

Ancora una volta la domanda mi colse di sorpresa.

«Voglio dire, pensi che sia pazzo? O un regolare? Saresti capace di riconoscerlo?»

La mia confusione la infastidiva.

«Pensi che potresti incontrarlo a un picnic della parrocchia?»

«L'assassino?»

«Sì.»

«Non lo so.»

Ma lei non mollava l'osso. «Secondo te è uno funzionale?»

«Credo di sì. Se queste due donne sono state uccise dalla stessa persona – e bada, Gab, che non ne sono sicura – ha una personalità organizzata. È uno che pianifica. Molti serial killer riescono a farla franca per un sacco di tempo prima di essere beccati. Però io non sono una psicologa, e queste sono solo speculazioni.»

Raggiunta la macchina aprii la portiera. D'un tratto Gabby si avvicinò e mi afferrò per un braccio. «Ti faccio vedere la strip.»

Non capivo. Ancora una volta mi ritrovai disorientata. Il mio cervello cercava invano dei collegamenti.

«Ehm...»

«Ma sì. Il quartiere a luci rosse. Il mio progetto. Andiamoci in macchina, così ti faccio vedere le ragazze.»

La guardai proprio nel momento in cui i fari di un'auto di passaggio la illuminarono fugacemente. L'effetto fu strano, come se una torcia in movimento le avesse accentuato alcuni lineamenti eclissandone altri. Nonostante fosse già mezzanotte e venti, però, il suo entusiasmo vinse.

«Va bene.» In realtà non andava affatto bene. Il giorno dopo sarei stata uno straccio, ma lei sembrava così convinta che non ebbi cuore di deluderla.

Si infilò in macchina e spinse indietro il sedile il più possibile, riuscendo a recuperare un po' di spazio per le gambe.

Per un paio di minuti procedemmo in silenzio, quindi mi guidò verso ovest per alcuni isolati e infine svoltammo sulla Saint-Urbain, in direzione sud. Costeggiammo il limite orientale del ghetto di McGill, uno schizofrenico insieme di grattacieli, ville eleganti e case per studenti spiantati. Dopo circa sei isolati voltai a sinistra in Rue Sainte-Catherine, lasciandomi alle spalle il cuore di Montréal. Nello specchietto retrovisore si delinearono i profili del Complexe Desjardins e di Place des Arts e, più spostati sulla destra, il Complexe Guy-Favreau e il Palais des Congrès.

A Montréal la *grandeur* del centro cede rapidamente il passo allo squallore dei sobborghi. Rue Sainte-Catherine conosce entrambe le atmosfere: nasce nella ricchezza di Westmount, si snoda attraverso Centre-Ville e prosegue a est di Boulevard Saint-Laurent, detto anche la Main, il viale che funge da linea di demarcazione fra la zona est e la zona ovest della città. Lungo la Sainte-Catherine si trovano il Forum, Eaton's e lo Spectrum. La parte centrale è tutta un susseguirsi di hotel e grattacieli, di teatri e centri commerciali, ma all'altezza del Saint-Laurent la teoria di uffici, condomini, boutique, ristoranti, locali per single e centri-congressi si interrompe. È qui che comincia il regno di prostitute e omosessuali. Il loro territorio si estende dalla Main al quartiere gay, in direzione est, e accoglie anche spacciatori e skinhead. Turisti e abitanti delle periferie vi si avventurano per curiosare, ma stando bene attenti a non incrociare lo sguardo di nessuno. Vengono per vedere com'è fatta l'altra parte e riaffermare così la loro estraneità e differenza, ma non si fermano mai a lungo.

Eravamo quasi arrivate sul Saint-Laurent, quando Gabby mi fece cenno di accostare a destra. Trovai da parcheggiare di fronte alla Boutique du Sex e spensi il motore. Sul lato opposto della strada alcune donne facevano crocchio davanti all'Hotel Granada. Il cartello diceva CAMERE PER TURISTI, ma dubitavo fortemente che il luogo fosse davvero destinato a quella categoria.

«Ecco», disse, «quella è Monique.»

Monique portava stivali in vernice rossa a mezza coscia e fuseaux neri superattillati che a stento le coprivano il sedere senza esplodere. In trasparenza si vedeva il segno delle mutandine e del bordo arrotolato della camicia bianca sintetica. Appesi ai lobi aveva un paio di orecchini di plastica lunghi fino alle spalle, due macchie fosforescenti che spiccavano sullo sfondo di improbabili capelli neri. Più che una prostituta, sembrava la sua caricatura.

«Quella invece è Candy.»

Indicò una ragazza in short gialli e stivaletti da cowboy. Esibiva un trucco così pesante che in confronto un clown sarebbe passato inosservato. La sua giovinezza faceva male al cuore: sigaretta e trucco a parte, avrebbe potuto essere mia figlia.

«Ma usano i loro nomi veri?» Così voleva un luogo comune.

«Non so. Tu lo faresti?»

Poi additò una ragazza con scarpe da ginnastica nere e short cortissimi.

«Poirette.»

«Quanti anni ha?» Ero senza parole.

«Lei ne dichiara diciotto, ma probabilmente sono quindici.»

Mi abbandonai contro il sedile, appoggiando le mani sul volante. Mentre indicava le sue ragazze una per una, non potei fare a meno di pensare a una colonia di gibboni: disposte a intervalli regolari, si erano suddivise lo spazio in un mosaico di territori rigidamente delimitati. Ciascuna lavorava sul proprio fazzoletto di metri quadrati, negando alle altre il diritto di abbordarvi i clienti. Le pose seduttive, le prese in giro e le provocazioni costituivano un rituale di corteggiamento in puro stile *homo sapiens*, ma nel loro caso l'obiettivo non era certo la riproduzione.

Mi resi conto che, terminato il suo appello, Gabby aveva smesso di parlare. Mi girai a guardarla. Anche lei era girata verso di me, ma il suo sguardo mi superava per fissare qualcosa fuori dal finestrino. Forse addirittura fuori dal mondo.

«Andiamo.»

Lo disse così sottovoce che quasi non la sentii. «Che cos...?»

«Via!»

La sua veemenza mi sorprese. Lì per lì ebbi l'impulso di risponderle male, ma i suoi occhi mi convinsero a non farlo.

Rientrammo senza dire una parola. Immersa nei suoi pensieri, Gabby sembrava su un altro pianeta. Quando mi fermai di fronte a casa sua, però, mi inchiodò con un'altra domanda.

«Le hanno violentate?»

Nella mia testa cercai di riavvolgere e riascoltare il nastro delle nostre conversazioni. Niente. Di nuovo mi mancavano i collegamenti.

«Chi?»

«Quelle donne.»

Le prostitute? Le vittime dei due omicidi?

«Quali donne?»

Per qualche secondo non ottenni risposta.

«Sono così nauseata da tutta questa merda!»

Non feci in tempo a reagire in alcun modo che lei era già schizzata per le scale. Soltanto allora la sua aggressività mi colpì come uno schiaffo in piena faccia.

5

Non ebbi più notizie di Gabby per due settimane. E neppure di Claudel. Mi aveva tagliata fuori. Fu Pierre LaManche a raccontarmi qualcosa della vita di Isabelle Gagnon.

Abitava a Saint-Édouard, un quartiere popolare a nord-est di Centre-Ville, insieme al fratello, fornaio di mestiere, e al compagno del fratello. Lavorava in un negozietto di accessori e abbigliamento unisex di proprietà di un amico. Si chiamava Une Tranche de Vie. Una fetta di vita. L'ironia di quel nome, scelto proprio dal fratello, mi deprimeva.

Isabelle Gagnon era scomparsa il 1° aprile, di venerdì. Secondo il fratello frequentava abitualmente alcuni locali sulla Saint-Denis, e la notte precedente aveva fatto molto tardi. Gli era parso di averla sentita rientrare verso le due, ma non aveva verificato. La mattina successiva i due uomini erano usciti presto per andare a lavorare. Un vicino l'aveva vista intorno all'una del pomeriggio. Alle quattro doveva presentarsi in boutique, ma non si era fatta vedere. I suoi resti erano stati scoperti nove settimane dopo al Grand Séminaire. Aveva ventitré anni.

Quel giorno, sul tardo pomeriggio, LaManche venne da me in ufficio per sapere se avevo finito con le analisi.

«La scatola cranica presenta fratture multiple», spiegai. «Mi ci è voluto un po' per ricostruirla.»

«*Oui.*»

Sollevai il cranio dal sostegno di sughero.

«Ha ricevuto almeno tre colpi. Questo è il primo.»

Indicai un piccolo cratere a forma di piattino da caffè. Dal centro si dipartiva una serie di cerchi concentrici, simili agli anelli di un bersaglio.

«Il primo colpo ha provocato una frattura depressa sul tavolato esterno, ma senza sfondare il cranio. Il secondo l'ha centrata in questo punto.»

Indicai il cuore di un reticolo di linee di frattura irradiate a stella e intersecate da altre fratture curvilinee a forma di ragnatela.

«Questo secondo colpo è stato molto più forte e ha sfondato il cranio provocando un'estesa frattura comminuta.»

Mi erano occorse molte ore per ricomporre la scatola cranica, e lungo i margini dei frammenti si vedevano ancora tracce di collante.

LaManche mi ascoltava rapito e il suo sguardo che rimbalzava senza sosta dal cranio alla mia faccia sembrava quasi scavare un solco nell'aria.

«Poi è stata colpita in questo punto.»

Indicai un altro sistema radiale e spostai il dito verso una delle fratture della ragnatela appena evidenziata. La seconda rottura lineare aveva raggiunto la prima e lì si era interrotta, come una stradina di campagna quando incrocia la via maestra.

«Come è noto, le fratture nuove vengono arrestate dalle preesistenti. Ciò significa che questo colpo è partito dopo.»

«*Oui.*»

«Con tutta probabilità i colpi sono stati inferti da dietro e con una leggera inclinazione verso destra.»

«*Oui.*»

Mi capitava spesso di sentirlo rispondere così, ma l'assenza di riscontro non significava disinteresse. E nemmeno scarsa comprensione. A Pierre LaManche non sfuggiva nulla. Ero certa che non chiedesse mai una seconda spiegazione. Quei monosillabi erano un modo per costringere l'interlocutore a organizzare meglio i pensieri, in una sorta di prova generale prima della presentazione alla giuria. Proseguii.

«Quando viene colpita, la scatola cranica si comporta come un palloncino. Nell'area d'impatto l'osso rientra per una frazione di secondo per poi fuoriuscire dalla parte opposta. Questo è il motivo per cui i danni non si limitano mai strettamente alla zona del contatto traumatico.»

Alzai lo sguardo per verificare se mi stava seguendo. Mi stava seguendo.

«Data la struttura del cranio, le forze generate da un impatto improvviso percorrono certe rotte piuttosto che altre consentendo di prevedere con un buon margine di sicurezza i danni o le fratture.»

Indicai la fronte.

«Per esempio, un colpo in questo punto può danneggiare le orbite o la faccia.»

Quindi la parte posteriore del cranio.

«Un colpo in questa zona invece spesso è causa di fratture trasversali alla base della scatola cranica.»

LaManche annuì.

«In questo caso sono presenti due fratture comminute e una frattura depressa del parietale destro posteriore. Inoltre si notano diverse fratture lineari che partono dal lato opposto del cranio e percorrono la zona danneggiata verso il parietale destro. Questo potrebbe significare che la vittima è stata colpita da dietro e da destra.»

«Tre volte», precisò LaManche.

«Tre volte», confermai.

«E si tratta di colpi mortali?» In realtà conosceva già la mia risposta.

«Possibile, ma non sono in grado di affermarlo con certezza.»

«Nessun altro segno indicativo della causa del decesso?»

«Non abbiamo proiettili, né ferite da coltello, né altre fratture. Sulle vertebre ho riscontrato alcune strane scalfitture, ma non sono sicura del loro significato.»

«Potrebbero essere dovute allo smembramento?»

Scossi la testa. «Non credo. Non sono al posto giusto.»

Riposi il cranio sul suo sostegno.

«Lo smembramento è stato eseguito in modo piuttosto meticoloso. L'assassino non ha semplicemente mozzato gli arti, ma li ha staccati con cura all'altezza delle articolazioni. Ricorda il caso Gagne? O il caso Valencia?»

Rifletté un istante, la testa mossa solo da un'impercettibile oscillazione.

«Il caso Gagne risale a... circa due anni fa», spiegai. «La vittima era stata trovata avvolta in coperte legate con nastro adesivo da imballaggio. Le gambe erano state segate e impacchettate ciascuna a parte.»

All'epoca quel caso mi aveva fatto pensare agli antichi Egizi, che prima della mummificazione rimuovevano gli organi interni dal cadavere per trattarli e fasciarli separatamente e infine riporli insieme al corpo. L'assassino di Gagne aveva fatto la stessa cosa con le gambe.

«Ah, *oui*. Ora ricordo.»

«Le gambe erano state segate sotto il ginocchio, e lo stesso era avvenuto nel caso Valencia: gambe e braccia erano state recise una decina di centimetri sopra o sotto le articolazioni.»

Valencia era stato troppo avido nel contrattare una partita di droga ed era finito da noi chiuso in una borsa da hockey.

«In entrambi i casi gli arti erano stati troncati nel punto più conveniente. Qui invece l'assassino è intervenuto proprio sulle articolazioni, e con grande precisione. Guardi.»

Gli mostrai un disegno. Su uno dei diagrammi da autopsia avevo segnato i punti di smembramento del corpo. Una linea attraversava la gola. Altre dividevano le articolazioni della spalla, dell'anca e del ginocchio.

«La testa è stata mozzata in corrispondenza della sesta vertebra cervicale, mentre braccia e cosce sono state disarticolate, così come la parte inferiore della gamba.»

Sollevai la scapola sinistra.

«Vede come i tagli circondano la fossa glenoidea?»

Una serie di scanalature parallele circondava la superficie dell'articolazione.

«Stessa cosa con la gamba.» Posai la scapola e indicai il bacino. «Osservi l'acetabolo: l'assassino è entrato dritto nello snodo.»

LaManche ispezionò la profonda conca che accoglieva la testa del femore, osservando i molti tagli che ne solcavano la superficie. In silenzio ripresi il bacino e gli passai il femore, segnato sotto la testa da alcune coppie di incisioni parallele.

Osservò a lungo le ossa, poi si riavvicinò al tavolo.

«L'unica parte su cui ha agito diversamente sono le mani. Lì ha tagliato direttamente l'osso.»

Gli mostrai un radio.

«Strano.»

«Già.»

«Qual è il comportamento più tipico? Questo o quello degli altri casi?»

«Quello degli altri casi. In genere fai a pezzi un corpo per liberartene più agevolmente, quindi procedi con la maggior rapidità possibile. Prendi una sega e tagli. In questo caso, invece, l'assassino ha impiegato molto più tempo.»

«Hmm. E questo cosa può significare?»

Me lo ero già chiesto anch'io.

«Non lo so.»

Per un po' non parlammo.

«La famiglia rivuole il corpo per le esequie», riprese LaManche. «Farò in modo di rimandare il più possibile, ma lei si assicuri delle buone fotografie e tutto quanto potrebbe servirle per un eventuale processo.»

«Pensavo di prelevare dei campioni delle sezioni di due o tre tagli. Li analizzerò al microscopio per individuare almeno il tipo di strumento utilizzato.»

Dopodiché scelsi con cura le parole, cercando di cogliere ogni sua minima reazione.

«Qualora riuscissi a ricavare elementi interessanti, vorrei confrontarli con i particolari di un altro caso.»

Gli angoli della bocca di LaManche ebbero un tremito lievissimo, non avrei saputo dire se di fastidio o divertimento. Ma forse era solo la mia immaginazione.

Dopo una pausa disse: «Sì, monsieur Claudel me ne ha accennato». Mi guardò dritta negli occhi. «Mi dica, perché ritiene che questi casi siano collegati?»

Illustrai le analogie fra il caso Trottier e il caso Gagnon: percosse, smembramento postmortem, utilizzo di sacchi per l'immondizia, abbandono del cadavere in una zona isolata.

«E sono entrambi di competenza della CUM?»

«Solo Gagnon. Il caso Trottier è in mano all'SQ perché è stata trovata a Saint-Jérome.»

Come in molte altre città, anche a Montréal esistono problemi di giurisdizione. Gli omicidi che si verificano sull'isola riguardano la polizia della Communauté Urbaine de Montréal, mentre quelli fuori dall'isola sono di competenza dei dipartimenti di Polizia locali o della Sûreté du Québec. Il coordinamento fra i vari enti non sempre funziona.

«Monsieur Claudel è una persona...» riprese LaManche, subito colto da esitazione, «... un po' difficile. Proceda pure con il confronto, e mi faccia sapere se le serve qualcosa.»

Nel giro di qualche giorno avevo già fotografato i segni dei tagli con un fotomicroscopio, ricorrendo a ingrandimenti, inquadrature e intensità di luce differenti nella speranza di riuscire a evidenziare anche i minimi particolari della struttura interna. Inoltre avevo prelevato piccoli segmenti di ossa dalle varie superfici articolari per analizzarli al microscopio a scansione elettronica. Ma per le due settimane successive il lavoro non mi concesse un attimo di tregua.

Alcuni bambini in gita a un parco nazionale rinvennero uno scheletro. Un corpo in avanzato stato di decomposizione fu avvistato sulla riva del Lac Saint-Louis. Una coppia scoprì nel seminterrato della casa appena acquistata un tronco pieno di teschi umani coperti di cera, sangue e piume. Tutti casi che approdarono da me.

I resti del Saint-Louis appartenevano con grande probabilità a un uomo perito in un incidente nautico l'autunno precedente, quando un concorrente in affari aveva avuto qualcosa da ridire sulla sua presenza nel giro del contrabbando di sigarette.

La chiamata arrivò mentre stavo lavorando alla ricostruzione del suo cranio. Me l'aspettavo, ma non così presto. Ascoltai in silenzio, il cuore che mi batteva forte e il sangue che mi scorreva tumultuoso nelle vene. Un calore improvviso mi invase tutto il corpo.

«È morta da meno di sei ore», disse LaManche. «Forse è meglio che lei le dia un'occhiata.»

6

Margaret Adkins aveva ventiquattro anni. Abitava con il figlio di sei e il suo compagno nei pressi dello Stadio Olimpico. Quella mattina aveva appuntamento alle dieci e mezzo con la sorella per andare a far spese e poi pranzare insieme. Ma non fece in tempo a incontrarla. E la telefonata del suo compagno, alle dieci, fu l'ultima che ricevette. Era stata uccisa fra quella chiamata e mezzogiorno, intervallo durante il quale la sorella aveva scoperto il cadavere. Cioè quattro ore prima. Questo era tutto ciò che sapevamo.

Claudel si trovava ancora sulla scena del delitto. Michel Charbonneau, il suo collega, sedeva su una sedia di plastica in fondo alla sala autopsie. LaManche era rientrato meno di un'ora prima, preceduto di pochi minuti dall'arrivo del corpo. Quando entrai l'autopsia era già in corso, ma capii subito che avremmo lavorato fino a tardi.

La vittima giaceva stesa sulla pancia, le braccia lungo i fianchi e le mani appoggiate sul dorso con le dita ripiegate all'interno. Erano già state liberate dai sacchetti di carta protettiva e, dopo l'ispezione delle unghie, i tecnici avevano eseguito i prelievi di rito. Margaret Adkins era nuda e la sua pelle spiccava bianchissima contro lo sfondo brillante dell'acciaio. Sulla schiena erano impressi alcuni piccoli cerchi, le impronte lasciate dai fori di drenaggio del tavolo operatorio. Qualche capello strappato per sempre alla massa dei riccioli le aderiva ancora alla pelle.

La parte posteriore della testa appariva leggermente deformata, come le figure un po' asimmetriche disegnate dai bambini. Dai capelli colava un rivolo di sangue che, mescolato all'acqua della pulizia, si raccoglieva sotto il corpo in una pozza rossa e traslucida. Gli indumenti – una tuta da ginnastica, reggiseno, mutandine, scarpe e calze – si trovavano sparpagliati su un altro tavolo operatorio. Erano intrisi di sangue e l'aria era satura dell'odore appiccicoso e metallico che emanavano. Accanto ai vestiti una busta con cerniera conteneva una fascia elastica e degli assorbenti.

Daniel stava scattando delle Polaroid che finivano allineate sulla scrivania accanto a Charbonneau, ordinate per stadio di sviluppo dell'immagine. L'investigatore le esaminava una a una mordicchiandosi il labbro, per poi rimetterle esattamente nella posizione originaria.

Un agente in uniforme dell'Anagrafica scattava altre foto con una Nikon munita di flash. Mentre girava intorno al tavolo, Lisa, l'ultima assunta fra gli assistenti, riparò il corpo dietro un semplice telo bianco sostenuto da una struttura in metallo dipinto. Era uno di quei paraventi da ospedale che in passato venivano utilizzati per isolare i degenti durante le procedure più intime. L'ironia di quel gesto era sconfortante. Quale privacy stavano cercando di proteggere in quel luogo? Per Margaret Adkins ormai non si poteva fare più nulla.

Dopo parecchi scatti il fotografo scese dallo sgabello e rivolse uno sguardo interrogativo a LaManche. Il patologo si avvicinò al corpo e indicò una zona graffiata sulla parte posteriore della spalla sinistra.

«Questa l'ha fotografata?»

Lisa collocò un cartellino rettangolare a sinistra dell'abrasione. Riportava il numero LML, quello dell'obitorio e la data di quel giorno: 23 giugno 1994. Daniel e il fotografo scattarono alcuni primi piani.

Poi, su indicazione di LaManche, Lisa rasò i capelli intorno alle ferite, spruzzando ripetutamente il cuoio capelluto con il vaporizzatore. Erano cinque in tutto e ognuna aveva i bordi frastagliati tipici dei colpi inferti con uno strumento non perfettamente affilato. LaManche le misurò riportando i dati su un grafico, quindi toccò di nuovo ai fotografi.

«Bene. Da qui dovrebbe essere sufficiente. La giri sul dorso, per favore», ordinò LaManche dopo qualche minuto.

Lisa si avvicinò al tavolo togliendomi momentaneamente la vista. Fece scivolare il corpo verso il bordo sinistro, lo ruotò adagio, ripiegò il braccio corrispondente contro lo stomaco, quindi, aiutata da Daniel, girò il corpo sulla schiena. La testa fece in tempo a sbattere piano sull'acciaio del tavolo, ma la giovane assistente provvide a inserire subito un fermo di gomma sotto il collo e infine si fece da parte.

Fu così che la vidi, e il cuore prese a battermi all'impazzata. Era come se il tappo del mio autocontrollo emotivo fosse improvvisamente saltato lasciando esplodere tutta la mia paura.

Margaret Adkins era stata squartata dalle costole al pube. Uno squarcio irregolare scendeva dallo sterno rivelando alla vista tutti i colori e i tessuti delle sue viscere martoriate. Nei punti dove la ferita era più profonda e gli organi erano stati asportati riuscivo a distinguere l'involucro lucido che circondava la colonna vertebrale.

Distolsi lo sguardo da quel ventre e lo lasciai correre verso l'alto, senza trovare alcun sollievo. La testa, leggermente girata, mostrava un viso da folletto con il naso all'insù, un mento leggermente appuntito e zigomi alti e punteggiati di lentiggini che il pallore della morte metteva ancora più in risalto. A parte i capelli corti e castani, sembrava Pippi Calzelunghe. Il piccolo elfo però non sorrideva. Dalla bocca innaturalmente spalancata spuntava il seno sinistro, il capezzolo poggiato sul sottile labbro inferiore.

Alzai lo sguardo e incontrai quello di LaManche. Le rughe che gli correvano parallele agli occhi apparivano più profonde del solito, mentre quelle fini e arcuate che sottolineavano le palpebre inferiori erano impercettibilmente contratte, a rivelare una certa tensione. Erano occhi velati di tristezza, e forse qualcosa di più.

Non disse nulla ma continuò l'autopsia, dividendo la sua attenzione fra il corpo e gli appunti. Registrò ogni atto di violenza e descrisse ogni singola lesione, annotando posizione e dimensioni. Nel frattempo, così come era accaduto in posizione dorsale, il corpo venne ripetutamente fotografato. Noi aspettavamo. Charbonneau fumava.

Dopo un'attesa che sembrò durare ore, LaManche concluse l'esame esterno.

«*Bon*. Portatela via per le radiografie.»

Si tolse i guanti e sedette alla scrivania, concentrandosi sul blocco come un vecchio signore su una collezione di francobolli.

Lisa e Daniel accostarono una barella d'acciaio al lato destro del tavolo operatorio e con professionale destrezza vi trasferirono il corpo per portarlo in radiologia.

In silenzio andai a sedermi accanto a Charbonneau. Mi fece un sorriso e accennò ad alzarsi, poi aspirò una lunga boccata di fumo e spense la sigaretta.

«Come va, dottoressa Brennan?»

Charbonneau mi si rivolgeva spesso in inglese, orgoglioso della sua padronanza della lingua. Parlava uno strano miscuglio di *québecois* e di slang del sud degli Stati Uniti, frutto di un'infanzia trascorsa a Chicoutimi e di due anni nelle zone petrolifere del Texas orientale.

«Bene. E lei?»

«Non mi lamento.» Fece spallucce alla maniera dei francofoni, spalle incurvate e palmi all'insù.

Era un uomo grande e grosso, con un faccione simpatico incorniciato da una chioma di capelli ispidi e brizzolati. Mi ricordava un anemone di mare. Aveva un collo enorme per il quale qualsiasi colletto sembrava sempre troppo piccolo. La cravatta, forse per compensare, era regolarmente fuori posto e spesso finiva allentata oltre il primo bottone della camicia. Charbonneau aveva preso a portarla così sin dal mattino, sperando di convincere tutti che fosse una scelta intenzionale, ma probabilmente voleva solo stare più comodo. Diversamente dalla maggior parte degli investigatori CUM, lui non cercava di sembrare sempre un figurino. O mi sbagliavo? Quel giorno, comunque, indossava una camicia giallo pallido, pantaloni in poliestere e giacca sportiva verde a quadri. La cravatta era marrone.

«Ha già visto le foto del ballo della scuola?» mi domandò allungando la mano verso una busta di carta sulla scrivania.

«Non ancora.»

Estrasse una serie di istantanee e me le passò. «Questi sono gli scatti arrivati insieme al corpo.»

Annuii e cominciai a scorrerli. Charbonneau mi fissava con attenzione. Forse sperava che uno scempio simile mi avrebbe fatta inorridire, così avrebbe potuto raccontare a Claudel che avevo chiuso gli occhi. O forse, più semplicemente, gli interessava il mio parere.

Le foto erano in ordine cronologico e ricostruivano la scena del delitto così come era stata trovata dalla Scientifica. La prima mostrava una piccola via fiancheggiata da case a tre piani vecchie ma ben tenute. Lungo i marciapiedi i due filari di alberi si innalzavano a intervalli regolari da piccoli quadrati di terra affondati nel cemento. Ogni casa era preceduta da un giardino delle dimensioni di un francobollo, attraversato da un vialetto che portava a una ripida scala di ferro. Qui e là si vedeva un triciclo abbandonato sul marciapiede.

Le foto successive riprendevano gli esterni di una delle case di mattoni rossi. La mia attenzione si soffermò subito su alcuni particolari. Sulle porte del secondo piano c'erano due targhe con i numeri 1407 e 1409. Al piano terra, sotto una delle finestre, erano stati piantati dei fiori. Riuscii a distinguere tre calendule strette l'una all'altra, con gli enormi cuori gialli avvizziti e curvati in identici archi, gemme dischiuse alla vita e poi dimenticate. Al recinto arrugginito che circondava il minuscolo giardino era appoggiata una bicicletta. Un vecchio cartello sbilenco spuntava appena dall'erba, quasi volesse nascondere il suo messaggio: À VENDRE. Vendesi.

Nonostante i tentativi di apparire diversa, la casa restava simile a tutte le altre della via: stesse scale, stesso balcone, stesse doppie porte, stesse tendine di pizzo. Perché proprio questa? mi domandai. Perché la tragedia aveva colpito qui? Perché non il 1405? O un'abitazione sull'altro lato della strada? O in fondo all'isolato?

Una dopo l'altra, le fotografie mi avvicinavano sempre di più alla scena del delitto, come se stessi usando un microscopio con un ingrandimento sempre maggiore. La serie successiva mostrava l'interno della casa, e ancora una volta mi concentrai sui particolari: stanze piccole, mobili ordinari, l'immancabile televisore, il soggiorno, la sala da pranzo, la cameretta del bambino, le pareti tappezzate con i poster di hockey, un libro accanto al letto: *Come funziona il mondo*. Istantaneamente provai un fitta di dolore: non ero certa che quel libro potesse spiegare quanto era successo.

Margaret Adkins doveva amare l'azzurro. Ogni porta e ogni millimetro di legno disponibile erano dipinti nell'intensa tonalità delle case greche.

Infine, la vittima. Il corpo giaceva a sinistra dell'ingresso, in una minuscola stanza da cui si poteva accedere a una seconda camera da letto e alla cucina. Attraverso la porta che dava su quest'ultima notai un tavolo di formica apparecchiato con tovagliette di plastica per la colazione. Lo spazio angusto dove era morta Margaret Adkins ospitava solo un televisore, un divano e un buffet. Al centro il suo corpo.

Era sdraiata sulla schiena, ancora vestita e con le gambe spalancate. La maglia della tuta, sollevata oltre la testa, tratteneva le braccia in alto con i polsi ravvicinati e i gomiti all'infuori. Le mani erano abbandonate. Terza posizione, come un'allieva ballerina al suo saggio di fine anno.

La carne insanguinata del petto si apriva in uno squarcio camuffato solo in parte dalla patina scura che circondava tutto il corpo e che sembrava ricoprire ogni cosa. Al posto del seno sinistro spiccava un quadrato rosso vermiglio delimitato da quattro tagli che si incrociavano a novanta gradi. Quella mutilazione mi ricordò i segni delle trapanazioni che avevo visto sui teschi degli antichi Maya. Nel caso di Margaret Adkins, tuttavia, lo scopo non era stato alleviare il dolore della vittima o liberarla dai fantasmi che abitavano il suo corpo. Se uno spirito prigioniero era stato liberato, non si trattava certo del suo. Margaret Adkins era stata la porta attraverso cui l'anima tormentata e perversa di un estraneo aveva cercato il sollievo.

I pantaloni della tuta, tesi al massimo per via delle gambe aperte, erano stati abbassati fino alle ginocchia. Il sangue colato dal bacino si era raccolto sotto al corpo in una pozza. Era morta in calze e scarpe da tennis.

Senza una parola riposi le fotografie e passai la busta a Charbonneau.

«Brutto caso, eh?» fu il suo commento. Si tolse un granello di qualcosa dal labbro inferiore, lo ispezionò e lo buttò via.

«Già.»

«Quel bastardo si crede un fottuto chirurgo. Un virtuoso della lama.» Scosse la testa.

Stavo per rispondere, quando Daniel tornò con le radiografie e cominciò a disporle sul diafanoscopio appeso alla parete. Flettendosi nelle sue mani, ciascuna produceva un suono simile a un tuono in lontananza.

Le esaminammo in sequenza. I nostri occhi si spostavano da sinistra a destra, e dalla testa verso i piedi. Le lastre frontali e laterali del cranio rivelavano fratture multiple, mentre spalle, braccia e gabbia toracica erano intatte. Non notammo nulla di particolare finché non arrivammo alla radiografia dell'addome e del bacino. Allora, fu la prima cosa che tutti notammo.

«Oh, merda!» esclamò Charbonneau.

«Cristo santo.»

«*Tabernouche.*»

Una piccola sagoma di forma umana spiccava luminosa nella cavità addominale di Margaret Adkins. La fissammo ammutoliti. L'unica spiegazione possibile era che l'oggetto fosse stato inserito con forza dalla vagina verso le viscere, fino a restare completamente occultato all'interno. A quella vista, ebbi la sensazione che un attizzatoio incandescente mi avesse appena perforato le budella. Il cuore mi batteva forte contro le costole e senza volerlo mi strinsi la pancia con una mano. Osservai meglio l'immagine. Era una statuetta.

Incorniciata dalle ossa del bacino, la sagoma contrastava nettamente con gli organi entro cui era stata inglobata. Sullo sfondo grigio e variegato dell'intestino spiccava una nitida figura bianca con un piede in avanti e le mani protese. Sembrava una statuetta religiosa e aveva la testa china come una Venere del Paleolitico.

Per alcuni secondi nessuno osò fiatare. La stanza era immersa nel silenzio più assoluto.

«Io l'ho già vista una così», disse alla fine Daniel. Con un gesto repentino si spinse gli occhiali in cima al naso. Un tic nervoso gli storceva di continuo i lineamenti, come un giocattolo di gomma.

«È nostra signora di qualcosa. Avete presente, no? La Santa Vergine... la Madonna.»

Tornammo tutti a osservare la forma estranea sulla radiografia. Quel particolare sembrava completare il quadro, rendendolo ancora più osceno.

«Questo figlio di puttana è un autentico, fottuto bastardo», sbottò Charbonneau. Travolto dall'emozione del momento, aveva perso tutta la disinvoltura dell'investigatore navigato.

La sua veemenza mi sorprese. Sospettavo che quella reazione non dipendesse solo dall'atrocità del delitto, ma anche dalla natura religiosa dell'oggetto utilizzato per compiere l'offesa. Come molti *québequois,* anche Charbonneau doveva aver vissuto un'infanzia permeata di cattolicesimo in cui il ritmo della vita quotidiana era imprescindibilmente regolato dai dogmi della Chiesa.

Del resto, quanti di noi si sono liberati dai condizionamenti esteriori pur continuando a mostrare rispetto per i simboli? Chi rifiuta di indossare la tonaca, non è detto che per forza voglia bruciarla. In fondo lo capivo: città diversa, lingua diversa, ma anch'io appartenevo alla stessa tribù. Le emozioni ataviche sono dure a morire.

Seguì un altro lungo silenzio. Infine fu LaManche a pronunciarsi, scegliendo con cura le parole. Non ero certa che avesse colto tutte le implicazioni di quell'atroce spettacolo. Non ero certa di averle comprese neppure io. Tuttavia, pur con un tono più pacato di quello che avrei usato al suo posto, diede perfettamente voce ai miei pensieri.

«Monsieur Charbonneau, ritengo auspicabile che lei e il suo collega vi incontriate con la dottoressa Brennan e con me. Come certo già sapete, fra questo e altri casi esistono alcune sconcertanti analogie.»

Fece una pausa per dare maggiore enfasi a quanto aveva appena detto, e per verificare mentalmente i suoi impegni.

«I risultati dell'autopsia non saranno pronti fino a stasera tardi. Domani è festa. Sarebbe possibile lunedì mattina?»

L'investigatore lo guardò, poi guardò me. La sua espressione si mantenne neutra. Non avrei saputo dire se il senso di quel discorso gli era completamente chiaro, o se al contrario non era davvero al corrente degli altri casi. L'idea che Claudel avesse respinto i miei commenti senza informarne il collega non mi sorprendeva. Comunque fosse, Charbonneau non poteva certo ammettere la sua ignoranza.

«Sì... vedrò quello che posso fare.»

LaManche gli posò addosso i suoi occhi malinconici e attese.

«D'accordo. D'accordo. Ci saremo. Adesso è meglio che riporti il culo in strada e che cominci a cercare quel pezzo di merda. Se Claudel si fa vivo, ditegli che ci vediamo in centrale verso le otto.»

Era nervoso. Aveva persino dimenticato di rivolgersi a LaManche in francese. Era evidente che avrebbe scambiato una lunga chiacchierata con il suo collega.

Prima ancora che la porta si richiudesse alle spalle di Charbonneau, LaManche aveva già ripreso l'autopsia. In realtà restava solo l'ordinaria amministrazione. Gli organi interni vennero asportati, pesati, affettati e analizzati. Quindi fu determinata la posizione della statuetta e vennero stimati e descritti i danni interni. Con un bisturi Daniel incise il cuoio capelluto sulla volta cranica, tirò in avanti la pelle della fronte, indietro quella del cranio e con una sega Stryker asportò una sezione della calotta. Il lamento della sega e il puzzo di ossa bruciate invasero istantaneamente la sala, e io mi allontanai di un passo trattenendo il respiro. Dal punto di vista strutturale, il cervello si presentava normale. Sparsi ovunque, dei globuli gelatinosi aderivano alla sua superficie, altrettante meduse nere su una sfera viscida e grigia: ematoma subdurale causato dai colpi sul cranio.

Conoscevo già la sostanza di quello che sarebbe stato il rapporto di LaManche: la vittima era una giovane donna in buona salute che non presentava anomalie né segni di malattie. Quel giorno qualcuno l'aveva colpita con violenza, almeno cinque volte, fratturandole il cranio e provocando un'emorragia dei vasi cerebrali che si era poi riversata nel cervello. Almeno cinque volte. Dopodiché le aveva conficcato una statuetta nella vagina, l'aveva parzialmente sventrata e le aveva asportato il seno sinistro.

Immaginai il calvario della vittima e fui percorsa da un brivido. Le ferite alla vagina erano state mortali. Dalla carne lacerata era fuoriuscito molto sangue. Dunque la statuetta era stata inserita mentre il cuore batteva ancora. Dunque mentre la donna era ancora viva.

«... dica a Daniel quello che le serve, Temperance.»

Non stavo ascoltando. La voce di LaManche mi riportò alla realtà. Aveva terminato e mi stava suggerendo di prelevare qualche campione delle ossa. Lo sterno e le costole erano già stati asportati all'inizio dell'autopsia, e perciò chiesi a Daniel di portarli di sopra per la bollitura e la pulizia.

Mi avvicinai al cadavere e osservai l'interno della cavità toracica. Sul lato ventrale dei corpi vertebrali notai una debole scia di piccoli tagli che risaliva lo spesso involucro di copertura della colonna vertebrale.

«Mi servono le vertebre a partire da qui fino a più o meno questo punto. Costole incluse.» Indicai il segmento contenente i tagli. «Lo mandi a Denis e gli dica di immergerle soltanto, senza farle bollire. E faccia molta attenzione quando le asporta. Non le tocchi con nessun tipo di lama.»

Daniel ascoltò, le mani già inguainate di lattice, mentre con una smorfia del naso e del labbro superiore cercava di sistemarsi gli occhiali. Annuì a ogni mia raccomandazione.
Quando ebbi finito, si rivolse a LaManche.
«Poi la devo chiudere?» domandò.
«Sì, dopo la chiuda pure», rispose LaManche.
Daniel avrebbe dunque asportato i segmenti di ossa, riposizionato gli organi e richiuso il corpo lungo la linea d'incisione mediana. Poi avrebbe ricomposto la calotta cranica e cucito i lembi di cuoio capelluto. Alla fine, tranne per la cucitura a Y lungo il ventre e il torace, Margaret Adkins sarebbe apparsa intatta. E pronta per il funerale.

Passai in ufficio sperando di ritrovare un po' di equilibrio prima di rientrare a casa. Il quinto piano era completamente deserto. Feci ruotare la sedia, appoggiai i piedi sul davanzale della finestra e guardai fuori, verso il mio mondo d'acqua. Sulla riva del fiume a me visibile sorgeva il complesso Miron, una serie di eccentrici edifici grigi collegati da una struttura orizzontale in acciaio che ricordava una costruzione di mattoncini Lego. Oltre il cementificio una barca scivolava sulla corrente, le luci fioche dietro il velo scuro del crepuscolo.

Il palazzo era immerso nel silenzio assoluto, ma tutta quella calma non riusciva a rilassarmi. I miei pensieri erano foschi quanto le acque del fiume. Per un istante mi domandai se dalla fabbrica qualcuno mi stesse osservando, qualcuno altrettanto solo, altrettanto angosciato dall'assordante vuoto di un palazzo di uffici dopo l'orario di lavoro.

Avevo parecchi arretrati di sonno ed ero in piedi dalle sei e mezzo, ma invece di sentirmi stanca ero agitata. Mi ritrovai così a giocherellare con il sopracciglio destro, un tic nervoso che irritava profondamente mio marito e che anni di rimbrotti non mi avevano fatto perdere. La separazione ha i suoi vantaggi. Ormai ero libera di agitarmi quanto e come volevo.

Pete. Il nostro ultimo anno insieme. La faccia di Katy quando le avevamo comunicato che ci saremmo divisi. Non sarà troppo traumatico, avevamo pensato, è già al college. Ma ci eravamo sbagliati, e le sue lacrime per poco non mi avevano fatto tornare sulla decisione. Margaret Adkins, le mani accartocciate nel gelo della morte. Le stesse mani con cui aveva dipinto le porte di azzurro, con cui aveva appeso i poster del figlio. E l'assassino? Era là fuori in quel momento? Si stava gustando il suo gesto? Aveva placato la sua sete di sangue o il bisogno di uccidere ne era stato addirittura amplificato?

Squillò il telefono. L'improvvisa esplosione sonora mi catapultò fuori dalla gabbia di fantasie in cui mi ero rinchiusa. Sussultando per la sorpresa, urtai il portapenne con il gomito e biro e pennarelli rotolarono a terra.

«Dottoressa Bren...»

«Tempe! Oh, grazie al cielo! Ti ho cercata a casa ma non c'eri. Certo, è ovvio...» Fece una risata stridula che suonò innaturale. «Ho fatto il numero tanto per provare. Non credevo proprio di trovarti.»

Era la voce di Gabby, ma con una qualità nuova, come non l'avevo mai sentita prima. Venata di paura. Tono alto, picchi quasi isterici. Le sue parole mi investirono ansiose e urgenti, come un sospiro improvviso che libera i polmoni di tutta l'aria che contengono. Ancora una volta provai una stretta allo stomaco.

«Gabby, non ti sento da tre settimane. Perché non ti...»

«Non potevo. Ero... avevo da fare. Tempe, ho bisogno di aiuto.»

Mentre risistemava la cornetta udii alcune scariche e un leggero fruscio. In sottofondo i rumori attutiti di un locale, sporadicamente interrotti da voci smorzate e suoni metallici. La immaginai guardarsi nervosamente intorno da un telefono pubblico, irradiando paura.

«Dove sei?» Raccolsi una penna dalla scrivania e mi preparai a scrivere.

«In un ristorante. La Belle Province. È all'angolo tra la Sainte-Catherine e Boulevard Saint-Laurent. Vieni a prendermi, Tempe. Non posso uscire di qui.»

Il fruscio si fece più forte. Il suo nervosismo cresceva.

«Gabby, ho avuto una giornata molto pesante. Sei solo a pochi isolati da casa. Perché non...»

«Mi vuole uccidere! Non riesco più a tenerlo sotto controllo. Pensavo di farcela, ma non riesco. Non posso più coprirlo. Devo proteggermi. Non è a posto. È pericoloso. È... *complètement fou*!»

La voce, ormai isterica, tacque di colpo, la brusca interruzione sottolineata dal passaggio al francese. Smisi di giocherellare con la penna e guardai l'orologio: le nove e un quarto. Merda.

«Okay. Sarò lì tra quindici minuti. Guarda bene, arrivo dalla Sainte-Catherine.»

Avevo il cuore in tumulto e le mani che tremavano. Chiusi l'ufficio e mi lanciai verso la macchina con le gambe che quasi non mi reggevano. Dieci caffè non mi avrebbero fatto lo stesso effetto.

7

Salii in macchina in preda ai sentimenti più diversi. Era già buio, ma la città era completamente illuminata. Nel quartiere del palazzo SQ la serata estiva era rischiarata dalle luci degli appartamenti e dal bagliore azzurrino di qualche televisore. Terrazze e verande ospitavano gruppetti di persone sedute al fresco che cercavano di dimenticare il caldo del pomeriggio chiacchierando e sorseggiando bibite.

Invidiavo quella tranquilla atmosfera domestica. Avrei voluto potermene andare a casa, dividere un sandwich al tonno con Birdie e infilarmi a letto. Naturalmente desideravo accertarmi che Gabby stesse bene, ma avrei preferito se fosse rientrata in taxi. Odiavo l'idea di dover affrontare i suoi isterismi. Ero sollevata per averla sentita, preoccupata per la sua incolumità, infastidita all'idea di dover andare sulla Main. Davvero una combinazione riuscita.

Presi il Boulevard René-Lévesque in direzione Saint-Laurent e girai a destra, lasciandomi alle spalle il quartiere cinese. Era l'ora di chiusura e il proprietario dell'ultimo negozio stava ritirando ceste ed espositori.

La Main inizia lì, al quartiere cinese, e si estende verso nord lungo Boulevard Saint-Laurent, sua principale arteria commerciale. Da qui nascono mille vicoli e stradine dove i negozietti, i bistrot e i caffè alla buona si alternano a edifici infimi e affollatissimi. Francese per tradizione e cosmopolita per vocazione, la Main è un quartiere dove le lingue e le diverse identità culturali coesistono senza mai mescolarsi, proprio come gli infiniti profumi che aleggiano nell'aria provenienti da botteghe e pasticcerie. Dal porto alle montagne, italiani, portoghesi, greci, polacchi e cinesi si raccolgono in comunità disseminate lungo l'intera lunghezza del Boulevard Saint-Laurent.

In passato quasi tutti gli immigrati confluivano in questa zona attirati dagli affitti bassi e dalla rassicurante vicinanza dei compatrioti. Inesperti del nuovo mondo, si stabilivano qui e imparavano a essere canadesi, stretti l'uno all'altro per superare il disorientamento e prendere confidenza con la cultura ancora estranea. Alcuni hanno studiato inglese e francese, hanno fatto fortuna e si sono trasferiti altrove. Altri invece sono rimasti, perché preferivano la tranquillità di un ambiente ormai noto o perché non avevano gli strumenti per emanciparsene. Oggi a questo nucleo originario di conservatori e perdenti si sono aggiunti i delinquenti e gli emarginati, una legione di reietti rifiutati dalla società e anche da chi prega per loro. I forestieri si spingono fin qui alla ricerca di affari vantaggiosi, di cene a buon mercato, di droga, sesso e alcool. Vengono per comprare, per curiosare e per farsi una risata, ma non si fermano mai.

Arrivata sulla Sainte-Catherine, il limite meridionale della Main, girai a destra e accostai al marciapiede, proprio dove circa tre settimane prima Gabby mi aveva mostrato le ragazze. Data l'ora, le prostitute stavano appena cominciando a dividersi il territorio. Le gang di motociclisti, invece, non avevano ancora fatto la loro comparsa.

Gabby doveva essere lì da qualche parte. Il tempo di lanciare un'occhiata nello specchietto retrovisore e la vidi attraversare di corsa, la cartella stretta al petto. Pur non essendo terrorizzata al punto da gettarsi in mezzo al traffico senza guardare, si capiva benissimo che aveva paura. Correva come un adulto ormai estraneo ai disinvolti movimenti dell'infanzia, la testa abbassata e le lunghe gambe rigide, facendo oscillare la tracolla al ritmo di quelle falcate innaturali.

Fece il giro dell'auto, entrò e si sedette. Teneva gli occhi chiusi e ansimava vistosamente, serrando i pugni nel tentativo di smettere di tremare. Era evidente che stava cercando con tutte le sue forze di ricomporsi. Non l'avevo mai vista in quello stato e mi faceva paura. Per Gabby era normale passare continuamente da una crisi all'altra, reale o immaginaria che fosse, aiutata in questo dalla sua inclinazione per il melodramma. Ma niente prima di allora l'aveva scossa al punto da ridurla così.

Per qualche istante non dissi nulla. La serata era calda ma io sentivo freddo e il mio respiro si era fatto corto e sottile. Fuori i clacson suonavano e una prostituta stava cercando di adescare una macchina di passaggio. La sua voce disegnava cerchi e spirali nella serata estiva, come un aeroplano giocattolo in cielo.

«Andiamo via.»

Lo disse così piano che quasi non la sentii. *Déjà vu.*

«Mi vuoi spiegare che cosa sta succedendo?» le domandai.

Alzò una mano come per parare un rimprovero in arrivo. Tremava, e si appoggiò il palmo aperto contro il petto. La sua paura era tangibile. Era accaldata ed emanava un odore di sandalo misto a sudore.

«Sì. Adesso ti spiego. Dammi solo un minuto.»

«Gabby, non cercare di farmi fessa», la avvertii con più durezza del necessario.

«Scusami. Però adesso togliamoci di qui», ripeté abbandonando la testa fra le mani.

D'accordo, avrei seguito il suo copione. Doveva solo calmarsi un po' e poi mi avrebbe raccontato tutto spontaneamente. Almeno così speravo.

«A casa tua?» domandai.

Annuì, senza sollevare la testa dalle mani. Misi in moto e mi diressi verso Carré Saint-Louis. Quando arrivammo sotto casa, non aveva ancora aperto bocca. Respirava in modo più controllato ma le mani tremavano ancora e continuava a intrecciarle e a scioglierle in una strana danza di terrore.

Parcheggiai l'auto e spensi il motore, già in ansia per quello che sarebbe successo di lì a poco. Le ero stata vicina durante catastrofi di ogni genere: problemi di salute, conflitti famigliari e universitari, crisi mistiche, carenze di autostima e affanni di cuore. Ne uscivo sempre svuotata. E all'incontro successivo la ritrovavo immancabilmente allegra e imperturbabile, le sue disgrazie dimenticate. Non volevo mostrarmi poco comprensiva, ma ero già passata di lì troppe volte: la gravidanza che era solo un ritardo, il portafoglio rubato che invece era sotto il cuscino del divano... Nondimeno l'intensità della sua reazione mi preoccupava. Quella sera avrei avuto molto più bisogno di un po' di solitudine, invece sembrava proprio che non potessi lasciarla sola.

«Perché non vieni a dormire da me?»

Non rispose. Poco più in là, su una panchina, un uomo si sistemò un fagotto sotto la testa preparandosi a una nottata all'addiaccio.

Il silenzio si protrasse così a lungo che pensai non mi avesse sentita. Stavo per ripetere l'offerta quando, girandomi, mi accorsi che aveva smesso di tormentarsi le mani e stava fissando nella mia direzione, immobile, la schiena rigida e il busto leggermente piegato in avanti, staccato dal sedile. Con una mano stretta a pugno si premeva le labbra mentre l'altra giaceva abbandonata in grembo. Un tremolio quasi impercettibile le increspava le palpebre inferiori, gli occhi socchiusi. Sembrava immersa in oscure considerazioni, in calcoli misteriosi. Quell'improvviso cambiamento di umore mi innervosì.

«Penserai che sono pazza.» Era calmissima, la voce bassa e modulata.

«Più che altro sono confusa.» Evitai di dirle ciò che pensavo veramente.

«Capisco. È un modo gentile di esprimersi.»

Lo disse con una risata di autocommiserazione, scuotendo leggermente la testa. I riccioli ondeggiarono.

«Immagino di aver dato fuori di matto mentre ero là dentro.»

Aspettai che proseguisse. Qualcuno sbatté la portiera di un'auto. La voce fonda e malinconica di un sax aleggiava sul parco, quella lamentosa di un'ambulanza strideva in lontananza. Estate in città.

Nonostante il buio, l'ennesimo cambiamento di rotta di Gabby non mi sfuggì. Era come se fosse stata già sul punto di imboccare la strada che la portava da me, ma all'ultimo momento avesse sterzato allontanandosi. Lasciò correre lo sguardo oltre le mie spalle e ancora una volta chiuse le comunicazioni. Stava di nuovo ragionando, valutando tra sé e sé, indecisa sul nuovo atteggiamento da tenere.

«Adesso sto bene», disse infine, raccogliendo tracolla e cartella e cercando la maniglia della portiera. «Ti sono molto grata per esserti venuta a prendere.»

Dunque optava per l'evasività.

«Aspetta un momento!» esplosi allora. «Adesso mi dici cosa sta succedendo! Non più tardi di un'ora fa, al telefono, blateravi di qualcuno che voleva ucciderti. Poi ti vedo schizzare fuori dal ristorante e attraversare la strada come se avessi Jack lo Squartatore alle calcagna. Fai fatica a respirare, ti tremano le mani come se avessi preso la scossa e pensi di potertela cavare con un "Grazie per il disturbo"? Così, senza nessuna spiegazione?»

Non ero mai stata così furibonda con lei. Era riuscita a farmi alzare la voce e adesso ansimavo, mentre la tempia sinistra cominciava a pulsarmi.

L'intensità del mio sfogo la inchiodò al sedile. Aveva gli occhi tondi ed enormi, come quelli di un daino abbagliato dai fari.

Per qualche secondo rimase immobile, una sagoma rigida sullo sfondo del cielo estivo. Poi fu come se una valvola si aprisse lasciando uscire di colpo tutta la pressione. Dimenticò la maniglia, posò la cartella e si accasciò contro lo schienale. Per la terza volta nel giro di pochi minuti si chiuse in se stessa a riflettere. Forse per decidere da che parte iniziare. Forse per cercare una via di scampo. Io aspettavo.

Alla fine tirò un grande sospiro e raddrizzò leggermente le spalle. Non appena attaccò le sue intenzioni mi furono chiare. Mi avrebbe raccontato qualcosa, ma non tutto. Stava scegliendo le parole con cura, cercando di aprirsi un varco attraverso la palude emotiva nella quale annaspava. Mi appoggiai alla portiera stringendomi le spalle fra le mani.

«Ultimamente lavoro con... diciamo con della gente strana.»

Mi parve un eufemismo, ma non la interruppi.

«No, no, lo so che suona scontato. Non mi riferisco alla normale gente di strada, quella me la so gestire.»

Si stava già perdendo.

«Se conosci i giocatori, parli il loro linguaggio e impari le regole, da queste parti puoi stare tranquilla. Come in qualsiasi altro posto, del resto. Devi solo rispettare gli usi e i costumi locali, e non pestare i piedi a nessuno. È semplice: basta non sconfinare nel territorio altrui, stare al gioco e non parlare con la polizia. Orari a parte, lavorare qui non è difficile. E poi le ragazze ormai mi conoscono e sanno che non rappresento una minaccia.»

Si interruppe. A scanso di equivoci, dopo un po' decisi di sollecitarla.

«Qualcuno ti sta minacciando?»

Per Gabby l'etica professionale era sacra e sospettavo già che stesse tentando di coprire un informatore.

«Le ragazze? No, no, loro sono a posto. Non mi hanno mai dato problemi. In un certo senso credo che addirittura amino la mia compagnia. Come puoi immaginare, non ho difficoltà a mettermi al loro livello.»

Fantastico. Ero riuscita a capire quale non era il problema. Provai a insistere ancora un po'.

«Ma come fai a non essere scambiata per una di loro?»

«Oh, non ci provo neanche. Anzi, cerco il più possibile di confondermi. Altrimenti fallirei completamente nel mio scopo. Le ragazze sanno che non voglio fregarle, quindi... come dire... accettano la situazione.»

Evitai la domanda più ovvia.

«Se un cliente cerca di avvicinarmi gli dico che in quel momento non sto lavorando. In genere quasi tutti se ne vanno senza fare storie.»

Fece un'altra pausa, riprendendo le sue elucubrazioni. Intuii che stesse valutando cosa raccontarmi, cosa tenere per sé e cosa invece riservare per un'altra eventuale chiacchierata. Giocherellava nervosamente con una nappina della portadocumenti. Nella piazza un cane abbaiò. Ormai ero sicura che stesse proteggendo qualcuno, o qualcosa, ma questa volta non avrei insistito.

«Quasi tutti», continuò, «eccetto questo qui.»

Silenzio.

«Chi è?»

Silenzio.

«Non so, ma mi fa venire la pelle d'oca. Non è proprio un cliente abituale, diciamo solo che gli piace frequentare le prostitute. Non credo che le ragazze gli diano troppo peso, però è uno che sa un sacco di cose sulla vita di strada e siccome era disponibile a scambiare due chiacchiere ho deciso di intervistarlo.»

Silenzio.

«Di recente ha cominciato a seguirmi. All'inizio non me n'ero neanche accorta, poi però ho iniziato a incontrarlo in troppi posti. La sera, quando rientro, me lo ritrovo in metropolitana o qui, in piazza. Una volta l'ho visto a Concordia, fuori dalla biblioteca dove ho l'ufficio. Oppure me lo scopro improvvisamente alle spalle, che cammina nella mia direzione. La settimana scorsa l'ho incontrato sul Saint-Laurent. Volevo convincermi che erano solo fantasie, così l'ho messo alla prova. Io rallentavo, e lui anche. Acceleravo, e lui faceva lo stesso. Ho cercato di spiazzarlo entrando in una pasticceria, ma quando sono uscita era sul marciapiede opposto e faceva finta di guardare le vetrine.»

«Sei sicura che si tratti sempre dello stesso uomo?»

«Assolutamente.»

Seguì un lungo e pesante silenzio. Aspettai che concludesse.

«Ma c'è ancora una cosa.»

Si guardò le mani. Erano di nuovo saldamente intrecciate.

«Ultimamente mi ha fatto dei discorsi molto strani, perciò ho cominciato a evitarlo. Ma stasera me lo sono ritrovato al ristorante. Sembrava che mi avesse seguito con un radar. Ha riattaccato con la solita solfa, mi faceva un sacco di domande morbose.»

Per un istante risprofondò nei suoi pensieri. Poi, come avesse trovato la risposta che cercava da tempo, si voltò verso di me e con la voce lievemente venata di sorpresa disse:

«Sono i suoi occhi, Tempe. Ha degli occhi così inquietanti! Neri, duri, sembrano quelli di una vipera. Il bianco è velato di rosa e iniettato di sangue. Non so se ha qualche brutta malattia, se è solo sempre ubriaco o che altro, ma non ho mai visto occhi così. Ti viene voglia di strisciare da qualche parte per nasconderti. Insomma, ero terrorizzata, Tempe! Devo aver ripensato alla nostra ultima conversazione, a quel maniaco su cui state investigando, e il cervello mi è andato in tilt».

Non sapevo cosa dire. Il buio mi impediva di scorgere la sua espressione, ma il suo corpo parlava il linguaggio della paura. Se ne stava dritta e rigida, con la borsa premuta sul petto, come per proteggersi.

«Che altro sai di lui?»

«Non molto.»

«E le ragazze cosa ne pensano?»

«Lo ignorano.»

«Le ha mai minacciate?»

«No. Non direttamente.»

«È mai stato violento, ha mai perso il controllo?»

«No.»

«Si droga?»

«Non lo so.»

«Sai chi è o dove vive?»

«No. Ci sono cose che non si chiedono mai. È una regola non scritta, da queste parti, una specie di tacito accordo.»

Adesso eravamo in due a valutare la situazione, e quell'ennesimo silenzio fu particolarmente lungo. Osservai un ciclista che pedalava sul marciapiede in tutta tranquillità. Entrando e uscendo dal cono di luce dei lampioni, il suo casco sembrava lampeggiare. Attraversò il mio campo visivo fino a scomparire lentamente nella notte, una lucciola che segnalava il suo passaggio: acceso, spento, acceso, spento.

Riflettevo sui racconti di Gabby e mi chiedevo se la colpa non fosse mia. Ero io che avevo alimentato le sue paure parlandole delle mie, oppure aveva effettivamente incontrato uno psicopatico? Stava ingigantendo una serie di innocue coincidenze o era realmente in pericolo? Dovevo lasciare che le acque si calmassero? Dovevo fare qualcosa? Dovevo avvertire la polizia? Il solito vecchio circolo vizioso.

Per un po', ciascuna immersa nei propri pensieri, restammo ad ascoltare i rumori del parco e ad annusare i profumi della dolce serata estiva. Quell'attimo di tranquillità bastò a rilassarci. Alla fine Gabby scosse la testa, lasciò scivolare la cartella sulle gambe e si riappoggiò al sedile. I suoi lineamenti restarono nascosti nell'oscurità, ma il cambiamento di espressione era quasi palpabile. Riprese a parlare con voce più ferma.

«Lo so che sto esagerando. Sarà senz'altro uno di quei tipi strani ma innocui. Magari mi voleva solo spaventare e io gli ho dato corda, gli ho permesso di farlo, di entrarmi nella testa e di terrorizzarmi.»

«Sì, Gabby, ma mi sembra che questi tipi strani, come li chiami tu, non siano proprio una novità per te.»

«È vero, quasi tutti i miei informatori non sono esattamente degli stinchi di santo.» Fece una risatina priva di allegria.

«Allora perché pensi che questo potrebbe essere diverso?»

Rifletté, tormentandosi l'unghia del pollice con i denti.

«Be', non so come spiegarti, ma esiste un confine sottile che separa i semplici rompiballe dai personaggi veramente pericolosi. È un confine difficile da definire, ma quando lo superi lo capisci subito. Forse il fatto di frequentare certi posti ti sviluppa una specie d'istinto. Quando una ragazza si sente minacciata da un potenziale cliente, non ci va e basta. Ciascuna ha i suoi campanelli d'allarme personali, e tutti indicano quel confine che ti dicevo. Una volta sono gli occhi, un'altra qualche strana richiesta. Hélène, per esempio, non va mai con quelli che portano stivali da cowboy.»

Ennesima pausa di riflessione.

«Credo di essermi lasciata influenzare troppo da tutti quei racconti su serial killer e maniaci sessuali.»

Ancora qualche secondo di introspezione. Cercai di lanciare un'occhiata furtiva all'orologio.

«Questo tizio sta solo cercando di sciocarmi.»

Silenzio. Stava provando a tranquillizzarsi da sola.

«Che stronzo.»

Attimo dopo attimo la sua irritazione cresceva.

«Cristo, Tempe, non ho nessuna intenzione di permettergli di eccitarsi raccontandomi nefandezze e mostrandomi le sue foto di merda. La prossima volta lo mando a farsi fottere.»

Si voltò e appoggiò una mano sulla mia.

«Mi spiace da morire di averti coinvolta. Sono una vera idiota! Mi perdonerai?»

La fissai in silenzio. Ancora una volta la sua conversione emotiva mi coglieva di sorpresa. Come poteva nel giro di mezz'ora passare dal terrore, all'introspezione, alla rabbia e infine al dispiacere? Ma era troppo tardi per cercare di capire, e mi sentivo sfinita.

«Gabby, adesso è tardi. Ne riparliamo domani. Ovviamente non ce l'ho con te, anzi sono solo contenta che tu stia bene. Prima dicevo sul serio, quando ti ho proposto di venire da me. Sai che sei sempre la benvenuta.»

Mi abbracciò. «Grazie, ma ora sto meglio. Ti chiamo. Promesso.»

La guardai salire la scala accompagnata dagli ondeggiamenti del suo solito gonnellone. Un attimo dopo era già scomparsa dietro la porta violetta e lo spazio che ci separava era tornato vuoto e tranquillo. Rimasi sola, immersa nel buio e in una delicata fragranza di sandalo. Intorno a me regnava la calma assoluta, eppure una fitta di paura mi strinse il cuore. Una manciata di secondi, e anche quella si dissolse.

Mentre guidavo verso casa fui assalita da un turbinio di pensieri. Gabby stava montando un altro dei suoi melodrammi o era davvero in pericolo? Mi stava nascondendo qualcosa? Quell'uomo poteva essere pericoloso? Non si trattava magari solo di una fissazione indotta dai miei racconti? Era il caso di avvisare la polizia?

Sicuramente non dovevo farmi travolgere dall'ansia e dalla preoccupazione per Gabby. A casa mi preparai un bagno caldo con qualche goccia di oli essenziali. Era un rituale della mia infanzia, ma anche un autentico toccasana nei momenti di maggior tensione o di esaurimento. Misi un CD di Chris Rea e, con buona pace dei vicini, mi immersi nella vasca ad ascoltare la musica. Dopo il bagno provai a comporre il numero di Katy, ma come al solito trovai la segreteria. Divisi un po' di latte e biscotti con Birdie, che in verità preferiva solo il latte, lasciai le stoviglie nel lavandino e mi infilai a letto.

Il bagno aveva funzionato solo in parte. Ero ancora inquieta e non riuscivo a prendere sonno. Mi rigiravo nel letto guardando le ombre sul soffitto e lottando contro l'impulso di chiamare Pete. Nei momenti di difficoltà avevo ancora bisogno di lui, desideravo ancora la sua forza, e per questo mi detestavo. Ma era una cattiva abitudine che mi ero ripromessa di perdere.

Alla fine il sonno ebbe la meglio, liberandomi da Gabby, Pete, Katy e da tutti gli omicidi che avevo in testa. Bene. Solo così potevo avviarmi verso una nuova giornata.

8

Il mattino seguente, venerdì, dormii fino alle nove e un quarto. In genere mi alzo presto ma quel giorno era il 24 giugno, festa di San Giovanni, *La Fête Nationale du Québec,* e così mi ero lasciata piacevolmente impigrire. I negozi erano quasi tutti chiusi e non avrei neanche trovato la *Gazette* davanti alla porta. Decisi quindi di prepararmi il caffè e di scendere all'edicola più vicina per comprare un altro giornale.

Era una giornata tersa e luminosa, sembrava di vedere il mondo attraverso uno schermo a matrice attiva. Oggetti e ombre risaltavano nei minimi dettagli: mattoni e legno, metalli e intonaci, erba e fiori affermavano ciascuno la propria diversa posizione nell'iride. Il cielo era abbacinante e non tollerava la minima intrusione da parte delle nuvole; mi ricordava il colore delle uova di pettirosso sulle immaginette della mia infanzia, lo stesso azzurro sfacciato. Di certo anche San Giovanni avrebbe gradito.

L'aria mattutina era tiepida e leggera, ideale per diffondere il profumo emanato dalle petunie nelle cassette sui davanzali. Nel corso della settima la temperatura era aumentata in modo graduale ma costante, ogni giorno qualche grado in più del precedente. Per la festa nazionale si prevedevano 32 gradi Celsius, che una rapida conversione trasformò in circa 90 gradi Fahrenheit. Montréal si trova su un'isola e l'anello d'acqua che la circonda, formato dal San Lorenzo, assicura alla città un'umidità costante. Fantastico! Sarebbe stata una giornata calda e umida, proprio come nel North Carolina. Da buona americana del sud, adoro questo clima.

Al posto dell'inglese *Gazette* comprai *Le Journal de Montréal,* sedicente «primo quotidiano in lingua francese d'America», ma non particolarmente ligio nel rispetto delle festività nazionali.

Camminando verso casa diedi un'occhiata alla prima pagina. Il titolo a caratteri cubitali azzurri strillava: BONNE FÊTE QUÉBEC!

Pensai alla sfilata e ai concerti in programma al Parc Maisonneuve, al sudore e ai fiumi di birra, e alla questione politica che divideva la popolazione del Québec. Con le elezioni già fissate per l'autunno gli animi erano piuttosto agitati, soprattutto fra coloro che volevano la separazione e si auguravano che finalmente fosse l'anno buono. Magliette e manifesti annunciavano già: *L'an prochain mon pays!*, l'anno prossimo sarà il mio paese. Speravo proprio che quel giorno non venisse funestato dalla violenza.

Arrivata a casa mi preparai un caffè e una scodella di müsli e aprii il giornale sul tavolo della sala da pranzo. Io sono un'autentica "drogata dell'informazione". Se per qualche giorno mi capita di non leggere il giornale non posso assolutamente rinunciare alla dose quotidiana di notizie televisive delle undici e, quando sono in viaggio, mi sintonizzo sulla CNN ancora prima di disfare le valigie. L'astinenza da parola scritta, comunque, non può mai protrarsi troppo a lungo. Durante la settimana, assorbita dal ritmo frenetico del lavoro in obitorio e dall'insegnamento, mi lascio blandire dalle voci familiari del Morning Edition e di All Things Considered, già sapendo che durante il weekend mi rimetterò in pari con la carta stampata.

Non potendo bere, odiando il fumo e, quanto al sesso, non attraversando certo uno dei miei periodi migliori, il sabato mattina mi abbandonavo a vere e proprie orge giornalistiche e per ore sguazzavo nel mare di notizie, anche in quelle più insignificanti. Non che sui giornali si leggano sempre chissà quali novità. Anzi, direi che di novità non ce ne sono quasi mai. Le notizie sono fondamentalmente sempre le stesse. Terremoti. Colpi di stato. Guerre commerciali. Rapimenti. Il mio solo scopo è sapere a chi tocca un certo giorno.

Le Journal pubblicava articoli brevi e molte fotografie. Conoscendo il rituale, Birdie si era già issato sulla sedia vicino a me. Non avevo ancora capito se era interessato alla mia compagnia o se sperava nei resti del müsli. Inarcò la schiena e poi si accoccolò, ritirando le quattro zampe sotto di sé e puntandomi addosso i suoi fanali gialli, come fosse in cerca di una risposta a chissà quale profondo mistero felino. Mentre leggevo, sentivo il suo sguardo puntarmi una guancia.

La trovai in seconda pagina, fra la storia di un prete strangolato e un articolo sulla Coppa del mondo di calcio:

> GIOVANE ASSASSINATA E MUTILATA
> Ieri pomeriggio una donna di ventiquattro anni è stata assassinata e selvaggiamente sfigurata nella sua casa, nella zona est della città. La vittima, di nome Margaret Adkins, era casalinga e madre di un bambino di sei anni. Intorno alle dieci del mattino la signora Adkins era ancora viva e ha parlato al telefono con il marito. Il suo corpo, barbaramente mutilato, è stato scoperto dalla sorella intorno a mezzogiorno.
> Secondo la CUM non esistono segni di effrazione e non è chiaro come l'aggressore sia riuscito a penetrare in casa. L'autopsia è stata eseguita al Laboratoire de Médecine Légale dal dottor Pierre LaManche. La dottoressa Brennan, un'antropologa forense americana esperta di traumi allo scheletro, sta esaminando le ossa della vittima per scoprire eventuali segni di coltellate...

L'articolo proseguiva con la ricostruzione degli ultimi ipotetici spostamenti della vittima, un breve profilo della sua vita e uno straziante resoconto delle reazioni dei parenti. Per concludersi con la promessa che la polizia avrebbe fatto tutto il possibile per individuare l'assassino.

Il pezzo era accompagnato da diverse foto che illustravano il dramma e i relativi personaggi. Nella prima si vedevano l'appartamento e le scale, la polizia, gli inservienti dell'obitorio e la barella con il sacco mortuario già sigillato. La curiosità dei vicini, affollati sul marciapiede e trattenuti solo dal nastro di demarcazione della scena del delitto, vi era stata immortalata in un bianco e nero particolarmente sgranato. Fra gli attori all'interno del nastro riconobbi Claudel, il braccio destro sollevato come il direttore di una banda scolastica, mentre il primo piano di Margaret Adkins risaltava in un ingrandimento circolare, una versione un po' sfocata ma più felice del viso che avevo visto sul tavolo operatorio.

Una seconda fotografia mostrava una donna anziana con una crocchia di capelli bianchi e un bambino in pantaloncini e maglietta; un uomo con la barba e gli occhiali li cingeva tenendo loro un braccio intorno alle spalle, in un atteggiamento protettivo.

Tutti e tre guardavano dalla pagina sgomenti e disorientati, in un'espressione purtroppo assai comune nei parenti delle vittime di crimini così brutali. La didascalia li identificava come la madre, il figlio e il compagno della vittima.

La terza immagine mi provocò un misto di delusione e fastidio. Ritraeva me nel corso di un'esumazione e me la ricordavo benissimo: era una foto d'archivio scattata nel 1992 e spesso utilizzata dai giornali. Come sempre venivo definita «... *une anthropologiste américaine*».

«Merda!»

Birdie agitò la coda e mi guardò con disapprovazione. Pazienza. Il proposito di bandire quell'omicidio dai miei pensieri per l'intero weekend non era durato a lungo. Avrei dovuto immaginare che la notizia sarebbe comparsa sulla stampa del giorno. Buttai giù il caffè ormai freddo e provai a telefonare a Gabby. Nessuna risposta. Le ragioni della sua assenza potevano essere mille, ma quel silenzio contribuì a innervosirmi.

Andai in camera da letto a prepararmi per la lezione di tai-chi. In genere il corso si teneva il martedì sera, ma poiché quel giorno nessuno lavorava avevamo fissato un incontro straordinario. Fino a poco prima non ero ancora sicura che avrei partecipato, ma quell'articolo e l'assenza di Gabby avevano deciso al posto mio. Almeno per un'ora o due avrei fatto riposare il cervello.

Purtroppo mi illudevo di nuovo. Quei novanta minuti di «fate fluttuare mani come nuvole», «accarezzate uccellini» e «come ago su fondo di mare», non servirono affatto a regalarmi un umore festivo. Anzi, ero così distratta che per l'intera lezione continuai a muovermi fuori tempo e alla fine tornai a casa più tesa di prima.

In macchina accesi la radio, determinata a indulgere solo nei pensieri frivoli e a scacciare quelli più lugubri. Dovevo riuscire a salvare il mio weekend.

«... è stata assassinata ieri verso mezzogiorno. La signora Adkins doveva incontrare la sorella ma non si è mai presentata all'appuntamento. Il corpo è stato rinvenuto in una casa di Desjardins. La polizia non ha riscontrato segni di effrazione e sospetta che la Adkins conoscesse il suo aggressore.»

Sapevo bene che avrei dovuto cambiare stazione. Invece mi lasciai risucchiare da quella voce, che scavò nella massa dei miei pensieri fino a riportare in superficie gli stress e le frustrazioni, riuscendo così a distruggere ogni residua possibilità di un buon fine settimana.

«... i risultati dell'autopsia non sono stati ancora resi noti. La polizia sta setacciando la zona est di Montréal e interroga chiunque abbia conosciuto la vittima. Salgono così a ventisei gli omicidi commessi dall'inizio dell'anno nella giurisdizione della CUM. La polizia invita quanti possono fornire delle informazioni a contattare la Squadra omicidi al numero: 555-2052.»

Senza rendermene conto invertii il senso di marcia e mi diressi verso il laboratorio, mani strette intorno al volante e piedi premuti sui pedali. In una ventina di minuti ero a destinazione, determinata a fare qualcosa. Che cosa esattamente non lo sapevo.

Il palazzo SQ era tranquillo e popolato solo da pochi sfortunati. Nell'atrio le guardie mi lanciarono un'occhiata sospettosa ma non dissero niente. Forse non apprezzavano la mia coda di cavallo e la tenuta sportiva, o forse era una generica ombrosità dovuta al turno festivo. Comunque fosse, non mi importava molto.

Le due ali dell'LML e dell'LSJ erano completamente deserte. Uffici e laboratori sembravano godersi un po' di riposo prima di affrontare le conseguenze di quel lungo e caldo weekend. Il mio ufficio era come l'avevo lasciato, penne e pennarelli ancora sparpagliati in terra e sulla scrivania. Mentre li raccoglievo, lo sguardo mi cadde sulla massa di fogli che ingombrava il mio piano di lavoro: referti mai completati, lucidi non catalogati, l'eterno progetto sulle suture mascellari... I miei teschi modello mi guardavano dalle orbite vuote e inespressive.

Ancora non sapevo bene perché mi trovavo lì e quali fossero le mie intenzioni. Mi sentivo solo tesa e scombussolata. Ripensai alla dottoressa Lentz, che mi aveva aiutata a prendere atto della mia dipendenza dall'alcool e ad affrontare il crescente senso di estraniazione nei confronti di Pete. Con molto tatto, ma con altrettanta fermezza, le sue parole avevano scalfito la crosta che copriva le mie emozioni. «Tempe», mi avrebbe detto in quel momento, «è proprio sicura di dover tenere tutto sotto controllo? Non c'è nessun altro di cui possa fidarsi?»

Forse aveva ragione. Forse stavo solo cercando di sfuggire al senso di colpa che mi dilaniava perché non riuscivo a venire a capo del problema. O forse volevo semplicemente evadere dall'inattività e dalla sensazione di inadeguatezza che la accompagnava. Mi dissi che le indagini sugli omicidi in realtà non erano di mia competenza, che spettavano agli investigatori e che il mio lavoro consisteva solo nel fornire un contributo tecnico preciso ed esauriente. E mi rimproverai di essere lì solo per mancanza di prospettive migliori. Ma non servì a niente.

Nel tempo necessario a rimettere in ordine le penne riconobbi la fondatezza delle mie argomentazioni, senza tuttavia riuscire a ignorare la sensazione che mi rodeva e continuava a chiedermi di agire. Fra tutti quei casi esisteva un nesso sottile ma fondamentale, anche se per il momento ancora mi sfuggiva, e io dovevo assolutamente fare qualcosa.

Dall'archivio dove conservavo i casi più vecchi, presi un raccoglitore, quindi ne recuperai un altro dalla pila di quelli ancora aperti e li appoggiai accanto al dossier Adkins. Tre cartelline gialle. Tre donne strappate ai loro cari e massacrate dalla ferocia di uno psicopatico. Trottier. Gagnon. Adkins. Le vittime abitavano a chilometri di distanza l'una dall'altra e avevano età, esperienze e caratteristiche fisiche molto diverse, eppure restavo dell'idea che fossero state seviziate dalla stessa mano. Claudel sapeva vedere solo le differenze. Spettava a me trovare il nesso che l'avrebbe convinto delle analogie.

Strappai un foglio di carta a righe e impostai una tabella suddivisa nelle categorie che mi parevano più significative: età, razza, colore e lunghezza dei capelli, colore degli occhi, altezza, peso, ultimo abbigliamento, stato civile, lingua, gruppo etnico/religioso, luogo/tipo di residenza, occupazione, luogo di lavoro, causa del decesso, data e ora del decesso, trattamento postmortem, luogo del ritrovamento.

Iniziai da Chantale Trottier, ma subito mi resi conto che i file in mio possesso non mi avrebbero fornito tutte le informazioni necessarie. Per ottenere un quadro completo avrei dovuto consultare i rapporti di polizia e le fotografie delle scene dei delitti. Guardai l'orologio: le due meno un quarto. Chantale Trottier era un caso dell'SQ, perciò decisi di scendere al primo piano. Dubitavo che gli uffici della Omicidi fossero in pieno fermento, anzi, probabilmente era la giornata giusta per quel genere di richiesta.

Infatti avevo ragione. Trovai la grande sala semivuota e la colonia di scrivanie di metallo grigio praticamente disabitata. In un angolo in fondo tre uomini formavano un misero capannello. Due di essi sedevano a scrivanie adiacenti e si guardavano attraverso pile di fascicoli e straripanti vaschette per la corrispondenza.

Un uomo alto e dinoccolato, con le guance scavate e i capelli brizzolati lucidi come peltro, si teneva in bilico sulle gambe posteriori della sedia, i piedi sollevati e le caviglie accavallate. Era Andrew Ryan. Parlava in francese con l'accento duro e piatto degli anglofoni, gesticolando con una biro in mano. La sua giacca penzolava dallo schienale della sedia, le maniche vuote che dondolavano al ritmo dei colpi affondati con la penna. Mi ricordava i vigili del fuoco in caserma, rilassati ma pronti a scattare alla prima chiamata.

Dalla scrivania di fronte un collega osservava Ryan, la testa inclinata come un canarino che studia una faccia da dietro le sbarre della gabbia. Era basso e muscoloso, anche se il suo fisico rivelava i primi cedimenti della mezza età. Sfoggiava un'abbronzatura uniforme, da lampada, e una chioma di capelli neri dal taglio e dall'acconciatura impeccabili. Sembrava un aspirante attore pronto per un provino fotografico. Avevo il sospetto che anche i baffi fossero freschi di barbiere. Una targa di legno sulla scrivania lo identificava come Jean Bertrand.

Il terzo agente stava appollaiato sul bordo della scrivania di Bertrand e ascoltava lo scambio di battute fra i due ispezionandosi le nappe dei mocassini italiani. Nel vederlo l'umore mi precipitò alla velocità della luce.

«... hai presente una capra che caca brace?»

Risero in coro con quel suono di gola che gli uomini sembrano condividere quando si godono una battuta a spese di una donna. Claudel consultò l'orologio.

Stai diventando paranoica, Brennan, mi dissi. Forza, datti un contegno. Mi schiarii la voce e avanzai in mezzo al labirinto di scrivanie. Il trio smise di parlare e si voltò verso di me. Riconoscendomi, gli investigatori dell'SQ si alzarono e mi rivolsero un sorriso. Claudel rimase seduto. Senza neppure sforzarsi di mascherare il suo disappunto, continuò a flettere i piedi in su e in giù e a ispezionarsi le scarpe. Si interruppe solo per lanciare un'altra occhiata all'orologio.

«Come sta, dottoressa Brennan?» mi domandò Ryan in inglese porgendomi la mano. «È stata a casa di recente?»

«Veramente non ci vado da qualche mese.» Aveva una stretta poderosa.

«Volevo sempre chiederle... per caso mette in valigia anche un AK-47 quando torna laggiù?»

«No, non è necessario, tutte le famiglie ne tengono uno. Già montato.»

Le loro battute sulla violenza negli Stati Uniti non mi facevano più alcun effetto.

«E avete anche il gabinetto in casa?» mi domandò Bertrand. Il suo argomento preferito invece era l'arretratezza degli stati del sud.

«No, solo negli hotel di lusso.»

Dei tre, solo Ryan parve imbarazzato.

Andrew Ryan era un investigatore dell'SQ piuttosto anomalo. Figlio unico di genitori irlandesi, era cresciuto nella provincia della Nova Scotia. I genitori, entrambi medici, avevano studiato a Londra ed erano emigrati in Canada senza conoscere il francese. Si aspettavano che il figlio seguisse la loro carriera e, avendo sperimentato di persona i limiti del monolinguismo, si erano impegnati a fargli imparare anche il francese.

Nel corso dei primi anni alla Saint-Francis Xavier, però, le cose avevano cominciato a prendere una brutta piega. Sedotto dal fascino della vita spericolata, Ryan aveva avuto problemi con l'alcool e con pasticche varie, fino a estraniarsi quasi del tutto dalla vita del campus. Ai libri aveva iniziato a preferire i locali loschi e puzzolenti di birra frequentati da spacciatori e da gang di motociclisti ed era diventato molto noto alla polizia locale per le sue ripetute sbronze smaltite in guardina. Una notte era stato ricoverato al St. Martha's Hospital perché un cocainomane gli aveva trapassato il collo con un coltello mancando per un pelo la carotide.

Come per i primi cristiani, la sua conversione era stata immediata e totale. Ma anziché spezzare del tutto i suoi legami con i vecchi giri, Ryan era semplicemente passato dall'altra parte. Aveva conseguito la laurea in criminologia, era entrato nell'SQ e aveva fatto carriera fino al grado di tenente.

Il tempo trascorso sulla strada gli era tornato alquanto utile.

Educato e formale nel linguaggio, all'occasione sapeva anche essere un uomo aggressivo capace di farsi rispettare e di tenere testa ai malavitosi. Pur non avendo mai lavorato con lui, conoscevo la sua storia grazie alle chiacchiere che circolavano nella Omicidi, ma mai nessuno mi aveva fatto un commento negativo sul suo conto.

«Qual buon vento?» riprese, indicando la finestra. «Non dovrebbe essere in giro a festeggiare?»

Dal colletto gli sbucava una cicatrice sottile che si arrampicava lungo il collo. Liscia e lucida come un serpente di lattice.

«Colpa della mia inesistente vita sociale. Quando i negozi sono chiusi, non mi resta niente da fare.»

Lo dissi scostandomi la frangia dalla fronte. In quel momento mi ricordai della mia tenuta sportiva, e di fronte al loro look impeccabile provai un leggero imbarazzo. Quei tre sembravano usciti da una pubblicità di *L'Uomo Vogue*.

Bertrand lasciò la sua scrivania e si avvicinò per darmi la mano, fra sorrisi e cenni d'assenso. Gliela strinsi. Claudel continuava a non guardarmi. Avevo bisogno di lui quanto di una brutta infezione.

«Mi chiedevo se era possibile dare un'occhiata a un caso dell'anno scorso. Si chiama Chantale Trottier. È stata uccisa nell'ottobre del 1993 e il cadavere ritrovato a Saint-Jérome.»

Bertrand schioccò le dita, girandosi di nuovo dalla mia parte.

«Sì, ricordo. La ragazzina nella discarica. Non abbiamo ancora inchiodato il bastardo che l'ha fatta fuori.»

Con la coda dell'occhio notai lo sguardo di Claudel spostarsi verso Ryan. Per quanto impercettibile, quel movimento solleticò la mia curiosità. Dubitavo che Claudel fosse lì per un incontro di piacere. Sicuramente avevano discusso dell'omicidio del giorno precedente, e mi sarebbe piaciuto sapere se avevano parlato di Isabelle Gagnon o di Chantale Trottier.

«Ma certo», disse Ryan, sorridente ma professionale. «Qualunque cosa le serva. Crede che ci sia sfuggito qualcosa?»

Estrasse una sigaretta dal pacchetto, se la infilò in bocca e ne offrì una anche a me. Rifiutai.

«No, no, non è per questo», dissi. «È che sto lavorando a un paio di casi che continuano a ricordarmela. Non sono nemmeno sicura di cosa sto cercando. Vorrei solo controllare le foto della scena del delitto e magari il rapporto finale.»

«Già... conosco la sensazione», commentò Ryan, emettendo una boccata di fumo. Se avesse saputo che quei casi erano anche di Claudel, non avrebbe continuato. «Qualche volta non possiamo fare altro che seguire il nostro istinto. Che cosa pensa di aver scoperto?»

«Crede che ci sia in giro uno psicopatico responsabile di tutti gli omicidi commessi dai tempi di Cristoforo Colombo.»

Claudel parlò con voce piatta, senza quasi muovere le labbra, quindi riportò lo sguardo sulle scarpe, ostentando tutto il suo disprezzo. Mi voltai e decisi di ignorarlo.

Ryan gli sorrise. «E dai, Luc, dacci un taglio... un controllo in più non ha mai ucciso nessuno. Non siamo certo stati dei fulmini nel beccare questo bastardo.»

Claudel ebbe un gesto di disappunto e scosse la testa. Ancora una volta guardò l'orologio. Poi si rivolse a me. «Che cosa ha trovato?» domandò.

Prima che potessi rispondere la porta si spalancò e Charbonneau fece ingresso nella sala. A passo sostenuto avanzò tra le scrivanie, agitando un foglio di carta con la mano sinistra.

«L'abbiamo incastrato», disse. «Quel figlio di puttana è fregato.» Appariva congestionato in viso e aveva il respiro affannoso.

«Era ora», commentò Claudel. «Fammi vedere.» Si rivolse a Charbonneau come a un fattorino, impaziente al punto da scordarsi le più elementari regole della buona educazione.

Charbonneau corrugò la fronte ma gli passò i fogli, quindi i tre uomini si strinsero come i giocatori di una squadra di football che consultano uno schema di gioco. Charbonneau riprese a parlare.

«Quel sacco di merda ha usato la carta di credito della vittima un'ora dopo averla uccisa. Forse voleva divertirsi ancora un po', così è andato dal *dépanneur* dietro l'angolo a prelevare qualche spicciolo. Peccato che ci fosse una telecamera in funzione puntata sulla cassa. *Voilà!* I vostri momenti migliori solo su carta Kodak...»

Ammiccò in direzione della fotocopia.

«Proprio una bellezza, vero? Stamattina sono passato per mostrarla al commesso, ma era quello del turno di notte e non mi ha saputo dire il nome del bastardo. Però ha riconosciuto la faccia. Ci ha consigliato di parlare con quello che arriva dopo le nove. A quanto pare il nostro uomo è un cliente abituale.»

«Oh, cazzo», fece Bertrand.

Ryan sbirciò la foto chinandosi al di sopra del collega con la sua figura alta e slanciata.

«Così questo sarebbe lo stronzo», rincarò Claudel. «Okay, andiamo a inchiodare questo rotto in culo.»

«Vorrei venire anch'io.»

Ovviamente si erano dimenticati di me. Quando si voltarono a guardarmi, lessi sulle loro facce un misto di divertimento e di curiosità per come si sarebbe evoluta la situazione.

«*C'est impossible*», sentenziò Claudel, il solo a ostinarsi a parlare in francese. Muso duro e mascella contratta, i suoi occhi non tradivano la minima benevolenza.

Vogliamo aprire le ostilità?

«Sottotenente Claudel», replicai nella stessa lingua, scegliendo molto bene le parole, «ritengo di aver rilevato corrispondenze significative fra i casi di omicidio attualmente al mio esame. Qualora venissero confermate, dietro questi delitti potrebbe esistere un unico individuo, forse proprio uno psicopatico, come lei lo chiama. Naturalmente potrei sbagliarmi, così come potrei avere ragione. Lei è pronto ad assumersi la responsabilità di ignorare questa ipotesi, mettendo a repentaglio la vita di altri innocenti?»

Educata ma ferma. Neanch'io mi stavo divertendo molto.

«Al diavolo, Luc, lasciala venire con noi», intervenne Charbonneau. «In fondo andiamo solo a fare due chiacchiere.»

«Ma sì, tanto ormai lo becchiamo in ogni caso, con lei o senza di lei», insistette Ryan.

Claudel non disse nulla. Prese le chiavi, si ficcò in tasca la foto e mi passò davanti dirigendosi verso la porta.

«Si parte», annunciò Charbonneau.

Qualcosa mi diceva che ancora una volta avrei fatto gli straordinari.

9

Arrivare non fu impresa facile. Charbonneau si era messo al volante e aveva imboccato il Boulevard De Maisonneuve in direzione ovest, mentre io mi ero seduta dietro e guardavo fuori dal finestrino, ignorando le scariche elettrostatiche che provenivano dalla radio. L'afa era insopportabile e dai marciapiedi si innalzavano i vapori tremuli della calura.

Montréal era pervasa di fervore patriottico. Il *fleur-de-lis* era ovunque: esibito da finestre e balconi; sventolato su bandiere e manifesti; indossato su ogni tipo di indumento; dipinto sulle facce. Da Centre-Ville verso est, fino alla Main, migliaia di cittadini festosi e sudati dilagavano per le strade, rallentando la circolazione come piastrine in un'arteria. La folla ondeggiava come una marea bianca e azzurra, apparentemente priva di una meta precisa, anche se quasi tutti sembravano confluire verso nord, in direzione della Sherbrooke e della parata. Alle 2 del pomeriggio manifestanti e curiosi avevano lasciato la Saint-Urbain proseguendo rapidi sulla Sherbrooke. In quel momento sfilavano proprio davanti a noi.

Il ronzio dell'impianto di condizionamento non riusciva a coprire le risate e gli sporadici ritornelli delle canzoni. Era già scoppiato qualche diverbio. Mentre eravamo fermi a un semaforo, ad Amherst, osservai uno sbruffone che spingeva la sua ragazza contro un muro. Aveva i capelli color avorio sporco, ricci in alto e lunghi sul collo; la pelle di un bianco mozzarella stava già virando verso l'aragosta. Ripartimmo prima che la scena entrasse nel vivo, e mi restò in mente l'espressione stupita e interrogativa della ragazza sovrapposta al seno di una donna nuda. Era quella del cartellone della mostra di Tamara de Lempicka al Musée des Beaux Arts. «*Une femme libre*», strillava, una donna libera. Una delle molte ironie della vita. Immaginai che il cretino non avrebbe passato una bella nottata e provai una certa soddisfazione. E forse si sarebbe anche coperto di vesciche.

«Fammi rivedere un attimo quella foto», disse a un tratto Charbonneau.

Claudel estrasse il foglio dalla tasca e glielo porse. Continuando a tenere d'occhio il traffico, si mise a studiarla.

«Certo non dice granché, eh?» commentò, senza rivolgersi a nessuno in particolare. In silenzio mi passò la foto da sopra lo schienale.

Era la copia di un unico fotogramma in bianco e nero molto ingrandito, che inquadrava il soggetto dall'alto e da destra. Mostrava l'immagine sfocata di un uomo concentrato nell'operazione di inserire o estrarre una tessera da uno sportello automatico.

I capelli, corti e radi, erano appiattiti sulla fronte in una sparuta frangetta. La sommità della testa, invece, era quasi calva e un evidente riporto da sinistra a destra tentava di mascherarne la cute. Il mio vezzo maschile preferito. Sexy quasi quanto un costume ascellare.

Un folto paio di sopracciglia sporgeva al di sopra degli occhi e le orecchie si aprivano come i petali di una viola del pensiero. L'uomo era di un pallore cadaverico e indossava una camicia a quadri infilata in qualcosa di simile a un paio di pantaloni da lavoro. La sgranatura e la prospettiva impedivano di individuare qualsiasi altro particolare. Dovevo concordare con Charbonneau: non diceva granché. Avrebbe potuto essere chiunque. Restituii il foglio senza fare commenti.

In Québec i *dépanneurs* sono rivendite di articoli vari e di generi alimentari di prima necessità. Li si trova ovunque sia possibile stipare scaffali e frigoriferi in uno spazio al chiuso, e punteggiano tutti i quartieri della città formando una rete capillare che soddisfa le esigenze di residenti e viaggiatori di passaggio. Vi si possono comprare latte, sigarette, birra e vino di buon comando; il resto dell'assortimento è determinato dalle preferenze dei clienti della zona. Non sono appariscenti e non hanno parcheggio, ma quelli più chic sono dotati di uno sportello automatico. Noi ci stavamo dirigendo verso uno di questi.

«Rue Berger?» Charbonneau domandò a Claudel.

«*Oui.* Imbocca la Sainte-Catherine e vai verso sud. Poi prendi il René-Lévesque verso Saint-Dominique e torna indietro verso nord. Laggiù è un labirinto di sensi unici.»

Charbonneau girò a sinistra e proseguì come indicato. Era così impaziente che continuava ad accelerare e a toccare il freno facendo sobbalzare la Chevrolet come una macchinina di un autoscontro. Avevo un po' di nausea e mi concentrai su quello che succedeva lungo la Saint-Denis, davanti alle boutique, ai bistrot e ai moderni edifici in mattoni della Université du Québec.

«*Sacré bleu!*»

«*Ca-lice!*» esclamò Charbonneau, mentre una Toyota stationwagon verde scuro gli tagliava la strada.

«Bastardo», aggiunse, schiacciando il freno ma sfiorando ugualmente il paraurti dell'altra auto.

Claudel lo ignorò, forse abituato alla guida nervosa del collega. Io avrei voluto una Xamamina, ma non dissi nulla.

Finalmente arrivammo al René-Lévesque e svoltammo in direzione ovest, per poi tagliare sulla Saint-Dominique. Imboccammo la Sainte-Catherine e mi ritrovai ancora una volta nella zona della Main, a meno di un isolato da dove lavoravano le ragazze di Gabby. Rue Berger era una delle vie laterali comprese nel piccolo scacchiere stretto fra il Saint-Laurent e la Saint-Denis, proprio di fronte a noi.

Charbonneau voltò l'angolo e accostò al marciapiede, all'altezza del *Dépanneur* Berger. Sulla porta un cartello malconcio prometteva *bière et vin*. Le vetrine erano ricoperte di pubblicità Molson e Labatt sbiadite dal sole e fissate con un nastro adesivo ingiallito e fiaccato dal tempo. Sul davanzale sottostante erano allineate file di mosche morte, stratificate secondo la stagione del decesso. I vetri erano protetti da sbarre di ferro e fuori dalla porta sostavano due tizi di una certa età seduti su sedie da cucina.

«Il nome del gestore è Halevi», annunciò Charbonneau dopo aver consultato il suo taccuino. «Non credo avrà molto da dirci.»

«Fanno sempre così. Ma basta torchiarli un po' per fargli tornare la memoria», ribatté Claudel, chiudendo la portiera.

I due tizi ci guardarono in silenzio.

Una fila di campanellini d'ottone segnalò il nostro ingresso. All'interno del negozio faceva caldo e aleggiava un odore di polvere, spezie e vecchi scatoloni. Due file di scaffali bifronti occupavano il locale in tutta la sua lunghezza, formando un corridoio centrale e due laterali. I ripiani impolverati esibivano un assortimento di conserve prossime alla scadenza.

In fondo e sulla destra una ghiacciaia conteneva sacchi colmi di noccioline, ceci, piselli secchi e farina; accanto ai sacchi avvizzivano delle verdure. Probabilmente nata in un'altra epoca, la ghiacciaia non ghiacciava più.

Lungo la parete di sinistra, invece, erano allineati alcuni frigoriferi verticali per il vino e la birra e un modesto contenitore refrigerato coperto da un foglio e che ospitava latte, olive e feta greca. Lo sportello automatico si trovava a destra di quest'ultimo. A parte ciò, il negozio non sembrava essere stato rinnovato dai tempi dell'ingresso dell'Alaska nella confederazione.

Il banco si trovava a destra della porta. Il signor Halevi vi era seduto dietro, accalorato in una conversazione al cellulare. Si passava di continuo la mano sulla testa calva, in un gesto che ormai sembrava solo il retaggio di una gioventù più villosa. Un cartello sulla cassa diceva: SORRIDI, IL SIGNORE TI AMA. Paonazzo e chiaramente stizzito, Halevi non sembrava toccato da quel consiglio. Rimasi in disparte a osservare.

Claudel si piazzò direttamente davanti al banco schiarendosi la voce, ma Halevi gli fece un cenno con la mano aperta e con la testa gli indicò di aspettare. Allora l'investigatore gli mostrò il tesserino e a sua volta scosse la testa. Per un attimo Halevi parve confuso, quindi pronunciò qualche rapida parola in hindi e attaccò. Dietro le lenti spesse, un paio di occhi enormi si spostarono da Claudel a Charbonneau e ritorno.

«Sì?» disse.

«Sei Bipin Halevi?» esordì Charbonneau in inglese.

«Sì.»

Charbonneau piazzò la foto sul banco. «Da' un'occhiata qui. Conosci questo tizio?»

Halevi ruotò il foglio verso di sé e si chinò spianando i bordi con le dita nervose. Era agitato e cercava di compiacerli, o almeno di dare l'impressione di voler collaborare. Molti *dépanneur* vendono sigarette di contrabbando e articoli da mercato nero, e le visite della polizia sono frequenti quanto quelle della Finanza.

«Sfido chiunque a riconoscere un uomo da questa roba. È stata presa dal video? Comunque è già venuto qualcun altro a chiedere. Cosa ha fatto?»

Parlava inglese con la cantilena tipica degli indiani del nord.

«Non hai nessuna idea di chi può essere?» lo interrogò Charbonneau, ignorandolo.

Halevi scrollò le spalle. «Con i clienti che ho io non si fanno troppe domande. E poi è sfocata. E ha la faccia girata dall'altra parte.»

Cambiò posizione sullo sgabello, rilassandosi. Il problema riguardava la videocassetta del sistema di sicurezza confiscata dalla polizia, dunque l'oggetto delle indagini non era lui.

«Sta da queste parti?» domandò Claudel.

«Ve l'ho già detto, non lo so.»

«Ti ricorda anche solo vagamente qualcuno?»

Halevi fissò la fotocopia.

«Forse. Sì, può essere. Ma non si vede bene. Vorrei potervi aiutare ma... Forse è uno che ho già visto.»

Charbonneau gli rivolse un'occhiata intensa, probabilmente ponendosi la mia stessa domanda: Halevi stava solo cercando di compiacerci, oppure in quella foto aveva davvero riconosciuto un volto noto?

«Chi?»

«Non... non so. Un cliente.»

«Ha qualche abitudine particolare?»

Halevi si fece inespressivo.

«Viene sempre alla stessa ora? Dalla stessa parte della via? Compra sempre la stessa cosa? Porta un accidenti di tutù?» Claudel cominciava a spazientirsi.

«Ve l'ho detto. Io non chiedo niente e non vedo niente. Vendo solo la mia roba. E di sera me ne torno a casa. Questa faccia per me è una delle tante. Gente che va e gente che viene.»

«Fino a che ora è aperto questo buco?»

«Fino alle due di notte.»

«E il tuo cliente viene di sera?»

«È possibile.»

Charbonneau prendeva appunti sul suo taccuino rilegato in pelle. Fino a quel momento però non aveva scritto molto.

«Ieri pomeriggio eri qui?»

Halevi annuì. «C'era molto lavoro... insomma, era il giorno prima di una festa. Magari la gente pensava che oggi ero chiuso.»

«E hai visto questo tizio entrare?»

Ancora una volta Halevi studiò la fotografia, portandosi le mani dietro la testa e grattando vigorosamente. Infine sospirò e sollevò le braccia in un gesto di impotenza.

Charbonneau infilò la foto nel taccuino e lo richiuse con un rumore secco, lasciando un biglietto da visita sul banco.

«Mister Halevi, se ti viene in mente qualcosa dacci un colpo di telefono. Per il momento grazie.»

«Certo, certo», disse l'uomo, ritrovando tutta la vivacità smarrita davanti al tesserino della polizia. «Vi chiamo di sicuro.»

«Certo, certo», gli fece il verso Claudel una volta fuori dal negozio. «Prima che quell'idiota ci chiami, Saddam Hussein fa in tempo a farsi suora.»

«Be', è il gestore di un *dépanneur*: può avere solo un sacco di riso al posto del cervello», rispose Charbonneau.

Mentre attraversavamo diretti all'auto mi voltai per dare un'occhiata: i due tizi erano ancora di guardia alla porta. Sembravano parte integrante del negozio, come i cani di pietra all'ingresso di un tempio buddhista.

«Mi dia la foto un minuto», dissi a Charbonneau.

Lui mi guardò sorpreso, ma poi mi consegnò il bottino. Claudel aprì la portiera, fu investito da una vampata di aria bollente, quindi appoggiò un braccio sul tetto, un piede al telaio e si dispose a godersi lo spettacolo. Mentre riattraversavo fece qualche commento con Charbonneau ma per mia fortuna non riuscii a distinguere le sue parole.

Puntai l'uomo seduto sulla destra. Indossava pantaloncini da jogging rosso sbiadito, una canottiera, calzini eleganti e scarpe di cuoio con i lacci. Le gambe ossute erano coperte di vene varicose che, sotto la pelle bianca e pastosa, sembravano altrettanti grumi di spaghetti. A un angolo della bocca, senza più tono per la totale mancanza di denti, penzolava una sigaretta. Seguì la mia marcia di avvicinamento con evidente curiosità.

«*Bonjour*», dissi.

«Ciao», mi rispose in inglese, sporgendosi in avanti per staccare la schiena sudata dalla sedia di plastica mezza rotta. Ci aveva sentiti parlare, o forse aveva riconosciuto il mio accento.

«Caldo, vero?»

«Ho conosciuto giorni anche più caldi.» Parlando faceva dondolare la sigaretta.

«Abita da queste parti?»

Sollevò il braccio scheletrico in direzione del Saint-Laurent.

«Posso farle qualche domanda?»

Accavallò nuovamente le gambe, annuendo.

Gli porsi il foglio.

«Ha mai visto quest'uomo?»

Sollevò la foto con la mano sinistra, allontanandola con il braccio e ripararandola dal sole con la mano destra. Aveva la faccia avvolta in una nuvola di fumo. Studiò l'immagine per un tempo infinito, quasi si fosse dimenticato di me. Nel frattempo osservai un gatto bianco e grigio coperto di macchie rosse irregolari scivolare sotto la sedia, costeggiare l'edificio e scomparire dietro l'angolo.

L'altro tizio appoggiò le mani sulle ginocchia e si alzò emettendo una specie di sordo grugnito. A giudicare dal colore della pelle, avrei detto che era seduto su quella sedia da centovent'anni. Si sistemò le bretelle e la cintura con cui reggeva i pantalonacci grigi, poi si avvicinò. Accostò la visiera del cappellino dei Mets alle spalle del suo compare e sbirciò la fotografia. Fu a quel punto che il primo me la restituì.

«Non lo riconoscerebbe neanche sua madre. Questa foto fa cagare.»

L'altro era più positivo.

«Abita da quelle parti», disse puntando un dito ingiallito verso il fondo dell'isolato, e in particolare verso una fatiscente casa di mattoni. Aveva una parlata così stretta che lo capivo a stento. Anche lui completamente sdentato, ogni volta che apriva bocca sembrava che il mento andasse a cercare il naso. Scosse la testa.

«*Souvent?*» Spesso? domandai.

«Hm, *oui*», rispose lui, sollevando sopracciglia e spalle, sporgendo il labbro inferiore e voltando la mano in su e in giù. Spesso. Abbastanza.

Quello seduto scosse la stessa e si produsse in una smorfia di disgusto.

Feci segno a Claudel e a Charbonneau di raggiungermi e riferii loro quanto avevo saputo. Claudel mi guardò come fossi un moscone che continuava a ronzargli intorno, un maledetto fastidio di cui purtroppo non poteva non occuparsi. Lo fissai dritto negli occhi sfidandolo a dire qualcosa. Sapeva che adesso avrebbero dovuto interrogare anche i due vecchi.

Senza commentare le mie rivelazioni Charbonneau si voltò e si concentrò sulla coppia, mentre Claudel e io restammo ad ascoltare. Quel dialetto era un mitragliamento di finali tronche e di vocali strascicate. Capii poco dello scambio di battute, ma i gesti e i segni erano chiari come un titolo di giornale: Bretelle diceva che l'uomo viveva in fondo all'isolato; Vene Varicose non era d'accordo.

Alla fine Charbonneau si voltò verso di noi, indicò l'auto con un cenno della testa e ci invitò a seguirlo. Attraversai la strada in preda alla netta sensazione di avere due paia di occhi cisposi incollati alla schiena.

10

Appoggiato alla macchina, Charbonneau spinse una sigaretta fuori dal pacchetto e l'accese. Era teso come una trappola prossima a scattare. Per qualche istante parve rielaborare in silenzio la conversazione con i due vecchietti. Infine prese la parola, la bocca quasi immobile, le labbra due linee sottili.

«Allora, che ne dite?» domandò.

«Sembra proprio che quei due passino qui un sacco di tempo», commentai. Sotto la maglietta un rivolo di sudore mi colò lungo la schiena.

«Magari hanno le allucinazioni», disse Claudel.

«Magari hanno davvero visto quel rotto in culo», ribatté Charbonneau. Fece un altro tiro e scrollò la cenere con il dito medio.

«Be', con le informazioni che ci hanno dato non possiamo certo considerarli dei testimoni chiave.» Claudel.

«Già, ma siamo tutti d'accordo che il tipo non aveva tratti o caratteristiche particolari.» Charbonneau. «Anche perché i mutanti come lui cercano sempre di passare inosservati.»

«A me quello con le bretelle sembrava piuttosto sicuro.» Io.

Claudel sembrò spazientirsi. «Le uniche certezze di quei due sono la strada per il bar e per la banca del sangue. Sono gli unici posti che riuscirebbero a riconoscere.»

Charbonneau aspirò un'ultima volta, gettò a terra il mozzicone e lo spense con un piede. «Potrebbe essere un viaggio inutile, ma potrebbe anche succedere che lo troviamo là dentro. Per quanto mi riguarda non vorrei lasciarmi sfuggire un'occasione, quindi propongo di farci un salto. Se lo troviamo, per quel bastardo è finita.»

Claudel si strinse una volta di più nelle spalle. «D'accordo, ma io non voglio farmi fottere. Chiediamo rinforzi.»

Poi guardò Charbonneau, indicandomi con gli occhi e alzando interrogativamente le sopracciglia.

«A me non dà nessun fastidio», rispose Charbonneau.

Claudel scosse la testa, girò intorno alla macchina e scivolò nell'abitacolo dalla parte del passeggero. Attraverso il parabrezza lo vidi staccare il microfono della radio.

«Lei stia in campana», ne approfittò per dirmi Charbonneau. «E se succede qualcosa, si butti a terra.»

Apprezzai che si fosse astenuto dal raccomandarmi di non toccare niente.

Dopo qualche secondo Claudel si sporse dal finestrino.

«*Allons-y*», disse. Andiamo.

Una volta a bordo, si voltò verso di me. «Quando siamo là dentro non tocchi nulla. Se è il nostro uomo, non voglio sputtanare indizi preziosi.»

«Mi sforzerò», risposi, obbligandomi a sopprimere il sarcasmo dalla voce. «Sa, noi creature senza testosterone a volte fatichiamo a ricordare cose come questa.»

Si rigirò emettendo uno sbuffo, ma sono convinta che in presenza di un pubblico alleato avrebbe alzato gli occhi al cielo con una smorfia di sufficienza.

Arrivati a destinazione, Charbonneau accostò al marciapiede e tutti e tre ci fermammo a considerare l'edificio. Era circondato da lotti di terreno abbandonati. La distesa di cemento, solcata dalle crepe e invasa dalle erbacce, era coperta di bottiglie rotte, tipici ingredienti del degrado urbano. Uno dei muri era tappezzato dal murale di una capra con un'arma automatica appesa a ciascun orecchio e uno scheletro umano stretto in bocca. Mi domandai se qualcuno a parte il suo creatore sarebbe mai riuscito a leggervi qualche significato.

«Mi dicevano che oggi non si è ancora fatto vedere», ci informò Charbonneau, tamburellando con le dita sul volante.

«La pattuglia a che ora ha perlustrato la zona?» volle sapere Claudel.

«Alle dieci», rispose il collega, controllando l'orologio. Istintivamente anche noi imitammo il suo gesto. Grande soddisfazione del signor Pavlov. Comunque erano le tre e dieci.

«Forse l'amico è un dormiglione. Forse è ancora distrutto dalle fatiche di ieri», ironizzò Charbonneau.

«O forse non abita affatto qui e gli stronzi là fuori sono già piegati in due dal ridere.»

«Forse.»

Osservai un piccolo gruppo di ragazze attraversare il terreno incolto alle spalle dell'edificio. Si tenevano a braccetto con la tipica complicità degli adolescenti e indossavano pantaloncini corti con sopra disegnata la bandiera del Québec. I capelli, acconciati in tante treccine, erano colorati con uno spray azzurro. Ridevano, strette l'una all'altra nella calura estiva, e io pensai alla facilità con cui le loro giovani vite potevano essere stroncate dal gesto di un folle. Ingoiai la rabbia. Non potevo credere di essere veramente seduta a meno di dieci metri da un simile mostro.

Dopo un po' una volante bianca e azzurra si fermò dietro di noi. Charbonneau scese per andare a parlare con gli agenti, ma nel giro di un minuto era già di ritorno.

«Ci copriranno le spalle», disse in tono secco, ogni traccia di ironia scomparsa. «*Allons-y.*»

Quando aprii la portiera Claudel parve sul punto di dire qualcosa, poi cambiò idea e si allontanò a passo deciso. Charbonneau e io lo seguimmo. Mi accorsi che quest'ultimo si era sbottonato la giacca e teneva il braccio destro leggermente piegato, pronto all'azione. Quale azione? mi domandai.

L'edificio di mattoni rossi era l'unico rimasto in piedi in tutto l'isolato. I lotti circostanti apparivano disseminati di grandi blocchi di cemento, resti dimenticati dalla ritirata dei ghiacci. Una catena arrugginita e allentata correva lungo il lato sud dello stabile. La capra del murale guardava verso nord.

Di fronte a noi, sulla Berger, si aprivano tre vecchie porte bianche separate dalla strada da un unico gradino e da cui partivano altrettanti vialetti asfaltati che conducevano al marciapiede.

Sul vetro della terza porta, davanti a una tendina di pizzo grigia e molliccia, pendeva un cartello scritto a mano. Mi sforzai di leggere attraverso lo strato di sudiciume: CHAMBRES À LOUER, stanze in affitto. Claudel mise un piede sul gradino e premette il più alto dei due pulsanti situati accanto alla porta. Nessuna risposta. Suonò di nuovo, attese qualche secondo, poi bussò con energia.

«*Tabernac!*» mi strillò una voce nelle orecchie. La pesante imprecazione in *québecois* mi fece balzare il cuore in gola.

Mi girai. La voce proveniva da una finestra a una ventina di centimetri alla mia sinistra. Attraverso i vetri scorsi una faccia corrucciata e visibilmente infastidita.

«Cosa credi di fare, eh? Prova a sfondare quella porta, *trou de cul*, e te la faccio pagare.»

«Polizia», disse Claudel, ignorando l'insulto.

«Ah sì? Allora fammi vedere qualcosa.»

Avvicinò il tesserino di riconoscimento alla finestra. Il viso paonazzo e porcino di una donna si sporse, incorniciato da un foulard verde elettrico annodato in bella mostra sulla sommità della testa. Le due cocche puntavano verso l'alto ballonzolando nell'aria come le orecchie di un coniglio di peluche. A parte due armi automatiche in meno e quaranta chili in più, la donna vantava una notevole somiglianza con la capra del murale.

«Allora?» Spostò lo sguardo su ognuno di noi, e alla fine si fermò su di me, giudicandomi forse la meno minacciosa. Mi ritrovai così tre paia d'occhi puntati addosso.

«Vorremmo rivolgerle alcune domande», esordii, e subito la scontatezza di quella frase mi fece sentire terribilmente ridicola. Se non altro avevo evitato di concludere con un "signora".

«È per Jean-Marc?»

«Forse è meglio non parlarne qui, sulla strada», replicai. Chi era Jean-Marc?

La faccia ebbe un attimo di esitazione, poi scomparve all'interno. Dopo qualche istante e uno sferragliare di chiavistelli la porta si aprì, svelando alla vista un poderoso donnone avvolto in una vestaglia di poliestere giallo. Le ascelle e l'incavo dei gomiti erano circondati da aloni scuri, mentre tracce di sudore misto a sporcizia le si annidavano fra le pieghe del collo. Ci fece entrare, si voltò e, caracollando lungo uno stretto corridoio, scomparve dietro una porta sulla sinistra. La seguimmo in fila indiana, Claudel in testa e io per ultima. L'aria era impregnata di odore di cavolo e di grasso irrancidito e dovevano esserci almeno trentacinque gradi.

Il minuscolo appartamento, pervaso dal tanfo di una lettiera per gatti evidentemente trascurata, era stipato fino all'inverosimile di mobili massicci e antiquati, roba da grande magazzino. Dubitavo che i tessuti di rivestimento fossero mai stati rinnovati, e in salotto una passatoia di plastica trasparente attraversava in diagonale la squallida imitazione di un tappeto persiano. Non c'era un solo centimetro di spazio libero.

La donna si diresse verso una poltrona imbottita nei pressi della finestra e vi si lasciò cadere pesantemente, generando un movimento ondulatorio che si propagò fino al tavolino del televisore e a una lattina vuota di Diet Pepsi. Poi lanciò uno sguardo nervoso oltre la finestra. Mi domandai se stesse aspettando qualcuno in particolare o se stesse semplicemente cercando di riprendere la sua attività di sorvegliante bruscamente interrotta.

Le tesi la fotografia. Si mise a studiarla socchiudendo gli occhi, che subito scomparvero tra le palpebre foderate di grasso. Dopo qualche istante sollevò la testa verso di noi che, rimasti in piedi, la fissavamo dall'alto, e capì di essersi scelta una posizione poco strategica. Ormai però era troppo tardi. Allungò il collo, guardandoci a turno. Il suo atteggiamento si era già fatto più cauto. Sembrava aver optato per una maggior cautela.

«Signora...?» esordì Claudel.

«Marie-Ève Rochon. Qual è il problema? Jean-Marc è nei guai?»

«Lei è la custode qui?»

«Incasso gli affitti per conto del proprietario», rispose. Nonostante il poco spazio, riuscì a fare qualche movimento. La protesta della poltrona fu immediata e sonora.

«Lo conosce?» domandò Claudel, indicando la fotografia.

«Sì e no. Abita qui ma non lo conosco di persona.»

«Dove?»

«Al numero sei. Prima porta, stanza a pianterreno», rispose con un ampio gesto del braccio. La carne molle e bucherellata dalla cellulite tremolò come gelatina.

«Come si chiama?»

Ci pensò un momento, stropicciando distrattamente una cocca del foulard. Seguii una goccia di sudore nel suo lento percorso di discesa dalla fronte al mento. «Saint-Jacques. Anche se quelli, di solito, non usano il loro vero nome.»

Charbonneau prendeva appunti.

«Da quanto tempo vive qui?»

«Da un anno circa. Che è già tanto per questo posto. Qui arriva solo gente di passaggio. Non mi capita di vederlo molto spesso. Forse va e viene. Io non sono una che s'impiccia.» Abbassò lo sguardo e strinse le labbra, consapevole dell'ovvietà di quella bugia. «Non faccio domande, io.»

«E non chiede nessuna referenza?»

Socchiuse la bocca e sbuffò, scuotendo lentamente la testa.

«Il suo inquilino riceve visite?»

«Ve l'ho già detto, non lo incontro spesso.» Si interruppe un istante. Il foulard le era lentamente scivolato sulla testa e le enormi cocche pendevano a destra come due orecchie tristi. «Mi sembra di vederlo sempre da solo.»

Charbonneau si guardò in giro. «Gli altri appartamenti sono come questo?»

«Il mio è il più grande», dichiarò, accennando un sorriso e sollevando impercettibilmente il mento. Persino in quello squallore c'era spazio per l'orgoglio. «Gli altri sono un disastro. Certi sono delle semplici stanze con la piastra elettrica e il gabinetto.»

«Adesso è in casa?»

La donna si strinse nelle spalle.

«Dobbiamo parlargli. Venga con noi», annunciò Charbonneau chiudendo il taccuino.

Lo guardò sorpresa. «*Moi?*»

«Forse dovrà aiutarci a entrare nell'appartamento.»

La donna si sporse in avanti, passandosi le mani sulle cosce. «Questo non posso farlo. È violazione di domicilio. Dovete avere un mandato o qualcosa del genere», protestò, spalancando gli occhi e dilatando le narici.

Charbonneau la guardò dritta negli occhi senza dire una parola. Claudel sospirò rumorosamente, in un misto di noia e di irritazione. Un filo di condensa rotolò lungo la lattina di Pepsi e formò un cerchio alla sua base. Nessuno parlava né si muoveva.

«D'accordo, d'accordo... ma è stata una vostra idea.»

Cominciò a spingersi in avanti trascinando prima una natica e poi l'altra, simile a una barca a vela alle prese con una serie di brevi virate. La vestaglia le si arrampicò sulle gambe scoprendo enormi porzioni di pelle solcata da griglie di venuzze. Quando finalmente ebbe portato il baricentro sul bordo della poltrona, fece leva con le mani sui braccioli e si rimise in piedi.

Raggiunta una scrivania in fondo alla stanza, frugò brevemente in un cassetto e ne estrasse una chiave. Controllò il cartellino, poi, soddisfatta, la passò a Charbonneau.

«Grazie, signora. Saremo lieti di verificare che nello stabile sia tutto in ordine.»

Mentre ci allontanavamo la curiosità ebbe il sopravvento sulla diffidenza. «Ehi, cos'ha fatto quel ragazzo?»

«Prima di andare le riportiamo la chiave», rispose Claudel.

Imboccammo un corridoio identico a quello che avevamo appena lasciato. Una fila di porte si apriva a destra e a sinistra e, sul fondo, una ripida scala portava al piano superiore. Il numero sei era il primo sulla sinistra. In tutto l'edificio regnava una calma piuttosto inquietante.

Charbonneau si piazzò a sinistra della porta, io e Claudel a destra. Entrambi si erano aperti la giacca e Claudel teneva il palmo della mano appoggiato al calcio della calibro 357. Bussò. Nessuna risposta. Bussò una seconda volta. Stesso risultato.

I due investigatori si scambiarono un cenno d'intesa e Claudel annuì. Le sue labbra erano così contratte che il viso sembrava ancora più spigoloso. Charbonneau infilò la chiave e spalancò la porta. Aspettammo, immobili, ascoltando il silenzio. Niente.

«Saint-Jacques?»

Ancora niente.

Charbonneau alzò una mano verso di me. Lasciai entrare i due investigatori, quindi li seguii con il cuore in gola.

La stanza era quasi priva di mobili. A sinistra, nell'angolo in fondo, una tenda di plastica rosa appesa a una guida circolare delimitava la zona bagno. Da dov'ero riuscii a distinguere la base di una tazza igienica e una serie di tubi arrugginiti ricoperti da una colonia di materia vivente morbida e verdastra, che probabilmente portavano a un lavandino. La parete a destra della tenda era stata attrezzata con un ripiano in formica su cui erano appoggiati alcuni bicchieri di plastica, una piastra elettrica e una collezione di pentole e piatti spaiata.

Il lato sinistro era interamente occupato da un letto sfatto. Il tavolo, un grande piano di compensato sostenuto da due cavalletti contrassegnati dalla scritta «Comune di Montréal», poggiava contro la parete destra. Vi erano ammassati libri e fogli e la porzione di muro sovrastante era tappezzata di cartine, fotografie e articoli di giornale riuniti in un unico collage. Infilata sotto il tavolo c'era una sedia pieghevole di metallo. L'unica finestra si trovava a destra della porta d'ingresso. Due lampadine pendevano da un filo al soffitto.

«Niente male», commentò Charbonneau.

«Già. Proprio un angoletto di paradiso. Lo metterei allo stesso livello di un herpes e del parrucchino di Burt Reynolds.»

Claudel si avvicinò alla zona bagno, estrasse una penna dal taschino e con cautela scostò la tenda.

«Dovrei proporre al ministero della Difesa di prelevare qualche campione. Potrebbe rivelarsi materiale utile per una guerra batteriologica.» Lasciò ricadere la tenda e si avvicinò al tavolo.

«Il bastardo non è qui», disse Charbonneau, ributtando l'angolo di una coperta sul letto con la punta della scarpa.

Io andai a controllare stoviglie e utensili da cucina sul ripiano di formica. Due boccali da birra degli Expos. Una casseruola sbeccata incrostata di qualcosa che assomigliava a degli spaghetti. Un pezzo di formaggio mangiucchiato e annegato nella salsa in una scodella di ceramica azzurra. Una tazza di Burger King. Alcuni pacchettini di crackers vuoti.

Avvicinai una mano alla piastra elettrica e di colpo mi sentii il sangue gelarsi nelle vene. Era calda. Mi girai si scatto verso Charbonneau.

«È qui!» gridai.

In quel preciso istante nell'angolo destro della stanza si spalancò una porta. Claudel fu colpito in pieno dal battente, perse l'equilibrio e andò a sbattere con un braccio e la spalla contro la parete. Una figura si lanciò attraverso la stanza, il corpo piegato, le gambe tese a conquistare la via d'uscita rimasta aperta. Feci in tempo a sentire il respiro che gli raschiava in gola.

Poi, in quella corsa breve e disperata, per una frazione di secondo il fuggitivo alzò la testa. Da sotto la visiera di un berretto arancione due occhi piatti e scuri incontrarono i miei e io riconobbi lo sguardo di un animale terrorizzato. Nient'altro. Un attimo dopo era già scomparso.

Claudel ritrovò l'equilibrio, sfoderò la pistola e si precipitò fuori, immediatamente seguito da Charbonneau. Senza pensarci due volte, anch'io mi lanciai all'inseguimento.

11

Quando sbucai sulla strada rimasi abbagliata dalla luce del sole. Socchiudendo gli occhi esplorai la Berger in cerca di Charbonneau e Claudel. La sfilata si era ormai conclusa e la via era invasa dai manifestanti che defluivano dalla Sherbrooke. D'un tratto vidi Claudel fendere la folla a spallate, il volto contratto nello sforzo di farsi largo tra i corpi appiccicosi. Dietro di lui Charbonneau brandiva il distintivo a braccio teso, a mo' di machete nella giungla.

Ignara di quanto stava succedendo, la gente continuava imperterrita a festeggiare. Una biondona ossigenata si dimenava sulle spalle del fidanzato stringendo una bottiglia di Molson, braccia al cielo e testa rovesciata all'indietro. Un ubriaco si era avvolto in una bandiera del Québec e si lasciava penzolare da un lampione incitando la folla a gridare: «*Québec pour les Québecois!*» Nelle voci di quanti accoglievano l'invito rilevai una perentorietà che all'inizio del pomeriggio non avevo notato.

Mi diressi verso uno dei lotti abbandonati e montai su un blocco di cemento. In punta di piedi, presi a setacciare la folla. Di Saint-Jacques, o comunque si chiamasse, neanche l'ombra: approfittando della familiarità con il quartiere, doveva essere riuscito a seminarci.

Uno dei due agenti di rinforzo stava riagganciando il microfono, e poco dopo si unì all'inseguimento insieme al collega. Anche avesse lanciato un SOS via radio, dubitavo che una pattuglia potesse aprirsi un varco in quella ressa. I due avanzarono sgomitando fino all'incrocio fra la Sainte-Catherine e la Berger, piuttosto in ritardo rispetto a Claudel e a Charbonneau.

D'un tratto lo vidi. Il berretto da baseball arancione precedeva di pochi metri Charbonneau, che aveva imboccato la Sainte-

Catherine e in mezzo a tutta quella folla non riusciva a distinguerlo. Saint-Jacques puntava a ovest, e in una frazione di secondo si era già dileguato. Agitai invano le braccia cercando di attirare l'attenzione, ma nessuno degli agenti mi vide e Claudel ormai chissà dov'era.

Abbandonai l'osservatorio per tuffarmi a mia volta nella mischia. L'odore di birra e pelle sudata combinato al profumo di olio abbronzante era insopportabile. Messa da parte ogni gentilezza, abbassai la testa e presi a farmi energicamente largo in quella marea umana. Purtroppo non potevo giustificare la mia brutalità con alcun distintivo, quindi spintonavo a destra e a sinistra facendo di tutto per evitare gli sguardi delle mie vittime. I più reagivano con ironia, ma qualcuno mi lanciò qualche insulto, quasi sempre riferito al mio genere di appartenenza.

Stavo cercando il cappellino di Saint-Jacques fra migliaia di teste, e presto mi resi conto che si trattava di un'impresa impossibile. Decisi allora di fermarmi a valutare quale fosse il modo migliore per raggiungere il punto in cui l'avevo avvistato, e dopo qualche secondo ripresi la mia rotta, implacabile come un rompighiaccio sul San Lorenzo.

Ormai ce l'avevo quasi fatta, mancavano solo pochi passi alla Sainte-Catherine. D'un tratto però qualcosa alle mie spalle iniziò a strattonarmi. Una mano grande quanto una racchetta da tennis mi si strinse intorno alla gola e un'altra si accanì sulla mia coda di cavallo facendomi schizzare il mento verso l'alto. Mi parve addirittura di sentire degli strani scricchiolii nel collo. In un attimo mi ritrovai schiacciata contro il petto sudato di una specie di yeti in canottiera. Una faccia mi si avvicinò alle orecchie, soffocandomi con una zaffata di vino inacidito mista a fumo di sigaretta.

«Ehi, *plotte*, che cazzo spingi, eh?»

Anche volendo, non avrei potuto rispondere. Quel fatto sembrò imbufalirlo ancora di più. Lasciati collo e capelli, mi piazzò le mani sulla schiena e mi diede un violento spintone. La testa mi schizzò in avanti come una catapulta e finii contro una donna in pantaloncini corti e tacchi a spillo, che mi accolse con un grido. Portai le mani in avanti in un estremo, inutile tentativo di ritrovare l'equilibrio, poi scivolai a terra picchiando con forza contro il ginocchio di qualcuno.

Istintivamente mi riparai la testa con le braccia, ma ormai dovevo essermi ferita sulla fronte e su una guancia. Il sangue mi pulsava nelle orecchie e sentivo il ghiaino penetrarmi nella carne del viso. Cercai di rialzarmi facendo leva sulle mani, ma in quel momento uno stivale mi pestò le dita procurandomi un dolore lancinante. Non vedevo altro che piedi, ginocchia e gambe e ben presto mi ritrovai travolta dalla folla che, ignara della mia presenza, continuava a camminare senza riuscire a evitarmi.

Mi girai su un fianco e tentai di mettermi carponi. I continui colpi mi impedivano di recuperare la posizione verticale e nessuno sembrava intenzionato a farmi da scudo o a intervenire in mio aiuto.

D'un tratto udii un urlo rabbioso e vidi la folla indietreggiare. Intorno a me si formò un piccolo varco e un attimo dopo mi ritrovai cinque dita che si agitavano impazienti davanti alla faccia. Le afferrai e, quasi sorpresa, nel giro di un istante rividi la luce del sole.

La mano che mi stava aiutando apparteneva a Claudel, che con l'altro braccio cercava di tenere indietro la folla. Vidi le sue labbra muoversi ma non riuscii a capire che cosa mi stava dicendo. Sembrava infastidito, come sempre, eppure non l'avevo mai visto così bello. Smise di parlare e mi guardò. Avevo una ferita sul ginocchio destro e una sbucciatura sui gomiti, la guancia destra era graffiata e sanguinante e l'occhio così gonfio che stentavo a tenerlo aperto.

Lasciando andare la presa, estrasse un fazzoletto dalla tasca e mi fece segno di tamponarmi il viso. Allungai la mano per prenderlo e mi accorsi di tremare. Cercai di pulirmi alla meglio dal sangue e dalla ghiaia quindi ripiegai il fazzoletto e me lo premetti contro la guancia.

«Stia vicina a me!» mi gridò Claudel a quel punto.

Obbedii.

Dapprima si aprì un varco verso l'altro lato della Berger, dove la folla era un po' meno fitta, e io lo seguii sulle gambe malferme. Poi si diresse verso l'auto. A quel punto presi fiato e lo tirai per un braccio. Si fermò e mi guardò con aria interrogativa. Scossi la testa con insistenza, ottenendo solo di farlo passare dall'irritazione allo stupore.

«È andato da quella parte!» urlai, indicando nella direzione opposta. «L'ho visto.»

Un uomo in costume da Tweedledee passò sfiorandomi. Stava mangiando un gelato e alcune gocce colate sulla pancia formavano una scia rossa simile a uno schizzo di sangue.

L'irritazione di Claudel sembrò trasformarsi in rabbia. «Adesso lei va alla macchina», mi ordinò.

«L'ho visto sulla Sainte-Catherine!» ripetei, pensando che non mi avesse sentita. «Era davanti a Les Foufounes Électriques! Andava verso il Saint-Laurent!» Mi accorsi da sola che il mio tono stava diventando isterico.

Finalmente però ero riuscita a catturare la sua attenzione. Esitò, come se stesse valutando i danni che avevo subito.

«Sta bene?»

«Sì.»

«Lei tornerà alla macchina?»

«D'accordo.» Stava già per allontanarsi, ma lo richiamai. «Aspetti un momento!» A fatica scavalcai il cavo di metallo arrugginito che delimitava il perimetro del lotto, poi scelsi un nuovo blocco di cemento e vi montai, scrutando il mare di teste alla ricerca di un berretto da baseball arancione. Niente. Claudel, impaziente, teneva d'occhio l'incrocio e al contempo mi guardava ansioso, un cane da slitta in attesa del segnale di partenza.

Purtroppo non ottenni alcun risultato. Alla fine scossi la testa e sollevai le mani in un gesto di resa.

«Lei vada. Io continuo a guardare.»

Cominciò a farsi largo nella direzione che gli avevo indicato, ma nel giro di pochi attimi la sua testa era già confusa fra le altre. Sembrava essere stato letteralmente fagocitato dalla ressa sulla Sainte-Catherine, come una proteina sconosciuta assediata da un esercito di anticorpi. Un attimo prima era un individuo, un attimo dopo un punto qualunque fra tanti.

Continuai a scrutare fino a non riuscire più a mettere a fuoco le immagini, ma i miei sforzi non portarono a nulla. Nessuna traccia di Saint-Jacques, né di Charbonneau. Oltre la Saint-Urbain intravidi una volante che tentava faticosamente di ritagliarsi un passaggio ai margini della folla, lampeggiando con le luci rosse e blu. La marea dei manifestanti però sembrava ignorare quella lamentosa richiesta di precedenza. D'un tratto colsi una pennellata di arancione, ma subito si rivelò una tigre completa di coda e scarpe da tennis. Dopo un po' mi passò vicino reggendo la testa del costume sotto un braccio e bevendo una Dr. Pepper.

Sotto il sole cocente la testa mi scoppiava per il dolore e sulla guancia si stava formando una crosta. Continuavo a perlustrare la superficie di quella marea. Non volevo darmi per vinta prima che Charbonneau e Claudel fossero di ritorno, ma sapevo già che era inutile. La parata e San Giovanni stesso avevano aiutato il nostro uomo. Saint-Jacques ci era scappato.

Un'ora dopo ci ritrovammo tutti intorno all'auto. I due investigatori si erano tolti giacca e cravatta, e le avevano lanciate sul sedile posteriore. Avevano il viso rigato di sudore, schiena e ascelle completamente fradice. Charbonneau era paonazzo e scarmigliato, sembrava uno schnauzer tosato male. Quanto a me, la maglietta era ridotta a uno straccio e i fuseaux erano così bagnati che avrei potuto strizzarli. Ormai, comunque, respiravamo in modo regolare, e la parola "cazzo" era stata pronunciata almeno una decina di volte con il contributo di tutti.

«*Merde*», disse Claudel a un certo punto. Alternativa accettabile.

Charbonneau si sporse nell'abitacolo ed estrasse un pacchetto di Players dal taschino della giacca. Si appoggiò a un paraurti, accese una sigaretta ed emise una boccata di fumo da un angolo delle labbra socchiuse.

«Il bastardo è riuscito a farsi largo tra la folla come uno scarafaggio nella merda.»

«Conosce bene la zona», dissi io, resistendo all'impulso di verificare con le dita i danni subiti dalla mia guancia. «E questo l'ha aiutato.»

Per un po' continuò a fumare.

«Pensa che fosse il tizio della foto?»

«E come diavolo faccio a saperlo», ribattei. «Non sono neanche riuscita a vederlo bene in faccia.»

Claudel fece una smorfia, poi prese un fazzoletto dalla tasca e si deterse il sudore dal collo.

Gli puntai addosso l'occhio ancora sano. «E lei, è riuscito a identificarlo?»

Altra smorfia.

Nel vederlo scuotere la testa, il mio proposito di evitare ogni commento svanì.

«Monsieur Claudel, lei continua a trattarmi come un'idiota, e io sto cominciando a incazzarmi.»

Sorrisetto di sufficienza.

«Come va la sua faccia?» mi domandò.

«Divinamente», risposi a denti stretti. «Alla mia età la dermoabrasione gratuita è un autentico lusso.»

«La prossima volta che decide di lanciarsi come una pazza all'inseguimento di un criminale, non si aspetti che torni a tirarla fuori dai pasticci.»

«La prossima volta, allora, cercate di sorvegliare meglio la zona delle operazioni, così non ce ne sarà bisogno.» Mi pulsavano le tempie e stavo stringendo i pugni così forte da incidermi sul palmo i segni delle unghie.

«D'accordo. Adesso però smettetela con queste stronzate», sentenziò Charbonneau, scagliando lontano la sigaretta. «Andiamo a ispezionare l'appartamento, piuttosto.»

Si rivolse agli agenti, fino a quel momento rimasti in silenzio.

«Chiamate la Scientifica.»

«Subito, capo», disse il più alto dirigendosi verso la volante.

Senza dire una parola seguimmo Charbonneau fino alla casa di mattoni rossi, dove subito ci infilammo nel corridoio mentre il secondo agente piantonava l'ingresso.

Durante la nostra assenza qualcuno aveva richiuso la porta che dava sulla strada, ma quella dell'appartamento era rimasta aperta. Entrammo e, come altrettanti attori sul palcoscenico, riprendemmo i nostri posti.

Io mi diressi in fondo alla stanza: la piastra elettrica ormai era fredda e in quel lasso di tempo l'aspetto degli avanzi non era certo migliorato. Tutto il resto era come prima.

Mi avvicinai quindi alla porta nell'angolo a destra. In quella zona il pavimento era coperto di scaglie d'intonaco che l'urto violento della maniglia aveva staccato dal muro. Il battente socchiuso lasciava intravedere una scala di legno che scendeva al piano inferiore. Dopo un primo gradino e un pianerottolo, curvava a novanta gradi verso destra e si perdeva nel buio. Per terra, contro la parete di fondo da cui, all'altezza degli occhi, spuntavano ganci arrugginiti, erano sparpagliate alcune lattine. A sinistra vidi un interruttore della luce, con i fili scoperti che si arricciavano su se stessi come vermi in una scatola di esche.

Charbonneau mi raggiunse e con una penna spalancò del tutto la porta. Gli indicai l'interruttore. Sempre usando la stessa penna, lo premette, e ai piedi della scala si accese una lampadina fioca. Restammo in ascolto. Nessun rumore. Si avvicinò anche Claudel.

Charbonneau avanzò di un passo, si fermò sul pianerottolo, quindi riprese a scendere lentamente. Lo seguii. Sotto le scarpe percepivo la debole protesta delle assi; le gambe mi tremavano come fossi reduce da una maratona, ma non cedetti alla tentazione di appoggiarmi alla parete. Il passaggio era stretto, e davanti a me vedevo solo le spalle di Charbonneau.

Sotto l'aria era umida e impregnata di odore di muffa. Per le mie guance in fiamme l'improvvisa sensazione di fresco fu una benedizione. Mi guardai intorno. Si trattava di un comune seminterrato, grande circa la metà dell'intero edificio. La parete opposta, di blocchi di calcestruzzo non intonacato, doveva essere stata aggiunta in un secondo tempo. Di fronte alla scala, e sulla destra, c'era una vasca di metallo contro cui era incastrato un lungo banco da lavoro in legno. Lo strato di vernice rosa si stava scrostando e sotto il piano si trovava una collezione di spazzole dalle setole ingiallite coperte di ragnatele. Sulla parete, arrotolato con cura, era appeso un tubo di gomma nero da giardino.

Lo spazio sulla destra era occupato da una decrepita caldaia i cui tubi metallici salivano verso l'alto moltiplicandosi come i rami di una quercia. Alla sua base si era accumulato un cerchio di rifiuti che ricordava le offerte a un dio druidico. Nonostante la penombra, riuscii a distinguere cornici rotte, ruote di bicicletta, sedie da giardino sgangherate, latte di pittura vuote e una tazza igienica.

Una lampadina pendeva al centro dello stanzone. Nient'altro. Il resto dello scantinato era vuoto.

«Il figlio di puttana era sicuramente nascosto in cima alla scala», disse Charbonneau, osservando la rampa con le mani sui fianchi.

«Madame culograsso poteva anche dircelo di questa topaia»,

fece Claudel, toccando con la punta della scarpa il cumulo di rifiuti. «Sarebbe un ottimo nascondiglio per Salman Rushdie.»

Il riferimento letterario mi colpì, ma avendo deciso una volta per tutte di tornare al mio ruolo di mera osservatrice non feci commenti. Cominciavano a farmi molto male le gambe, e il collo non mi sembrava per niente a posto.

«Lo stronzo avrebbe anche potuto fotterci, da dietro quella porta.»

Né io né Charbonneau replicammo, ma avevamo pensato la stessa cosa.

Charbonneau rilassò le braccia e si avvicinò alla scala guardando in su. Poi salì e io lo seguii. Nella stanza il caldo era insopportabile. Andai verso il tavolo e cominciai a esaminare il collage di fogli attaccati alla parete.

Al centro c'era una grande cartina di Montréal circondata da ritagli di riviste e di quotidiani. A destra erano normali foto pornografiche stile *Playboy* e *Hustler,* da cui ammiccavano giovani donne nude o seminude e atteggiate nei modi più vari: alcune imbronciate, altre provocanti, altre ancora in preda a chissà quali estasi. Nessuna però riusciva molto convincente. L'autore del collage aveva gusti eclettici ma non sembrava mostrare preferenze particolari quanto a forma, razza, o colore di capelli. Notai che i bordi di ogni fotografia erano accuratamente tagliati e che tutte erano state pinzate con la cucitrice alla stessa distanza l'una dall'altra.

A sinistra della cartina era esposta una serie di articoli di giornale, in gran parte provenienti dalla stampa in lingua francese. I pochi in inglese erano tutti corredati di fotografie. Mi avvicinai e lessi alcune frasi sulla posa della prima pietra di una chiesa a Drummondville. Passai a un articolo in francese su un rapimento a Senneville. Poi lo sguardo mi cadde sulla pubblicità di Videodrome, sedicente «maggiore distributore di film pornografici del Canada». C'era un pezzo su un *nude-bar* tratto da *Allô Police,* che mostrava una certa Babette in giarrettiera di pelle e coperta di catene. Un altro parlava di uno sconosciuto che si era introdotto in una casa di Saint-Paul-du-Nord, aveva costruito un fantoccio con una camicia da notte e l'aveva pugnalato ripetutamente per poi abbandonarlo sul letto. Soltanto allora vidi qualcosa che mi fece gelare il sangue nelle vene.

In mezzo alla collezione di Saint-Jacques notai tre articoli meticolosamente graffettati e pinzati uno accanto all'altro. Parlavano tutti di serial killer ma, diversamente dagli altri, questi sembravano fotocopiati. Il primo descriveva Léopold Dion, «il mostro di Pont Rouge». Nella primavera del 1963 la polizia lo aveva trovato in casa con i cadaveri di quattro ragazzi. Erano stati tutti strangolati.

Il secondo narrava le imprese di Wayne Clifford Boden che, all'inizio del 1969, aveva strangolato e violentato una serie di donne di Montréal e Calgary. Al momento dell'arresto, nel 1971, le sue vittime ammontavano a quattro. A margine qualcuno aveva scritto «Bill *l'étrangleur*», Bill lo strangolatore.

Il terzo articolo ripercorreva la carriera di William Dean Christenson, alias Bill *l'éventreur*, il Jack lo Squartatore di Montréal. Nei primi anni Ottanta aveva ucciso, decapitato e smembrato due donne.

«Ehi, venite a dare un'occhiata», dissi. Nonostante il caldo soffocante, io avevo freddo.

Charbonneau si avvicinò. «*Oh, baby, baby*», intonò distrattamente quando lo sguardo gli cadde sul collage a destra della cartina. «Amore al grandangolo.»

«Intendevo qui», precisai, indicando gli articoli. «Legga questi.»

Anche Claudel ci raggiunse e i due uomini studiarono i fogli senza dire una parola. Puzzavano di sudore, di dopobarba e di camicie lavate in lavanderia. Fuori una donna chiamava Sophie, e per un istante non capii se si stesse rivolgendo a un animale o a una persona.

«Oh, merda», sospirò alla fine Charbonneau.

«Be', questo non significa ancora che siamo alle prese con Charlie Manson», disse Claudel in tono derisorio.

«Già. Forse è solo materiale per il suo dottorato di ricerca.»

Era la prima volta che la voce di Charbonneau tradiva una nota di fastidio.

«Forse soffre solo di manie di grandezza», continuò Claudel. «Forse ha visto i fratelli Menendez e ne è rimasto affascinato. Magari si crede il cavaliere senza macchia e senza paura e vuole combattere tutto il male del mondo. Oppure sta cercando di migliorare il suo francese e trova questa roba più interessante di altra.

Che cazzo ne so? Comunque non c'è ancora nessuna prova che parli di un nuovo Jack lo Squartatore.» Lanciò un'occhiata in direzione della porta. «Dove diavolo è la Scientifica?»

Figlio di puttana, pensai, ma mi morsi la lingua.

Insieme a Charbonneau rivolsi la mia attenzione al piano del tavolo. Una pila di giornali era appoggiata contro la parete. Charbonneau utilizzò la sua penna per rovistare nel mucchio, sollevando i bordi e lasciandoli ricadere. Si trattava più che altro di annunci economici, la maggior parte dei quali provenienti da *La Presse* e *La Gazette*.

«Forse stava cercando un lavoro», fu l'ennesimo, sardonico commento di Claudel.

«Cosa c'è lì in mezzo?» Mentre Charbonneau scorreva la pila di giornali avevo intravisto qualcosa di giallo.

Inserì la penna sotto l'ultima porzione di fogli e scostò il resto verso la parete, scoprendo un blocco di carta legale. Mi domandai se l'arte della penna fosse una disciplina compresa nell'addestramento degli investigatori. Lasciando cadere alcuni giornali dal tavolo, spinse il blocco in avanti.

Era il classico notes di carta gialla a righe e la prima pagina appariva parzialmente scritta.

La sensazione di gelo provocata dagli articoli sui serial killer non era niente in confronto alla morsa che mi strinse quando lessi le parole scarabocchiate su quel foglio. Improvvisamente ogni tentativo di autocontrollo fallì e mi ritrovai attanagliata dalla paura.

Isabelle Gagnon. Margaret Adkins. Quei due nomi mi saltarono subito agli occhi. Insieme ad altri cinque formavano un elenco scritto a margine del blocco. Accanto, una serie di colonne separate da linee verticali. Sembrava un'innocua tabella contenente i dati personali dei soggetti citati e non era molto diversa da quella che io stessa avevo compilato, se non per quei cinque nomi che non conoscevo.

La prima colonna conteneva gli indirizzi. La seconda i numeri di telefono. La terza particolari riguardanti l'abitazione e abbreviati con le sigle app. c/entr. est.; cond.; 1° p.; casa c/cort. Le caselle della colonna successiva contenevano gruppi di lettere, ma solo in corrispondenza di alcuni nomi. Controllai la riga relativa a Margaret Adkins: Ma, Fi. Quelle abbreviazioni mi dicevano qualcosa. Chiusi gli occhi e per associazione di idee cercai di risalire alle parole complete.

«Sono i conviventi», dissi infine. «Guardate: marito, figlio.»

«Già. Gagnon ha Fr e Fd. Fratello e fidanzato», constatò Charbonneau.

«Vorrai dire *finocchio depravato*, forse», ironizzò Claudel. «E Do, che cosa dovrebbe significare?» chiese poi riferendosi all'abbreviazione dell'ultima colonna. Anche questa non sembrava però riguardare la totalità dei nomi.

Nessuno sapeva rispondere.

Charbonneau passò alla pagina successiva, e ammutoliti leggemmo la nuova serie di annotazioni. Il foglio era diviso in due metà, ciascuna dedicata a un nome e ulteriormente divisa in tre colonne: "giorno", "entrata" e "uscita". Gli spazi vuoti contenevano date e orari.

«Gesù Cristo Santissimo, gli faceva la posta come a delle quaglie, il bastardo, e poi quando uscivano le seguiva», esplose Charbonneau.

Claudel non fece alcun commento.

«Quel figlio di puttana le cacciava come fossero selvaggina», ripeté Charbonneau, come se la reiterazione servisse a rendere il concetto più credibile. Oppure meno.

«Un vero progetto di ricerca», osservai sottovoce. «E non l'ha ancora completato.»

«Che cosa?» Claudel.

«La Adkins e la Gagnon sono già morte. Queste date sono recenti. Ma chi sono le altre?»

«Merda.»

«Ma dove cazzo è la Scientifica?» Claudel infilò la porta e scomparve nel corridoio. Dopo un attimo lo sentii insultare l'agente rimasto di guardia.

Il mio sguardo tornò a posarsi sulla parete. Basta con quell'elenco. Ne avevo già a sufficienza. Faceva molto caldo, e in più ero esausta e dolorante. Inoltre la possibilità che avessi ragione e che quindi dovessi lavorare con Claudel non mi aiutava affatto a stare meglio.

Nel tentativo di distrarmi guardai la cartina. Era molto grande: includeva l'isola, il fiume, l'insieme dei sobborghi compresi nella Communauté Urbaine de Montréal e le zone circostanti. I vari elementi erano indicati in colori diversi: rosa per le aree urbane e bianco per il reticolo di strade che le attraversavano. Le grandi arterie, ovviamente, erano rosse o blu. Ovunque spiccava il verde dei parchi, dei campi da golf e dei cimiteri. Gli edifici pubblici erano arancioni, i centri commerciali lilla e le zone industriali grigie.

Mi concentrai su Centre-Ville, cercando la via dove abitavo. Era lunga solo un isolato e la complessità della ricerca mi fece capire come mai i taxisti facevano tanta fatica a trovarmi. In futuro sarei stata più comprensiva. O più precisa. Dopo aver risalito la Sherbrooke verso ovest fino all'incrocio con la Guy mi ero già persa. E a quel punto arrivò anche il terzo choc della giornata.

Il mio dito si era fermato all'altezza di Atwater, poco oltre il poligono arancione del Grand Séminaire. Guardando meglio notai che, nell'angolo sudoccidentale, proprio nel punto in cui era stato ritrovato il corpo di Isabelle Gagnon, qualcuno aveva tracciato una X racchiusa in un circoletto. Con il cuore in tumulto mi spostai verso est e cercai lo Stadio Olimpico.

«Monsieur Charbonneau, venga a vedere», lo invitai con un leggero tremore nella voce.

Si avvicinò.

«Dov'è lo stadio?» chiesi.

Me lo indicò con la penna, poi mi guardò.

«E il condominio di Margaret Adkins?»

Esitò un istante, quindi sfiorò con la penna una strada che partiva da Parc Maisonneuve e proseguiva verso sud. La punta rimase sospesa a mezz'aria ed entrambi fissammo la seconda minuscola X cerchiata.

«Dove viveva Chantale Trottier?»

«Sainte-Anne-de-Bellevue. Troppo fuori.»

Osservammo la cartina.

«Cerchiamo in modo sistematico, settore per settore», suggerii. «Io parto dall'angolo in alto a sinistra e scendo, lei parta da quello in basso a destra e risalga.»

La trovò prima lui. Era la terza X. Il segno si trovava sulla riva meridionale del fiume, nei pressi di Saint-Lambert. Charbonneau non era al corrente di omicidi commessi in quella zona.

Claudel nemmeno. Cercammo ancora per una decina di minuti, ma le X sembravano finite.

Stavamo per procedere a un secondo esame della cartina, quando udimmo il furgone della Scientifica parcheggiare di fronte alla casa.

«Ma quanto cazzo ci avete messo?» li investì Claudel, non appena gli agenti ebbero fatto ingresso con le loro valigie di metallo.

«Oggi girare è impossibile, sembra di essere a Woodstock», si difese Pierre Gilbert. «C'è solo meno fango.» La faccia tonda era incorniciata da una chioma di capelli ricci che proseguiva in una barba altrettanto riccia. Mi ricordava un dio romano, anche se non riuscivo a ricordare quale. «Che cosa avete trovato di bello?»

«Hai presente la ragazza uccisa a Desjardins? Pare che il maniaco che l'ha fatta fuori abiti in questo cesso», spiegò Claudel. «Pare.» Indicò la stanza con ampio gesto del braccio. «Comunque si è lasciato dietro un sacco di roba interessante.»

«Bene, ora ci pensiamo noi», disse Gilbert con un sorriso di soddisfazione. Qualche ricciolo gli si era appiccicato alla fronte per il sudore. «Forza, diamo una bella spolverata.»

«C'è anche il seminterrato.»

«*Oui.*» A parte l'intonazione, discendente invece che ascendente, quella risposta suonava piuttosto come una domanda. «Ah, sì?»

«Claude, tu comincia da sotto. Marcie, occupati di quel ripiano.»

Marcie si spostò verso il fondo della stanza, estrasse una scatola dalla sua valigia di metallo e iniziò a cospargere di polvere nera il ripiano di formica. L'altro tecnico scese nel seminterrato. Indossato un paio di guanti, Pierre Gilbert si mise al lavoro infilando in un grande sacco di plastica i ritagli di giornali rimasti sulla scrivania.

«*Qu'est-ce que c'est?*» Che cos'è? Esclamò poco dopo, sollevando un quadratino di carta dal centro della pila. «*C'est toi?*» Sei tu?

Stava chiedendolo a me.

Senza dire una parola mi avvicinai per osservare ciò che aveva in mano. Era la foto apparsa sul *Journal* del mattino. La vista di quei dettagli così familiari – i jeans, la maglietta «Absolutely Irish», gli occhiali da sole Bausch and Lomb – mi sconvolse.

Per la seconda volta nell'arco di una giornata ebbi un flash dell'esumazione di due anni prima. L'immagine era stata ritagliata e rifilata con la stessa meticolosa precisione riservata alle altre sulla parete. Unica differenza: la mia figura era stata cerchiata a penna più volte, e avevo una grande X sul petto.

12

Trascorsi gran parte del weekend a letto. Sabato mattina avevo tentato di alzarmi ma avevo dovuto desistere: le gambe mi tremavano e se giravo la testa mi sentivo trafiggere il collo da un dolore lancinante che saliva fino alla base del cranio. La guancia era coperta da una crosta brunastra e l'occhio destro sembrava una prugna andata a male. Fu un weekend di brodini, aspirine e cerotti; due giorni passati a sonnecchiare sul divano davanti al televisore. Alle nove di sera ero già sotto le lenzuola.

Lunedì mattina il martello pneumatico che avevo nel cervello aveva smesso di torturarmi. Riuscivo a camminare, sia pure a fatica, e a ruotare leggermente la testa. Mi alzai presto, feci una doccia e per le otto e mezzo ero già in ufficio.

Sulla scrivania trovai tre richieste scritte. Le ignorai e provai a comporre il numero di Gabby, ma trovai la segreteria. Quindi mi preparai una tazza di caffè solubile e diedi un'occhiata ai foglietti dei messaggi telefonici prelevati dalla mia casella: un investigatore di Verdun; Andrew Ryan; il terzo era un cronista. Gettai via l'ultimo e misi gli altri accanto al telefono. Nessuna chiamata da Charbonneau né da Claudel. E nemmeno da Gabby.

Composi il numero del comando della CUM e chiesi di Charbonneau. Qualche secondo di attesa, poi mi fu detto che non c'era. Idem per Claudel. Lasciai un messaggio, domandandomi se erano già usciti in servizio o se semplicemente attaccavano più tardi.

Provai con Andrew Ryan, ma la linea era occupata. Rendendomi conto che quel mattino il telefono non mi sarebbe stato di grande aiuto, decisi di andare a fargli una visita di persona. Magari stava discutendo del caso Trottier.

In ascensore scesi fino al primo piano e mi diressi verso la sala dell'SQ. Entrando notai subito che l'atmosfera era molto più animata rispetto all'ultima volta in cui ero stata lì. Mentre passavo fra le scrivanie mi sentii mille occhi puntati addosso. Era evidente che sapevano tutto di venerdì e questo mi procurava un certo disagio.

«Dottoressa Brennan», mi salutò Ryan in inglese, alzandosi dalla sedia e tendendomi una mano. Nel vedere la ferita sulla mia guancia, la faccia gli si aprì in un sorriso. «Sta provando una nuova tonalità di fard?»

«Esatto. Si chiama rosa cemento. Ho saputo che mi ha chiamata.»

Per un attimo parve non capire.

«Ah, sì. Ho trovato il fascicolo del caso Trottier. Se vuole può dargli un'occhiata.»

Armeggiò con alcune cartelline sparpagliandole sulla scrivania, poi ne scelse una e me la passò. In quello stesso momento il suo collega entrò nel salone e venne verso di noi. Quella mattina Bertrand indossava una giacca sportiva grigio chiaro abbinata a pantaloni di una tonalità appena più scura, camicia nera e cravatta a fiori bianca e nera. Abbronzatura a parte, sembrava uscito da uno spettacolo televisivo degli anni Cinquanta.

«Come va, dottoressa Brennan?»

«Ottimamente, grazie.»

«Wow... splendido effetto.»

«L'asfalto non è il massimo per la pelle», dissi, cercando un posto dove aprire la cartellina. «Posso appoggiarmi là?» chiesi, indicando una scrivania vuota.

«Prego, tanto sono già usciti.»

Mi sedetti e cominciai a esaminare il contenuto del fascicolo: fotografie, referti medici, interviste... Chantale Trottier. Ripensare a quel caso era come camminare a piedi nudi sulla brace, il dolore per quella ragazza era ancora vivo, intenso, proprio come allora. Ben presto dovetti distogliere lo sguardo e concedermi una pausa da tutta quella sofferenza.

Il 16 ottobre 1993 una ragazza di sedici anni si alza controvoglia, si stira la camicetta, poi passa un'ora a lavarsi e vestirsi. Salta la colazione preparata dalla madre ed esce di casa per incontrare dei compagni con cui andrà a prendere il treno per la scuola. Indossa il maglione a quadri dell'uniforme e calzettoni alle ginocchia. I libri sono in uno zaino. Per tutta la mattinata ride e scherza. Alla fine della lezione di matematica mangia i panini del pranzo. Dopo la scuola scompare. Trenta ore dopo i pezzi del suo corpo massacrato vengono ritrovati chiusi in sacchi per l'immondizia a circa sessantacinque chilometri da casa.

Un'ombra si allungò sulla scrivania e quando sollevai lo sguardo mi ritrovai davanti Bertrand con due tazze di caffè in mano. Quella destinata a me diceva: «Da lunedì mi metto a dieta». Riconoscente, allungai il braccio e la presi.

«Allora? Qualcosa d'interessante?»

«Non molto.» Sorso di caffè. «Aveva sedici anni. Trovata a Saint-Jérôme.»

«Aha...»

«Isabelle Gagnon ne aveva ventitré ed è stata trovata in Centre-Ville. Anche lei impacchettata in sacchi per l'immondizia», riflettei a voce alta.

Bertrand si grattò la testa.

«Margaret Adkins aveva ventiquattro anni. Il cadavere è stato rinvenuto in casa, dalle parti dello stadio.»

«Però non l'hanno fatta a pezzi.»

«Già, ma l'hanno comunque sventrata e mutilata. Forse l'assassino è stato disturbato. O magari aveva meno tempo.»

Sorseggiò rumorosamente il suo caffè. Quando abbassò la tazza notai che i baffi erano imperlati di gocce brune.

«Isabelle Gagnon e Margaret Adkins erano entrambe sull'elenco di Saint-Jacques.» Diedi per scontato che ormai la storia fosse risaputa, e infatti non mi sbagliavo.

«Sì, ma è anche vero che di quei casi hanno parlato tutti i mezzi d'informazione. Il nostro uomo ha ritagliato gli articoli da *Allô Police* e da *Photo Police*. Potrebbe essere semplicemente un malato che si nutre di immondizia.»

«Potrebbe.» Bevvi un altro sorso di caffè. In realtà non ne ero affatto convinta.

«In casa non gli avete forse trovato un'intera pila di articoli dedicati a roba simile?»

«Sì», confermò Ryan alle nostre spalle. «Lo stronzo collezionava ritagli su ogni genere di schifezze. Francoeur, non è a te che erano capitati un paio di casi strani quando facevi i sopralluoghi?» Si era rivolto a un uomo grassoccio e tarchiato con la testa lucida e abbronzata, intento a gustarsi una barretta di Snickers quattro scrivanie più in là.

Francoeur posò il cioccolato leccandosi le dita e annuendo. Gli occhiali gli scivolarono leggermente verso la punta del naso.

«Uhm... sì, due.» Leccata. «Una storiaccia.» Altra leccata. «Il fetente penetra nell'abitazione, rovista in camera da letto e fa una specie di fantoccio con il pigiama o con una tuta... insomma, con un indumento che appartiene alla padrona di casa. Lo imbottisce, gli mette della biancheria intima, poi lo stende sul letto e lo massacra di colpi. Forse gli viene più duro così che davanti a una finale di football.» Leccata. Ennesima leccata. «Alla fine se ne va senza portare via niente.»

«Sperma?»

«Negativo. Pratica il sesso sicuro, immagino.»

«Che cosa ha usato?»

«Probabilmente un coltello, ma non l'abbiamo mai trovato. Forse se lo porta dietro.» Francoeur scartò un altro pezzo di Snickers e diede un morso.

«Come fa a entrare in casa?»

«Finestra della camera da letto», bofonchiò, un impasto di caramello e noccioline.

«Quando?»

«Di notte, in genere.»

«E dove allestisce i suoi spettacolini?»

Per un istante Francoeur smise di masticare. Con l'unghia del pollice rimosse un frammento di nocciolina da un dente, la ispezionò e infine la scagliò via.

«Uno a Saint-Calixte, l'altro mi sembra a Saint-Hubert. Quello di cui si parla nel ritaglio di giornale è di un paio di settimane fa, a Saint-Paul-du-Nord.» Si passò la lingua sugli incisivi, facendola correre sotto il labbro superiore. «Credo che uno dei casi riguardasse la CUM. Se non sbaglio circa un anno fa ci hanno interpellati proprio a questo proposito.»

Silenzio.

«Prima o poi lo beccheranno, il ragazzo non ha certo priorità assoluta. In fondo non fa male a nessuno e non ruba mai nulla. Ha solo un concetto molto personale di appuntamento galante.»

Francoeur appallottolò la carta dello Snickers e la lanciò nel cestino accanto alla scrivania.

«Ho sentito che la donna di Saint-Paul-du-Nord non ha nemmeno voluto sporgere denuncia.»

«Già», commentò Ryan, «con un caso così non puoi sperare neanche in una promozione.»

«Forse il nostro eroe si è tenuto l'articolo perché queste imprese glielo fanno venire duro. C'era anche un pezzo su quella ragazza di Senneville, ma non può essere stato lui perché alla fine è saltato fuori che era il padre a tenerla segregata.» Francoeur si appoggiò allo schienale. «Forse si identifica semplicemente con tutti i pervertiti in circolazione.»

Avevo seguito lo scambio di battute senza guardare gli interlocutori, concentrata su una grande cartina della città appesa dietro la testa di Francoeur. Assomigliava a quella che avevo visto nell'appartamento sulla Berger, ma la scala era inferiore, perciò includeva anche i sobborghi orientali e occidentali, esterni all'isola di Montréal.

Presto la discussione si allargò alla totalità dei presenti, che contribuirono aggiungendo un gran numero di aneddoti su guardoni e maniaci sessuali. Mentre le chiacchiere rimbalzavano da una scrivania all'altra, in silenzio mi alzai e mi avvicinai alla cartina per studiarla meglio, sperando di non attirare troppa attenzione. Iniziai ripetendo l'esercizio fatto con Charbonneau a casa di Saint-Jacques e localizzando mentalmente tutte le X. La voce di Ryan mi fece trasalire.

«A cosa sta pensando?» domandò.

Da una mensola sotto la cartina presi una scatola di spilli. Ne scelsi uno con la capocchia rossa e lo piantai nell'angolo sudoccidentale del Grand Séminaire.

«Gagnon», dissi.

Quindi ne infilai un altro sotto lo Stadio Olimpico.

«Adkins.»

Il terzo finì nell'angolo in alto a sinistra, nei pressi di un grande bacino formato dal fiume noto come Lac des Deux-Montagnes.

«Trottier.»

L'isola su cui sorge Montréal ha la forma di un piede, con la caviglia orientata a nord-ovest, il tallone a sud e le dita a nord-est.

Due degli spilli si trovavano proprio sopra la pianta: uno sul tallone, a Centre-Ville, l'altro a est, a metà strada verso le dita. Il terzo era sopra la caviglia, all'estremità occidentale dell'isola. La disposizione degli spilli non sembrava rivelare alcuno schema preciso.

«Saint-Jacques aveva marcato questi due punti», spiegai indicando uno degli spilli sopra la pianta e quello sulla caviglia.

Cercai la riva meridionale seguendo il Pont Victoria in direzione di Saint-Lambert e poi proseguendo verso sud. Ritrovai i nomi delle vie cercati il venerdì precedente e infilai un quarto spillo sulla riva del fiume, proprio sotto l'arco plantare. L'insieme di punti aveva sempre meno senso. Ryan mi guardò con aria interrogativa.

«Quella è la sua terza X.»

«E che cosa rappresenta?»

«Secondo lei?» domandai.

«Che diavolo ne so? Potrebbe essere il cadavere del suo cane Spike.» Diede un'occhiata all'orologio. «Senta, abbiamo questo...»

«Non crede che un sopralluogo sarebbe una buona idea?»

Mi guardò a lungo prima di rispondere. I suoi occhi sembravano due fari azzurri e mi sorprese il fatto di non averli mai notati prima. Scosse la testa.

«No, c'è qualcosa che non quadra. Non mi basta. La sua teoria del serial killer ha più buchi della Transcanadiana. Cerchi di riempirli. Mi porti qualche altro indizio, oppure dica a Claudel di fare una richiesta per un mandato di perquisizione dell'SQ. Adesso come adesso non è ancora di nostra competenza.»

Bertrand gli stava indicando l'orologio e con il pollice faceva segno verso la porta. Ryan lo guardò, annuì e tornò a puntare i suoi fari su di me.

Ma non aggiunse una sola parola. Scrutai la sua faccia sperando di leggervi un qualche cenno di incoraggiamento. Se anche c'era, non riuscii a vederlo.

«Ora devo andare. Quando ha finito lasci pure il fascicolo sulla mia scrivania.»

«D'accordo.»

«E... tenga gli occhi aperti, per favore.»

«Come?»

«Ho saputo delle sorprese che avete trovato laggiù. Questo bastardo potrebbe essere qualcosa di più di un semplice fanatico di sacchi per l'immondizia.» Si frugò in tasca, ne estrasse un biglietto da visita e vi scarabocchiò un numero. «Mi può trovare qui praticamente sempre. Se ha bisogno, chiami.»

Dieci minuti dopo ero seduta alla mia scrivania in preda a un senso di inquietudine e di frustrazione. Cercai di concentrarmi su altro, ma con scarso successo. A ogni squillo di telefono, vicino o lontano che fosse, istintivamente sollevavo la mia cornetta, nella speranza che si trattasse di Claudel o Charbonneau. Alle dieci e un quarto li richiamai.

«Resti in linea, per favore», disse una voce.
Poi: «Claudel».
«Sono la dottoressa Brennan.»
Silenzio da abisso marino.
«*Oui.*»
«Ha ricevuto i miei messaggi?»
«*Oui.*»
Disponibile come un evasore fiscale davanti a un ispettore della Finanza.
«Mi chiedevo se per caso avevate scoperto qualcosa su Saint-Jacques.»
Sbuffo sonoro. «Già... Saint-Jacques. Certo.»
Avrei voluto strappargli la lingua ma la situazione richiedeva molto tatto, regola prima nei rapporti con gli investigatori arroganti.
«Lei pensa che sia il suo vero nome?»
«Se quello si chiama così io sono Margaret Thatcher.»
«Allora, a che punto siete?»
Pausa. Lo immaginai alzare lo sguardo al soffitto valutando il modo migliore per liberarsi di me.
«Se proprio vuole sapere a che punto siamo, glielo dico: non siamo a nessun punto. Non abbiamo trovato niente. Nessuna arma sporca di sangue. Nessuna videocassetta. Nessuna confessione scritta. Nessun brandello di cadavere lasciato come ricordino. Niente di niente.»
«Impronte?»
«Nessuna utile.»

«Effetti personali?»

«I gusti del nostro uomo vanno dal severo al punitivo. Nessuno slancio creativo. Nessun effetto personale. Nessun indumento. Ah, ecco, una felpa e un paio di guanti vecchi di gomma. E una coperta sporca. È tutto.»

«Perché i guanti?»

«Per non rovinarsi le unghie, suppongo.»

«Ma di veramente utile cosa avete?»

«L'ha visto anche lei, no? La sua collezione di Miss Mostrami-la-patatina, la pianta della città, i giornali, i ritagli, l'elenco. Ah, sì, e un resto di spaghetti 05.»

«Nient'altro?»

«Nient'altro.»

«Nessun articolo da bagno? Prodotti di drogheria?»

«*Nada.*»

Riflettei un istante.

«Non sembrava che ci vivesse qualcuno, in quell'appartamento.»

«Be', se ci viveva è il figlio di puttana più lercio che conosca. Uno che non si lava i denti e non si fa la barba. Non c'era sapone. Niente shampoo. Niente filo interdentale.»

«Lei come lo interpreta?»

«Forse lo usa come base per le sue attività criminali e per le sue porno-manie. Forse mammina non apprezza i suoi gusti artistici. Forse non gli permette di farsi le seghe in casa. Come faccio a saperlo?»

«Che cosa mi dice dell'elenco?»

«Stiamo verificando i nomi e gli indirizzi.»

«Qualcuno sul Saint-Lambert?»

Pausa.

«No.»

«Si sa qualcosa di come sia entrato in possesso della carta di credito di Margaret Adkins?»

Questa volta la pausa fu particolarmente lunga e l'ostilità palpabile.

«Dottoressa Brennan, perché non si limita alle attività di sua competenza e lascia a noi il compito di catturare l'assassino?»

«Allora è d'accordo con me?» Non ero riuscita a trattenermi.

«D'accordo su cosa?»

«Sul fatto che è un assassino?»
Mi rispose il segnale di libero.

Passai il resto della mattinata cercando di stimare l'età, il sesso e l'altezza di uno scheletro sulla base di una singola ulna. L'osso era stato ritrovato da alcuni bambini che per gioco scavavano vicino a Pointe-aux-Trembles, e probabilmente proveniva da un vecchio cimitero.

Alle dodici e un quarto salii a prendere una Diet Coke. Tornai in ufficio, chiusi la porta e tirai fuori il mio pranzo: un sandwich e una pesca. Rivolsi la sedia verso il fiume e cercai di pensare a qualcosa di piacevole. Naturalmente mi ritrovai a rimuginare su Claudel.

Continuava a rifiutare l'ipotesi del serial killer. Aveva ragione? Era davvero possibile che tutte quelle analogie fossero semplici coincidenze? O addirittura ero io che inventavo associazioni inesistenti? Magari Saint-Jacques era solo un individuo morboso interessato a ogni forma di violenza. Perché no? In fondo produttori cinematografici ed editori guadagnano miliardi soddisfacendo curiosità molto simili. Forse non era un assassino ma uno che si divertiva a tenere il conto degli omicidi più brutali, o un voyeur che pedinava le donne. La carta di credito di Margaret Adkins poteva averla trovata per caso. Forse gliel'aveva rubata prima che morisse e lei non se n'era accorta. Forse. Forse. Forse.

No. No. Qualcosa continuava a non quadrare anche per me. Se non era Saint-Jacques, doveva essere qualcun altro: un qualcun altro responsabile di molti omicidi. Ero sicura che alcuni delitti fossero collegati, e non intendevo aspettare che un altro corpo massacrato dimostrasse che avevo ragione.

Ma cosa potevo fare per convincere Claudel che non ero solo una stupida dotata di fervida immaginazione? Il fatto che avessi invaso il suo territorio lo urtava profondamente. Addirittura pensava che volessi scavalcarlo, e mi aveva intimato di limitarmi alle attività di mia competenza. E Ryan. Che cosa mi aveva detto lui? Buchi. Che non gli bastava. Di trovare indizi più convincenti.

«D'accordo, Claudel, brutto stronzo, farò esattamente quello che mi hai detto: mi limiterò alle attività di mia competenza.»

Pronunciai quella frase a voce alta, facendo scattare lo schienale in posizione eretta e gettando il nocciolo della pesca nel cestino.
Bene.
E quali sono le mie competenze?
Dissotterrare corpi. Esaminare ossa.

13

Mi trovavo al Laboratorio di Istologia, in attesa dei casi 25906-93 e 26704-94. Mentre aspettavo liberai il tavolo a destra del microscopio e mi procurai una penna e un supporto rigido con qualche foglio, quindi presi due tubetti di vinil-polisiloxano e li deposi vicino a un blocchetto di carta speciale insieme a una spatola e a un calibro digitale preciso al millesimo di millimetro.

Denis tornò con due scatole di cartone, sigillate ed etichettate con cura, che posò a un'estremità del tavolo. Dalla scatola più grande estrassi alcuni segmenti dello scheletro di Isabelle Gagnon e li adagiai sulla metà destra del piano di lavoro.

L'altra scatola conteneva campioni del cadavere di Chantale Trottier. Prima di restituire il corpo alla famiglia per il funerale avevamo prelevato alcuni segmenti ossei, come previsto dalla procedura per i casi di omicidio con mutilazioni o ferite che interessano lo scheletro.

Estrassi sedici buste di plastica con cerniera e le depositai sulla sinistra del piano di lavoro. Su ciascuna erano indicati la parte e il lato del corpo da cui proveniva il relativo segmento. Polso destro. Polso sinistro. Ginocchio destro. Ginocchio sinistro. Vertebra cervicale. Vertebra toracica e lombare. Svuotai tutte le buste e ne disposi il contenuto in ordine anatomico. Posizionai i due segmenti femorali vicino a perone e tibia per formare l'articolazione del ginocchio. Quella del polso era costituita da circa quindici centimetri di radio e di ulna. I segni lasciati sulle ossa dall'autopsia erano chiaramente riconoscibili, quindi non correvo il rischio di confonderli con la firma dell'assassino.

Sul primo foglio di carta speciale spremetti un ricciolo di pasta azzurra per le impronte dentarie e, accanto, uno di pasta bianca. Con la spatola miscelai rapidamente la base bianca e l'attivatore azzurro fino a ottenere un composto omogeneo che inserii in una siringa di plastica. A quel punto scelsi uno dei resti del braccio di Chantale Trottier e ricoprii l'estremità dell'osso che si inserisce nell'articolazione.

Dopodiché pulii spatola e siringa, strappai il foglio già utilizzato e ripetei l'intera procedura con tutti gli altri segmenti. A mano a mano che i calchi si indurivano li staccavo dall'osso, li segnavo con il numero del caso, la posizione anatomica, il lato e la data, e li collocavo accanto alla relativa matrice. Dopo circa due ore ogni segmento aveva accanto il suo calco azzurro.

Mi spostai al microscopio. Dopo aver impostato l'ingrandimento e regolato la luce della fibra ottica procedetti a un meticoloso esame di tutte le piccole tacche e graffiature che avevo appena evidenziato. Partii dal femore destro di Isabelle Gagnon.

Quel primo esame sembrò rivelare due tipi di segni. Le ossa del braccio presentavano sull'estremità dell'articolazione una serie di solchi a U paralleli fra loro caratterizzati da un fondo intersecato ad angolo retto da due pareti. Questi tagli misuravano quasi sempre sei millimetri circa di lunghezza e poco più di un millimetro di profondità. Sulle ossa lunghe delle gambe rilevai scanalature simili.

I segni del secondo tipo erano a forma di V e più stretti rispetto ai solchi a U in quanto pareti e fondo non si incontravano ad angolo retto. I tagli a V comparivano isolati sugli acetaboli e sulle vertebre mentre verso le estremità delle ossa lunghe erano disposti parallelamente ai solchi a U.

Riportai in un diagramma la posizione di ciascun segno e ne registrai lunghezza, profondità e, nel caso dei solchi a U, ampiezza. Quindi passai a osservare al microscopio i solchi a U e i calchi relativi, dall'alto e lateralmente. I calchi possono essere considerati una sorta di negativo tridimensionale che riproduce, al contrario, tutte le minuscole protuberanze, le scanalature e i graffi presenti sulle superfici del taglio. L'analisi del calco mi avrebbe permesso di cogliere quei particolari impossibili da rilevare tramite un esame diretto del taglio stesso.

Poiché braccia e gambe erano state disarticolate, e non segate, tutte le ossa lunghe erano rimaste intere. Facevano eccezione le ossa degli avambracci, mozzate appena sopra i polsi. L'osservazione delle estremità tagliate di netto del radio e dell'ulna rivelò la presenza di spuntoni da spezzamento. Ne presi nota e registrai la loro posizione, quindi analizzai la sezione laterale di ogni taglio. Con quell'ultima operazione il caso Gagnon era concluso e mi accinsi a ripetere l'intera procedura su Chantale Trottier.

Ero talmente assorbita in quel lavoro che a stento udii l'offerta di Denis di cominciare a rimetter via parte del materiale. E non mi accorsi neppure che nel frattempo in laboratorio era calato il silenzio.

«Che cosa ci fa ancora qui?»

La vertebra che stavo togliendo dal microscopio per poco non mi cadde di mano.

«Cristo santo, Ryan! Mi ha fatta spaventare!»

«Ehi, non si agiti così. Ho solo visto la luce accesa e ho pensato di fare un salto a vedere se Denis stava facendo gli straordinari affettando qualcosa di interessante.»

«Che ore sono?» domandai, raccogliendo le altre vertebre cervicali per riporle nella loro scatola.

Andrew Ryan consultò l'orologio. «Le cinque e quaranta.» Poi mi osservò sistemare le buste nella scatola più piccola e richiudere il coperchio.

«Allora, ha scoperto qualcosa di utile?»

«Direi di sì.»

Mi assicurai che il coperchio tenesse bene, quindi riposi le ossa del bacino di Isabelle Gagnon.

«Pare che Claudel non creda molto in queste analisi dei tagli.»

Era esattamente la cosa che non avrebbe dovuto dire, ma non mi scomposi e continuai a fare ordine.

«Per lui una sega è solo una cosa che taglia, niente di più.»

«E lei, che ne pensa?»

«Veramente io non me ne intendo.»

«Suvvia, avrà pur fatto qualche piccolo lavoro in casa.»

«Be', so che si usano per tagliare varie cose.»

«Bene. Quali cose, per esempio?»

«Legno, rami, metallo...» Fece una pausa. «Ossa.»

«E *come* tagliano?»

«Come?»

«Sì, in che modo?»

Rifletté qualche secondo. «Con i denti. I denti vanno avanti e indietro e tagliano il materiale.»

«E le seghe circolari?»

«Be', quelle hanno la lama che gira.»

«Ma come penetrano? Come un coltello o come uno scalpello?»

«Che cosa intende?»

«I margini dei denti sono affilati oppure piatti? Tagliano il materiale oppure lo lacerano?»

«Oh....»

«E lo tagliano quando vanno avanti o quando tornano indietro?»

«Non capisco, dove vuole arrivare?»

«Lei ha detto che i denti vanno avanti e indietro. Giusto. Ma in quale momento il materiale viene effettivamente tagliato? Quando vanno avanti o quando tornano indietro? Quando si spinge o quando si tira?»

«Ah, ecco...»

«I denti sono fatti per procedere lungo la venatura o contro la venatura?»

«È importante?»

«Quale distanza c'è fra un dente e l'altro? E la spaziatura è uniforme? Quanti sono i denti sulla lama? Che forma hanno? Qual è l'inclinazione antero-posteriore? I margini sono appuntiti oppure ad angolo retto? Come sono posizionati rispetto al piano della lama? Che tipo di...»

«Va bene, va bene... ho capito. Sono pronto ad ascoltarla. Le cedo la parola.»

Nel frattempo avevo terminato di mettere le ossa di Isabelle Gagnon nella scatola e avevo chiuso il coperchio.

«Esistono centinaia di seghe diverse. Seghe da tronchi, seghe trasversali, saracchi, seghetti, seghetti da ferro, seghe per serrature, seghe per carne, seghe Ryobi e Gigli, seghe per osso e metacarpali. E queste sono solo quelle manuali, cioè quelle attivate dalla forza muscolare. Fra quelle che invece sono alimentate a energia elettrica o a scoppio, alcune si muovono con movimento alternato, altre con movimento continuo. Alcune vanno avanti e indietro e altre invece girano. Inoltre, ogni sega è concepita per agire su un materiale specifico e quindi mentre taglia produce effetti diversi. Comunque, per limitarci a quelle manuali, cioè a quelle che ci interessano in questo caso, possiamo dire che le differenze riguardano essenzialmente le dimensioni della lama e le caratteristiche dei denti: misura, passo e inclinazione.»

Gli lanciai un'occhiata per capire se mi stava seguendo. Sì, mi stava seguendo, e mi teneva puntati addosso due fanali più azzurri della fiamma di un bruciatore a gas.

«Tutto questo per dire che ogni sega lascia su un materiale come le ossa una firma riconoscibile. Per esempio solchi di varie ampiezze che presentano tracce particolari su fondo e pareti.»

«Se ho capito bene, lei mi sta dicendo che analizzando un osso è possibile risalire alla sega con cui è stato tagliato?»

«No. Le sto dicendo che è possibile stabilire il tipo di sega che, con più probabilità, ha lasciato quei segni.»

Gli servì qualche secondo per digerire la mia affermazione. «E lei da cosa ha capito che in questo caso si tratta di una sega manuale?»

«Non essendo azionate a mano, le seghe elettriche tendono a lasciare segni più uniformi. Le graffiature nei tagli, o meglio le strie, hanno un andamento più omogeneo, e così pure la direzione del taglio, nel senso che, diversamente da quanto accade con le seghe manuali, si verificano meno cambiamenti di direzione.» Feci una breve pausa per riordinare le idee. «Inoltre, poiché non richiedono un grande sforzo muscolare succede spesso che chi le maneggia produca parecchi pseudoinizi, in genere piuttosto profondi. E dato che sono più pesanti, e che talvolta chi le manovra spinge sull'estremità da tagliare, producono spuntoni da spezzamento più grossi.»

«E se una sega manuale viene usata da un individuo molto forte?»

«Ottima domanda. La forza e l'abilità personali sono fattori importanti. È vero, però, che spesso le seghe elettriche lasciano dei graffi all'inizio del taglio perché la lama tocca il materiale mentre è già in movimento.» Mi interruppi di nuovo, e Ryan aspettò in silenzio che riprendessi la mia spiegazione. «Inoltre, le scheggiature all'uscita sono più marcate e sulla superficie del taglio la maggior potenza delle seghe elettriche può manifestarsi come una sorta di lucentezza.»

A quel punto dovetti riprendere fiato e Ryan mi concesse qualche secondo prima di sollecitarmi con un'altra domanda.

«Che cos'è uno pseudoinizio?»

«Il primo contatto della lama con l'osso incide un solco, detto anche intaccatura, i cui angoli si trovano sulla superficie d'urto iniziale. Via via che la sega penetra nell'osso, gli angoli iniziali diventano pareti e si forma il fondo dell'intaccatura, come succede appunto nei solchi a U. Se però la lama salta fuori dal solco già segnato, o se viene ritirata senza che il taglio dell'osso sia completo, l'intaccatura che rimane viene detta pseudoinizio. Da uno pseudoinizio è già possibile ricavare tutte le informazioni necessarie, perché la sua ampiezza è determinata dalla larghezza della lama e dall'inclinazione dei denti. La sua sezione trasversale ha inoltre una forma particolare e rivela l'eventuale presenza di segni distintivi.»

«E se la sega taglia l'osso senza produrre pseudoinizi?»

«Se il taglio prosegue fino alla separazione definitiva, il fondo dell'intaccatura può essere ancora visibile in uno degli spuntoni di spezzamento, cioè in una di quelle schegge appuntite presenti sul margine dell'osso nel punto in cui si spezza. Inoltre, è sempre possibile trovare sulla superficie di taglio dei segni impressi da singoli denti.»

Ripresi il radio di Isabelle Gagnon, cercai uno pseudoinizio parziale su uno degli spuntoni e posizionai opportunamente la luce della fibra ottica.

«Ecco, guardi questo.»

Avvicinò la faccia al microscopio e cominciò a guardare nell'oculare, regolando la manopola della messa a fuoco.

«Sì, lo vedo.»

«Osservi il fondo dell'intaccatura. Che cosa nota?»

«Si direbbe che è coperto di grumi.»

«Appunto. Quei grumi sono isole di tessuto osseo, e la loro presenza rivela che i denti erano disposti ad angoli alternati rispetto alla lama della sega. Questo tipo di disposizione dà luogo a un fenomeno noto come deriva della lama.»

Sollevò la testa dal microscopio e mi guardò inespressivo. L'oculare gli aveva impresso due segni simili a quelli di un paio di occhialini da piscina troppo stretti.

«Quando il primo dente penetra nell'osso cerca di allinearsi con il piano della lama, cerca cioè la linea mediana, e la lama tende a seguire questo movimento. Il dente successivo cercherà di comportarsi allo stesso modo, ma, poiché è inclinato nella direzione opposta, obbligherà la lama a cambiare inclinazione. Dato che questo succede per tutti i denti, le forze che agiscono sulla lama cambiano continuamente, inducendo la lama stessa a compiere piccoli spostamenti all'interno dell'intaccatura. Maggiore è l'inclinazione dei denti e maggiore sarà lo spostamento forzato della lama. Quando l'inclinazione è molto ampia, gli spostamenti sono tali da lasciare del materiale lungo la linea mediana dell'intaccatura che va a formare. Appunto, le isole di tessuto osseo. In altre parole, i grumi che lei ha visto.»

«Quindi significa che i denti erano inclinati?»

«Veramente queste isole dicono molto di più. Dato che il cambiamento di direzione di ogni dente è provocato dall'inserimento del dente successivo, la distanza fra questi cambiamenti di direzione equivale alla distanza fra i denti. E poiché le isole rappresentano i punti in cui la deriva della lama è maggiore, anche la distanza fra le isole equivale alla distanza fra due denti. Aspetti che le mostro ancora qualcosa.»

Tolsi il radio dal microscopio e inserii l'ulna, illuminando la superficie del taglio che aveva reciso la mano. Poi mi allontanai.

«Riesce a vedere quelle linee ondulate?»

«Sì. Assomigliano a un'asse per il bucato, solo che sono curve.»

«Bene. Quelle linee sono chiamate "armonici". La deriva della lama lascia quei picchi e quegli avvallamenti sulle pareti del taglio proprio come lascia le isole di tessuto osseo sul fondo. I picchi e le isole corrispondono ai punti di maggior ampiezza dello spostamento, mentre gli avvallamenti e i restringimenti del fondo corrispondono ai punti dello spostamento in cui la lama è più vicina alla linea mediana.»

«Quindi, come accade per le isole, è possibile misurare anche picchi e avvallamenti?»

«Esatto.»

«E come mai nella parte inferiore dell'intaccatura non vedo niente di tutto ciò?»

«Perché la deriva della lama si verifica prevalentemente all'inizio o alla fine di un taglio, quando cioè la lama è più libera **di spostarsi** in quanto non è trattenuta dall'osso.»

«Sì, mi sembra che abbia senso.» Alzò lo sguardo. Gli occhialini erano sempre lì.

«E che cosa mi dice della direzione?»

«Del colpo o dell'affondamento?»

«Quale sarebbe la differenza?»

«La direzione del colpo dipende dal momento in cui effettivamente avviene il taglio, cioè se avviene quando si spinge o quando si tira. Quasi tutte le seghe occidentali tagliano sulla spinta. Alcune seghe giapponesi, invece, tagliano nella fase opposta. Altre ancora in entrambe. La direzione dell'affondamento è la direzione in cui la lama si muove all'interno dell'osso.»

«E lei è in grado di stabilire tutto questo?»

«Sì.»

«Insomma, per farla breve che cosa ha scoperto?» mi domandò, guardandomi e insieme stropicciandosi gli occhi.

Andai a prendere il mio blocco degli appunti e approfittai della breve pausa per massaggiarmi un po' la schiena. Dopodiché scorsi rapidamente le pagine concentrandomi sui dati più significativi.

«Sulle ossa di Isabelle Gagnon ho individuato un certo numero di pseudoinizi. Le intaccature sono larghe circa un millimetro e venticinque, e quasi sempre presentano alcune depressioni del fondo. Ho rilevato inoltre gli armonici e le isole di tessuto osseo, entrambi misurabili.» Voltai pagina. «Tracce di scheggiatura all'uscita.»

Aspettò che continuassi. Vedendo che esitavo, mi domandò: «E per essere più concreti?»

«Ritengo che si tratti di una sega manuale con denti alternati, probabilmente passo 2,5.»

«Passo 2,5?»

«Sì. Il numero indica che la distanza fra i denti è di 2,5 millimetri. Inoltre sono denti a scalpello. La sega taglia sulla spinta.»

«Capisco.»

«La deriva della lama è molto ampia e la scheggiatura all'uscita consistente. La lama sembra tagliare a mo' di scalpello. Penso che potrebbe trattarsi di una sorta di grande seghetto per metallo. Le isole indicano che l'inclinazione dei denti è decisamente pronunciata, per evitare che la sega grippi.»

«E quindi quali sono le sue conclusioni?»

Sebbene fossi piuttosto sicura di aver capito con quale strumento erano stati prodotti quei tagli, non era ancora il momento di esternare le mie convinzioni.

«Le potrò dare una risposta definitiva dopo che avrò consultato una persona.»

«Ha trovato altro?»

Tornai alla prima pagina del blocco e cercai di riassumere le informazioni che avevo ricavato.

«Gli pseudoinizi sono sulle superfici anteriori delle ossa lunghe. Gli spuntoni, se presenti, si trovano sui lati posteriori. Questo significa che il corpo, quando è stato smembrato, probabilmente era girato sulla schiena. Le braccia sono state staccate all'altezza delle spalle e le mani mozzate, le gambe disarticolate dalle anche e il ginocchio danneggiato internamente. La testa è stata tagliata in corrispondenza della quinta vertebra cervicale, il torace aperto in tutta la lunghezza con un taglio profondo fino alla colonna vertebrale per tutta la lunghezza.»

Scosse la testa. «Un autentico virtuoso, l'amico.»

«Ma la situazione è ancora più complessa.»

«Che cosa intende dire?»

«Intendo dire che è stato utilizzato anche un coltello.» Risistemai l'ulna sul microscopio e regolai la messa a fuoco. «Dia un'altra occhiata qui.»

Mentre si piegava sul microscopio non potei fare a meno di notare le sue natiche sode e muscolose. Gesù, Brennan, a che punto...

«Non è necessario che prema il viso così forte contro l'oculare.»

Cercò di rilassare le spalle e bilanciò meglio il peso del corpo.

«Riconosce le intaccature di cui abbiamo parlato finora?»

«Sì.»

«Adesso guardi verso sinistra. Vede quel taglio sottile?»

Rimase in silenzio per un istante, agendo sulla manopola di regolazione. «Si direbbe più un cuneo. Le pareti non sono perpendicolari ed è più stretto degli altri.»

«Appunto. Quello è un taglio lasciato da un coltello.»

Si allontanò dal microscopio. Occhialini.

«Quello che ho notato è che questi tagli seguono un percorso preciso. Molti sono paralleli agli pseudoinizi prodotti dalla sega e alcuni li intersecano addirittura. Inoltre, sono gli unici visibili sull'articolazione dell'anca e sulle vertebre.»

«Quindi?»

«Se certi segni di coltello si sovrappongono a quelli della sega e altri passano al di sotto, è molto probabile che il coltello sia stato utilizzato prima e dopo la sega. Penso che l'assassino abbia tagliato le carni con il coltello, separato parzialmente le articolazioni con la sega e riutilizzato il coltello per recidere i muscoli o i tendini che ancora legavano le ossa. Se si escludono le mani, che sono state segate sopra i polsi, è intervenuto sempre sulle articolazioni.»

Ryan annuì.

«Le vertebre invece non presentano segni indicativi dell'uso di una sega. In poche parole, Isabelle Gagnon è stata decapitata e sventrata con il solo coltello.»

Restammo in silenzio per qualche istante riflettendo su quell'ultimo particolare. Prima di assestare il colpo definitivo volevo essere sicura che avesse metabolizzato tutto a dovere.

«Ho esaminato anche il caso Trottier.»

I due fanali azzurri incrociarono il mio sguardo. Il volto già scarno sembrava ancora più teso, mentre si preparava a incassare quanto stavo per dirgli.

«Tutti i particolari coincidono. Identici.»

Deglutì, tirando un profondo respiro. «Questo deve avere benzina al posto del sangue», commentò quasi in un sussurro.

A quel punto si allontanò dal banco, e nello stesso momento un addetto alle pulizie fece capolino dalla porta. Quando ci voltammo a guardarlo si defilò veloce come una lucertola, forse spaventato dalle nostre espressioni cupe. Ryan contrasse la mascella e tornammo a fissarci negli occhi.

«Porti i risultati delle sue ricerche a Claudel. Mi sembra che questa roba possa bastare.»

«Prima mi lasci verificare ancora un paio di cose. Poi farò una visita a monsieur Simpatia.»

Se ne andò senza salutare. Io misi via le ossa, lasciai le scatole sul tavolo e uscii chiudendo a chiave il laboratorio. Passando davanti alla reception lanciai uno sguardo all'orologio sopra gli ascensori: le sei e mezzo. Fuori la sera cominciava a punteggiarsi di luci. Ancora una volta ero riuscita a trattenermi in ufficio fino all'arrivo del personale delle pulizie. Sapevo che ormai era tardi, ma tentai ugualmente di prestare fede ai miei impegni.

Percorsi il corridoio del mio ufficio fino all'ultima porta sulla destra. Una piccola targa recava il nome di Lucie Dumont, preceduto dalla scritta INFORMATICA.

Dopo una lunga attesa e molte difficoltà, finalmente l'LML e l'LSJ erano in rete. Il processo di informatizzazione era stato ultimato nell'autunno del 1993 e da quel momento i dati erano stati immessi nel sistema con puntuale regolarità. La precedenza era stata comunque accordata ai casi più recenti, ormai elaborabili via computer poiché i rapporti di tutte le divisioni erano stati organizzati in file-master. Il database dei casi meno recenti, invece, era ancora in fase di aggiornamento. Il DEJ aveva fatto la sua entrata trionfale nell'era del computer e l'artefice di questo miracolo rispondeva al nome di Lucie Dumont.

La porta era chiusa. Bussai, ma sapevo già che non avrei ottenuto risposta. A quell'ora Lucie era sicuramente già uscita.

Mi restava un'ultima cosa da fare. Tornai in ufficio, e presi l'elenco dei membri dell'American Academy of Forensic Sciences, l'Accademia americana di scienze forensi. Una volta recuperato il nome della persona con cui volevo parlare, lanciai un'occhiata all'orologio e feci un rapido calcolo. Da lui dovevano essere le quattro e quaranta. O forse le cinque e quaranta? Non ricordavo se l'Oklahoma rientrava nel fuso orario occidentale o in quello centrale.

«Al diavolo», mi dissi infine, sollevando la cornetta. Mi rispose una voce amichevole a cui chiesi di essere messa in comunicazione con Aaron Calvert. La voce mi informò che stavo parlando con il servizio notturno ma che potevo lasciare un messaggio. Lasciai nome e numero di telefono e riattaccai, continuando a ignorare in quale fuso orario si trovasse la città che avevo chiamato.

Le cose non procedevano per il verso giusto. Mi sedetti un momento, pentita di non essermi data una mossa un po' prima. Quindi, in un ultimo slancio di energia, feci il numero di Gabby. Una volta di più, non ottenni risposta. E non trovai neppure la segreteria telefonica. La cercai all'università, ma dopo quattro squilli partì un messaggio registrato. Stavo per attaccare, quando l'ufficio di facoltà intercettò la mia chiamata. Venni così a sapere che nessuno l'aveva vista, che non ritirava la posta da alcuni giorni, ma che tutto ciò era normale vista la stagione estiva. Ringraziai e agganciai.

«Centro numero tre», dissi a voce alta. Niente Lucie. Niente Aaron. Niente Gabby. Gesù, Gabby dove sei?

Decisa a non pensarci, misi la borsa a tracolla e spensi la luce. La partita con Claudel era appena cominciata.

14

Uscita dall'ufficio mi fermai da Kojax per un souvlaki da asporto, quindi puntai verso casa. Meditavo progetti alquanto elettrizzanti per la serata.

Birdie mi accolse con un saluto da martire. Ignorandolo, tirai fuori una Diet Coke e la misi sul tavolo insieme al sacchetto della cena. Poi lanciai un'occhiata alla segreteria telefonica, che mi restituì lo sguardo, immobile e silenziosa. Gabby non aveva chiamato. L'ansia si stava impadronendo di me.

Andai in camera da letto e rovistai nel comodino. Quello che cercavo era sepolto nel terzo cassetto: una cartina di Montréal. La portai in cucina e la stesi sul tavolo, quindi aprii la Coca e il sacchetto del souvlaki. La vista del riso unto e della carne stracotta indusse il mio stomaco a una subitanea ritirata, costringendomi a ripiegare su una semplice fetta di pita.

Osservando sulla cartina il piede ormai familiare, partii dalla via dove abitavo e tracciai un percorso che attraversava Centre-Ville, proseguiva oltre il fiume fino alla riva meridionale e approdava al quartiere che cercavo. Dopodiché piegai la cartina lasciando bene in vista i sobborghi di Saint-Lambert e Longueil e azzardai un altro tentativo con il souvlaki. Il mio stomaco reiterò il rifiuto, chiarendo una volta per tutte che non avrebbe tollerato altre sollecitazioni.

Nel frattempo Birdie si era silenziosamente appostato a un palmo dalla mia coscia. «Tieni, te lo regalo», lo allettai, facendo scivolare il contenitore di alluminio verso di lui. Lo vidi esitare un istante, ancora incredulo, quindi puntare deciso verso quel tesoro producendosi in fusa rumorose.

Da un armadio dell'ingresso presi una torcia, un paio di guanti da giardino e uno spray contro gli insetti e buttai tutto in uno zainetto insieme alla cartina, a un supporto rigido e a un blocco. Poi mi cambiai, optando per una maglietta, un paio di jeans e scarpe da ginnastica, e mi legai con cura i capelli. Ripensando al contenuto dello zaino aggiunsi una camicia di jeans a maniche lunghe, quindi scrissi su un biglietto: «Andata a verificare la terza X... Saint-Lambert». Guardai l'orologio: le otto meno un quarto. Aggiunsi data e ora e lasciai il foglio sul tavolo della sala da pranzo. Probabilmente era inutile, ma nel caso mi fossi cacciata nei guai almeno avevo lasciato una traccia.

Mi buttai lo zainetto in spalla e digitai il codice di inserimento dell'impianto antifurto, ma nell'agitazione composi un numero sbagliato e dovetti ricominciare da capo. Al secondo tentativo fallito mi fermai, chiusi gli occhi e recitai a memoria le parole di una filastrocca su re Artù. Dovevo sgombrare la mente con un semplice esercizio di ripetizione, era un trucchetto che avevo imparato all'università. L'intermezzo nel regno di Camelot mi aiutò effettivamente a recuperare la calma, digitai il codice senza errori e lasciai l'appartamento.

Uscita dal garage feci il giro dell'isolato e imboccai la Sainte-Catherine in direzione est, verso De la Montagne, quindi svoltai a sud, diretta al Victoria, uno dei tre ponti che collegano l'isola di Montréal alla riva meridionale del San Lorenzo. Dopo essersi rincorse per tutto il pomeriggio, le nuvole si stavano ammassando scure e minacciose all'orizzonte e si riflettevano nelle acque plumbee e ostili del fiume.

Alla mia sinistra indovinavo l'Île Notre-Dame e l'Île Sainte-Hélène, sovrastate dall'arco del Pont Jacques-Cartier e avvolte dalla crescente oscurità. Cercai di immaginarmele durante l'Expo del '67, pulsanti di vita e brulicanti di persone, così diverse da come mi apparivano in quel momento, indolenti e silenziose, simili ai resti di un'antica civiltà.

Sulla destra avevo l'Île des Soeurs, l'isola delle suore. Un tempo proprietà della Chiesa, era ormai diventata un ghetto per yuppies, una cittadella di condomini, piscine, campi da golf e da tennis collegata al resto della città dal Pont Champlain. Le luci dei suoi grattacieli scintillavano nella sera intrecciando una segreta sfida con i bagliori dei fulmini in lontananza.

Raggiunta la riva meridionale, imboccai il Boulevard Sir Wilfred Laurier. Il tempo di attraversare il fiume e il cielo si era fatto di un verde inquietante. Accostai per consultare nuovamente la cartina. Fissai la mia posizione prendendo come riferimento le macchie smeraldo di un parco e del campo da golf di Saint-Lambert, quindi appoggiai la cartina sul sedile del passeggero e ripartii. Mentre ingranavo la marcia un lampo squarciò la notte, e subito dopo i primi goccioloni spinti dal vento investirono il parabrezza.

Continuai a guidare nell'oscurità sinistra che accompagna l'inizio di ogni temporale, rallentando a tutti gli incroci per allungare il collo in cerca delle indicazioni stradali. Stavo seguendo il percorso messo a punto sulla cartina: svolta a sinistra, poi a destra, poi ancora due a sinistra...

Una decina di minuti più tardi mi fermai e parcheggiai la macchina. Il cuore mi batteva forte. Asciugandomi le mani sudate contro i jeans, lanciai un'occhiata intorno.

Il cielo si era fatto ancora più cupo e il buio era quasi totale. Lungo il tragitto avevo attraversato una serie di quartieri residenziali punteggiati di villette e solcati da viali alberati, ma in quel momento mi trovavo ai margini di una zona industriale abbandonata e segnalata sulla cartina da una piccola mezzaluna grigia. Ero decisamente sola.

Una fila di capannoni deserti si affacciava sul lato destro della strada, illuminata da un unico lampione funzionante. Quello più vicino spiccava in un chiarore innaturale, come su un set cinematografico, mentre gli altri sbiadivano progressivamente fino a scomparire del tutto nell'oscurità. Alcuni esibivano cartelli di messa in vendita o in affitto, altri non beneficiavano più neppure di queste possibilità, come se i loro proprietari si fossero definitivamente arresi. I vetri delle finestre erano rotti e i parcheggi deserti e coperti di immondizie, uno scenario che ricordava le vecchie immagini in bianco e nero di Londra durante la Battaglia d'Inghilterra.

A sinistra il panorama era altrettanto desolato. Buio pesto e il nulla. Non distinguevo altro. Quel luogo corrispondeva alla macchia verde priva di indicazioni dove Saint-Jacques aveva segnato la sua terza X. Avevo sperato di trovarmi davanti un cimitero o un piccolo parco.

Invece no, merda.

Strinsi le mani sul volante e fissai il buio.

E adesso?

Non avevo proprio tenuto conto di quella eventualità.

Per un istante la strada fu rischiarata dal bagliore di un fulmine. Qualcosa sbucò dalla notte sbattendo contro il parabrezza. Ebbi un sussulto e cacciai un urlo. La creatura rimase lì per un momento, strano tatuaggio in preda agli spasmi, poi volò via in groppa al vento che si alzava.

Calmati, Brennan. Fai un bel respiro profondo. In realtà il mio livello di agitazione era già arrivato alla ionosfera.

Indossai la camicia di jeans supplementare, infilai i guanti nella tasca posteriore dei pantaloni e misi la torcia nel marsupio. Blocco e penna rimasero nello zaino.

Tanto non avrai bisogno di prendere nessun appunto, mi rassicurai.

La sera odorava di pioggia e di cemento bagnato. Il vento tormentava i rifiuti lungo la strada, faceva mulinare foglie e cartacce, mi scompigliava i capelli e si infilava tra i vestiti facendo sventolare i bordi della maglietta come bucato steso sul filo. Infilai la maglia nei pantaloni e accesi la torcia. Mi tremava la mano.

Illuminando l'oscurità davanti a me attraversai la strada, salii sul marciapiede e mossi qualche passo su uno spiazzo erboso. Non mi ero sbagliata. Una recinzione di ferro arrugginito alta quasi due metri percorreva l'intero perimetro della proprietà. Oltre il bordo superiore sporgeva un intrico di alberi e di cespugli che si interrompeva bruscamente in corrispondenza della barriera metallica. Puntai la torcia sforzandomi di distinguere qualcosa attraverso il fogliame, ma non riuscii a valutare né l'estensione del bosco né cosa vi fosse oltre.

Mi avviai dunque lungo la recinzione, accogliendo nel cerchio di luce la danza di ombre dei rami agitati dal vento. Qualche goccia occasionale penetrava la massa verdeggiante bagnandomi il viso. Stava per scatenarsi un brutto temporale. Ero scossa da forti tremori, forse per l'improvviso abbassamento di temperatura, forse per l'ostilità di quel luogo, ma più probabilmente per entrambi i motivi. In quel momento il fatto di aver pensato all'insettifugo e non a una giacca pesante mi parve davvero idiota.

A circa tre quarti dell'isolato la sede stradale si abbassava bruscamente di livello, in corrispondenza di una viuzza secondaria o di servizio che conduceva a una radura. In quel punto la recinzione era interrotta da un cancello chiuso con una catena e un lucchetto a combinazione.

Il vialetto di ghiaia coperto di erbacce e la striscia di rifiuti che proseguiva ininterrotta davanti al cancello mi indussero a supporre che l'entrata non fosse utilizzata da un po' di tempo. Cercai di illuminare il varco ma riuscii a malapena a penetrare la tenebra: era come utilizzare un accendino per rischiarare la cupola di un planetario.

Proseguii quindi per un'altra cinquantina di metri, fino a raggiungere il fondo dell'isolato. Mi ci volle un secolo. Giunta all'angolo mi guardai intorno. La strada che stavo seguendo terminava in un incrocio a T. Sbirciando in quella direzione intravidi un'altra strada altrettanto buia e deserta.

Delimitava un isolato coperto di asfalto e recintato da una catena, forse il parcheggio di una fabbrica o di un magazzino. L'intero lotto era illuminato da un'unica lampadina precariamente appesa a un palo del telefono; schermata da un paralume di metallo, creava un cerchio di luce di circa sei metri. Il marciapiede era vuoto e cosparso di detriti. Intorno vidi solo qualche baracca e alcuni gabbiotti.

Mi fermai un attimo ad ascoltare. Vento, gocce di pioggia, tuoni in lontananza. Il mio cuore che batteva. La luce fioca del parcheggio non era sufficiente a nascondere il tremore delle mie mani.

Okay, Brennan, smettila con queste stronzate. Chi non risica non rosica.

«Bene.» La mia voce aveva un suono strano, ovattato, come se la notte ne avesse inghiottito le parole prima che potessero raggiungere le mie orecchie.

Tornai a voltarmi verso il recinto. Oltre l'angolo proseguiva con una brusca curva a sinistra, parallelo alla strada che avevo appena intersecato. Lo seguii. Dopo circa tre metri la cancellata si interrompeva, sostituita da un muro di pietra. Arretrai di qualche passo e lo illuminai con la torcia. Era un muro alto quasi due metri, grigiastro e sormontato da un bordo di pietre che sporgevano di una quindicina di centimetri. Nonostante il buio vidi che a circa metà dell'isolato aveva un'apertura e immaginai subito che si trattasse del lato frontale della proprietà.

Lo seguii per una cinquantina di metri, cercando di evitare una serie di cassonetti per la raccolta di carta, vetro e alluminio e una quantità di oggetti che non mi curai di identificare.

Quindi ritrovai la recinzione di ferro arrugginita e un cancello chiuso con catena e lucchetto, come il primo che avevo incontrato. Alzai il fascio di luce e gli anelli di metallo luccicarono. La catena era nuova. Provai a scuoterla con forza. Teneva. Riprovai, ma di nuovo non ottenni alcun risultato. Decisi allora di ispezionare le sbarre con la torcia.

Improvvisamente mi sentii afferrare una gamba. D'istinto mi chinai per toccarmi la caviglia e la torcia cadde a terra, mentre io già mi vedevo intrappolata fra gli artigli di un mostro dai denti gialli e dagli occhi di fuoco. Era un sacchetto di plastica.

«Merda!» imprecai con la gola secca, mentre cercavo di liberarmi la gamba con le mani sempre più tremanti. «Assalita da una busta di supermercato.»

Il mio aggressore fuggì rotolando nel vento e io cominciai a cercare la torcia che, nell'urto, si era spenta. Quando finalmente la recuperai fu solo per scoprire che non intendeva affatto riprendere a funzionare. Provai a sbatterla contro il palmo della mano ma la lampadina si accese solo per un istante e poi svanì. Un altro colpetto e riuscii a ottenere una luce debole e incerta. Mi aspettavo che si spegnesse da un momento all'altro.

Rimasi al buio per qualche secondo, riflettendo sul da farsi. Volevo realmente proseguire in quell'impresa? Che cosa diavolo speravo di dimostrare? Un bagno e a nanna sembrava decisamente una prospettiva migliore.

Chiusi gli occhi e mi concentrai sui rumori circostanti, cercando di distinguere un'eventuale presenza umana. In seguito, tutte le volte in cui ho ripensato a quella scena, mi sono domandata spesso se per caso non avessi udito qualcosa di particolare, dei pneumatici sulla ghiaia, un cardine che cigolava, un motore in lontananza. La risposta però è stata sempre la medesima: forse la precipitazione, forse il temporale imminente, io non avevo davvero sentito nulla.

Tirai un profondo sospiro, mi feci coraggio e sbirciai oltre il muro. Tempo addietro, durante la visita alla tomba di un faraone, nella Valle dei Re, improvvisamente era mancata la luce. Mi trovavo in uno spazio angusto e ricordo che avevo avuto l'impressione di essere inghiottita non già dalla semplice oscurità, ma dalla totale assenza di luce, come se il mondo intero si fosse spento. E lì, mentre tentavo di distinguere qualcosa nel buio oltre il muro, mi sembrò di riprovare la stessa sensazione. Ma dove si nascondevano i segreti più oscuri? Nella tomba del faraone o nel nulla che avevo di fronte?

Quella X indica qualcosa e quel qualcosa è qui. Coraggio, Brennan.

Tornai indietro fino al cancello laterale. Come potevo aprire quel lucchetto? Puntai la torcia sulle sbarre in cerca di una risposta, quando un fulmine rischiarò il cielo per un istante, saturando l'aria di ozono e procurandomi un leggero formicolio al cuoio capelluto e alle mani. Quel lampo di luce, tuttavia, fu sufficiente a farmi notare un'insegna sulla destra del cancello.

Il mio debole cono di luce rivelò una piccola targa di metallo inchiodata alle sbarre, dal messaggio piuttosto chiaro nonostante la ruggine: ENTRÉE INTERDITE. Ingresso vietato. In altre parole, alla larga. Mi avvicinai e cercai di leggere la scritta sottostante. Qualcosa *de Montréal*. Sembrava la parola Arciduca. Arciduca di Montréal? Non sapevo ne esistesse uno.

Mi colpì un circoletto posto sotto quelle parole. Asportai delicatamente un po' di ruggine con le unghie e affiorò un emblema che ricordava un cimiero o una cotta d'armi vagamente familiari. D'un tratto capii. Arcidiocesi. Arcidiocesi di Montréal. Ma certo. Mi trovavo davanti a una proprietà della Chiesa, forse un convento abbandonato, o un monastero. Il Québec pullulava di luoghi simili.

Tranquilla, Brennan, tu sei cattolica. Qui devi sentirti al sicuro. Questa è anche la tua casa. Chissà da dove mi venivano quei luoghi comuni? Intanto le scariche di adrenalina si alternavano al tremore dell'inquietudine.

Cacciai la torcia nella tasca dei jeans e afferrai la catena con la mano destra e una sbarra di metallo arrugginito con la sinistra. Ero sul punto di dare uno strattone quando mi resi conto che era inutile: anello dopo anello, la catena stava scivolando fra le sbarre abbandonandosi sul mio polso come un serpente su un ramo. La avvolsi intorno alle mani e cercai di sfilarla del tutto, ma era bloccata. Guardai meglio e vidi che il lucchetto era rimasto incastrato fra le sbarre con il gancio aperto. Liberai il lucchetto, recuperai la catena e li osservai.

Nel frattempo il vento era calato sostituito da una quiete innaturale. Il rumore del silenzio mi rimbombava nelle orecchie.

Appoggiai la catena sul battente di destra e tirai quello di sinistra verso di me. In quell'assoluta assenza di rumori il cigolio dei cardini risuonò come un grido. Non si sentivano rane, né grilli, neppure il fischio lontano di un treno. Era come se l'intero universo stesse trattenendo il respiro in attesa del temporale.

Aprii il cancello ancora un po', entrai e lo richiusi. Ripresi la torcia e mi avviai lungo una strada spostando di continuo il fascio di luce dai miei piedi alle macchie di alberi sui lati. Sotto le scarpe la ghiaia scricchiolava leggermente. Percorsi una decina di metri, mi fermai e puntai la mia fonte luminosa verso l'alto. Sopra di me, un viluppo di rami immobili e sinistri si intrecciava in una volta impenetrabile.

Cercai di calmarmi recitando una filastrocca. Ero tesa come una corda di violino e avevo ripreso a tremare. Ti stai deconcentrando, Brennan. Pensa a Claudel. No. Pensa a Isabelle Gagnon e a Chantale Trottier e a Margaret Adkins.

Spostai il fascio di luce sulla destra, e mi soffermai su tutti gli alberi che fiancheggiavano la strada, stretti in una serie infinita di ranghi. Feci altrettanto sulla sinistra e, una decina di metri più avanti, credetti di scorgere una radura.

Illuminai quel punto e avanzai. Ben presto scoprii però che mi ero sbagliata e che anche lì gli alberi continuavano la loro marcia a ranghi serrati. Tuttavia il luogo appariva diverso, come violato. D'un tratto capii. Non erano stati gli alberi ad aver attirato la mia attenzione ma il sottobosco. In quel punto era formato da piante gracili che coprivano il terreno in modo rado e irregolare, dando l'impressione di appartenere a una radura da tempo riconquistata dal bosco.

Forse si trattava semplicemente di piante giovani. Un giro di torcia tutt'intorno mi rivelò che quella strana vegetazione si concentrava in una sottile striscia di terreno, un sorta di ruscello che scorreva fra gli alberi. O un sentiero. Decisi di seguirlo ma, il tempo di muovere qualche passo, e il temporale scoppiò.

Le prime rare gocce ben presto si trasformarono in un improvviso torrente d'acqua che fece ondeggiare gli alberi come aquiloni. A ogni lampo seguiva un tuono, in un botta e risposta incessante. Deviati dal vento impetuoso, gli scrosci d'acqua cadevano obliqui.

In un attimo mi ritrovai completamente zuppa. Rivoli d'acqua mi colavano lungo la fronte, velandomi la vista e irritando la ferita che avevo sulla guancia. Mi scostai i capelli dal viso e li portai dietro le orecchie, quindi cercai di ripararmi gli occhi con una mano e con un lembo della maglietta avvolsi la torcia per proteggerla dalla pioggia.

Curvai la schiena e proseguii lungo il sentiero ignorando qualsiasi cosa si trovasse al di fuori del cono di luce che mi precedeva e che facevo oscillare a destra e a sinistra per verificare i lati del sentiero. Mi sembrò di seguire un cane al guinzaglio che stava fiutando una pista.

Dopo una ventina di metri vidi qualcosa. Ripensandoci, posso dire che in quel preciso istante il mio cervello aveva associato quell'immagine a una precedente archiviata da poco. Il mio inconscio cioè aveva riconosciuto ciò che avevo visto prima ancora che la mia parte cosciente ne sviluppasse la rappresentazione mentale.

Torcia alla mano, continuai ad avanzare nel buio. Improvvisamente capii, e lo stomaco mi salì in gola.

Nel tremolio della luce fioca tra le foglie secche scorsi un sacco marrone per l'immondizia chiuso con un nodo; mi fece venire in mente un leone marino che affiora in superficie per respirare.

Osservai la pioggia cadere sul sacco e sul terreno circostante. L'acqua rosicchiava i margini della buca trasformando la terra in fango. A mano a mano che il sacco affiorava, lentamente ma inesorabilmente, sentivo le ginocchia indebolirsi sempre di più.

Il bagliore di un lampo mi strappò alle mie considerazioni. Con un balzo mi avvicinai e mi chinai per esaminarlo. Rinfilai la torcia nei jeans e lo afferrai dal nodo nel tentativo di estrarlo dal terreno. Non ci riuscii. Cercai allora di aprirlo ma la plastica bagnata era troppo scivolosa. Allora accostai il naso all'estremità sigillata e annusai. Fango e plastica. Nessun altro odore.

Lacerai leggermente il sacco con l'unghia del pollice e riprovai. Per quanto impercettibile, lo riconobbi. Era il fetore dolciastro della carne morta e delle ossa bagnate. Prima ancora di poter decidere se scappare a gambe levate o dare sfogo alla mia rabbia sentii un ramoscello spezzarsi e percepii un movimento. Non feci in tempo a balzare via che un fulmine mi scoccò nel cervello precipitandomi ancora una volta nella tomba del faraone.

15

Erano secoli che non mi sentivo così malconcia. E naturalmente non ricordavo nulla. Sapevo solo che al minimo movimento un dolore atroce mi trafiggeva il cervello e che, se avessi aperto gli occhi, di sicuro avrei vomitato. Non mi sembrava di avere scelta: ero costretta a rimanere immobile. Ma avevo freddo, il gelo mi stringeva in una morsa ed era ormai penetrato fino alle ossa. Dovevo alzarmi. Cominciai a tremare convulsamente. Avevo bisogno di un'altra coperta.

Mi misi a sedere, le palpebre sigillate. I dolori alla testa erano così forti che mi provocarono un conato di vomito. Piegai il capo sulle ginocchia e aspettai che il senso di nausea passasse, poi, continuando a tenere gli occhi chiusi, sputai un po' di bile nella mano sinistra e allungai la destra in cerca della trapunta.

Continuavo a tremare. Al posto della coperta la mano incontrava foglie e pezzetti di legno e solo allora cominciai a capire che non mi trovavo nel mio letto. Mi convinsi che dovevo resistere, che dovevo sforzarmi di aprire gli occhi nonostante il dolore.

Mi ritrovai in un bosco, fradicia e coperta di fango. Ovunque una quantità di foglie e rametti spezzati, nell'aria un intenso odore di terra e di humus. Sopra di me un intrico di rami si intrecciava contro il cielo nero e vellutato e, tra il fogliame, intravedevo il luccichio di un milione di stelle.

D'un tratto cominciai a ricordare. Il temporale. Il cancello. Il sentiero. Ma com'ero finita lì per terra? Se non stavo smaltendo i postumi di una sbornia, doveva essere qualcosa di molto simile.

Cominciai a esplorarmi la testa con la mano e subito trovai fra i capelli un bernoccolo grande quanto un piccolo limone. Fantastico. Pestata due volte nel giro di una settimana. Sono sicura che i pugili ne prendono meno.

Ma come era successo? Avevo inciampato ed ero caduta? Forse ero stata colpita da un ramo. Ma, nonostante la furia del temporale, nei dintorni non vedevo nessun grosso ramo. Non riuscivo a ricordare, e non mi importava. Volevo solo andarmene di lì.

Lottando contro la nausea, riuscii a mettermi carponi e cercai la torcia, che trovai sepolta nel fango. La ripulii e premetti il pulsante. Incredibile: funzionava. Quindi con uno sforzo cercai di alzarmi in piedi, lottando contro il tremore alle gambe. Appena trovata la posizione eretta, però, ebbi la sensazione che dei fuochi d'artificio mi esplodessero nel cervello e mi ritrovai appoggiata a un albero di nuovo in preda ai conati di vomito.

Il sapore della bile innescò un'altra serie di domande. Quando avevo mangiato l'ultima volta? Che ore erano? Da quanto tempo mi trovavo lì? Non lo sapevo. Capivo solo che era ancora buio e che morivo di freddo.

Passata la nausea, lasciai il mio appoggio e illuminai i paraggi in cerca del sentiero. La danza della luce sul terreno fece affiorare alla memoria il vago ricordo di un sacco interrato, e con esso una sensazione di paura. Afferrai meglio la torcia e feci un giro su me stessa per accertarmi che non vi fosse nessuno. Tornai a concentrarmi sul sacco. Dove l'avevo visto? Nella mente lo vedevo spuntare dal terreno, ma non riuscivo a dargli una collocazione.

Esplorai i dintorni in cerca di un cumulo di terra. La testa mi scoppiava e la nausea mi provocava continui conati di vomito, inutili dato lo stomaco vuoto, ma sufficienti a procurarmi un dolore ai fianchi così forte da farmi salire le lacrime agli occhi. Ero costretta a fermarmi spesso e ad appoggiarmi agli alberi in attesa che le contrazioni si placassero. I grilli intanto riscaldavano la voce per un canto d'addio al temporale, ignari del fatto che i loro suoni mi si conficcavano nel cervello come altrettante frecce acuminate.

Dopo neanche tre metri lo trovai. Tremavo al punto che stentavo a tenere ferma la torcia. Il sacco era come me lo ricordavo, solo più scoperto. L'acqua piovana scivolando sulla plastica aveva formato una pozzanghera alla sua base.

Non essendo in condizione di recuperarlo mi limitai a fissarlo. Sapevo che in casi come questi bisognava attenersi a una certa procedura o che, quanto meno, avrei dovuto chiamare una volante. Ma temevo che prima del suo arrivo qualcuno potesse introdursi nella proprietà e trafugare i resti. Mi sentii cogliere da un senso di impotenza e mi venne voglia di piangere.

Non sarebbe una cattiva idea, Brennan. Mettiti a piangere. Magari qualcuno ti sente e viene a salvarti.

Senza mai smettere di tremare, cercai di raccogliere le idee. Ben presto tuttavia mi resi conto che il mio cervello non sembrava disponibile a collaborare.

Poi però mi sembrò di distinguere il sentiero che mi aveva portata sin lì e decisi di percorrerlo a ritroso per uscire dal bosco. Almeno così speravo. Non ricordavo assolutamente come fossi arrivata fin lì e pareva proprio che, insieme alla memoria a breve termine, avessi perso anche il senso dell'orientamento. La torcia si spense senza preavviso e di colpo mi ritrovai immersa nella notte. Inutile il chiarore delle stelle che filtrava attraverso il fogliame. Inutile scuotere la torcia. Ancora più inutile insultarla.

«Merda!» Almeno ci avevo provato.

Cercai di tendere le orecchie in cerca di qualche indizio sonoro ma ovunque il bosco mi rimandava solo il canto dei grilli. Non la stimai un'indicazione molto utile.

Tentai allora di valutare la dimensione di alberi e cespugli osservando le sagome indistinte che mi circondavano ma alla fine decisi, piuttosto a caso, di avanzare nella direzione in cui stavo guardando. Dopo pochi passi, capelli e vestiti cominciarono a impigliarsi a rami invisibili mentre le piante che strisciavano sul terreno mi afferravano le caviglie.

Questo non è il sentiero, Brennan. Il bosco si fa sempre più fitto.

Camminavo indecisa sul da farsi quando di colpo sentii il terreno mancarmi sotto i piedi. Cascai in avanti e cercai di attutire la caduta con le mani e con un ginocchio. Mi ritrovai con i piedi immobilizzati e l'altro ginocchio premuto contro qualcosa di simile alla terra smossa. La torcia mi era scivolata di mano ma fortunatamente aveva ripreso a funzionare, forse a causa dell'urto, e rivolgeva verso di me il suo fascio di luce giallognola e malinconica. Abbassai lo sguardo e mi resi conto che avevo i piedi affondati in uno spazio stretto e oscuro, simile a una buca.

Con il cuore in gola riuscii faticosamente a uscirne e mi trascinai verso la torcia per poi puntarla sul punto in cui ero caduta. La luce rivelò una sorta di piccolo cratere che si apriva impietoso nel suolo come una ferita non rimarginata. Accanto al bordo notai un cono di terriccio accumulato di recente.

Non era una buca molto grande, forse cinquanta centimetri di larghezza per un metro di profondità. Il fondo era coperto di terra franata dai bordi per effetto della mia caduta. La fissai per un po', percependo qualcosa di strano. D'un tratto capii. Era praticamente asciutta. Anche a una mente annebbiata come la mia in quel momento, quel particolare diceva che la buca era stata scavata, o coperta, dopo il temporale.

Ricominciai a tremare. Ero ancora fradicia e l'aria si era fatta piuttosto fredda per via dell'acquazzone. Mi strinsi il petto fra le braccia sperando in un po' di calore ma riuscii solo a deviare il fascio di luce dalla buca che rimase in ombra. Puntai di nuovo la torcia. Ma poi perché mai qualcuno avrebbe dovuto...

Improvvisamente il vero problema mi fu chiaro e mi sentii serrare lo stomaco per la paura. Chi aveva scavato, o ricoperto, quella buca? E dov'era in quel momento? Fu quell'ultimo quesito a darmi la forza di muovermi. Quasi in preda al panico e con il cuore che batteva all'impazzata, cominciai a illuminare a trecentosessanta gradi la zona in cui mi trovavo.

Non so dire che cosa mi aspettassi di vedere. Forse un dobermann inferocito, o Jeremy Bates con la madre, oppure Hannibal Lecter in persona. Comunque fosse, non vidi niente di tutto ciò. Ero sola, in compagnia degli alberi e della boscaglia e immersa nell'oscurità punteggiata di stelle.

Quel giro di luce, tuttavia, mi fece ritrovare il sentiero. Mi allontanai dalla buca e, barcollando, mi avvicinai al sacco, ormai quasi scoperto. Aiutandomi con i piedi, lo ricoprii con uno strato di foglie. Certo, quel trucco non avrebbe ingannato chi lo aveva portato lì ma forse era almeno sufficiente a proteggerlo da sguardi indiscreti.

Quando ebbi finito, recuperai dal marsupio lo spray contro gli insetti e lo incastrai fra i rami di un albero vicino, come segnale di riferimento. Mi avviai quindi lungo il sentiero, incespicando di continuo nella boscaglia e stentando a reggermi in piedi; sentivo le gambe anestetizzate ed ero costretta a muovermi al rallentatore.

Al bivio fra il sentiero e la strada infilai i guanti su due rami diversi e poi mi precipitai verso il cancello. Ero esausta e stavo così male che temevo di svenire da un momento all'altro. Sapevo che l'effetto dell'adrenalina non sarebbe durato ancora a lungo, e che poi sarei crollata. E a quel punto volevo essere altrove.

La mia vecchia Mazda era ancora dove l'avevo lasciata. Senza pensare che qualcuno potesse essere lì in agguato, mi lanciai verso l'auto attraversando la strada senza guardare. Quasi come un automa, mi frugai le tasche una dopo l'altra in cerca delle chiavi. Quando finalmente riuscii a trovarle, maledissi la mia abitudine di tenerne tante in un unico mazzo. Fra tremiti e imprecazioni le chiavi mi caddero a terra due volte prima che riuscissi a individuare quella giusta. Aprii la portiera e mi gettai dentro l'abitacolo.

Subito bloccai la portiera con la sicura, poi abbracciai il volante e vi appoggiai la testa. Volevo dormire, volevo sfuggire a quella situazione evadendo da me stessa. Ma non dovevo lasciarmi andare: qualcuno poteva essere lì a spiarmi, pronto ad agire nel momento più opportuno.

Fermarsi qui un secondo di più sarebbe un grave errore, ricordai a me stessa con gli occhi che si chiudevano.

Lasciai i pensieri liberi di vagare. Provai a sollevarmi dal volante abbandonando le mani in grembo. Una fitta mi perforò il cervello aiutandomi a riordinare le idee. Riuscii persino a non vomitare. Stavo facendo progressi.

«Se hai intenzione di vedere ancora la luce del giorno, Brennan, farai meglio a portare il culo lontano da qui.»

Il suono della mia voce nell'angusto spazio dell'abitacolo mi aiutò a tornare alla realtà. Avviai il motore e l'orologio sul cruscotto diffuse un chiarore verdino. Le due e un quarto. Da quanto tempo ero fuori casa?

Non riuscivo a smettere di tremare e alzai il riscaldamento al massimo, pur sapendo che era inutile. Il freddo che sentivo dipendeva solo in parte dall'aria fresca e dal vento. Era una sensazione che nasceva dal profondo della mia anima e non sarebbe certo passata con il semplice aiuto del riscaldamento. Senza più voltarmi, ingranai la marcia e partii.

L'acqua mi tamburellava in testa per poi scivolarmi lungo il corpo. Sollevai il viso verso il getto della doccia e mi passai più volte la spugna sul seno, nella speranza che quella schiuma al gelsomino potesse cancellare dal mio corpo gli eventi della notte. Ero lì sotto già da una ventina di minuti, nel tentativo di allontanare il freddo e le voci che mi echeggiavano in testa, e presto l'acqua sarebbe diventata fredda.

Calore, vapore e schiuma profumata, però, non sembravano poter alleviare la tensione muscolare né i dolori alla testa. Forse perché per tutto il tempo ero rimasta tesa nello sforzo di cogliere il minimo rumore e concentrata sul cordless, che avevo portato in bagno, in attesa della telefonata di Ryan.

Avevo chiamato il comando dell'SQ appena entrata in casa, senza neppure darmi il tempo di togliermi i vestiti fradici. All'altro capo del filo la centralinista si era dimostrata piuttosto riluttante a disturbare un investigatore nel cuore della notte e, molto professionalmente, si era rifiutata di darmi il numero di casa. Purtroppo avevo lasciato il biglietto da visita di Ryan in ufficio e vista la situazione – tremore incontrollato, la testa che scoppiava e lo stomaco sul punto di rovesciarsi – non mi ero certo trovata nelle condizioni migliori per una garbata insistenza. Avevo quindi optato per un tono e delle parole molto convincenti. Ma il giorno dopo mi sarei dovuta scusare.

Era passata circa mezz'ora. Mi tastai dietro la testa. Il bernoccolo era ancora lì, sotto i capelli bagnati, simile a un uovo sodo e morbido al tatto. Prima di fare la doccia, avevo messo in pratica le istruzioni ricevute in occasione di altri incidenti. Avevo controllato le pupille, ruotato la testa verso destra e verso sinistra e mi ero pizzicata mani e piedi per verificarne la sensibilità. Tutto mi era parso in ordine e funzionante. Se anche si fosse trattato di commozione cerebrale, non doveva essere molto grave.

Chiusi il rubinetto dell'acqua e uscii dalla doccia. Il telefono era dove l'avevo lasciato, muto e assente.

Merda. Ma dov'era quell'uomo?

Mi infilai il vecchio accappatoio di spugna, mi avvolsi un asciugamano intorno alla testa e andai a controllare la segreteria telefonica per verificare che la chiamata non mi fosse sfuggita. Nessuna spia lampeggiante. Merda. Sollevai la cornetta e premetti i due pulsantini per accertarmi che il telefono funzionasse. Segnale di libero. Ovvio che funzionava. Ero semplicemente agitata.

Portai l'apparecchio sul tavolino e mi allungai sul divano. Ero certa che presto avrebbe chiamato. Inutile andare a dormire. Chiusi gli occhi e cercai di riposare qualche minuto prima di prepararmi qualcosa da mangiare. In realtà, nel giro di un attimo, freddo, stress, fatica e mal di testa ebbero il sopravvento e, vincendo ogni resistenza, mi travolsero sprofondandomi in un sonno agitato.

Mi trovavo fuori da un recinto, e guardavo una figura vaga che scavava con una pala enorme. L'attrezzo usciva dal terreno coperto di topi. Io abbassavo lo sguardo e vedevo topi ovunque, e dovevo tenerli lontani menando calci. La figura poi si voltava verso di me ed era Pete. Mi indicava, e diceva qualcosa, ma io non lo capivo. Allora cominciava a gridare e a fare gesti. La bocca era un cerchio nero che si allargava sempre di più, e inglobava la faccia trasformandola in una mostruosa maschera da clown.

I topi mi correvano sui piedi. Uno affondava i denti nella testa di Isabelle Gagnon e la trascinava lungo il prato.

Cercavo di correre ma le gambe non si muovevano. Ero in piedi dentro una tomba, imprigionata nel terreno. La terra rotolava nella fossa. Charbonneau e Claudel mi guardavano dall'alto. Cercavo di parlare ma le parole non mi uscivano di bocca. Volevo che mi tirassero fuori. Allungavo le braccia verso di loro ma loro mi ignoravano.

Poi arrivava un'altra persona, un uomo con un abito lungo e uno strano cappello. Guardava giù e mi chiedeva se avevo fatto la cresima. Non riuscivo a rispondere. Allora mi diceva che quella era proprietà della Chiesa, che dovevo andare via, e che solo le persone che lavoravano per la Chiesa potevano varcare il cancello. Il vento gli faceva svolazzare la tonaca e io avevo paura che il cappello cadesse nella tomba. L'uomo si teneva la veste con una mano e con l'altra cercava di usare un cellulare. Poi il telefono cominciava a squillare e lui lo ignorava. E il telefono squillava... squillava...

Come il telefono sul mio tavolino, che alla fine riuscii a distinguere da quello del sogno. A fatica tornai alla realtà e afferrai il ricevitore.

«Sì?» risposi piuttosto annebbiata.

«Brennan?»

Anglofono. Ruvido. Familiare. Mi sforzai di fare mente locale.

«Dica.» Mi guardai il polso. Niente orologio.

«Sono Ryan. Spero che mi abbia chiamato per una buona ragione.»

«Che ore sono?» Non avevo la minima idea di quanto avevo dormito. Potevano essere cinque minuti come cinque ore.

«Le quattro e un quarto.»

«Mi scusi un secondo.»

Appoggiai la cornetta e mi precipitai in bagno. Mi sciacquai la faccia con l'acqua fredda e, tornando verso il telefono, canticchiai il ritornello di una canzone. Mi riavvolsi l'asciugamano in testa e fui di nuovo da Ryan. Non volevo irritarlo ulteriormente facendolo aspettare ma, meno ancora, volevo dargli l'impressione di essere intontita o di fare discorsi sconclusionati. Meglio prendersi un minuto in più e schiarirsi le idee.

«Bene. Eccomi qua. Mi scusi.»

«Qualcuno stava cantando?»

«Allora... questa notte sono andata a Saint-Lambert», attaccai. Alle quattro e un quarto di mattina non era il caso di perdersi nei dettagli. «Ho rintracciato il posto dove Saint-Jacques ha messo la X. È una specie di terreno abbandonato di proprietà della Chiesa.»

«E lei mi ha chiamato alle quattro del mattino per dirmi questo?»

«Ho trovato un cadavere. È in avanzato stato di decomposizione, forse già scheletrizzato, a giudicare dall'odore. Dobbiamo assolutamente andare là prima che qualcuno lo trovi, o che tutti i cani del vicinato decidano di fare uno spuntino.»

Tirai un profondo respiro e aspettai.

«Ma le ha dato di volta il cervello?»

Non capii se si riferiva a quanto avevo trovato o al fatto che ci ero andata da sola. Poiché in quest'ultimo caso forse aveva ragione, scelsi la prima ipotesi.

«Le assicuro che quando trovo un cadavere sono perfettamente in grado di riconoscerlo.»

Seguì un lungo silenzio, e poi: «Sepolto o in superficie?»

«Sepolto, ma non molto in profondità. La porzione che ho visto emergeva dal terreno e la pioggia ha peggiorato la situazione.»

«È sicura che non siano resti di un vecchio cimitero?»

«Il corpo è in un sacco di plastica.» Come quello di Gagnon e di Trottier. Ma la precisazione non fu necessaria.

«Merda.» Sentii il rumore di un fiammifero seguito da una lunga espirazione.

«Pensa che dovremmo andarci subito?»

«Non ci penso nemmeno.» Una boccata di fumo. «E che cosa significa questo plurale? Si metta pure in testa, cara Brennan, che anche se lei è famosa per essere un tipo intraprendente, a me non fa nessun effetto. E la sua smania di avventura la risparmi per Claudel, ché tanto con me non attacca. Se proprio vuole un consiglio, la prossima volta che muore dalla voglia di farsi un giretto sulla scena di un delitto, chieda cortesemente se qualcuno della Omicidi ha ancora un posto per lei in macchina. Forse si è dimenticata che la nostra fittissima agenda di lavoro contempla ancora questo genere di operazioni.»

Non mi aspettavo la sua gratitudine ma non ero preparata a essere aggredita in quel modo. Mi stavo arrabbiando e il mio mal di testa peggiorava. Aspettai, ma lui non proseguì.

«La ringrazio per avermi richiamata così presto.»

«Hm.»

«Dove si trova?» Non avrei mai fatto una domanda simile se fossi stata in pieno possesso delle mie facoltà mentali. E infatti me ne pentii subito.

Breve pausa. «Sono in compagnia.»

Ottima mossa, Brennan. Non c'è proprio da stupirsi che sia irritato.

«Credo che questa notte laggiù ci fosse qualcun altro.»

«Cosa?»

«Mentre guardavo il sacco, mi è sembrato di sentire un rumore, poi sono stata colpita alla testa e sono caduta a terra. Ma il temporale ha scatenato un inferno e quindi non sono tanto sicura di cosa sia successo veramente.»

«È ferita?»

«No.»

Altra pausa. Mi pareva quasi di sentire il rumore del suo cervello che valutava come agire.

«Mando una volante a piantonare il sito fino a domattina. Poi manderò anche la Scientifica. Crede che avremo bisogno dei cani?»

«Io ho visto un sacco solo ma non escludo che ce ne siano altri. Mi è sembrato di vedere altre buche nella zona. Probabilmente è una buona idea.»

Aspettai una risposta. Non arrivò.

«A che ora passa a prendermi?» domandai.

«A nessuna ora, dottoressa Brennan. Questo è un delitto vero, un caso per la Omicidi, e non un caso della Signora in giallo.»

A quel punto non riuscii più a trattenermi. Le tempie mi scoppiavano e mi sentivo il centro della testa bruciare.

«"Ha più buchi della Transcanadiana"», sbottai. «"Mi porti qualche altro indizio." Non è forse stato lei a dirmi questo, Ryan? Bene, eccoli, gli altri indizi. E io la posso portare direttamente da loro. Inoltre, se non mi sbaglio, le ho parlato di uno scheletro. Ossa, Ryan. Materia di mia competenza, se non le dispiace.»

Seguì un silenzio così lungo che credetti avesse riagganciato.

«Passo alle otto.»

«Sarò pronta.»

«Brennan?»

«Eh?»

«Forse è il caso che investa qualche soldo in un elmetto.»

Fine della comunicazione.

16

Ryan fu di parola e alle otto e quarantacinque stavamo già parcheggiando dietro il furgone della Scientifica. Eravamo a dieci metri da dove avevo posteggiato la macchina la notte precedente, ma mi sembrava di essere in un mondo completamente diverso da quello lasciato solo qualche ora prima. Splendeva il sole e la strada pulsava di vita. Le auto e le volanti erano incolonnate su entrambi i lati della via e una ventina di persone, in divisa e in borghese, parlavano fra loro a gruppetti.

Gli agenti del DEJ, della SQ e di Saint-Lambert si distinguevano l'uno dall'altro per le uniformi differenti. Tutti insieme ricordavano uno di quegli stormi formati da uccelli di razze diverse in cui le singole appartenenze sono affermate dai colori del piumaggio.

Una donna con un'enorme borsa a tracolla, probabilmente una giornalista, e un uomo coperto di macchine fotografiche fumavano appoggiati al cofano di una Chevrolet bianca. Più avanti, sullo spiazzo erboso adiacente al cancello, un pastore tedesco ansimava impaziente sorvegliato da un uomo in tuta blu. Sembrava non vedesse l'ora di mettersi al lavoro e, piuttosto confuso da quell'attesa, continuava a lanciarsi in brevi incursioni per poi scattare verso il suo addestratore scodinzolando a testa alta.

«Ci sono proprio tutti», disse Ryan, sganciando la cintura di sicurezza.

Non si era scusato per come si era comportato al telefono, né mi aspettavo che lo facesse. Nessuno dà il meglio di sé alle quattro del mattino. Per tutto il tragitto era stato cordiale, quasi scherzoso, e mi aveva raccontato una serie di aneddoti grotteschi legati ai luoghi che attraversavamo. Là, in quell'appartamento, una donna ha aggredito il marito con una padella e poi l'ha usata contro di noi. Laggiù invece, in quel fast-food, abbiamo trovato un uomo nudo bloccato in un condotto di aerazione. Chiacchiere di poliziotti. Mi chiesi se avessero l'abitudine di assegnare alle vie della città dei nomi particolari, derivati dagli incidenti descritti nei loro rapporti, o se invece si affidassero alla comune toponomastica, come succede a tutti noi.

Ryan individuò Bertrand e gli si fece incontro. Insieme a lui c'erano un agente della SQ, Pierre LaManche e un uomo magro e biondiccio con un paio di occhiali scuri. Lo seguii sull'altro lato della strada scrutando i presenti in cerca di Claudel o di Charbonneau. Ufficialmente quell'operazione riguardava l'SQ, ma pensavo che li avrei trovati comunque. Invece sembravano essere gli unici a mancare.

Quando fummo più vicini notai che l'uomo con gli occhiali da sole era agitato. Le mani non trovavano pace e continuava a tormentarsi i baffi, spostando qualche pelo e poi rimettendolo esattamente come prima. La sua carnagione era stranamente grigiastra e uniforme, priva di consistenza e di sfumature. Portava un bomber di pelle e stivali neri. Non avrei saputo dire la sua età: poteva avere venticinque anni come sessantacinque.

Mi unii al gruppo e subito mi sentii addosso lo sguardo di LaManche. Fece un cenno con la testa ma non disse nulla. Cominciava a venirmi qualche dubbio. Tutto quel circo di persone l'avevo messo in movimento io. E se non avessero trovato niente? E se qualcuno nel frattempo aveva fatto sparire il sacco? E se davvero si trattava semplicemente di un vecchio cimitero? In fondo la notte prima mi ero mossa nel buio più fitto ed ero molto agitata. Fino a che punto mi ero immaginata tutto? Cominciavo a sentire un nodo allo stomaco.

Bertrand ci salutò. Come sempre, sembrava un damerino. Per quella riesumazione aveva scelto le sfumature calde della terra, toni di beige e di marrone ecologicamente corretti. Naturalmente, di coloranti chimici nemmeno l'ombra.

Ryan e io salutammo i presenti poi ci voltammo verso l'uomo in occhiali da sole. Fu Bertrand a fare le presentazioni.

«Andrew, dottoressa, vi presento padre Poirier. È qui per rappresentare la diocesi.»

«L'arcidiocesi», lo corresse il prete.

«Pardon. Arcidiocesi. Perché quella è una proprietà della

Chiesa», precisò Bertrand indicando con il pollice il recinto alle sue spalle.

«Tempe Brennan», dissi, offrendo spontaneamente la mano.

Padre Poirier mi puntò addosso le sue lenti scure e mi avvolse la mano in una stretta fiacca e apatica. Se si dovessero valutare le persone in base a questo gesto, quell'uomo avrebbe rimediato un due meno. Le sue dita erano fredde e mollicce, come le carote lasciate in frigorifero troppo a lungo. Quando fui di nuovo libera faticai per non cedere alla tentazione di pulirmi la mano sui jeans.

Ripeté il rituale con Ryan, che non lasciò trasparire alcuna emozione. La sua allegria mattutina si era ormai dileguata, lasciando posto alla severa professionalità del poliziotto. Poirier diede l'impressione di voler prendere la parola ma, data l'espressione dell'investigatore, cambiò subito idea e si stampò in faccia un sorriso di circostanza. Implicitamente aveva riconosciuto il passaggio di autorità: da quel momento il capo era Ryan.

«Qualcuno è già andato sul posto?» domandò quest'ultimo.

«Nessuno. Cambronne è arrivato qui verso le cinque di questa mattina», rispose Bertrand indicando un agente in divisa alla sua destra. «Nessuno è entrato, né uscito. Il prete ci ha detto che solo due persone hanno accesso alla proprietà: lui e il custode, un nonnetto sull'ottantina che lavora qui dalla notte dei tempi.»

«Il cancello non poteva essere aperto», intervenne Poirier rivolgendosi a me. «Lo controllo tutte le volte che vengo qui.»

«E cioè ogni quanto tempo?»

Gli occhiali da sole si spostarono da me a Ryan. La risposta del prete si fece attendere qualche secondo.

«Almeno una volta alla settimana. La Chiesa sente di avere una certa responsabilità sui suoi possedimenti. Noi non...»

«Che cos'è questo posto?»

Pausa. «Il monastero di Saint-Bernard. È stato chiuso nel 1983. La Chiesa ha ritenuto che le cifre non giustificassero il suo mantenimento in attività.»

Trovai strano che parlasse della Chiesa come di un essere animato, come di un'entità dotata di volontà e sentimenti. Anche il suo francese era particolare e non assomigliava affatto alla lingua piatta e nasale a cui ormai ero abituata. Pur avendo capito che non si trattava dell'accento *québecois*, non riuscivo a localizzarlo. Non sembrava il suono puro e aspro del francese di Francia, quello che in Nordamerica viene chiamato "parigino", e quindi immaginai che potesse essere belga o svizzero.

«E che cosa succede dentro questo monastero?» proseguì Ryan.

Ancora una pausa, come se le onde sonore dovessero percorrere una lunga distanza prima di arrivare a destinazione.

«Oggi, niente.»

Il prete non aggiunse altro e sospirò. Forse aveva ripensato ai tempi in cui la Chiesa prosperava e i monasteri fervevano di attività. O forse stava solo raccogliendo le idee perché intendeva rilasciare alla polizia delle dichiarazioni precise. Le lenti scure gli celavano lo sguardo. Strano soggetto, per essere un prete, con quella carnagione immacolata, il giubbotto di pelle e gli stivali da motociclista.

«Io sono incaricato di controllare la proprietà», spiegò, «mentre il custode si occupa di tenere tutto in ordine.»

«Tutto che cosa?» Ryan stava prendendo appunti su un notes a spirale.

«La caldaia, le tubature. La neve da spalare. Sa, qui da noi fa molto freddo.» Fece un gesto con un braccio come per indicare l'intero stato del Québec. «Le finestre. A volte i ragazzini si divertono a rompere i vetri con le pietre.» Mi lanciò uno sguardo. «Le porte e i cancelli. Il custode controlla che tutto sia chiuso.»

«E i lucchetti, quando sono stati controllati per l'ultima volta?»

«Domenica alle sei e mezzo del pomeriggio. Erano tutti a posto.»

La prontezza di quella risposta mi colpì. Non aveva avuto alcuna esitazione. Forse Bertrand gli aveva fatto la stessa domanda, o forse Poirier l'aveva semplicemente prevista. Eppure la rapidità con cui giunse diede l'impressione che fosse preparata.

«Per caso ha notato niente di anomalo?»

«*Rien.*» Niente.

«Questo custode... com'è che si chiama?»

«Monsieur Roy.»

«Quando viene in questo posto?»

«Tutti i venerdì, a meno che non sia necessario fare qualcosa di particolare.»

Ryan lo ascoltò in silenzio, continuando a osservarlo.

«Per esempio spalare la neve, o riparare una finestra.»

«Padre Poirier, se non sbaglio l'investigatore Bertrand dovrebbe già averle domandato qualcosa circa l'eventuale presenza di tombe all'interno della proprietà.»

Pausa. «Sì. No, non ce ne sono.» Sottolineò la risposta scuotendo la testa e gli occhiali gli scivolarono sul naso. Una stanghetta saltò via da dietro l'orecchio e la montatura si mise di traverso.

«Questo era un monastero, è sempre stato un monastero. Non c'è nessuno sepolto qui. Comunque ho già provveduto a contattare la nostra archivista e le ho chiesto di verificare i documenti, per averne la certezza assoluta.» Mentre parlava si era portato entrambe le mani alle tempie e aveva risistemato con cura gli occhiali da sole.

«Lei sa perché siamo qui?»

Poirier annuì e le lenti scivolarono di nuovo. Fece per parlare ma poi non disse nulla.

«Va bene.» Ryan chiuse il notes e se lo infilò in tasca. «Secondo lei, come dobbiamo procedere?» La domanda era rivolta a me.

«Vi accompagno sul posto e vi mostro quello che ho trovato. Dopodiché recuperiamo il sacco e sguinzagliamo i cani per verificare che non ci sia altro.» Speravo che la mia voce non tradisse nessuna insicurezza. Merda. E se invece non c'era niente?

«Bene.»

Ryan si avvicinò all'uomo in tuta. Il pastore tedesco gli andò incontro e gli diede qualche colpetto sulla mano per attirare la sua attenzione, guadagnandosi qualche carezza sulla testa. Dopo aver parlato con l'addestratore, Ryan tornò da noi e tutti insieme ci avviammo verso il cancello. Mentre camminavamo scrutavo i dintorni con discrezione, in cerca di qualche segno che confermasse il mio passaggio. Ma non trovai nulla.

Una volta giunti davanti all'entrata, padre Poirier estrasse da una tasca un enorme mazzo da cui scelse una chiave. Sollevò il lucchetto, gli diede uno strattone e poi lo sbatté contro le sbarre, come per verificarlo un'ennesima volta. Un leggero tintinnio risuonò nell'aria del mattino mentre una pioggerella di ruggine si depositava sul terreno. Ero stata io a chiuderlo qualche ora prima? Non riuscivo a ricordare.

Aprì il lucchetto, lo tolse e spalancò il cancello. Cigolò appena. Niente a che vedere con il lancinante scricchiolio metallico che ricordavo. Arretrò di qualche passo per lasciarmi entrare e tutti rimasero in attesa. LaManche non aveva ancora detto una parola.

Mi sistemai lo zaino sulle spalle, passai accanto al prete e mi incamminai lungo la strada. Nella luce tersa del mattino il bosco sembrava immerso in tutt'altra atmosfera. Il sole filtrava attraverso il fogliame e l'aria era densa del profumo dei pini. Quel luogo evocava immagini di case in riva al lago e di campeggi estivi, e non aveva niente che inducesse a pensare a cadaveri e a presenze notturne. Mi muovevo con circospezione, esaminando ogni albero, ogni centimetro di terreno, attenta a scorgere la minima impronta, un ramo spezzato o un cespuglio calpestato, un qualsiasi segno che potesse provare il passaggio di un essere umano. Soprattutto del mio.

Passo dopo passo la mia ansia cresceva, e il cuore ormai aveva cominciato a battermi forte. E se non avevo chiuso il cancello? Qualcuno poteva essere entrato dopo di me. E cosa era successo dopo che me n'ero andata?

Mi muovevo fra quegli alberi con la sensazione di trovarmi in un luogo dove non ero mai stata prima ma che comunque, forse per averne letto o per averlo visto in fotografia, mi sembrava familiare. Cercai di capire dove poteva essere il sentiero basandomi sulla distanza percorsa e sul tempo trascorso, ma i dubbi continuavano ad aumentare. I ricordi erano confusi e sfocati, come in un sogno che si fa fatica a riportare alla mente. I fatti salienti erano nitidi ma i dettagli, per esempio la sequenza dei singoli momenti o la loro durata, erano molto vaghi. Fammi trovare qualcosa che mi aiuti a ricordare, scongiurai.

La mia preghiera fu esaudita sotto forma di un paio di guanti. Non ci pensavo più. Sulla sinistra, all'altezza degli occhi, scorsi tre dita bianche spuntare da un ramo. Ma certo! Setacciai con lo sguardo gli alberi vicini e scovai il secondo guanto, infilato in un piccolo acero a poco più di un metro da terra. D'un tratto mi rividi tutta tremante, procedere a tentoni nel buio per sistemare quel segnale. Mi diedi un ottimo voto per la lungimiranza, ma un'insufficienza per la memoria. In realtà ero convinta di averli messi più in alto. Ma forse, come Alice nel Paese delle Meraviglie, in quel bosco avevo cambiato dimensione.

Mi allontanai dagli alberi segnati con i guanti e imboccai quello che, a fatica, individuai come il sentiero della notte precedente. A parte la densità della vegetazione, che lungo quella striscia sottile permetteva a piante e cespugli di crescere separati gli uni dagli altri lasciando trasparire i colori della terra e delle foglie secche, non c'era nient'altro che lo differenziasse dal resto del sottobosco.

Ripensai ai puzzle che facevo da bambina. Insieme alla nonna analizzavo ogni pezzo in cerca di quello giusto, occhi e cervello attenti a ogni minima variazione di colore o di ombreggiatura. Era forse l'abilità sviluppata in quegli anni ad avermi permesso di trovare quel sentiero nell'oscurità?

Foglie e rametti mi scricchiolavano sotto i piedi. Non avevo svelato il segreto dei guanti infilati sui rami per colpire i miei accompagnatori con le mie qualità di segugio. Dopo qualche metro vidi il flacone dello spray. Impossibile ignorarlo. L'arancione vivace del tappo spiccava tra il verde come un semaforo.

E lì vicino, ai piedi di una quercia alba, trovai il cumulo che avevo ricoperto. Si vedevano ancora i segni che avevo lasciato con le dita mentre raccoglievo foglie e terriccio per la copertura. Dovevo ammettere che il mio intervento, più che nascondere il sacco, lo evidenziava, ma in quel momento mi era sembrata la soluzione migliore.

Avevo già partecipato a molte operazioni del genere. Quasi sempre, i cadaveri vengono trovati grazie a un'indicazione o a un colpo di fortuna. Possono essere informatori che tradiscono i complici, o anche bambini esaltati che raccontano le loro imprese. *C'era una puzza tremenda, allora abbiamo cominciato a frugare in giro e l'abbiamo trovato.* Era una sensazione strana per me essere come uno di quei bambini.

«Eccolo.» Indicai il monticello coperto di foglie.

«Sicura?» mi domandò Ryan.

Lo guardai appena. Nessuno fiatava. Appoggiai lo zaino per terra e ne estrassi un paio di guanti da giardinaggio. Poi mi avvicinai al cumulo facendo attenzione a dove mettevo i piedi per ridurre al minimo le impronte. Precauzione inutile, ripensando al calpestio della notte precedente, ma l'ufficialità della situazione richiedeva un comportamento irreprensibile.

Mi accucciai e rimossi una quantità di foglie sufficiente a scoprire una piccola porzione del sacco. Il grosso era ancora sepolto nel terreno e la sagoma irregolare lasciava supporre che il contenuto fosse ancora all'interno. Sembrava intatto. Quando mi girai vidi padre Poirier farsi il segno della croce.

Ryan si rivolse a Cambronne: «Forza, scattiamo qualche foto per i dépliant turistici».

Mi riunii al gruppo e aspettai in silenzio che Cambronne procedesse con il suo rituale. Lo osservai estrarre la sua attrezzatura, valutare la posizione e poi fotografare sacco e cumulo di terra da distanze e inquadrature diverse. Infine abbassò la macchina fotografica e si fece da parte.

Ryan si voltò verso LaManche. «La dottoressa?»

LaManche pronunciò la prima parola della giornata. «Temperance?»

Presi una paletta dallo zaino, tornai vicino al sacco e cercai di scoprirne il più possibile la superficie. Era rimasto così come lo ricordavo, incluso il buchetto che avevo fatto con l'unghia del pollice.

Con la paletta scavai con molta cautela un solco intorno al perimetro del cumulo. L'odore antico e stantio del terreno mi fece pensare che le sue molecole dovessero trattenere infinitesime quantità di tutto ciò che nei millenni il terreno stesso aveva nutrito.

Da lontano mi giungevano le voci degli agenti rimasti sulla strada, ma intorno a me regnava il silenzio, interrotto solo dal canto degli uccelli, dal ronzio degli insetti e dal lavoro incessante della mia paletta. Concluse le danze frenetiche della notte, i rami si concedevano ritmi più tranquilli lasciandosi dondolare nella brezza del mattino e proiettando le loro ombre fluttuanti sul sacco e sui visi di quanti stavano assistendo alla sua esumazione. Osservai quelle sagome muoversi sulla plastica, simili ai pupazzi di uno spettacolo di ombre cinesi.

Dopo circa un quarto d'ora il cumulo era diventato una buca e più della metà del sacco era ormai visibile. Sospettavo che, per effetto del processo di decomposizione, il contenuto avesse cambiato disposizione e che le ossa non fossero più trattenute da tendini e legamenti. Sempre che di ossa si trattasse.

A quel punto valutai di aver asportato una quantità di terra sufficiente, quindi deposi la paletta e afferrai l'estremità del sacco tirando piano. Nessun risultato. Tutto come la notte precedente. Forse sottoterra qualcuno tratteneva l'altra estremità sfidandomi in una macabra gara di tiro alla fune?

Mentre scavavo Cambronne aveva scattato alcune fotografie e si teneva pronto alle mie spalle per fissare in Kodachrome il momento dell'estrazione del sacco.

Mi strofinai i guanti sui jeans, cercai di spostare la presa più in basso possibile e diedi uno strattone breve e secco. Lieve movimento. La terra non aveva intenzione di cedere il suo tesoro, ma almeno avevo allentato la sua stretta. Lo spostamento aveva provocato un nuovo assestamento del contenuto. Ripresi fiato e provai ancora, questa volta con più forza. Volevo sfilarlo senza romperlo. Di nuovo un leggero movimento.

Puntai bene i piedi e con un ultimo strattone il mio rivale sotterraneo fu vinto. Riavvolsi le mani intorno alla plastica e, indietreggiando un centimetro alla volta, estrassi il sacco dalla buca.

A quel punto mollai la presa e mi scostai leggermente. Era un normale sacco per l'immondizia, del tipo più comune. Intatto. La superficie era irregolare per via del contenuto. Non era molto pesante, e quello non era un buon segno. O forse sì? Sarei stata umiliata dal cadavere di un cane, oppure vendicata grazie ai resti di un corpo umano?

Cambronne entrò in azione e scattò una serie di fotografie. Io mi sfilai un guanto e presi il coltello svizzero dalla tasca.

Dopo che Cambronne ebbe finito mi inginocchiai accanto al sacco. Mi tremavano le mani ma riuscii ugualmente a infilare l'unghia del pollice nell'apposita lunetta e ad aprire il coltello. L'acciaio inossidabile brillò, colpito da un raggio di sole. Decisi di praticare l'incisione dalla parte dell'imboccatura. Mi sentivo cinque paia di occhi addosso.

Guardai LaManche. Il gioco delle ombre gli modificava i lineamenti. Mi domandai per un istante come apparisse la mia faccia sudicia alla luce del sole. LaManche annuì e io premetti la lama.

Prima che l'acciaio potesse lacerare la plastica, udii un frastuono fortissimo che impedì alla mia mano di procedere oltre, come fosse stata bloccata da una corda invisibile. Tutti lo avevamo sentito ma fu Bertrand a dare voce al pensiero collettivo.

«Che cazzo è stato?»

17

Dopo qualche secondo ci rendemmo conto che quell'improvvisa mitragliata di suoni altro non era che un intreccio di voci concitate e di latrati convulsi amplificati dall'agitazione. Non riuscimmo a distinguere le parole ma capimmo che l'esplosione sonora proveniva dall'interno della proprietà, alla nostra sinistra. Subito pensai che il mio aggressore notturno fosse tornato e che tutti i poliziotti dello stato, e almeno un pastore tedesco, si fossero lanciati al suo inseguimento.

Guardai Ryan e gli altri. Come me, erano rimasti pietrificati. Poirier, la mano paralizzata sul labbro superiore, aveva finalmente smesso di tormentarsi i baffi.

L'incantesimo fu rotto da uno scricchiolio di rami spezzati. Sembrava che qualcuno si stesse energicamente e rapidamente aprendo un varco fra la vegetazione. Come rispondendo a un unico impulso, ci voltammo tutti dalla stessa parte e dal folto degli alberi risuonò un richiamo.

«Ryan!»

«Sono qui.»

Ci orientammo in direzione della voce.

«*Sacré bleu.*» Altri scricchiolii.

Davanti a noi comparve infine un agente della SQ che cercava di difendersi dalle sferzate dei rami e intanto non finiva più di borbottare. Respirava a fatica e la faccia bovina appariva congestionata. I pochi capelli che gli rimanevano in testa erano appiccicati alla fronte, imperlata di sudore. Nel vederci appoggiò le mani sulle ginocchia e si fermò a riprendere fiato. Il cuoio capelluto era striato dai graffi lasciati dai rami.

Fece trascorrere qualche secondo poi tornò in posizione eretta puntando il pollice alle sue spalle, indicando il punto da cui era venuto. Continuava ad ansimare rumorosamente, come se l'aria dovesse passare attraverso un filtro ostruito. «Ryan, forse è meglio che vada a dare un'occhiata laggiù. Quell'accidente di un cane sembra impazzito, non riusciamo più a tenerlo.»

Con la coda dell'occhio intravidi la mano di Poirier puntare verso la fronte e poi scivolare sul petto. Un altro segno della croce.

«Cosa?» Ryan inarcò le sopracciglia stupito.

«De Salvo gli ha fatto fare un giro della proprietà, come aveva detto lei, e a un certo punto quel maledetto ha cominciato a girare in tondo abbaiando all'impazzata, come se Hitler e tutto il fottuto esercito tedesco fossero seppelliti là sotto.» Si interruppe un istante. «Ascolti anche lei cosa sta facendo!»

«E allora?»

«Come "e allora"? Quell'idiota d'un cane sta per rimetterci le corde vocali. Se lei non va subito laggiù comincerà a correrci intorno al culo.»

La comicità di quell'immagine mi strappò un accenno di sorriso.

«Cercate di tenerlo buono ancora per qualche minuto. Dategli qualcosa da mangiare, o una dose di Valium, se necessario. Qui c'è ancora da fare.» Consultò l'orologio. «Torni fra dieci minuti.»

L'agente scrollò le spalle, lasciò il ramo che stava tenendo e si voltò per andarsene.

«Ehi, Piquot!»

Il faccione tornò a girarsi verso di noi.

«Da quella parte c'è un sentiero.»

«Quanti sacrifici...» sibilò Piquot, addentrandosi nella macchia verso il sentiero che Ryan gli aveva indicato. Una decina di metri e lo avrebbe perso, ne ero certa.

«Ah, Piquot...» lo chiamò ancora Ryan.

L'agente si voltò ancora una volta.

«Fate in modo che Rin Tin Tin non combini disastri.» Poi si rivolse a me. «Brennan, si dia da fare. Sta aspettando il suo compleanno, per caso?»

Mentre Piquot scompariva nel bosco, affondai la lama nella plastica praticando un'apertura trasversale.

Non più sigillato dentro il sacco, l'odore dei resti cominciò a diffondersi lentamente nello spazio circostante. Non era il fetore di putrefazione con cui mi aveva aggredito il cadavere di Isabelle Gagnon, ma un sentore di terra e di vegetali decomposti mescolato a un odore primordiale che parlava dello scorrere del tempo, del ciclo della vita, di origini e di estinzione. L'avevo già sentito altre volte, e mi diceva che quel sacco conteneva qualcosa morto ormai da molto tempo.

Fa' che non sia un cane o un cervo, scongiurai, mentre scostavo i bordi dell'apertura. Le mani erano mosse da un tremito impercettibile che si propagò alla plastica. No, ho cambiato idea. Fa' che sia un cane o un cervo, invece.

Ryan, Bertrand e LaManche mi si strinsero intorno. Poirier, ancorato al suolo, era rimasto immobile.

Per prima vidi una scapola. Non era molto, ma mi permetteva di escludere che si trattasse di un animale domestico o del bottino di un cacciatore. Guardai Ryan. Gli angoli degli occhi tremavano lievemente, la mascella era contratta.

«Sono resti umani.»

La mano di Poirier schizzò verso la fronte in un ennesimo segno della croce.

Ryan prese il suo notes a spirale e lo aprì a una pagina nuova. «Allora, che cosa abbiamo?» mi domandò, la voce tagliente quanto la lama che avevo appena usato.

Spostai le ossa con cautela e procedetti a un primo inventario. «Costole... scapole... clavicole... vertebre... Sembra che tutto appartenga al torace.»

«Sterno», aggiunsi quando trovai l'osso del petto.

Continuai a frugare in mezzo alle ossa sotto gli sguardi silenziosi dei presenti. Raggiunto il fondo del sacco, un grande ragno bruno mi salì sulla mano e lungo il braccio. Le sue zampe pelose mi sfiorarono la pelle, leggere e delicate come un fazzoletto di pizzo. Aveva gli occhi sporgenti come minuscoli periscopi, quasi volesse indagare le cause di quella imprevista intrusione. Ritrassi la mano di scatto, scagliandolo lontano.

«È tutto», dissi mentre mi alzavo per sgranchirmi le gambe. Le ginocchia protestarono sonoramente. «La parte superiore del busto e niente arti.» Avevo la pelle d'oca, e non per colpa del ragno.

Abbandonai le braccia lungo i fianchi. La conferma delle mie intuizioni non mi dava alcuna gioia, ma solo un'opprimente sensazione di torpore, simile allo stato di shock. Non sentivo nessuna emozione. È successo un'altra volta, pensai. Un altro essere umano straziato. Là fuori c'è un mostro.

Ryan continuava a scarabocchiare sul suo notes, i tendini del collo sporgenti per la tensione.

«E adesso cosa si fa?» La voce di Poirier non era più forte di uno squittio.

«Adesso cerchiamo il resto», risposi.

Cambronne si stava preparando a scattare le sue fotografie quando sentimmo tornare Piquot. Naturalmente dal folto del bosco. Dopo che ci ebbe raggiunto, lanciò un'occhiata alle ossa e mormorò un'imprecazione.

Ryan si rivolse a Bertrand. «Ti occupi tu di questa zona mentre noi proseguiamo la ricerca con il cane?»

L'investigatore annuì, rigido come i pini che aveva intorno.

«Questa roba la portiamo via, così quelli della Scientifica possono lavorare con comodo. Ve li mando.»

Lasciammo Bertrand e Cambronne e seguimmo Piquot in direzione dei latrati. L'animale sembrava sull'orlo dello sfinimento.

Tre ore dopo sedevo su una striscia d'erba intenta a esaminare il contenuto di quattro sacchi mortuari. Il sole a picco mi bruciava le spalle ma non poteva nulla contro la morsa di gelo che mi attanagliava. A qualche metro da me il cane giaceva disteso accanto al suo addestratore, la testa adagiata fra le enormi zampe brune. Era stata una mattinata di grande soddisfazione per lui.

Istruiti a riconoscere l'odore dei tessuti decomposti o in via di decomposizione, i cani di questo tipo sono in grado di scovare i cadaveri, o di distinguerne l'odore dopo che il corpo è stato rimosso, con la stessa precisione con cui i raggi infrarossi riconoscono le fonti di calore. Sono i segugi dei morti. Quella mattina il nostro animale si era comportato molto bene e aveva individuato tre sacchi. A ogni ritrovamento annunciava il suo successo con grande partecipazione, abbaiando, balzando a destra e a sinistra e producendosi in una frenetica danza intorno alla zona interessata. Chissà se anche gli altri cani svolgevano il loro lavoro con altrettanta passione?

Le operazioni di scavo, identificazione e imballaggio dei resti si erano protratte per due ore. Avevo eseguito un inventario preliminare prima dell'estrazione dal terreno dei sacchi e in quel momento ne stavo eseguendo un secondo, più dettagliato, per poi registrare ogni singolo frammento osseo.

Guardai il cane. Sembrava distrutto, come me, e si limitava a muovere gli occhi tenendo la testa immobile.

Invidiai a quell'animale il suo diritto al riposo. Dopo un po' alzò la testa lasciando penzolare la lingua lunga e sottile dalla bocca. Feci in modo di non imitarlo e tornai al mio inventario.

«Quanti sono?»

Non l'avevo sentito avvicinarsi ma riconobbi subito la voce. Mi irrigidii.

«*Bonjour,* monsieur Claudel. *Comment ça va?*»

«Allora, quanti?» insistette.

«Uno», risposi, senza guardarlo.

«Manca niente?»

Terminai di scrivere e mi voltai. Stava scartando un sandwich comprato a un distributore automatico e mi osservava a gambe divaricate, la giacca abbandonata su un braccio.

Come Bertrand, quel giorno anche lui aveva optato per le fibre naturali: cotone per camicia e pantaloni, lino per la giacca. Quanto al colore, la scelta era caduta sui toni del verde, per un look più fresco. Unica nota frivola, la fantasia della cravatta, gradevolmente picchiettata di pennellate color mandarino.

«È già in grado di dire ciò che abbiamo?» mi domandò armeggiando con il panino.

«Sì.»

«Sì?»

Era lì da meno di trenta secondi e avevo già voglia di strappargli il sandwich di mano per cacciarglielo nel naso, o in un qualsiasi altro orifizio. Quell'uomo non tirava fuori il meglio di me quando ero tranquilla e rilassata, figuriamoci quando ero stanca e nervosa come in quel momento. Non avevo né la voglia né l'energia per rispondere alle sue provocazioni.

«Ciò che abbiamo è uno scheletro umano parziale. I tessuti molli mancano quasi del tutto. Il corpo è stato smembrato e chiuso in quattro sacchi per l'immondizia, sepolti in altrettanti punti all'interno di quell'area.» Indicai il terreno del monastero. «Il primo sacco l'ho trovato io la notte scorsa. Gli altri sono stati individuati dal cane questa mattina.»

Addentò il panino e guardò verso gli alberi.

«E che cosa manca?» mi chiese fra un morso e l'altro.

Lo fissai in silenzio, chiedendomi perché una domanda così innocua mi desse tanto fastidio. Non tardai a trovare la risposta: erano i suoi modi a irritarmi. Per una volta, tuttavia, cercai di cambiare atteggiamento. Ignoralo, Brennan. Claudel è fatto così. Da lui devi aspettarti solo superiorità e arroganza. Ormai gli avranno già raccontato tutto e quindi sa che avevi ragione tu. Ma non aspettarti che venga a dirti brava. Accontentati di sapere che si starà rodendo dalla rabbia e lascia perdere il resto.

Non avendo ricevuto risposta, mi ripeté la domanda.

«Manca qualcosa?»

«Sì.»

Posai il modulo per l'inventario dello scheletro e lo fissai dritto negli occhi. L'investigatore fece altrettanto, strizzando le palpebre e continuando a masticare. Ma perché non si procurava un paio di occhiali da sole?

«La testa.»

Smise di masticare. «Cosa?»

«Manca la testa.»

«E dov'è?»

«Monsieur Claudel, se sapessi dov'è non mancherebbe.»

Lo vidi contrarre la mascella per una frazione di secondo.

«Nient'altro?»

«Altro cosa?»

«Manca nient'altro?»

«Niente di significativo.»

Per un po' continuò a dedicarsi in silenzio al suo pranzo, come se stesse elaborando le informazioni ricevute. Quando ebbe finito, appallottolò la carta del sandwich e se la mise in tasca, quindi si pulì gli angoli della bocca con l'indice.

«Suppongo che non abbia altro da dirmi.» Un'affermazione più che una domanda.

«Quando avrò avuto il tempo di esaminare il...»

«Bene.» Si voltò e andò via.

Lo insultai fra me e me e chiusi la cerniera dei quattro sacchi mortuari. Udendo quel rumore, il cane rizzò la testa e mi seguì con lo sguardo mentre infilavo il supporto rigido con i moduli nello zaino. Mi spostai sull'altro lato della strada e comunicai a un inserviente dell'obitorio magro come un chiodo che poteva cominciare a caricare i resti.

In fondo alla via Ryan e Bertrand parlavano con Claudel e Charbonneau. La SQ incontrava la CUM. Istintivamente le loro chiacchiere mi insospettirono. Che cosa stava dicendo Claudel? Stava forse sparlando di me? Sapevo che i poliziotti in genere sono protettivi nei confronti del loro territorio e gelosi dei loro casi. Da questo punto di vista Claudel sicuramente era peggio di altri, ma ciò non giustificava comunque l'avversione che aveva per me.

Lascia perdere, Brennan. Quell'uomo è uno stronzo e tu lo stai mettendo in imbarazzo di fronte ai colleghi. Non puoi certo sperare di essere ai vertici della sua classifica personale. Smettila di pensare ai sentimenti e cerca di svolgere bene il tuo lavoro. E poi sei tu la prima a essere gelosa dei tuoi casi...

Mi avvicinai e di colpo le chiacchiere cessarono. Quell'atteggiamento smorzò il mio entusiasmo e mi impedì di avvicinarmi nel modo cordiale che avevo previsto. Cercai comunque di mascherare il mio disagio.

«Ehi, dottoressa», mi salutò Charbonneau.

Annuii e gli rivolsi un sorriso.

«Allora, a che punto siamo?» domandai.

«Il suo capo se n'è andato circa un'ora fa. E anche il prete. La Scientifica ha quasi terminato», intervenne Ryan.

«Trovato qualcosa di interessante?»

Scosse la testa.

«E il metal detector non è servito a niente?»

«Sì, a farci recuperare gli anelli di tutte le lattine dello stato.» Ryan sembrava esasperato. «Ah, sì... anche un parchimetro. E lei a che punto è?»

«Ho finito. Ho detto all'inserviente di caricare tutto.»

«Claudel ci ha detto che manca la testa.»

«Infatti. Mancano il cranio, la mascella e quattro vertebre cervicali.»

«E questo significa...?»

«Che l'assassino ha decapitato la vittima e poi ha nascosto la testa da qualche parte. Potrebbe anche averla seppellita qui, come ha fatto con gli altri resti. Dopotuttto erano piuttosto sparpagliati.»

«Vuol dire che qui in giro c'è un altro sacco?»

«Possibile. Ma l'assassino potrebbe anche averlo buttato altrove.»

«E dove, per esempio?»

«Nel fiume, in un gabinetto, nella sua caldaia. Come diavolo faccio a saperlo?»

«E perché mai avrebbe dovuto farlo?» domandò Bertrand.

«Forse per non permettere l'identificazione del cadavere.»

«E secondo lei è successo questo?»

«Probabilmente no. Ma con i denti e la documentazione odontoiatrica identificare un corpo è mille volte più facile. Comunque ha lasciato le mani.»

«E allora?»

«Quando un cadavere viene mutilato per impedirne il riconoscimento in genere mancano anche le mani.»

Mi guardò senza capire.

«Le impronte possono essere prese anche su corpi in avanzato stato di decomposizione se esiste almeno una piccola porzione di pelle. A me per esempio è capitato di prendere le impronte di una mummia di cinquemila anni.»

«Ed è riuscita a identificarla?» si intromise Claudel con voce incolore.

«Il tizio non era schedato», risposi altrettanto piatta.

«Qui però abbiamo trovato solo delle ossa», disse Bertrand.

«Ma l'assassino non poteva prevedere quando il corpo sarebbe stato ritrovato.» Come per Gagnon, pensai. Solo che questo era sepolto.

Mi interruppi un istante e immaginai l'assassino insinuarsi furtivamente nel bosco per seppellire i sacchi e il loro macabro contenuto. Una ridda di domande affollò i miei pensieri. Aveva smembrato la vittima altrove, chiuso i brandelli insanguinati nei sacchi e poi caricato tutto in macchina per venire qui? Aveva parcheggiato fuori dal recinto, come avevo fatto io, oppure era riuscito a entrare in auto nella proprietà? Aveva prima scavato tutte le buche seguendo un ordine preciso oppure aveva sepolto un sacco alla volta scavando le buche a casaccio? Fare a pezzi il cadavere era stato un estremo tentativo di coprire un delitto passionale? Oppure omicidio e mutilazione erano stati premeditati con freddezza?

Infine considerai un'ultima ipotesi. E se la notte precedente l'assassino fosse stato lì, dov'ero io? Scacciai quel pensiero agghiacciante e tornai alla realtà.

«Oppure...»

Mi guardarono tutti.

«Oppure potrebbe averla ancora con sé.»

«Ancora con sé?» mi derise Claudel.

«Merda», disse Ryan.

«Come Dahmer?» domandò Charbonneau.

Scrollai le spalle.

«È meglio portare Zanna Bianca a fare un altro giretto», suggerì Ryan. «Non ha ancora perlustrato la zona dove abbiamo trovato il torace.»

«Bene», commentai. «Sarà contento.»

«Vi dà fastidio se veniamo a dare un'occhiata?» domandò Charbonneau. Claudel lo fulminò con lo sguardo.

«No, a patto che formuliate pensieri positivi», dissi io. «Vado a prendere il cane. Ci vediamo al cancello.»

Mentre mi allontanavo sentii la voce nasale di Claudel pronunciare la parola "cagna". Si riferiva certo all'animale, mi rassicurai.

Nel vedermi il cane si rizzò sulle zampe e cominciò a muovere leggermente la coda. Con uno sguardo chiese al suo addestratore il permesso di avvicinarsi. Stampato sulla tuta dell'agente lessi il nome De Salvo.

«Fido è pronto per un altro giro?» domandai, tendendo il palmo verso il cane. De Salvo fece un impercettibile cenno con la testa e il cane balzò in avanti tastandomi la mano con il nasone umido.

«Si chiama Margot», precisò, badando a pronunciare il nome con il corretto accento francese.

Aveva una voce bassa e uniforme, e si muoveva nel modo armonioso e rilassato di chi trascorre il suo tempo con gli animali. Il viso abbronzato era solcato da rughe profonde che disegnavano dei piccoli ventagli agli angoli degli occhi. Aveva l'aspetto sano di chi vive all'aria aperta.

«Inglese o francese?»

«È bilingue.»

«Ciao, Margot», la salutai, appoggiando un ginocchio a terra per darle una grattatina dietro le orecchie. «Scusami se non ho capito subito che eri una femmina. Oggi è un gran giorno per te, vero?»

Margot cominciò a scodinzolare. Aspettò che fossi di nuovo in piedi poi fece un balzo all'indietro, un giro completo su se stessa e infine si bloccò di colpo mettendosi a studiare la mia faccia. Inclinava la testa, da un lato e poi dall'altro, arricciando e distendendo le grinze che aveva fra gli occhi.

«Tempe Brennan», mi presentai, offrendo la mano a De Salvo.

Assicurò un capo del guinzaglio alla cintura che aveva in vita, raccolse l'altro con una mano e mi tese quella rimasta libera. Era ruvida e forte, come il metallo grezzo. La sua stretta meritava senza dubbio un bel dieci.

«David De Salvo.»

«Pensiamo che laggiù potrebbe esserci qualcos'altro, Dave. Crede che Margot sia pronta per un altro giro?»

«La guardi.»

Udendo il suo nome la cagna drizzò le orecchie, si accucciò con il muso a terra e il posteriore in alto e poi, senza mai staccare gli occhi dal suo addestratore, si lanciò in avanti producendosi in una serie di piccoli balzi.

«Bene. Finora dove avete cercato?»

«Abbiamo setacciato tutta la proprietà in ogni direzione escluso il punto in cui stava lavorando lei.»

«È possibile che le sia sfuggito qualcosa?»

Scosse la testa. «No, non oggi, le condizioni sono perfette. La temperatura è ideale, il tempo è bello e la pioggia ha lasciato una certa umidità. Inoltre tira un po' di vento e Margot è in forma smagliante.»

L'animale gli diede un colpetto sul ginocchio con il naso conquistandosi qualche carezza.

«È difficile che le sfugga qualcosa. Ha imparato a fiutare solo l'odore dei cadaveri e quindi non c'è nient'altro che possa distrarla.»

Questi cani, come quelli che seguono le tracce, vengono addestrati a seguire odori specifici, nel loro caso l'odore della morte. Mi venne in mente una riunione dell'Accademia, durante la quale un relatore aveva portato campioni di odore di cadavere in bottiglia. *Eau de putréfaction.* Un addestratore di mia conoscenza, invece, utilizzava denti invecchiati in fiale di plastica che trovava presso un amico dentista.

«Margot è il cane migliore con cui ho lavorato. Se laggiù c'è ancora qualcosa lei lo troverà di sicuro.»

La guardai. Non feci fatica a credere a De Salvo.

«D'accordo. Allora portiamola sul luogo del primo ritrovamento.»

L'addestratore agganciò il capo libero del guinzaglio al collare poi Margot ci guidò fino al cancello, dove ci attendevano i quattro investigatori, e lungo la strada all'interno della proprietà. Annusava ovunque, esplorando fessure e anfratti con il muso, proprio come il fascio di luce della mia torcia. Di tanto in tanto si fermava, inspirava e subito espelleva l'aria sollevando un mulinello di foglie secche. Poi, soddisfatta, riprendeva la marcia.

Arrivati al punto in cui cominciava il sentiero ci fermammo.

«La zona che ci interessa è da quella parte.»

De Salvo indicò il luogo del nostro primo ritrovamento.

«Faremo un primo giro sottovento, così Margot può fiutare meglio. Se trova qualcosa può star certa che è la testa che state cercando.»

«Diamo fastidio se rimaniamo nei dintorni?» domandai.

«No. Il vostro odore non le crea nessun problema.»

Cane e addestratore proseguirono lungo la strada per una decina di metri poi scomparvero nel bosco; noi proseguimmo lungo il sentiero. L'andirivieni della giornata l'aveva reso più evidente, così come aveva trasformato il luogo dove avevo trovato il primo sacco in una piccola radura, lì la vegetazione era interamente calpestata e i rami più bassi spezzati.

Al centro, la buca, molto più grande di come l'avevamo lasciata e circondata di terra smossa, si presentava scura e vuota, simile a una tomba profanata. Accanto a uno dei lati si alzava un cono di terriccio tronco alla sommità, dalla consistenza innaturalmente uniforme, frutto del passaggio della Scientifica.

Meno di cinque minuti dopo sentimmo abbaiare.

«Il cane è dietro di noi?» domandò Claudel.

«La cagna», lo corressi.

Fece per dire qualcosa, poi ci ripensò. Una venuzza gli pulsava sulla tempia. Ryan mi lanciò un'occhiata. D'accordo, forse l'avevo provocato.

Continuammo a percorrere il sentiero in silenzio. Dal crepitio delle foglie capimmo che Margot e De Salvo erano alla nostra sinistra. Meno di un minuto e furono di nuovo in vista, Margot tesa come una corda di violino, i muscoli delle spalle rigonfi e il petto compresso contro i finimenti di pelle. Teneva la testa eretta, le narici fremevano nervose, e fiutava l'aria saettando in ogni direzione.

D'un tratto si irrigidì, le orecchie tese percorse da un tremore impercettibile, e dalle profondità del suo corpo sentimmo nascere un suono, debole prima e poi sempre più forte, simile alla litania funebre di un rito primordiale. L'intensità di quel mugolio mi procurò la pelle d'oca e mi sentii attraversare da un brivido di freddo.

De Salvo le si avvicinò e staccò il guinzaglio. Per un istante Margot rimase immobile, come per confermare la decisione e aggiustare la rotta. Infine scattò.

«Ma che cazzo...» Claudel.

«Dove diavolo...» Ryan.

«Accidenti!» Charbonneau.

Credevamo che avesse fiutato qualcosa nella zona alle nostre spalle e invece tagliò il sentiero e si addentrò nella macchia. Osservammo in silenzio.

Dopo appena due metri si fermò, abbassò il muso e inspirò più volte. Poi espirò con decisione, si spostò sulla sinistra e ripeté la manovra. Era tesa allo spasmo, ogni muscolo all'erta. Mentre la guardavo, alcune immagini mi sfilarono nella mente. Un volo nel buio. Una brutta caduta. La luce di un lampo. Una buca vuota.

Margot riconquistò la mia attenzione. Si era fermata alla base di un pino, concentrata con tutta se stessa sul terreno che aveva di fronte. Di nuovo abbassò il muso e inspirò. Poi, come ubbidendo a un istinto selvaggio, drizzò il pelo della schiena e contrasse i muscoli. Infine alzò la testa, emise un ultimo sbuffo d'aria e si lanciò in una danza frenetica, la coda fra le zampe, balzando avanti e indietro, ringhiando e cercando di mordere il terreno davanti a lei.

«Margot! *Ici!*» ordinò De Salvo, che si gettò in mezzo agli arbusti e l'afferrò dai finimenti per trascinarla lontano dalla fonte della sua agitazione.

Non avevo bisogno di guardare. Sapevo già che cosa aveva trovato. E che cosa invece non aveva trovato. Mi rividi fissare la terra asciutta e la buca vuota. Era stata scavata per seppellire o per dissotterrare, mi ero domandata. Ormai lo sapevo.

Margot continuava ad abbaiare e a ringhiare alla buca in cui ero caduta la notte precedente. Era ancora vuota ma il fiuto dell'animale mi aveva già rivelato il suo contenuto.

18

Spiaggia. Surf. Piovanelli che sgambettano sulle zampe sottili, pellicani che planano come aeroplanini di carta e poi si lasciano cadere in picchiata sull'acqua. Con la mente ero in Carolina. Sentivo il profumo dell'oceano, della sabbia bagnata, degli acquitrini leggermente salati dell'entroterra, dei pesci intrappolati sulla spiaggia, delle alghe essiccate. A nord Hatteras, Ocracoke e Bald Head. Pawley's, Sullivan's e Kiawah a sud. Volevo tornare a casa, poco importava su quale isola. Ero stanca di donne massacrate e di cadaveri fatti a pezzi, avevo solo voglia di palmette e di barconi per la pesca ai gamberi.

Aprii gli occhi sui piccioni che decoravano la statua di Norman Bethune. Il cielo perdeva il suo colore, e i gialli e i rosa dimenticati dal tramonto stavano capitolando sotto gli attacchi dell'incombente oscurità. I lampioni e le insegne dei negozi salutavano l'arrivo della sera con occhiolini al neon. Le auto procedevano su tre file, simili a un gregge motorizzato che a malincuore si separava all'altezza del triangolo di verde tra la Guy e il De Maisonneuve.

Condividevo una panchina con un uomo in tuta. Illuminati dalle macchine di passaggio, i suoi capelli scialbi formavano un alone simile alla lana di vetro. Gli occhi, cisposi e cerchiati di rosso, avevano il colore della tela jeans lavata mille volte. Al collo portava una catenina con un crocifisso di metallo grande quanto la mia mano e continuava a sfregarsi gli occhi con le dita pallide nel tentativo di liberarsi dalle crosticine giallastre.

Ero rientrata nel tardo pomeriggio, avevo inserito la segreteria telefonica e mi ero infilata a letto. Nel sonno, fantasmi di persone conosciute si erano alternati a figure ignote in una sfilata a tema libero. Ryan inseguiva Gabby fin dentro una casa di legno. Pete e Claudel scavavano una buca nel mio giardino. Katy, sdraiata su un sacco di plastica marrone sulla terrazza della casa al mare, rifiutava di mettersi la crema solare, incurante del sole che le bruciava la pelle. Una figura minacciosa mi inseguiva di soppiatto sul Saint-Laurent.

Mi svegliai diverse volte e alle otto finii per alzarmi, affamata e con la testa dolorante. Sulla parete vicino al telefono lampeggiava un riflesso. Rosso, rosso, rosso. Pausa. Rosso, rosso, rosso. Pausa. Tre messaggi. Mi precipitai alla segreteria e feci partire il nastro.

Pete stava valutando un'offerta di lavoro presso uno studio legale di San Diego. Straordinario. Katy pensava di lasciar perdere la scuola. Meraviglioso. Il terzo messaggio era vuoto. Almeno non erano cattive notizie. Gabby continuava a non farsi sentire. Fantastico.

Venti minuti di chiacchiere con Katy non mi avevano aiutata a rilassarmi. Era stata educata e non si era sbilanciata troppo, quindi mi aveva salutata con un lungo silenzio seguito da un: «Ci sentiamo più tardi». Tu-tuu. Immobile, a occhi chiusi, avevo ripensato a Katy bambina. L'avevo rivista a tredici anni, abbracciata guancia a guancia al suo cavallo appaloosa, i capelli biondi che contrastavano con la criniera bruna. Pete e io eravamo andati a trovarla al campeggio; nel vederci il viso le si era infiammato di gioia e mi era corsa incontro dimenticandosi il cavallo. Eravamo così unite, allora. Dov'era finita la nostra intimità? Perché non era felice? Perché voleva lasciare la scuola? Era stata colpa mia e di Pete, della nostra separazione?

Irritata dalla mia inadeguatezza di madre, avevo provato a chiamare Gabby a casa. Nessuna risposta. Avevo ripensato a quando era sparita per dieci giorni, facendomi impazzire per la preoccupazione. E poi avevo saputo che era stata in ritiro spirituale a meditare. Forse non la trovavo perché era andata di nuovo a ritrovare se stessa.

Due Tylenol mi avevano dato un po' di sollievo dal mal di testa e un 4 Special al Singapore aveva calmato i morsi della fame. Tuttavia niente pareva poter mettere a tacere la mia insoddisfazione. Neppure i piccioni, o il mio vicino di panchina, riuscivano a liberarmi da quel chiodo fisso. Le domande mi rimbalzavano nella mente come palline in un flipper. Chi era questo assassino? Come sceglieva le sue vittime? Le conosceva già, oppure cercava di guadagnarsi la loro fiducia per poi introdursi nelle loro case? Margaret Adkins era stata uccisa nella sua abitazione. E Chantale Trottier e Isabelle Gagnon, invece, dov'erano morte? Forse in un luogo prestabilito, scelto apposta per ucciderle e farle a pezzi? Come si muoveva questo assassino? Era forse Saint-Jacques?

Fissai lo sguardo sui piccioni, in realtà senza vederli. Immaginai le vittime, immaginai la loro paura. Chantale Trottier aveva solo sedici anni. Era stata minacciata con il coltello? A che punto aveva capito che sarebbe morta? Lo aveva implorato di non farle del male? Lo aveva scongiurato di non ucciderla? Rividi un'altra immagine di Katy, di tante altre Katy come lei, e il mio coinvolgimento emotivo sfiorò il dolore fisico.

Cercai di concentrarmi sul presente. Dovevo lavorare sulle ossa recuperate, sentire Claudel, occuparmi della ferita che avevo sul viso. Dunque Katy aspirava a una carriera di *groupie* al seguito delle squadre dell'NBA, e niente di ciò che le avevo detto aveva potuto dissuaderla. Pete invece stava per andare in California. Quanto a me, ero più arrapata di un marinaio in navigazione e senza nessuna prospettiva in vista. E Gabby? Dove diavolo era finita quella donna?

«Questo è quanto», conclusi a voce alta facendo sobbalzare i piccioni e l'uomo seduto accanto a me. In realtà c'era una cosa che potevo fare.

Tornai a casa a piedi, entrai direttamente nel garage e presi la macchina. Arrivata in Carré Saint-Louis parcheggiai sulla Henry-Julien e mi diressi verso l'appartamento di Gabby. L'edificio dove abitava a volte mi faceva pensare alla casa di Barbie; quella sera invece mi fece venire in mente Lewis Carroll. Riuscii quasi a sorridere.

Un'unica lampadina rischiarava il portico color lavanda illuminando appena le petunie lungo il parapetto. Le finestre mi fissavano buie. «Alice non è qui», dicevano.

Suonai il campanello del numero 3. Niente. Suonai ancora. Silenzio. Provai al numero 1, poi al 2 e al 4. Nessuna risposta. Il Paese delle Meraviglie aveva chiuso per la notte.

Feci il giro del parco sperando di trovare l'auto di Gabby. Non c'era. Senza pensarci due volte, tornai alla macchina e puntai verso la Main.

Dopo venti minuti trascorsi alla disperata ricerca di un parcheggio, decisi di lasciare la Mazda in uno dei vicoli sterrati che davano sul Saint-Laurent. Fra gli elementi distintivi, il tanfo dell'orina stantia, il numero delle lattine di birra schiacciate e i cumuli di immondizia, oltre al suono di un juke-box che proveniva da un muro sulla sinistra. Niente più di quello scenario poté convincermi della necessità di un antifurto per auto. In attesa di procurarmelo, raccomandai la Mazda al dio dei parcheggi e mi unii alla folla sulla strip.

Nella Main vivono due gruppi complementari di abitanti che, come succede nella foresta equatoriale, vivono fianco a fianco ma occupano habitat differenti: una comunità è attiva di giorno, l'altra esclusivamente di notte.

Dall'alba al tramonto è il regno dei negozianti e degli addetti alle consegne, dei bambini che vanno a scuola e delle casalinghe. I rumori sono quelli del commercio e del gioco, gli odori parlano di cibo e di pulizia: pesce fresco da Walman's, carne affumicata da Schwartz's, mele e fragole da Warshaw's, pane e dolci alla Boulangerie Polonaise.

Ma quando si accendono i primi lampioni e le insegne dei caffè, quando i negozi abbassano la saracinesca e i locali notturni e le fabbriche del porno aprono i battenti, il gruppo diurno cede il marciapiede a tutt'altro genere di soggetti. Alcuni sono innocui: turisti e studenti di college in cerca di una sbronza e di un brivido a buon mercato; altri più insidiosi: protettori, spacciatori, prostitute e fumatori di crack. Sono un popolo di sfruttatori e sfruttati, di cacciatori e prede indissolubilmente uniti in una catena alimentare della miseria umana.

Alle undici e un quarto il turno di notte era in piena attività. Le strade erano affollate di gente e i bar e i bistrot di infimo ordine erano al completo. Camminai fino all'angolo con la Sainte-Catherine e mi fermai davanti alla Belle Province. Pareva il posto ideale per cominciare. Entrando, superai il telefono da cui Gabby mi aveva chiamato in preda al panico.

Il ristorante puzzava di disinfettante, di grasso e di cipolle bruciate. Era troppo tardi per cenare e troppo presto per lo spuntino del doposbronza. I divanetti occupati erano solo quattro.

Il primo ospitava una coppia di ragazzi coperti di borchie con identiche acconciature da moicano. Si guardavano cupamente negli occhi da sopra due piatti di chili semivuoti, le creste appuntite dello stesso nero inchiostro, quasi avessero pagato a metà il flacone della tintura.

In un divanetto al fondo del locale una donna fumava e sorseggiava un caffè esibendo capelli cotonati color platino e braccia sottili quanto una matita. Indossava un top rosso scollato all'americana e quelli che ai tempi di mia madre si chiamavano pantaloni alla pescatora. Probabilmente si vestiva così da quando aveva lasciato la scuola per partecipare allo sforzo bellico.

Mentre la guardavo bevve l'ultimo sorso di caffè, tirò una lunga boccata di fumo e spense il mozzicone nel piccolo disco di metallo che fungeva da posacenere. Gli occhi bistrati scrutavano la sala con languida indifferenza, senza cercare nulla ma pronti a rispondere al minimo cenno di invito. Dipinta sul viso, l'espressione senza gioia di chi era stata a lungo sulla strada e, forse non più in grado di competere con le giovani, si era specializzata in sveltine nei vicoli e fellatio sui sedili posteriori. Eccitazioni notturne a prezzo di realizzo. Si aggiustò il top sul petto ossuto, raccolse lo scontrino e si avvicinò al banco.

Un divanetto vicino alla porta era occupato da tre ragazzi. Uno di loro, accasciato sul tavolo, si reggeva la testa con una mano lasciandosi penzolare l'altra in grembo. Tutti e tre indossavano magliette, jeans tagliati al ginocchio e berretti da baseball. Incurante della moda, uno solo portava la visiera ben calcata sulla fronte e non girata verso il collo. I due che ancora resistevano in posizione eretta stavano ingurgitando un cheeseburger, apparentemente disinteressati all'amico. Dovevano avere circa sedici anni.

Nell'ultimo divanetto sedeva una suora. Di Gabby nessuna traccia.

Lasciai il ristorante e perlustrai la Sainte-Catherine in entrambi i sensi. Verso est le gang dei motociclisti cominciavano ad affollare i due lati della strada con le Harley e le Yamaha. Stivali e pelle nera nonostante la serata tiepida, bevevano e parlavano in sella alle moto o riuniti a gruppetti.

Le loro compagne sedevano alle loro spalle oppure chiacchieravano in capannelli appartati. Mi ricordarono me e le mie compagne ai tempi del liceo. Queste donne, però, avevano scelto un mondo di violenza e di sottomissione, in cui le femmine del branco venivano raggruppate e sorvegliate, talvolta addirittura scambiate e messe sulla strada, tatuate e seviziate, picchiate e uccise. Eppure rimanevano. Se questa era la vita che si erano scelte, è difficile immaginare quale inferno si fossero lasciate alle spalle.

Mi spostai quindi a ovest del Saint-Laurent. D'un tratto vidi ciò che stavo cercando. Due prostitute si intrattenevano davanti al Granada, fumando e ammiccando ai passanti. Riconobbi Poirette, ma non la sua collega.

Mi sforzai di resistere alla tentazione di lasciar perdere e di tornare a casa. E se avevo sbagliato abbigliamento? Avevo deciso di indossare una felpa, jeans e un paio di sandali sperando di apparire poco minacciosa, ma cominciavo a dubitare della mia scelta. In effetti non ero affatto pratica di quel genere di lavoro sul campo.

Smettila con queste stronzate, Brennan. Stai perdendo tempo. Muovi il culo e vai da loro. Il peggio che ti può capitare è di essere allontanata in malo modo. Ma non sarebbe la prima volta.

Risalii l'isolato e mi fermai di fronte alle due donne.

«*Bonjour.*» La mia voce suonò stridula, come un nastro in riavvolgimento. Mi sentivo a disagio e diedi qualche colpo di tosse per camuffare il mio stato d'animo.

Le donne smisero di parlare e presero a ispezionarmi, come si fa con un insetto sconosciuto o con un corpo estraneo trovato nelle narici. Nessuna delle due parlò, le facce inespressive e prive di qualsiasi emozione.

Poirette spostò il peso su una gamba e sporse un fianco. Portava le stesse scarpe da ginnastica nere di quando l'avevo vista la prima volta. Mi guardò con lo sguardo appannato, cingendosi la vita con un braccio e appoggiandovi il gomito di quello opposto. Tirava lunghe boccate di fumo, poi espirava lentamente sporgendo il labbro inferiore. Sopra di lei, i bagliori dell'insegna al neon dell'hotel, avvolti in una cortina di fumo, le disegnavano sulla pelle di cacao una ragnatela di riflessi rossi e blu. Senza una parola, distolse gli occhi neri dalla mia faccia e tornò a posarli sulla folla che sfilava sul marciapiede.

«Che vuoi, *chérie?*»

La voce dell'altra donna suonò aspra e profonda, come se ai suoni che emetteva si intercalassero degli spazi vuoti. Mi si rivolse in inglese, con una cadenza che raccontava di acquitrini, di giacinti d'acqua, di piatti di *gumbo,* di musica *zydecko* e di cicale che frinivano nelle tiepide serate estive. Era più vecchia di Poirette.

«Sono un'amica di Gabrielle Macaulay. La sto cercando.»

Scosse la testa. Non la conosceva o non voleva rispondere?

«È un'antropologa... lavora da queste parti...»

«Ma certo, carina, lavoriamo tutte da queste parti.»

Poirette ebbe un gesto d'insofferenza e cambiò piede d'appoggio. La osservai. Indossava un paio di pantaloncini e un bustino lucido di plastica nera. Ero sicura che conoscesse Gabby, lei era una delle ragazze che avevamo visto insieme quella sera, me l'aveva indicata lei. Da vicino sembrava ancora più giovane. Tornai a concentrarmi sulla sua collega.

«Gabby è una donna piuttosto robusta», continuai, «ha circa la mia età, i capelli...» cercai la parola giusta, «... rossicci, con i dreadlock.»

Totale indifferenza.

«E un anellino al naso.»

Avevo la sensazione di parlare al muro.

«È da un po' di tempo che non riesco a parlarle. Penso che abbia il telefono rotto e sono un po' preoccupata. Sono sicura che tutte voi la conoscete.»

Cercai di allungare le vocali e di enfatizzare la cadenza del Sud. Stavo facendo appello alla solidarietà regionale. Figlie del Sud unitevi.

La donna fece spallucce, mostrandomi una versione rivisitata in stile Louisiana della tradizionale risposta francese. Più spallucce, meno mani sollevate.

Il mio appello non ottenne l'effetto sperato. Di quel passo non sarei arrivata molto lontano. Cominciai a capire che cosa voleva dire Gabby: non si fanno domande sulla Main.

«Se vi capita di vederla, ditele che Tempe la sta cercando.»

«E ti sembra un nome del Sud, questo, *chérie*?»

Si infilò un'unghia rossa e lunghissima fra i capelli e si grattò la testa. L'acconciatura era così impregnata di lacca – probabilmente non avrebbe ceduto neanche durante un uragano – che i capelli ondeggiarono come una massa unica, dando l'illusione che fosse la testa a cambiare forma.

«Be', non esattamente. Sapresti dirmi in quale altro posto potrei cercarla?»

Ancora spallucce. E poi ispezione dell'unghia.

Presi un biglietto da visita dalla tasca.

«Se ti viene in mente qualcosa mi puoi trovare qui.» Mi allontanai, e con la coda dell'occhio vidi Poirette posare lo sguardo sul mio biglietto.

I miei tentativi con le altre passeggiatrici della Sainte-Catherine sortirono più o meno gli stessi risultati. Le loro reazioni oscillavano fra l'indifferenza e il disprezzo, ed erano uniformemente permeate di diffidenza e sospetto. Nessuna informazione. Ammesso che Gabby fosse mai passata da queste parti, nessuno sembrava intenzionato ad ammetterlo.

Feci il giro di tutti i locali, di tutti gli squallidi ritrovi degli abitanti della notte. Ognuno era come il precedente, soffitti bassi e muri in calcestruzzo, interni che alternavano colori fosforescenti a rivestimenti di finto bambù o di legno a buon mercato, frutto dell'immaginazione distorta di un unico architetto. Bui e umidi, vi aleggiava un tanfo stantio di fumo, birra e sudore. Nel migliore dei casi si poteva sperare in pavimenti asciutti e gabinetti tollerabili.

In alcuni le spogliarelliste si contorcevano sui cubi, le facce pietrificate nella noia, i denti e i perizomi violetti sotto i guizzi delle luci. A seguire le loro acrobazie uomini in canottiera con la barba lunga impegnati a tracannare fiumi di birra. Imitazioni di donne eleganti si intrattenevano sorseggiando vino da poco o coccolando bibite analcoliche che cercavano di far passare per whisky e soda. Si animavano solo per sorridere agli uomini di passaggio nella speranza di rimediare un incontro, illudendosi di essere seducenti ma riuscendo solo a sembrare stanche.

Agli estremi temporali di questo mercato della carne c'erano le donne più tristi, quelle all'inizio e alla fine dell'attività. Ragazze dolorosamente giovani, che ancora esibivano i colori della pubertà, capitate lì per divertirsi e per fare un po' di soldi, o per sfuggire all'inferno privato della vita famigliare. Le loro storie avevano tutte un punto in comune: battere il marciapiede lo stretto indispensabile e poi tornare a una vita rispettabile. In fuga o in cerca di avventure, viaggiavano in pullman da Sainte-Thérèse e da Val d'Or, da Valleyfield e da Pointe-du-Lac. Arrivavano con i capelli lucenti e il viso fresco, sicure della loro immortalità, certe della loro capacità di dominare il futuro. Per tutte l'erba e la coca erano solo uno scherzo. Nessuna le riconosceva come il primo gradino della scala della disperazione e finivano sempre per trovarsi troppo in alto per scendere senza lasciarsi cadere.

Poi c'era chi era riuscita a invecchiare. Solo quelle davvero furbe o straordinariamente forti avevano fatto fortuna e se n'erano andate; quelle deboli e malate erano morte. Quelle forti ma prive di volontà cercavano di resistere, consapevoli del loro destino. Sarebbero morte sulla strada perché non conoscevano altro, o perché amavano o temevano un uomo al punto da vendere se stesse per comprargli una dose, o ancora perché avevano bisogno di qualcosa da mangiare e di un posto per dormire.

Mi rivolgevo a quelle appena entrate o appena uscite dal giro, evitando la generazione di mezzo, quella delle donne indurite dalla vita di strada e ancora in grado di amministrarsi il territorio, proprio come il loro protettore amministrava le loro vite. Immaginavo che forse le più giovani, ingenue e provocatorie, oppure quelle ormai vecchie, distrutte dalla vita di strada, sarebbero state più disponibili. Ma mi sbagliavo. Locale dopo locale, tutte mi giravano le spalle lasciando che le mie domande si perdessero nell'aria fumosa. Il codice del silenzio non ammetteva deroghe. Vietato l'accesso agli estranei.

Alle tre e un quarto ne avevo avuto abbastanza. Capelli e vestiti puzzavano di fumo e di spinelli, le scarpe erano fradice di birra. Mi ero scolata una quantità di Sprite sufficiente a irrigare il Kalahari e avevo gli occhi che si chiudevano. Mi lasciai alle spalle un ennesimo spostato in un ennesimo bar e mi ritirai in buon ordine.

19

L'aria aveva la consistenza della rugiada. Dal fiume si era alzata un po' di foschia che il bagliore dei lampioni scomponeva in minuscole goccioline e che regalava alla mia pelle una piacevole sensazione di fresco e di umidità. A giudicare dalle fitte di dolore fra il collo e la scapola intuii di essere rimasta tesa per ore, all'erta e pronta a scattare. Forse era così, anche se io sapevo bene che la ricerca di Gabby era solo una delle ragioni di quella tensione. Dopo i primi contatti, infatti, avvicinare le prostitute era diventata una routine, come pure incassare i loro rifiuti e schivare d'istinto i passanti in cerca di sesso o di una palpata.

Era stata la lotta che si consumava dentro di me a sfinirmi. Avevo combattuto per quattro ore contro un vecchio amante, un amante di cui non mi sarei mai liberata. Per tutta la notte avevo dovuto resistere alla tentazione, che assumeva i toni castagna dello scotch che scintillava sul ghiaccio, o quelli ambrati della birra che dalle bottiglie scendeva direttamente nella gola degli avventori. Avevo ritrovato il profumo del mio innamorato e rivisto la sua luce negli occhi delle persone che avevo intorno. Una volta lo amavo. Al diavolo, Brennan. Lo amavo ancora. Ma il nostro era stato un idillio devastante. E sapevo che al minimo cedimento la passione sarebbe rinata, e avrei perso il controllo. Così avevo deciso di allontanarmi da lui, lentamente, con dodici lunghi passi. E non ero più tornata indietro. Essendo stati amanti, non potevamo più tornare a essere amici. Ma quella notte stavamo per ritrovarci di nuovo l'una fra le braccia dell'altro.

Respirai profondamente, l'aria un misto di olio di macchina, cemento bagnato e lieviti della birreria Molson. La Sainte-Catherine ormai era quasi deserta. Un vecchio con parka e cuffia di lana sonnecchiava contro una vetrina in compagnia del suo bastardino malandato; un altro rovistava nell'immondizia sul marciapiede opposto. Forse sulla Main esisteva un terzo turno.

Scoraggiata ed esausta, mi diressi verso il Saint-Laurent. Ci avevo provato. E avevo capito che se anche Gabby fosse stata nei guai, questa gente non mi avrebbe aiutata a trovarla. Era un club più esclusivo del Rotary.

Passai davanti a My Kinh. Sopra la vetrina un'insegna prometteva CUISINE VIETNAMIENNE, cucina vietnamita, per tutta la notte. Diedi uno sguardo distratto attraverso il vetro sudicio, e mi fermai. Seduta su un divanetto in fondo al locale avevo visto la collega di Poirette, i capelli ancora cotonati in una pagoda color albicocca. La guardai per un istante.

Intingeva in una salsa rosso ciliegia un panino imbottito con un uovo fritto, poi lo portava alla bocca e lo leccava, quindi passava a ispezionarlo; infine ne abbassava leggermente l'involucro con i denti davanti e ricominciava l'intero rituale da capo, senza nessuna fretta. Mi domandai da quanto tempo si stesse dedicando a quell'attività.

Non entro. Sì, invece. È troppo tardi. Al diavolo. L'ultimo tentativo. Spinsi la porta e mi ritrovai nel locale.

«Salve.»

Al suono della mia voce la sua mano ebbe un sussulto. Subito sembrò stupita, poi, avendomi riconosciuta, parve quasi sollevata.

«Salve, *chérie*. Ancora in giro?» Tornò a occuparsi del panino.

«Posso sedermi?»

«Accomodati. Questo non è il mio territorio, carina. E non mi hai fatto nessun torto.»

Mi lasciai scivolare sul divanetto. Era più vecchia di quanto pensassi: oltre i trentacinque, forse oltre i quaranta. La pelle del collo e della fronte era ancora tesa e sotto gli occhi non vedevo traccia di borse, ma la luce impietosa del neon evidenziava un ventaglio di rughette sul contorno delle labbra e un lieve rilassamento delle guance.

Il cameriere mi portò un menù e ordinai una zuppa tonchinese. Non avevo fame ma mi serviva una scusa per rimanere.

«Trovato la tua amica, *chérie*?» Sollevò la tazza di caffè e i braccialetti di plastica scivolarono lungo l'avambraccio. Notai all'interno del gomito una serie di cicatrici grigiastre.

«No.»

Un ragazzo asiatico portò dell'acqua e una tovaglietta di carta. Avrà avuto quindici anni.

«Sono Tempe Brennan.»

«Mi ricordo. Jewel Tambeaux vende la passerina per strada, tesoro, ma non è stupida.» Leccata al panino.

«Signora Tambeaux, io...»

«Puoi chiamarmi Jewel, piccola.»

«Senti Jewel, ho passato quattro ore a cercare di scoprire se un'amica si è cacciata nei guai, e non sono neppure riuscita a sapere se qualcuno l'ha mai sentita nominare. Gabby lavora qui da anni e sono sicura che tutti sanno di chi sto parlando.»

«Forse lo sanno, *chérie*, ma non sanno perché glielo chiedi.» Appoggiò il panino sul tavolo e bevve un sorso di caffè producendo un lieve gorgoglio.

«Ti ho dato il mio biglietto da visita. Mi sembra evidente che non sto cercando di fregare nessuno.»

Per un istante mi guardò con durezza. Lo spazio che ci separava era impregnato del suo odore, un misto di fumo, profumo di drogheria e capelli sporchi. Il collo del top era macchiato di fondotinta.

«Ma tu chi sei, miss persona-con-un-biglietto-da-visita-che-dice-Tempe-Brennan? Una piedipiatti? Una che si è ficcata in qualche giro strano? O forse hai qualche conto da regolare?» Mentre parlava aveva sollevato uno degli artigli rossi dalla tazza e lo puntava contro di me, sottolineando ogni possibilità.

«Ti sembro una persona che potrebbe nuocere a Gabby?»

«Tutto quello che la gente sa di te, *chérie*, è che ti presenti da queste parti con una felpa dei Charlotte Hornets e un paio di sandali da yuppy, e vai in giro a fare un sacco di domande facendo del tuo meglio per rompere le palle. Non sei qui a battere e non spacci crack. La gente non sa come inquadrarti.»

Il cameriere arrivò con la mia zuppa e la condii con succo di limone e peperoncino rosso macinato. In silenzio cominciai a mangiare e intanto osservavo Jewel sbocconcellare il suo panino. Decisi di giocare la carta dell'umiltà.

«Immagino di aver sbagliato tutto, questa sera.»

Alzò gli occhi nocciola su di me e notai che una delle ciglia finte si era staccata incurvandosi sopra la palpebra. Riabbassò lo sguardo, posò quel che restava del panino e fece scivolare la tazza davanti a sé.

«Hai ragione, Jewel, non avrei dovuto aggredire le persone con tutte quelle domande. Ma sono molto preoccupata per Gabby. Le ho telefonato. L'ho aspettata fuori casa. L'ho cercata all'università. Nessuno sembra sapere dove sia. Non è da lei comportarsi così.»

Presi una cucchiaiata di zuppa. Era migliore di quanto mi aspettassi.

«Che cosa fa la tua amica Gabby?»

«È un'antropologa. Si interessa alle persone. Studia come si vive da queste parti.»

«Per caso vuole scrivere *Adolescenza sulla Main*?»

Rise da sola, attenta a come reagivo alla citazione di Margaret Mead. Non reagii in nessun modo, e cominciai a rendermi conto che, come mi aveva anticipato lei stessa, quella donna non era affatto stupida. Sentivo che mi stava mettendo sotto esame.

«Forse per il momento non vuole essere trovata.»

Potete aprire il foglio della prova.

«Forse.»

«Allora qual è il problema?»

Potete prendere la matita.

«L'ultima volta che l'ho vista sembrava molto preoccupata. Direi quasi spaventata.»

«Preoccupata per cosa, carina?»

Pronti.

«Credeva che un tizio la stesse seguendo. Un tipo strano, aveva detto.»

«Da queste parti ci sono molti tipi strani, *chérie*.»

Bene, adesso potete cominciare.

Le raccontai tutta la storia. Mi ascoltava facendo roteare la tazza e scrutando il deposito di caffè. Non smise neppure dopo che ebbi finito, come se stesse ancora decidendo il voto che meritavo. Poi fece un cenno per avere dell'altro caffè, mentre io aspettavo di conoscere l'esito del mio esame.

«Non so come si chiama, ma quasi sicuramente so di chi stai parlando. È un tizio pelle e ossa, ha la personalità di un verme. In effetti è strano, e qualunque sia il suo problema, non è roba da poco. Ma non penso che sia pericoloso. Dubito che abbia

abbastanza cervello per leggere l'etichetta di una bottiglia di ketchup.»
Saltai il turno.
«Noi lo evitiamo quasi tutte.»
«Perché?»
«Ti riferisco semplicemente le voci che circolano in strada, perché io in realtà non ho mai avuto niente a che fare con lui. Quel tizio mi fa accapponare la pelle solo a vederlo.» Fece una smorfia e scrollò le spalle. «Pare che faccia delle richieste un po' particolari.»
«Particolari?»
Appoggiò la tazza sul tavolo e mi guardò pensierosa.
«È uno che ti paga per scopare ma poi non vuole farlo.»
Presi un cucchiaio di zuppa e aspettai che continuasse.
«C'è una ragazza che si chiama Julie che va con lui. È l'unica. E infatti è stupida come una capra, ma questa è un'altra storia. Insomma, pare che tutte le volte succeda la stessa cosa: vanno nella stanza e l'amico tira fuori da una borsa di carta una camicia da notte molto semplice, niente pizzi o cose esagerate. Gliela fa mettere e poi le dice di sdraiarsi sul letto. D'accordo, fin qui niente di difficile. Poi con una mano comincia ad accarezzare la camicia da notte e con l'altra si tocca l'uccello. Quasi subito gli si rizza e lui viene fra gemiti e rantoli, neanche stesse facendo chissà che cosa. Quando ha finito le fa togliere la camicia, la ringrazia, paga e se ne va. Julie dice che è denaro facile.»
«Perché pensi che sia questo l'uomo che spaventa la mia amica?»
«Perché una volta il tipo stava rimettendo la camicia nella borsa e Julie ha visto il manico di un vecchio coltellaccio. Allora lei gli fa: "Se vuoi ancora venire con me, bello mio, il coltello te lo devi scordare". E lui comincia a blaterare che quella è la spada della giustizia, e altre storie sull'anima, su quel coltello e sull'equilibrio naturale, insomma, cazzate del genere. Morale: Julie se l'è fatta sotto.»
«E poi?»
Scrollata di spalle.
«Si vede ancora in giro?»
«È da un po' che non lo vedo, ma questo non significa molto. Non è uno regolare. Lui va e viene.»

«Tu gli hai mai parlato?»

«Ma tesoro, gli abbiamo parlato tutte. Quando è in giro non riesci più a scrollartelo di dosso. Ecco perché so che ha la personalità di una blatta.»

«L'ha mai visto con Gabby?» Mangiai ancora un po' di zuppa.

Si appoggiò allo schienale e si mise ridere. «Bella mossa, carina.»

«Dove lo posso trovare?»

«Che diavolo ne so. Aspetta e vedrai che prima o poi ricomparè.»

«E che mi dici di Julie?»

«Da queste parti il mercato è libero, *chérie*, la gente viene e va. Credi che tenga uno schedario?»

«L'hai vista di recente?»

Ci pensò qualche istante. «Non ne sono sicura.»

Abbassai lo sguardo sul piatto e cercai di capire l'atteggiamento di Jewel. Ero riuscita a sollevare leggermente il coperchio e lei mi aveva concesso di dare una sbirciatina. Potevo insistere ancora un po'? Decisi di tentare.

«Potrebbe esserci un serial killer in giro, Jewel. Qualcuno che uccide le donne e poi le fa a pezzi.»

Non cambiò espressione e si limitò a guardarmi, impassibile come una sfinge. O non aveva capito, oppure era ormai insensibile a qualsiasi idea di violenza e di dolore, forse anche di morte. Oppure indossava una maschera con cui nascondeva una paura troppo vera per essere comunicata a parole. Sospettavo che si trattasse di questo.

«Jewel, la mia amica è in pericolo?»

Ci guardammo dritte negli occhi.

«È una donna, *chérie?*»

Rientrai a casa guidando distrattamente e lasciando i pensieri liberi di vagare. Il De Maisonneuve era deserto e i semafori erano rimasti senza utenti. D'un tratto un paio di luci di posizione comparvero nello specchietto retrovisore e mi si incollarono addosso.

Oltrepassai la Peel e accostai a destra per farmi superare. Le luci mi seguirono. Mi rimisi sulla corsia di marcia e l'altra auto fece altrettanto alzando gli abbaglianti.

«Stronzo.»

Accelerai. Mi stava attaccato al paraurti.

Fitta di paura. Forse non era solo un ubriaco. Lanciai un'occhiata allo specchietto per cercare di capire chi fosse, ma non riuscii a distinguere altro che una sagoma. Sembrava piuttosto grande. Un uomo? Non avrei saputo dire. Ero abbagliata dalle luci e la macchina non era riconoscibile.

Le mani strette al volante, attraversai la Guy e svoltai a sinistra, incurante dei semafori rossi, poi imboccai la mia via e mi infilai nel sottopassaggio che porta al garage del mio condominio.

Aspettai fino a che la porta elettrica non si fosse richiusa, poi schizzai fuori dall'auto, chiavi in mano e orecchie spalancate, attenta al minimo rumore di passi. Nessuno mi stava seguendo. Mentre attraversavo l'atrio del primo piano, sbirciai attraverso le tende. Un'auto con le luci accese era ferma accanto al marciapiede, sul lato opposto della strada, il conducente un profilo scuro nella penombra che precede l'alba. Era la stessa auto? Non ne ero certa. Stavo dando i numeri?

Mezz'ora dopo fissavo il nero della notte stemperarsi nelle prime luci del giorno, oltre i vetri della finestra. Birdie faceva le fusa accoccolato fra le mie ginocchia. Ero così esausta che mi ero giusto svestita e poi ero crollata a letto, saltando tutti i preliminari. Mi accadeva di rado. In genere non vado mai a dormire senza struccarmi e lavarmi i denti. Ma per quella volta avevo fatto un'eccezione.

20

Il giorno seguente, mercoledì, continuai a dormire fino a tardi nonostante il rumore del camion dei rifiuti, nonostante le proteste di Birdie, nonostante tre telefonate.

Mi alzai alle dieci e un quarto, intorpidita e con la testa dolente. Decisamente non avevo più vent'anni e gli strascichi di una notte in bianco si facevano sentire. Doverlo ammettere era irritante.

Mi sentivo immersa nella puzza di fumo, capelli, pelle, persino cuscino e lenzuola. Feci un fagotto degli indumenti e li cacciai in lavatrice, quindi mi concessi una lunga doccia. Stavo già spalmando burro di nocciolline su un croissant del giorno prima, quando squillò il telefono.

«Temperance?» LaManche.

«Sì?»

«Ho cercato di chiamarla questa mattina.»

Lanciai un'occhiata alla segreteria telefonica. Tre messaggi.

«Mi scusi.»

«*Oui*. Ci vedremo oggi, vero? Monsieur Ryan ha già telefonato.»

«Sarò là nel giro di un'ora.»

«*Bon.*»

Ascoltai i messaggi. Un laureando disperato. LaManche. Un messaggio vuoto. Non ero dell'umore per occuparmi dei problemi degli studenti. Provai a cercare Gabby, non ottenni risposta. Composi il numero di Katy e trovai la segreteria telefonica.

«Lasciate un messaggio breve, come questo», cinguettò allegro il nastro. Obbedii, ma non con la stessa allegria.

In venti minuti ero già al laboratorio. Infilai la borsetta in un cassetto e, ignorando i foglietti rosa sparpagliati sulla scrivania, scesi direttamente da LaManche.

Quando arrivano da noi, i cadaveri vengono subito portati in obitorio per essere registrati e chiusi nelle celle frigorifere in attesa di essere assegnati a un patologo del Laboratoire de Médecine Légale. I due settori sono contigui e i loro confini sono evidenziati dal colore del pavimento: rosso per i locali dell'obitorio, diretto dal coroner, e grigio per le sale autopsia, che dipendono dall'LML. Io eseguo gli esami preliminari in una delle quattro sale autopsia, quindi invio le ossa al laboratorio di istologia per una pulizia più accurata.

LaManche stava eseguendo un'incisione a Y sul petto di una bambina; con le spalle esili adagiate su un poggiatesta di gomma e le mani abbandonate lungo i fianchi ricordava un angelo di neve. Osservai LaManche.

«*Secouée*», non disse nient'altro. Scossa.

In fondo alla stanza Nathalie Ayers si occupava di un'altra autopsia e Lisa stava sollevando lo sterno di un ragazzo. Confusi nella massa dei capelli ricci, gli occhi sporgevano gonfi e violacei e un forellino scuro si apriva nella tempia destra. Suicidio. Nathalie era una patologa da poco in forze all'LML, e non si occupava ancora dei casi di omicidio.

Daniel posò il bisturi che stava affilando. «Ha bisogno delle ossa di Saint-Lambert?»

«*S'il vous plaît*. Vado alla numero 4?»

Annuì e scomparve verso l'obitorio.

L'autopsia di quello scheletro richiese diverse ore e confermò la mia impressione iniziale: si trattava di un essere umano, più precisamente di una donna bianca sui trent'anni. Non avevo trovato molti tessuti molli ma le ossa erano in buono stato e avevano conservato un po' di materia grassa. Era morta da due a cinque anni prima. L'unica particolarità era un arco della quinta vertebra lombare non saldato. Senza la testa l'identificazione sarebbe stata molto difficile.

Chiesi a Daniel di lavare le ossa e di trasferirle al laboratorio di istologia e tornai in ufficio. I foglietti rosa erano aumentati. Telefonai a Ryan per riferirgli le mie conclusioni. Stava già lavorando sulle persone scomparse con la polizia di Saint-Lambert.

Una delle telefonate era di Aaron Calvert, da Norman, in

Oklahoma. Era del giorno precedente. Lo richiamai ma una voce mellifllua mi informò che in quel momento era fuori ufficio, assicurandomi che era desolata ma che gli avrebbe lasciato il mio messaggio. Professionalmente stucchevole. Misi da parte gli altri foglietti e andai da Lucie Dumont.

L'ufficio di Lucie era stipato fino all'inverosimile di terminali, monitor, stampanti e aggeggi informatici di ogni tipo; i cavi si arrampicavano sulle pareti e scomparivano nella controsoffittatura, oppure correvano lungo il pavimento raccolti in fasci; pile di tabulati giacevano dimenticate sugli scaffali e dentro gli armadi.

La scrivania di Lucie era rivolta verso la porta; alle spalle aveva una serie di armadi e di periferiche hardware disposte a ferro di cavallo e lei lavorava spostandosi da una stazione di lavoro all'altra spingendo la sedia con i piedi. Per me Lucie era la sagoma di una testa circondata dall'alone verdino dello schermo. Mi capitava raramente di vederla in faccia.

Quel giorno il ferro di cavallo ospitava cinque giapponesi in giacca e cravatta. Circondavano Lucie stando quasi sull'attenti e annuendo con gravità mentre lei indicava qualcosa su un terminale spiegandone il significato. Maledissi il mio pessimo tempismo e andai al laboratorio di istologia.

Lo scheletro di Saint-Lambert era già arrivato. Come già per Isabelle Gagnon e Chantale Trottier, procedetti all'analisi dei tagli sulle ossa. Descrissi, misurai e rilevai la posizione di ogni segno e presi le impronte degli pseudoinizi. Anche lì, i taglietti a V e i solchi a U indicavano con molta probabilità l'utilizzo di un coltello e di una sega. Il microscopio aveva rivelato particolari simili e una localizzazione dei tagli pressoché identica a quella dei casi precedenti.

Le mani erano state segate all'altezza dei polsi, mentre gli arti erano stati disarticolati e staccati. L'addome era stato squarciato lungo la linea mediana con un taglio che aveva lasciato dei segni sulla colonna vertebrale. Nonostante la mancanza del cranio e delle prime vertebre, i segni sulla sesta cervicale indicavano che era stata decapitata all'altezza della gola. L'assassino non si era smentito.

Riposi le ossa, raccolsi i miei appunti e tornai in ufficio, passando prima da Lucie. I giapponesi in giacca e cravatta erano scomparsi, e lei con loro. Attaccai un post-it al suo terminale pensando che forse le stavo fornendo una buona scusa per sganciarsi dai samurai.

Durante la mia assenza Calvert aveva richiamato. Ovviamente. Mentre componevo il suo numero Lucie fece capolino alla mia porta, le mani intrecciate davanti a sé.

«Mi ha lasciato un messaggio, dottoressa Brennan?» domandò accennando un sorriso. Non parlava una parola d'inglese.

Era una donna sottile, con la carnagione pallida e capelli cortissimi che evidenziavano la forma della testa. Il taglio a spazzola esagerava le dimensioni degli occhiali, facendola sembrare una modella per montature oversize.

«Sì, Lucie, grazie per essere passata», risposi, alzandomi per liberare un posto.

Scivolò a sedere e incastrò entrambi i piedi dietro una gamba della sedia. Mi ricordò un gatto che si accoccola su un cuscino.

«È toccato a lei il privilegio degli onori di casa?»

Sorrise ma il viso rimase inespressivo.

«I signori giapponesi...»

«Ah, sì. Vengono da un laboratorio della Scientifica di Kobe, sono quasi tutti dei chimici. Non mi è dispiaciuto.»

«Non sono sicura che lei mi possa aiutare, ma vorrei esporle comunque il mio problema», esordii.

Puntò le lenti sulla fila di teschi che tenevo su una mensola dietro la scrivania.

«Mi servono per i confronti», spiegai.

«Sono veri?»

«Sì, sono veri.»

Distolse lo sguardo e potei vedere una versione distorta di me stessa riflessa sulle sue lenti rosa. Gli angoli della bocca si sollevarono per un istante. I suoi sorrisi erano intermittenti come la luce di una lampadina avvitata male. Mi fece pensare alla mia torcia durante la gita nel bosco.

Le spiegai ciò di cui avevo bisogno. Quando ebbi finito, si diede qualche colpetto in testa e guardò verso l'alto, come se la risposta dovesse venirle dal soffitto. Rifletté per un po' mentre io ascoltavo il ronzio di una stampante provenire dal corridoio.

«Le posso anticipare che non troverò niente che risale a prima del 1985.» Sorriso.

«Mi rendo conto che è una richiesta un po' insolita, ma veda lei quello che può fare.»

«Anche i casi di Québec?»

«No, per il momento mi interessano solo quelli dell'LML.»

Annuì, sorrise e se ne andò. Come se avesse ricevuto un segnale, il telefono squillò. Ryan.

«Che mi dice di qualcuno più giovane?»

«Quanto più giovane?»

«Diciassette.»

«No.»

«Qualcuno con una specie di...»

«No.»

Silenzio.

«Ne ho una di sessantasette anni.»

«Senta Ryan, quella donna non era nell'età dei brufoli né in quella della menopausa.»

Continuò imperterrito. «E se le ossa fossero in condizioni... ho letto che...»

«Ryan, aveva tra i venticinque e i trentacinque anni.»

«D'accordo.»

«Probabilmente è scomparsa fra il 1989 e il 1992.»

«Me l'ha già detto.»

«Ah, sì. Un'altra cosa. Con tutta probabilità aveva avuto dei figli.»

«Come?»

«Ho riscontrato alcune depressioni all'interno delle ossa pubiche. Deve cercare una madre.»

«Grazie.»

Non feci in tempo a comporre un numero che il telefono squillò di nuovo.

«Ryan, le ho...»

«Mamma, sono io.»

«Oh, ciao piccola. Come stai?»

«Bene, mamma.» Pausa. «Sei arrabbiata per la telefonata dell'altra sera?»

«No, Katy, perché dovrei essere arrabbiata? Sono solo preoccupata per te.»

Lunga pausa.

«Allora... che mi racconti? L'altro giorno non abbiamo neanche avuto il tempo di parlare delle tue vacanze.» Volevo chiacchierare di tante cose, ma lasciai che fosse lei a decidere.

«Nessuna novità. Charlotte è noiosa come al solito. Non c'è mai niente da fare.»

Bene. Una dose di negatività adolescenziale. Proprio quello che mi mancava. Cercai di non trasmetterle la mia irritazione.

«Come va il lavoro?»

«Bene. Le mance sono buone. Ieri sera ho fatto novantaquattro dollari.»

«Ottimo.»

«Sto facendo un sacco di ore.»

«Bene.»

«Comunque voglio licenziarmi.»

Aspettai.

Aspettò anche lei.

«Katy, quei soldi ti servono per la scuola.» Katy, non buttare via la tua vita.

«Te l'ho già detto, mamma. Per il momento non voglio tornare a scuola. Sto pensando di prendermi un anno di pausa e di mettermi a lavorare.»

Rieccoci. Sospettavo già qualcosa di simile e mi ero preparata un'offensiva.

«Ne avevamo parlato, piccola. Se non ti trovi bene alla University of Virginia, puoi provare alla McGill. Perché non vieni qui per un paio di settimane, così fai un po' di vacanza e intanto ne parliamo?» In fretta, mamma. «Potrebbe essere una cosa carina. Cerco di ritagliarmi un po' di tempo libero anch'io e magari andiamo fino alle Maritimes, o a fare un giro in Nova Scotia.» Gesù, che cosa stavo dicendo? Come avrei fatto a mantenere quelle promesse? Pazienza. Mia figlia aveva la precedenza su tutto.

Non rispose.

«Non hai problemi di voti, vero?»

«No, no, è tutto a posto.»

«Allora il trasferimento è possibile. Potremmo...»

«Voglio andare in Europa.»

«In Europa?»

«In Italia.»

«In Italia?»

Non ci volle molto per mettere insieme le cose.

«È là che sta giocando Max, vero?»
«Sì.» Si era messa sulla difensiva. «E allora?»
«E allora?»
«Gli danno un sacco di soldi, molto più di quanto prendeva negli Hornets.»
Non replicai.
«E una casa.»
Silenzio.
«E una macchina. Una Ferrari.»
Silenzio.
«Esentasse.» Stava diventando provocatoria.
«Per Max questo è fantastico, Katy. Fa una cosa che gli piace e in più lo pagano. Ma per te?»
«Max vuole che vada là.»
«Max ha ventiquattro anni e una laurea. Tu ne hai diciannove e hai fatto solo un anno di università.»
Non riuscii a dissimulare l'irritazione.
«Tu ti sei sposata a diciannove anni.»
«Sposata?» Lo stomaco mi si attorcigliò tre volte.
«Non puoi dire che non è vero.»
Infatti era vero. Non sapevo cosa rispondere: ero preoccupata per lei ma al contempo mi rendevo conto che non potevo fare nulla.
«L'ho detto così per dire. Non abbiamo veramente intenzione di sposarci.»
Rimanemmo in silenzio per un'eternità ad ascoltare l'etere fra Montréal e Charlotte.
«Katy, terrai conto del mio invito?»
«Va bene, mamma.»
«Promettimi che non farai niente senza prima parlarne con me?»
Silenzio.
«Katy?»
«Sì, mamma?»
«Ti voglio bene, piccola.»
«Anch'io ti voglio bene.»
«Saluta tuo padre da parte mia.»
«D'accordo.»
Riagganciai, piuttosto provata. E adesso cosa sarebbe successo?

Le ossa erano decisamente più facili da capire dei figli. Mi versai un caffè e composi un numero.

«Il dottor Calvert, per favore.»

«Posso sapere con chi sto parlando?» Risposi. «Attenda un secondo, grazie.» Ero stata messa in attesa.

«Tempe, come stai? Passi più tempo tu al telefono di una centralinista. Parlarti è davvero un'impresa.» Doveva aver tentato a tutte le ore.

«Sono desolata, Aaron. Mia figlia vuole lasciare la scuola per seguire un giocatore di basket.» Non ero riuscita a trattenermi.

«Sa giocare a sinistra e tirare da tre?»

«Suppongo di sì.»

«Lasciala andare.»

«Molto divertente.»

«Non c'è niente di divertente in uno che sa giocare a sinistra e tirare da tre. Sono solo tanti soldi in banca.»

«Aaron, ho un altro smembramento.» In passato avevo già chiamato Aaron per altri casi. Capitava piuttosto spesso che ci sentissimo per uno scambio di idee.

Risatina. «Lassù non avete tante pistole ma di sicuro vi piace molto tagliare.»

«Sì, penso che questo squilibrato ne abbia fatte a pezzi diverse. Sono tutte donne, ma a parte questo i casi non sembrano avere altri elementi in comune. Eccetto i segni delle ferite. Sono l'elemento più importante.»

«Serial killer o strage?»

«Serial killer.»

Si prese qualche secondo per digerire l'informazione. «Va bene, dimmi tutto.»

Cominciai a descrivergli le intaccature e i margini dei tagli sulle ossa del braccio. Di tanto in tanto mi interrompeva per farmi una domanda, o per invitarmi a parlare più adagio. Lo immaginai, magro e allampanato, prendere appunti su un pezzo di carta riciclata, impegnato a utilizzare ogni millimetro di spazio. Aveva solo quarantadue anni ma il viso cupo e gli occhi neri da cherokee lo facevano sembrare un novantenne. La sua ironia era asciutta come il deserto del Gobi, e il suo cuore altrettanto grande.

«Ci sono pseudoinizi molto profondi?» mi domandò in tono molto professionale.

«No, sono tutti piuttosto superficiali.»

«Gli armonici sono nitidi?»

«Molto.»

«Mi hai detto che nelle intaccature si riconosce la deriva della lama, vero?»

«Hm... sì.»

«Hai misurato bene la distanza fra i denti?»

«Sì. In alcuni punti i graffi e le isole erano molto chiari.»

«In genere il pavimento era piuttosto piatto, vero?»

«Già. Si vede molto bene dalle impronte.»

«E c'era una scheggiatura all'uscita», bofonchiò tra sé e sé, più che rivolgermi una domanda.

«Consistente.»

Seguì una lunga pausa durante la quale ordinò le informazioni ricevute valutando le diverse possibilità. Aspettai osservando le persone che passavano davanti alla mia porta. I telefoni squillavano. Le stampanti si animavano, ronzavano, poi tornavano a tacere. Feci ruotare la sedia e guardai fuori. Il traffico scorreva sul Jacques-Cartier; Ford e Toyota avevano dimensioni lillipuziane. I minuti passavano. Infine...

«Sto lavorando al buio, Tempe. Non so come tu sia riuscita a farmi fare questo, comunque ci siamo.»

Riportai la sedia di fronte alla scrivania e appoggiai i gomiti sul ripiano.

«Scommetto quello che vuoi che non è una sega elettrica. Sembra piuttosto una di quelle seghe manuali speciali. Forse un tipo di sega da cucina.»

Bene! Battei un colpo sul ripiano, sollevai un pugno chiuso e lo abbassai bruscamente in segno di vittoria. I foglietti rosa svolazzarono per un istante poi planarono sulla scrivania.

Aaron proseguì, ignaro del mio teatrino. «Le intaccature sono troppo ampie per derivare da un seghetto ad arco o da un coltello a serramanico. Inoltre sembra che i denti siano troppo inclinati. Con quel tipo di pavimento, poi, dubito proprio che si possa parlare di tagli trasversali. Direi invece che sono colpi di scalpello. Tenuto conto di tutto ciò, e con tutte le riserve del caso, qualcosa mi dice che si tratta di una sega per carne o una di quelle usate dai cuochi.»

«E com'è fatta?»

«È una specie di grande seghetto per metalli. I denti sono molto larghi per evitare che grippi. Ecco perché a volte negli pseudoinizi si formano le isole di cui mi hai parlato. In genere c'è molta deriva anche se la lama penetra facilmente nell'osso e taglia in modo netto. Sono seghe piccole ma molto efficaci. Tagliano tutto: osso, cartilagine, legamenti...»

«Qualche altro elemento utile?»

«Be', tieni conto che è sempre possibile che qualche particolare non coincida. Sai, le seghe non leggono i libri. Così su due piedi non mi viene in mente nient'altro che corrisponda alla descrizione che mi hai fatto.»

«Sei stato meraviglioso. Era proprio ciò a cui avevo pensato io ma volevo una conferma. Aaron, non sai quanto è importante per me ciò che mi hai appena detto.»

«Ah...»

«Vuoi vedere i calchi e le fotografie?»

«Sì, certo.»

«Ti mando tutto domani.»

Da sempre Aaron catalogava relazioni e fotografie dei segni lasciati sulle ossa da ogni tipo di sega, per poi passare ore a scervellarsi sui casi che arrivavano al suo laboratorio da tutto il mondo.

Mi accorsi che aveva preso fiato e capii che voleva aggiungere qualcosa. Aspettai e intanto recuperai i foglietti sparsi sulla scrivania.

«Hai detto che le uniche ossa mozzate sono quelle dell'avambraccio, no?»

«Sì.»

«Altrimenti ha sempre agito sull'articolazione?»

«Sì.»

«Con precisione?»

«Decisamente.»

«Hm...»

Smisi di raccogliere i foglietti. «Perché?»

«No, niente...» mi rispose, fingendo indifferenza.

«Quando fai "hm" in quel modo immagino signifchi qualcosa.»

«Solo un'interessante associazione.»
«E cioè?»
«Questo tizio usa una sega per cuochi. E pare che faccia a pezzi i cadaveri con grande cognizione di causa: sa cosa cercare e come arrivarci. E lo fa sempre nello stesso modo.»
«Già. Avevo pensato anche a questo.»
Passarono alcuni secondi.
«Però mozza solo le mani. E di questo che cosa mi dici?»
«Questa è una domanda da fare agli psicologi, dottoressa Brennan, non a un esperto di tagli.»
Concordai e cambiai argomento. «Come stanno le ragazze?»
Aaron non si era mai sposato e, benché lo conoscessi da vent'anni, ero sicura di non averlo mai visto uscire con una donna. La sua unica, grande passione erano i cavalli. Da Oklahoma City a Louisville, passando per Tulsa e Chicago, si spostava dove lo portava il circuito delle corse sulla breve distanza.
«Sono piuttosto su di giri. Ho spuntato uno stallone a un'asta. E da allora le signore sembrano tornate puledrine.»
Scambiammo qualche chiacchiera sulla nostra vita e sugli amici comuni, poi prendemmo accordi per andare insieme al meeting dell'Accademia in febbraio.
«Allora buona fortuna con quel tizio, Tempe.»
«Grazie.»
Il mio orologio segnava le quattro e quaranta. Ancora una volta mi ritrovai immersa nel silenzio. Il trillo del telefono mi fece trasalire.
Troppo caffè, pensai.
Mentre accostavo il ricevitore all'orecchio, mi accorsi che era ancora tiepido.
«Ti ho vista l'altra notte.»
«Gabby?»
«Non provarci più, Tempe.»
«Gabby, dove sei?»
«Non fai altro che peggiorare la situazione.»
«Maledizione, Gabby, non fare la furba con me! Dove sei? Cosa sta succedendo?»
«Lascia perdere. Per il momento non possiamo incontrarci.»
Non riuscivo a credere che si stesse comportando così ancora una volta. Mi sentii invadere dalla collera.

«Stai alla larga, Tempe, stammi lontana. Stai lontana dalla mia...»

La sua egocentrica maleducazione diede fuoco alla miccia della mia collera. Nutrita dall'arroganza di Claudel, dalla ferocia di un assassino psicopatico, dalla giovanile follia di Katy, esplose con la furia di una vampata e finì per travolgere Gabby.

«Chi diavolo ti credi di essere?» urlai nella cornetta con voce tremante, stringendola quasi al punto di rompere la plastica. Poi continuai il mio delirio.

«Ti lascio stare! Va bene, ti lascio stare! Non capisco in che pasticcio ti sei ficcata, Gabby, ma non mi importa! Non me ne frega niente! Gioco, set, partita, tutto finito! Non ho intenzione di farmi intrappolare nella tua schizofrenia! Di farmi coinvolgere dalle tue paranoie! E non intendo, ripeto, non intendo, giocare all'angelo vendicatore con sua altezza la principessa dell'esaurimento!»

Ero agitatissima, ansimavo, e sentii gli occhi riempirsi di lacrime. Tempe era anche questo.

Dall'altro capo del filo mi venne un segnale di linea libera.

Sedetti immobile per un momento, senza pensare a nulla. Ero stordita.

Con calma riagganciai il ricevitore. Chiusi gli occhi. Mi venne in mente una canzone e con voce bassa e gutturale ne intonai il ritornello.

21

La pioggia tamburellava con insistenza contro le finestre. Sentivo le ruote delle prime automobili sibilare sull'asfalto bagnato. Le sei. Per la terza volta in tre giorni vedevo albeggiare. Se è vero che non amo dormire fino a tardi, non per questo mi piace alzarmi quando canta il gallo. Eppure quella mattina, dopo undici ore di sonno, continuavo a rigirarmi nel letto perfettamente sveglia, anche se tutt'altro che riposata.

La sera prima ero rientrata subito dopo la telefonata di Gabby e mi ero organizzata un festino gastronomico gentilmente offerto dal fast-food dietro l'angolo: pollo fritto, purè di patate liofilizzato condito con salsa sintetica, crema di mais e torta di mele industriale. Poi un bagno caldo e la meticolosa – quanto inutile – pulizia della ferita sulla guancia: nonostante gli sforzi, infatti, continuavo a sembrare una che aveva conosciuto l'asfalto molto da vicino. Verso le sette avevo sintonizzato il televisore su una partita degli Expos cadendo addormentata durante il riepilogo finale dell'incontro.

Accesi il computer: sei del mattino o sei del pomeriggio, lui era sempre all'erta e pronto all'azione. Attraverso il servizio e-mail della McGill inviai un messaggio a Katy sul mio server alla UNC, a Charlotte. Lo avrebbe potuto leggere direttamente dalla sua camera con il portatile e il modem, e avrebbe anche potuto rispondermi. Magia di Internet.

Il cursore pulsava sullo schermo, comunicandomi con insistenza che il nuovo documento era vuoto. Aveva ragione. Ma anche la tabella che avevo impostato sul foglio di carta aveva solo colonne e nessun contenuto. Quando l'avevo iniziata? Il giorno della parata. Era trascorsa solo una settimana, e sembravano anni. Era il 30 giugno, quattro settimane dopo la scoperta del corpo di Isabelle Gagnon, una settimana dopo l'assassinio di Margaret Adkins.

E in quell'arco di tempo quali risultati avevamo ottenuto, a parte il ritrovamento di un altro cadavere? Il periodo di sorveglianza in Rue Berger aveva confermato che nell'appartamento non era più rientrato nessuno. Una vera sorpresa. La perquisizione si era risolta in un niente di fatto. Saint-Jacques non poteva essere identificato per mancanza di dati concreti. L'ultimo cadavere non aveva ancora un nome. Claudel continuava a non ammettere che i casi erano legati. Ryan mi considerava una persona "intraprendente". Felice giornata.

Tornai alla tabella e cominciai a espandere le colonne. Caratteristiche fisiche. Coordinate geografiche. Abitazione. Lavoro. Amici. Famigliari. Data di nascita. Data del ritrovamento. Orari. Luoghi. Cercai di inserire tutti gli elementi che ritenevo utili a un eventuale collegamento. All'estrema sinistra digitai quattro nomi su altrettante righe: Adkins, Gagnon, Trottier, *Inconnue*, quest'ultimo da sostituirsi quando fossimo riusciti a identificare le ossa di Saint-Lambert. Alle sette e mezzo chiusi il file, spensi il portatile e mi preparai per uscire.

Mentre andavo a lavorare mi ritrovai bloccata nel traffico e quindi decisi di infilarmi nel tunnel Ville-Marie. Il cielo era plumbeo per i nuvoloni carichi di pioggia e la città era intrappolata in un'atmosfera livida e cupa. Sulle strade un manto bagnato e lucente rifletteva le luci delle automobili in coda.

I tergicristalli ripetevano un monotono ritornello continuando a disegnare sul parabrezza due identici ventagli e costringendomi a fare acrobazie con la testa per trovare qualche centimetro di vetro nitido fra le striature della pioggia. È tempo per un nuovo paio di tergicristalli, mi dissi, già sapendo che non li avrei cambiati. Impiegai una buona mezz'ora per raggiungere il laboratorio.

Avevo intenzione, non appena arrivata in ufficio, di esaminare subito i fascicoli delle vittime per ricavarne informazioni utili da inserire nella mia tabella. Invece sulla scrivania trovai due richieste. La prima riguardava un lattante maschio trovato in un parco cittadino, il corpicino imprigionato fra le rocce di un ruscello. Secondo la nota di LaManche, a parte i tessuti disidratati e gli organi interni non riconoscibili, il cadavere era ben conservato. Voleva un mio parere sull'età del piccolo. Non mi ci sarebbe voluto molto.

Diedi un'occhiata al rapporto di polizia allegato al secondo modulo. «*Ossements trouvés dans un bois.*» Ossa trovate in un bosco. Un classico del mio lavoro. Potevano appartenere a un corpo fatto a pezzi come a un gatto morto.

Dopo aver chiamato Denis per le radiografie del bambino, scesi a controllare le ossa. Lisa mi portò una scatola di cartone dall'obitorio e la mise sul tavolo.

«*C'est tout?*»

«*C'est tout.*» È tutto.

Mi infilai un paio di guanti e dalla scatola estrassi tre zolle da cui spuntavano delle ossa. Tentai di sgretolare la terra ma era dura come il cemento.

«Faccia fare foto e radiografie, poi le immerga in acqua. Usi dei separatori per tenere le varie porzioni divise. Torno dopo la riunione.»

Ogni mattina i quattro patologi dell'LML si riuniscono con LaManche per discutere i casi e per ricevere l'assegnazione delle nuove autopsie. Nei giorni in cui sono presente, partecipo anch'io. Salii nell'ufficio di LaManche e trovai quest'ultimo, Nathalie Ayers, Jean Pelletier e Marc Bergeron seduti intorno al piccolo tavolo da riunione. Avevo già letto la bacheca con gli ordini di servizio e quindi sapevo che Marcel Morin era in tribunale e che Emily Santangelo aveva preso un giorno di congedo.

Si spostarono per farmi spazio e io potei inserire la mia sedia nel cerchio, quindi ci scambiammo i rituali *Bonjour* e *Comment ça va*.

«Qual buon vento ti porta tra noi di giovedì, Marc?» domandai.

«Domani è festa.»

L'avevo completamente dimenticato. Era la festa nazionale.

«Vai alla parata?» mi domandò Pelletier, impassibile. Parlava un francese infarcito di tutte le insidie dell'entroterra *québecois* e per me decifrare le sue parole era un vero problema. I primi tempi non afferravo niente di quello che diceva e quindi mi perdevo anche tutte le sue battute. Dopo quattro anni, comunque, riuscivo a capire quasi tutto. Quella mattina dunque non ebbi problemi a interpretare il suo umorismo.

«Penso che questa la salterò.»

«Ma potresti sempre farti truccare in un banchetto per strada. Sarebbe più semplice, no?»

Risatine.

«Oppure potresti farti fare un tatuaggio. Forse è meno doloroso.»

«Molto divertente.»

«Cosa ho detto?» Finto stupore, sopracciglia inarcate, spalle sollevate, sigaretta senza filtro tra le dita ingiallite e inspirò profondamente. Qualcuno mi aveva detto che Pelletier non era mai stato fuori dal Québec. Aveva sessantaquattro anni.

«Oggi abbiamo solo tre autopsie», cominciò LaManche distribuendo l'elenco dei casi del giorno.

«Calma prefestiva», commentò Pelletier, prendendo il suo tabulato. Quando parlava emetteva un impercettibile rumore di dentiera. «Ma le cose miglioreranno.»

«Già.» LaManche impugnò il suo pennarello rosso. «Se non altro la temperatura è fresca. E questo aiuta.»

Lesse il mesto ordine di servizio fornendo informazioni aggiuntive per ogni caso. Un suicidio con il monossido di carbonio. Un vecchio trovato morto nel suo letto. Il cadavere di un lattante gettato in un parco.

«Il suicidio sembra piuttosto semplice.» LaManche scorse il rapporto di polizia. «Maschio bianco... ventidue anni... trovato al volante dell'auto nel suo garage... serbatoio vuoto, chiavi inserite, motorino di avviamento acceso.»

Sparpagliò alcune Polaroid sul tavolo. Mostravano una Ford blu scura al centro di un box. Un segmento di tubo flessibile del tipo utilizzato per la ventilazione delle lavasciuga collegava l'abitacolo con il tubo di scappamento attraverso il finestrino posteriore destro. LaManche proseguì la lettura.

«Soffriva di depressione... *Note d'adieu.*» Guardò Nathalie.

«Se ne occupa lei, dottoressa Ayers?»

La patologa annuì e prese la documentazione. LaManche scrisse in rosso *AY* sul suo elenco e passò al gruppo di moduli successivi.

«Il numero 26742 è un maschio bianco... settantotto anni... diabetico sotto controllo medico.» Lesse mentalmente il rapporto riassuntivo ricavandone le informazioni salienti. «Non lo si è visto per alcuni giorni... l'ha trovato la sorella... non presenta segni di traumi.» Scorse il rapporto per alcuni secondi. «È curioso che dal momento del ritrovamento alla chiamata dei soccorsi sia passato un certo lasso di tempo. Pare che la signora abbia prima voluto fare un po' di pulizie.» Alzò lo sguardo. «Lo fa lei, dottor Pelletier?»

Pelletier alzò le spalle e tese la mano. LaManche aggiunse la sigla *PE* sul suo elenco e gli passò i moduli insieme a un sacchetto di plastica colmo di ricette e di farmaci da banco. Pelletier prese tutto il materiale commentando con una battuta che io non udii.

Stavo osservando le Polaroid allegate al caso del bambino. Erano state scattate da diverse angolazioni e mostravano un ruscello poco profondo attraversato da un ponticello ad arco. Fra le rocce giaceva un corpicino con i muscoli raggrinziti e la pelle ingiallita come una vecchia pergamena. Un ciuffo di capelli sottili fluttuava intorno alla testa, un altro sulle palpebre bluastre. Le dita erano tese e aperte, come se cercassero aiuto, o un appiglio. Era nudo e infilato per metà in un sacco di plastica verde scuro. Sembrava un faraone in miniatura, scoperto e gettato via nel suo misero sarcofago. Cominciavo a nutrire una forte avversione per i sacchi di plastica.

Rimisi le foto sul tavolo e ripresi a seguire LaManche. Aveva concluso il suo riassunto e stava segnando la sigla *LA* sull'elenco. Avrebbe eseguito lui stesso l'autopsia del piccolo mentre io ne avrei stabilito l'età in base allo sviluppo dello scheletro. Bergeron si sarebbe occupato dei denti. Generici cenni di assenso. Non dovendo discutere altri casi, la riunione fu sciolta.

Mi versai un caffè e tornai in ufficio. Sulla scrivania trovai una grande busta marrone. La aprii e disposi le prime radiografie del bambino sul diafanoscopio. Estrassi un modulo da un cassetto e iniziai il mio esame. In entrambe le mani erano presenti solo due ossa del carpo. I cappucci alle estremità delle ossa metarcarpali non erano ancora formati. Passai agli avambracci e rilevai che mancavano entrambe le estremità distali del radio. Conclusi l'analisi della parte superiore del corpo spuntando sul modulo dell'inventario gli elementi ossei presenti e annotando quelli non ancora formati. Ripetei la procedura per la parte inferiore ricontrollando più volte le radiografie per maggior sicurezza. Il caffè ormai era diventato freddo.

Alla nascita, lo scheletro dei neonati non è ancora completo. Alcune ossa, per esempio quelle del carpo, sono assenti e si sviluppano dopo mesi, addirittura dopo anni. Altre ossa invece non presentano le creste e le protuberanze tipiche della loro forma definitiva. Le parti mancanti compaiono in momenti successivi e prestabiliti, consentendo in questo modo la stima precisa dell'età dei bambini piccoli. Quello aveva vissuto solo sette mesi.

Riassunsi le mie conclusioni su un altro modulo, inserii la documentazione in una cartellina gialla e deposi il tutto fra il materiale per la segreteria. Le impiegate avrebbero perfezionato il francese, dattiloscritto la relazione nel formato da me indicato, fotocopiato e allegato i grafici e la documentazione relativa, infine mi avrebbero rimandato il tutto. Andai a riferire i risultati del mio esame a LaManche e poi tornai alle zolle.

La terra non si era ancora sciolta del tutto ma si era ammorbidita abbastanza da consentirmi il recupero delle ossa. Dopo un quarto d'ora di lavoro le zolle restituirono otto vertebre, sette frammenti di ossa lunghe e tre porzioni di bacino. Su tutte riscontrai segni di smembramento. Le lavai, rimisi tutto in ordine e scrissi qualche appunto. Dopo una trentina di minuti chiesi a Lisa di fotografare gli scheletri parziali delle tre vittime – due cervi dalla coda bianca e un cane di media taglia – quindi tornai di sopra. Compilai un ennesimo modulo e deposi la nuova cartellina sulla precedente. Incredibile ma vero: non si trattava di un problema forense.

Lucie mi aveva lasciato un messaggio sulla scrivania. La trovai nel suo ufficio, schiena rivolta alla porta. Dal movimento della testa intuii che continuava a spostare lo sguardo dal terminale a un fascicolo aperto, digitando con una mano e scorrendo le varie voci con l'indice dell'altra.

«Ho trovato il suo messaggio», le dissi.

Sollevò il dito, digitò qualche altra lettera e infilò un righello nel fascicolo. Ruotò sulla sedia e pattinò verso la scrivania.

«Ho recuperato quanto mi aveva chiesto. Più o meno.»

Frugò tra una pila di fogli, poi in un'altra, infine tornò alla prima e decise di cercare con più calma. Ne estrasse un fascicoletto pinzato a un angolo che mi passò dopo averlo analizzato brevemente.

«Prima dell'88 non c'è niente.»

Sfogliai le pagine incredula. Com'era possibile che fossero così tanti?

«Ho cominciato utilizzando "smembramento" come parola chiave e ho ottenuto il primo elenco di casi, quello lungo. Comprende le persone finite sotto un treno o mutilate dai macchinari. Però ho pensato che per lei non fosse di grande interesse.»

Infatti. Quell'elenco sembrava includere tutti quei casi in cui, al momento della morte o poco prima, un braccio, una gamba o un dito avevano subito un trauma molto grave.

«Allora ho aggiunto "intenzionale" per limitare la selezione ai casi in cui lo smembramento è stato effettuato di proposito.»

La guardai.

«Ma non ho ottenuto nulla.»

«Nulla?»

«Già. Ma questo non significa che non se ne siano verificati.»

«Non capisco.»

«Intendo dire che non sono stata io a inserire questi dati. Forse lei non sa che nel corso degli ultimi due anni abbiamo ottenuto un finanziamento straordinario per assumere dei lavoratori part-time che ci aiutino a inserire i dati d'archivio in modo che siano disponibili in rete nel più breve tempo possibile.» Sospirò con rassegnazione e scosse la testa. «Il ministero ha rinviato per anni il processo di informatizzazione, ma pare che adesso invece si aspetti che tutto sia aggiornato dalla sera alla mattina. Comunque sia, questi nuovi impiegati ricevono dei codici standard per l'archiviazione delle informazioni di base: data di nascita, data del decesso, causa del decesso e così via. Tuttavia, per i dati che non rientrano nelle categorie di base o che ricorrono di rado, agiscono di testa loro. In altre parole si devono inventare dei codici.»

«Come nel caso degli smembramenti?»

«Appunto. Per qualcuno potrebbe trattarsi di un'amputazione, per altri di una disarticolazione; in genere quasi tutti utilizzano lo stesso termine che compare nel rapporto stilato dal patologo. Ma potrebbero anche inserirli sotto "tagliare", oppure sotto "segare".»

Riguardai l'elenco, profondamente scoraggiata.

«Ho provato con questi termini, e con altri ancora. Niente da fare.»

Grazie per avermelo detto.

«La parola "mutilazione" ha fornito l'altro elenco.» Aspettò che voltassi pagina. «Questo è ancora più lungo di quello ottenuto con "smembramento".»

«Poi ho riprovato "smembramento" associato a "postmortem", per selezionare i casi in cui...» voltò le mani all'insù fingendo di grattare l'aria con le dita, come se da lì cercasse di ricavare la parola giusta, «... il fatto si è verificato dopo la morte.»

Sollevai lo sguardo, speranzosa.

«L'unico caso che ho trovato è stato il tizio a cui hanno mozzato il pisello.»

«I computer prendono tutto alla lettera.»

«Eh?»

«Non importa.» Un'altra battuta caduta nel vuoto.

«Poi ho provato "mutilazione" insieme a "postmortem" e...» Raccolse il tabulato dalla scrivania e me lo mostrò. «... Centra! È così che dite, vero?»

«Centro.»

«Centro! Penso che qui potrà trovare quello che stava cercando. Non tenga conto di alcune voci, come quelle storie di droga in cui hanno usato l'acido...» Mi indicò alcune righe che aveva cancellato con la matita. «Quei casi forse non le interessano.»

Annuii assente, catturata dalla pagina numero tre. Vi figuravano dodici casi, tre dei quali cancellati con una riga.

«Ma gli altri magari possono esserle utili.»

Non l'ascoltavo quasi più. Il mio sguardo aveva continuato a scorrere l'elenco per poi rimanere inchiodato al sesto nome. Improvvisamente mi sentii a disagio. Volevo tornare in ufficio.

«Lucie, tutto questo è fantastico», dissi. «È più di quanto osassi sperare.»

«Ha trovato qualcosa di utile?»

«Sì, credo di sì», risposi cercando di essere disinvolta.

«Vuole che richiami questi casi dal terminale?»

«No, grazie. Darò un'occhiata a questo elenco e poi credo che andrò a prendere i dossier completi.» Fa' che mi sbagli su questo caso, pregai fra me e me.

«*Bien sûr.*»

Si tolse gli occhiali e si pulì le lenti con l'orlo della felpa. Senza gli occhiali sembrava che le mancasse qualcosa, che non fosse completa.

«Mi faccia sapere qualcosa», si raccomandò dopo essersi rimessa i fanali rosa.

«Ma certo. Se ci sono novità glielo farò sapere.»

Mentre mi allontanavo sentii le ruote della sua sedia scivolare sulle mattonelle.

Raggiunto il mio ufficio, appoggiai il tabulato sulla scrivania e cominciai a studiare l'elenco. Non riuscivo a distogliere lo sguardo da quel nome. Francine Morisette-Champoux. Francine Morisette-Champoux. Mi ero completamente dimenticata di quel caso. Calma, Brennan. Non trarre conclusioni affrettate.

Mi costrinsi a esaminare tutte le voci. C'erano Gagne e Valencia, una coppia di spacciatori con un pessimo senso degli affari. C'era Chantale Trottier. Riconobbi anche il nome della studentessa onduregna che studiava negli Stati Uniti. Il marito le aveva puntato una pistola in faccia e aveva premuto il grilletto, poi l'aveva portata in macchina dall'Ohio al Québec, le aveva mozzato le mani e ne aveva abbandonato il corpo quasi senza testa in un parco nazionale. Come gesto d'addio le aveva inciso le sue iniziali sui seni. Degli altri quattro casi non ricordavo nulla, e infatti risalivano a prima del 1990, cioè prima che io arrivassi a Montréal. Andai all'archivio centrale e cercai i loro dossier, insieme a quello di Francine Morisette-Champoux.

Impilai i raccoglitori secondo il numero dell'LML, e quindi in ordine cronologico. Li avrei esaminati in modo progressivo. Ma nel giro di un attimo avevo già cambiato idea e passai direttamente al dossier Morisette-Champoux: l'ansia di esaminare quel caso mi aveva fatto dimenticare qualsiasi proposito di sistematicità.

22

Francine Morisette-Champoux era stata massacrata e uccisa nel gennaio del 1993. Quella mattina un vicino l'aveva vista portare fuori il suo cockerino verso le dieci. Meno di due ore dopo il marito aveva trovato il suo corpo nella cucina della loro abitazione. Il cane era nel soggiorno. La testa non era mai stata ritrovata.

Pur non avendo partecipato alle indagini, ricordavo bene il caso. La collaborazione con il Laboratoire de Médecine Légale, cominciata proprio quell'inverno, mi portava a trascorrere a Montréal una settimana ogni mese e mezzo. All'epoca Pete e io eravamo ai ferri corti e così avevo accettato di rimanere in Québec per l'estate, convinta che una separazione di tre mesi potesse giovare al nostro matrimonio. Comunque... Mi resi conto che la brutalità dell'aggressione a Morisette-Champoux, che ai tempi mi aveva letteralmente sciocccata, continuava a turbarmi. Le foto della scena del delitto fecero riaffiorare tutte le emozioni legate a quel caso.

Era sdraiata sul pavimento, metà del corpo sotto un tavolo di legno, braccia e gambe aperte, le mutandine di cotone bianco calate sulle ginocchia. Era circondata da un lago di sangue che copriva il motivo geometrico del linoleum. Sulle pareti e sui pannelli frontali del piano di lavoro si distinguevano delle macchie scure. Non completamente inquadrate, le gambe di una sedia rovesciata sembravano puntate dritte verso di lei.

La pelle innaturalmente bianca risaltava sullo sfondo scarlatto. Una linea sottile come una matita le attraversava l'addome disegnando un sorriso stilizzato proprio sopra il pube. Da lì partiva uno squarcio che arrivava fino allo sterno e che lasciava vedere le viscere. All'apice del triangolo formato dalle gambe aperte spuntava il manico di un coltello da cucina. A un metro e mezzo di distanza, fra il lavandino e un mobile di servizio, giaceva la sua mano destra. La vittima aveva quarantasette anni.

«Gesù», sussurrai fra me e me.

Stavo esaminando il referto dell'autopsia quando Charbonneau comparve nello specchio della porta. Gli occhi iniettati di sangue e la totale mancanza di convenevoli mi fecero intuire che il suo umore non doveva essere dei migliori. Entrò senza chiedere permesso e si sedette sulla sedia di fronte alla mia scrivania.

Lo guardai e per un attimo provai un senso di smarrimento. Il passo pesante, la disinvoltura dei movimenti, la sua imponenza sollecitavano sensazioni che credevo dimenticate. O da cui credevo di essere stata dimenticata.

Per un istante mi sembrò di rivedere Pete, e la mente fece un balzo indietro nel tempo. Il suo corpo mi faceva l'effetto di un'ubriacatura. Non ho mai capito se fosse per il suo fisico o per il modo rilassato in cui si muoveva. Forse ero sedotta dalla fascinazione che lui provava nei miei confronti, e che mi era sempre sembrata autentica. Non riuscivo mai a sentirmi sazia di lui. Prima di conoscerlo mi capitava di avere fantasie sessuali articolate e anche piuttosto intriganti, ma dal momento in cui l'avevo visto sotto la pioggia di fronte alla biblioteca di giurisprudenza, lui era rimasto l'incontrastato protagonista delle mie divagazioni. Potrei riviverne una anche in questo momento, pensai. Gesù, Brennan, riprenditi. Torna immediatamente alla realtà.

Aspettai che Charbonneau prendesse la parola. Si stava fissando le mani.

«Il mio collega forse è un figlio di puttana.» Parlava in inglese. «Ma non è cattivo.»

Non risposi. Notai che i suoi pantaloni avevano dieci centimetri di orlo fatto a mano, e mi domandai se per caso non l'avesse cucito lui stesso.

«È che... vede, lui ha le sue idee. E non gli piace cambiarle.»

«Già.»

Evitava il mio sguardo. Mi sentivo a disagio.

«E allora?» lo incoraggiai.

Si appoggiò allo schienale e prese a tormentarsi l'unghia del pollice, continuando a non guardarmi negli occhi. Da una radio in corridoio la voce lontana di Roch Voisine cantava di una certa Hélène.

«Dice che ha intenzione di farle rapporto.» Abbandonò entrambe le mani e si voltò verso la finestra.

«Farmi rapporto?» Cercai di controllare il tono della voce.

«E di mandarlo al ministro. E al direttore. E a LaManche. Sta persino controllando il suo albo professionale.»

«E di che cosa si lamenta monsieur Claudel?» Stai calma, Brennan.

«Dice che lei sta superando i limiti delle sue competenze, che interferisce in questioni che non la riguardano, che rallenta le indagini.» La luce lo costrinse a strizzare gli occhi.

Sentii una stretta allo stomaco e una sensazione di calore diffondersi verso l'alto.

«Continui.» Impassibile.

«Lui crede che lei...» Stava cercando la parola giusta, sicuramente una diversa da quella utilizzata da Claudel. «... che lei si stia spingendo troppo oltre.»

«E che cosa intende dire esattamente?»

Continuava a evitare il mio sguardo.

«Dice che lei sta montando inutilmente il caso Gagnon vedendoci qualcosa che in realtà non esiste. Dice che sta cercando di trasformare un semplice omicidio nel delirio di uno psicopatico american-style.»

«E per quale motivo starei facendo tutto ciò?» La mia voce cominciava ad alterarsi.

«Merda, Brennan, non sono idee mie, queste. Non lo so.» Per la prima volta i nostri sguardi si incrociarono. Aveva un aspetto orribile. Era evidente che avrebbe voluto essere da tutt'altra parte.

Sostenni il suo sguardo, ma non lo vedevo affatto. Cercavo solo di prendere tempo per tenere sotto controllo le scariche di adrenalina. Sapevo quale tipo di inchiesta innescavano i rapporti di quel genere, e sapevo anche che non ne avrei ricavato niente di buono. Mi era capitato di svolgere indagini per casi simili quando facevo parte del comitato per l'etica professionale e, quali fossero le conclusioni, non era mai un'esperienza piacevole. Nessuno dei due parlò.

«Hélène, che occhi belli che hai... mi fa impazzire tutto quel che fai...» canticchiava la radio.

Ambasciator non porta pena, Brennan. Lo sguardo mi cadde sul fascicolo che avevo sulla scrivania. Una decina di rettangoli in carta lucida mostravano altrettante inquadrature di un corpo dalla pelle color latte. Osservai le foto, poi guardai Charbonneau. Non avevo previsto di affrontare quella questione, non mi sentivo ancora pronta. Ma Claudel mi stava forzando la mano. Al diavolo. Tanto le cose peggio di così non potevano andare.

«Monsieur Charbonneau, lei si ricorda di una donna che risponde al nome di Francine Morisette-Champoux?»

«Morisette-Champoux?» Ripeté il nome diverse volte, come se stesse consultando uno schedario immaginario. «Risale a un po' di anni fa, vero?»

«Quasi due. Gennaio 1993.» Gli passai le fotografie.

Le sfogliò annuendo. «Sì, ricordo. Perché?»

«Ci pensi bene, Charbonneau. Che cosa rammenta del caso?»

«Non abbiamo mai beccato lo stronzo che ha fatto questo massacro.»

«E poi cos'altro?»

«Brennan, non mi dica che sta cercando di tirare dentro anche questo caso?»

Diede un'altra occhiata alle fotografie e manifestò il suo dissenso con ampi cenni del capo.

«Niente da fare. Le hanno sparato. Il modus operandi non coincide.»

«Quel bastardo le ha squarciato la pancia e mozzato una mano.»

«Era vecchia. Aveva quarantasette anni, credo.»

Lo fulminai con un'occhiata.

«Cioè, volevo dire... era più vecchia delle altre», balbettò avvampando.

«Francine Morisette-Champoux è stata trovata con un coltello infilato nella vagina. Secondo il rapporto di polizia aveva perso molto sangue.»

Lasciai che metabolizzasse il particolare.

«Era ancora viva.»

Annuì. Non era necessario spiegargli che le lesioni praticate dopo la morte non provocano abbondante perdita di sangue in quanto il cuore non è più attivo e nei vasi non c'è più pressione. Francine Morisette-Champoux aveva perso molto sangue.

«Per Margaret Adkins si è trattato di una statuetta di metallo. E anche lei era viva.»

In silenzio presi il fascicolo del caso Gagnon alle mie spalle.

Estrassi le fotografie della scena del delitto e le sparpagliai di fronte a lui. Vi si vedeva un busto adagiato su un sacco di plastica illuminato dal sole del pomeriggio. Niente era stato toccato a parte lo strato di foglie che lo ricopriva. La ventosa era ancora al suo posto, con la coppa di gomma rossa incastrata fra le ossa del bacino e il manico rivolto verso il collo mozzato.

«Credo che l'assassino di Gagnon le abbia spinto a forza la ventosa nella vagina e poi attraverso l'addome fino a raggiungere il diaframma.»

Studiò le fotografie a lungo.

«Esattamente quanto è successo per le altre tre donne», lo incalzai. «Penetrazione forzata con un corpo estraneo mentre la vittima è ancora in vita. Mutilazione del corpo dopo il decesso. Sono tutte coincidenze, monsieur Charbonneau? Ma allora quanti sadici ci sono in giro, monsieur Charbonneau?»

Si passò le mani fra i capelli ispidi dopodiché prese a tamburellare sui braccioli della sedia.

«Perché non ce l'ha detto prima?»

«Perché ho scoperto il nesso con Francine Morisette-Champoux solo oggi. In effetti l'unico collegamento fra i casi Adkins e Gagnon sembrava un po' debole.»

«Che cosa ha detto Ryan?»

«Non gliene ho ancora parlato.»

Senza volere, portai una mano sulla ferita che avevo sul viso. Sembravo ancora un pugile che aveva subito un k.o. tecnico da George Foreman.

«Merda», fu il commento poco convinto di Charbonneau.

«Come?»

«Sento che sta cominciando a convincermi. E Claudel mi farà un culo così per questo.» Continuava a tamburellare. «C'è dell'altro?»

«I segni della sega e le modalità di smembramento per Gagnon e Trottier sono quasi identici.»

«Già. Ryan ce l'aveva detto.»

«E anche per la sconosciuta di Saint-Lambert.»

«Ce n'è una quinta?»

«È molto perspicace.»

«Grazie.» Tamburellamento. «Si sa già chi è?»

Scossi la testa. «Se ne sta occupando Ryan.»

Si portò la mano carnosa sulla faccia. Le nocchie erano coperte di ciuffetti di peli grigi, una versione ridotta di quelli che aveva in testa.

«E che cosa mi dice della scelta delle vittime?»

Rovesciai i palmi delle mani: non ne avevo idea. «Sono tutte donne.»

«Fantastico. Età?»

«Fra i sedici e i quarantasette anni.»

«Caratteristiche fisiche?»

«Varie.»

«Località?»

«Un po' ovunque.»

«Vorrei proprio sapere che cosa guarda allora, questo fottuto bastardo. Se sono belle? Se portano gli stivali? O forse i negozi dove fanno la spesa?»

Replicai con il silenzio.

«È riuscita a trovare una sola cosa in comune fra tutte e cinque?»

«Solo che un figlio di puttana le ha seviziate e poi uccise.»

«Appunto.» Si sporse in avanti appoggiando le mani sulle ginocchia e tirando un profondo sospiro. «A Claudel uscirà il fumo dalle orecchie.»

Dopo che se ne fu andato chiamai Ryan, ma né lui né Bertrand erano in ufficio, così lasciai un messaggio. Studiai gli altri fascicoli ma non trovai niente di molto interessante. Due spacciatori freddati e fatti a pezzi da due ex soci in affari. Un uomo ucciso dal nipote e poi smembrato con una sega elettrica, scoperto dal resto della famiglia nel congelatore del seminterrato a causa di un black-out. Un busto di donna gettato in acqua in una borsa da hockey e relative testa e braccia trovate sul fondo del fiume. Il marito arrestato.

Chiusi l'ultimo raccoglitore e mi resi conto che avevo i crampi dalla fame: l'una e mezzo. Non c'era da sorprendersi. Mi comprai una Diet Coke e un croissant al prosciutto e formaggio al bar dell'ottavo piano, poi tornai nel mio ufficio cercando di impormi una pausa. Ignorai l'ordine e riprovai a parlare con Ryan. Non era ancora rientrato. Non avevo scelta: dovevo prendermi una pausa. Addentai il croissant e lasciai liberi i pensieri. Gabby. No. Divieto assoluto. Claudel. Pollice verso. Saint-Jacques. Off limits.

Katy. Come potevo contattarla? In quel preciso momento, in nessun modo. Non mi restava che pensare a Pete e mi sentii percorrere da un brivido familiare. Ricordai la mia pelle fremere, il cuore battere, quel tepore umido fra le gambe. Sì, c'era stata passione fra noi. Però questa si chiama fame, Brennan. Diedi un altro morso al croissant.

E cosa dire dell'altro Pete? Delle notti di rabbia. Delle discussioni. Delle cene da sola. Del risentimento che aveva soffocato la gioia. Bevvi un sorso di Coca-Cola. Perché pensavo così spesso a Pete? Se solo si potesse tornare indietro.

Non riuscivo a rilassarmi. Rilessi il tabulato di Lucie cercando di non macchiarlo con la senape e per curiosità cercai di distinguere le voci che erano state cancellate dall'elenco della terza pagina, ma senza riuscirci. Decisi allora di cancellare le righe tracciate a matita e finalmente fui in grado di leggere i nomi. Due casi riguardavano altrettanti corpi chiusi in un barile e immersi nell'acido. Una delle molte variazioni sul tema dell'omicidio nel mondo della droga.

Il terzo caso mi colpì. Il numero LML indicava che risaliva al 1990 e che se ne era occupato Pelletier. Non veniva citato alcun coroner. Il nome riportato era Singe mentre le caselle relative a data di nascita, data dell'autopsia e causa del decesso erano vuote. Le parole chiave "*démembrement/postmortem*" avevano indotto il computer a includere questo caso nell'elenco di Lucie.

Finii il croissant e andai all'archivio centrale per recuperare quel dossier. Il raccoglitore conteneva solo tre fascicoli: il rapporto di polizia sull'incidente, una pagina con il parere del patologo e una busta di fotografie. Sfogliai le foto, lessi i rapporti dopodiché andai a cercare Pelletier.

«Hai un minuto?» domandai alla sua schiena curva.

Si allontanò dal microscopio e si voltò verso di me, occhiali in una mano e penna nell'altra. «Entra, entra», mi invitò, rimettendosi le lenti bifocali sul naso.

Se il mio ufficio poteva vantare una finestra, il suo invece era molto spazioso. Si alzò per prendere un pacchetto di DuMuriers nel camice e intanto mi indicò una sedia accanto a un tavolinetto di fronte alla sua scrivania. Poi mi offrì una sigaretta ma io rifiutai con un cenno della testa. Sapeva bene che non fumavo eppure fra noi quel rituale si ripeteva da sempre. Come Claudel, anche Pelletier aveva le sue idee.

«Che cosa posso fare per te?» mi domandò accendendosi la sigaretta.

«Vorrei sapere qualcosa su uno dei tuoi casi. Risale al 1990.»

«Ah, *mon Dieu*. Sarò in grado di spingermi tanto in là con la memoria? Riesco a malapena a ricordarmi il mio indirizzo.» Si avvicinò e mi guardò con complicità. «Sai, me lo scrivo sulle bustine di fiammiferi, non si sa mai...»

Scoppiammo a ridere. «Dottor Pelletier, secondo me quello che ti interessa te lo ricordi benissimo.»

Fece spallucce e dondolò la testa con falsa ingenuità.

«Comunque ho il dossier qui con me.» Glielo mostrai e lo aprii. «Il rapporto di polizia dice che i resti sono stati rinvenuti dentro una borsa sportiva dietro la stazione dei pullman Voyageur. Un ubriaco l'ha aperta convinto di poter risalire al proprietario.»

«Già», commentò Pelletier, «pare che gli alcolizzati onesti siano così tanti che potrebbero formare una loro confraternita.»

«In ogni caso non ha gradito il profumo. Sembra che abbia detto...» scorsi il rapporto sull'incidente per trovare la frase esatta, «"... il puzzo di Satana si è alzato dalla borsa e ha avvolto la mia anima". Fine della citazione.»

«Un poeta. Mi piace», disse Pelletier. «Vorrei sapere che cosa direbbe dei miei pantaloncini.»

Ignorai la battuta e proseguii. «Ha portato la borsa a un custode che ha chiamato la polizia. Hanno trovato una raccolta di parti anatomiche avvolte in una specie di tovaglia.»

«Ah, *oui*. Me lo ricordo», disse puntando un dito ingiallito verso di me. «Un caso orrendo. Mostruoso.» E atteggiò il viso di conseguenza.

«Dottor Pelletier?»

«Il caso della scimmietta.»

«Allora avevo letto bene il tuo rapporto?»

Sollevò le sopracciglia in modo interrogativo.

«Era davvero una scimmia?»

Annuì con aria grave. «Un cebo cappuccino.»

«E come è arrivato qui?»

«Morto.»

«Sì, va bene.» Dentro ognuno di noi batte un cuore di comico. «Ma perché era un caso per l'Istituto di medicina legale?»

L'espressione del mio viso riuscì inconsapevolmente a sollecitare una risposta diretta. «Qualunque cosa si trovasse in quella borsa, era piccola, senza pelle e fatta a pezzi. Poteva essere di tutto. I poliziotti hanno pensato che si trattasse di un feto o di un neonato, e così ce l'hanno mandato.»

«Il caso presentava qualche particolarità?» Non ero sicura di che cosa stessi cercando.

«No. Era semplicemente una scimmia fatta a pezzi.» Contrasse leggermente gli angoli della bocca.

«D'accordo.» Domanda oziosa. «Ma c'era qualcosa di strano nel modo in cui la scimmia era stata squartata?»

«Veramente no. Questi casi di scimmie smembrate sono tutti uguali.»

Non stavo concludendo niente.

«Si è mai scoperto a chi appartenesse la scimmia?»

«Sì, si è saputo. È stato messo un annuncio sul giornale e un tizio ha chiamato dall'università.»

«Dalla UQUAM?»

«Sì, credo di sì. Un biologo, o uno zoologo o roba simile. Anglofono. Ah, sì... aspetta un momento.»

Si avvicinò a un cassetto della scrivania, ne rivoltò il contenuto e infine estrasse un mazzetto di biglietti da visita legati con un elastico. Fece rotolare via l'elastico, controllò i biglietti e me ne passò uno.

«Eccolo. Ci siamo incontrati quando è venuto qui per l'identificazione del corpo.»

Il biglietto apparteneva al dottor Parker T. Bailey, professore di biologia alla UQUAM, l'università di Montréal. Vi si leggevano anche l'indirizzo e-mail e postale nonché il numero di telefono e di fax.

«E che cosa era successo?»

«Questo signore tiene le scimmie in università per le sue ricerche. Un giorno se ne è ritrovata una di meno.»

«Rubata?»

«Rubata? Liberata? Fuggita? Chi può dirlo? Il primate era assente ingiustificato.»

«Quindi ha letto della scimmia morta sul giornale e ha chiamato qui?»

«*C'est ça.*»

«E come è finita?»

«La scimmia?»

Annuii.

«L'abbiamo consegnata a...» Indicò il biglietto da visita.

«Al dottor Bailey», conclusi.

«*Oui.* Non aveva parenti stretti. Almeno non in Québec.» Rimasi impassibile.

«Capisco.»

Guardai di nuovo il biglietto da visita. Non mi dice niente, riflettei con la parte sinistra del cervello, e intanto chiesi: «Posso tenerlo?»

«Certo.»

Per tutto il resto del pomeriggio cercai di ricavare informazioni utili dai quattro dossier principali e le inserii nella tabella che avevo creato. Colore dei capelli. Occhi. Pelle. Altezza. Religione. Nomi. Date. Luoghi. Segni zodiacali. Tutto e niente. Mi ostinai in quell'operazione decidendo di trovare gli eventuali collegamenti in un secondo tempo. O forse ritenevo che prima o poi il modus operandi si sarebbe rivelato automaticamente. O ancora avevo solo bisogno di un lavoro ripetitivo che mi occupasse il cervello, una sorta di puzzle che mi desse l'illusione di compiere dei progressi.

Alle quattro e un quarto riprovai a chiamare Ryan. Non era nel suo ufficio ma la centralinista era convinta di averlo visto e così cominciò a cercarlo, sia pure di malavoglia. Mentre aspettavo lo sguardo mi cadde sul raccoglitore della scimmia. Annoiata, ne estrassi le fotografie. Erano di due serie diverse: Polaroid e stampe a colori tredici per diciotto. Nel frattempo la centralinista mi disse che Ryan non si trovava da nessuna parte. D'accordo... sospirò... avrebbe provato al bar.

Scorsi le Polaroid. Erano state scattate dopo che i resti erano giunti all'obitorio. Ritraevano una borsa sportiva di plastica nera, cerniera chiusa e cerniera aperta. In questa seconda versione apparivano anche le viscere. Le immagini successive invece mostravano il fagotto sul tavolo per autopsie, prima e dopo la sua apertura.

Sulle foto rimanenti osservai le varie parti del corpo. La scala sulla scheda di identificazione confermava che il soggetto era piccolo, più piccolo di un feto terminale o di un neonato. Lo stato di decomposizione non era avanzato. La carne cominciava ad annerire ed era macchiata di qualcosa di simile alla tapioca irrancidita. Ero riuscita a distinguere la testa, il busto e gli arti. Ma più di questo non potevo vedere: le fotografie erano state scattate da troppo lontano e i primi piani erano penosi. Ne ruotai alcune in cerca dell'angolazione migliore ma davvero era impossibile capirne di più.

La voce della donna risuonò nella cornetta con più convinzione. Ryan non c'era. Avrei dovuto riprovare il giorno dopo. Le negai la possibilità di ribattere, lasciai un messaggio e agganciai.

I primi piani tredici per diciotto erano stati realizzati dopo la pulitura. Qui i dettagli sfuggiti alle Polaroid risultavano chiari. Il minuscolo cadavere era stato privato della pelle e disarticolato. Il fotografo, probabilmente Denis, aveva disposto i pezzi in ordine anatomico e poi li aveva fotografati uno alla volta.

Mentre osservavo il mazzetto di fotografie non potei fare a meno di notare che le varie parti ricordavano un coniglio pronto per essere cotto in umido. Tranne che per un particolare. La quinta stampa mostrava un braccino che terminava con quattro dita e con il pollice ripiegato verso il palmo della mano.

Le ultime due stampe mostravano la testa. Senza l'involucro esterno costituito da pelle e capelli, ricordava un embrione staccato dal suo cordone ombelicale, nudo e vulnerabile. Il cranio aveva le dimensioni di un mandarino. Benché la faccia fosse piatta e i lineamenti antropoidi, non era difficile capire che non si trattava di un cucciolo umano. La bocca presentava una dentizione completa, molari inclusi. Li contai. Tre premolari in ciascun quadrante. Quella scimmia proveniva dal Sudamerica.

Un semplice caso di cadavere di animale, mi dissi rimettendo le fotografie nella loro busta. Può capitare che il laboratorio se ne debba occupare perché qualcuno li scambia per resti umani. A volte sono zampe d'orso spellate e gettate via dai cacciatori, altre sono parti inutilizzabili di capre e maiali macellati scaricate ai margini della strada, oppure gatti e cani seviziati e gettati nel fiume. L'insensibilità dell'animale uomo continuava a sorprendermi. Non mi ci sarei mai abituata.

Ma allora perché questo caso aveva attirato la mia attenzione? Ancora uno sguardo alle stampe tredici per diciotto. Va bene. La scimmia era stata fatta a pezzi. Sin qui niente di strano. Succedeva per molte delle carcasse di animali che esaminavamo. C'è sempre qualche stronzo che si diverte a tormentare gli animali e a ucciderli. Forse era stato uno studente in crisi con l'università.

Mi soffermai sulla quinta fotografia. Incollai gli occhi all'immagine e ancora una volta sentii un nodo allo stomaco. Fissai la foto, poi alzai il telefono.

23

Nulla è più vuoto di un edificio scolastico fuori orario. È così che immagino gli esiti dell'esplosione di una bomba a neutroni. Luci accese. Fontanelle dell'acqua potabile che zampillano. Campane che suonano allo scadere dell'ora. Bagliori sinistri sui video dei computer. Popolazione assente. Nessuno che si disseta, che corre in classe, che digita sulla tastiera. Il silenzio delle catacombe.

Sedevo su una sedia davanti all'ufficio di Parker Bailey, all'UQUAM, l'Université du Québec à Montréal. Uscita dal laboratorio ero andata in palestra, avevo fatto la spesa al Provigo e mi ero preparata una cena a base di vermicelli in salsa di vongole. Non male per un piatto veloce e gustoso. Persino Birdie era rimasto impressionato. Adesso però cominciavo a spazientirmi.

Dire che il dipartimento di Biologia era silenzioso sarebbe come dire che un quark è piccolo. Lungo tutto il corridoio le porte erano chiuse. Avevo già letto e riletto i bollettini appesi in bacheca, i dépliant informativi della scuola di specializzazione, gli annunci dei seminari, le offerte di tutoraggio e battitura delle tesi, gli avvisi delle nuove conferenze.

Per la milionesima volta guardai l'orologio: le nove e dodici. Merda. Dovrebbe essere qui da un pezzo. La lezione finiva alle nove. O almeno così mi aveva detto la sua segretaria. Mi alzai e cominciai a passeggiare avanti e indietro. Tutti quelli che aspettano passeggiano avanti e indietro. Le nove e quattordici. Merda.

Alle nove e mezzo rinunciai. Mi stavo già rimettendo la borsa in spalla, quando udii una porta aprirsi da qualche parte. Un attimo dopo un uomo con un'enorme pila di libri sbucò da dietro l'angolo. Continuava a rettificare la posizione delle braccia per impedire al carico di precipitare, indossava un cardigan che sembrava sbarcato dall'Irlanda prima della grande carestia e doveva avere suppergiù quarant'anni. Nel vedermi si fermò, ma il suo viso non ebbe alcuna reazione. Stavo già per presentarmi, quando un bloc-notes scivolò da in cima alla pila ed entrambi allungammo la mano per prenderlo. Pessima mossa da parte sua. Tre quarti dei volumi seguirono la stessa sorte del blocco, rotolando e spargendosi sul pavimento come riso sul sagrato di una chiesa. La raccolta e ricomposizione della pila ci impegnò per alcuni minuti, al termine dei quali il professore aprì l'ufficio e depositò i libri sulla scrivania.

«Mi dispiace», disse in un francese fortemente accentato. «Non...»

«Niente di grave», risposi in inglese. «Forse sono io che l'ho spaventata.»

«Sì. Cioè no. Avrei dovuto fare due viaggi. Mi succede regolarmente.» Non sembrava americano.

«Manuali di laboratorio?»

«Sì. Ho appena finito una lezione di metodologia etologica.»

Il professore era una specie di tavolozza di sfumature degna di un tramonto nordico: carnagione rosa pallido, guance lampone e capelli color wafer alla vaniglia. Baffi e ciglia ambra. Aveva l'aria di uno che al sole si scottava senza mai abbronzarsi.

«Interessante.»

«Magari la pensassero così anche i miei studenti. Posso...?»

«Mi chiamo Tempe Brennan», lo interruppi, pescando un biglietto da visita dalla borsa. «La sua segretaria mi ha detto che a quest'ora l'avrei trovata.»

Mentre leggeva il biglietto gli spiegai il motivo della mia venuta.

«Sì, sì, ricordo. Mi dispiacque molto per quella scimmia. La sua perdita mi turbò non poco.» Poi, all'improvviso: «Ma perché non si siede?»

Senza attendere risposta cominciò a sgombrare una sedia di plastica verde da alcuni oggetti che appoggiò sul pavimento. Lanciai intorno un'occhiata furtiva. In confronto al suo minuscolo ufficio, il mio sembrava lo stadio Yankee. Ogni centimetro di parete non occupato dagli scaffali era coperto da fotografie di animali. Spinarelli. Porcellini d'India. Marmose. Facoceri. Persino un formichiere aardvark. Non c'era livello della gerarchia linnea che fosse rimasto escluso. Mi ricordava lo studio di un impresario teatrale, pieno di ritratti di star appesi a mo' di trofeo. Con l'unica differenza che qui mancavano gli autografi.

Ci sedemmo entrambi, lui dietro la scrivania con i piedi appoggiati a un cassetto aperto, io sulla sedia degli ospiti appena sbaraccata.

«Sì, mi turbò davvero», ripeté, quindi cambiò di nuovo argomento. «Lei è un'antropologa?»

«Aha.»

«E lavora molto con i primati?»

«No. Una volta, ma adesso non più. Sono passata alla facoltà di antropologia della University of North Carolina, a Charlotte. Occasionalmente tengo corsi di biologia e sul comportamento dei primati, ma non è più la mia occupazione principale. Sono troppo impegnata come consulente e ricercatrice forense.»

«Giusto.» Sventolò il biglietto da visita. «E cosa faceva con i primati?»

Mi domandai chi stava interrogando chi. «Mi occupavo di osteoporosi, in particolare dell'interazione fra il comportamento sociale e la progressione della malattia. Lavoravamo con dei modelli, quasi sempre scimmie rhesus, manipolando i gruppi sociali, creando situazioni di stress e monitorando lo sfaldamento osseo.»

«Nessun progetto in ambiente naturale?»

«Solo su colonie insulari.»

«Oh.» Le sopracciglia color ambra si inarcarono in segno d'interesse.

«A Cayo Santiago, Puerto Rico. E per alcuni anni ho insegnato in una scuola residenziale di Morgan Island, al largo delle coste del South Carolina.»

«Macachi?»

«Sì. Ascolti, dottor Bailey, mi chiedevo se per caso non potesse raccontarmi qualcosa a proposito della scimmia scomparsa dai suoi laboratori.»

Ignorò con decisione la mia domanda. «E come è passata dalle ossa di scimmia ai cadaveri?»

«Biologia scheletrale. È l'elemento cruciale in entrambi i campi.»

«Già, già.»

«Allora, la scimmia?»

«La scimmia... be', non c'è molto da dire.» Si sfregò una Nike contro l'altra, quindi si sporse in avanti e con un buffetto spazzò via qualcosa. «Un mattino arrivai qui e la gabbia era vuota. Pensammo che forse qualcuno si era dimenticato di chiudere il lucchetto e che Alsa, così si chiamava, fosse uscita da sola. Sono capaci, sa? Era furba come il diavolo e aveva una destrezza manuale incredibile. Due manine stupefacenti. Insomma, passammo al setaccio l'intero edificio, allertammo quelli della sicurezza e le provammo tutte. Ma non riuscimmo a trovarla. Poi vidi l'articolo sul giornale. Il resto è storia nota.»

«A che tipo di esperimenti la stava sottoponendo?»

«In realtà Alsa non era un mio progetto. Ci lavorava una studentessa del corso di specializzazione. Io mi occupo di sistemi di comunicazione animale, in particolare di quelli basati sui feromoni e altri segnali olfattivi.»

Il cambiamento di cadenza e il passaggio al gergo degli addetti ai lavori mi dissero che non era la prima volta che presentava quel riassunto. Si era lanciato nel classico «il mio progetto consiste in», la tipica relazione orale che ogni scienziato offre in pasto al suo nuovo pubblico. Il gioco si basava sul principio del RIMB: Raccontalo In Modo Banale. È una specie di cibo precotto adatto alle raccolte di fondi, ai party, alle riunioni inaugurali e ad altre occasioni mondane. Ciascuno ha il proprio, e adesso mi toccava sorbire il suo.

«E quali erano gli obiettivi del progetto?» Di te ne so già abbastanza.

Fece un sorriso di disappunto e scosse la testa. «Era un progetto sul linguaggio. Acquisizione del linguaggio in un primate del Nuovo Mondo: è da lì che aveva preso il nome. *Apprentissage de la Langue du Singe Américain*. ALSA. Marie-Lise doveva essere la risposta del Québec a Penny Patterson, e Alsa la KoKo delle scimmie sudamericane.» Fece un ampio gesto con la penna al di sopra della testa, si produsse in una smorfia di derisione e lasciò ricadere pesantemente il braccio, che atterrò con un piccolo tonfo sulla scrivania. Studiai la sua faccia. O era stanco o era scoraggiato, non avrei saputo dire quale delle due.

«Marie-Lise?»

«La mia studentessa.»

«E l'esperimento stava funzionando?»

«Chi lo sa? Non ebbe molto tempo: la scimmia sparì dopo soli cinque mesi.» Altra smorfia. «Seguita a breve distanza da Marie-Lise.»

«Abbandonò la scuola?»

Bailey annuì.

«Sa dirmi perché?»

Prima di rispondere fece una lunga pausa. «Marie-Lise era una buona studentessa. Certo, a quel punto avrebbe dovuto ripartire da zero con la tesi, ma sono sicuro che poteva concludere in bellezza il suo master. Amava quello che faceva. Quando Alsa fu uccisa lei la prese malissimo, ma non credo sia stato il vero motivo dell'abbandono.»

«Bensì?»

Si mise a disegnare piccoli triangoli sulla copertina di uno dei manuali. Gli concessi tutto il tempo che voleva.

«Usciva con questo ragazzo che la tormentava perché era ancora impegnata negli studi. Voleva che mollasse. Marie-Lise me ne parlò giusto un paio di volte, ma credo che alla fine quel fatto abbia pesato molto. Ebbi occasione di incontrarlo a una o due feste del dipartimento. Mi sembrò un tipo inquietante.»

«Inquietante? Come mai?»

«Non so... aveva un'aria ostile. Era cinico, maleducato, come se non avesse mai appreso l'abc del comportamento sociale. Mi ricordava un macaco di Harlow, rendo l'idea? Come se fosse cresciuto in stato di isolamento e non avesse mai imparato a interagire con altri esseri umani. Qualunque cosa gli dicessi, sollevava gli occhi al cielo e storceva la bocca. Un atteggiamento odioso.»

«E lei non lo ha mai sospettato? Non ha mai pensato che potesse essere stato lui a uccidere Alsa per sabotare il lavoro di Marie-Lise e convincerla ad abbandonare gli studi?»

Il suo silenzio mi disse che ci aveva pensato eccome. «All'epoca pare che si trovasse a Toronto», disse invece.

«E fu in grado di dimostrarlo?»

«Marie-Lise gli credette e noi lasciammo perdere. Era troppo sconvolta. A che pro, ormai? Alsa era morta.»

Non sapevo bene come rivolgergli la domanda successiva. «Professore, non ha mai avuto modo di leggere gli appunti di lavoro della sua studentessa?»

Smise di scarabocchiare e mi lanciò un'occhiata penetrante.
«In che senso?»

«Esiste forse la possibilità che intendesse coprire qualcosa? Una ragione per cui potrebbe aver voluto abbandonare il progetto?»

«No. Assolutamente no.» Il suo tono era convinto. Il suo sguardo no.

«Ed è rimasta in contatto con lei?»

«No.»

«È normale?»

«Alcuni studenti ci tengono, ad altri non interessa.» I triangoli si stavano allargando a macchia d'olio.

Cambiai tattica. «Chi altri aveva accesso al... cos'era, un laboratorio?»

«Sì, molto piccolo. Qui al campus teniamo pochi animali, manca lo spazio. Ogni specie va alloggiata in un ambiente separato, lei capisce.»

«Certo.»

«Il CCAC impone direttive specifiche sul controllo della temperatura, lo spazio, l'alimentazione, i parametri sociali e comportamentali e via discorrendo.»

«Il CCAC?»

«Il Canadian Council on Animal Care, una specie di ente protezione animali. Pubblica una guida per la cura e l'utilizzo delle cavie. È la nostra bibbia. Chiunque usi animali da laboratorio deve attenersi alle sue direttive: scienziati, allevatori, industrie. E decide anche in materia di salute e sicurezza del personale.»

«Sicurezza?»

«Oh, sì, e le direttive sono molto precise.»

«Voi che norme adottavate?»

«Vede, attualmente mi occupo di spinarelli. Pesci.»

Ruotò sulla sedia e con la penna indicò una foto alla parete.

«Con loro non ci sono grossi problemi. Ho dei colleghi che lavorano con i topi, e neanche lì è difficile. In genere gli animalisti non si danno troppo da fare per i pesci e i roditori.»

La sua faccia era una smorfia di derisione unica.

«Alsa era l'unico mammifero, insomma, ragion per cui le misure di sicurezza non erano altissime. Aveva la sua stanza, sempre rigorosamente chiusa, e naturalmente chiudevamo anche la gabbia. E la porta d'accesso esterna ai laboratori.»

Si interruppe.

«Sa quante volte ci ho ripensato? Non ricordo chi fu l'ultimo a uscire quella sera. So solo che io non avevo lezioni nel pomeriggio, quindi non credo di essermi trattenuto qui a lungo. Probabilmente l'ultimo giro lo fece qualche allievo del corso di dottorato. La mia segretaria non va mai a controllare quelle porte a meno che non glielo chieda espressamente io.»

Un'altra pausa.

«Immagino che da fuori possa essere entrato qualcuno. Non posso escludere che qualche porta fosse rimasta aperta, ci sono studenti più responsabili e studenti meno responsabili.»

«Cosa mi dice della gabbia?»

«Oh, quella dev'essere stata un gioco da ragazzi. Un semplice lucchetto. Non lo abbiamo mai ritrovato. Probabilmente lo tranciarono.»

Tentai un altro passo delicato. «E le parti mancanti furono mai rinvenute?»

«Le parti mancanti?»

«Alsa era stata», cercai disperatamente la parola giusta. RIMB, «fatta a pezzi. Alcune parti però non erano nel sacco recuperato. Mi chiedevo se per caso non aveste trovato qualcosa qui.»

«Tipo cosa? Cos'è che mancava?» La sua faccia pastello inalberò un'espressione interrogativa.

«Tipo la zampa anteriore destra, professor Bailey. Gliel'avevano recisa all'altezza del polso. E nel sacchetto non c'era.»

Non vedevo alcun motivo per raccontargli delle donne che recentemente avevano subito lo stesso trattamento, in pratica la ragione per cui mi trovavo lì adesso.

Bailey rimase zitto. Intrecciando le dita alla base della nuca, si appoggiò all'indietro concentrandosi su qualcosa al di sopra della mia testa. La sfumatura lampone delle sue guance virò verso i toni del rabarbaro. Sull'armadietto dell'archivio ronzava una radiosveglia.

Trascorso circa mezzo lustro, decisi di rompere il silenzio.

«Col senno di poi, cosa crede che sia successo veramente?»

Anche allora non rispose subito, e fino all'ultimo dubitai che l'avrebbe fatto. «Suppongo fosse una delle forme di vita mutanti che abbondano nelle fogne intorno al campus.»

Pensai che avesse concluso. La fonte del suo respiro sembrava essergli irrimediabilmente sprofondata nel torace. Poi, quasi in un sussurro, aggiunse qualcosa che non afferrai.

«Come dice, scusi?»

«Marie-Lise si meritava di meglio.»

La trovai una considerazione strana. Anche Alsa si meritava di meglio, pensai, ma evitai di farglielo notare. All'improvviso una campana squarciò il silenzio gettando scompiglio fra i miei nervi. Guardai l'orologio: erano le dieci.

Aggirando la sua domanda sul perché mi interessavo tanto a una scimmia morta da quattro anni, lo ringraziai per avermi concesso un po' del suo tempo e lo pregai di telefonarmi se gli fossero venuti in mente altri particolari. Lasciai Bailey seduto alla scrivania a fissare il punto misterioso al di sopra della mia testa, ma avevo la netta sensazione che il suo sguardo fosse una sonda lanciata nel tempo anziché nello spazio.

Conoscendo poco i dintorni avevo parcheggiato nello stesso vicolo della notte in cui ero andata in cerca di Gabby sulla Main. Chi lascia la strada vecchia per la nuova... Ormai tra me e me pensavo a quell'evento come alla Grande Caccia alla Cieca. Mi sembravano trascorsi eoni, invece erano passati solo due giorni.

Quella sera l'aria era fresca e cadeva una pioggerellina insistente. Chiusi la zip del giubbotto e mi avviai in direzione della macchina.

Lasciai l'università incamminandomi verso nord, lungo la Saint-Denis, tra boutique e ristoranti costosi. Nonostante si trovi solo a qualche isolato di distanza, Rue Saint-Denis è un altro pianeta rispetto a Boulevard Saint-Laurent. Frequentata da un pubblico giovane e facoltoso, è il posto giusto dove andare a cercarsi un vestito, un paio d'orecchini d'argento, un amico o un po' di compagnia per una sera. La strada dei sogni. Quasi tutte le città ne hanno una. Montréal ne ha due: Crescent per gli inglesi, Saint-Denis per i francesi.

Mentre aspettavo al semaforo con De Maisonneuve ripensai ad Alsa. Forse Bailey aveva ragione. Alla mia destra, poco più avanti, c'era la stazione degli autobus. Chiunque l'avesse uccisa non era andato a seppellirla lontano, il che faceva pensare a qualcuno della zona.

Osservai un ragazzo e una ragazza emergere dalla fermata del metrò di Berri-UQUAM e mettersi a correre sotto la pioggia, appiccicati come due calzini appena usciti dalla lavatrice.

O forse invece era stato un pendolare. Ma sì, Brennan, uno ruba una scimmia, torna a casa in metrò, la fa a pezzi, rimonta sulla metropolitana e la molla alla stazione degli autobus. Pensata brillante.

Semaforo verde. Attraversai Saint-Denis e proseguii verso ovest, continuando a rimuginare sulla conversazione con Bailey. Qualcosa in lui non mi convinceva, ma cosa? Troppo emotivamente coinvolto nei confronti della studentessa? Troppo poco nei riguardi della scimmia? Perché mi era sembrato così – così cosa? – così maldisposto verso il progetto Alsa? Perché non era al corrente della mano? Pelletier non mi aveva forse detto che era stato proprio Bailey a esaminare il cadavere? Perché allora non se n'era accorto? I resti erano stati consegnati a lui, lui era venuto a prenderli in laboratorio.

«Merda!» esclamai ad alta voce.

Un tizio in una specie di uniforme si girò a guardarmi con espressione preoccupata. Non indossava camicia né scarpe, e stringeva tra le braccia un sacchetto della spesa di carta con le maniglie rotte. Gli sorrisi per tranquillizzarlo e lui tirò dritto, scuotendo la testa come a deplorare lo stato in cui versava il mondo e l'umanità tutta.

E bravo tenente Colombo! Non hai nemmeno chiesto a Bailey che cosa ne fece del corpo. Complimenti, ottimo lavoro.

Dopo essermi rimproverata da sola, mi proposi di espiare quel peccato con un hot-dog.

Sapendo che non avrei dormito comunque, accettai. Così almeno avrei potuto dare la colpa alla cattiva digestione. Entrai al Chien Chaud di Saint-Dominique e ordinai un hot-dog farcito, patatine e una Diet Coke. «Niente Coca. Abbiamo la Pepsi», mi comunicò una specie di John Belushi con folti capelli neri e un accento marcato. È proprio vero che quasi sempre è la vita a imitare l'arte.

Consumai la mia cena in un separé di plastica bianco e rosso, contemplando i manifesti turistici mezzo scrostati alle pareti. Ecco cosa mi ci vorrebbe, pensai, lo sguardo perso tra i cieli troppo azzurri e le case troppo bianche di Paros, Santorini e Mykonos. Un bel viaggetto. Fuori le automobili cominciavano a rincorrersi sull'asfalto bagnato. La Main si svegliava.

Un tizio attaccò bottone con Belushi, parlando a voce alta in una lingua che doveva essere greco. Aveva i vestiti umidi e puzzolenti di fumo, di unto e di qualche spezia che non riuscii a identificare. Sulla capigliatura folta brillava una miriade di minuscole goccioline. Quando gli lanciai un'occhiata lui mi sorrise, inarcò un sopracciglio cespuglioso e si passò lentamente la lingua sul labbro superiore. Stesso effetto che se mi avesse mostrato le emorroidi. Adattandomi al suo livello di maturità gli sguainai un dito medio, quindi rivolsi la mia attenzione al panorama oltre la vetrina.

Attraverso i cristalli rigati di pioggia, sul lato opposto della strada, una fila di negozi bui e silenziosi. Classica atmosfera da vigilia di giorno festivo. *Cordonnerie la Fleur.* Perché mai un calzolaio doveva chiamare la propria bottega "Il fiore"?

Boulangerie Nan. Mi domandai se era il nome della panetteria o del panettiere, o un mero riferimento al pane indiano. Attraverso le vetrine scorsi gli scaffali vuoti, pronti a ricevere il raccolto del mattino. I panificatori lavoravano anche nei giorni di festa nazionale?

Boucherie Saint-Dominique. Vetrine tappezzate di offerte speciali. *Lapin frais. Boeuf. Agneau. Poulet. Saucisse.* Coniglio fresco. Manzo. Agnello. Pollo. Salsicce. Scimmia.

Okay, Brennan, è il momento di levare le tende. Compressi il tovagliolo nel vassoietto di carta in cui mi avevano servito l'hot-dog – uno dei motivi per cui si abbattono gli alberi – quindi aggiunsi la lattina di Pepsi, buttai tutto nel bidone dei rifiuti e uscii.

La macchina era dove l'avevo lasciata e come l'avevo lasciata. Non appena sedetti al volante, il mio cervello riprese a rimuginare sugli omicidi.

A ogni frustata di tergicristallo mi tornava alla mente un'immagine. Il braccio mutilato di Alsa. *Slap.* La mano della Morisette-Champoux sul pavimento di cucina. *Slap.* I tendini di Chantale Trottier. *Slap.* Ossa con le estremità mozzate di netto. *Slap.*

Era sempre la stessa mano? Non ricordavo. Premurarsi di controllare. Nessuna mano umana però mancava. Pura coincidenza?

Che Claudel avesse ragione? Stavo diventando paranoica? Forse il sequestratore di Alsa collezionava zampe animali. Un fan troppo zelante di Poe? *Slap*. O magari *una* fan?

Alle undici e un quarto stavo parcheggiando in garage. Mi sentivo stanca fino al midollo, non riposavo da diciotto ore. Quella sera nemmeno un hot-dog sarebbe riuscito a tenermi sveglia.

Birdie non mi aveva aspettato. Come d'abitudine quando restava solo si era acciambellato sulla piccola sedia a dondolo vicino al caminetto. Nell'udirmi arrivare sollevò la testa e mi strizzò gli occhi gialli.

«Allora, Bird, com'è andata la tua giornata di gatto?» Gli somministrai una dose di fusa e una bella grattatina sotto il mento. «Mai che qualcosa ti tenga alzato, eh?»

Richiuse gli occhi, stirando il collo, forse ignorando o forse amplificando la percezione delle mie carezze. Quando ritirai la mano sbadigliò a tutta mascella, posò la testa sulle zampe e prese a spiarmi da sotto le palpebre di piombo. Andai in camera da letto, ben sapendo che non avrebbe tardato a seguirmi. Mi tolsi i fermagli dai capelli, lasciai cadere i vestiti sul pavimento in un mucchietto informe, tirai indietro le coperte e mi infilai a letto.

In men che non si dica ero già sprofondata in un sonno pesante e privo di sogni. Niente apparizioni di fantasmi, nessuna commedia minacciosa. A un certo punto avvertii una pressione calda contro la gamba e seppi che Birdie mi aveva raggiunta, ma continuai a dormire in quella nera assenza di gravità.

Poi, all'improvviso, il cuore mi balzò in gola e gli occhi si spalancarono. Ero sveglia come un grillo e in preda a una sensazione di allarme, ma non sapevo perché. La transizione fu così brusca che ci misi un po' a ritrovare l'orientamento.

In camera regnava un'oscurità impenetrabile. La sveglia segnava l'una e ventisette. Birdie non c'era. Restai sdraiata al buio trattenendo il respiro, le orecchie tese, gli occhi strabuzzati. Per quale motivo il mio corpo era andato in allarme rosso? Aveva sentito un rumore? Che segnale aveva captato il mio radar interiore? E Birdie? Anche lui aveva sentito qualcosa? Dov'era finito? Non rientrava nelle sue abitudini alzarsi in piena notte.

Cercai di rilassare i muscoli e di concentrarmi nell'ascolto. L'unico suono era quello del cuore che mi martellava nel petto. Per il resto, la casa era sprofondata in un silenzio sinistro.

Poi lo sentii. Un tonfo leggero seguito da una specie di rantolo metallico. Aspettai, immobile, senza fiatare. Dieci. Quindici. Venti secondi. Un numero fosforescente cambiò forma sul quadrante della sveglia. Cominciavo già a pensare di essermi immaginata tutto, quando lo sentii di nuovo. Tonfo. Rantolo. I miei molari si serrarono come una morsa Black and Decker, le mie mani si strinsero in due pugni.

Era entrato qualcuno? Ormai conoscevo i rumori del mio appartamento, ma questo era diverso, una specie di intrusione acustica. Nulla di familiare.

Silenziosamente scalzai la trapunta e feci scivolare le gambe fuori dal letto. Benedicendo la pigrizia della sera prima, allungai una mano verso la maglietta e i jeans e me li infilai. Quindi attraversai la moquette in punta di piedi.

Sulla porta mi fermai, guardandomi intorno in cerca di una possibile arma di difesa. Niente. Era una notte senza luna, ma dalla camera adiacente filtrava il bagliore di un lampione che rischiarava appena il corridoio. Avanzai superando i bagni, in direzione delle porte-finestre che si aprivano sul giardino. Ogni due o tre passi mi fermavo ad ascoltare, il respiro congelato, gli occhi spalancati. Giunta sulla soglia della cucina lo sentii per la terza volta. Tonfo. Rantolo. Sì, veniva proprio dalle porte-finestre.

Girai a destra ed entrai, lo sguardo che mi precedeva verso il patio esterno. Tutto era immobile. Maledicendo in silenzio la mia avversione per le armi da fuoco, ispezionai la cucina in cerca di un corpo contundente. Non era esattamente un arsenale. Senza fare rumore passai una mano tremante sulla parete, verso la rastrelliera dei coltelli. Localizzato quello per il pane, serrai le dita intorno al manico, rivolsi la lama all'indietro e abbassai il braccio tenendolo ben disteso.

Lentamente, saggiando il terreno con un piede nudo alla volta, avanzai sulle punte fino a lanciare un'occhiata in soggiorno. Era buio come la camera da letto e la cucina.

Nel tenue bagliore del corridoio individuai Birdie. Sedeva ad alcuni centimetri dalla porta, gli occhi fissi su qualcosa al di là dei vetri. La punta della coda scattava avanti e indietro, disegnando piccoli archi nervosi. Era teso come una corda di violino.

Un altro tonfo-rantolo mi paralizzò il cuore. Veniva dall'esterno. Le orecchie di Birdie si appiattirono.

Cinque passi tremebondi mi portarono al suo fianco. Con gesto automatico allungai la mano per accarezzargli la testa, ma il contatto inaspettato lo fece partire come una freccia. Schizzò via con tale impeto che i suoi artigli incisero nella moquette dei piccoli solchi scuri a forma di virgola. Se i gatti potessero urlare, in quel momento Birdie lo avrebbe fatto.

La sua reazione mi comunicò un'ansia terribile. Per un attimo rimasi pietrificata come una statua dell'Isola di Pasqua.

Forza, segui il suo esempio e dattela a gambe! intervenne a quel punto la voce del panico.

Arretrai di un passo. Tonfo. Rantolo. Mi arrestai di nuovo, rimanendo aggrappata al coltello come a un salvagente in mezzo all'oceano. Silenzio. Oscurità. Tu-tum. Tu-tum. Ascoltavo il battito del mio cuore e intanto cercavo disperatamente di recuperare un po' di lucidità.

Se c'è qualcuno in casa, si fece finalmente sentire il mio senso critico, sta alle tue spalle e la tua via di fuga è in avanti, non indietro. Ma se è fuori, non aprirgli un varco attraverso cui penetrare.

Tu-tum. Tu-tum.

Il rumore viene dall'esterno, confermai. Ciò che Birdie ha sentito sta fuori.

Tu-tum. Tu-tum.

Allora vai a dare un'occhiata. Appiattisciti contro il muro vicino alle finestre e scosta le tende il minimo indispensabile per guardare fuori. Magari nel buio intravedi una sagoma.

Logica e buon senso.

Sempre armata del mio Chicago Cutlery, scollai un piede dal pavimento e avanzai pianissimo fino a raggiungere il muro. Un respiro profondo e scostai la tenda di pochi centimetri. Le ombre e le forme del giardino erano appena abbozzate ma riconoscibili: l'albero, la panchina, i cespugli. Non si muoveva niente, tranne i rami lambiti dal vento. Mantenni la posizione per un po' senza che accadesse nulla, quindi mi spostai verso il centro delle tende e verificai la maniglia. Regolarmente chiusa.

Spianando il coltello davanti a me, scivolai lungo la parete in direzione della porta d'ingresso e dell'impianto antifurto. La spia lampeggiava a intervalli regolari. Nessuna effrazione. D'istinto premetti il pulsante di controllo.

Un rumore improvviso ruppe il silenzio, facendomi sobbalzare malgrado fossi preparata. La mano che stringeva il coltello scattò istintivamente in avanti.

Idiota! esclamò il frammento di cervello che ancora funzionava. L'impianto d'allarme è inserito e non è scattato! Vuol dire che non è stato aperto niente! Che non è entrato nessuno!

Quindi è là fuori, risposi, ancora scossa.

Forse, replicò lui, ma la situazione non è così grave. Accendi una luce, segnala la presenza di attività in casa e vedrai che qualunque intruso con un po' di sale in zucca se la squaglierà immediatamente.

Mi sforzai di deglutire, ma avevo la bocca asciutta. In un impeto di coraggio accesi la luce del corridoio, rapidamente seguita da tutte quelle che da lì portavano in camera. Nessun intruso da nessuna parte. Ma mentre sedevo sul bordo del letto stringendo il coltello, lo sentii di nuovo. Un tonfo sordo, poi il rantolo. Dallo spavento mancò poco che mi ferissi da sola.

Quindi, rassicurata all'idea che dentro non ci fosse nessuno, pensai: Okay, bastardo, fammi dare un'altra occhiata e poi chiamo la polizia.

A passo spedito tornai verso le porte-finestre che davano sul giardino laterale. In soggiorno la luce era ancora spenta. Scostai la tenda e, con molta più spavalderia di prima, guardai fuori.

La scena era sempre la stessa. Forme vagamente familiari, alcune agitate dal vento. Tonfo e rantolo! Con un sussulto involontario mi resi conto che il rumore proveniva da un punto ben oltre le finestre, non appena al di là di esse.

Allora pensai al faretto esterno e andai a cercare l'interruttore, incurante del fastidio che avrei procurato ai vicini. Una volta acceso, tornai alla mia postazione vicino alla tenda. Per quanto poco intensa, la luce bastava a rischiarare i contorni del giardino.

Non pioveva più, ma in compenso si era sollevata la brezza e nel fascio di luce danzava una leggera foschia. Rimasi in ascolto per un po'. Niente. Spaziai più volte con lo sguardo entro tutto il campo visivo. Niente. Con mossa azzardata disattivai l'allarme, aprii la porta-finestra e sporsi la testa.

Alla mia sinistra, contro il muro, l'abete nero si stagliava tenebroso come il suo nome, ma nessuna sagoma estranea avrebbe mai potuto nascondersi tra i suoi rami. Un colpo di vento li mosse leggermente. Tonfo. Rantolo. Scarica di adrenalina.

Il cancello. Il rumore veniva dal cancello. Il mio sguardo corse verso di esso appena in tempo per cogliere il movimento quasi impercettibile, mentre tornava ad assestarsi. Restai a guardare. Un altro colpo di vento e il cancello ondeggiò leggermente nel piccolo gioco lasciato dal chiavistello. Tonfo. Rantolo.

Umiliata, attraversai il giardino a passo di marcia. Perché non avevo mai registrato prima quel rumore? Ma subito un elemento nuovo attirò la mia attenzione: mancava il lucchetto. Il lucchetto, che evidentemente aveva sempre impedito al chiavistello di ballare. Una dimenticanza di Winston, dopo che era venuto a tosare l'erba? Sicuramente.

Spinsi con forza il cancello, cercando di bloccarlo, quindi mi girai per tornare indietro. Fu allora che sentii l'altro rumore, più lieve e delicato.

Risalendo con lo sguardo nella direzione di provenienza, individuai un oggetto estraneo nell'orto delle piante aromatiche. Una specie di zucca, impalata su un bastone che spuntava dalla terra. Il fruscio era quello di una superficie di plastica mossa dal vento.

Fui istantaneamente pervasa da una consapevolezza atroce: in modo del tutto irrazionale, sapevo cosa c'era là sotto. Con gambe tremanti attraversai il prato e sollevai la plastica.

Un attimo dopo stavo vomitando. Dopo essermi passata una mano sulla bocca tornai precipitosamente in casa, richiusi la porta-finestra e inserii l'allarme.

In preda alla frenesia scartabellai in cerca di un numero, corsi al telefono e con un estremo atto di volontà mi imposi di premere i tasti giusti. Al quarto squillo risposero.

«Venga qui, presto! Presto!»

«Brennan?» Voce impastata di sonno. «Che ca...?»

«Immediatamente, Ryan! *Subito!*»

24

Cinque litri di tè più tardi me ne stavo rannicchiata sulla sedia a dondolo di Birdie fissando Ryan con sguardo opaco. Era alla terza telefonata, questa volta personale, e stava avvisando qualcuno – qualcun*a* – che ne avrebbe avuto per un po'. A giudicare da ciò che vedevo, la signora all'altro capo del filo non era affatto contenta. Quel che si dice una dura.

Gli isterismi a volte pagano. Ryan era arrivato nel giro di venti minuti. Aveva perlustrato la casa e il giardino, quindi si era messo in contatto con la CUM perché mandassero una pattuglia a piantonare l'edificio. Aveva trasferito il sacchetto con il suo macabro contenuto in un altro sacco più grande, sigillandolo e appoggiandolo in un angolo della sala da pranzo. L'avrebbe portato subito all'obitorio, mentre per quelli della Scientifica bisognava aspettare fino al mattino. Adesso eravamo in soggiorno, io seduta a sorseggiare il mio tè, lui in piedi a camminare avanti e indietro e a parlare.

Non so quale dei due sortì maggior effetto calmante, se Ryan o il tè. Forse non il tè. In realtà avrei voluto qualcosa di forte. Anzi, il verbo volere non rende l'idea: diciamo pure bramare. E poi non qualcosa: bicchieri e bicchieri di qualcosa di forte. Una bottiglia da cui poter mescere fino all'ultima goccia. Scordatelo, Brennan. Hai riavvitato il tappo e adesso lo lasci dov'è.

Dunque sorseggiavo il tè e osservavo Ryan. Indossava un paio di jeans e una camicia scolorita dello stesso cotone. Ottima scelta. L'azzurro gli valorizzava gli occhi come il processo di colorizzazione valorizza una vecchia pellicola. Concluse l'ultima telefonata e si sedette.

«Così dovrebbe andare», disse, lanciando il telefono sul divano e passandosi una mano sul viso. Era scarmigliato e aveva l'aria stanca. Be', con tutta probabilità in quel momento neanch'io assomigliavo a Claudia Schiffer.

Andare dove? Chi? mi domandai.

«Grazie per essere venuto», risposi invece. «Mi dispiace per la reazione esagerata.» Lo avevo già detto, ma pazienza.

«Nessuna reazione esagerata.»

«Di solito non...»

«Stia tranquilla. Prenderemo questo pazzo.»

«Avrei potuto limitarmi a...»

Si sporse in avanti e puntò i gomiti contro le ginocchia, mentre i due laser azzurri catturavano il mio sguardo immobilizzandolo. Un minuscolo filamento di garza gli navigava sulle ciglia, come un grano di polline su un pistillo.

«Mi ascolti, Brennan, questa è una faccenda molto seria. Là fuori si aggira una specie di mutante mentale psicologicamente deforme. È come un ratto che si scava una galleria tra i rifiuti e viaggia per la città lungo le fogne. È un predatore, gli hanno collegato male i fili e adesso la sta usando per alimentare il suo incubo degenerato. Ma ha commesso un errore, e noi lo aspetteremo all'uscita della fogna e lo schiacceremo. Purtroppo è così che si trattano i delinquenti.»

Tanta veemenza mi sorprese. Non sapevo bene come ribattere, ma era inutile fargli notare che confondeva i termini delle metafore.

Scambiò il mio silenzio per scetticismo.

«Non sto affatto scherzando. Questo pezzo di merda ha del cibo per cani al posto del cervello. Il che significa: basta con le prodezze, Brennan.»

Quel commento mi indispose violentemente, cosa più che prevedibile visto il mio umore. Consapevole del deplorevole stato di dipendenza e vulnerabilità in cui versavo, concentrai tutta la mia frustrazione contro di lui.

«Prodezze?»

«Merda, Brennan. Non mi riferisco a stasera.»

Infatti sapevamo entrambi a cosa si riferiva. E il fatto che avesse ragione mi rendeva ancora più suscettibile e bellicosa. Feci ruotare la tazza con il fondo di tè ormai freddo, barricandomi nel mutismo.

«È evidente che questo animale la teneva d'occhio», continuò, inesorabile come un martello pneumatico. «Sa dove vive. Sa come entrare.»

«Non è proprio entrato.»

«No, le ha solo piantato una fottuta testa umana in giardino!»

«Lo so!» sbottai, perdendo ogni residuo di compostezza.

Il mio sguardo corse verso l'angolo della sala da pranzo. Il reperto era là, silenzioso e inerte, un nuovo oggetto da analizzare. Avrebbe potuto essere qualunque cosa. Un pallone. Un mappamondo. Un melone. Dentro il sacco trasparente in cui Ryan l'aveva sigillato, l'oggetto rotondo avvolto nella plastica lucida e nera sembrava del tutto innocuo.

Mentre lo fissavo, davanti ai miei occhi si pararono invece le truculente immagini della realtà. Rividi il teschio piantato sullo stecco sottile. Rividi le orbite vuote e i riflessi rosati della luce al neon sullo smalto bianco nella bocca aperta. Immaginai l'intruso che tranciava il lucchetto e spavaldamente attraversava il prato per andare a piantare il suo macabro memento.

«Lo so», ripetei, «ha ragione. Devo stare più attenta.»

Ruotavo la tazza e cercavo risposte nelle foglie di tè.

«Ne vuole un po'?»

«No, grazie.» Ryan si alzò. «Vado a vedere se gli uomini sono già arrivati.»

Scomparve in fondo all'appartamento, mentre io andavo a versarmene ancora. Quando tornò ero in cucina.

«C'è una volante parcheggiata nella via qui di fianco e un'altra sul retro. Con loro parlerò quando me ne andrò. Nessuno potrà avvicinarsi all'edificio senza essere visto.»

«Grazie.» Bevvi un sorso e mi appoggiai al piano della credenza.

Ryan tirò fuori un pacchetto di DuMaurier e mi guardò inarcando le sopracciglia.

«Prego.»

Se c'era una cosa che non sopportavo in assoluto era il fumo in casa, ma del resto forse anche lui odiava trovarsi lì. La vita è un continuo compromesso. Per un attimo contemplai la possibilità di cercare l'unico portacenere che avevo, poi decisi di lasciar perdere. Ryan accese e io ripresi a sorseggiare. Per un po' restammo in silenzio, ciascuno smarrito nei propri pensieri. Il frigorifero ronzava.

«Vede, non è stato il cranio in sé a farmi saltare i nervi. I crani per me sono una cosa normale. È che era così... così fuori contesto.»

«Sì.»

«Lo so che può suonare come un cliché, ma mi sento davvero violata. Come se una creatura aliena avesse invaso il mio spazio personale, ci avesse scavato dentro e se ne fosse andata esaurito ogni interesse.»

Strinsi il manico della tazza. Odiavo sentirmi così vulnerabile. E così banale. Chissà quante volte gli era già toccato ascoltare quei discorsi. Comunque non fece commenti.

«Lei non crede si tratti di Saint-Jacques?»

Mi guardò, scrollando un po' di cenere nel lavandino. Quindi si appoggiò a sua volta al bordo della credenza e inspirò una lunga boccata, le gambe allungate fin quasi a toccare il frigorifero.

«Non so, non siamo nemmeno riusciti a identificarlo con precisione. Probabilmente Saint-Jacques è un nome falso, ma chiunque fosse di sicuro non viveva in quella topaia. È saltato fuori che la padrona di casa l'ha incontrato solo due volte, e dopo una settimana di piantonamenti non abbiamo ancora visto entrare o uscire nessuno.»

Ronzio. Tiro. Boccata di fumo. Fondi di tè.

«Nella sua collezione aveva una mia foto. L'aveva ritagliata e contrassegnata con una X.»

«Già.»

«Me la racconti giusta, Ryan.»

Una breve pausa. Poi: «Se proprio devo sbilanciarmi, per me è lui. Una coincidenza sarebbe troppo improbabile».

Me ne rendevo conto anch'io, ma non volevo sentirmelo dire. Di più. Non volevo pensare a quello che significava. Feci un gesto in direzione del cranio.

«È il corpo ritrovato a Saint-Lambert?»

«Be', questa è competenza sua.»

Fece un ultimo tiro, spense il mozzicone sotto l'acqua corrente e si guardò intorno in cerca di un luogo dove buttarlo. Con un colpo di reni mi staccai dal ripiano e aprii il credenzino contenente il sacchetto dei rifiuti. Mentre anche lui si scostava, gli appoggiai una mano sull'avambraccio.

«Ryan, lei mi crede pazza? Crede che questa del serial killer sia solo una mia fantasia?»

Si raddrizzò e mi guardò negli occhi.

«Non lo so. Non lo so. Forse ha ragione. Quattro donne assassinate nell'arco di due anni, tutte mutilate o smembrate, o entrambe le cose. Forse addirittura cinque. Analogie nelle mutilazioni. L'inserimento del corpo estraneo. Ma nient'altro. Per il momento, nessun altro collegamento. Forse c'entrano, forse no. Forse là fuori ci sono decine di sadici che agiscono ciascuno per conto proprio. Forse è stato Saint-Jacques, forse è solo un maniaco che colleziona articoli sulle bravate commesse da altri. Forse l'assassino è sempre lo stesso, ma non è lui. Forse sta già fantasticando sul suo prossimo colpo. Forse il bastardo le ha solo piantato un teschio in giardino, forse non si è limitato a quello. Non lo so. So solo che stanotte un pazzo le ha parcheggiato un cranio tra le petunie, e non voglio che lei corra altri pericoli. Per favore, mi giuri che d'ora in avanti sarà più prudente. Basta con le sortite coraggiose.»

Di nuovo il paternalismo. «Era prezzemolo.»

«Come ha detto?» Il suo tono era una lama abbastanza affilata da scoraggiare altre risposte insolenti.

«Insomma, cosa devo fare?»

«Per adesso la pianti con le sue esplorazioni segrete.» Indicò il sacco con un pollice. «E mi dica chi è quello là dentro.»

Lanciò un'occhiata all'orologio.

«Cristo, le tre e un quarto! Se la sente di restare sola?»

«Sì. Grazie per essere venuto.»

«Bene.»

Controllò ancora una volta il telefono e l'impianto d'allarme, quindi raccolse il sacco e io lo accompagnai all'ingresso. Mentre lo guardavo allontanarsi non potei fare a meno di notare che i suoi occhi non erano certo l'unico tratto valorizzato dai jeans. Brennan! Troppo tè. O troppo poco di qualcos'altro.

Esattamente alle quattro e ventisette l'incubo ricominciò. All'inizio pensai che fosse tutto un sogno, una rivisitazione degli eventi della prima parte della notte, ma in realtà non mi ero mai addormentata del tutto. Ero rimasta sdraiata sul letto, imponendomi di rilassarmi, lasciando che i miei pensieri si frammentassero per poi ricomporsi come schegge di un caleidoscopio. Il rumore che sentivo adesso, però, era presente e reale e non avevo dubbi su ciò che significava: il suono intermittente dell'allarme mi diceva che una porta o una finestra erano state aperte. L'intruso era tornato, e questa volta era entrato.

Le pulsazioni cardiache mi andarono alle stelle e di colpo sentii rimontare la paura, dapprima sotto forma di soffocamento e paralisi, quindi di una scarica di adrenalina che mi lasciò lucida ma incerta sul da farsi. Lottare? Scappare? Le mie dita strinsero l'orlo della coperta, mentre il mio cervello volava in mille direzioni diverse. Come aveva fatto a eludere la sorveglianza delle due pattuglie? In che stanza si trovava? Il coltello! Era rimasto in cucina, sul piano della credenza! Rigida, immobile, valutavo tutte le possibilità. Ryan aveva controllato il telefono, ma volendo dormire tranquilla avevo staccato la spina in camera da letto. Sarei riuscita adesso a ritrovare il filo, a localizzare la piccola presa triangolare e a fare una chiamata prima di essere aggredita? Dove mi aveva detto che erano parcheggiate le volanti? Se avessi spalancato la finestra e mi fossi messa a gridare, gli agenti sarebbero arrivati in tempo?

Tesi le orecchie nel tentativo di captare ogni possibile rumore proveniente dall'oscurità che mi circondava. Eccolo! Uno scatto leggero. Nel corridoio d'ingresso? Trattenni il respiro. Gli incisivi superiori si serrarono sul labbro inferiore.

Un fruscio sul pavimento di marmo. Vicino alla porta. Birdie? No, questo era un rumore che sapeva di massa pesante. Di nuovo! Uno sfregamento leggero, forse contro la parete, più che sul pavimento. Troppo in alto per qualunque gatto.

Di colpo mi tornò alla mente un'immagine dell'Africa, un viaggio notturno attraverso l'Amboseli. Un leopardo colto di sorpresa dai fari della jeep, acquattato, i muscoli tesi, le narici che risucchiavano l'aria della notte, pronto a balzare silenziosamente sull'ignara gazzella. Il mio predatore era altrettanto padrone del buio e stava avanzando con movimenti sicuri verso la mia camera da letto? Tagliandomi ogni via di fuga? Cosa faceva? Perché era tornato? Cosa dovevo fare io? Qualcosa! Non startene lì ad aspettare. Fa' qualcosa!

Il telefono. Cercare il telefono. Gli agenti erano parcheggiati lì, appena fuori casa. Il centralinista li avrebbe avvisati. Ce l'avrei fatta a trovarlo senza farmi sentire? Ma era poi così fondamentale non tradirsi?

Lentamente sollevai le coperte e rotolai sulla schiena. Il fruscio delle lenzuola mi rimbombò nelle orecchie con la forza di un tuono.

Un altro sfregamento contro la parete. Più sonoro. Più vicino. Come se l'intruso avesse acquistato nuova sicurezza, abbandonando ogni prudenza.

Tesa fino allo spasmo, centimetro dopo centimetro mi spinsi verso il bordo sinistro del letto. La tenebra assoluta mi disorientava. Perché avevo chiuso la persiana? Perché avevo staccato il telefono per cinque minuti di sonno in più? Stupida. Stupida. Stupida. Cerca il filo, cerca la spina, digita il 911 alla cieca. Feci un inventario mentale degli oggetti appoggiati sul comodino, stabilendo il percorso che la mia mano avrebbe seguito. Per raggiungere la presa mi sarei dovuta lasciar scivolare sul pavimento.

Arrivata al bordo mi puntellai sui gomiti. I miei occhi sondarono l'oscurità, riuscendo a distinguere solo il vano della porta illuminato dal bagliore fioco e indiretto di un quadrante. Lì, almeno, non c'era nessuno.

Rincuorata, staccai la gamba sinistra dal materasso e adagissimo, senza vedere nulla, allungai una mano verso terra. In quel momento un'ombra attraversò il vano. Mi immobilizzai con la gamba a mezz'aria e il resto dei muscoli paralizzati da un terrore catatonico.

Questa è la fine, pensai. Morirò nel mio letto. Da sola. Con quattro poliziotti ignari fuori dalla porta. Rividi le altre donne, le loro ossa, i loro volti, i loro corpi sventrati. La ventosa. La statuetta. No! gridò una voce nella mia testa. Io no. Per favore. Io no. Ma quante grida sarei riuscita a emettere prima che lui mi fosse addosso? Prima che mi riducesse al silenzio con un colpo della sua lama? Abbastanza da far scattare gli agenti là fuori?

I miei occhi saltavano frenetici da una parte all'altra della stanza, come quelli di un animale in trappola. All'improvviso una massa scura riempì il vano della porta. Una figura umana. Rimasi sdraiata immobile, afona, incapace di lanciare anche solo un grido.

La figura esitò un momento, incerta sul da farsi. Lineamenti inesistenti. Solo una silhouette incorniciata dagli stipiti. Dall'unica via d'entrata. Dall'unica via d'uscita. Oh, Dio! Perché non avevo una pistola? Perché?

Passarono alcuni secondi. Probabilmente l'intruso non riusciva a distinguere il mio corpo sul bordo del letto. Probabilmente dalla sua posizione la camera sembrava vuota. Aveva con sé una torcia? Avrebbe acceso l'interruttore della stanza?

Di colpo il mio cervello si liberò da quella paralisi. Cosa ti hanno insegnato al corso di autodifesa? Se puoi, scappa. Non posso. Se ti trovi con le spalle al muro, lotta per vincere. Mordi. Punta agli occhi. Scalcia. Fagli male! Prima regola: non permettergli di arrivarti sopra. Seconda regola: non dargli modo di immobilizzarti. Coglilo di sorpresa. Se solo fossi riuscita a raggiungere una porta per uscire, gli agenti là fuori mi avrebbero salvata.

Il piede sinistro toccò terra. Restando sdraiata, ruotai lentamente sulle natiche e portai anche il piede destro verso il bordo del letto. Ormai poggiavano entrambi sul pavimento, quando la figura ebbe un guizzo improvviso e io fui accecata da un lampo di luce.

Mi portai le mani agli occhi e scattai in avanti, nel tentativo estremo di sbilanciare il mio aggressore e fuggire dalla camera. Ma con il piede destro inciampai in un lembo del lenzuolo e finii lunga distesa sulla moquette. Rotolai a sinistra e disperatamente mi misi carponi, girandomi per affrontarlo. Terza regola: mai dare le spalle al nemico.

La figura rimase ferma dalla parte opposta della stanza, la mano sull'interruttore. Solo che adesso aveva una faccia. Una faccia stravolta da un terremoto interno che io potevo solo intuire. Una faccia che conoscevo. Anche la mia doveva essere una maschera sferzata dalla tempesta delle emozioni. Terrore. Riconoscimento. Confusione. I nostri sguardi si incontrarono. Ci fissammo senza muoverci. Senza parlare. Ci fissammo immobili attraverso la camera.

Finalmente gridai.

«Maledizione, Gabby! Brutta stronza! Che cazzo fai? Che cazzo ti ho fatto? Stronza! Stronza stronza stronza!»

Crollai seduta sui talloni, le mani appoggiate alle cosce, senza sforzarmi minimamente di trattenere le lacrime che mi inondavano il viso e i singhiozzi che mi scuotevano tutto il corpo.

25

Mi dondolavo avanti e indietro, dalle ginocchia alle caviglie, singhiozzando e gridando. Le mie parole avevano poco senso e confondendosi con i singhiozzi diventavano del tutto incoerenti. Sapevo che la voce era mia, ma non avevo il potere di fermarla. I farfugliamenti irriconoscibili continuavano a uscire tra dondolii, strilli e singhiozzi.

Presto questi ultimi ebbero la meglio sugli strilli, poi anch'essi scemarono trasformandosi in deglutimenti strozzati, e alla fine, dopo un ulteriore tremito, smisi di dondolarmi e la mia attenzione si focalizzò su Gabby. Anche lei stava piangendo.

Era ferma dalla parte opposta della stanza, una mano ancora sull'interruttore della luce, l'altra premuta contro il petto. Le sue dita si aprivano e si chiudevano, il suo petto si gonfiava a ogni respiro e aveva il volto rigato di lacrime. Piangeva silenziosamente, e a parte i movimenti della mano sembrava completamente paralizzata.

«Gabby?» La voce mi si ruppe in gola, lasciando uscire solo un «... by?»

Annuì con un gesto secco della testa e i riccioli le ondeggiarono intorno al volto cinereo. Poi cominciò a deglutire rumorosamente, come se stesse cercando di ricacciare indietro le lacrime. Le parole sembravano al di là della sua portata.

«Cristo, Gabby, ma sei impazzita?» sussurrai allora, sforzandomi di mantenere il controllo. «Cosa ci fai qui? Perché non mi hai chiamata?»

Pur dando l'impressione di riflettere sulla seconda domanda, tentò di rispondere alla prima.

«Avevo bisogno di... parlarti.»

Mi limitai a fissarla. Erano tre settimane che le correvo dietro.

E che lei mi evitava. Adesso erano le quattro e mezzo del mattino e lei mi si intrufolava in casa di soppiatto facendomi invecchiare di colpo di dieci anni.

«Come hai fatto a entrare?»

«Ho ancora la chiave.» Il ritmo della deglutizione stava calando. «Dall'estate scorsa.»

Staccò la mano tremante dall'interruttore e mi mostrò la chiave appesa alla catenina.

Mi sentii montare dentro un'ondata di rabbia, ma la spossatezza le impedì di esplodere.

«Non stanotte, Gabby.»

«Tempe, io...»

Le scoccai un'occhiata che voleva congelarla al suo posto. Mi guardò senza capire, con aria implorante.

«Non posso tornare a casa, Tempe.»

I suoi occhi erano tondi e scuri, il suo corpo rigido. Sembrava un'antilope fatalmente isolata dal resto del gregge. Un'antilope di dimensioni ragguardevoli, ma pur sempre terrorizzata.

Senza proferir verbo mi rimisi in piedi, andai a prendere degli asciugamani e delle lenzuola dall'armadio in corridoio e lasciai cadere il tutto sul letto della camera degli ospiti.

«Parleremo domattina.»

«Tempe, io...»

«Ho detto domattina.»

Mentre mi addormentavo, mi parve di sentirla comporre un numero al telefono. Al diavolo. Domattina.

E parlammo. L'indomani mattina e per ore e ore. Davanti a tazze piene di cornflakes e a piatti di spaghetti. Sorseggiando infiniti cappuccini. Parlammo rannicchiate sul divano e passeggiando avanti e indietro sulla Sainte-Catherine. Fu un weekend di parole, la maggior parte delle quali provenienti da Gabby. All'inizio ero convinta che fosse piombata da me in stato di confusione mentale. Tempo domenica sera, e non ne ero più tanto sicura.

La Scientifica arrivò venerdì in tarda mattinata. In segno di rispetto mi avvertirono prima telefonicamente, si presentarono senza troppa scena e lavorarono con rapidità ed efficienza. Accettarono la presenza di Gabby come uno sviluppo naturale degli eventi, come un sostegno affettuoso dopo una notte di paura. A lei raccontai solo che qualcuno era penetrato in giardino, evitando ogni possibile accenno alla testa: aveva già abbastanza preoccupazioni per conto suo. Andandosene, gli agenti mi lanciarono un'ultima frase d'incoraggiamento: «Non tema, dottoressa Brennan, prenderemo quel bastardo. Lei resti chiusa dentro».

La situazione di Gabby non era meno tormentata della mia. Il famoso informatore si era trasformato in persecutore. La seguiva dappertutto. A volte l'aspettava seduto su una panchina nel parco, altre la pedinava per strada e di notte bazzicava intorno al Saint-Laurent. Sebbene Gabby ormai rifiutasse di parlargli, lui non mollava. Si teneva a distanza, ma i suoi occhi non la perdevano mai di vista. Per due volte lei aveva avuto la netta sensazione che le fosse addirittura entrato in casa.

«Ne sei sicura, Gabby?» Nel senso: Non è che stai dando fuori di testa?

«E ha portato via qualcosa?»

«No. Almeno, non mi sembra. Nulla che abbia notato. Ma so che ha rovistato tra le mie cose. Insomma, te ne accorgi, no? Non mancava niente, ma era tutto come leggermente fuori posto.»

«Perché non hai risposto alle mie chiamate?»

«Ho smesso di rispondere al telefono. Suonava anche dieci volte al giorno senza che dall'altra parte ci fosse nessuno. Stessa storia con la segreteria telefonica. Un sacco di riaganci. Alla fine l'ho staccata.»

«Perché non mi hai chiamato tu, allora?»

«Per dirti cosa? Che mi seguivano? Che mi ero lasciata trasformare in una vittima? Che non ero più in grado di gestire la mia vita? Pensavo che trattandolo da verme prima o poi avrebbe perso interesse. Levati di torno e va' a spalmare la tua bava da qualche altra parte.»

Aveva un'espressione dilaniata.

«E poi, sapevo già cosa mi avresti detto. Stai dando fuori di testa, Gabby. Stai permettendo alla tua paranoia di prendere il sopravvento, Gabby. Hai bisogno di aiuto, Gabby.»

Ripensai al modo in cui le avevo riappeso in faccia l'ultima volta e provai una fitta di senso di colpa. Aveva ragione.

«Avresti potuto almeno rivolgerti alla polizia. Ti avrebbero garantito protezione.» Ma non ci credevo nemmeno mentre lo dicevo.

«Già.» Poi mi raccontò di giovedì notte.

«Sono rincasata verso le tre e mezzo del mattino e mi sono subito accorta che era entrato qualcuno. Sai, avevo usato il vecchio trucco del filo teso davanti alla porta... be', lì sì che ho dato fuori di matto. Pensa che ero anche abbastanza contenta perché non l'avevo incontrato per tutta la sera, e poi avevo appena fatto cambiare le serrature e per la prima volta dopo mesi mi sentivo finalmente sicura in casa mia. Vedere quel filo rotto per terra è stato come ricevere una pugnalata. Non potevo credere che ci fosse riuscito di nuovo. Oltretutto non sapevo nemmeno se era ancora lì, e non avevo nessuna voglia di scoprirlo. Così sono venuta da te.»

Mi parlò delle ultime tre settimane, riferendomi eventi e incidenti così come le venivano in mente, e a poco a poco nel corso del weekend il mio cervello ricompose gli episodi all'inizio scollegati in un ordine cronologico preciso. Il suo persecutore non aveva mai compiuto gesti apertamente aggressivi, ma l'escalation di tracotanza mi pareva evidente. Ora di domenica condividevo le sue paure.

Decidemmo che per il momento sarebbe rimasta da me, sebbene non fossi affatto certa del grado di protezione che la mia casa poteva offrirle. Venerdì sera tardi Ryan aveva telefonato per comunicarmi che la pattuglia avrebbe continuato il piantonamento fino a lunedì compreso, e uscendo per le nostre passeggiate salutavo i poliziotti con un cenno della testa. Gabby era convinta che fosse una risposta all'intrusione in giardino. Io glielo lasciai credere. Dovevo assecondare il suo rinato senso di tranquillità, non distruggerlo.

Le proposi anche di denunciare il suo persecutore alla polizia, ma lei rifiutò con decisione, nel timore che quel passo potesse compromettere le ragazze. Naturalmente non voleva perdere la loro fiducia e collaborazione, perciò non insistetti.

Lunedì mattina la salutai e uscii per andare al lavoro. Lei sarebbe passata da casa a prendere alcune cose che le servivano. Per un po' aveva acconsentito a girare alla larga dalla Main e a tenersi occupata scrivendo, ma per farlo aveva bisogno del portatile e di tutta la documentazione del caso.

Arrivai in ufficio alle nove e qualcosa. Ryan aveva già telefonato. L'appunto diceva: "Ho un nome. AR". Quando lo richiamai era fuori, così feci un salto al laboratorio di istologia per analizzare il reperto proveniente dal mio giardino.

Stava già asciugando sul banco, ripulito e contrassegnato; in assenza di tessuti molli, non era stato necessario sottoporlo a bollitura. Non era che un cranio come mille altri, con le sue orbite vuote e il numero LML nitidamente scritto a penna. Rimasi a fissarlo ripensando al panico che aveva scatenato tre notti prima.

«Ubicazione. Ubicazione. Ubicazione», ripetei al laboratorio deserto.

«*Pardon?*»

Non avevo sentito entrare Denis.

«Me lo disse una volta un agente immobiliare.»

«*Oui?*»

«L'importante non è il *cosa* ma il *dove*: è al luogo che spesso si reagisce.»

Espressione impassibile.

«Lasci perdere, non importa. Ha prelevato dei campioni di terra prima di lavarlo?»

«*Oui.*» Sollevò due piccole provette di plastica.

«Bene. Quelli vanno alla Scientifica.»

Annuì.

«Radiografie?»

«*Oui.* Ho appena consegnato le endorali e le apicali al dottor Bergeron.»

«Ma come? È qui anche di lunedì?»

«Sta per partire per due settimane di vacanza: è venuto a finire non so quale altro lavoro.»

«Hm, giornata fortunata!» Infilai il cranio in una vasca di plastica. «Ryan pensa addirittura di avere un nome.»

«Ah, *oui?*» Le sue sopracciglia si inarcarono di colpo.

«Dev'essersi alzato col gallo, oggi. È stato il servizio notturno a prendere il messaggio.»

«Per lo scheletro di Saint-Lambert o per quel regalino lì?»

Indicò il cranio: evidentemente la notizia aveva già fatto il giro.

«Forse per tutti e due. La terrò informata.»

Tornando in ufficio mi fermai da Bergeron. Lui sì che aveva parlato con Ryan. Mi comunicò che stava arrivando. A quanto pareva aveva trovato una denuncia di scomparsa così calzante da giustificare un *"mandat du coroner"*, una richiesta ufficiale da parte del coroner, per accedere alla documentazione antemortem.

«E tu ne sai qualcosa?» domandai.

«*Rien.*» Niente.

«Con questo lavoro finirò entro pranzo. Se hai bisogno, passa pure.»

Trascorsi le successive due ore stabilendo il sesso, la razza e l'età del cranio. Studiai i lineamenti della faccia e della scatola cranica, presi misure e inserii dati e discriminanti nel computer e alla fine giungemmo alla stessa conclusione: il reperto apparteneva a una femmina di razza bianca. Come lo scheletro di Saint-Lambert.

L'elemento più frustrante era l'età. L'unica cosa su cui potevo basarmi erano le chiusure delle suture craniche, metodo notoriamente poco affidabile. Il computer, dal canto suo, non poteva aiutarmi. Decisi che al momento della morte la donna doveva avere fra i venti e i trentacinque anni. Quaranta al massimo. Anche in questo caso, in linea con le ossa di Saint-Lambert.

Cercai altri indicatori di coerenza: statura complessiva, sviluppo dell'inserzione dei muscoli, grado di degenerazione artrosica, stato delle ossa, stato di conservazione. Tutto combaciava. Personalmente ero già convinta che si trattasse della testa dello scheletro del Monastère Saint-Bernard, ma mi occorrevano altre prove. Capovolsi il cranio per esaminarne la base.

Sulla superficie dell'osso occipitale, vicino al punto in cui il cranio poggia sulla colonna vertebrale, notai subito una serie di tagli a V che correvano dall'alto verso il basso, seguendo il contorno dell'osso. Sotto la Luxolamp si rivelarono molto simili ai segni già osservati sulle ossa lunghe, ma volevo essere sicura al cento per cento.

Riportai il cranio nel laboratorio di istologia, lo depositai accanto al microscopio e andai a prendere lo scheletro decapitato. Quindi scelsi la sesta vertebra cervicale, la misi sotto la lente e tornai a esaminare i tagli descritti la settimana prima. Infine ripresi il cranio e ingrandii le scalfitture a V notate sulla nuca e lungo la base: erano identiche, contorni e dimensioni delle sezioni combaciavano perfettamente.

«Grace Damas.»

Spensi la luce della fibra ottica e mi girai dalla parte della voce. «Chi?»

«Grace Damas», ripeté Bergeron. «Trentadue anni. Stando alle informazioni di Ryan, è scomparsa nel febbraio del '92.»

Feci un rapido calcolo. Due anni e quattro mesi. «Ci sta. Nient'altro?»

«Veramente non ho chiesto. Ryan ha detto che passerà dopo pranzo. Sta cercando di rintracciare non so che altro.»

«Sa già che l'identificazione è giusta?»

«Non ancora. Io ho appena finito.» Lanciò un'occhiata alle ossa. «Novità?»

«È lei. Adesso voglio vedere cosa dicono quelli della Scientifica a proposito dei campioni di terra. Forse riusciremo a eseguire un'analisi dei pollini, ma per quanto mi riguarda non ho dubbi: anche i tagli sono identici. Peccato che manchi la prima vertebra del collo, ma non è un dramma.»

Grace Damas. Per tutto il pranzo quel nome continuò a rieccheggiarmi nella testa. Grace Damas. La numero cinque, giusto? Ma ne avremmo trovate delle altre? E quante? Ciascuno di quei nomi si era impresso indelebilmente nella mia memoria, come il marchio a fuoco sul quarto posteriore di un vitello. Morisette-Champoux. Trottier. Gagnon. Adkins. E adesso uno nuovo. Damas.

All'una e mezzo Ryan varcò la soglia del mio ufficio. Bergeron gli aveva già comunicato l'identità del cranio; io gli dissi che valeva anche per lo scheletro.

«Cosa sa di lei?» gli chiesi.

«Trentadue anni. Tre figli.»

«Oh, Cristo.»

«Una buona madre, una brava moglie, una fervida praticante.» Consultò i suoi appunti. «Saint-Demetrius, dalla parte di Hutchinson. Vicino ad Avenue du Parc e Fairmont. Un giorno ha accompagnato i bambini a scuola e nessuno l'ha più rivista.»

«Il marito?»

«Sembra a posto.»

«Amanti?»

Si strinse nelle spalle. «Una famiglia greca molto tradizionale. Se di una cosa non si parla, vuol dire che non esiste. Era una brava ragazza, viveva per il marito. In soggiorno le hanno costruito un fottuto tempio.» Altra scrollata di spalle. «Forse era una santa. Forse no. Certo non lo sapremo da mammà o dal maritino, è come parlare a due ostriche. Un accenno all'argomento sesso, e si chiudono nel mutismo.»

Gli riferii dei tagli.

«Uguali alla Trottier. E alla Gagnon.»

«Hm.»

«Mani mutilate come nel caso Morisette-Champoux e Gagnon. E come una della Trottier.»

«Hm.»

Quando se ne fu andato accesi il computer e richiamai il foglio di calcolo. Cancellai *"Inconnue"* dalla colonna dei nomi e al suo posto digitai Grace Damas, quindi inserii le poche informazioni ricevute da Ryan. In un file a parte riassunsi ciò che sapevo sul conto di ciascuna vittima, ordinandole secondo la data del decesso.

Grace Damas era sparita nel febbraio del 1992. Aveva trentadue anni, era sposata e madre di tre figli. Viveva a nord-est della città, in una zona chiamata Parc Extension. Il suo corpo era stato smembrato e sotterrato in una buca poco profonda intorno al monastero di Saint-Bernard, a Saint-Lambert, dove era stato rinvenuto nel giugno del 1994. La testa era stata scoperta nel mio giardino alcuni giorni più tardi. Causa del decesso: ignota.

Francine Morissette-Champoux era stata percossa e ferita con un'arma da fuoco nel gennaio del 1993. Aveva quarantasette anni. Il corpo era stato trovato un'ora più tardi, a sud di Centre-Ville, nell'appartamento condominiale in cui viveva con il marito. L'assassino l'aveva sventrata, le aveva mozzato la mano destra e inserito a forza un coltello nella vagina.

Chantale Trottier era scomparsa nell'ottobre del 1993, all'età di sedici anni. Viveva insieme alla madre in fondo all'isola, nella comunità lacustre di Sainte-Anne-de-Bellevue. Era stata percossa, strangolata e smembrata, la mano destra parzialmente mutilata, la sinistra completamente recisa. Il corpo era stato trovato due giorni dopo a Saint-Jérôme.

Isabelle Gagnon era scomparsa nell'aprile del 1994. Viveva con il fratello in Rue Saint-Éduard. Nel giugno dell'anno in corso il suo corpo smembrato era stato rinvenuto nei terreni del Grand

Séminaire di Centre-Ville. Sebbene fosse impossibile determinare la causa esatta del decesso, i segni rilevati sulle sue ossa testimoniavano che era stata fatta a pezzi e sventrata. Le mani erano state mutilate e l'assassino le aveva inserito una ventosa nella vagina. Aveva ventitré anni.

Margaret Adkins era stata assassinata il 23 giugno, solo una settimana prima. Aveva ventiquattro anni, un figlio e conviveva con il suo compagno. Era stata uccisa a percosse, l'avevano sventrata e le avevano mutilato un seno per poi infilarglielo in bocca. Aveva una statuetta conficcata nella vagina.

Claudel aveva ragione: non c'era schema fisso nel modus operandi. Tutte le donne erano state percosse, ma alla Morisette-Champoux avevano anche sparato, la Trottier era stata strangolata e la Adkins accoltellata. Per la Damas e la Gagnon era addirittura impossibile stabilire la causa della morte.

Continuavo a riflettere sulle violenze inflitte alle vittime. Certo, esistevano delle varianti, ma anche un tema ricorrente. C'erano le pratiche sadiche e le mutilazioni. Doveva trattarsi di un'unica persona, di un unico mostro. La Damas, la Gagnon e la Trottier erano state sventrate, smembrate e i loro cadaveri rinchiusi e abbandonati in sacchi di plastica. Alla Gagnon e alla Trottier avevano tagliato le mani. La Morisette-Champoux era stata accoltellata e mutilata di una mano, ma non smembrata. La Adkins, la Gagnon e la Morisette-Champoux avevano subìto una penetrazione vaginale forzata da parte di un corpo estraneo. Le altre no. La Adkins aveva un seno mutilato, ma nessun'altra era stata sfigurata in maniera analoga. O forse sì? Della Gagnon e della Damas restava troppo poco per saperlo.

Fissavo lo schermo del computer ripetendomi, Dev'esserci, perché non lo vedo? Qual è il legame? Perché proprio loro? Le età sono troppo diverse, non può essere quello. Sono tutte bianche. Be', sai che fenomeno, siamo in Canada. Francofone. Anglofone. Allofone. Sposate. Single. Conviventi. Prova con un'altra categoria. Prova con la geografia.

Tirai fuori una cartina e segnai i luoghi di ritrovamento dei corpi. Aveva ancora meno senso di quando ci avevo provato con Ryan. Adesso i punti erano cinque, tutti sparpagliati. Tentai con le abitazioni. Gli spilli sembravano schizzi di vernice lasciati dal pennello di un astrattista. Nessuno schema.

Che cosa ti aspettavi, Brennan, una freccia puntata sulla Sherbrooke? Basta con lo spazio. Prova con il tempo.

Esaminai le date. La Damas era stata la prima, all'inizio del 1992. Calcolai mentalmente: undici mesi tra lei e la Morisette-Champoux. Nove mesi dopo era toccato alla Trottier, sei mesi dopo alla Gagnon, e due mesi dopo ancora alla Adkins.

Intervalli sempre più brevi. O l'assassino era diventato più coraggioso, o la sua sete di sangue stava aumentando. Le implicazioni logiche della mia considerazione mi fecero battere forte il cuore contro le costole. Dalla morte di Margaret Adkins era trascorsa già una settimana.

26

Mi sentivo intrappolata nella mia pelle. Angosciata e frustrata. Le visioni che si susseguivano nella testa mi infastidivano, ma non riuscivo a cancellarle. Osservai la carta di una caramella ondeggiare nella brezza davanti alla mia finestra e rotolare sotto la spinta dei refoli di vento.

Quel pezzetto di carta sei tu, Brennan, mi rimproverai. Non riesci a controllare il tuo destino, e tanto meno quello degli altri. Non esiste nulla a carico di Saint-Jacques. Non si sa chi ti ha piazzato il cranio in giardino. Il maniaco di Gabby è ancora là fuori. Probabilmente Claudel starà già facendo un esposto contro di te. Tua figlia sta per mollare la scuola. E nella tua testa continuano a vivere cinque donne morte, a cui forse se ne aggiungeranno una sesta e una settima se le tue indagini procederanno a questo ritmo.

Guardai l'orologio: le dodici e un quarto. Non avrei resistito un attimo di più nel mio ufficio. Dovevo fare qualcosa.

Che cosa?

Lanciai un'occhiata al rapporto di Ryan. Mi stava venendo un'idea.

Andranno su tutte le furie.

Vero.

Controllai il rapporto. L'indirizzo c'era. Aprii il foglio di calcolo. Erano tutti lì, insieme ai numeri di telefono.

È meglio se vai a sfogare la tua frustrazione in palestra.

Certo.

Condurre la tua battaglia da sola non ti faciliterà le cose con Claudel.

Assolutamente no.

Rischi di giocarti l'appoggio di Ryan.

Infatti.

Testa dura.

Stampai la schermata con i dati, scelsi e composi il numero. Al terzo squillo mi rispose un uomo. Era sorpreso, ma accettò di vedermi. Agguantai la borsetta e uscii nel sole estivo.

Era tornato il caldo, il tasso di umidità era così alto che potevi scrivere per terra col sudore delle dita. La foschia frangeva i raggi del sole stendendoli all'intorno come le falde di un mantello. Montai in macchina e mi diressi verso la casa in cui Francine Morisette-Champoux aveva abitato con il marito. Avevo scelto lei esclusivamente in virtù della vicinanza geografica: l'indirizzo era appena fuori da Centre-Ville, a meno di dieci minuti dal mio appartamento. Se avessi fatto un buco nell'acqua, almeno ero già sulla strada di casa.

Trovai il numero civico e mi fermai. La via era fiancheggiata da casette di mattoni, ciascuna con il suo balcone di ferro, il garage sotterraneo e il portone colorato.

Diversamente dalla maggioranza dei quartieri di Montréal, questo non aveva nome. Il processo di rinnovamento della città aveva trasformato gli ex cantieri dello stato, con i loro binari e capannoni, in complessi residenziali, barbecue e orti di pomodori. Era una zona ordinata e borghese, ma soffriva di una crisi d'identità: troppo vicina al centro per essere considerata periferia, restava tuttavia esclusa per pochi metri dal cuore della vera mondanità. Non era né vecchia né nuova. Un quartiere comodo e funzionale, ma privo di carattere.

Suonai il campanello e aspettai. Nell'aria calda aleggiava un odore di immondizia matura ed erba appena tagliata, e due case più in là un irrigatore innaffiava un praticello delle dimensioni di un mentino. All'improvviso un compressore ad aria si mise a ronzare, sfidando il ritmico clic-clic dello spruzzo.

Quando aprì la porta e me lo trovai davanti, non potei fare a meno di pensare al bambino della pubblicità Gerber in versione adulta. Biondo, leggermente stempiato, aveva un ciuffo ricciuluto che dalla sommità della testa gli ricadeva sulla fronte. Le guance e il mento erano tondi e paffuti, il naso corto e all'insù. Era quel che si dice un omone, non grasso ma sulla buona strada per diventarlo. A dispetto dei quasi trenta gradi, indossava un paio di jeans e una felpa. Calgary Stampede – 1985.

«Signor Champoux, sono...»

Spalancò la porta e arretrò di un passo, ignorando il tesserino di riconoscimento che gli porgevo. Lo seguii lungo un angusto corridoio fino a un altrettanto angusto soggiorno. Una parete era completamente tappezzata da vasche di pesci che conferivano alla stanza una sinistra sfumatura color acquamarina, mentre all'estremità opposta c'era un ripiano ingombro di piccole reti, scatole di esche e attrezzature per la pesca. Due porte a persiana si aprivano sulla cucina. Davanti a quei mobili così noti, il mio sguardo corse altrove.

Il signor Champoux liberò il divano e con un gesto mi invitò a sedere, lasciandosi a propria volta cadere su una poltrona reclinabile.

«Signor Champoux», ricominciai, «sono la dottoressa Brennan, del Laboratoire de Médicine Légale.»

Mi interruppi, sperando di non dover scendere in spiegazioni più dettagliate circa il mio ruolo all'interno dell'indagine. Anche perché in realtà un ruolo più preciso non l'avevo.

«Avete scoperto qualcosa? Io... è passato tanto tempo che non mi concedo nemmeno più di pensarci.» Parlava rivolgendosi al pavimento di parquet. «Francine è morta un anno e mezzo fa, e da almeno uno non ricevo più notizie da voi...»

Mi chiesi dove mi collocava in quel "voi".

«Ho risposto a un sacco di domande, parlato con un sacco di persone. Il coroner. La polizia. I giornalisti. Avevo persino assunto un investigatore privato. Dio sa quanto ci tenevo a inchiodare il colpevole. Non è servito a niente, nessuno ha mai trovato un indizio. Stabilirono il momento del decesso con un margine di scarto di un'ora al massimo. Il coroner disse che era ancora calda. Arriva un maniaco, uccide mia moglie, esce e scompare nel nulla.» Scosse la testa con fare incredulo. «Siete finalmente approdati da qualche parte?»

Nei suoi occhi lessi una miscela di angoscia e speranza. Il senso di colpa mi dilaniava.

«No, signor Champoux, da nessuna parte di preciso.» Senonché altre quattro donne potrebbero essere state assassinate dallo stesso animale. «Semplicemente vorrei rivedere con lei alcuni particolari, in caso avessimo trascurato qualcosa.»

La speranza svanì e al suo posto emerse la rassegnazione. Si appoggiò allo schienale della poltrona e attese.

«Sua moglie era dietologa?»
Annuì.
«Dove lavorava?»
«Un po' dappertutto. Dipendeva dal MAS, ma si spostava continuamente.»
«Il MAS?»
«Il Ministero degli Affari Sociali.»
«E si spostava continuamente, diceva.»
«Era consulente presso alcune cooperative alimentari, soprattutto di immigrati. Li consigliava su come regolarsi negli acquisti. Li aiutava a mettere in piedi delle specie di mense collettive, insegnava loro a cucinare secondo i loro usi e costumi ma contenendo i costi e conservando la sostanza. Gli indicava dove procurarsi all'ingrosso carne, cereali e altri alimenti base. E girava spesso nelle cucine per vedere che tutto funzionasse bene.»
«Dove si trovavano queste cooperative?»
«Un po' dappertutto, gliel'ho detto. Parc Extension. Côte-des-Neiges. Saint-Henry. Little Burgundy.»
«Da quanto tempo lavorava per il MAS?»
«Da sei o sette anni. Prima era al Montréal General. Aveva orari decisamente migliori.»
«E questo lavoro le piaceva?»
«Oh, sì, parecchio. Lo amava.» Gli si strozzò la voce in gola.
«Ma aveva orari irregolari?»
«No, per quello erano regolari. Solo che lavorava sempre. Al mattino, alla sera, nei weekend. Quando c'era un problema, era sempre Francine a risolverlo.» I muscoli delle sue mascelle si serravano e allentavano senza sosta.
«Per caso fra voi c'erano dissapori a causa dell'impegno di sua moglie?»
Per un attimo non rispose. «Avrei voluto stare di più con lei», disse infine. «Avrei preferito se avesse continuato a lavorare in ospedale.»
«Lei cosa fa, signor Champoux?»
«Sono ingegnere. Costruttore. Solo che ormai si costruisce molto poco.» Sorrise senza gioia e inclinò la testa da una parte. «Mi hanno "ridimensionato". È così che si dice, no?»
«Mi dispiace.»

«Ha idea di dove fosse diretta sua moglie il giorno in cui venne uccisa?» ripresi dopo una pausa.

Scosse la testa. «Quella settimana ci eravamo visti solo di sfuggita. C'era stato un incendio in una delle mense, era sempre là, notte e giorno. Forse ci stava andando anche in quel momento, o forse era diretta altrove. Che io sappia non teneva diari o agende. Nel suo ufficio non ne sono mai stati trovati, e neanche qui. So che voleva farsi tagliare i capelli. Chissà, forse aveva un appuntamento dal parrucchiere.»

Mi fissò, lo sguardo torturato.

«Lo sa cosa si prova? Non ho nemmeno il bene di sapere che programmi avesse il giorno in cui fu uccisa.»

Il flusso di ricambio delle vasche produceva un gorgoglio di sottofondo.

«Le aveva mai riferito eventi insoliti? Telefonate strane? Visite di sconosciuti?» Pensai a Gabby. «Incontri inquietanti per strada?»

Un altro no con la testa.

«Ma gliene avrebbe parlato?»

«Probabilmente sì, se ne avessimo avuto il tempo. Ma, come le ho detto, in quegli ultimi giorni non c'eravamo quasi visti.»

Provai a battere un'altra pista.

«Era gennaio, quindi faceva freddo. Lei sa se sua moglie aveva l'abitudine di chiudere a chiave porte e finestre?»

«Sì. Questa casa non le era mai piaciuta, non le andava di vivere a ridosso della strada. Fui io a convincerla a comprare qui, ma lei preferiva i condomini con custode o guardie di sicurezza. In questa zona ci sono elementi a dir poco originali, lei era sempre sul chi va là. Infatti stavamo per traslocare. Era contenta di avere un giardino posteriore e più spazio, ma non si era mai abituata a stare qui. Era già costretta a frequentare quartieri poco raccomandabili per lavoro, e quando tornava a casa voleva sentirsi al sicuro. Invulnerabile, così diceva. Invulnerabile. Capisce?»

Oh, sì. Sì che capisco.

«Quando ha visto sua moglie l'ultima volta?»

Inspirò ed espirò profondamente. «Venne uccisa un giovedì. La sera prima aveva lavorato fino a tardi, a causa dell'incendio, e quando rientrò io dormivo già.»

Lasciò cadere la testa, rimettendosi a parlare con il pavimento.

Sulle sue guance si disegnarono due macchie di minuscoli capillari.

«Il giorno dopo mi alzai presto e uscii. Non la salutai neanche.»

Restammo in silenzio per alcuni secondi.

«Ecco, così andarono le cose, e non si può tornare indietro. Nessuno mi darà una seconda chance.» Sollevò lo sguardo, fissando il turchese delle vasche. «Odiavo l'idea che lei lavorasse e io no. L'avevo esclusa dal mio mondo, e questa è l'eredità con cui mi tocca vivere.»

Prima che riuscissi a concepire una risposta si girò verso di me, il volto teso e la voce improvvisamente dura.

«Andai da mio cognato. Aveva qualche dritta da darmi. Rimasi da lui tutta la mattina, poi trov... poi tornai qui verso mezzogiorno. Lei era già morta. Il mio alibi è stato controllato.»

«Signor Champoux, non era mia intenzione dubi...»

«Mi pare che questa conversazione non stia portando da nessuna parte, stiamo solo ripetendo un sacco di cose già dette.»

Si alzò. Era un congedo.

«Mi dispiace di averle riportato alla memoria ricordi dolorosi.»

Mi guardò senza commentare, quindi si mosse in direzione del corridoio. Lo seguii.

«Grazie per avermi dedicato un po' del suo tempo, signor Champoux.» Gli diedi un biglietto da visita. «Se le venisse in mente altro, la prego di chiamarmi.»

Annuì. Aveva l'espressione stordita di chi, dopo una calamità, non riesce a dimenticare che le sue ultime parole e azioni rivolte alla persona amata sono state meschine e indegne di un buon addio. Ma esistono buoni addii?

Mentre me ne andavo sentii il suo sguardo che mi seguiva. Nonostante il caldo, ero attanagliata da una specie di gelo interiore. Raggiunsi la macchina a passo spedito.

Il colloquio con il signor Champoux mi aveva lasciata decisamente scossa e ora guidavo verso casa ponendomi mille domande.

Che diritto avevo di andare a rivangare nel dolore di quell'uomo?

Mi vidi davanti i suoi occhi.

Un tale strazio. Colpa della mia invasione?

No. Non ero io l'architetto del suo edificio di rimpianti. Monsieur Champoux viveva con un rimorso che si era costruito con le sue mani.

Ma rimorso per cosa? Per aver esposto sua moglie a un pericolo?

No. Non mi sembrava quel tipo d'uomo.

Rimorso per averla ignorata. Per averle lasciato credere di non contare poi così tanto. Niente di più semplice. Alla vigilia della sua morte si era rifiutato di parlare con lei, le aveva girato la schiena e si era messo a dormire. Al mattino non l'aveva neanche salutata. E adesso non avrebbe potuto farlo mai più.

Svoltai in Saint-Marc, inoltrandomi nell'ombra del tunnel sotterraneo. Le mie ricerche erano destinate solo a far riaffiorare ricordi dolorosi?

Avrei potuto davvero ottenere qualcosa là dove tanti professionisti avevano già fallito, o la mia era solo una crociata personale contro Claudel?

«No!»

Pestai un pugno sul volante.

No, accidenti, pensai. Non è questo il mio obiettivo. A parte me nessuno crede che l'assassino sia uno solo e che tornerà a colpire. Se voglio impedire nuove morti, devo scavare alla ricerca di fatti.

Riemersi alla luce del sole. Invece di dirigermi a est, verso casa, attraversai la Sainte-Catherine, tornai indietro lungo Rue du Fort e imboccai la Ventesima West.

Lentamente stavo uscendo dalla città, tamburellando la mia impazienza sul volante. Erano le tre e mezzo e in corrispondenza del Turcot Interchange si era già formata una coda. Avevo scelto un orario pessimo.

Quarantacinque minuti più tardi trovai Geneviève Trottier intenta a seminare pomodori davanti alla casa verdina che aveva condiviso con la figlia. Si girò a guardare mentre parcheggiavo nel vialetto e attraversavo il prato.

«*Oui?*» Tono amichevole, accoccolata sui talloni, occhi strizzati al sole.

Indossava un paio di pantaloncini gialli e un top decisamente troppo abbondante per i suoi piccoli seni. Il sudore le luccicava sul corpo serrandole la morsa dei riccioli intorno al viso. Era più giovane di quanto mi fossi aspettata.

Quando le spiegai chi ero e perché mi trovavo lì la sua socievolezza acquistò immediatamente una sfumatura di serietà. Esitò, quindi posò la zappetta e si alzò in piedi, spazzandosi la terra dalle mani. Intorno a noi aleggiava il profumo dei pomodori.

«È meglio che entriamo», disse, abbassando lo sguardo. Come Champoux, non mi chiese che diritto avevo di presentarmi con le mie domande.

Attraversò il giardino e io la seguii, già oppressa all'idea della conversazione che ci attendeva. Il top le ballonzolava sulla schiena ossuta e aveva il retro delle cosce e il dorso dei piedi tappezzati di fili d'erba.

In cucina la luce intensa brillava su superfici di legno e di porcellana testimoni di anni di cure premurose. Vasi di kalanchoe decoravano finestre incorniciate da tende di cotonina gialla, e stipi e cassetti erano punteggiati da pomelli dello stesso colore.

«Ho preparato della limonata», disse, le mani che già si protendevano verso la caraffa con tutta la confidenza dei gesti noti.

«Volentieri, grazie.»

Sedetti a un lindo tavolo di legno e la osservai incurvare una vaschetta di plastica per estrarne i cubetti di ghiaccio, quindi versarvi sopra la limonata. Prese i due bicchieri e si lasciò scivolare su una sedia di fronte a me, lo sguardo che continuava a evitare il mio.

«Per me è difficile parlare di Chantale», esordì, fissando la limonata.

«Posso capirlo, e sono terribilmente desolata per la sua perdita. Come sta?»

«Vado a giorni.»

Intrecciò le dita e si irrigidì, le spalle aguzze sotto il top.

«È venuta per darmi qualche notizia?»

«Purtroppo no, signora Trottier. E non ho neanche domande particolari da rivolgerle. Pensavo solo che magari potesse esserle venuto in mente qualcosa, qualcosa che all'epoca non le era parso importante.»

Il suo sguardo non si mosse. Fuori un cane si mise ad abbaiare.

«Dall'ultima volta che ha parlato con gli investigatori le è per caso tornato alla memoria qualche particolare sulla scomparsa di Chantale?»

Nessuna risposta. In cucina l'aria era calda e pesante, vagamente impregnata dell'odore di un disinfettante al limone.

«So che per lei è terribile, ma se esiste una speranza di trovare l'assassino di sua figlia ci serve ancora tutto il suo aiuto. Ha qualche pensiero ricorrente? Un tarlo su cui continua a tornare?»

«Che avevamo litigato.»

Rieccolo. Il senso di colpa per il mancato congedo. Il desiderio di poter ritirare delle parole per sostituirle con altre.

«Non mangiava. Era convinta di stare ingrassando.»

L'avevo già letto sul rapporto.

«Ma non era grassa, anzi. Avrebbe dovuto vederla. Era bella. Aveva solo sedici anni.» Finalmente i suoi occhi incontrarono i miei. Da ciascuna palpebra sgorgò un'unica lacrima, che subito rotolò lungo la guancia.

«Mi dispiace», ripetei, nel tono più delicato che riuscii a trovare. Attraverso la zanzariera alla finestra entrava un profumo di gerani caldi di sole. «C'era qualcosa che rendeva infelice Chantale?»

Vidi le sue dita stringersi intorno al bicchiere.

«È proprio questa la cosa tremenda. Era una ragazzina così serena. Sempre contenta, piena di vita e di progetti. Nemmeno il divorzio sembrava averla turbata. Affrontava le cose a testa alta, con energia.»

Era la verità o solo una fantasia retrospettiva? Ricordai che i Trottier avevano divorziato quando Chantale aveva nove anni. Il padre viveva da qualche parte in città.

«Perché non mi racconta qualcosa di quelle ultime settimane? Aveva notato qualche cambiamento nelle abitudini di sua figlia? Riceveva telefonate strane? Aveva conosciuto gente nuova?»

La sua testa si muoveva con lenti cenni di diniego. No. No. No.

«Aveva difficoltà a legare?»

No.

«Lei diffidava di qualche sua amicizia?»

No.

«Aveva un ragazzo?»

No.

«Ma usciva con qualcuno?»

No.

«Problemi a scuola?»

No.

La mia abilità nel porre le domande era piuttosto scarsa. Era lei a dover parlare, non io.

«Mi racconti di quel giorno. Il giorno in cui Chantale scomparve.»

Mi guardò con un'espressione indefinibile.

«Può dirmi cosa successe?»

Bevve un sorso di limonata, inghiottì e riappoggiò il bicchiere sul tavolo. Tutto con gesti deliberati.

«Ci alzammo verso le sei. Io preparai la colazione.» Continuava a stringere il bicchiere con una forza tale che temetti le potesse esplodere in mano. «Chantale uscì per andare a scuola. Prendeva il treno insieme ai suoi compagni, la scuola era in centro. Dicono che frequentò regolarmente tutte le lezioni. E poi...»

Un colpo di brezza sollevò le tendine gialle.

«Non tornò più a casa.»

«Aveva programmi particolari per il pomeriggio?»

«No.»

«E di solito rientrava subito dopo la scuola?»

«In genere sì.»

«Perciò quel giorno la aspettava?»

«No. Doveva andare da suo padre.»

«Si vedevano spesso?»

«Sì. Perché devo rispondere a queste domande? È inutile, ho già detto tutto agli agenti. Perché devo ripetere sempre le stesse cose, ancora e ancora? Non serve a niente. Non è servito allora e non servirà adesso.»

Gli occhi fissi nei miei, il dolore quasi palpabile.

«Lo sa? Mentre io stavo lì a compilare denunce di scomparsa e a rispondere a mille domande, Chantale era già morta. L'avevano già fatta a pezzi e sepolta. Era già morta.»

La testa ricadde in avanti e le spalle sottili ebbero un tremito. Aveva ragione, non sapevamo niente. Stavo solo andando alla cieca. Lei si dava da fare per seppellire il dolore e piantare pomodori e continuare a vivere, e io le tendevo una trappola e la costringevo a riesumare.

Sii clemente. Vattene di qui.

«Va bene, signora Trottier, va bene. Se non ricorda altri particolari, forse vuol dire che non sono importanti.»

Le lasciai il biglietto da visita accompagnato dalla preghiera di rito. Mi chiami se le viene in mente qualcosa. Dubitavo che lo avrebbe fatto.

Quando arrivai a casa trovai la porta di Gabby chiusa e la stanza immersa nel silenzio. Ebbi la tentazione di dare un'occhiata, ma mi trattenni. Poteva diventare gelosissima della sua privacy. Andai a letto e provai a leggere un po', ma le parole di Geneviève Trottier continuavano a risuonarmi nella testa. *Déja morte.* Già morta. Champoux aveva usato la stessa frase. Già morta. Cinque donne. Quella era la verità agghiacciante. E al pari dei signori Champoux e Trottier, anch'io ero assillata da pensieri che non mi davano pace.

27

Mi svegliò la colonna sonora del notiziario del mattino. Era il 5 di luglio. L'Independence Day era passato senza che neanche me ne accorgessi. Niente *apple pie*. Niente "Stars and Stripes Forever". Non un fuoco d'artificio. Non so perché, ma il pensiero mi depresse. Ogni americano in ogni parte del mondo dovrebbe ricordarsi del 4 di luglio, io invece mi ero lasciata trasformare in una spettatrice canadese della cultura americana. Mi riproposi di espiare andando a fare il tifo per la prima squadra statunitense che fosse venuta a giocare o a gareggiare in città.

Dopo la doccia preparai caffè e pane tostato e diedi un'occhiata alla *Gazette*. I soliti discorsi sul separatismo. Che ne sarebbe stato dell'economia del Québec? Dei nativi? Degli anglofoni? Le inserzioni denunciavano tutta la paura del caso: un sacco di offresi, nessun cercasi. Forse avrei fatto meglio a tornarmene a casa. Tanto cosa stavo ottenendo lì?

Finiscila, Brennan. Sei acida perché devi portare la macchina dal meccanico.

Era vero. Io odio gli impegni e le commissioni. Odio le piccole fatiche quotidiane imposte da un tecno-stato alla fine del secondo millennio. Passaporto. Patente. Permesso di lavoro. Dichiarazione dei redditi. Vaccinazioni. Lavasecco. Dentista. Pap test. La mia tattica: rimanda fino all'ultimo. Quel giorno dovevo portare a revisionare la macchina.

Purtroppo il mio atteggiamento nei confronti dell'automobile è quello di una tipica figlia dell'America: senza mi sento incompleta, tagliata fuori e vulnerabile. E se scoppia una guerra e devo scappare? E se voglio andarmene prima da una festa, o trattenermi fin dopo l'ultimo metrò? E se mi vien voglia di fare un giro in campagna? Di comprarmi un mobile nuovo? Mi servono delle ruote. In compenso però non sono una fanatica. Mi basta una macchina che parta quando giro la chiave, che mi porti dove devo andare e che lo faccia almeno per una decina d'anni, senza obbligarmi a ricorrere al meccanico ogni due minuti.

Dalla stanza di Gabby ancora nessun rumore. Evidentemente è tranquilla. Preparai le mie cose e uscii.

Alle nove la macchina era in officina e io in metropolitana. Il traffico dell'ora di punta si era già esaurito, la carrozza era semivuota. In preda alla noia, passai in rassegna le pubblicità sul giornale. Venite al Théâtre Saint-Denis. Frequentate i corsi di riqualificazione professionale al Collège O'Sullivan. Comprate jeans da Guess, profumi a La Baie, colori da Benetton.

Il mio sguardo vagò verso la piantina della metropolitana. Linee sgargianti che percorrevano i fili di una scheda madre, punti bianchi che segnalavano le fermate.

Studiai il mio tragitto in direzione est lungo la linea verde, da Guy-Concordia a Papineau. La linea arancione girava intorno alla collina, da nord a sud sul versante orientale, da est a ovest sotto la verde, poi di nuovo da nord a sud nella parte occidentale della città. Quella gialla si interrompeva affondando al di sotto del fiume e riemergeva in corrispondenza di Île-Sainte-Hélène e di Longueuil, sulla costa meridionale. A Berri-UQUAM la linea gialla e quella arancione intersecavano la verde. Grande punto bianco. Stazione di cambio.

Il treno sferragliava sommessamente nel tunnel. Contai le fermate. Sette puntini.

Sei ossessiva, Brennan. Non è che per caso adesso ti verrà anche una voglia irresistibile di lavarti le mani?

I miei occhi tornarono a salire lungo la linea arancione, visualizzando i cambiamenti all'interno del paesaggio urbano. Berri-UQUAM. Sherbrooke. Mont-Royal. E, alla fine, Jean-Talon. Era lì che abitava Isabelle Gagnon.

Davvero?

Cercai il quartiere di Margaret Adkins. Linea verde. Quale stazione? Pie IX. Sei fermate in direzione est da Berri-UQUAM.

A quante stava la Gagnon? Tornai alla linea arancione. Sei.

Mi sentii rizzare i peli sul collo.

Morisette-Champoux. Stazione Georges-Vanier. Arancione. Sei fermate da Berri-UQUAM.

Gesù.

E la Trottier? No. La metropolitana non arriva a Sainte-Anne-de-Bellevue.

La Damas? Parc Extension. Tra le stazioni di Laurier e Rosemont. La terza e la quarta da Berri-UQUAM.

Guardai la piantina. Tre vittime abitavano a sei fermate dalla stazione di Berri-UQUAM. Una pura coincidenza?

«Papineau», annunciò una voce meccanica.

Afferrai le mie cose e mi precipitai fuori.

Dieci minuti dopo aprivo la porta dell'ufficio. Il telefono stava già squillando.

«Parla Brennan.»

«Che diavolo combina, dottoressa?»

«Oh, Ryan, buongiorno. In cosa posso esserle utile?»

«Claudel sta per appendermi al chiodo per colpa sua. Dice che è andata a rompere le scatole ai famigliari delle vittime.»

Aspettò che dicessi qualcosa, ma non lo feci.

«Mi ascolti, Brennan, io l'ho difesa perché la rispetto, ma qui mi sembra che la faccenda stia assumendo contorni nuovi. In questo modo rischia solo di farmi saltare.»

«Ho fatto qualche domanda. Niente di illegale.» Non intendevo disinnescare la sua rabbia.

«Sì, ma senza avvertire nessuno. Ha agito da sola. Ha preso ed è uscita, così, di testa sua.» Sentivo l'aria frusciare dentro e fuori dalle sue narici tese.

«Mi sono preannunciata telefonicamente.» Non con Geneviève Trottier.

«Non è un'investigatrice.»

«Hanno accettato di incontrarmi.»

«Forse si crede Mickey Spillane, ma questo non è il suo ruolo.»

«Ottima lettura, per un agente investigativo.»

«Cristo, Brennan, comincia a darmi sui nervi!»

Rumore di sala affollata.

«Mi ascolti.» Autocontrollo. «Non deve fraintendermi. Io credo che lei sia a posto, ma questo non è un gioco. Questa gente si merita di meglio.» Parole dure come il granito.

«Sì.»

«Chantale Trottier è un mio caso.»

«E cosa sta facendo, esattamente, per *il suo* caso?»
«Bren...»
«E per gli altri? A che risultati siete approdati?»
Ormai ero lanciata.

«Ora come ora questi casi non occupano il primo posto sull'agenda di nessuno, Ryan. Francine Morisette-Champoux è stata assassinata più di un anno e mezzo fa. Otto mesi fa la Trottier. Ho come la strana sensazione che chiunque abbia ucciso queste donne andrebbe schiaffato in prigione il più in fretta possibile. Ecco spiegato il mio interesse. Invece faccio un paio di domande, e cosa succede? Che mi dicono di tornare immediatamente a cuccia. E visto che monsieur Claudel mi trova piacevole quanto una vescica su un tallone, i casi finiranno per scivolare sempre più in fondo alla lista fino a uscirne del tutto e a uscire anche dalla memoria della polizia. Di nuovo.»

«Io non le ho detto di tornarsene a cuccia.»
«Allora che cosa mi sta dicendo, Ryan?»
«So che Claudel vuole fargliela pagare, e che lei vuole farla pagare a lui. Potrei dover pagare anch'io, se mi inchioderà al muro. Be', non intendo lasciarmi fregare da nessuno, chiaro?»
«In altre parole?»

Fece una lunga pausa prima di rispondere.

«Non sto dicendo che il suo contributo non mi interessa. Ma in questa indagine occorre stabilire delle priorità precise.»

Questa volta restammo in silenzio entrambi. Dai due capi del filo saettavano fulmini di rabbia.

«Credo di aver scoperto qualcosa.»
«Cosa?» Questo non se l'aspettava.
«Un legame, forse.»
«Vuole spiegarsi meglio?» Il tono era già meno tagliente.

Ma io non sapevo esattamente cosa spiegargli. Forse volevo solo disorientarlo.

«Vediamoci a pranzo.»
«Le conviene avere qualche buona notizia, Brennan.» Altra pausa. «Da Antoine a mezzogiorno.»

Fortunatamente non mi aspettavano nuovi casi, così potei mettermi subito al lavoro. Fino a quel momento era stato impossibile ricomporre il quadro: il metrò poteva davvero essere il legame che cercavamo.

Accesi il computer e richiamai il file con gli indirizzi. Sì, avevo considerato le fermate giuste. Tirai fuori una mappa ed evidenziai le stazioni, proprio come avevamo già fatto con gli indirizzi delle vittime. I tre spilli formavano un triangolo con Berri-UQUAM al centro. La Morisette-Champoux, la Gagnon e la Adkins vivevano a sei fermate dall'università, e l'appartamento di Saint-Jacques distava solo pochi minuti a piedi.

Ma poteva essere? L'assassino sale sul metrò e sceglie la sua vittima tra i passeggeri che scendono sei stazioni più in là. Non avevo forse già letto di comportamenti analoghi? Individui che si fissano su un colore. Su un numero. Su una sequenza precisa di gesti. Che seguono un rituale sempre identico. Senza mai variare. Conservando il controllo. La pianificazione meticolosa non era forse una caratteristica dei serial killer? Era possibile che il nostro uomo si fosse spinto un passo più in là? Che si trattasse di un serial killer con uno schema comportamentale compulsivo all'interno del quale trovavano posto gli omicidi?

Con la Trottier e la Damas, però, come la mettevo? Nel loro caso i conti non tornavano. Non poteva essere tutto così semplice. Fissavo la mappa come se da sola potesse fornirmi una risposta concreta. Ero tormentata dalla sensazione che appena dietro il muro della mia coscienza si celasse un elemento fondamentale. Ma quale? Quasi non mi accorsi del leggero colpo sulla porta.

«Dottoressa Brennan?»

Lucie Dumont era ferma sulla soglia. Fu sufficiente. Il muro era infranto.

«Alsa!»

Mi ero completamente scordata della scimmia.

La mia esclamazione la fece sussultare; per poco non lasciò cadere i fogli.

«Preferisce che torni più tardi?»

Stavo già cercando la stampata che mi aveva consegnato in precedenza. Ma certo, la stazione degli autobus. Praticamente attaccata a quella di Berri-UQUAM. Uno spillo per Alsa. Uno spillo esattamente al centro del triangolo.

Era lei? La scimmia? Era lei il legame? Se sì, in che modo? Un'altra vittima? Un esperimento? Alsa era morta due anni prima di Grace Damas. Ma io non conoscevo già anche quel tipo di comportamento? Un crescendo di voyeurismo e fantasie adolescenziali che sfociano nelle torture agli animali e, alla fine, nello stupro e nell'assassinio di altri esseri umani? Non era stata quella l'agghiacciante escalation di Dahmer?

Sospirando mi appoggiai allo schienale della sedia. Se era quello il messaggio che il mio inconscio cercava di inviarmi, Ryan non ne sarebbe rimasto affatto favorevolmente colpito.

Dietrofront e ritorno all'archivio centrale. Lucie si era già volatilizzata. Le avrei chiesto scusa più tardi, tanto ormai era diventata quasi un'abitudine. Innanzitutto il lavoro.

A parte il mio referto, la cartellina relativa al caso Damas conteneva ben poco. Aprii il file della Adkins e tornai a sfogliare pagine dall'aspetto già consumato. Anche questa volta, nessuna scoperta illuminante. Vai con la Gagnon. Con la Morisette-Champoux. Con la Trottier.

Ormai era un'ora che frugavo tra le carte, tessere di un puzzle che si ostinava a restare incompleto, disordinate schegge d'informazione. Lasciale decantare, lascia che la tua mente ci giochi, che si diverta a comporre e scomporre. Sì, ma era proprio la composizione a non funzionare. Pausa caffè.

Tornai con la tazza e l'edizione mattutina del *Journal*. Due righe, un sorso. Rilassarsi. Le notizie si discostavano pochissimo da quelle della *Gazette* di lingua inglese, gli editoriali invece venivano da due pianeti diversi. Come le aveva chiamate Hugh MacLennan? Le due solitudini.

Tornai a sedermi. Rieccolo. Il pruritino subliminale. Avevo i pezzi, ma non riuscivo a ricostruire il quadro.

Okay, Brennan, procedi in maniera sistematica. È un prurito che ti è venuto oggi. Cos'è che hai fatto? Non molto. Hai letto il giornale. Hai portato la macchina dal meccanico. Hai preso il metrò. Hai ricontrollato i file.

Alsa? Non mi basta. Dev'esserci dell'altro.

La macchina?

No.

Il giornale?

Forse.

Lo sfogliai di nuovo. Stessi articoli. Stessi editoriali. Stessi annunci.

Mi fermai.

Gli annunci. Dove avevo visto un sacco di annunci? Ma proprio tanti?

Nella stanza di Saint-Jacques.

Li rilessi lentamente. Lavoro. Persi e ritrovati. Vendita box. Animali. Immobili.

Immobili? Immobili!

Presi il dossier Adkins e tirai fuori le fotografie. Eccolo lì. Il cartello mezzo storto, mezzo arrugginito, appena visibile nel giardino incolto: *À vendre*. Nel condominio di Margaret Adkins qualcuno aveva messo in vendita un appartamento.

E allora?

Rifletti.

Champoux. Cos'aveva detto? Che alla moglie non piaceva vivere lì. Che stavano per traslocare. Qualcosa del genere.

Telefonata. Non rispondeva nessuno.

E la Gagnon? Il fratello non era in affitto? Forse però il padrone di casa stava vendendo.

Controllai le foto. Nessun cartello. Merda!

Riprovai a chiamare Champoux. Ancora nessuno.

Geneviève Trottier. Rispose al secondo squillo.

«*Bonjour*.» Allegria.

«Signora Trottier?»

«*Oui?*» Interesse.

«Sono la dottoressa Brennan. Ci siamo viste ieri.»

«*Oui*.» Spavento.

«Avrei una domanda, se non le dispiace.»

«*Oui*.» Rassegnazione.

«All'epoca in cui Chantale scomparve, per caso avevate messo in vendita la casa?»

«*Pardonnez-moi?*»

«L'anno scorso in ottobre stavate cercando di vendere?»

«Chi gliel'ha detto?»

«Nessuno. Pura curiosità.»

«No, no. Abito qui da quando io e mio marito ci siamo separati. Non ho nessuna intenzione di andarmene. Chantale... io... era casa nostra.»

«La ringrazio, signora Trottier. Scusi per il disturbo.» Ero tornata a violare il trattato di non belligeranza che aveva firmato con i suoi ricordi.

Non stai arrivando da nessuna parte. È un'idea stupida.

Riprovai con Champoux. Stavo già per riagganciare, quando mi rispose una voce maschile.

«*Oui.*»

«Signor Champoux?»

«*Un istant.*»

«*Oui.*» Un'altra voce maschile.

«Signor Champoux?»

«*Oui.*»

Spiegai chi ero e ripetei la mia domanda. Sì, stavano cercando di vendere. Si erano rivolti alla ReMax. Dopo l'omicidio della moglie, aveva cambiato idea. Sì, dovevano essere usciti degli annunci, ma non ricordava bene. Lo ringraziai.

Due su cinque. Forse. Forse Saint-Jacques andava per annunci.

Chiamai la Scientifica. Il materiale recuperato dall'appartamento di Rue Berger era in deposito.

Lanciai un'occhiata all'orologio: le undici e tre quarti. L'appuntamento con Ryan. Non si sarebbe accontentato. Mi occorreva qualcosa di più.

Sparpagliai di nuovo sulla scrivania le foto del caso Gagnon e le studiai una per una. Questa volta me ne accorsi. Presi una lente d'ingrandimento e misi a fuoco. Mi chinai ancora di più, controllando meglio.

«Cristo santissimo!»

Reinfilai le fotografie nella busta, cacciai tutto in borsa e andai di corsa al ristorante.

Il Paradis Tropique si trova esattamente di fronte al palazzo della SQ. Si mangia da schifo e il servizio è lento, eppure a mezzogiorno questo minuscolo locale è invariabilmente affollato, grazie soprattutto all'effervescenza del suo proprietario, Antoine Janvier.

«Oh, madame, oggi è di buon umore?» mi accolse nel suo solito stile. «Sì? Bene, sono lieto di vederla. Quanto tempo!» La sua faccia color ebano esprimeva ironica disapprovazione.

«Lo so, Antoine, ma ultimamente sono stata molto presa.» Comunque la cucina caraibica non sarebbe mai stata il mio pane quotidiano.

«Eh, lei lavora troppo. Troppo! Oggi ho del pesce buonissimo. Fresco. Appena pescato, gocciolante d'oceano. Vedrà che poi si sentirà meglio. La aspetta un tavolo fantastico, il migliore del locale. I suoi amici sono già arrivati.»

Amici? Chi altro c'era?

«Venga. Venga!»

Doveva esserci almeno un centinaio di persone a mangiare e sudare sotto gli sgargianti ombrelloni della sala. Seguii Antoine in mezzo al labirinto di tavoli fino a una pedana nell'angolo più remoto. Ryan sedeva sullo sfondo di una finta finestra con tendine gialle e lavanda attraverso cui si intravedeva un tramonto dipinto; sopra la sua testa ruotavano le pale lente di un ventilatore. Stava discorrendo con un uomo in giacca sportiva di lino. Nonostante l'ospite mi voltasse le spalle, riconobbi subito il taglio a rasoio e le pieghe impeccabili.

«Brennan.» Ryan si alzò. Notando la mia espressione, strinse gli occhi in segno di avvertimento. Stai al gioco, per favore.

«Tenente Ryan.» D'accordo. Ma che ne valga la pena.

Claudel restò seduto al suo posto, limitandosi ad annuire.

Sedetti vicino a Ryan. Arrivò la moglie di Antoine e, dopo i convenevoli di rito, i due uomini ordinarono birra. Io una Diet Coke.

«Allora, questa grande svolta?» Claudel il condiscendente.

«Perché prima non decidiamo cosa prendere?» Ryan il paciere.

Scambiammo qualche commento sul tempo. Tutti d'accordo sul fatto che faceva molto caldo. Quando Janine tornò ordinai il piatto di pesce del giorno. Per i due agenti, specialità giamaicane. Cominciavo a sentirmi un po' esclusa.

«Bene. Dunque, che notizie ci porta?» Ryan il moderatore.

«Il metrò.»

«Il metrò?»

«Oh, fanno solo quattro milioni di utenti. Due, se ci limitiamo alla popolazione maschile.»

«Lasciala finire, Luc.»

«Il metrò cosa?»

«Francine Morisette-Champoux abitava a sei fermate da Berri-UQUAM.»

«Be', questo cambia tutto.»

Ryan lo fulminò con un'occhiata.

«Idem Isabelle Gagnon e Margaret Adkins.»

«Hmm.»
Claudel non disse nulla.
«La Trottier, invece, era troppo lontana.»
«Già. E la Damas troppo vicina.»
«L'appartamento di Saint-Jacques è a un tiro di schioppo.»
Per un po' mangiammo in silenzio. Il pesce era asciutto, le patatine fritte e il riso troppo unti. Brutta accoppiata per la digestione.

«Certo, il legame potrebbe essere anche più complesso delle fermate del metrò.»
«Ma guarda!»
«Francine Morisette-Champoux e il marito avevano messo in vendita la casa. Attraverso la ReMax.»
Nessun commento.
«Davanti al condominio di Margaret Adkins c'era un cartello di vendesi. ReMax.»
Attesero che proseguissi. Non lo feci. Infilai invece una mano nella borsa, estrassi le foto del caso Gagnon e ne depositai una sul tavolo. Claudel infilzò una forchettata di banana fritta.

Ryan prese la foto, la esaminò, quindi mi guardò con aria interrogativa. Gli porsi la lente d'ingrandimento e indicai un oggetto appena visibile in corrispondenza del margine sinistro. Rimase a studiarlo a lungo. Poi, senza dire una parola, tese la lente e la fotografia dall'altra parte del tavolo.

Claudel si pulì le mani, appallottolò il tovagliolo di carta e lo lanciò nel piatto. Presa la foto, ripeté le stesse azioni di Ryan. Quando riconobbe l'oggetto, i muscoli della sua mascella si serrarono di colpo. Continuò a guardare a lungo, tacendo.

«Un vicino?» chiese infine Ryan.
«Così parrebbe.»
«ReMax?»
«Credo di sì. Si legge una R e parte della E. Possiamo chiedere un ingrandimento.»
«Non dovrebbe essere difficile rintracciarlo. Un annuncio di soli quattro mesi fa. Per come gira il mercato oggi, capace che è ancora fuori.» Ryan stava già prendendo appunti.
«E la Damas?»
«Non so.» Preferirei non dover andare a tampinare altri famigliari. Ma non lo dissi.

«Trottier?»

«No. Ho parlato con la madre di Chantale. Non stava vendendo. Mai fatto annunci.»

«Forse il marito.»

Ci girammo entrambi dalla parte di Claudel. Mi stava fissando, e questa volta nella sua voce non c'era alcuna condiscendenza.

«Che cosa?» si stupì Ryan.

«La ragazza trascorreva molto tempo a casa del padre. Forse lui stava vendendo.» Dimostrazione di fiducia?

«Controllerò.» Nuovi appunti.

«Il giorno in cui venne uccisa stava andando da lui», aggiunsi.

«Si fermava dal padre un paio di giorni la settimana.» Conciliante senza disprezzo. Di bene in meglio.

«Dove abita?»

«Westmount. Appartamento miliardario, in Barat, vicinissimo alla Sherbrooke.»

Cercai di localizzare il posto. Appena sopra Centre-Ville. Non distante da casa mia.

«Nella zona del Forum?»

«Esatto.»

«Stazione del metrò?»

«Atwater, credo. È solo un paio di isolati più su.»

Ryan controllò l'orologio, fece un cenno per richiamare l'attenzione di Janine e con un altro gesto le chiese il conto. Pagammo, e come sempre all'uscita Antoine ci consegnò una manciata di caramelle.

Non appena rimisi piede in ufficio tirai fuori la cartina, individuai la stazione di Atwater e contai le fermate fino a Berri-UQUAM. Una. Due. Tre. Quattro. Cinque. Sei. Il telefono squillò mentre allungavo la mano verso la cornetta.

28

L'appartamento di Robert Trottier era in vendita da un anno e mezzo.

«Immagino che in quella fascia di prezzo il mercato non si muova molto.»

«Non so, Ryan. Non conosco la zona.»

«Io l'ho vista in Tv.»

«ReMax?»

«Royal Lepage.»

«Annunci usciti sui giornali?»

«Probabile. Stiamo verificando.»

«Cartello all'esterno?»

«Sì.»

«E la Damas?»

Grace Damas viveva con i tre figli e il marito presso i genitori di lui. La casa era proprietà della famiglia dalla notte dei tempi, probabilmente i vecchi Damas avevano intenzione di morirci.

Mi fermai a pensare un po'.

«Lei cosa faceva?»

«Allevava i figli e confezionava bambole all'uncinetto per la chiesa. Qualche lavoretto saltuario part-time. E, si tenga forte, in passato aveva lavorato in una macelleria.»

«Perfetto.» Chi macella il macellaio?

«E il marito?»

«È a posto. Fa il camionista.» Pausa. «Come suo padre prima di lui.»

Silenzio.

«Ci vede qualche significato?»

«Nel metrò o negli annunci?»

«In entrambe le cose.»

«Diavolo, Brennan, non lo so.» Altro silenzio. «Mi dipinga uno scenario possibile.»

Avevo già provato a farlo per conto mio.

«D'accordo. Allora, Saint-Jacques legge gli annunci immobiliari e sceglie un indirizzo. Si apposta fino a individuare la vittima. La segue, aspetta il momento buono e le tende l'imboscata.»

«E il metrò cosa c'entra?»

Rifletti. «È come un gioco. Lui è il cacciatore, lei la preda. La stanza sulla Berger il luogo d'appostamento. La fa sollevare in volo con gli annunci, la prende di mira e... pum, la uccide. Ma il suo terreno di caccia ha confini precisi.»

«Delimitati dalla sesta fermata del metrò.»

«Ora è più chiaro?»

«Perché gli annunci immobiliari?»

«Perché? Bersaglio vulnerabile: una donna sola in casa. Se vende, si farà trovare per mostrare l'appartamento. Forse la chiama prima. L'annuncio è il suo passepartout.»

«Ma perché sei?»

«Non lo so. Perché è pazzo.»

Grande risposta, Brennan.

«Certo conosce bene la città.»

Restammo a cogitare un momento su quel dato.

«Un dipendente della metropolitana?»

«Un taxista?»

«Uno stradino? Un manutentore?»

«Un poliziotto?»

Intervallo di silenzio.

«Brennan, io non...»

«Neanch'io.»

«Ma la Trottier e la Damas? Loro non rientrano nel quadro.»

«No.»

Silenzio.

«La Gagnon è stata trovata in Centre-Ville, la Damas in Saint-Lambert, la Trottier in Saint-Jérôme. Se è uno che usa i mezzi, come se la cava con gli spostamenti?»

«Non lo so. Ma sono tre ricorrenze su cinque, sia per gli annunci, sia per il metrò. Concentriamoci su Saint-Jacques, chiunque egli sia. Ha un buco a Berri-UQUAM e colleziona annunci. Mi pare valga la pena di seguire la pista.»

«Sono d'accordo anch'io.»

«Proviamo a partire dalla sua raccolta e vediamo cos'aveva.»

«Okay.»

Poi mi venne un'altra idea.

«Perché non tracciamo un profilo? Dobbiamo ritentare.»

«Molto alla moda.»

«Sì, ma potrebbe rivelarsi utile.»

Mi parve di leggere i suoi pensieri attraverso il filo del telefono.

«Non occorre che Claudel ne sia informato. Potrei muovermi ufficiosamente e selezionare gli elementi più significativi. Abbiamo le scene dei delitti Morisette-Champoux e Adkins, e la modalità del decesso e di abbandono del cadavere di tutte le altre. Credo che per loro basti.»

«Quantico?»

«Già.»

Un grugnito. «Sono talmente presi che non ci richiameranno prima della fine del secolo.»

«Conosco una persona che ci lavora.»

«Non ho dubbi.» Sospirò. «Perché no. Ma che resti una cosa informale. Niente di vincolante a livello ufficiale. La richiesta vera e propria deve partire da Claudel o da me.»

Un minuto più tardi stavo componendo un numero della Virginia. Chiesi di John Samuel Dobzhansky e rimasi in attesa. Al momento il signor Dobzhansky era occupato. Lasciai un messaggio.

Provai con Parker Bailey. Altra segretaria. Altro messaggio.

Chiamai Gabby per sapere che programmi aveva per cena. Trovai la mia voce che pregava di lasciare un messaggio.

Katy. Messaggio.

Ma la gente non è mai dove dovrebbe?

Trascorsi il resto del pomeriggio sbrigando la corrispondenza e firmando referenze per i miei studenti, nella speranza che prima o poi il telefono squillasse. Volevo parlare con Dobzhansky. E con Bailey. Mi sentivo ticchettare dentro un orologio che mi impediva di concentrarmi su qualunque altra cosa. Conto alla rovescia. Quanto mancava al prossimo omicidio? Alle cinque rinunciai e tornai a casa.

L'appartamento era immerso nel silenzio. Niente Birdie. Niente Gabby.
«Gab?» Magari stava schiacciando un pisolino.
La porta della stanza degli ospiti era ancora chiusa. Birdie dormiva sul mio letto.
«Voi due ve la passate proprio male, vero?» Gli accarezzai la testa. «Ehi, qui bisogna cambiare la cassettina!» La puzza era notevole.
«Sono troppo presa in questi giorni, Bird. Scusami.»
Nessuna reazione.
«Che fine ha fatto Gabby?»
Sguardo vuoto. Stiracchiamento.
Cambiai la sabbia e finalmente Birdie diede segno di aver capito: corse subito a usarla e ne spalò fuori una bella zampata.
«Su, cerca di non buttarla tutta sul pavimento! Gabby non sarà la compagna di bagno ideale, ma anche tu fai la tua parte.» Lanciai un'occhiata all'ammasso disordinato di detergenti e cosmetici. «Deve aver cercato di rimettersi un po' in sesto.»
Andai a prendere una Diet Coke dal frigo e indossai un paio di jeans tagliati corti. Mettersi a spignattare? Ma chi credevo di prendere in giro? Saremmo andate al ristorante.
La spia sulla segreteria telefonica lampeggiava. Un messaggio. Il mio. Avevo chiamato verso l'una. Gabby non aveva sentito? O aveva preferito ignorare? Forse aveva abbassato la suoneria. Forse non si sentiva bene. Forse non era in casa. Tornai davanti alla sua porta.
«Gab?»
Bussai piano.
«Ci sei?»
Un po' più forte.
Aprii e mi guardai intorno. Il solito casino di Gabby. Fogli. Orecchini. Libri. Vestiti dappertutto. Un reggiseno appeso alla spalliera di una sedia. Controllai nell'armadio. Scarpe e sandali ammonticchiati. In mezzo alla confusione, il letto perfettamene rifatto. L'incongruenza mi colpì violentemente.
«Brutta stronza!»

Birdie mi sfiorò le gambe.

«Stanotte non ha dormito qui, vero?»

Mi guardò, saltò sul letto, fece un paio di giri e si appallottolò. Mi lasciai cadere sul letto anch'io, un nodo familiare che già mi serrava lo stomaco.

«Merda, Birdie, c'è ricascata.»

Allargò le zampe e cominciò a leccarsi tra i polpastrelli.

«E non mi ha lasciato neanche una riga.»

Igiene interstiziale.

«Meglio che non ci pensi.» Andai a svuotare la lavastoviglie.

Dieci minuti dopo mi ero calmata abbastanza per comporre il suo numero. Nessuna risposta. Naturalmente. Provai all'università. Idem.

Tornai in cucina. Aprii il frigorifero. Lo richiusi. Cena? Lo riaprii. Diet Coke. In soggiorno appoggiai la lattina nuova vicino a quella vecchia, accesi la Tv, feci un po' di zapping e mi fermai su una sitcom che tanto non avrei guardato. Il mio cervello continuava a correre dagli omicidi a Gabby al cranio in giardino, e poi ancora, e ancora, senza riuscire a darsi pace, i pensieri che rimbalzavano come particelle atomiche sullo sfondo dei dialoghi ritmati e delle risate preregistrate.

Rabbia. Rancore per essermi lasciata manipolare di nuovo da Gabby. Dolore per la sua pervicacia. Apprensione per la sua sicurezza personale. Paura di trovare una nuova vittima. Frustrazione per il mio senso di impotenza. Mi sentivo coperta di lividi emotivi, eppure non riuscivo a smettere di picchiarmi da sola.

Dopo un tempo incalcolabile il telefono si mise a squillare, richiamando da chissà dove un'istantanea scarica di adrenalina.

Gabby!

«Pronto?»

«Vorrei parlare con Tempe Brennan, per favore.» Voce maschile. Familiare come la mia infanzia nel Midwest.

«J.S.! Oh, sono così contenta di sentirti!»

John Samuel Dobzhansky. Il mio primo amore. Entrambi monitori a Camp Northwoods. La nostra storia era iniziata quell'estate e aveva superato la successiva, accompagnandoci fino al primo anno di college. Poi io ero andata a sud e lui a nord. Io avevo scelto antropologia e avevo conosciuto Pete. Lui si era laureato in psicologia, si era sposato e aveva divorziato. Due volte. Anni dopo ci eravamo ritrovati all'Accademia. J.S. era specializzato in omicidi con matrice sessuale.

«Non ero sicuro che volessi essere disturbata a casa, ma visto che hai lasciato il numero...»

«Sono felice che tu l'abbia fatto. Grazie.» Grazie e ancora grazie. «Volevo un tuo parere su un problema. Se non ti dispiace, naturalmente.»

«Tempe, quando la smetterai di deludermi?» Falso disappunto.

Riavvicinati da alcune riunioni in Accademia, sulle prime avevamo pensato a un ritorno di fiamma. Ma era il caso di rivangare nelle emozioni dell'adolescenza? Tra noi esisteva ancora una vera passione? Senza nemmeno verbalizzarla, l'idea era tramontata per entrambi. Meglio lasciare il passato dov'era.

«E il tuo amore dell'anno scorso?»

«Già finito.»

«Mi dispiace. Senti, J.S., sto lavorando a una catena di omicidi che a me sembrano collegati. Se ti fornisco il quadro generale puoi provare a dirmi se secondo te è un serial killer?»

«Se si tratta di provare, qualunque cosa.» Una delle nostre vecchie battute preferite.

Gli descrissi le scene dei delitti Adkins e Morisette-Champoux, le violenze, la posizione e il luogo di ritrovamento dei cadaveri, le mutilazioni, quindi le mie ipotesi sul metrò e gli annunci.

«In realtà gli investigatori rifiutano l'ipotesi del collegamento. Continuano a dire che manca la dinamica comune, e per certi versi hanno anche ragione. Le vittime sono tutte diverse, una è morta per un colpo d'arma da fuoco, le altre no, e abitavano un po' dappertutto. Non ci sono agganci, insomma.»

«Ehi, ehi, rallenta un momento. La stai prendendo dalla parte sbagliata. Tanto per cominciare, la maggioranza delle cose che mi hai descritto ha a che fare con il modus operandi.»

«Sì.»

«Le analogie nel MO possono essere molto utili, non mi fraintendere, ma spessissimo intervengono anche delle differenze. Un assassino può strozzare o legare la sua vittima con il filo del telefono in un caso, e portarsi una corda sulla scena del delitto successivo. Può accoltellare o sfigurare una volta, sparare o strangolare la volta dopo, rubare a una vittima e non a un'altra... Mi è capitato personalmente di fare il profilo di un tizio che per ogni omicidio usava un'arma diversa. Tempe? Sei ancora lì?»

«Sì.»

«Il modus operandi di un criminale non è mai immutabile. Anzi, spesso evidenzia una sorta di curva dell'apprendimento. L'assassino migliora con la pratica. Scopre cosa funziona e cosa no, affina la propria tecnica. Certo, come sempre c'è chi impara di più e chi impara di meno.»

«Che consolazione.»

«E poi ci sono le infinite casualità che possono influire estemporaneamente sulle sue azioni, condizionando anche il piano meglio studiato. Un telefono che di colpo si mette a suonare. L'arrivo di un vicino di casa. Una corda che si rompe. E allora bisogna improvvisare.»

«Capisco.»

«Ti ripeto di non fraintendermi: le ricorrenze nel modus operandi sono utili e vanno tenute in considerazione. Ma non ci si deve lasciar scoraggiare dalle differenze.»

«Tu su cosa ti basi?»

«Sul rituale.»

«Sul rituale?»

«Alcuni colleghi preferiscono chiamarla firma, o biglietto da visita, ma non la trovi su tutte le scene. La maggioranza degli assassini ha un MO solo perché dopo un paio di volte che un piano funziona crede che funzionerà sempre, o che riduca il rischio di essere catturati. Nel caso dei criminali violenti e recidivi, però, scatta qualcos'altro. Questi individui sono mossi dalla rabbia, una rabbia incontrollabile che li spinge dapprima a elaborare fantasie violente e poi a metterle in pratica. Ma la violenza in sé non basta, perciò seguono veri e propri rituali in cui incanalano la loro aggressività, e sono questi rituali a tradirli.»

«Fammi qualche esempio.»

«Be', in genere comportano una forma di controllo e di umiliazione della vittima. Vedi, spesso l'età e l'aspetto fisico contano solo fino a un certo punto. Il movente principale resta il bisogno di esternare la rabbia. Ricordo il caso di un tizio che aveva ucciso persone comprese indifferentemente tra i sette e gli ottantun anni di età.»

«Quindi al mio posto che cosa cercheresti?»

«Cercherei di scoprire come adesca le sue vittime. Le aggredisce? Le circuisce a parole? E una volta stabilito il contatto come le controlla? Soggiogandole sessualmente? E se sì, prima o dopo averle uccise? Le tortura? Mutila i cadaveri? Lascia niente sulla scena? Si porta via qualcosa?»

«D'accordo, ma anche queste cose possono sempre subire condizionamenti da parte di imprevisti esterni.»

«Certo. Il punto cruciale, però, è che l'assassino agisce in un certo modo perché così realizza le sue fantasie, perché quello è il rituale di dissipazione della sua rabbia, e non perché vuole nascondersi, capisci?»

«Bene. Tu allora cosa ne pensi di questa faccenda? Esiste una firma?»

«Resterà fra me e te?»

«Puoi contarci.»

«Assolutamente sì.»

«Davvero?» Cominciai a scrivere.

«Mi ci giocherei le palle.»

«Tanto non le perderesti comunque. Insomma, è un sadico sessuale?»

Udii gracchiare la linea mentre cambiava frequenza. «I sadici si eccitano con il dolore delle loro vittime. Non vogliono solo ucciderle, vogliono farle soffrire. E, attenta, perché questo è fondamentale: quando dico si eccitano intendo proprio sessualmente.»

«Quindi?»

«Quindi c'è una parte delle dinamiche che mi hai descritto che sembra confermare l'ipotesi. L'inserimento di corpi estranei nella vagina o nel retto è molto comune con questi soggetti. Le tue vittime erano vive, al momento della violenza?»

«Una di sicuro. Per le altre è più difficile da stabilire, lo stato di decomposizione era troppo avanzato.»

«Be', il sadismo sessuale sembra essere una possibilità. Ma resta la domanda principale: l'assassino si è eccitato sessualmente compiendo quei gesti?»

Non sapevo rispondere. Su nessuna delle vittime erano state trovate tracce di sperma. Glielo dissi.

«Utile, ma insufficiente a escludere l'ipotesi. C'era un tipo che si masturbava in una mano della vittima, poi gliela tagliava e la macinava in un frullatore. Mai trovate tracce di sperma sulla scena.»

«E come l'avete preso?»

«Una volta sbagliò mira.»

«Tre di queste donne sono state fatte a pezzi, questo lo sappiamo per certo.»

«Una dinamica ricorrente che però in sé non dimostra il sadismo sessuale. A meno che lo smembramento non sia avvenuto prima del decesso. I serial killer, sadici sessuali o no, sono molto acuti. Prima di agire pianificano tutto il pianificabile. Una mutilazione postmortem non significa necessariamente che vi sia in gioco un elemento sessuale o sadico: alcuni lo fanno solo perché nascondere dei pezzi è più facile che nascondere un cadavere intero.»

«E le mutilazioni? Le mani?»

«Stessa risposta. È una dinamica ricorrente, una forma di accanimento, ma in quanto alla connotazione sessuale non dà certezze. A volte è solo un modo per ridurre la vittima all'impotenza. Comunque noto senz'altro dei segni, degli indicatori. Mi hai detto che le vittime non conoscevano il loro killer, che sono state selvaggiamente percosse, che tre di loro hanno subito una penetrazione forzosa, probabilmente prima della morte: la combinazione mi sembra abbastanza caratteristica.»

Annotavo tutto con foga.

«Controlla se si tratta di oggetti portati sulla scena o trovati lì. Questo sì che potrebbe essere un tratto tipico della sua firma: la crudeltà intenzionale a fronte di quella occasionale.»

Scrivi, scrivi, scrivi.

«Quali sono altre caratteristiche del sadismo sessuale?»

«Il modus operandi ricorrente. L'uso di un pretesto per stabilire il contatto. Il bisogno di controllare e umiliare la vittima. L'estrema crudeltà. L'eccitazione sessuale derivata dalla paura e dalla sofferenza della vittima. La conservazione di oggetti a lei appartenuti. Il...»

«Cos'è l'ultima cosa che hai detto?»

«Oggetti. Souvenir della vittima.»

«Che tipo di souvenir?»

«Oggetti prelevati dalla scena del delitto, brandelli di vestiti, gioielli, questo genere di cose.»

«Ritagli di giornale?»

«Oh, i sadici sessuali esultano nel vedersi pubblicati.»

«E tengono dei diari o cose simili?»

«Cartine, diari, calendari, disegni, di tutto. Alcuni si registrano anche in videocassetta. La fantasia non riguarda solo l'omicidio: ci sono anche la caccia prima e la rivisitazione dopo che possono eccitarli moltissimo.»

«Ma se sono così bravi a non lasciare tracce, perché poi conservano questa roba? Non è rischioso?»

«Quasi tutti si credono superiori alla polizia, troppo furbi per essere catturati.»

«E i pezzi dei cadaveri?»

«In che senso?»

«Conservano anche quelli?»

Pausa. «Non succede spesso, ma a volte sì.»

«Bene. Adesso dimmi cosa ne pensi del metrò e delle inserzioni.»

«Le fantasie messe in atto da questi individui possono essere incredibilmente elaborate e molto specifiche. Alcuni hanno bisogno di luoghi particolari, di sequenze di gesti imprescindibili. Altri vogliono stimolare reazioni precise nelle loro vittime, ragion per cui si preparano un copione istigandole a dire determinate cose, a comportarsi in un determinato modo, a indossare determinati indumenti. Ma non sono modalità esclusive dei sadici. Anzi, sono caratteristiche di molti disturbi della personalità. Non ti fissare troppo sul sadismo sessuale: quello che devi cercare è la firma, il biglietto da visita lasciato dal killer. Solo così riuscirai a incastrarlo, al di là di qualunque classificazione psicologica. La metropolitana e il giornale potrebbero essere due ingredienti base della sua fantasia.»

«Ascolta, J.S., stando ai miei racconti tu cosa ne pensi?»

Vi fu una lunga pausa, seguita da una rapida emissione di fiato.

«Penso che hai a che fare con un pessimo individuo, Tempe, un individuo che cova una rabbia tremenda e una violenza incontenibile. Se si tratta di Saint-Jacques, il fatto che stia usando la carta di credito di una vittima mi preoccupa. O è terribilmente stupido, e non mi sembra proprio, o per qualche motivo sta cominciando a perdere colpi. Forse ha problemi economici. O forse si è fatto solo più spavaldo. Il cranio in giardino è una specie di bandiera: ti stava lanciando un messaggio, probabilmente di scherno. Un'altra possibilità è che a livello inconscio in realtà desideri essere catturato. Di sicuro non mi tranquillizza saperti coinvolta nel modo in cui mi hai descritto. Perché tu *sei* coinvolta, Tempe. La tua foto, la testa... secondo me ti sta provocando.»

Gli raccontai della notte al monastero e dell'auto che mi aveva seguita.

«Cristo, ma questo si sta rifocalizzando su di te! Per l'amor di Dio, non dargli corda. È pericoloso.»

«Ma se al monastero era lui perché non mi ha uccisa?»

«Per i motivi che ti dicevo prima. Probabilmente l'hai colto di sorpresa, quando non era preparato ad agire nel modo in cui di solito gli piace farlo. Non aveva il controllo della situazione, forse nemmeno i suoi strumenti di lavoro, e il fatto che tu sia piombata lì del tutto inconsapevole lo ha privato dell'esaltazione che normalmente prova di fronte alla paura delle sue vittime.»

«Mancava il rituale della morte, insomma.»

«Esattamente.»

Continuammo a chiacchierare ancora per un po'. Di vecchi posti e vecchi amici, di un'epoca in cui gli omicidi non erano ancora diventati parte integrante della nostra vita. Quando riagganciammo erano le otto passate.

Mi coricai sul divano, distesi braccia e gambe e mi rilassai completamente, una bambola di pezza sprofondata nei ricordi. Alla fine fu l'appetito a resuscitarmi, e in cucina mi scaldai una porzione di lasagne surgelate e mi obbligai a mangiarla. Quindi trascorsi un'ora riorganizzando gli appunti che avevo preso al telefono con J.S. Mi tornarono in mente le sue ultime parole.

«Gli intervalli si stanno accorciando.»

Già, lo sapevo.

«E sta alzando la posta in gioco.»

Anche quello sapevo.

«Probabilmente adesso al centro del suo mirino ci sei tu.»

Alle dieci andai a letto. Sdraiata a fissare il soffitto nel buio mi sentivo sola e provavo compassione per me stessa. Perché mi ero caricata del fardello di quelle morti? Davvero ero finita nel mirino delle fantasie di uno psicopatico? Perché nessuno mi prendeva sul serio? Perché invecchiavo consumando cene scongelate davanti a una Tv che non guardavo neanche? Il contatto di Birdie che si accoccolava piano nell'incavo delle mie ginocchia scatenò le lacrime che trattenevo dalla telefonata con J.S. Sfogai il pianto in un cuscino che Pete e io avevamo comprato insieme a Charlotte. O meglio, che io avevo comprato a Charlotte mentre lui mi aspettava impaziente fuori dal negozio.

Perché il mio matrimonio era fallito? Perché dovevo dormire da sola? Perché Katy era così insoddisfatta? Perché la mia amica se ne fregava di nuovo di me? Dov'era adesso? No. No, a quello non avrei pensato. Ma non so quanto tempo rimasi lì a registrare il vuoto della mia esistenza, aguzzando le orecchie nella speranza di sentire la chiave di Gabby che girava nella toppa.

29

Il mattino seguente, per sommi capi, riferii a Ryan la conversazione avuta con J.S. Passò una settimana. Non accadde nulla.
Continuava a fare caldo. Di giorno lavoravo sulle ossa. Ossa rinvenute in una fossa settica di Cancun: un turista scomparso nove anni prima. Ossa spolpate dai cani: una ragazzina uccisa con un'arma da taglio. Un cadavere in una scatola, le mani mutilate e il volto sfigurato fino all'irriconoscibile: un maschio di razza bianca, età scheletrale fra i trentacinque e i quarant'anni.
Di sera andavo al festival jazz, mescolandomi alla folla appiccicosa che intasava la Sainte-Catherine e la Jeanne-Mance. Gruppi peruviani, una musica che sapeva di foresta pluviale e vento nei boschi. Passeggiate da Place des Arts al Complexe Desjardins, tra sassofoni e chitarre. Atmosfera estiva. Dixieland. Fusion. R&B. Calypso. Mi obbligavo con ogni mezzo a non andare a cercare Gabby. A non pensare alle donne in pericolo intorno a me. Ascoltavo i ritmi del Senegal, di Capo Verde, di Rio e di New York, e per un po' riuscivo a dimenticarmi di loro. Delle cinque vittime.
Giovedì ricevetti una telefonata. Era LaManche. Appuntamento per il martedì successivo. È importante, cerchi di non mancare.
Mi presentai senza sapere che cosa aspettarmi, certo senza aspettarmi quel che trovai. Insieme a LaManche c'erano Ryan, Bertrand, Claudel, Charbonneau e due agenti investigativi di Saint-Lambert. Il responsabile provinciale del laboratorio, Stefan Patineau, sedeva all'altro capo del tavolo, un avvocato della pubblica accusa alla sua destra.
Al mio arrivo si alzarono tutti in piedi, mandando alle stelle la mia ansia. Strinsi la mano a Patineau e all'avvocato. Gli altri annuirono con espressione neutra. Tentai di leggere e decifrare lo

sguardo di Ryan, ma i suoi occhi si ostinavano a evitarmi. Mentre andavo a occupare l'ultima sedia disponibile sentii il palmo delle mani velarsi di sudore e il solito nodo attanagliarmi lo stomaco. Ero io l'oggetto della discussione? Avevano indetto quella riunione apposta per me? In seguito alle lamentele di Claudel?

Patineau non perse tempo. Stavano organizzando una task force, annunciò. La possibilità che si trattasse di un serial killer sarebbe stata valutata sotto ogni angolazione, tutti i casi sospetti sarebbero stati riaperti, tutte le piste seguite con grinta e determinazione. Avrebbero fermato e interrogato tutti i rei noti, colpevoli di crimini grandi e piccoli a sfondo sessuale. I sei agenti investigativi avrebbero lavorato a tempo pieno, coordinati da Ryan. Io avrei continuato a sbrigare la mia routine ma contemporaneamente avrei fatto parte della squadra come membro non operativo. Era già stato allestito un apposito spazio di lavoro in cui stavano trasferendo tutti i dossier e la documentazione inerente ai sette casi in esame. La task force al completo si sarebbe riunita per la prima volta quel pomeriggio stesso. Avremmo tenuto monsieur Gavreau e l'ufficio della procura al corrente di tutti i progressi.

Così. Ecco fatto. Tornai nel mio ufficio più frastornata che non sollevata. Perché? Chi? Era almeno un mese che cercavo di far passare la teoria del serial killer. Grazie a cosa aveva improvvisamente preso corpo? Sette casi? Ma non erano cinque? E gli altri due chi sono?

Perché tormentarti, Brennan? Tanto fra un po' lo saprai.

E così fu. All'una e mezzo varcai la soglia di una grande sala del secondo piano. Quattro tavoli formavano una specie di isola al centro e le pareti erano tappezzate di lavagne, tabelloni e gessetti. Gli agenti se ne stavano raggruppati in fondo alla stanza, come compratori a una fiera, e studiavano le piantine ormai familiari e coperte di spilli colorati di Montréal e del metrò. Sette tabelloni disposti in fila avevano per intestazione altrettante fotografie e nomi di donna. Cinque li conoscevo a memoria, gli ultimi due non li avevo mai sentiti.

Claudel mi degnò di mezzo secondo di contatto visivo, tutti gli altri mi salutarono cordialmente. Dopo i soliti commenti sul tempo ci spostammo verso i tavoli, dove Ryan distribuì blocchi di carta legale e finalmente ruppe ogni indugio.

«Ciascuno di voi sa perché si trova qui e certamente conosce il proprio mestiere. A titolo preventivo, desidero solo sottolineare alcuni elementi.»

Ci guardò uno per uno, quindi indicò un mucchio di cartellette.

«Vorrei che studiaste bene quei file. Leggeteli attentamente, digeriteli e metabolizzateli. Stiamo archiviando le stesse informazioni a computer, ma è una procedura lenta. Per ora dunque lavoreremo alla vecchia maniera: se vi vengono in mente cose importanti, di qualunque genere, scrivetele sugli appositi tabelloni.»

Cenni di assenso.

«Entro oggi otterremo un elenco completo dei nomi dei pervertiti sessuali già noti alla polizia. Divideteveli, stanateli e scoprite dove vanno a divertirsi.»

«Di solito nelle loro mutande.» Charbonneau.

«Forse qualcuno ha esagerato e ha finito la scorta.»

Altro giro di sguardi.

«La nostra parola d'ordine sarà "lavoro di squadra". Pensatevi sempre come un gruppo, mai come singoli individui. Qui non ci sono eroi. Parlate, scambiatevi informazioni. Fate circolare le idee. Solo così potremo inchiodare questo bastardo.»

«Se è uno.» Claudel.

«Se sono di più, Luc, faremo piazza pulita. Non saranno comunque energie sprecate.»

Gli angoli della bocca piegati all'ingiù, Claudel stava tirando una serie di righe brevi e rapide sul blocco.

«Un'altra parola d'ordine sarà discrezione», continuò Ryan. «Non vogliamo fughe di notizie.»

«Patineau darà pubblico annuncio della nostra esistenza?» Ancora Charbonneau.

«No. In un certo senso lavoreremo in incognito.»

«Provate a dire serial killer, e la gente darà fuori di matto. Anzi, mi stupisce che non sia già successo.» Sempre Charbonneau.

«A quanto pare la stampa non ha ancora fatto due più due, non chiedetemi perché. Comunque sia, Patineau ci tiene a lasciare le cose così come stanno. In futuro, si vedrà.»

«I giornalisti hanno una memoria del cazzo.»

«No, quello è il loro QI.»

«Non ci arriverebbero mai.»
«Va bene, va bene. Basta, adesso. Allora, questo è quanto abbiamo in mano per il momento.»
Iniziò a riassumere brevemente ciascun caso, e presto mi ritrovai ad ascoltare in silenzio le mie ipotesi, addirittura le mie stesse parole che riempivano l'aria per poi essere afferrate e diligentemente trascritte sui blocchi di carta legale. D'accordo, c'era anche qualche idea di Dobzhansky, ma pur sempre riportata da me.

Mutilazione. Penetrazione genitale. Annunci immobiliari. Fermate del metrò. Qualcuno mi aveva ascoltata. Di più: qualcuno si era dato la pena di andare a verificare. La macelleria dove aveva lavorato Grace Damas si trovava a un isolato dal Saint-Laurent, vicino alla tana di Saint-Jacques e alla stazione di Berri-UQUAM. La dinamica era confermata. Quattro casi su cinque. Ecco cosa aveva fatto pendere l'ago della bilancia dalla mia parte. Questo, e J.S.

Dopo la nostra chiacchierata Ryan aveva convinto Patineau a inoltrare una richiesta formale a Quantico. J.S. aveva accordato priorità assoluta ai casi di Montréal ed era stato ricompensato con metri e metri di fax informativi. Tre giorni dopo, Patineau aveva un profilo. Quel che gli occorreva per decidere. *Voilà*. Task force.

Mi sentivo sollevata ma anche un po' svuotata: si erano appropriati del frutto del mio travaglio lasciandomi solo il sudore. Mentre mi recavo alla riunione avevo temuto come minimo di poter essere sottoposta a qualche forma di censura, e certo non mi aspettavo tacito consenso nei riguardi del lavoro già svolto; nonostante questo, dovetti schiarirmi la voce per dissimulare la rabbia.

«In sostanza Quantico che cosa ci invita a cercare?»
Ryan sfilò dal mucchio una cartellina particolarmente sottile, la aprì e a voce alta lesse:
«Maschio. Razza bianca. Francofono. Probabilmente con diploma di scuola media inferiore. Probabilmente con una storia di MSL alle...»
«*C'est quoi ça?*» intervenne Bertrand.
«Molestie sessuali lievi. Guardone, autore di telefonate oscene, esibizionista.»
«Robetta.» Claudel.

«Il Fantoccio.» Bertrand.

Claudel e Charbonneau fecero una smorfia.

«Merda.» Claudel.

«Il mio eroe.» Charbonneau.

«Chi diavolo è il Fantoccio?» Ketterling, di Saint-Lambert.

«Un vermiciattolo che si infila nelle case, prende i pigiamini delle signore, li imbottisce e poi li tagliuzza. Cinque anni che ci dà dentro.»

Ryan riprese a leggere, scegliendo le frasi dal rapporto.

«Grande pianificatore. Adesca le vittime con qualche stratagemma, probabilmente le inserzioni immobiliari. Forse è sposato...»

«*Pourquoi?*» Rousseau, Saint-Lambert.

«Per via del nascondiglio. Non può portare le vittime a casa da mogliettina.»

«O da mammina.» Claudel.

Il rapporto.

«Probabilmente sceglie e prepara in anticipo il luogo del delitto.»

«Il seminterrato?» Ketterling, Saint-Lambert.

«Gilbert ha passato tutto col Luminol. Se c'era del sangue, si illuminava come una chiesa a Natale.» Charbonneau.

Il rapporto. «I parossismi di violenza e crudeltà fanno pensare a una rabbia incontenibile. Forse orientata verso la vendetta. Possibili fantasie sadiche di dominazione, umiliazione e dolore. Possibile delirio religioso.»

«*Pourquoi ça?*» Rousseau.

«La statuetta e i luoghi in cui sono stati abbandonati i corpi. La Trottier in un seminario, idem la Damas.»

Per un po' nessuno disse una parola. L'orologio a muro ronzava piano. In corridoio il ticchettio di un paio di tacchi alti si avvicinò e allontanò. La penna di Claudel continuava a tirare righe brevi e decise.

«*Beaucoup de* "possibile" *et* "probabilmente".» Lui. Claudel.

Quella sua resistenza ostinata all'idea di un unico killer mi indispettiva.

«È anche *possibile* e *probabile* che presto si verifichi un altro omicidio», ribattei.

I lineamenti si irrigidirono nella solita maschera, ora tutta concentrata sul blocco. Vidi tendersi anche le rughe sulle guance, ma non disse nulla.

Immensa soddisfazione.

«Il dottor Dobzhansky azzarda qualche previsione a lungo termine?» domandai quindi, più calma.

«Solo a breve», disse Ryan in tono serio, e tornò al profilo. «Segni di perdita del controllo. Aumento della spavalderia. Intervalli sempre più ravvicinati.» Richiuse la cartelletta e la spinse verso il centro del tavolo. «Tornerà a uccidere.»

Nuovo silenzio.

Si lanciò un'occhiata al polso, prontamente imitato dal resto dei presenti. Una fila di robot alla catena di montaggio.

«Bene. Passiamo ai dossier. Siete pregati di aggiungere tutto quello che sapete e che non troverete già qui dentro. Luc, Michel: la Gautier è un caso CUM, quindi forse voi disponete di più informazioni.»

Cenni di conferma da parte di Claudel e Charbonneau.

«La Pitre invece è dell'SQ. Effettuerò personalmente tutte le verifiche necessarie. Gli altri sono casi recenti, quindi non dovrebbero esserci lacune particolari.»

Ovviamente cominciai dai file sulla Pitre e la Gautier. I loro casi erano stati aperti rispettivamente nel 1988 e nel 1989.

Il corpo seminudo e in avanzato stato di decomposizione di Constance Pitre era stato rinvenuto in una casa abbandonata di Khanawake, una riserva indiana lungo il San Lorenzo, a nord di Montréal. Marie-Claude Gautier era stata ritrovata alle spalle della fermata di Vendôme, una stazione di cambio per i treni diretti verso la periferia ovest. Entrambe le donne erano state selvaggiamente percosse e sgozzate. La Gautier aveva ventotto anni, la Pitre trentadue. Non erano sposate e vivevano sole. I soliti sospetti erano stati interrogati e le piste del caso battute. Due vicoli ciechi.

In tutto dedicai circa tre ore ai nuovi file, anche se rispetto a quelli su cui mi ero concentrata nelle ultime sei settimane c'erano non poche differenze. Le vittime erano entrambe prostitute. Era quello il motivo per cui le indagini si erano fermate così in fretta? Sfruttate nella vita, ignorate nella morte? Una grana in meno per tutti? Mi rifiutai di proseguire oltre in quella direzione.

Esaminai alcune istantanee. Le differenze somatiche erano

evidenti, eppure tra le due donne esisteva un'inquietante somiglianza di fondo: pallore giallognolo, trucco pesante, sguardo freddo e inespressivo. Istintivamente ripensai alla mia notte sulla Main, quando avevo avuto occasione di osservare lo spettacolo da una poltrona in prima fila. Rassegnazione. Disperazione. Là dal vivo, qui in natura morta.

Sparpagliai davanti a me le foto di scena dei due delitti, ma sapevo già quale storia avrebbero raccontato. Caso Pitre: il cortile, la camera da letto, il corpo. Caso Gautier: la stazione, i cespugli, il corpo. Alla prima avevano quasi mozzato la testa. Anche la seconda era stata brutalmente sgozzata, e le avevano accoltellato l'occhio destro fino a ridurlo in una poltiglia sanguinolenta. I due omicidi erano stati inclusi nelle nostre indagini proprio a causa della violenza degli attacchi.

Lessi i referti delle autopsie e degli esami tossicologici, quindi i rapporti degli agenti. Studiai approfonditamente gli interrogatori e i riassunti degli investigatori. Estrapolai tutti i particolari riguardanti gli ultimi spostamenti e la morte delle vittime, succhiai tutto il possibile dalle due cartelline e lo riversai in una rozza tabella: non avevo messo insieme granché.

Intorno sentivo i colleghi alzarsi, grattare con le sedie per terra e scambiarsi battute, ma la mia attenzione restava fissa altrove. Quando infine chiusi i file erano le cinque passate e in sala c'era solo Ryan. Sollevai lo sguardo fino a intercettare il suo.

«Le andrebbe di sentire i gitani?»

«Chiedo scusa?»

«Mi hanno detto che le piace il jazz.»

«Sì, ma il festival è finito, Ryan.» Gli avevano detto? Chi? Dovevo considerarlo un invito?

«Vero, ma la città no. All'Old Port suonano Les Gitanes. Ottima formazione.»

«Veramente non ci avevo nemmeno pensato, ma non credo mi interessi.» In realtà ci avevo pensato eccome. Per questo rifiutavo. Non ora. Non prima della fine delle indagini. Non prima di aver catturato quell'animale.

«D'accordo.» I suoi neon azzurri. «Però deve mangiare qualcosa.»

Poco ma sicuro, e certo non mi attirava l'idea di un'altra cena scongelata e solitaria. Ma no. Evita di fornire qualunque appiglio a Claudel.

«Vede, Ryan, forse non è una grande...»

«Perché non ruminiamo qualche pensata insieme davanti a una pizza?»

«Cena d'affari?»

«*Certainement.*»

Sì e ancora sì.

Avevo voglia di discutere dei casi? Naturalmente. In quelle aggiunte dell'ultimo momento – la Pitre e la Gautier – c'era qualcosa che non mi convinceva. E poi volevo saperne di più sulla task force: Ryan ci aveva ammannito la versione ufficiale, ma le dinamiche reali quali erano? In quella trama esistevano fili che avrei fatto meglio a conoscere? O a evitare?

Sì. Usciamo.

Gli altri ci avrebbero pensato su due volte? No, ovviamente.

«Ottima idea, Ryan. Dove?»

Alzatina di spalle. «Da Angela's?»

Zona mia. Ripensai alla telefonata che quella notte gli avevo fatto alle quattro del mattino, all'"amica" con cui si trovava. Sei paranoica, Brennan. Il ragazzo ha solo voglia di pizza, punto. Sa che così non dovrai nemmeno prendere la macchina.

«Per lei è comodo?»

«Di strada, direi.»

Per andare dove? Non glielo chiesi.

«D'accordo. Diciamo fra...» Guardai l'orologio. «Una mezz'ora va bene?»

Passai da casa, diedi da mangiare a Birdie ed evitai scrupolosamente gli specchi. Non ti pettinare. Non ti truccare. È una cena d'affari.

Alle sei e un quarto Ryan stava sorseggiando una birra e io una Diet Coke, in attesa di un'ortolana super. Sulla sua metà niente formaggio di capra.

«Se ne pentirà.»

«Non mi piace.»

«Rigido.»

«Consapevole.»

Per un po' chiacchierammo del più e del meno, quindi cambiammo registro. «Mi racconti di questi due casi. Perché proprio la Pitre e la Gautier?»

«Patineau mi ha chiesto di ripescare tutti i casi di omicidio irrisolti di competenza dell'SQ corrispondenti a un certo profilo. A partire dal 1985. La dinamica era quella su cui lei ha insistito. Claudel ha fatto lo stesso con i casi della CUM, e i dipartimenti locali stanno procedendo nella medesima direzione. Per il momento questi sono i due nomi venuti a galla.»

«Solo nell'area di Montréal?»

«Non esattamente.»

All'arrivo della cameriera tacemmo. La ragazza appoggiò il piatto, tagliò la pizza e ce la servì. Ryan ordinò un'altra Belle Gueule. Io niente, ma ero un po' invidiosa. Colpa tua, Brennan.

«Non si illuda di assaggiare la mia metà.»

«Tanto non mi piace.» Si scolò il bicchiere. «Lo sa di che schifezze si cibano le capre?»

Sì, ma non avevo voglia di pensarci.

«Cosa intende per "non esattamente"?»

«All'inizio Patineau pensava di limitare le ricerche a Montréal e dintorni, ma quando abbiamo ricevuto il profilo da Quantico ha spedito una descrizione comprensiva dei nostri dati e delle loro analisi anche all'RCMP. Poteva darsi che i Mounties avessero in archivio casi simili.»

«E?»

«Negativo. A quanto pare è uno di qui.»

Per un po' continuammo a mangiare in silenzio.

«Allora, cosa ne pensa?»

Non risposi subito.

«Ho avuto modo di studiare i file solo per tre ore, ma non mi sembrano proprio la stessa cosa.»

«Perché erano prostitute?»

«Sì, ma non solo. Anche questi sono omicidi violenti, certo, però è come se fossero...»

Per tutto il pomeriggio avevo cercato senza successo una parola in grado di definire quella sensazione. Un pezzo di pizza mi cadde sul piatto. Rimasi a guardare un carciofino che scivolava giù dal bordo pomodoroso.

«... disordinati.»

«Disordinati?»

«Disordinati.»

«Cristo, Brennan, ma che cosa si aspettava? Ha visto l'appartamento della Adkins? O quello della Morisette-Champoux? Sembravano Wounded Tree.»

«Knee.»

«Cosa?»

«Knee. Era Wounded Knee.»

«La battaglia degli indiani?»

Annuii.

«Insomma, non mi riferisco al sangue. È che le scene di questi due delitti mi sembrano, come dire...?» Stavo di nuovo cercando la parola giusta. «Disorganizzate. Non pianificate. Negli altri casi hai la sensazione che l'assassino sapesse esattamente quello che stava facendo. È entrato in casa, si è portato l'arma, se l'è riportata via... se non sbaglio non ne è mai stata ritrovata una, no?»

Annuì.

«Il coltello con cui venne uccisa la Gautier invece fu rinvenuto.»

«Sì, ma senza impronte. Questa potrebbe essere pianificazione.»

«Era inverno. Probabilmente l'assassino indossava i guanti.»

Feci roteare la Coca nel bicchiere.

«I due cadaveri sembrano essere stati abbandonati in fretta e furia, la Gautier a faccia in giù e la Pitre su un fianco, con i vestiti strappati e le mutande alle caviglie. Dia un'altra occhiata alle foto di scena della Morisette-Champoux e della Adkins. I cadaveri sembrano quasi messi in posa: entrambi supini, con le gambe spalancate e le braccia in posizione. Due bambole. O due ballerine: la Adkins sembrava addirittura congelata nel bel mezzo di una giravolta. I loro vestiti non erano strappati ma aperti, sbottonati, e in ordine, come se l'assassino avesse voluto mettere bene in mostra la sua impresa.»

Ryan non disse nulla. In quel momento riapparve la cameriera, ansiosa di sapere se la pizza era stata di nostro gradimento. Nient'altro? Il conto, grazie.

«Questi casi mi danno vibrazioni diverse, ma naturalmente potrei sbagliarmi.»

«È quello che dobbiamo scoprire.»

Prese il conto e sollevò una mano come a dire "non si discute".
«Stasera tocca a me. La prossima volta ci penserà lei.»
Smorzò ogni protesta sul nascere sfiorandomi il labbro superiore con le dita. Lentamente mi passò l'indice intorno all'angolo della bocca, quindi lo staccò e lo esaminò.
«Capra», disse.
Un esercito di formiche rosse sulle guance mi avrebbe fatto meno effetto.

Rientrai in una casa vuota. Niente di strano, però cominciavo a stare in ansia per Gabby e ad augurarmi che si facesse rivedere. Se non altro per cacciarla fuori a pedate.
Mi sdraiai sul divano e accesi la Tv sui campionati Expo. Martinez aveva appena centrato il battitore e il cronista era agitatissimo. Recuperare posizioni è dura.
Continuai a guardare finché la voce divenne una specie di ronzio indistinto, sopraffatto dal rumore dei miei pensieri. Come si inserivano la Pitre e la Gautier nel quadro generale? Perché Khanawake? La Pitre aveva origini mohawk, le altre erano tutte bianche. Quattro anni prima gli indiani avevano eretto una barricata sul Mercier Bridge, creando enormi difficoltà ai pendolari. Da allora i rapporti tra la gli abitanti della riserva e i loro vicini erano rimasti sotto la soglia della cordialità. Tutto ciò aveva qualche importanza?
La Gautier e la Pitre erano due prostitute, e la Pitre era finita in più di una retata. Delle altre vittime, nessuna aveva precedenti con la polizia. Questo significava qualcosa? Se le donne erano state scelte a caso, quante probabilità c'erano che due su sette fossero prostitute?
Ancora: le scene dei delitti Adkins e Morisette-Champoux parlavano realmente di premeditazione o ero io che cercavo a tutti i costi una messinscena anche dove non esisteva?
E la componente religiosa? Quella non l'avevo esplorata a fondo ma, se c'era, che significato aveva?
Alla fine scivolai in un sonno agitato. Mi trovavo sulla Main. Gabby mi faceva segno di salire da una finestra di un alberghetto diroccato. Alle sue spalle la stanza era rischiarata da un tenue bagliore in cui intravedevo muoversi alcune figure. Cercavo di attraversare la strada per raggiungerla, ma ogni volta che accenna-

vo un passo delle donne fuori dall'albergo mi tiravano dei sassi, rabbiose. A un certo punto di fianco a Gabby appariva una faccia illuminata. Era Constance Pitre. Tentava di infilare a Gabby qualcosa dalla testa, un vestito o una vestaglia, ma Gabby opponeva resistenza e i suoi inviti a raggiungerla si facevano sempre più frenetici.

Un sasso mi centrò in piena pancia, svegliandomi di soprassalto. Birdie mi era atterrato sullo stomaco e, la coda già pronta a posarsi, mi fissava con i suoi due fanali.

«Grazie.»

Lo allontanai e mi tirai a sedere.

«Che accidenti avrà voluto dire, Bird?»

Raramente i miei sogni parlano chiaro. Di solito il mio inconscio pesca tra le esperienze più recenti e me le rigetta in superficie sotto forma di indovinelli, facendomi sentire come Artù frustrato dalle risposte criptiche di Merlino. Ti prego, dimmelo! Rifletti, Artù, rifletti!

Il lancio dei sassi. Evidente: il colpo di Martinez. Gabby. Ovvio: non faccio altro che pensare a lei. La Main. Le prostitute. La Pitre. La Pitre che tenta di vestire Gabby. Gabby che a gesti chiede aiuto. Dentro di me sentii risvegliarsi la paura.

Prostitute. La Pitre e la Gautier erano prostitute. La Pitre e la Gautier sono morte. Gabby lavora con le prostitute. Qualcuno la molestava. Se n'è andata di casa. Un legame? Esiste un legame? Gabby è in pericolo?

No. No, Brennan, ti ha soltanto usata. Fosse la prima volta, ma ci caschi sempre.

La paura era ancora lì.

E quel tizio che la seguiva? Sembrava davvero spaventata.

Sparita. Senza nemmeno due righe. Grazie. Scusa ma devo andare. Niente.

Non è un po' troppo anche per lei? La paura acquistava sempre più corpo.

«D'accordo, dottoressa Macaulay, adesso lo scopriremo.»

Mi alzai, andai nella camera degli ospiti e mi lanciai un'occhiata intorno. Da dove cominciare? Avevo già raccolto e ammucchiato i suoi vestiti sul fondo del guardaroba, e odiavo l'idea di mettermi a frugare.

Il cestino dei rifiuti. Partire da lì mi sembrava meno invadente.

Lo rovesciai sulla scrivania. Fazzolettini. Carte di caramella. Pellicola di alluminio. Uno scontrino di Limité. Una ricevuta del bancomat. Tre fogli appallottolati.

Prima palla. La calligrafia di Gabby su carta gialla a righe: "Scusa. Non ce la faccio proprio. Non riuscirei mai a perdonarmela se..."

Si interrompeva lì. Un biglietto per me?

Seconda palla gialla: "Non cederò a questo tormento. Sei come un agente irritante che bisogna..."

Altra interruzione. Spontanea o forzata? Che cosa stava cercando di dire? E a chi?

La terza palla di carta era più grossa e di colore bianco. Quando la aprii fui attraversata da una scarica di adrenalina pura che istantaneamente cancellò ogni pensiero ostile coltivato fin lì nei confronti di Gabby. Con mani tremanti lisciai il foglio e mi misi a studiarlo.

Era un disegno a matita, una figura chiaramente femminile con le mammelle e i genitali evidenziati nei minimi particolari. Il torace, le braccia e le gambe erano invece sommariamente tratteggiati, la faccia un ovale con i lineamenti appena ombreggiati. Dall'addome aperto gli intestini fuoriuscivano sino a incorniciare l'intera figura. Nell'angolo inferiore sinistro, una mano sconosciuta aveva scritto:

"*Every move you make. Every step you take. Don't cut me*".

Ogni tuo gesto. Ogni tuo passo. Non mi tagliare.

30

Ero raggelata. *Oh Dio, Gabby, in che casino ti sei ficcata? Dove sei?* Guardai la confusione che regnava nella stanza. Era il solito disordine di Gabby o piuttosto l'esito di una fuga dettata dal panico?

Rilessi le poche righe interrotte. A chi erano indirizzate? A me? Al suo persecutore? *Non riuscirei mai a perdonarmela se cosa? Un agente irritante che bisogna cosa?* Osservando di nuovo il disegno provai la stessa sensazione che mi aveva assalita davanti alle radiografie di Margaret Adkins. Brutto presentimento. *Oh, no. Non Gabby!*

Calmati, Brennan. Cerca di ragionare.

Il telefono. Cercai Gabby a casa e in ufficio. Segreteria. Casella vocale. Sia benedetta l'era elettronica.

Ragiona!

Dove abitavano i suoi genitori? Trois-Rivières? 411. Solo un Macaulay. Neal. Voce di donna anziana, francofona. Mi fa così piacere sentirti, è passato tanto tempo. Come stai? No, Gabrielle non chiama da settimane. No, niente di strano. I giovani, si sa, sono sempre così impegnati. Ma c'è qualcosa che non va? Rassicurazioni. Promesse di andare a trovarli presto.

E adesso? Chi frequentava ultimamente Gabby? Non conoscevo i suoi amici.

Ryan?

No. Non è il tuo angelo custode. E poi, che cosa gli diresti?

Non correre. Ragiona. Bevi una Diet Coke. *Stavo esagerando?* Tornai nella stanza degli ospiti e riesaminai il disegno. *Esagerando? Cristo, semmai la stavo prendendo alla leggera.* Controllai la rubrica, presi il telefono e composi il numero.

«Sì?»

«Ciao, J.S. Sono Tempe.» Sforzo per dominare la voce.

«Signore del cielo, ben due telefonate in una settimana! Ammettilo: senza di me non ce la fai.»

«È passata più di una settimana.»

«Sotto il mese la considero comunque un'attrazione irresistibile. Allora, come ti va?»

«Senti, J.S...»

Il tremito nella mia voce lo indusse ad abbandonare rapidamente ogni baldanza. «Che succede, Tempe? Tutto a posto?»

«È per via dei casi di cui ti parlavo la settimana scorsa.»

«Allora? Come procede il lavoro? Ho fatto subito un profilo e spero si rendano conto che è stato grazie al tuo intervento. Hanno ricevuto la mia relazione?»

«Sì. Il tuo parere è stato determinante. Finalmente hanno formato una task force, e in effetti da questo punto di vista le cose procedono bene.»

Non sapevo come arrivare al punto. Ero molto in ansia, ma non volevo abusare della nostra amicizia.

«Senti, posso farti ancora qualche domanda? C'è qualcos'altro che mi preoccupa, J.S., e davvero non so co...»

«E devi chiedermi il permesso, Tempe?»

Da dove cominciare? Avrei dovuto prepararmi una lista. In quel momento la mia testa era come la camera di Gabby, un caos informe di pensieri e di immagini.

«Si tratta di un'altra cosa.»

«Sì, questo l'hai già detto.»

«Credo che il problema siano quelle che hai definito molestie sessuali lievi.»

«D'accordo.»

«In un quadro del genere potrebbero rientrare il pedinamento e le telefonate, ma restare escluse le azioni apertamente minacciose?»

«Potrebbero.»

Comincia dal disegno.

«L'ultima volta mi hai detto che i rei violenti spesso conservano una specie di archivio con materiale tipo videocassette e disegni, giusto?»

«Giusto.»

«E anche i molestatori cosiddetti lievi?»

«Che cosa?»

«Fanno disegni e cose simili?»

«È una possibilità.»

«E dal contenuto di un disegno si può evincere il livello di violenza di cui un individuo è capace?»

«Non necessariamente. Per una persona disegnare potrebbe rappresentare una valvola di sfogo, una forma di *acting out*, di drammatizzazione sostitutiva della violenza reale. Per un'altra invece potrebbe essere la miccia che fa esplodere la bomba. O una rivisitazione di un atto già compiuto.»

Bene.

«Ho trovato il disegno di una donna con il ventre squarciato e gli intestini disposti tutt'intorno alla sua figura. Istintivamente a cosa ti fa pensare?»

«Mi fa pensare che alla Venere di Milo mancano le braccia e a G.I. Joe – la bambola – il pisello. Questo cosa significa? È arte? Censura? Perversione sessuale? Difficile pronunciarsi, in assenza di un contesto.»

Silenzio. Che cosa dovevo dirgli?

«Da dove arriva questo disegno? Dal museo di Saint-Jacques?» proseguì poi.

«No.» Dal cestino dei rifiuti della mia camera degli ospiti. «Mi hai detto che spesso questi individui vivono una vera e propria escalation di violenza. Sbaglio?»

«No, non sbagli. All'inizio magari si accontentano di spiare o di fare telefonate oscene. Alcuni si fermano lì, altri invece affrontano sfide più ardite: esibizionismo, pedinamenti, addirittura effrazioni con scasso. Altri ancora non ne hanno abbastanza e arrivano allo stupro e all'omicidio.»

«Quindi esistono sadici sessuali che di fatto possono non comportarsi in maniera violenta?»

«Rieccoti ai sadici sessuali... Be', per rispondere alla tua domanda, sì. Alcuni sfogano le loro fantasie in modi diversi: su oggetti inanimati, animali o partner consenzienti.»

«Partner consenzienti?»

«Una partner accondiscendente, che asseconda la fantasia in ogni dettaglio. Sottomissione, umiliazione, persino dolore. A volte è una moglie, a volte un'amante, o una donna a pagamento.»

«Una prostituta?»

«Naturale. La maggioranza delle prostitute, entro certi limiti, si presta a recitare in qualche ruolo.»

«E questo può disinnescare tendenze violente più perniciose?»

«Sì, finché lei sta al gioco. Di chiunque si tratti. Spesso è proprio quando la partner consenziente ne ha abbastanza che le cose si mettono male. Per un po' gli fa da *punching bag*, poi decide di staccare la spina, magari lo minaccia di dirlo a qualcuno, e lui, infuriato, la uccide. E così scopre che la cosa gli piace. E passa alla prossima.»

A preoccuparmi era un particolare di ciò che aveva detto.

«Torniamo indietro un momento, scusa. Che genere di oggetti inanimati?»

«Fotografie, bambole, indumenti. In realtà va bene tutto. Una volta mi capitò un tizio che si masturbava come un pazzo davanti a un poster a grandezza naturale di Flip Wilson vestito da checca.»

«Non oso chiedere di più.»

«Rabbia profonda verso i neri, i gay e le donne. Tre in un colpo solo.»

«Ovviamente.»

In sottofondo sentivo *Il fantasma dell'opera*.

«Insomma, J.S., se uno fa disegni o usa una bambola vuol dire che probabilmente non ucciderà?»

«Forse. Ma, anche in questo caso, chi può escludere che prima o poi qualcosa non intervenga a modificare la curva facendolo precipitare dall'altra parte? Oggi gli basta una foto, domani non gli basta più.»

«E uno non potrebbe fare entrambe le cose?»

«Cioè?»

«Oscillare. Uccidere qualche vittima e accontentarsi di inseguire e molestarne qualcun'altra?»

«Certo. Non bisogna dimenticare che il comportamento della vittima può sempre alterare l'equazione. Lui si sente insultato o rifiutato. Lei dice la cosa sbagliata, o gira a sinistra invece che a destra, gesti di cui magari non è affatto consapevole perché per la maggior parte delle vittime il serial killer è un esimio sconosciuto. Queste donne sono le protagoniste delle sue fantasie. Una volta ne vede una in un ruolo, quella successiva in un altro. Può essere un marito devoto, ma poi esce e uccide. Una sconosciuta diventa una preda, un'altra un'amica.»

«Quindi anche una volta che ha iniziato a uccidere può sempre tornare occasionalmente alle sue tattiche precedenti meno violente?»

«Possibile.»

«E quello che in apparenza può sembrare l'autore di molestie lievi in realtà potrebbe essere qualcosa di molto peggio?»

«Sicuramente.»

«Ma qualcuno che telefona a una vittima, la segue, le recapita disegni truculenti non è necessariamente inoffensivo, anche se mantiene le distanze?»

«Stai parlando di Saint-Jacques, vero?»

Stavo parlando di lui?

«A te sembra?»

«Ho solo dato per scontato che il nostro oggetto di discussione fosse lui. O chiunque fosse il tizio che abitava in quella splendida suite.»

Open up your mind, let the fantasy unwind... Apri la tua mente, lascia correre la fantasia...

«J.S... la cosa si è fatta personale.»

«In che senso?»

Gli raccontai tutto. Gabby. La sua paura. La sua scomparsa. La mia collera e adesso la mia paura.

«Cristo, Tempe, ma come fai a metterti in situazioni simili? Ascolta, questo tizio non mi piace per niente. Il maniaco di Gabby forse è Saint-Jacques e forse non lo è, ma certo mi sembra possibile che lo sia. Pedina le donne, e anche Saint-Jacques lo fa. Disegna figure femminili sventrate, non ha una vita sessuale esattamente normale e gira con un coltello. Saint-Jacques, o chiunque sia il pazzo in questione, ammazza vittime di sesso femminile per poi farle a pezzi o sfigurarle. Tu che cosa ne pensi?»

Turn your face away from the garish light of day... Non lasciarti abbagliare dalla luce del giorno...

«Quand'è stata la prima volta che lo ha notato?» riprese quindi.

«Non saprei.»

«Prima o dopo che esplodessero questi casi?»

«Non so, non ricordo.»

«E tu cosa sai di lui?»

«Non molto. Che frequenta la prostitute e paga per fare strani giochetti con la biancheria intima. Che gira con un coltello. Che quasi tutte le ragazze preferiscono non avere a che fare con lui.»

«E un quadro del genere ti sembra rassicurante?»

«No.»

«Voglio che informi subito i tuoi colleghi di questa faccenda, Tempe. Lascia che siano loro ad avviare le indagini del caso. Dici che Gabby è un tipo imprevedibile, quindi forse non sarà niente di grave. Magari si è solo allontanata per un po', ma resta pur sempre una tua amica e tu hai ricevuto minacce. Il cranio, il tizio che ti ha seguita in macchina...»

«Chissà.»

«Gabby stava da te e adesso è scomparsa. Vale la pena di verificare.»

«Ah, certo. Claudel si precipiterà subito fuori ad acciuffare Fantomas.»

«Fantomas? Tu vivi nel mondo dei sogni.»

Da dove spuntava quell'associazione? Ovvio, da Fantoccio.

«È che qui c'è un tizio non tanto giusto che si infila nelle case, sceglie un capo di biancheria intima femminile, lo imbottisce, lo accoltella e se ne va. Sono anni che la fa franca. Lo chiamano il Fantoccio.»

«Be', se sono anni che la fa franca tanto fantoccio non dev'essere.»

«No, è per via del giochetto con la biancheria. Ci costruisce una specie di pupazzo.»

Sinapsi. O una bambola.

Feel me, touch me... Accarezzami, toccami...

J.S. disse qualcosa, ma la mia mente stava galoppando alla velocità della luce. Fantoccio. Biancheria intima. Coltello. Una prostituta di nome Julie che fa i giochetti con una sottoveste. Il disegno di uno sventramento e la scritta "non mi tagliare". Articoli di cronaca trovati in una stanza di Rue Berger, uno dedicato a un'effrazione con scasso e a un fantoccio in camicia da notte, e uno con la mia fotografia segnata con una X. Un cranio impalato e ghignante tra i cespugli del mio giardino. La faccia di Gabby in preda al terrore alle quattro del mattino. Una camera da letto nel caos.

Help me make the music of the night... Aiutami a suonare la musica della notte...

«Ora devo andare, J.S.»

«Tempe, promettimi che farai quel che ti ho detto. È solo un'ipotesi remota, ma il tizio di Gabby potrebbe essere il maniaco della tana di Rue Berger. Il tuo assassino. Se è così, sei in pericolo. Lo stai ostacolando, quindi per lui rappresenti una minaccia. Aveva la tua fotografia. Potrebbe essere stato lui a piazzarti il cranio della Damas in giardino. Sa chi sei. Sa dove sei.»

Ma ormai non lo stavo più ascoltando. Nella mia mente ero già altrove.

Mi ci volle mezz'ora per attraversare Centre-Ville, risalire la Main e tornare al mio punto d'osservazione nel vicolo. Mentre scavalcavo le gambe distese di un ubriaco accasciato contro il muro, l'uomo mi sorrise e sollevò un braccio salutandomi con un dito, quindi aprì la mano e la tese verso di me.

Frugai nel portafoglio e gli diedi un dollaro. Magari mi avrebbe tenuto d'occhio la macchina.

La Main era una giungla di nottambuli attraverso cui mi scolpii un passaggio a colpi di machete. Mendicanti, prostitute, tossici e turisti. Gruppetti di uomini sgomitavano in preda ai fumi dell'alcool, per qualcuno un passatempo allegro e rumoroso, per altri una realtà ormai triste. Benvenuti a bordo del transatlantico Saint-Laurent.

Diversamente dall'ultima volta, quella sera avevo un piano preciso. Mi feci strada fino alla Sainte-Catherine, sperando di trovare Jewel Tambeaux. Non fu così facile. Davanti all'Hotel Granada stazionava il solito capannello di prostitute, ma Jewel non era tra loro.

Attraversai la via e mi fermai a osservarle. Nessuna fece il gesto di raccogliere un sasso e tirarmelo. Buon segno. E adesso? Memore della mia visita precedente sapevo con una certa sicurezza quali erano le mosse da evitare con quelle signore. Il che però non mi serviva a decidere sul da farsi.

Nella vita ho sempre seguito una regola fondamentale: nel

dubbio, astieniti. Se non sei convinta non comprare, non commentare, non impegnarti. Stattene buona. Quasi tutte le deviazioni da questo principio sono state fonte di successivi rimpianti. Vedi il vestito rosso con il collo arricciato. La promessa di discutere i temi del creazionismo. La lettera di fuoco spedita al vicesegretario dell'ambasciata. Questa volta preferii attenermi alla regola.

Trovai un blocco di cemento, lo ripulii da alcune schegge di vetro e mi sedetti. Ginocchia unite e occhi puntati sul Granada, cominciai ad aspettare. E aspettai. E aspettai. E aspettai ancora.

Per un po' mi lasciai trasportare dalla specie di soap opera che aveva luogo intorno a me. La mezzanotte giunse e se ne andò. Arrivò l'una. Poi le due. Il copione continuava a sciorinare imperterrito i suoi episodi di seduzione e sfruttamento. "Figlie degeneri." "Giovane e disperata." Giocavo tra me e me, inventando ogni sorta di titoli.

Alle tre il ruolo della sceneggiatrice mi aveva definitivamente annoiata. Ero stanca, stufa e scoraggiata. Sapevo che la sorveglianza non è un'attività entusiasmante, ma non ero preparata a subirne l'effetto di obnubilamento generale. Avevo bevuto abbastanza caffè da riempire un acquario, avevo mentalmente compilato liste su liste, concepito alcune lettere che non avrei mai scritto e giocato a "indovina cosa fa nella vita" con un notevole numero di ignari cittadini del Québec. Il viavai delle prostitute con relativi clienti era stato incessante, ma di Jewel Tambeaux neanche l'ombra.

Alla fine mi alzai, mi stirai, valutai la possibilità di massaggiarmi le natiche anestetizzate e la scartai. La prossima volta niente cemento. Anzi, la prossima volta non avrei passato la notte in bianco aspettando una prostituta che, per quel che ne sapevo io, poteva anche essere a Saskatoon.

Mentre mi avviavo in direzione della macchina, una Pontiac station wagon bianca accostò rumorosamente al marciapiede di fronte. Ne emerse la chioma arancione di Pippi Calzelunghe, seguita da una faccia e da un top familiari.

Jewel Tambeaux sbatté la portiera della Pontiac e si sporse all'interno del finestrino del passeggero per comunicare qualcosa all'autista. Un attimo dopo la macchina si allontanò e Jewel raggiunse due donne sedute sui gradini dell'albergo. Sotto la luce pulsante dell'insegna sembravano un trio di casalinghe pettegole in un quartiere di periferia, le loro risate vibranti e cristalline nell'aria che già sapeva di alba. Poco dopo Jewel si alzò, si sistemò la mini elasticizzata e si incamminò lungo l'isolato.

A quell'ora ormai la Main iniziava a svuotarsi e le ultime creature della notte si ritiravano cedendo il posto ai primi spazzini. Jewel camminava adagio, ancheggiando al ritmo di una musica inudibile. Attraversai la strada e la raggiunsi alle spalle.

«Jewel?»

Si voltò, la sua espressione un sorridente punto interrogativo. Ma non era me che aspettava. I suoi occhi esplorarono il mio viso, disorientati, delusi. Le diedi il tempo di riconoscermi.

«Margaret Mead.»

Sorrisi. «Tempe Brennan.»

«Qualche indagine per un libro?» Agitò la mano in una pennellata orizzontale, sottolineando un titolo immaginario. «*Un culo che batte, o la mia vita tra le puttane.*» Un inglese morbido, del sud, con una cadenza da campi di cotone.

Risi. «Forse venderebbe. Posso fare due passi con te?»

Si strinse nelle spalle ed emise un piccolo sbuffo, quindi si girò e riprese il suo lento ancheggiare. Mi misi al suo fianco.

«Stai ancora cercando la tua amica, carina?»

«In realtà speravo di trovare te. Ma non credevo di dover aspettare tanto.»

«L'asilo è ancora aperto, cocca. Per restare in affari bisogna *fare* affari.»

«Vero.»

Avanzammo per un tratto in silenzio, le mie scarpe da ginnastica un'eco cigolante al ticchettio metallico dei suoi tacchi.

«Ormai ho rinunciato a cercare Gabby. Non credo nemmeno che le vada di farsi trovare. È venuta da me circa una settimana fa, poi si è involata di nuovo. Immagino che si rifarà viva quando ne avrà voglia.»

La guardai in attesa di una reazione. Scrollò di nuovo le spalle, senza dire nulla. La massa di capelli laccati ondeggiava tra l'ombra e la luce dei lampioni. Qui e là un'insegna al neon si spegneva; le ultime osterie chiudevano, per l'ennesima notte sigillandosi in seno il puzzo stagnante di birra e di fumo.

«Il fatto è che vorrei incontrare Julie.»

Jewel si fermò e si voltò a guardarmi. Aveva la faccia stanca, svuotata dai travagli notturni e dalla vita. Dalla scollatura a V del top estrasse un pacchetto di Players, ne accese una e soffiò la boccata di fumo verso l'alto.

«Senti, carina, forse è meglio se torni a casa.»

«Perché?»

«Sei ancora a caccia di killer, non è così?»

Jewel Tambeaux non era una stupida.

«Credo ce ne sia uno che bazzica da queste parti, Jewel.»

«E pensi che sia il cowboy di Julie.»

«Sicuramente non mi dispiacerebbe parlargli.»

Fece un tiro, picchiettò la sigaretta con una lunga unghia rossa e rimase a osservare la piccola cascata di scintille che pioveva sul marciapiede.

«Te l'ho già detto, quello ha il cervello in pappa e la personalità di un killer da strada, ma dubito che abbia davvero fatto fuori qualcuno.»

«Tu sai chi è, giusto?»

«No. Di stronzi così ce n'è in giro più della merda di piccione, e mi interessano allo stesso modo.»

«Però mi hai detto che questo era uno che prometteva male.»

«Di buone promesse qui intorno ce n'è poche, dolcezza.»

«Ultimamente lo hai visto?»

Mi fissò per un momento, poi si concentrò su qualcos'altro, un'immagine o un ricordo che potevo solo sforzarmi di intuire. Altre cattive notizie.

«Sì. L'ho visto, sì.»

Aspettai. Ennesimo tiro, mentre una macchina avanzava lentamente lungo la via.

«Quella che non ho visto è Julie.»

Ancora fumo. Chiuse gli occhi e trattenne la boccata, quindi emise uno sbuffo biancastro nell'aria.

«Né la tua amica Gabby.»

Era un'offerta. Dovevo premere?

«Credi che potrei trovarlo?»

«Francamente, dolcezza, credo che senza una buona mappa non troveresti neanche le tue chiappe.»

Un po' di rispetto scalda sempre il cuore.

Fece l'ultimo tiro, lanciò per terra il mozzicone e lo spense sotto la scarpa.

«Forza, signora Margaret Mead. Andiamo a cercare questo killer.»

31

Ora Jewel camminava a passo determinato e i suoi tacchi scolpivano un rapido tatuaggio sul marciapiede. Non ero certa di dove mi stesse portando, ma sicuramente in qualche luogo più interessante del mio trespolo di cemento.

Percorremmo due isolati in direzione est, dopodiché abbandonammo la Sainte-Catherine e attraversammo un lotto di terreno incolto. La statua color albicocca avanzava senza tentennamenti nell'oscurità, mentre io le incespicavo dietro calpestando pezzi di asfalto scrostato, lattine, frammenti di vetro e arbusti secchi. Come faceva, con quelle scarpe?

Sbucammo dalla parte opposta, voltammo in una viuzza ed entrammo in un basso edificio di legno privo di targa e insegne. Le finestre erano dipinte di nero e fili di lucine natalizie fornivano l'unica illuminazione, rischiarando gli interni con un bagliore rossastro degno di una mostra di uccelli notturni. Mi domandai se l'intento non fosse proprio quello di spronare i frequentatori all'azione nelle ore di buio.

Mi lanciai intorno un'occhiata discreta. Vista la differenza minima di luminosità tra l'interno e l'esterno, alle mie pupille bastarono pochi secondi per abituarsi al cambiamento. Fedele al tema natalizio, il decoratore aveva scelto un tavolato di pino per le pareti e della plastica rossa per gli sgabelli già crepati. Sui muri, manifesti pubblicitari di varie marche di birra. Lungo una parete erano allineati dei separé in legno scuro, contro un'altra degli scatoloni di birra. Nonostante il locale fosse quasi vuoto, l'aria era impregnata di fumo e del tanfo di liquori da due soldi, vomito, sudore e marijuana. Il mio blocco di cemento non era poi così male.

Jewel e il barista si scambiarono un cenno della testa. L'uomo aveva sopracciglia folte e la pelle del colore del caffè riscaldato. Da sotto la fronte cespugliosa ci seguì con lo sguardo.

Senza fretta, Jewel attraversò il locale controllando con espressione indifferente ogni faccia. Da uno sgabello d'angolo un vecchio la chiamò, sventolando una birra e invitandola a gesti ad avvicinarsi. Lei gli soffiò un bacio a distanza. Lui le mostrò il dito medio.

Mentre passavamo accanto al primo separé, una mano sbucò dalla nicchia afferrando il polso di Jewel. Con l'altra mano lei staccò le dita avvinghiate e le posò sul tavolo davanti al legittimo proprietario.

«Il parco giochi è chiuso, cocco.»

Infilai le mie in tasca e tenni lo sguardo incollato alla schiena di Jewel.

Al terzo separé la vidi fermarsi, incrociare le braccia e scuotere adagio la testa.

«*Mon Dieu*», disse, facendo schioccare la lingua contro gli incisivi superiori.

L'unico occupante del separé sedeva fissando un bicchiere di liquido acquoso e marroncino, i gomiti puntati sul tavolo e le guance appoggiate sui pugni chiusi. Distinguevo solo la sommità di una testa. Da una scriminatura irregolare e popolata di scagliuzze biancastre si dipartivano ciocche castane e unte che ricadevano flosce ai due lati della faccia.

«Julie», chiamò Jewel.

La faccia rimase immobile.

Con un altro schiocco della lingua, Jewel si lasciò scivolare nel separé. Il piano del tavolo era reso viscido da qualche sostanza che non ebbi alcuna voglia di identificare. Dal canto suo Jewel appoggiò un gomito sul bordo e subito scattò all'indietro facendo il gesto di ripulirsi. Quindi estrasse una sigaretta, la accese ed emise la solita boccata di fumo verso l'alto.

«Julie.» Questa volta il tono era perentorio.

Julie inspirò e sollevò il mento.

«Julie?» Ripeté il proprio nome come se l'avessero appena svegliata.

Sentii il cuore perdere un colpo e i denti cercare il labbro inferiore su cui stringersi.

Oh, Dio.

La faccia che avevo davanti non dimostrava più di quindici anni, ma l'incarnato rientrava esclusivamente nella gamma dei grigi. La carnagione pallida, le labbra spaccate, gli occhi vuoti e scavati circondati da aloni scuri ricordavano i lineamenti di qualcuno che non vedeva il sole da molto tempo.

Julie ci fissò priva di espressione, come se le nostre immagini non riuscissero a comporsi nel suo cervello o il riconoscimento fosse un esercizio troppo difficile per lei.

Poi: «Me ne dai una, Jewel?» Inglese. Allungò una mano tremante verso il bordo del tavolo. Nel fioco bagliore del locale l'incavo del braccio risaltava violaceo e lunghi vermi grigi si scavavano un passaggio nelle sue vene fino alla parte interna del polso.

Jewel accese una Players e gliela diede. Julie inalò profondamente un tiro, trattenne a lungo il fumo nei polmoni e lo riesalò verso l'alto in una imitazione dell'amica.

«Oh, sì. Sì, sì», mormorò. Un minuscolo coriandolo di carta di sigaretta le era rimasto appiccicato al labbro inferiore.

Fece un altro tiro, a occhi chiusi, completamente assorbita da quel rituale. Aspettammo. Impegnarsi in due cose contemporaneamente era al di là delle sue forze.

Jewel mi guardò con espressione impenetrabile. Lasciai che fosse lei a condurre il gioco.

«Julie, tesoro, come va? Lavori molto?»

«Un po'.» Il terzo, lungo tiro, questa volta convertito in due scie di fumo dalle narici. Le osservammo dissolversi come nuvole argentee nella luce rossastra.

Julie continuò a fumare e Jewel e io restammo in silenzio. La ragazza non sembrava obiettare alla nostra presenza, ma supponevo che disponesse di troppa poca energia per obiettare a qualsiasi cosa.

Quando ebbe terminato la sigaretta e spento il mozzicone ci guardò. Soltanto allora parve considerare i vantaggi concreti che poteva trarre dal nostro arrivo.

«Oggi non ho ancora mangiato», disse. Voce piatta e vuota come i suoi occhi.

Lanciai uno sguardo furtivo a Jewel. Lei si strinse nelle spalle e prese un'altra sigaretta. Intorno non vedevo menù di nessun genere.

«Hanno degli hamburger.»
«Ne vuoi uno?» Quanti soldi avevo con me?
«Li fa Banco.»
«D'accordo.»
Si sporse dal separé e chiamò il barista.
«Banco, mi fai un hamburger? Col formaggio.» Sembrava una bambina di sei anni.
«Hai già troppi debiti, Jules.»
«Ci penso io», offrii, sporgendomi con la testa dalla nicchia. Banco era appoggiato al lavello del bar. Le braccia conserte sul petto sembravano due rami di baobab.
«Uno?»
Guardai Jewel. Mi fece segno di no.
«Uno.»
Riscivolai nel separé. Julie si era accasciata in un angolo, il bicchiere tra le mani inerti, la mascella pesante e la bocca semiaperta. Sul labbro inferiore spiccava ancora il coriandolo di carta. Il forno a microonde emise un bip e cominciò a ronzare. Jewel fumava.
Dopo altri quattro bip, Banco apparve con l'hamburger ancora confezionato nel cellophane e coperto di goccioline di vapore. Lo depose di fronte a Julie e spostò lo sguardo da Jewel alla sottoscritta. Ordinai un'acqua tonica. Jewel scosse la testa.
Strappato l'involucro di plastica, Julie scoperchiò il panino per controllare la farcitura. Soddisfatta, ne addentò un morso. Quando Banco tornò lanciai un'occhiata all'orologio: le tre e venti. Ormai cominciavo a pensare che la ragazza non avrebbe più aperto bocca.
«Allora, tesoro, dove hai lavorato ultimamente?» Jewel.
«In nessun posto in particolare.» Ruminando un boccone.
«È un po' che non ti si vede in giro.»
«Ero ammalata.»
«E adesso stai meglio?»
«Aha.»
«Sempre sulla Main?»
«Dipende.»
«E quel tizio del giochetto? Lo vedi ancora?» Tono casuale.

«Chi?» Passò la lingua intorno al bordo dell'hamburger, come una bimba con un cono gelato.

«Quello con il coltello.»

«Coltello?» Gnorri.

«Dai, piccola, quello che se lo tocca mentre tu fai la sfilata con la sottoveste di mamma...»

Il masticamento rallentò fino a fermarsi, ma non vi fu risposta. La faccia di Julie sembrava una parete di stucco: liscia, grigia e priva di espressione.

Jewel tamburellò con le unghie sul piano del tavolo. «Non fare finta di niente, tesoro. Sai benissimo di chi sto parlando.»

Julie deglutì, sollevò lo sguardo per un momento, quindi tornò a concentrarsi sul panino.

«Che cosa ha fatto?» Morso.

«Niente, mi stavo solo chiedendo se era ancora in circolazione.»

«Lei chi è?» Confusa.

«Tempe Brennan, un'amica della dottoressa Macaulay. La conosci, no?»

«Qual è il problema, Jewel? Ha l'AIDS, la gonorrea o qualche altra schifezza? Perché vuoi sapere di lui?»

Era come interrogare l'oracolo tascabile della Sibilla. Se anche ottenevi delle risposte, erano del tutto casuali, slegate dalle domande specifiche.

«Niente di tutto questo, tesoro. Mi chiedevo solo se si fa ancora vedere in giro, te l'ho dett »

Gli occhi di Julie incontrarono i miei. Sembravano disabitati.

«Lavori con quella?» mi chiese, il mento lucido di unto.

«In un certo senso», rispose Jewel per me. «Vorrebbe parlare con questo tizio.»

«Di che?»

«Le solite cose.»

«Cos'è, sordomuta? Perché non risponde da sola?»

Stavo già per accontentarla, ma Jewel mi fece segno di tacere.

Dal canto suo Julie non pareva aspettarsi veramente una risposta. Finì l'hamburger e si leccò le dita una per una. Poi:

«Insomma, cosa c'è che non va? Anche lui parlava di lei».

Una scarica di adrenalina mi attraversò dalla testa ai piedi.

«Parlava di chi?» non riuscii a trattenermi.

Julie mi guardò, la mascella di nuovo rilassata e la bocca semiaperta. Se non era impegnata a mangiare o a comunicare, sembrava incapace di tenerla chiusa. Molliche di pane negli interstizi dell'arcata inferiore.

«Perché me lo vuoi soffiare?»

«Soffiartelo?»

«Lui è l'unico lavoro sicuro che ho.»

«Non ha intenzione di soffiarti nessuno, piccola, vuole solo scambiarci due chiacchiere», intervenne Jewel.

Julie si mise a bere. Ritentai.

«Cosa intendevi dire poco fa? Di chi parlava anche lui, Julie?» Un lampo di disorientamento le attraversò lo sguardo, come se avesse già dimenticato quella frase.

«Di chi parlava il tuo cliente, Julie?» Nella voce di Jewel cominciava a insinuarsi la stanchezza.

«Di quella tizia un po' vecchia che viene ogni tanto, quella tosta, con l'anello al naso e i capelli strani.» Prese una ciocca e se la infilò dietro l'orecchio. «Però è simpatica. Un paio di volte mi ha offerto da mangiare. Non è la dottoressa che intendete voi?»

Ignorai l'occhiataccia di Jewel.

«Allora? Cosa diceva di lei?»

«Che gli aveva fatto girare le palle o roba del genere. Non so. Mica sto ad ascoltare tutto quel che dice il primo che passa. Ci scopo, ma non vedo e non sento. È molto più sicuro così.»

«Questo però è un cliente abituale.»

«Una specie.»

«Viene in momenti particolari?» Non riuscivo più a contenermi, e a quel punto Jewel mi fece un gesto che pressapoco significava "D'accordo, allora fa' pure di testa tua".

«Ehi, Jewel, perché tutte queste domande?»

«Tempe vuole parlargli. Tutto qui.»

«Non mi va che lo freghino. Sarà anche strano, ma per me sono soldi. Ne ho troppo bisogno.»

«Lo so, piccola.»

Julie fece roteare il fondo del bicchiere, quindi lo riappoggiò sul tavolo. Il suo sguardo mi evitava.

«Non ho nessuna intenzione di smettere di uscirci. Non me ne frega di quello che dicono. È un po' fuori, e allora? Mica vuol dire che mi ammazza. Non devo neanche scoparci. E poi che cosa faccio al giovedì? Vado a scuola? A teatro? Tanto, se non me lo prendo io se lo prenderà un'altra.»

Era la prima emozione che mostrava, una spavalderia adolescenziale in netto contrasto con l'indifferenza di poco prima. Mi faceva pena, ma ero troppo preoccupata per Gabby e non intendevo mollare l'osso.

«Hai visto Gabby di recente?» le chiesi in un tono che voleva essere più dolce.

«Eh?»

«La dottoressa Macaulay. Ti è capitato di vederla di recente?»

Le rughe tra gli occhi si approfondirono.

«La tizia un po' vecchia con l'anello al naso», disse Jewel, sottolineando la connotazione anagrafica.

«Oh.» Julie chiuse la bocca, quindi la riaprì. «No. Sono stata malata.»

Nervi saldi, Brennan. Ci sei quasi.

«E adesso sei guarita?»

Si strinse nelle spalle.

«Non ti ammalerai di nuovo?»

Fece segno di no con la testa.

«Ti va di prendere ancora qualcosa?»

Altro no con la testa.

«Abiti qui vicino?» Odiavo l'idea di approfittare di lei in quel modo, ma non ero ancora alla meta.

«Sto da Marcella's, in Saint-Dominique. Jewel sa dov'è. Molte di noi finiscono lì.» Continuava a non guardarmi.

Be', ormai c'ero. O ci sarei arrivata molto presto.

L'hamburger, il liquore e qualunque altra cosa Julie avesse consumato stavano sortendo il loro effetto. Tornò ad afflosciarsi nell'angolo del separé, mentre l'ondata di spavalderia si ritirava cedendo il passo alla vecchia indifferenza. Il suo sguardo era fisso come quello di un mimo che ti spia da occhiaie scure affogate in una maschera di cerone bianco. Chiuse gli occhi e tirò un lungo respiro, gonfiando il torace ossuto nella canottiera di cotone. Sembrava esausta.

In quel momento il bagliore rossastro si spense e al suo posto esplose il chiarore accecante di una luce al neon, mentre in tono rude Banco annunciava la chiusura del locale. I pochi clienti rimasti si avviarono bofonchiando all'uscita. Jewel infilò il pacchetto di Players nella scollatura del top e ci fece segno di seguirla. Controllai l'ora – le quattro – poi lanciai un'occhiata a Julie, e il senso di colpa contro cui avevo lottato tutta la sera ebbe un'improvvisa impennata.

Sotto quella luce impietosa sembrava già un cadavere, o un essere che lentamente ma inesorabilmente stesse scivolando verso la morte. Per un attimo sentii il desiderio di abbracciarla. Di riaccompagnarla a casa a Beaconsfield, a Dorval, a North Hatley, dove certo frequentava i fast-food e andava ai balli della scuola e ordinava jeans dal catalogo postale di Land's End. Invece non era quella la realtà, e lo sapevo. Così come sapevo che un giorno Julie sarebbe diventata solo un dato in una statistica e, prima o poi, sarebbe finita nel seminterrato del Parthenais.

Pagai e uscimmo. L'aria del mattino era umida e fredda, carica di odori di distilleria e di fiume.

«Be', buonanotte, care signore», disse Jewel. «Non divertitevi troppo, mi raccomando.»

Sventolò le dita facendo ciao ciao, quindi si girò e a passo rapido e ticchettante si allontanò per il vicolo. Senza dire una parola, Julie si avviò nella direzione opposta. Il miraggio di casa e del letto mi attirava con la forza di una calamita, ma dovevo ancora racimolare l'ultima briciola di informazione.

Temporeggiai qualche secondo, spiando Julie e pensando tra me e me che seguirla non doveva essere poi un'impresa così ardua. Errore. Quando poco dopo tornai a guardare stava già sparendo dietro un angolo, e per non perderla di vista dovetti mettermi a correre.

Fece un percorso a zigzag, tagliando attraverso spiazzi deserti e stretti vicoli e sbucando sulla Saint-Dominique all'altezza di una casa fatiscente, dove salì le scale, frugò in cerca di una chiave e sparì dietro una porta verde mezzo scrostata. La tendina appesa al vetro ebbe un fremito e subito si fermò, a malapena disturbata dallo slancio indifferente con cui la porta era stata richiusa. Era un edificio composto da tre appartamenti. Presi nota del numero civico.

Okay, Brennan, adesso fila a nanna.

Venti minuti dopo ero a casa.

Sotto le lenzuola, con Birdie accoccolato nell'incavo delle ginocchia, misi a punto un piano. La parte più facile fu decidere cosa *non* fare. Non chiamare Ryan. Non mettere in agitazione Julie. Non insospettire l'idiota con il coltello e la camicia da notte. Scopri invece se è Saint-Jacques, dove vive o dove si nasconde in questo periodo. Trova qualcosa di concreto. Poi, ma solo poi, chiama la polizia. È qui, ragazzi. Rivoltate questo buco come un guanto.

Era talmente semplice.

32

Per tutta la giornata di mercoledì vagolai in una nebbia di sfinitezza. Non avevo certo in programma di mettere piede in laboratorio, ma LaManche chiamò per un referto e una volta lì decisi di restare. Fiacca e di umore irritabile, passai in rassegna alcuni vecchi casi selezionando quelli che Denis poteva eliminare. È un lavoro che detesto e che rimando sempre fino all'ultimo. Alle quattro del pomeriggio gettai la spugna. Tornai a casa e cenai presto, quindi mi concessi un lungo bagno e alle otto ero già sotto le coperte.

Giovedì mattina, quando aprii gli occhi, trovai la camera inondata di sole e capii che era tardi. Mi stirai, rotolai verso la sveglia e controllai l'ora: le dieci e venticinque. Ottimo. Avevo recuperato un po' di sonno. Fase numero Uno del piano: dar buca al lavoro.

Me la presi comoda e prima di alzarmi misi a fuoco gli obiettivi della giornata. Mi sentivo carica come un maratoneta la mattina della gara. Dovevo soltanto trovare il passo giusto. Niente fretta, Brennan, risparmia le energie per la corsa.

In cucina preparai il caffè e lessi la *Gazette*. Migliaia di profughi dal Ruanda. Il Parti Québecois di Parizeau in testa di dieci punti ai liberal del premier Johnson. Operai nei cantieri anche durante il periodo di festa del lavoro edilizio. La festa del lavoro edilizio: non so chi l'abbia inventata, ma giuro che esiste. In un paese che ha disposizione circa quattro o cinque mesi all'anno di tempo favorevole a questo genere di attività, in luglio i cantieri chiudono per due settimane e gli operai vanno in vacanza. Un'idea davvero geniale.

Mi versai la seconda tazza di caffè e continuai la lettura del giornale. Fin lì tutto bene. Fase Due: dedicarsi a iniziative di scarso impegno mentale.

Indossai un paio di pantaloncini e una T-shirt e andai in palestra. Mezz'ora di StairMaster e un giro sul Nautilus. Quindi un salto al Provigo, dove feci scorta per un reggimento. A casa trascorsi il pomeriggio lavando pavimenti, spolverando e passando l'aspirapolvere. A un certo punto mi venne quasi la tentazione di sbrinare il frigorifero, ma poi ci ripensai. Il troppo stroppia.

Alle sette di sera la frenesia si era finalmente placata. Le stanze profumavano di spray al limone, il tavolo della sala da pranzo era coperto di maglioni umidi e avevo mutande pulite per un mese. Io, invece, puzzavo come dopo tre settimane di campeggio libero. Ero pronta a entrare in azione.

La giornata era stata afosa, e la serata non prometteva alcun sollievo. Tirai fuori un altro paio di pantaloncini con relativa T-shirt e delle Nike consumate. Tenuta perfetta. Non proprio da professionista del marciapiede, ma adatta a una che bazzica la Main in cerca di paradisi artificiali, di una notte d'avventura o di entrambe le cose. Mentre mi dirigevo verso il Saint-Laurent ripassai mentalmente il piano: trovare Julie, seguirla, trovare Fantoccio, seguirlo. Senza farmi vedere. Niente di più facile.

Tagliai la Sainte-Catherine guardandomi intorno. Qualche prostituta aveva già alzato la saracinesca dalle parti del Granada, ma di Julie neanche l'ombra. In realtà non mi aspettavo di trovarla a quell'ora, ero venuta presto solo per avere il tempo di ambientarmi.

Il primo intoppo si verificò nel mio solito vicolo. Non appena ebbi voltato l'angolo, un donnone si materializzò dal nulla come il genio della lampada e con decisione si diresse verso di me. Aveva un trucco di raffinatezza circense e un collo degno di un bull terrier. Anche se non capii tutto quel che disse, il messaggio era chiaro. Ingranai la retromarcia e ripartii in cerca di un nuovo parcheggio.

Trovai un posto sei isolati più a nord, in una viuzza laterale fiancheggiata da piccole case multifamiliari. Estate in città. Occhiate insistenti. Sguardi di uomini da un balcone, altri dai gradini davanti a una casa, conversazione interrotta, lattine di birra in equilibrio su ginocchia sudate. Ostilità? Curiosità? Indifferenza? Grande interesse? Non rimasi nei paraggi abbastanza perché qualcuno avesse il tempo di tentare un approccio. Chiusi a chiave la portiera e a passo spedito raggiunsi il fondo dell'isolato. Forse ero eccessivamente nervosa, ma non volevo complicazioni a sabotare la mia missione.

Girato l'angolo ripresi a respirare più lentamente, immettendomi nel viavai di Boulevard Saint-Laurent. L'orologio del Bon Deli segnava le otto e un quarto. Accidenti, a quell'ora avrei dovuto trovarmi già in posizione. Era il caso di rivedere il piano? E se Julie mi era già sfuggita?

All'altezza della Sainte-Catherine attraversai e tornai a controllare la folla davanti al Granada. Niente. Ammesso che avesse in programma di venire proprio lì. In quel caso che strada avrebbe fatto? Oh, Cristo, perché non mi ero mossa prima? Non potevo permettermi di sprecare tempo prezioso.

Decisi di proseguire verso est, sempre osservando le facce che sfilavano ai due lati della strada, ma il flusso di passanti continuava ad aumentare e le probabilità di individuarla diminuivano. Giunta al lotto abbandonato tagliai in direzione nord, ripercorrendo il tragitto indicatomi da Jewel due notti prima. Davanti al bar esitai ma poi tirai dritto, scommettendo ancora una volta con me stessa che Julie era una che cominciava tardi.

Qualche minuto dopo me ne stavo rannicchiata dietro un palo in fondo alla Saint-Dominique. La via era silenziosa e deserta. La casa di Julie non dava segno di vita, le finestre erano buie, la luce in veranda spenta, e nella penombra umida e calda pendevano squallide lingue di vernice scrostata. Non so perché ma mi vennero in mente alcune foto delle Torri del Silenzio, le piattaforme dove i parsi indiani depositano i cadaveri perché gli avvoltoi ne ripuliscano lo scheletro. Nonostante la temperatura rabbrividii.

Il tempo passava. E io guardavo. Una vecchia risalì faticosamente l'isolato. Si trascinava dietro un carretto di stracci. Rimorchiò il bottino della serata lungo il marciapiede sconnesso e sparì dietro l'angolo. I sobbalzi e i cigolii si affievolirono fino a spegnersi, e nessun altro rumore venne ad alterare il precario ecosistema della via.

Lanciai un'occhiata all'orologio. Le otto e quaranta. Ormai era calato il buio. Quanto avrei dovuto attendere ancora? E se era già uscita? Dovevo suonare alla porta? Merda. Perché non mi ero fatta dire a che ora attaccava? Perché non ero arrivata prima? Il mio piano mostrava già fin troppi punti deboli.

Trascorse ancora – quanto? – un minuto, forse. Stavo cercando di decidere se andarmene o no, quando in una stanza del piano superiore si accese una luce. Di lì a poco Julie uscì: top, minigonna e stivali sopra il ginocchio. Il suo viso, la zona dell'ombelico e le cosce erano macchie bianche nella luce della veranda. Mi nascosi dietro il palo.

La vidi esitare un istante, il mento sollevato e le braccia incrociate sul ventre, quasi stesse annusando l'aria. Quindi scese i gradini e a passo rapido si avviò in direzione della Sainte-Catherine. La seguii, sforzandomi di tenerla d'occhio senza espormi a mia volta.

All'angolo mi sorprese girando a sinistra e allontanandosi dalla Main. Dunque al Granada ci avevi visto giusto, Brennan, ma adesso dove va? Continuò a farsi largo tra la folla, le frange degli stivali che ondeggiavano, indifferente ai fischi e ai richiami. Sgusciava come un'anguilla, starle dietro era un'impresa.

Più ci spostavamo a est, tuttavia, più la folla si rarefaceva, e alla fine non restarono che singoli passanti occasionali. In risposta a quel mutamento avevo aumentato la distanza che ci separava, ma probabilmente era una misura inutile. Julie sembrava concentrata solo sulla sua meta ed era del tutto indifferente a quanto la circondava.

Non solo si svuotarono le strade, ma il sapore del quartiere cambiò. Ora condividevamo la Sainte-Catherine con dandy dal taglio alla moda, palestrati in canottiera e jeans coperti di graffiti, coppie unisex e rari travestiti. Eravamo entrate nel *gay village.*

Continuai a seguire Julie tra librerie, caffè e ristoranti etnici. Alla fine, dopo alcune svolte, imboccammo una strada senza uscita fiancheggiata da magazzini e fatiscenti edifici di legno, molti dei quali avevano finestre sprangate con pezzi di lamiera ondulata. A pianterreno alcuni ospitavano ancora attività commerciali che non dovevano vedere un cliente da anni. Cartacce, lattine e bottiglie intasavano i canalini di scolo lungo entrambi i marciapiedi. Sembrava il set di un film.

A metà dell'isolato Julie si diresse verso una porta a vetri sporca e protetta da una grata metallica. La aprì, confabulò brevemente con qualcuno e infine scomparve all'interno. Attraverso una finestra sulla destra, anch'essa corazzata da una griglia, intravidi il bagliore dell'insegna di una birra. Al di sopra della porta un cartello diceva semplicemente: BIÈRE ET VIN.

E adesso? Era quella la meta finale? Un locale con una stanza privata al piano superiore o magari sul retro? O si trattava solo del luogo dell'appuntamento, da cui poi si sarebbero allontanati insieme? Non potevo che sperare nella seconda ipotesi. Se se ne fossero andati separatamente, a incontro concluso, il mio piano sarebbe stato un fiasco e non avrei saputo più quale uomo seguire.

Ma il fatto era che non potevo nemmeno starmene piazzata lì ad aspettare. Nell'oscurità, sul lato opposto della strada, individuai un recesso ancora più buio. Un vicolo? Superai la bettola in cui era entrata Julie e tagliai diagonalmente verso la striscia di nero. Non era che un vecchio passaggio tra una bottega di barbiere ormai chiusa e una società di deposito, una fenditura larga meno di un metro e più tenebrosa di una cripta.

In preda al batticuore vi sguisciai dentro, appiattendomi contro il muro e cercando ulteriore riparo dietro il palo da barbiere rotto e ingiallito che sporgeva a mo' di insegna sul marciapiede. Trascorsero alcuni minuti. L'aria era immobile e pesante, l'unico movimento era quello prodotto dal mio respiro. D'improvviso uno scalpiccio mi fece trasalire. Stavo per schizzare fuori, quando vidi una massa scura affiorare dalle immondizie ai miei piedi e zampettare freneticamente verso il fondo del passaggio. Il petto attanagliato da una morsa, per la seconda volta mi sentii rabbrividire nonostante il caldo.

Calma, Brennan, calma. È solo un topo. E tu sbrigati, Julie!

Quasi mi avesse udito, in quel momento Julie ricomparve in compagnia di un uomo che indossava una tuta scura con la scritta L'UNIVERSITÉ DE MONTRÉAL stampata ad arco sul torace. Nell'incavo del braccio sinistro sembrava cullare un sacchetto di carta.

Il cuore prese a battermi ancora più forte. È lui? La faccia della foto del *dépanneur*? Il fuggitivo di Rue Berger? Mi sforzai di cogliere qualche particolare dei suoi lineamenti, ma era troppo buio e lui troppo distante. E poi, anche con una buona occhiata sarei stata in grado di riconoscere Saint-Jacques? Ne dubitavo. La foto era davvero molto sfocata e la fuga dall'appartamento era avvenuta troppo rapidamente.

I due camminavano guardando avanti, senza sfiorarsi né parlare. Come una coppia di piccioni viaggiatori ripercorsero il tragitto compiuto all'andata da Julie e da me, con un'unica variante sulla Sainte-Catherine, dove proseguirono verso sud anziché girare a ovest. Da lì, svolta dopo svolta, procedettero lungo strade scure e ostili, fiancheggiate da condomini cadenti e imprese abbandonate.

Mi tenevo a circa mezzo isolato di distanza, memorizzando ogni tratto del paesaggio e sperando di non venire scoperta. Non avevo riparo. Se si fossero girati e mi avessero vista non avrei avuto a disposizione alcuna scusa, non una vetrina davanti a cui fermarmi o un portone in cui entrare, nulla di teorico o di pratico dietro cui nascondermi. L'unica possibilità sarebbe stata continuare a camminare e sperare di trovare una deviazione prima che Julie mi riconoscesse. Ma non si girarono.

Avanzavamo in un labirinto dove ciascuna via era più vuota della precedente, e a un certo punto incrociammo due uomini che discutevano in tono concitato. Mi augurai che Julie e il suo cliente non li seguissero con lo sguardo. Non lo fecero. Tirarono dritto fino a sparire dietro l'ennesimo angolo. Temendo di perderli, accelerai il passo.

Purtroppo la mia paura si rivelò fondata. Quando anch'io girai l'angolo, loro erano già spariti. L'isolato mi si spalancava davanti deserto e silenzioso.

Merda!

Controllai i primi edifici ai due lati della strada, scrutando nel buio le gradinate di ferro e ispezionando tutti gli ingressi. Niente. Non una traccia.

Maledizione!

Tornai sul marciapiede, furiosa con me stessa. Ormai ero quasi in fondo alla via quando, una ventina di metri più avanti e alla mia destra, l'amichetto di Julie uscì su un balcone arrugginito. Era girato di schiena e i suoi piedi poggiavano a livello delle mie spalle, ma la felpa era la stessa. Colta di sorpresa da quello sviluppo imprevisto, mi paralizzai sui miei passi.

L'uomo si raschiò rumorosamente la gola e sputò con energia

sul marciapiede. Quindi, passandosi una mano sulle labbra, rientrò in casa e chiuse la porta, ignaro della mia presenza.

Rimasi inchiodata dov'ero, le gambe molli, incapace di muovermi.

Ottima mossa, Brennan. Lasciarti prendere dal panico è proprio quel che ci vuole. Perché non lanci anche un razzo luminoso e non fai partire una sirena?

Lo stabile in cui l'uomo aveva fatto la sua apparizione era compreso in una fitta fila di edifici che, appoggiati l'un l'altro, sembravano sostenersi a vicenda: togline uno e crolla l'intero isolato. Un'insegna diceva LE SAINT-VITUS, CHAMBRES TOURISTIQUES. Una pensione. Bene.

Ma lui abitava lì o quello era solo il luogo dei suoi convegni amorosi? Una cosa era certa: dovevo rassegnarmi a un'altra attesa.

Tornai così a cercare un nascondiglio, e di nuovo mi parve di individuare una specie di rientranza dalla parte opposta della strada. Attraversai. Ci avevo visto giusto. Forse era un passo avanti lungo la curva dell'apprendimento. Forse semplice fortuna.

Tirai un bel respiro e mi tuffai nell'oscurità della seconda tana. Fu un po' come immergersi in un cassonetto dei rifiuti. L'aria era calda e greve, puzzolente di marcio e di urina.

Cominciai a saltellare prima su un piede e poi sull'altro, senza appoggiarmi al muro, memore dei cadaveri di ragni e scarafaggi notati all'interno del palo di vetro del vecchio barbiere. Sedersi, ovviamente, era fuori discussione.

Il tempo scorreva lento. I miei occhi non perdevano di vista un attimo la pensione Saint-Vitus, ma i miei pensieri viaggiavano in lungo e in largo. Katy. Gabby. Saint-Vitus: San Vito. Chi era? E come si sarebbe sentito sapendo che gli avevano dedicato quell'orrida topaia? Ma non c'era anche una malattia che portava il suo nome? O era Sant'Elmo?

Pensai a Saint-Jacques. Il fotogramma utilizzato come riferimento era di qualità così scadente da rendere impossibile qualunque identificazione. Aveva ragione il tizio fuori dal negozio: da quella foto neanche sua madre l'avrebbe riconosciuto. Senza contare che poteva anche essersi tinto i capelli, aver messo gli occhiali o essersi fatto crescere la barba.

Trascorsero interminabili minuti, ma nessuno entrò o uscì dalla pensione. Mi sforzavo di non pensare a quanto stava accadendo in una delle sue stanze, augurandomi che il cliente di Julie soffrisse di eiaculazione precoce. Non dimenticare i preliminari, Brennan.

In quella fessura non circolava aria e i due muri di mattoni trattenevano ancora il calore accumulato durante la giornata. Mi sentivo la maglietta incollata alla pelle, lo scalpo umido e la faccia e il collo percorsi da occasionali rivoli di sudore.

Spostare il peso su un piede. Sull'altro. Guardare. Pensare. Continuare a respirare. Vaghi rombi e bagliori all'orizzonte. Borbottii celestiali, niente di più. Di quando in quando una macchina, flash di fari, poi ritorno all'oscurità.

Il calore, la puzza e il senso di costrizione fisica cominciavano a logorarmi i nervi. Avvertivo un dolore sordo tra gli occhi, e in fondo alla gola si succedevano ondate di spasmi anticipatori della nausea. Dovevo rinunciare? Provai ad accucciarmi sui talloni.

Di colpo una forma scura mi incombeva addosso. La mia mente esplose in un milione di direzioni. Alle mie spalle il passaggio era aperto? Stupida! Non avevo nemmeno controllato se disponevo di una via di fuga.

L'uomo entrò nel budello armeggiando con qualcosa all'altezza della pancia. Lanciai un'occhiata all'indietro, ma non vidi che un muro di tenebre. Ero in trappola.

Il resto accadde come in un esperimento di fisica dove si scontrano forze uguali e contrarie. Mi alzai di scatto e arretrai sulle gambe informicolate. Anche l'uomo barcollò all'indietro, un'espressione sciocata sul viso. Nonostante l'oscurità mi permettesse di distinguere solo i denti e gli occhi spalancati, capii che si trattava di un asiatico.

Mi appiattii contro il muro, in cerca di sostegno ma anche di riparo. Lui mi lanciò un'occhiata viscida, poi scosse la testa perplesso e tornò ad allontanarsi lungo il marciapiede, rimboccandosi la camicia e allacciandosi la patta.

Per un attimo ancora rimasi lì immobile, tentando di placare il mio cuore impazzito.

Un ubriaco in cerca di un pisciatoio. Se n'è andato.

E se fosse stato Saint-Jacques?

Non era lui.

Sì, ma tu non avresti avuto via di fuga. Va' avanti così e finirai per lasciarci la pelle.

Era solo un ubriaco.

Torna a casa. J.S. ha ragione. Lascia che se ne occupi la polizia.

Non se ne occuperanno.

Questo non è un problema tuo.

Gabby sì, però.

Probabilmente è al Sainte-Adèle.

Touché.

Un po' più calma, ripresi la mia sorveglianza. Ripensai a San Vito. Il ballo di San Vito, ecco cos'era. Molto diffuso nel sedicesimo secolo. Uno diventava sempre più irascibile e nervoso, e alla fine gli ballavano le gambe e le braccia. Credendola una forma di isteria, si rivolgevano al Santo in cerca di aiuto. E Sant'Antonio, invece? Il fuoco. Il fuoco di Sant'Antonio. Qualcosa in cui c'entravano i chicchi di segale cornuta. Ma anche quella non induceva una specie di follia?

Poi pensai alle città che mi sarebbe piaciuto visitare. Abilene. Bangkok. Chittagong. Quel nome mi era sempre piaciuto: Chittagong. Magari un giorno sarei andata nel Bangladesh. Ero arrivata alla "D", quando Julie uscì dalla pensione e tranquillamente si incamminò lungo la via. Io rimasi dov'ero. Il mio obiettivo non era più lei.

Non dovetti aspettare a lungo. Anche l'uomo stava sgombrando il campo.

Gli lasciai il solito mezzo isolato di vantaggio, quindi mi piazzai alle sue calcagna. Si muoveva come il topo tra i rifiuti, sgambettando a spalle curve, la testa incassata, il sacchetto di carta stretto al petto. Mentre lo seguivo mi sforzai di paragonare la figura che avevo davanti con quella che per una frazione di secondo avevo intravisto nella stanza di Rue Berger. Difficile stabilire somiglianze. Saint-Jacques era stato troppo rapido e la sua apparizione troppo improvvisa. Certo, *poteva* trattarsi dello stesso uomo, ma nell'occasione precedente non avevo avuto il tempo di osservarlo bene. Una cosa era sicura: questo non mi sembrava scattante come l'altro.

Per la terza volta nel giro di altrettante ore mi incuneai in un labirinto di stradine secondarie male illuminate, inseguendo una preda alla distanza minima consentita e augurandomi che non facesse tappa in altri bar. Di appostamenti ne avevo abbastanza.

Tutte paure inutili. Dopo aver attraversato l'ennesimo dedalo di viuzze, il mio uomo girò un ultimo angolo e si diresse verso un edificio di pietra grigia con le finestre a bovindo. Era una casa come centinaia di altre accanto a cui ero passata quella sera, forse solo un po' meno trascurata, la facciata un po' meno sporca, la scaletta dell'ingresso un po' meno arrugginita.

Salì a falcate veloci, i passi che rimbombavano metallici nell'aria, e sparì oltre un portone di legno intagliato. Poco dopo una luce si accese in corrispondenza del bovindo del secondo piano, rivelando finestre socchiuse e tende flosce e pesanti. Nella stanza si muoveva una figura velata da una trama di pizzi ingrigiti.

Attraversai la strada e mi misi in attesa. Questa volta, niente anfratti né passaggi.

Per un po' la figura continuò ad aggirarsi nel riquadro di luce, quindi scomparve.

È lui, Brennan. Via di qui.

Magari è solo andato a trovare qualcuno. O a consegnare qualcosa.

Ormai sai dove sta. Vattene.

Occhiata all'orologio. Le undici e venti. È ancora presto. Fra dieci minuti.

Ne bastarono meno. La figura riapparve, sollevò la finestra aprendola completamente e riscomparve. Poi la luce si spense. A nanna!

Attesi altri cinque minuti per essere sicura che nessuno lasciasse l'edificio, e finalmente ne ebbi abbastanza. Ryan & Co. potevano venire a pizzicarlo di persona.

Presi nota dell'indirizzo e imboccai la strada del ritorno, sperando fosse quella giusta. L'afa era ancora opprimente, il calore intenso come a metà pomeriggio. Foglie e tende pendevano immobili come biancheria appena stesa, e dalla sommità dei tetti straripava il bagliore dei neon di Boulevard Saint-Laurent.

Quando entrai in garage l'orologio sul cruscotto segnava la mezzanotte. Stavo facendo passi avanti: a casa prima dell'alba.

Lì per lì non mi accorsi del suono. Quando finalmente riuscì a scavarsi un varco fino alla mia coscienza stavo già tirando fuori le chiavi. Mi bloccai ad ascoltare. Da qualche parte alle mie spalle, verso l'ingresso riservato ai veicoli, proveniva una specie di bip acuto.

Mi avviai in quella direzione cercando di localizzare la sorgente sonora, mentre il bip si trasformava in una pulsazione sempre più penetrante. Avvicinandomi mi resi conto che filtrava da una porta a destra della rampa di salita: apparentemente chiusa, in realtà la serratura era scattata solo fino a metà corsa e ciò bastava a innescare l'allarme.

La spinsi, quindi afferrai la maniglia antipanico e tirai con decisione fino a chiuderla del tutto. Il bip si interruppe di colpo, restituendo il garage al silenzio profondo. Presi mentalmente nota di segnalare a Winston quel piccolo incidente.

Dopo le ore trascorse nelle due fenditure sporche e soffocanti, la mia casa mi parve il luogo più immacolato e fresco del mondo. Nell'ingresso mi fermai un attimo, lasciando che l'aria condizionata mi si srotolasse sulla pelle bollente. Subito Birdie venne a strusciarsi avanti e indietro contro le mie gambe, inarcando la schiena e rivolgendomi fusa di benvenuto. Lo guardai. Alcuni peli bianchi e soffici mi erano rimasti appiccicati ai polpacci sudati. Lo accarezzai sulla testa, gli diedi da mangiare e andai a controllare i messaggi. Un riaggancio. Mi diressi verso la doccia.

Mentre con voluttà mi insaponavo, ripensai agli avvenimenti della serata. Cosa avevo ottenuto? Di sapere dove viveva il maniaco della biancheria di Julie. O almeno immaginavo fosse lui, visto che era giovedì. E allora? Questo non significava ancora che fosse coinvolto negli omicidi.

Vero. Però non riuscivo a convincermene. Perché? Perché credevo che quel tizio invece c'entrasse? Perché pensavo di doverlo incastrare proprio io? Perché ero così in ansia per Gabby? In fondo Julie stava benone.

Dopo la doccia mi sentivo ancora agitata. Sapendo già che tanto non avrei dormito, decisi di concedermi un bel pezzo di Brie, una fetta di *tomme de chèvre de Savoie* e un ginger ale. Quindi mi avvolsi in una leggera trapunta patchwork, mi stesi sul divano, sbucciai un'arancia e la mangiai insieme al formaggio. David Letterman non riusciva a tenere viva la mia attenzione, così dopo un po' ripresi a rimuginare.

Per quale motivo avevo accettato di passare quattro ore gomito a gomito con topi e ragni, spiando un tizio con una passione per le puttane in sottoveste? Perché non lasciavo che a occuparsene fosse la polizia?

Era quello il punto su cui continuavo a tornare. Perché non mi ero limitata a riferire a Ryan quello che sapevo e a chiedergli di stanare il sospetto?

Perché era diventata una faccenda personale. Ma non personale nel modo in cui avevo creduto io. Non si trattava più di una semplice minaccia in giardino, né di un attacco indiretto alla mia sicurezza o a quella di Gabby. All'origine della mia ossessione per quei casi c'era qualcos'altro, qualcosa di più scomodo e profondo. Mi ci volle un'ora buona di elucubrazioni per arrivarci, e per arrivare ad ammetterlo con me stessa.

La verità era che negli ultimi tempi avevo iniziato ad avere paura. Ogni giorno ero testimone di qualche morte violenta. Una donna uccisa da un uomo e gettata nel fiume, nel bosco, in una discarica. Ossa fratturate di un bambino scoperte dentro una scatola, in un canale di scolo, in un sacco di plastica. Ogni giorno le pulivo, le osservavo, le ordinavo. Scrivevo relazioni e referti. Deponevo e certificavo. A volte non provavo nulla. Distacco professionale. Occhio clinico. La morte mi sfiorava troppo spesso, troppo da vicino, addirittura temevo di stare ormai perdendo di vista il suo significato. Sapevo di non poter soffrire ogni volta per gli esseri umani che i miei cadaveri erano stati, perché così facendo avrei prosciugato in fretta tutte le mie risorse emotive. Una dose di distacco era realmente indispensabile nel mio lavoro, ma non fino al punto della desensibilizzazione totale.

La morte delle sette donne mi aveva toccata nel profondo. Con loro pativo finalmente tutta la paura, il dolore, il senso di impotenza che si prova davanti alla follia. Mi sentivo offesa e furiosa, in preda al bisogno impellente di stanare l'animale responsabile di quel massacro. In me si era risvegliata la compassione. Quelle morti erano state l'ancora di salvezza lanciata ai miei sentimenti, alla mia vitalità e umanità. Io sentivo, ed ero grata di quel sentire.

In quel senso era diventata una faccenda personale. Ecco perché non potevo fermarmi. Ecco perché ero pronta a esplorare i terreni del monastero, i boschi, i bar e i vicoli intorno alla Main e avrei convinto Ryan ad appoggiarmi. Ecco perché non avrei dato tregua al cliente di Julie e mi sarei messa sulle tracce di Gabby. Forse anche lei c'entrava in tutta quella storia, forse no, ma che differenza faceva? In un modo o nell'altro avrei inchiodato il figlio di puttana responsabile di quello spargimento di sangue e avrei fatto sì che finisse in galera. Per il resto dei suoi giorni.

33

Promuovere le indagini si rivelò impresa più ardua del previsto. In parte per mia stessa colpa.

Grazie a un numero imprecisato di caffè della distributrice automatica, alle cinque e mezzo di venerdì pomeriggio ero in preda a un orrendo mal di testa e ai crampi allo stomaco. Stavamo discutendo i casi da ore. Nessuno aveva fatto particolari passi avanti e continuavamo a rimasticare gli stessi punti, setacciando montagne di vecchie informazioni alla disperata ricerca di qualche elemento nuovo. Fatica vana.

Bertrand seguiva la pista delle inserzioni immobiliari. La Morisette-Champoux e la Adkins avevano messo in vendita i rispettivi appartamenti tramite la ReMax. Stessa cosa per quanto riguardava il vicino di casa di Isabelle Gagnon. Era una società di dimensioni notevoli, con tre sedi e tre agenzie indipendenti. In nessuna di queste, però, ricordavano le vittime o le relative proprietà. Il padre della Trottier, invece, si era affidato alla Royale Lepage.

L'ex uomo della Pitre era un tossico con alle spalle l'omicidio di una prostituta di Winnipeg. Poteva essere un'altra pista. Poteva non essere niente. Comunque se ne occupava Claudel.

Gli interrogatori dei molestatori sessuali proseguivano senza dare risultati. Ma che sorpresa.

Squadre di agenti in uniforme stavano rastrellando i dintorni delle abitazioni della Adkins e della Morisette-Champoux. Assolutamente niente.

Non sapendo più dove andare a sbattere, sbattevamo l'uno contro l'altro, impazienti e di cattivo umore, e a lungo rimandai il mio annuncio in attesa di un momento più propizio. Quando finalmente riuscii a raccontare di Gabby e della notte passata girando in macchina, del disegno, della conversazione con J.S. e del pedinamento di Julie, mi ascoltarono tutti in educato silenzio.

Sembrava che nessuno osasse più fiatare. Sette donne ci guardavano mute da altrettanti cartelloni, mentre la penna di Claudel intesseva complicati arzigogoli. Era rimasto zitto e in disparte per tutto il pomeriggio, quasi isolato dal resto dell'assemblea, e la mia relazione lo aveva incupito ancora di più. Il ronzio del grande orologio elettrico cominciava a imporsi incontrastato su tutta la sala.

Bzzzzzz.

«E non ha idea se sia lo stesso sacco di merda che ci è scappato da Berger?» Fu Bertrand a rompere il ghiaccio.

Scossi la testa in segno negativo.

Bzzzzzz.

«Perché non lo sbattiamo dentro, quel bastardo?» Ketterling.

«E con quale accusa?» Ryan.

Bzzzzzz.

«Potremmo limitarci a tenerlo d'occhio per vedere come reagisce sotto pressione.» Charbonneau.

«Se è lui, rischiamo di metterlo in allarme. E l'ultima cosa che vogliamo è che lasci la città.» Rousseau.

«Sbagliato. L'ultima cosa che vogliamo è che ficchi un altro Gesù Bambino di plastica dove sappiamo.» Bertrand.

«Probabilmente è solo un esibizionista.»

«O magari un Bundy con un debole particolare per la biancheria intima.»

Bzzzzzz.

L'incalzante intrecciarsi di battute in inglese e in francese proseguì finché tutti si ritrovarono a disegnare ghirigori stile Claudel.

Bzzzzzz.

Poi.

«Quanto è affidabile questa Gabby?» Charbonneau.

Ebbi un'esitazione. Vista alla luce del giorno, quella storia assumeva una sfumatura diversa: avevo già invocato l'intervento della polizia una volta, e restava ancora da dimostrare che non si fosse trattato di un fantasma.

Claudel mi guardò, occhi freddi da rettile, e io mi sentii chiudere lo stomaco. Quell'uomo mi disprezzava, voleva distruggermi. Quale vendetta stava già tramando alle mie spalle? Quanto lontano era arrivato il suo esposto? E se mi stavo sbagliando?

Fu allora che presi una decisione irreparabile. Forse nel profondo non credevo che a Gabby potesse veramente accadere nulla di male. Quante volte in vita sua era caduta in piedi? O forse invece volevo solo proteggermi le spalle. Chi lo sa. Ciò che decisi fu di non esprimere preoccupazione urgente per la sua incolumità. In poche parole, feci marcia indietro.

«Non è la prima volta che sparisce dalla circolazione.»

Bzzzzzz.

Bzzzzzz.

Bzzzzzz.

Ryan fu il primo a reagire.

«Così? Senza dire una parola?»

Annuii.

Bzzzzzz.

Bzzzzzz.

Bzzzzzz.

Mi guardava accigliato. «D'accordo. Troviamo il nome ed eseguiamo tutti i controlli del caso, ma, per il momento, non esponiamoci troppo. Non abbiamo ancora prove sufficienti per chiedere un mandato d'arresto.» Si girò verso Charbonneau. «Michel?»

Charbonneau annuì. Dopodiché discutemmo ancora qualche punto, raccogliemmo le nostre cose e ci separammo.

Da allora tutte le volte in cui avessi ripensato a quell'incontro mi sarei chiesta se in qualche modo non mi sarebbe stato possibile cambiare il corso degli eventi successivi. Perché non avevo dato fiato a tutta la mia apprensione nei riguardi di Gabby? Era bastata la vista di Claudel per ridurmi al silenzio? Avevo sacrificato tutto lo zelo della sera precedente sull'altare della prudenza professionale? Avevo preferito compromettere la sicurezza di Gabby piuttosto che rischiare il posto? Sarebbe cambiato qualcosa se quel giorno stesso avessimo ordinato dei rastrellamenti a tappeto?

Quella sera, tornata a casa, decisi di scongelarmi qualcosa da consumare davanti alla Tv. Una svizzera, credo. Quando il timer del microonde suonò aprii lo sportello, presi il vassoietto e rimossi la pellicola trasparente.

Per un momento rimasi lì impalata a guardare il mucchietto di salsa gravy sul puré sintetico, mentre sentivo già echeggiarmi dentro le prime note di frustrazione e solitudine. Potevo mangiare quella roba e passare la serata lottando contro i miei demoni interiori, in compagnia del gatto e di qualche sitcom, oppure prendere in mano la bacchetta e trasformarmi in direttore d'orchestra.

«'fanculo al puré. Maestro...»

Rovesciai la cena nel secchio dei rifiuti e a piedi raggiunsi Chez Katsura, in Rue-de-la-Montagne, dove ordinai un sushi e scambiai quattro chiacchiere con un rappresentante di Sudbury. Quindi, dopo aver declinato l'invito a trascorrere con lui il resto della serata, andai al Fauburg per l'ultimo spettacolo del *Re Leone*.

Quando uscii erano le dieci e quaranta. Presi la scala mobile e risalii in superficie nel piccolo centro commerciale ormai deserto. I venditori avevano già riposto le merci e sigillato gli stand. Superai quello dei bagel, della yogurteria e del take-away giapponese, banchi e ripiani spogliati e ammassati dietro barriere di sicurezza mobili. Alle spalle delle casse vuote della macelleria pendevano file ordinate di seghe e coltelli.

Il film era proprio quello che mi ci voleva. Solo un branco di iene canterine, l'incalzare di ritmi africani e una bella storia commovente di cuccioli di leone poteva distrarmi per qualche ora dal pensiero degli omicidi.

Ben fatto, Brennan. *Hakuna Matata.*

Attraversai la Sainte-Catherine e mi incamminai verso casa. Faceva ancora caldo e c'era molta umidità. Un alone di foschia circondava i lampioni e aleggiava sui marciapiedi, simile al vapore che si leva da una vasca da bagno in una fredda serata d'inverno.

Vidi la busta non appena passai dall'atrio al mio ballatoio. Era incuneata tra il pomello d'ottone e l'intelaiatura della porta. Lì per lì pensai a Winston. Forse doveva riparare qualcosa e mi avvisava che a una cert'ora avrebbe tolto l'acqua o la corrente. No. Avrebbe appeso un avviso. Una lamentela per via di Birdie, allora? Un biglietto di Gabby?

Niente di tutto ciò. Nel senso che non si trattava nemmeno di un biglietto. La busta conteneva due oggetti che, poco dopo, giacevano silenziosi e terribili sul mio tavolo. Li fissavo con il cuore in gola, le mani tremanti, sapendo già e tuttavia rifiutando ancora di accettare il loro significato.

Uno era un tesserino d'identificazione plastificato. Il nome, la data di nascita e il *numéro d'assurance maladie* erano elencati in rilievo sotto un tramonto rosso, sul lato sinistro della tessera. La foto invece era in alto a destra, la foto di Gabby con i suoi riccioli stretti e due scintillii argentei ai lobi delle orecchie.

L'altro oggetto era un quadrato di cinque centimetri per cinque ritagliato da una cartina urbana scritta in francese. Cercai qualche nome o indicazione che mi aiutasse a localizzare il quartiere. Rue Sainte-Hélène. Rue Beauchamp. Rue Champlain. Buio totale. Poteva trattarsi di Montréal o di qualunque altra città, ma vivevo in Québec da troppo poco tempo per dirlo. Certo era che il ritaglio non conteneva arterie stradali o tratti paesaggistici familiari. Tranne uno. Una grande X nera proprio al centro del quadrato.

La guardavo incredula, mentre nel mio cervello prendevano corpo immagini che disperatamente tentavo di scacciare per poter continuare a negare l'unica conclusione verosimile. Era una finta. Un bluff. Come il cranio in giardino. Il maniaco stava solo giocando, si stava divertendo a vedere fino a che punto riusciva a spaventarmi.

Non so quanto rimasi a fissare il viso di Gabby, ricordandolo in altri momenti e in altri luoghi. Una faccia allegra sotto un cappello da clown alla festa dei tre anni di Katy. Una faccia stravolta dalle lacrime mentre mi raccontava del suicidio del fratello.

Intorno a me l'appartamento era silenzioso, l'intero universo immobile. Poi un'orribile certezza mi travolse.

Non era una finta. Dio Dio Dio. Gabby. La mia Gabby. Dio che dolore.

Ryan rispose al terzo squillo.

«Ha preso Gabby», sussurrai, le nocche bianche che stringevano la cornetta, la voce ferma grazie a un puro sforzo di volontà.

Lui capì benissimo.

«Chi?» volle sapere, intuendo il mio terrore e andando dritto al punto.

«Non lo so.»

«Dove sono?»

«Non... non so.»

Udii il fruscio carnoso di una mano passata sulla faccia.

«Che prove ha?»

Mi ascoltò fino alla fine senza interrompere.

«Oh, merda.»

Pausa.

«D'accordo. Vengo a prendere la cartina perché la Scientifica possa localizzare il punto esatto. Manderemo sul posto una squadra.»

«Posso portarla io, la piantina.»

«Credo sia meglio se resta dov'è. Anzi, darò ordine che le riassegnino una pattuglia di guardia davanti a casa.»

«Non sono io quella in pericolo», ribattei. «Questo bastardo ha preso Gabby! Probabilmente l'ha già uccisa!»

La maschera cominciava a sgretolarsi, ma mi sforzavo ancora di tenere a bada il tremito delle mani.

«Brennan, la sorte della sua amica mi preoccupa moltissimo. Vorrei poterla aiutare in qualunque modo, mi creda. Ma occorre usare la testa. Se questo psicopatico le ha semplicemente rubato la borsa, probabilmente lei sta bene: non sappiamo dove sia, ma sta bene. Se invece ha preso lei e adesso ci indica dove cercarla, significa che la abbandonerà comunque nello stato in cui desidera che noi la troviamo. E questa, purtroppo, è una realtà immodificabile. Nel frattempo, però, qualcuno le ha lasciato una busta sulla porta. Quel figlio di puttana è entrato nel suo condominio. Conosce la sua macchina. Se è l'assassino, non esiterà ad aggiungerla alla sua lista. Il rispetto per la vita non è certo un tratto saliente della sua personalità, e mi pare che in questo momento sia concentrato su di lei.»

Inutile dire che aveva degli argomenti.

«Metterò anche qualcuno alle calcagna del tizio che ha seguito ieri sera.»

«Voglio che mi chiamiate non appena avrete individuato il posto», dissi allora in tono più lento e gentile.

«Bren...»

«È un problema?» Non così gentile.

Era un atteggiamento irrazionale e lo sapevo, ma forse Ryan fiutò la crisi di nervi in arrivo. O ero solo furiosa? Probabilmente non aveva voglia di fare i conti con me e basta.

«No.»

Venne a prendere la busta verso mezzanotte, e la Scientifica si fece viva un'ora più tardi. Dal tesserino avevano rilevato un'impronta: la mia. La X cadeva invece su un lotto di terreno abbandonato in Saint-Lambert. Dopo un'altra ora ricevetti una seconda chiamata da Ryan. Una pattuglia aveva ispezionato il terreno e tutti gli edifici circostanti. Niente. Ryan aveva fissato una nuova battuta per il mattino seguente, a cui avrebbero partecipato anche i cani. Ritornavamo alla riva sud.

«A che ora?» mi informai con voce rotta. Il dolore per Gabby era già diventato insopportabile.

«Alle sette?»

«Meglio le sei.»

«Vada per le sei. Vuole un passaggio?»

«Grazie.»

Piccola esitazione. «Potrebbe essere viva.»

«Sì. Sì.»

Pur sapendo che non avrei dormito, mi sforzai di seguire tutti i riti preparatori al letto. Denti. Faccia. Lozione per le mani. Camicia da notte. Quindi presi a vagare di stanza in stanza, cercando di non pensare alle donne dei cartelloni, alle foto di scena dei delitti, alle descrizioni delle autopsie. A Gabby.

Raddrizzai un quadro, spostai un vaso, raccolsi un po' di batuffoli di polvere dalla moquette, annoiata da quei gesti inutili ma incapace di fermarmi. La sensazione di impotenza davanti a un orrore incombente era intollerabile.

Verso le due mi coricai sul divano, chiusi gli occhi e tentai di rilassarmi concentrandomi sui suoni della notte. Un compressore. Un'ambulanza. Un gocciolio sul pavimento al piano di sopra. Gorgoglio di tubature. Scricchiolii del legno. Riassestamenti delle pareti.

Entrai in modalità "visualizza". Le immagini fluttuavano avanti e indietro nella mia mente, come un vortice e come una valanga, simili a spezzoni di una sequenza onirica hollywoodiana. Rividi la felpa scozzese di Chantale Trottier. Il ventre squarciato della Morisette-Champoux. La testa putrefatta di Isabelle Gagnon. Una mano mutilata. Un seno mozzato stretto fra due labbra ceree. Una scimmia morta. Una stuatuetta. Una ventosa. Un coltello.

Non riuscivo a trattenermi. Continuavo a girare la mia pellicola di morte, torturandomi al pensiero che Gabby potesse essere entrata a far parte del cast. Quando mi alzai e mi vestii, l'oscurità iniziava a stemperarsi nella luce.

34

Quando trovammo il corpo di Gabby il sole aveva appena scavalcato la linea dell'orizzonte. Sguinzagliata oltre la recinzione perimetrale della proprietà, Margot si era diretta verso il punto giusto quasi senza esitare. Aveva fiutato l'aria per un istante e si era lanciata tra gli alberi, mentre l'alba color zafferano le imbiondiva il manto accendendo di riflessi la polvere intorno alle sue zampe.

La tomba era nascosta tra le fondamenta in rovina di una casa. Poco profonda, era stata scavata e richiusa frettolosamente, come le altre. Ma questa volta l'assassino aveva aggiunto un tocco personale, incorniciando il tumulo in un ovale di mattoni.

Adesso il cadavere giaceva per terra, sigillato nel sacco mortuario. Avevamo isolato la scena con cavalletti e nastro giallo, ma era stata una precauzione inutile: l'ora antelucana e la staccionata di legno erano già sufficienti a proteggere il luogo del delitto. Nessuno era venuto a curiosare mentre dissotterravamo il corpo ed espletavamo la nostra macabra routine.

A bordo di una volante, circondata dal solito viavai di agenti e con la radio che gracchiava in sottofondo, bevevo caffè da un bicchierino di plastica. Ero venuta in veste professionale, per fare il mio lavoro, ma mi ero subito resa conto che non ne sarei stata capace. Avrebbero dovuto sbrigarsela da soli. Forse tra un po' il mio cervello sarebbe stato di nuovo in grado di accettare i messaggi che attualmente rifiutava, ma per il momento mi sentivo solo apatica e offuscata. Non volevo vederla in quella fossa, né assistere all'ennesimo, graduale affioramento dalla terra di un povero corpo gonfio e irrigidito. Avevo istantaneamente riconosciuto gli orecchini d'argento con Ganesh. Ricordavo la volta in cui Gabby mi aveva raccontato la storia dell'elefantino indiano: una divinità benigna, allegra, non un dio di morte e dolore. E allora dov'eri, Ganesh? Perché non hai protetto la mia amica? Perché *nessuno* dei suoi amici l'ha protetta? Una sofferenza insopportabile. Via, via, mandala via.

Dopo il riconoscimento del cadavere Ryan aveva assunto la direzione delle operazioni. Dalla macchina lo vidi confabulare con Pierre Gilbert, quindi girarsi e incamminarsi verso di me.

Accanto alla volante, si rimboccò i pantaloni e si accoccolò vicino alla portiera aperta, una mano sul bracciolo. Benché fosse ancora presto la temperatura sfiorava già i ventisette gradi e un alone di sudore gli inumidiva le ascelle.

«Sono desolato», disse.

Annuii.

«So quanto è difficile.»

No. Tu non lo sai. «Il corpo non è ridotto troppo male. Sono sorpresa, visto il caldo.»

«Non sappiamo da quanto tempo era qui.»

«Già.»

Si sporse fino a prendermi una mano. Il suo palmo lasciò una piccola impronta umida sul bracciolo di plastica. «Non c'era ness...»

«Avete trovato qualcosa?»

«Non molto.»

«Niente orme, solchi di pneumatici, niente di niente?»

Scosse la testa.

«Impronte sui mattoni?» Sapevo che era una domanda idiota già mentre la facevo.

Il suoi occhi erano fissi nei miei.

«Nemmeno nella fossa?»

«Una cosa soltanto, Tempe, appoggiata sul suo petto.» Esitò un istante. «Un guanto chirurgico.»

«Strana disattenzione. Prima d'ora non aveva mai lasciato in giro niente. Dentro potrebbero esserci delle impronte.» Cercavo disperatamente di dominare l'angoscia. «È tutto?»

«Non credo sia stata uccisa qui. Probabilmente l'hanno trasportata sul posto già morta.»

«E che posto sarebbe?»

«Una vecchia taverna chiusa da molti anni. Le mura furono

vendute e l'edificio demolito, ma a quel punto il nuovo proprietario fece bancarotta. Sono sei anni che qui è tutto sprangato.»

«E il proprietario chi è?»

«Mi sta chiedendo un nome?»

«Che altro?» gli sibilai nervosa.

Controllò gli appunti. «Un certo Bailey.»

Alle sue spalle vidi due assistenti sollevare le spoglie di Gabby e depositarle su una barella, che presero a spingere verso il furgone del coroner.

Oh, Gabby! Gabby, che dolore!

«Vuole qualcosa?» Gli occhi di ghiaccio mi studiarono attentamente.

«Qualcosa?»

«Sì. Da bere. Da mangiare. O preferisce che la riaccompagni a casa?»

Sì. Per non uscirne più.

«No. No, grazie, sto bene.»

Per la prima volta notai la sua mano posata sulla mia. Le dita erano affusolate, ma il palmo tozzo e spigoloso, la nocca del pollice evidenziata da una cicatrice semicircolare.

«Non era mutilata?»

«No.»

«Perché i mattoni?»

«Non ho mai capito come ragionano questi mutanti.»

«È una sfida, vero? Voleva che la trovassimo. Era un modo per affermare il proprio potere. Non troveremo impronte in quel guanto.»

Silenzio.

«Questa volta è una cosa diversa, giusto?»

«Giusto.»

Nell'abitacolo della volante il calore mi pesava addosso come una colata di melassa. Uscii e mi sollevai i capelli per sentire l'aria sul collo. Non tirava una bava di vento. Osservai i due assistenti che legavano il sacco con delle cinghie di tela per poi farlo scivolare nel furgone. Un singhiozzo mi gonfiò il petto, ma prontamente lo ricacciai indietro.

«Potevo salvarla, Ryan?»

«Potevamo salvarla, noi o chiunque altro? Non lo so.» Emise un sospiro e strizzò gli occhi nel sole. «Forse qualche settimana fa sì. Non ieri o l'altroieri, temo.» Si girò di nuovo verso di me. «Quello che so è che lo prenderemo. Ormai è un uomo morto.»

In quel momento scorsi Claudel avanzare nella nostra direzione stringendo in mano una busta di plastica per gli indizi. Giuro che se ha il coraggio di dirmi qualcosa gli spacco la faccia, pensai. Facevo sul serio.

«Desolato», mormorò infatti, evitando di incrociare il mio sguardo. Poi, a Ryan: «Qui abbiamo quasi finito».

Ryan inarcò le sopracciglia e Claudel gli rispose con un cenno della testa. *Ne parliamo più tardi*, mi parve dire.

Il cuore prese a battermi più forte. «Cosa c'è? Che cosa avete trovato?» Ryan mi posò le mani sulle spalle.

Lanciai un'occhiata alla busta che Claudel stringeva e vidi un guanto di lattice color crema coperto di macchie marroni. Dal polso spuntava l'angolo di un oggetto piatto e rettangolare. Bordo bianco, sfondo scuro. Un'istantanea. Le mani di Ryan mi strinsero. Lo guardai, muta e interrogativa, temendo già la sua risposta.

«Perché non ci pensiamo dopo, eh?»

«Voglio vederla.» Sollevai una mano tremante.

Claudel ebbe un attimo di esitazione, quindi mi porse la busta. La presi. Attraverso la plastica pizzicai un dito del guanto e lo usai per dare dei colpetti e far scivolare fuori la foto. Riorientai la busta e guardai.

Due figure a braccetto, capelli svolazzanti, e imponenti cavalloni sullo sfondo. La paura mi attanagliò all'istante. Sentii il mio respiro farsi rapido e breve. Calma. Devi restare calma.

Myrtle Beach, 1992. Io. Katy. Quella belva aveva sepolto una foto di mia figlia insieme alla mia amica assassinata.

Nessuno fiatava. Vidi Charbonneau avvicinarsi dal luogo del ritrovamento e lanciare un'occhiata a Ryan, che annuì. I tre uomini erano ammutoliti, nessuno sapeva cosa dire o cosa fare e io non ero certo dell'umore giusto per aiutarli. Fu Charbonneau a rompere il silenzio.

«Andiamo a prendere quel figlio di puttana.»

«E il mandato?» Ryan.

«Ce lo porterà Bertrand. L'hanno spiccato appena abbiamo trovato... il corpo.» Rapida occhiata nella mia direzione.

«Il nostro uomo è in casa?»

«Da quando hanno piantonato l'edificio non è entrato né uscito nessuno. Sarà meglio non perder tempo.»

«D'accordo.»

Ryan si girò verso di me. «Stamattina il giudice Tessier ha deciso che ci sono indizi sufficienti e ha emesso un mandato. Andiamo ad arrestare il tizio che ha seguito giovedì sera. La riaccompagnerò...»

«Se lo scordi. Vengo anch'io.»

«Brennan...» Non mi chiamava già più per nome.

«Nel caso se ne fosse dimenticato, poco fa ho ufficialmente riconosciuto il cadavere di una mia amica. Aveva addosso una foto mia e di mia figlia. Forse a ucciderla è stato lui, forse un altro psicopatico, non lo so, comunque ho tutte le intenzioni di scoprirlo e sono disposta a qualunque cosa pur di fargliela pagare. Non gli darò tregua finché non l'avrò inchiodato, Ryan, con o senza di lei e la sua banda di prodi cavalieri.» Gli puntavo contro un dito rigido come un pistone idraulico. «Ci sarò anch'io. A partire da ora.»

Mi bruciavano gli occhi e il petto cominciava a sollevarsi e riabbassarsi con troppa foga. Non piangere. Non osare metterti a piangere. Ancora una volta mi obbligai a ritrovare la calma. Ancora una volta era calato il silenzio.

«*Allons-y*», sbottò infine Claudel. Andiamo.

35

A mezzogiorno la temperatura e il tasso di umidità nell'aria avevano letteralmente messo in ginocchio la città. Non si muoveva nulla. Paralizzati dal calore, alberi, uccelli, insetti ed esseri umani cercavano di bruciare meno energie possibile e se ne stavano rintanati all'ombra.

Il viaggio in macchina mi parve la fotocopia esatta di quello del giorno di Saint-Jean-Baptiste: silenzio teso, aria condizionata mista a effluvi di sudore, stomaco serrato dalla paura. Mancava solo la scontrosità di Claudel. Lui e Charbonneau ci avrebbero raggiunti sul posto.

In realtà anche il traffico era diverso. Dirigendoci in Rue Berger avevamo dovuto lottare contro una marea in festa, oggi invece sfrecciavamo attraverso strade deserte e in meno di venti minuti parcheggiammo nei pressi della casa. Appena girato l'angolo vidi Bertrand, Charbonneau e Claudel seduti a bordo di un'autocivetta, dietro cui era parcheggiata la volante di Bertrand. Il furgone della Scientifica era in fondo all'isolato, con Gilbert al volante e un assistente accasciato contro il finestrino del passeggero.

Mentre ci avvicinavamo i tre investigatori scesero. La via era esattamente come la ricordavo, nonostante alla luce del giorno apparisse ancora più anonima e trascurata. Mi sentivo la maglietta incollata alla pelle.

«Dov'è l'unità di piantonamento?» esordì Ryan a mo' di saluto.

«Sul retro.» Charbonneau.

«Lui è in casa?»

«Da mezzanotte in poi non hanno registrato alcun segno di attività. Forse sta ancora dormendo.»

«Entrate posteriori?»

Charbonneau annuì. «Una. Anche quella è rimasta sempre sotto sorveglianza. Abbiamo piazzato due unità ai capi dell'isolato, più una sulla Martineau.» Indicò con il pollice il lato opposto della strada. «Se è lì, non può andare da nessuna parte.»

Ryan si rivolse a Bertrand. «Hai il mandato?»

Cenno di assenso. «1436 Séguin. Appartamento 201. Prego.» Con un gesto invitò un pubblico immaginario a prendere posto per lo spettacolo.

Per un attimo restammo immobili dov'eravamo, squadrando l'edificio come per prendere le misure a un avversario, preparandoci all'assalto e alla cattura. All'improvviso due ragazzini di colore girarono l'angolo e avanzarono verso di noi armati di una radio gigantesca da cui uscivano le note di un pezzo rap. Indossavano Air Jordan e pantalonacci larghi formato famiglia. Le T-shirt immortalavano totem di violenza: un cranio con bulbi oculari fusi e la Signora con la falce sotto un ombrellone da spiaggia. *Quando la morte è in vacanza.* Il più alto dei due si era rasato la testa, risparmiando solo un'aiuola ovale proprio al centro e alla sommità dello scalpo. L'altro aveva i dreadlock.

Flash dei riccioli di Gabby. Fitta di dolore.

Dopo. Non adesso, per carità. Con un supremo atto di volontà mi constrinsi a concentrarmi sul qui e ora.

Osservammo i due giovani entrare in un edificio vicino, e con il richiudersi di una porta cessò anche la musica. Ryan lanciò un'occhiata a destra e a sinistra, poi ci guardò.

«Pronti?»

«Quel figlio di puttana ha i minuti contati.» Claudel.

«Luc, tu e Michel piazzatevi sul retro. Se cerca di scappare, stendetelo.»

Claudel strizzò gli occhi e inclinò la testa come per dire qualcosa, poi la scosse ed espirò forte dal naso. Stavano già allontanandosi, quando la voce di Ryan li fece girare.

«Voglio un'azione da manuale.» Sguardo duro. «Non ammetto errori.»

I due investigatori CUM attraversarono la via e scomparvero dietro la casa.

Quindi si voltò dalla mia parte.

«Pronta?»

Annuii.
«Potrebbe essere lui.»
«Lo so.»
«Se la sente?»
«Cristo, Ryan...»
«Andiamo, allora.»

Mentre salivamo i gradini di ferro sentii la paura dilatarmisi nel petto. Il primo portone era aperto. Entrammo in un piccolo ingresso di piastrelle sporche. Sulla parete di destra erano allineate le caselle della posta e sul pavimento sottostante giaceva sparso un tappeto di volantini. Bertrand provò con la controporta interna. Aperta anche quella.

«Posticino sicuro», fu il suo commento.

Ci ritrovammo così in un corridoio fiocamente illuminato, dove mancava l'aria e aleggiava una forte puzza di fritto. Una moquette sfilacciata correva per tutta la sua lunghezza, fissata a intervalli regolari da sottili bacchette metalliche e protetta da una passatoia di plastica ormai sporca e opaca. In fondo a destra, la moquette si arrampicava su per le scale.

Salimmo fino al secondo piano, accompagnati dai piccoli tonfi secchi dei nostri piedi sulla plastica. L'appartamento 201 era di nuovo sulla destra. Ryan e Bertrand si piazzarono ai due lati della porta di legno scuro, spalle al muro, giubbotto slacciato, la mano sulla pistola.

Ryan mi fece segno di raggiungerlo e di mettermi dietro di lui. Mi appiattii contro la parete, le asperità dell'intonaco che mi pizzicavano i capelli. Inspirai profondamente, inalando polvere e muffa. E l'aroma del suo sudore.

Cenno di Ryan a Bertrand. Sentii la paura arrivarmi alla gola.
Bertrand bussò.
Niente.
Ribussò.
Nessuna risposta.
Li vidi irrigidirsi. Il mio respiro si fece più affannoso.
«Polizia. Aprite.»

Una porta si aprì piano in fondo al ballatoio. Attraverso la fessura lasciata dalla catenella di sicurezza, un paio d'occhi ci spiò.

Bertrand bussò più forte, cinque colpi in rapida successione. Silenzio.

Poi: «*Monsieur Tanguay n'est pas ici*».

Le nostre teste si voltarono all'unisono nella direzione della voce sottile e acuta.

Ryan fece segno a Bertrand di restare dov'era e si diresse verso la porta socchiusa. Lo seguii. Le iridi ingrandite da spesse lenti d'occhiali ci guardavano galleggiando a poco più di un metro da terra e puntavano sempre più verso l'alto mano a mano che ci avvicinavamo.

Continuarono a spostarsi irrequiete da Ryan a me, in cerca del punto d'atterraggio meno minaccioso, finché Ryan si accoccolò per affrontarle da un pari livello.

«*Bonjour*», disse.

«Ciao.»

«*Comment ça va?*»

«*Ça va.*»

Il bimbo aspettava. Difficile dire se era un maschio o una femmina.

«La tua mamma è in casa?»

Un no con la testa.

«E il papà?»

«No.»

«Sei solo?»

«Voi chi siete?»

E bravo bambino. Mai dare troppa confidenza agli estranei.

«Poliziotti.» Ryan gli mostrò il distintivo. I due occhi si fecero ancora più grandi.

«State cercando il signor Tanguay?»

«Esatto. Proprio lui.»

«Perché?»

«Dobbiamo solo rivolgergli qualche domanda. Tu lo conosci bene?»

Annuì ma non disse nulla.

«Come ti chiami?»

«Mathieu.» Maschio.

«Quando torna la tua mamma, Mathieu?»

«Io sto con la mia nonna.»

Un'articolazione scrocchiò rumorosamente mentre Ryan appoggiava un ginocchio a terra, puntava un gomito sull'altro e, continuando a fissare Mathieu, posava il mento sulle nocche.

«E quanti anni hai?»

«Sei.»

«Da quanto tempo abiti qui?»

Il bimbo parve confuso, come se per lui nella vita fosse esistita solo quella possibilità.

«Abito qui sempre.»

«E conosci il signor Tanguay?»

Mathieu annuì.

«Lui da quanto vive qui?»

Alzata di spalle.

«Senti, Mathieu, la tua nonna quando torna?»

«Pulisce nelle case.» Pausa. «Sabato.» Levata d'occhi al cielo. Mordicchiamento di labbro inferiore. «Aspetta.» Scomparve all'interno e in meno di un minuto era di ritorno. «Alle tre e mezzo.»

«Mer... meraviglioso!» esclamò Ryan, rimettendosi in piedi. Poi, a me, in poco più di un sussurro preoccupato: «Abbiamo un ragazzino incustodito a un tiro da quell'animale».

Mathieu lo guardava fisso come un gatto che ha appena chiuso il topo nell'angolo.

«Il signor Tanguay non c'è», ripeté.

«Sei sicuro?» Ryan tornò ad accoccolarsi.

«È partito.»

«Per dove?»

Altra alzata di spalle. Un dito grassoccio rispinse gli occhiali a cavallo del naso.

«Come fai a sapere che è partito?»

«Perché do da mangiare ai pesci.» Un sorriso largo come il Mississippi gli illuminò il faccino. «Ha i tetra, i pesci angelo e i nuvolabianca. Sono fantastici!» *Fantastique!* Una parola dal suono perfetto. L'equivalente inglese non rende giustizia.

«E sai quando torna il signor Tanguay?»

Stretta di spalle.

«La nonna non l'ha scritto sul calendario?» mi intromisi.

Il bimbo mi guardò, sopreso, quindi scomparve di nuovo all'interno.

«Che calendario?» Ryan.

«Devono averne uno. Prima per sapere quando tornava la nonna oggi è entrato a controllare qualcosa.»

Mathieu ricomparve. «No.»

Ryan si alzò. «E adesso?»

«Se il ragazzo ha ragione, entriamo e perquisiamo la casa. Adesso abbiamo anche un nome. Lo rintracceremo. Può darsi che la nonna sappia dov'è andato, e se non lo sa lo prenderemo comunque appena rimetterà piede qui.»

Ryan guardò Bertrand e indicò la porta.

Altri cinque colpi.

Niente.

«Sfondiamo?»

«Il signor Tanguay non sarà contento.»

Occhi puntati sul bambino.

Per la terza volta Ryan si chinò.

«Quando fai una cosa che non vuole si arrabbia moltissimo.»

«Capisco, ma è davvero importante. Dobbiamo assolutamente trovare una cosa nel suo appartamento.»

«Sì, ma non sarà contento se sfondate la porta.»

Raggiunsi Ryan e a mia volta sedetti sui talloni.

«Dimmi, Mathieu: i pesci del signor Tanguay li tieni qui?»

Cenno negativo del capo.

«Allora hai la chiave di casa sua?»

Cenno affermativo.

«Non potresti farci entrare un momento?»

«No.»

«Perché?»

«Non posso uscire quando la nonna non c'è.»

«Bravo, Mathieu, fai bene. La nonna vuole che tu stia in casa perché così sei più al sicuro. Ha ragione, e tu fai molto bene a ubbidirle.»

Il Mississippi tornò a straripare.

«Credi che potremmo usarla da soli, quella chiave? Solo per qualche minuto. È una questione di polizia molto importante, ma in effetti il tuo consiglio è giusto: non è bello che gli sfondiamo la porta.»

«Credo di sì», rispose. «Perché siete dei poliziotti.»

Dopo essersi di nuovo tuffato dove il nostro sguardo non poteva seguirlo, Mathieu si ripresentò con una chiave. Me la porse attraverso la fessura, guardandomi intensamente a labbra serrate.

«Non sfondate la porta.»

«Faremo molta attenzione. Promesso.»

«E non andate in cucina. Non si può. Non si deve andare in cucina.»

«Bene. Tu ora chiudi a chiave la porta e aspettaci dentro. Quando avremo finito busseremo, ma prima di allora non aprire.»

Il faccino annuì con aria solenne e scomparve dietro il battente.

Tornammo da Bertand, che riprovò a bussare. *Aprite, polizia.* Dopo una pausa carica di tensione, Ryan annuì e io infilai la chiave nella serratura.

La porta si spalancò su un piccolo soggiorno dominato dai toni del marrone. Due pareti erano occupate da librerie a soffitto, le altre erano rivestite di legno scurito da innumerevoli verniciature. Tendaggi di velluto rosso ammaccato pendevano ai lati delle finestre, raddoppiati da pizzi ormai grigi che impedivano alla luce di filtrare. Restammo immobili e in silenzio, ascoltando e scrutando la stanza in penombra.

L'unico suono udibile era un ronzio vago e irregolare, come di scarica elettrica in un circuito difettoso. Bzzt. Bzzzzt. Bzt. Bzt. Arrivava da dietro una porta a doppio battente, un po' più avanti e sulla sinistra. Per il resto, la casa era sprofondata in una quiete mortale.

Bell'aggettivo, Brennan, ottima scelta.

Più mi guardavo intorno, più dall'oscurità vedevo emergere sagome di mobili vecchi e consumati. Al centro del soggiorno si trovava un tavolo di legno con relative sedie, mentre nel vano della finestra a bovindo c'era un divano mezzo sfondato con sopra una coperta messicana. Di fronte, un vecchio baule fungeva da supporto a un Sony Trinitron.

Sparsa per la stanza notai una varietà di vetrinette e tavolini di legno, alcuni dei quali molto graziosi e sul genere di pezzi che io stessa avevo scovato curiosando al mercato delle pulci. Dubitavo però che quella fosse la loro vera origine, e che fossero stati acquistati come occasioni da risistemare; piuttosto sembravano trovarsi lì da anni, ignorati e incompresi da generazioni di inquilini.

Sul pavimento era steso un vecchio dhurrie e dappertutto c'erano piante: incastrate negli angoli, appese a ganci e allineate su assi di legno. Le carenze negli arredi erano state ampiamente compensate con il verde e con abbondanti cascate di foglie che sgorgavano da vasi a parete, dai davanzali, dai tavoli, dagli scaffali.

«Sembra un fottuto giardino botanico», osservò Bertrand.

E che odore, pensai io. L'aria sapeva di muffa, di un misto di foglie, funghi e terra umida.

Dirimpetto all'entrata un breve corridoio conduceva a un'unica porta chiusa. Con lo stesso gesto di poco prima Ryan mi ordinò di restargli dietro, quindi cominciò a scivolare lungo il muro, ginocchia flesse e spalle incassate, la schiena aderente alla parete. Lentamente raggiunse la porta, si bloccò un istante e infine sferrò un calcio deciso contro il legno.

La porta si spalancò con violenza, colpendo il muro e rimbalzando di nuovo in avanti, per poi fermarsi a metà corsa. I miei sensi in allerta cercarono subito di cogliere il minimo movimento o rumore, il cuore che batteva al ritmo irregolare della scarica elettrica. Bzzzzzt. Bzt. Bzt. Bzzzzt. Tututum. Tum. Tutum.

Da dietro la porta semiaperta filtrava un bagliore sinistro accompagnato da un gorgoglio.

«Abbiamo trovato i pesci», annunciò Ryan, varcando la soglia.

Servendosi di una penna fece scattare l'interruttore, e luce fu. Classica camera. Letto singolo, copriletto stampato con motivi indiani. Comodino, lampada, sveglia, spray nasale. Cassettiera, senza specchio. Bagno minuscolo annesso. Una finestra. Tende pesanti che nascondevano alla vista un muro di mattoni.

L'unico elemento insolito erano le vasche da acquario che tappezzavano la parete di fondo. Mathieu aveva ragione. Erano *fantastique*. Azzurri elettrici, gialli sgargianti e righe bianche e nere sfrecciavano dentro e fuori da labirinti di corallo rosa e bianco, tra alghe di ogni verde immaginabile. Ciascuno di quei piccoli ecosistemi era illuminato da lampade color acquamarina e massaggiato da un concerto di bollicine d'ossigeno.

Ipnotizzata, osservavo lo spettacolo e percepivo il vago formarsi di un'idea. Forza, Brennan. Ma cosa? I pesci? Cosa? Niente.

Intorno a me Ryan si muoveva e con la penna scostava la tenda della doccia, apriva l'armadietto dei medicinali, frugava tra le scatole di cibo e le retine vicino alle vasche. Per aprire i cassetti ricorse al fazzoletto, quindi tornò alla penna e passò in rassegna calzini, camicie, maglioni e mutande.

Lascia perdere i pesci, Brennan. Di qualunque cosa si trattasse, quell'idea era elusiva come le bollicine negli acquari e a ogni tentativo di risalita in superficie svaniva.

«Trovato niente?»

Ryan scosse la testa. «Niente che colpisca a una prima occhiata. Ci penserà la Scientifica. Se esagero sono capaci di offendersi. Controlliamo le altre stanze, poi chiamerò Gilbert. Mi sembra evidente che Tanguay è via. Lo inchioderemo, ma nel frattempo vale la pena di scoprire che altro c'è qui.»

In soggiorno Bertrand stava esaminando il televisore.

«Alta tecnologia», disse. «Al ragazzo piace il giocattolino.»

«Si farà pere di Cousteau», ribatté Ryan in tono distratto, continuando a esplorare la penombra. Questa volta non ci saremmo lasciati cogliere di sorpresa.

Mi avvicinai agli scaffali. C'erano i titoli più svariati e, così come il televisore, i libri sembravano tutti nuovissimi. Ecologia. Ittiologia. Ornitologia. Psicologia. Sesso. Molta scienza, ma il nostro uomo era di gusti eclettici. Buddismo. Scientology. Archeologia. Arte maori. Scultura Kwakiutl. Samurai. Oggetti da collezione della Seconda guerra mondiale. Cannibalismo.

I ripiani contenevano centinaia di volumi tascabili, molti dei quali di letteratura contemporanea in lingua inglese e francese. C'erano anche i miei autori preferiti. Vonnegut, Irving, McMurtry. Nella maggioranza dei casi, però, si trattava di gialli. Omicidi efferati, persecutori e psicopatici violenti, metropoli spietate: avrei potuto fare il riassunto solo guardando le copertine. C'era anche un intero scaffale dedicato alle biografie di assassini rituali e serial killer. Bundy, Manson, Ramirez, Boden.

«Mi sa tanto che Tanguay e Saint-Jacques sono iscritti allo stesso club letterario», commentai.

«Mi sa tanto che questo squilibrato *è* Saint-Jacques», ribatté Bertrand.

«No, questo è uno regolare», sentenziò Ryan.

«Sì, quando si chiama Tanguay.»

«Se davvero legge questa roba, ha interessi molto vasti. Ed è bilingue.» Altra occhiata alla collezione. «Certo è un bell'ossessivo.»

«Si mette a giocare allo strizzacervelli, adesso?» Bertrand.

«Ehi, guardate.»

Si avvicinarono.

«I libri sono ordinati alfabeticamente per argomento.» Indicai alcuni ripiani. «Quindi di nuovo alfabeticamente per autore all'interno di ciascuna categoria. E infine per anno di pubblicazione di ogni autore.»

«E allora? Lo fanno tutti.»

Ryan e io lo guardammo. Bertrand non era un lettore.

«Notate anche la precisione con cui ciascun libro è allineato sul bordo dello scaffale.»

«Stessa cosa con le calze e le mutande. Probabilmente per metterle via usa una squadra», disse Ryan.

E, poco dopo, fu ancora lui a dar voce ai miei pensieri. «Direi che il profilo calza.»

«Forse tiene i libri solo per fare bella figura. Vuole far credere agli amici di essere un intellettuale», ipotizzò Bertrand.

«Non penso», ribattei. «Primo, non sono impolverati. E poi, quei foglietti gialli: non solo legge, ma mette il segno alle pagine che gli interessano. Bisognerà dirlo a Gilbert e ai suoi uomini, in modo che non li perdano. Potrebbero rivelarsi utili.»

«Farò sigillare i libri prima che li riempiano di polvere per le impronte.»

«Non notate altro?»

Fissarono gli scaffali.

«Sì. Che legge delle belle schifezze.»

«E, a parte i gialli, cosa gli interessa di più?» incalzai. «Osservate bene il ripiano superiore.»

Tornarono a guardare.

«Oh, cazzo.» Ryan. «*L'anatomia di Gray. Manuale di anatomia pratica. Atlante anatomico a colori. Principi di dissezione anatomica. Il corpo umano: tavole mediche.* Ehi, e questo? *Elementi di chirurgia*, di un certo Sabiston. È più fornito di una biblioteca di facoltà. Direi che è uno che sa bene com'è fatto il corpo umano.»

«Sì, ma non stiamo parlando solo di conoscenze astratte. Questo ci va giù pesante.»

Ryan prese la radio. «Bene. È venuto il momento di far salire

Gilbert. Dirò alla squadra sul retro di piantonare il portone: non vorrei spaventare Mr. Hyde, nel caso tornasse all'improvviso. E a quest'ora Claudel starà scoppiando dalla curiosità.»

Accostò la trasmittente alla bocca, mentre Bertrand continuava a passare in rassegna i titoli.

Bzt. Bzzzzzt. Bzzt. Bzt.

«Ehi, questo è pane per i suoi denti, dottoressa.» Con il fazzoletto tirò fuori un libro. «Sembra sia l'unico di questo genere.»

Appoggiò sul tavolo un volume di *L'antropologo americano*, edizione luglio 1993. Nessun bisogno di aprirlo: ricordavo benissimo una delle voci contenute nell'indice. «Un trampolino di lancio per la mia carriera accademica», l'aveva definito lei. L'articolo di Gabby.

La vista di quel libro mi colpì come una frustata. Provai la voglia irresistibile di uscire di lì, di essere a casa mia in un bel sabato di sole in cui tutto scorreva tranquillo, senza morti, e la mia migliore amica mi telefonava per invitarmi a cena.

Acqua. Lavati la faccia con un po' di acqua fresca.

Barcollai verso la doppia porta e con un piede aprii un battente, cercando la cucina.

BZZZZZT. BZZZZZT. BZT. BZZZZZZT. BZT.

La stanza era priva di finestre. Alla mia destra vidi il quadrante arancione fosforescente di un orologio digitale. Più in là riconobbi due sagome bianche e una specie di pallido ripiano ad altezza vita. Frigorifero, cucina a gas, lavandino. A tentoni cercai un interruttore. Al diavolo le procedure: quelli della Scientifica non avrebbero avuto difficoltà a distinguere le mie impronte.

Premendomi il dorso della mano sulla bocca, incespicai verso il lavandino e mi rinfrescai il viso con l'acqua corrente. Quando tornai a girarmi, Ryan era fermo sulla porta.

«È tutto a posto, sto bene.»

Nella stanza volavano delle mosche, forse disturbate dalla nostra improvvisa intrusione.

BZZT. BZT. BZZZZT.

«Una mentina?» Mi tese un pacchetto di Life Savers.

«Grazie.» Accettai la caramella. «È stato il caldo.»

«In effetti qui sembra un forno.»

Una mosca gli sfiorò la guancia. «Che ca...» Manata nell'aria. «Cosa diavolo combina qui dentro lo stronzo?»

Li notammo contemporaneamente. Sul ripiano della cucina giacevano due oggetti marroni e un alone unto macchiava i tovaglioli di carta su cui erano stati messi ad asciugare. Tutt'intorno danzavano le mosche, che continuavano ad atterrare e a ridecollare senza darsi pace. Sulla sinistra era posato un guanto di lattice, gemello di quello che avevamo appena dissotterrato. Ci avvicinammo, aumentando l'agitazione degli insetti.

Guardai le due masse avvizzite e ripensai ai ragni e agli scarafaggi nel palo dell'insegna del barbiere, le zampette rinsecchite e contratte dal rigor mortis. Ma quei due esemplari non avevano nulla a che fare con gli aracnidi. Capii subito di cosa si trattava, anche se le altre le avevo viste solo in fotografia.

«Sono zampe.»

«Che cosa?»

«Zampe. Zampe di qualche animale.»

«Sicura?»

«Ne giri una.»

Così fece. Con la penna.

«Si vedono le estremità delle ossa inferiori degli arti.»

«E cosa ci fa con questa roba?»

«Come diavolo faccio a saperlo, Ryan?» Ripensai ad Alsa.

«Cristo.»

«Controlliamo il frigorifero.»

«Oh, Cristo.»

Il cadaverino era lì, spellato e avvolto nella plastica trasparente. Insieme ad altri.

«Che cosa sono?»

«Mammiferi di piccola taglia. Senza la pelle è difficile stabilirlo. Certo non sono cavalli.»

«Grazie, Brennan.»

In quel momento arrivò anche Bertrand. «Che roba è?»

«Animali morti.» La voce di Ryan tradiva grande tensione. «E un altro guanto.»

«Magari si nutre di selvaggina che trova già uccisa ai bordi delle strade.» Bertrand.

«Magari. Magari invece usa pelle umana per fare lampade. Voglio immediatamente i sigilli alla porta e il sequestro di tutto quello che c'è in casa. Raccogliete ogni indizio. Coltelli, frullatore, qualunque cosa troviate in quel maledetto frigorifero. Frugate anche nei sacchi della spazzatura e passate fino all'ultimo millimetro con il Luminol. Ma dove si è cacciato Gilbert?»

Ryan si diresse verso un telefono a parete sulla sinistra della porta.

«Ehi, quell'apparecchio ha un tasto redial per la ripetizione automatica dell'ultimo numero?»

Ryan annuì.

«Lo schiacci.»

«Sì, ma non si illuda di scoprire niente di interessante.»

Così dicendo premette il tasto. Ascoltammo una melodia di sette note seguita da quattro squilli. Quando la voce rispose, la paura che per tutto il giorno mi aveva attanagliato lo stomaco e serrato la gola salì di colpo fino al cervello e mi sentii svenire.

«*Veuillez laisser votre nom et numéro de téléphone. Je vais vous rappeler le plus tôt possible. Merci.* Lasciate per favore il vostro nome e recapito telefonico. Tempe vi richiamerà al più presto. Grazie.»

36

Fu come ricevere un colpo nello stomaco: le ginocchia si piegarono e mi si mozzò il respiro in gola.

Ryan mi aiutò a sedere su una sedia, mi portò dell'acqua e non fece domande. Non so per quanto tempo rimasi lì immobile e inebetita, in preda a una sensazione di svuotamento totale, ma non appena ritrovai la compostezza cominciai a valutare l'accaduto.

Mi aveva telefonato. Perché? Quando?

Osservai Gilbert indossare un paio di guanti di gomma e immergere le mani nel bidoncino dei rifiuti, estrarne qualcosa e depositarlo nella vasca del lavello.

Stava cercando di mettersi in contatto con me? O con Gabby? Quale avrebbe dovuto essere il messaggio? O intendeva solo verificare se ero in casa?

Un fotografo si spostava di stanza in stanza, bucando a colpi di flash l'oscurità dell'appartamento.

I messaggi vuoti delle ultime settimane. Era sempre lui?

Un tecnico in camice e guanti di gomma catalogava i libri sigillandoli in altrettanti sacchetti delle prove, un altro spennellava di polverina bianca la superficie rosso-nerastra dei ripiani e un terzo svuotava il frigorifero, trasferendo in una borsa termica alcuni involti in carta da pacco marrone.

Era morta lì? Erano quelle le ultime immagini registrate anche dai suoi occhi?

Ryan stava parlando con Charbonneau. Brandelli di conversazione giungevano alle mie orecchie attraverso la calura soffocante. Claudel dov'è? Già partito. Scovate il custode. Scoprite se ci sono seminterrati e cantine. Procuratevi le chiavi. Charbonneau si allontanò e di lì a poco tornò con una donna di mezza età in ciabatte e vestaglia. Nel giro di qualche minuto scomparvero di nuovo, insieme all'imballatore di libri.

A intervalli regolari Ryan si offriva di accompagnarmi a casa. Lì non c'era nulla ch'io potessi fare, ripeteva in tono gentile. Lo sapevo, ma non potevo nemmeno concepire l'idea di andarmene.

La nonna arrivò verso le quattro. Né particolarmente espansiva, né particolarmente ostile. Si limitò a fornirci una descrizione essenziale del signor Tanguay. Un tipo tranquillo. Capelli castani, calvizie incipiente. Medio in tutto. Praticamente poteva essere chiunque. Non aveva idea di dove fosse né di quanto sarebbe stato via. Era già partito altre volte, ma mai per lunghi periodi. Sapeva che non c'era solo perché Mathieu era incaricato di dar da mangiare ai suoi pesci. Con lui era sempre stato gentile e in cambio di quel favore gli dava qualche soldino. A parte quello, non lo conosceva e non lo vedeva quasi mai. Probabilmente lavorava. Probabilmente aveva una macchina. Non ne era sicura. Non erano affari suoi. Non voleva impicciarsi di cose che non la riguardavano.

Per tutto il pomeriggio e gran parte della sera i tecnici della Scientifica furono impegnati nelle operazioni di raccolta degli indizi. Io alle cinque cedetti. Avevo un disperato bisogno di uscire, perciò accettai il passaggio di Ryan e me ne andai.

Durante il tragitto in macchina parlammo pochissimo. In sostanza lui ripeté ciò che mi aveva già detto una volta per telefono, e cioè che dovevo restarmene tappata in casa. Avrebbe piazzato delle unità di sorveglianza continuata intorno all'edificio, ma io avrei fatto molto meglio a rinunciare alle mie sortite e alle mie esplorazioni segrete.

«Niente prediche», lo interruppi in un tono che tradiva tutta la mia fragilità emotiva.

E così sprofondammo in un silenzio teso. Giunti davanti a casa Ryan parcheggiò e si voltò a guardarmi. Sentivo il suo sguardo sfiorarmi la guancia.

«Mi ascolti, Brennan, non è mia intenzione renderle tutto più difficile. Questo pazzo ha le ore contate, può metterci la mano sul fuoco, ma ci terrei che lei vivesse abbastanza per vederlo con i suoi occhi.»

Che dire? Non mi aspettavo tanta partecipazione emotiva, e rimasi colpita più di quanto non fossi disposta ad ammettere.

Furono istituiti posti di blocco ovunque. A tutti gli agenti del Québec, della polizia dell'Ontario, all'RCMP e a tutte le autorità del Vermont e dello stato di New York furono diramate descrizioni e ordini di fermo. Ma il Québec è grande, i suoi confini facili da varcare, ed esistono centinaia di posti dove nascondersi o attraverso cui fuggire.

Nei giorni seguenti presi in considerazione ogni possibilità. Tanguay poteva essersi rintanato da qualche parte per restare tranquillo in attesa di tempi migliori. Ma poteva anche essere morto. O essersi definitivamente trasferito altrove. I serial killer lo fanno: fiutano il pericolo e abbandonano il campo. Alcuni non vengono mai catturati. No. Quell'ultima possibilità era inaccettabile.

Domenica non mi mossi da casa. Birdie e io ci dedicammo a un'attività che i francesi chiamano *coconer* e per tutto il giorno non facemmo altro che poltrire languidamente. Non mi vestii ed evitai accuratamente di accendere radio e televisore: niente immagini strazianti di Gabby e spietate descrizioni della vittima e del sospetto assassino. Le uniche cose che mi concessi furono tre telefonate, di cui una a Katy e una a una zia di Chicago. Felice compleanno, zietta! Ottantaquattro. Complimenti.

Katy sapevo per certo che era a Charlotte, ma avevo bisogno di rassicurarmi. Nessuna risposta. Ovviamente. Maledetta distanza. No, anzi, benedetta distanza. Che mia figlia stesse pure alla larga dal luogo in cui il mostro aveva tenuto in mano la sua fotografia. Non le avrei mai detto di quella macabra scoperta.

Lasciai per ultima la madre di Gabby. Era sotto sedativi e non poté venire al telefono. Parlai così con il signor Macaulay. Ammesso e non concesso che le spoglie venissero restituite, il funerale si sarebbe svolto il giovedì successivo.

Per un po' rimasi seduta a singhiozzare inconsolabilmente. I demoni che albergano nelle mie vene chiedevano a gran voce dell'alcool. Dolore-piacere: un principio così elementare. Dissetaci. Addormentaci. Basta con questa sofferenza.

Invece non mi arresi. Sarebbe stato fin troppo facile, ma quello non era un incontro sportivo qualsiasi e sacrificare la partita significava rinunciare alla carriera, perdere gli amici e il rispetto per me stessa. Tanto valeva lasciarsi massacrare direttamente da Saint-Jacques/Tanguay.

No. Non mi sarei arresa. Non davanti alla bottiglia, né davanti al maniaco. Lo dovevo a Gabby. E a me stessa e a mia figlia. Perciò mi guardai bene dal bere e continuai ad aspettare, rimpiangendo amaramente di non aver costretto Gabby a raccontarmi tutto fino in fondo. E di quando in quando controllavo che gli agenti di sorveglianza fossero ai loro posti.

Lunedì verso le undici e mezzo ricevetti una chiamata di Ryan. LaManche aveva terminato l'autopsia. Causa del decesso: strangolamento. Nonostante la decomposizione aveva trovato un solco impresso in profondità nelle carni del collo di Gabby. Sotto e sopra di esso la pelle appariva piagata da un serie di graffi e piccole scanalature e i vasi e i capillari della gola mostravano centinaia di minuscole emorragie.

La voce di Ryan si fece più opaca e lontana. Immaginai Gabby che cercava disperatamente di respirare e sopravvivere. Basta così. Grazie a Dio l'avevamo trovata in fretta. Non avrei potuto sopportare l'orrore di vederla sul mio tavolo operatorio: il dolore della perdita era già abbastanza grande.

«... ioide rotto. Qualunque cosa abbia usato doveva avere una struttura ritorta, perché ha lasciato impronte a spirale nella pelle.»

«È stata violentata?»

«Impossibile dire per via della decomposizione. In ogni caso non hanno rilevato tracce di sperma.»

«Epoca del decesso?»

«Minimo cinque, massimo dieci giorni, secondo le stime di La-Manche.»

«Un bel range di incertezza.»

«Visto il caldo e la scarsa profondità della fossa, se fossero di più il cadavere dovrebbe trovarsi in condizioni peggiori.»

Gesù santissimo. Poteva anche non essere morta il giorno della scomparsa.

«Avete controllato il suo appartamento?»

«Nessuno l'ha vista, ma era passata da casa.»

«E di Tanguay? Notizie?»

«Pronta? Fa l'insegnante. Lavora in una piccola scuola a ovest dell'isola.» Fruscio di pagine sfogliate. «La Saint-Isidor. Dal 1991. Ventotto anni, single. Sul modulo di richiesta, alla voce "parente più stretto" ha risposto "nessuno". Stiamo verificando tutto. Vive in Séguin dal '91. La padrona di casa dice che prima stava da qualche parte negli Stati Uniti.»

«Impronte?»

«Un'infinità. Le abbiamo analizzate, ma senza risultato. Stamane le spediremo a sud.»

«Ce n'erano anche nel guanto?»

«Sicuramente due ben leggibili e il profilo di un palmo.»

Immagine di Gabby. La busta di plastica. Un altro guanto. Scrissi un'unica parola. Guanto.

«È laureato?»

«Alla Bishops. Bertrand è andato a Lennoxville e Claudel sta cercando di parlare con qualcuno alla Saint-Isidor, ma senza troppa fortuna. Il custode avrà almeno cent'anni e non c'è in giro nessuno. D'estate la scuola è chiusa, ovviamente.»

«Nell'appartamento non avete trovato dei nomi?»

«Niente. Né nomi, né foto, né agende. Neanche una lettera. È come se vivesse nel vuoto sociale completo.»

Seguì un lungo silenzio, al termine del quale Ryan riprese: «Forse questo spiega i suoi strani hobby».

«Gli animali?»

«Gli animali e la collezione di coltelli.»

«Coltelli?»

«L'amico aveva più lame di un ortopedico. Soprattutto attrezzi chirurgici. Coltelli, rasoi, bisturi. Li teneva sotto il letto. Insieme a una scatola di guanti di lattice da ospedale. Originali.»

«Un feticista solitario appassionato di lame. Magnifico.»

«E la solita biblioteca porno. Dallo stato delle pagine, molto consultata.»

«Che altro?»

«Ha una macchina.» Nuovo fruscio. «Una Ford Probe del 1987. La stanno ancora cercando. Abbiamo appena ricevuto la foto della patente, stiamo diramando anche quella.»

«Tutto qui?»

«Be', giudicherà lei da sola, ma la nonna di Mathieu aveva ragione: non è certo un tipo che si nota. O forse la fotocopia e il fax non gli rendono giustizia.»

«Potrebbe trattarsi di Saint-Jacques?»

«Potrebbe. O di Jean Chrétien. O del tizio che vende hot-dog in Rue Saint-Paul. Escluderei Richard Petty solo perché ha i baffi.»

«Molto spiritoso, Ryan.»

«Il fatto è che non si è nemmeno mai beccato una multa. Niente. Comportamento ineccepibile.»

«Giusto. Un bravo ragazzo che colleziona coltelli e materiale pornografico e fa a pezzetti piccoli mammiferi innocenti.»

Pausa.

«A proposito, cos'erano?»

«Non ne siamo ancora sicuri. Stanno consultando non so chi all'università.»

Lessi la parola che avevo scritto e deglutii.

«Nessuna impronta nel guanto ritrovato insieme al corpo di Gabby?» Che fatica pronunciare il suo nome.

«Nessuna.»

«Ma sapevamo già che non ce ne sarebbero state.»

«Esatto.»

Tipico sottofondo di rumori da centrale di polizia.

«Vorrei lasciarle una copia della foto della patente, così almeno si fa un'idea del suo aspetto nel caso dovesse incontrarlo di persona. Comunque, finché non lo avremo preso continuo a pensare sia meglio che lei non si allontani troppo da casa.»

«Passerò io a ritirarla. Se quelli della Scientifica hanno terminato con il guanto, non mi dispiacerebbe portarlo in biologia. E poi da Lacroix.»

«Credo sia...»

«Mi risparmi le sue stronzate maschiliste, Ryan.»

Inspirazione profonda, espirazione sonora.

«C'è qualcosa che ancora non mi ha detto?»

«Brennan, quel che sappiamo noi lo sa anche lei.»

«Bene. Sarò lì fra mezz'ora.»

In realtà mi occorse anche meno, e quando arrivai scoprii che la Scientifica aveva terminato il lavoro e aveva già inviato il guanto in biologia.

Lanciai un'occhiata all'orologio: le dodici e quaranta. Chiamai gli uffici centrali della CUM per sapere se potevo vedere le foto scattate nell'appartamento di Saint-Jacques in Rue Berger. Intervallo pranzo. Il centralinista avrebbe lasciato un messaggio.

All'una varcai la soglia della sezione di biologia. Una donna con chioma fluente e una florida faccia da angioletto natalizio stava agitando una provetta di vetro. Alle sue spalle, sul piano di lavoro, due guanti di lattice.

«*Bonjour*, Françoise.»

«Oh, sapevo che oggi l'avrei vista.» Gli occhi da cherubino assunsero un'espressione costernata. «Mi dispiace. Non ho parole per quel che è successo.»

«*Merci*. Grazie dell'interessamento.» Annuii, ammiccando in direzione dei guanti. «Di quelli cosa mi dice?»

«Questo è pulito. Nessuna traccia di sangue.» Indicò il guanto trovato insieme al corpo di Gabby. «Con quell'altro invece stavo giusto cominciando. Le va di restare?»

«Perché no?»

«Ho raschiato dei campioni da queste macchie scure e li ho reidratati in soluzione fisiologica.»

Esaminò il liquido e infilò la provetta nell'apposito vassoio forato d'acciaio. Quindi prese una pipetta dotata di una lunga proiezione vuota, la avvicinò a una fiamma per sigillarla e ne asportò la sommità.

«Per prima cosa cercherò sangue umano.»

Estrasse una minuscola boccetta dal frigorifero, ruppe il sigillo e vi inserì la punta sottile di una pipetta nuova. Come sangue succhiato da una zanzara, l'antisiero prese a risalire lungo la minoconduttura, mentre la biologa tappava l'estremità opposta con il pollice.

Il becco affusolato venne poi inserito nella pipetta sigillata a fuoco. Non appena Françoise staccò il pollice, l'antisiero iniziò a gocciolare fuori.

«Il sangue riconosce solo le proprie proteine, o antigeni. Quando rileva la presenza di antigeni estranei cerca di distruggerli con gli anticorpi, che possono funzionare in modi diversi: alcuni per disintegrazione, altri per agglomerazione, quest'ultima detta anche reazione di agglutinazione.

«L'antisiero si forma all'interno di un animale, di solito un coniglio o una gallina a cui è stato inoculato il sangue di una specie diversa. Il sangue dell'ospite registra l'invasione e per proteggersi produce anticorpi. Se all'animale viene iniettato sangue umano, il prodotto finale sarà siero anti-umano. Se si tratta di sangue di capra sarà siero anti-caprino, e via discorrendo.

«Mescolato ad altro sangue umano, siero anti-umano genera una reazione agglutinante. Stia a vedere. Se questo nella provetta è effettivamente sangue umano, presto assisteremo al formarsi di un precipitato nel punto in cui il campione e l'antisiero vengono a contatto. Come termine di confronto useremo la soluzione fisiologica.»

Gettò la pipetta in un contenitore per rifiuti biologici e prese la provetta contenente il campione di Tanguay. Con una seconda pipetta aspirò quindi alcune gocce del campione e le iniettò nell'antisiero.

«Quanto ci vorrà?» chiesi.

«Dipende dalla forza dell'antisiero. Massimo quindici minuti, comunque. Questo è piuttosto buono. Direi non più di cinque o sei.»

Dopo cinque tornammo a controllare. Françoise mise le due provette sotto la Luxolamp, contro uno sfondo di cartoncino nero. Ripetemmo il controllo allo scadere dei dieci minuti. E poi dei quindici. Niente. Tra l'antisiero e la soluzione del campione non si stava formando alcuna striscia bianca. La miscela restò trasparente come quella fisiologica di confronto.

«Bene. Adesso sappiamo che non è sangue umano. Vediamo se è animale.»

Questa volta dal frigorifero estrasse un intero campionario di boccette.

«Ed è possibile individuare la specie esatta?»

«No. In genere funziona solo per famiglie. Bovini. Cervidi. Canidi.»

Guardai il portaprovette: accanto a ciascuna bottiglia era scritto il nome di un animale. Capra. Ratto. Cavallo. Dentro di me rividi le zampe trovate nella cucina di Tanguay.

«Proviamo con i cani.»

Negativo.

«Che ne pensa di uno scoiattolo o di un vitello?»

Rifletté un istante, quindi prese una boccetta. «Ratto, magari.»

In meno di quattro minuti nella provetta si era formato un minuscolo strato schiumoso, giallo in superficie, trasparente al di sotto, e con una strisciolina bianca e torbida in mezzo.

«*Voilà*», esclamò Françoise. «Sangue animale. Di un animale piccolo, un mammifero, forse un roditore o una marmotta, chissà. Più di così sarà difficile stabilire. Non so se le basta.»

«Be', sicuramente è già un aiuto. Posso usare il suo telefono?»

«*Bien sûr.*»

Composi il numero di un interno sullo stesso piano.

«Lacroix.»

Mi identificai e spiegai ciò che volevo.

«Senz'altro. Mi dia solo venti minuti. Sto finendo un test.»

Firmai il modulo di ritiro dei guanti, quindi tornai nel mio ufficio e trascorsi la mezz'ora successiva controllando e siglando referti. Dopodiché mi diressi in fondo al corridoio della sezione di biologia e varcai una porta su cui era scritto *Incendie et explosifs*. Combustibili ed esplosivi.

Un tizio in camice da laboratorio era fermo davanti a un macchinario gigantesco che una targa identificava come diffrattometro a raggi X. Lui non disse nulla e io non aprii bocca finché non ebbe recuperato una diapositiva coperta da una leggera patina bianca e non la ebbe depositata su un piatto d'acciaio. Soltanto allora mi guardò: due occhi dolci come Bambi, palpebre sornione e ciglia ricurve come petali di margherita.

«*Bonjour, monsieur Lacroix. Comment ça va?*»

«*Bien. Bien.* Ce li ha?»

Sollevai le due buste di plastica.

«Allora cominciamo subito.»

Mi fece strada in una piccola stanza che ospitava un secondo macchinario delle dimensioni di una fotocopiatrice, due monitor e una stampante. Alla parete era appesa una tavola periodica degli elementi.

Depose le buste di plastica su un ripiano e indossò dei guanti chirurgici. Quindi, con grande cautela, estrasse i due reperti, li esaminò e li riappoggiò ciascuno sopra la propria busta. I guanti che si era appena messo erano identici a quelli sul ripiano.

«Innanzitutto andremo alla ricerca delle caratteristiche più evidenti, come i particolari di fabbricazione, il peso, la grana, il colore. E le rifiniture dei bordi.» Girò ripetutamente i due guanti, analizzandoli e continuando a parlare. «Sembrano molto simili tra loro. Stessa tecnica di rifinitura. Vede?»

Guardai. Il polsino di ciascun guanto terminava con un bordo arricciato verso l'esterno.

«Nel senso che non sono tutti uguali?»

«Esatto. Alcuni si avvolgono all'infuori, altri all'indentro. Questi sono entrambi esterni. Bene. Ora vediamo che altro ci raccontano.»

Portò il guanto di Gabby fino all'apparecchio misterioso, sollevò il coperchio e lo depose su una specie di vaschetta situata all'interno.

«Per i campioni più piccoli uso quelle.» Indicò delle provette di plastica. «Prendo un pezzetto di pellicola di polipropilene, la tendo sulla bocca del contenitore e con un po' di adesivo a doppio strato creo una base vischiosa di supporto al frammento. In questo caso però non ce n'è bisogno. Infileremo direttamente dentro il guanto.»

Premette un tasto e la macchina parve svegliarsi con un pigro ronzio. Contemporaneamente una scatola posizionata su un'asta in un angolo della stanza si illuminò, evidenziando la parola RAGGI X a lettere bianche su sfondo rosso. Altri tasti emettevano bagliori colorati a indicare lo stato operativo della macchina. Rosso: raggi X. Bianco: acceso. Arancione: otturatore aperto.

Per qualche secondo rimasi a osservare Lacroix che impostava i valori di lavoro, quindi lo vidi richiudere il coperchio e spostarsi a una sedia di fronte ai monitor.

«*S'il vous plaît.*» Indicò l'altra sedia.

Sul primo video comparve un paesaggio desertico, una distesa granulosa di sinclinali e anticlinali punteggiata da ombre e macigni. Sovrapposti a questa scena vi erano alcuni cerchi concentrici, fra cui i due centrali e più piccoli a forma di pallone da football. In corrispondenza dei due cerchi altrettante linee spezzate si intersecavano ad angolo retto formando una croce.

Lacroix metteva a fuoco e spostava l'immagine agendo su un joystick, mentre i macigni saltavano dentro e fuori dai cerchi.

«Così appare il nostro guanto ingrandito ottanta volte. Questo è solo un punto particolare, naturalmente, e ogni inquadratura campiona una superficie di circa trecento micron, più o meno quella iscritta nel cerchio punteggiato. In questo modo si analizza ai raggi X la totalità del campione.»

Dedicò qualche altro secondo spostandosi sull'immagine, quindi puntò il mirino su una zona apparentemente poco accidentata.

«Ecco. Qui. Qui dovrebbe andare bene.»

Schiacciò un interruttore e la macchina riprese a ronzare.

«In questo momento stiamo creando un vuoto. Ci vorrà un paio di minuti, poi avverrà la scansione. Sarà questione di un attimo.»

«In questo modo capiremo cosa contiene il guanto?»

«Precisamente. È come un'analisi ai raggi X: attraverso la microfluorescenza è possibile determinare quali elementi chimici sono presenti in un dato campione.»

Quando il ronzio cessò, sul monitor di destra cominciò a delinearsi una specie di disegno. Una serie di minuscole protuberanze rosse comparve sul lato inferiore del video sviluppandosi contro uno sfondo azzurro intenso, ciascuna attraversata da una sottile riga gialla. Nell'angolo in basso a destra era riprodotta l'immagine di una tastiera, con i tasti contrassegnati dalle abbreviazioni dei vari elementi.

Lacroix digitò qualche comando e sul video si materializzarono delle lettere. Alcune protuberanze restarono piccole, altre crebbero fino a trasformarsi in impervi pinnacoli, simili ai torrioni delle termiti giganti australiane.

«*C'est ça.*» Eccolo. Lacroix indicò una colonna a destra. Si innalzava dalla base al vertice dello schermo, dove la cima appariva addirittura troncata. Un picco di dimensioni inferiori, a destra del primo, si arrampicava fino a un quarto della sua altezza. Entrambi erano contrassegnati Zn.

«Zinco. Un classico. Si trova in tutti i guanti di questo tipo.»

Poi mi mostrò altre due formazioni turrite all'estrema sinistra, una bassa, l'altra lunga tre quarti del video. «La prima è magnesio, Mg. Quella più alta, con la sigla Si, è silicio.» Tornando verso destra, un altro doppio picco riportava la lettera S.

«Zolfo.»

Quello marcato Ca si ergeva spiraleggiando fino a metà schermo.

«E non manca una buona dose di calcio.»

Alle spalle di quest'ultimo si apriva una spaccatura, seguita da numerosi monticelli: semplici colline, in confronto alle alpi di zinco. Fe, diceva la scritta.

«Un po' di ferro.»

Lacroix si appoggiò allo schienale e riassunse la situazione. «Nel complesso mi sembra un cocktail piuttosto comune. La componente primaria è lo zinco, mescolato a calcio e silicio. Stamperò questa schermata e passeremo a esaminare un'altra zona.»

Ripetemmo il test per un gran numero di aree, tutte caratterizzate dalla stessa combinazione di elementi.

«Be', direi che così basta. Proviamo con l'altro guanto.»

Ricominciammo da capo con il guanto rinvenuto nella cucina di Tanguay.

I picchi di zinco e di zolfo si rivelarono molto simili, ma quel secondo reperto conteneva una percentuale di calcio alquanto superiore ed era del tutto privo di ferro, silicio e magnesio. In compenso, una sorta di esile scheggia indicava la presenza di potassio. Stesso esito per tutte le aree analizzate.

«Che cosa significa?» chiesi, ma ero già sicura della sua risposta.

«Significa che ogni fabbricante di lattice utilizza ingredienti leggermente diversi. Addirittura non è raro trovare differenze fra i guanti prodotti dalla stessa casa, ma sempre entro certi limiti.»

«In poche parole questi guanti non provengono da un unico paio?»

«Direi di più: che non sono nemmeno della stessa marca.»

Si alzò per andare a riprendere il guanto, lasciandomi sprofondata nei pensieri.

«Il sistema a diffrazione di raggi X potrebbe fornirci informazioni più precise?»

«Il procedimento a cui ha appena assistito, la microfluorescenza a raggi X, ci rivela quali elementi sono presenti in un oggetto. La diffrazione, invece, ne descrive la miscela, la struttura chimica. Con il primo metodo possiamo per esempio scoprire che un certo campione contiene sodio e cloruro. Con la diffrazione stabiliamo che si tratta di cristalli di cloruro di sodio, in pratica sale da cucina.

«Per semplificare al massimo, nel diffrattometro il campione viene fatto ruotare e bombardato con i raggi X: la loro modalità di diffrazione, in pratica il modo in cui rimbalzano, rifletterà fedelmente la struttura specifica dei cristalli.

«Il limite di questa indagine è la sua praticabilità solo in presenza di materiali a struttura cristallina, benché si tratti dell'ottanta per cento dei casi che ci capitano. Ma il lattice fa parte del restante venti per cento, quindi immagino che la diffrazione non ci racconterebbe granché di nuovo. No, questi due guanti provengono decisamente da fabbriche diverse.»

«E se invece uscissero solo da scatoloni diversi? Anche fra le partite di lattice esisteranno variazioni più o meno rilevanti, no?»

Lacroix rimase silenzioso un istante. Poi: «Aspetti. Voglio mostrarle qualcosa».

Scomparve in laboratorio, dove lo sentii confabulare con il suo assistente, quindi ricomparve reggendo una pila di fascicoli stampati, ciascuno composto da sei o sette fogli con l'ormai noto motivo a spire e pinnacoli. Ne aprì uno dopo l'altro, e insieme studiammo le varianti.

«Ecco, vede? Ciascuna di queste mostra una sequenza di test eseguiti su guanti provenienti da un'unica fabbrica, ma da scatoloni diversi. Le differenze esistono, ma in tutti i casi sono di gran lunga inferiori a quelle rilevate nei nostri due campioni.»

Ostinata, ripassai alcune serie più e più volte. Aveva ragione. Le dimensioni dei picchi variavano, ma le componenti erano sempre le stesse.

«E adesso guardi questa.»

Avvicinò una seconda risma di fogli. Anche lì le differenze c'erano, ma nel complesso gli ingredienti di base restavano uguali.

Poi vidi un diagramma che mi lasciò di stucco. La configurazione aveva un aspetto molto familiare. Controllai i simboli. Zn, Fe, Ca, S, Si, Mg. Alto tasso di zinco, silicio e calcio. Tracce degli altri elementi. Sovrapposi la stampa finale del guanto di Gabby alla serie appena trovata. Il motivo era pressoché identico.

«Signor Lacroix, lei pensa che questi guanti siano della stessa marca?»

«Sì, sì, è proprio questo il punto. Probabilmente anche della stessa partita. È un particolare di cui mi sono ricordato poco fa.»

«E di che caso si trattava?» Il cuore mi martellava già nel petto.

«Recente. Roba di qualche settimana.» Tornò alla prima pagina della serie in questione. *Numéro d'événement:* 327468. «Se vuole posso controllare al computer.»

«La prego.»

Nel giro di pochi secondi un fiume di dati dilagò sullo schermo.

Numero ritrovamento: 327468. Numero LML: 29427. Agenzia richiedente: CUM. Titolari indagine: L. Claudel e M. Charbonneau. Luogo ritrovamento: 1422 Rue Berger. Data ritrovamento: 24/06/94.

Un vecchio guanto di gomma. Forse il nostro uomo ci teneva particolarmente alle unghie. Claudel! E io che avevo pensato a un guanto per i lavori domestici! Saint-Jacques aveva dei guanti chirurgici, e identici a quello rinvenuto nella fossa di Gabby!

Ringraziai Lacroix, raccolsi i fogli con le stampate e mi congedai. Andai subito a restituire i guanti al magazzino, ma la mia mente continuava a rimuginare sulle nuove scoperte. Il guanto della cucina di Tanguay non faceva il paio con quello rinvenuto insieme al cadavere di Gabby. Sul primo le impronte di Tanguay c'erano, e le macchie esterne erano sangue animale. Il secondo invece era pulito: niente sangue, niente impronte. Nella casa di Saint-Jacques c'era un altro guanto identico a quello di Gabby. Che Bertrand avesse ragione? Tanguay e Saint-Jacques erano veramente la stessa persona?

Sulla scrivania mi attendeva un promemoria rosa. La Scientifica della CUM mi comunicava che le foto scattate nell'appartamento di Rue Berger erano state archiviate su un CD-ROM consultabile in sede o asportabile. Richiamai subito per confermare la mia intenzione di portarlo via. Sarei stata da loro nel giro di poco.

In realtà per raggiungere il quartier generale della CUM dovetti lottare contro il traffico dell'ora di punta e i turisti che intasavano la zona del Vecchio Porto. Parcheggiai in seconda fila e mi fiondai nella centrale, diretta dal sergente in servizio all'ufficio del terzo piano. Incredibile ma vero, il disco era lì. Firmai e lo prelevai, scesi di corsa fino alla macchina e lo infilai nella cartella.

Per tutto il tragitto che mi separava da casa continuai a lanciare occhiate nello specchietto retrovisore. E se Tanguay mi stava seguendo? O Saint-Jacques? Era una specie di ossessione.

37

Alle cinque e mezzo ero di ritorno a casa. Sedetti, cercando di capire che altro potevo fare. Intorno a me il silenzio. Nulla. Non potevo fare nulla. Aveva ragione Ryan. Tanguay poteva benissimo essere in agguato là fuori e non mi sembrava il caso di andargli incontro.

Però dovevo almeno mangiare. E trovare un modo per tenermi occupata.

Decisi di uscire. Giunta in strada mi guardai subito intorno. Eccoli. Nella viuzza sinistra della pizzeria. Annuii in direzione degli agenti e mi incamminai verso la Sainte-Catherine. Al termine di una breve consultazione uno dei due scese dall'auto e mi si piazzò alle calcagna, la sua contrarietà era quasi palpabile. Pazienza. Dovevo pur fare un po' di spesa.

In laboratorio non me n'ero accorta, ma la giornata era splendida. La cappa di caldo aveva lasciato posto a enormi nuvoloni bianchi che ora galleggiavano nel cielo azzurro accecante, proiettando isole d'ombra sulla scacchiera del mondo. Era bello starsene fuori.

Verdura. Da Plantation palpeggiai avocados, valutai con occhio critico il punto di maturazione raggiunto dalle banane, feci scorta di broccoli, di cavolini di Bruxelles e di patate. Una baguette alla *boulangerie*. Mousse di cioccolato in pasticceria. E poi spezzatino di maiale, trita di manzo e una *tourtière* in macelleria.

«*C'est tout?*»

«Hm... ma no, mi dia anche una costata. Bella alta, mi raccomando.» Indicai con pollice e indice un paio di centimetri di spessore.

Mentre guardavo il macellaio staccare la sega dal gancio, il pruritino premonitore tornò a farsi sentire. Perché non riuscivo a trasformarlo in un'idea compiuta? La sega? Fin troppo scontato. Chiunque può comprarsi una sega da macellaio. L'SQ aveva già seguito quella pista senza alcun successo, contattando tutte le aziende produttrici dello stato. I pezzi in commercio erano migliaia.

Ma allora cosa? Sapevo per esperienza che quando ci si sforza troppo di far emergere un'idea dal subconscio si ottiene solo di ricacciarla ancora più giù. L'unica era dunque lasciarla stazionare a metà strada finché non si fosse decisa a salire del tutto in superficie. Pagai e mi riavviai verso casa, non senza aver fatto una breve deviazione fino al Burger King di Rue Sainte-Catherine.

Al rientro però mi aspettava una sorpresa, l'ultima che avrei desiderato al mondo: una telefonata. Per alcuni minuti rimasi seduta sul bordo del divano, abbracciata ai sacchetti della spesa e quasi ipnotizzata dalla spia della segreteria. Un messaggio. Di Tanguay? Questa volta mi aveva parlato o era rimasto di nuovo in silenzio?

Sei isterica, Brennan. Sarà Ryan, no?

Mi asciugai il palmo della mano e premetti il tasto di riascolto. Purtroppo non era un messaggio di Tanguay ma qualcosa di molto peggio.

«Ciao, ma'. Sei fuori a spassartela, eh? O sei in casa? Se ci sei rispondi, dài. Tira su...» In sottofondo rumori di strada. Stava chiamando da una cabina. «No, non ci sei. Be', comunque adesso non posso parlarti. Sono *on the road. On the road again.*» Imitazione di Willie Nelson. «Mica male, eh? Senti, volevo dirti che passo a trovarti. Avevi ragione tu: Max è una testa di cavolo. Meglio soli che male accompagnati.» Intrusione di una voce esterna. «Sì, ci metto solo un minuto», disse a qualcuno. «Be', mi è capitata questa occasione di fare un salto a New York. La Grande Mela. Ho trovato un passaggio gratis, perciò adesso sono qui e venire a Montréal è uno scherzo. Insomma, preparati che arrivo. Ciao!»

Clic.

«Oh, no! No, non venire, Katy!» Ma stavo parlando da sola.

Ronzio di riavvolgimento del nastro. Un incubo. Dev'essere un incubo. Gabby muore, uno psicopatico la sotterra con una foto mia e di Katy, e proprio adesso lei decide di venire a trovarmi! Il sangue mi martellava nelle tempie, il cervello come impazzito. Devo fermarla. Ma come? Non so nemmeno dov'è!

Pete.

Mentre dall'altra parte il telefono squillava ebbi un flashback di Katy a tre anni. Eravamo al parco. Io chiacchieravo con un'amica e intanto la tenevo d'occhio mentre giocava con la sabbia. All'improvviso aveva mollato paletta e secchiello per andare verso il dondolo. Il pony di ferro oscillava avanti e indietro. Dopo un attimo di esitazione era corsa verso di lui, la faccina radiosa ed eccitata alla vista della finta criniera e delle briglie che ondeggiavano nell'aria. Sapevo che l'avrebbe colpita, ma non potevo evitarlo. E adesso stava accadendo di nuovo.

Al numero di Pete non rispondeva nessuno.

Provai passando dal centralino. Un'assistente mi disse che era uscito per ritirare una deposizione. Ovvio. Lasciai un messaggio.

Il mio sguardo tornò a posarsi sulla segreteria telefonica. Chiusi gli occhi e inspirai a più riprese, sforzandomi di rallentare le pulsazioni cardiache. Mi sentivo la nuca stretta in una morsa ed ero in preda a una scalmana insopportabile.

«Non succederà.»

Riaprii gli occhi. Birdie mi stava osservando dalla parte opposta della stanza.

«Non succederà», gli ripetei.

Iridi gialle tonde e immobili.

«Devo intervenire.»

Si sollevò inarcando la schiena, le quattro zampe saldamente puntate agli angoli di un minuscolo quadrato sulla moquette, arricciò la coda e si risedette senza mai staccarmi gli occhi di dosso.

«Farò qualcosa. Non posso certo starmene qui seduta ad aspettare che quel pazzo torni a colpire. Non con mia figlia.»

Portai la spesa in cucina e feci sparire tutto in frigorifero. Quindi aprii il computer portatile, lo accesi e richiamai il foglio di calcolo. Quanto tempo prima avevo cominciato quel lavoro? Controllai le date. Il corpo di Isabelle Gagnon era stato rinvenuto il 2 di giugno, sette settimane prima. Mi sembravano sette anni.

Andai in studio a prendere le cartelline con i file. Forse fotocopiare tutta quella roba non era stata fatica sprecata.

Per due ore mi concentrai su ogni foto, data, descrizione, addirittura su ogni singola parola degli interrogatori e dei rapporti di polizia in mio possesso. E poi di nuovo tutto da capo, ripartendo da zero, nella speranza di cogliere il nesso che ancora mi sfuggiva. Al terzo tentativo feci centro.

Stavo rileggendo la deposizione rilasciata dal padre di Grace Damas a Ryan, quando lo starnuto concettuale che per giorni aveva tentato di formarsi senza mai trovare sfogo riuscì finalmente a erompere nella mia coscienza.

La macelleria! Grace Damas aveva lavorato in una macelleria. L'assassino usava una sega per carne e aveva conoscenze di anatomia. Tanguay dissezionava animali. Forse il legame esisteva. Cercai il nome del negozio, ma non lo trovai.

Allora composi il numero riportato sulla cartellina. Mi rispose un uomo.

«Parlo con il signor Damas?»

«Sì.» Inglese fortemente accentato.

«Sono la dottoressa Brennan. Sto indagando sulla morte di sua moglie e mi chiedevo se non fosse disposto a rispondere a un paio di domande.»

«Prego.»

«All'epoca in cui scomparve, sua moglie lavorava fuori casa?»

Pausa. Poi: «Sì».

Sottofondo di Tv.

«È possibile sapere dove?»

«In una panetteria di Fairmont. Le Bon Croissant. Era un part-time. Sa, con i bambini e tutto il resto non poteva lavorare a giornata piena.»

Ci riflettei sopra. Peccato. Un buco nell'acqua.

«E da quanto tempo lavorava lì, signor Damas?» ripresi, cercando di nascondere la delusione.

«Da pochi mesi, mi pare. Grace non durava mai a lungo da nessuna parte.»

«Prima di allora dove altro era stata?»

«In una macelleria.»

«Quale?» Fiato sospeso.

«Boucherie Saint-Dominique. È di un nostro parrocchiano. Si trova sulla Sainte-Dominique, appena fuori Saint-Laurent, ha presente?»

Eccome. Rigagnoli di pioggia sulla vetrina.

«Questo lavoro, invece, a che periodo risaliva?» Voce controllata.

«A un annetto prima, se non sbaglio. Era rimasta lì per quasi tutto il '91. Se vuole posso verificare. Ma perché? È una cosa importante? Fino a oggi nessuno aveva mai voluto sapere le date precise.»

«Non saprei, signor Damas. Ma mi conceda un'ultima domanda, la prego. Per caso ricorda se sua moglie aveva mai nominato un certo Tanguay?»

«Chi?» Tono brusco.

«Tanguay.»

La voce di un presentatore invitò il pubblico a non cambiare programma durante la pausa pubblicitaria. Mi sentivo pulsare la testa e avevo la gola fastidiosamente secca.

«No.» Ancora più brusco.

Quel cambiamento improvviso mi colse impreparata.

«Be', la ringrazio molto. Mi è stato di grande aiuto. Le comunicherò tempestivamente eventuali sviluppi nelle indagini.»

Riagganciai e chiamai subito Ryan in ufficio. Non sarebbe rientrato per tutto il giorno. Provai a casa. Nessuna risposta. Ma bene. A quel punto sapevo cosa fare. Un'ultima telefonata, poi presi una chiave e uscii.

La Boucherie Sainte-Dominique appariva decisamente più animata della prima volta. Le vetrine erano tappezzate dagli stessi cartelli, ma adesso il negozio era illuminato e aperto. Benché l'offerta non fosse poi così ricca, una vecchia stava lentamente percorrendo il bancone studiando la merce, il volto flaccido e sbiancato dalla luce al neon. A un certo punto si chinò e indicò un coniglio. La piccola carcassa rigida mi riportò inevitabilmente alla memoria la triste collezione di Tanguay. E Alsa.

Attesi che la vecchia uscisse, quindi mi rivolsi all'uomo che serviva. Aveva una faccia rettangolare, dall'ossatura larga, e lineamenti grossolani. In netto contrasto le braccia, che spuntavano sottili e nervose dalle maniche della T-shirt. Macchie scure gli costellavano il davanti del grembiule, come petali secchi su una tovaglia di lino.

«*Bonjour.*»

«*Bonjour.*»

«Poca gente, eh, stasera?»

«Come tutte le sere.» Inglese. Accento marcato come quello del signor Damas.

Da una stanza sul retro udii provenire un tintinnio di oggetti metallici.

«Sto indagando sull'omicidio di Grace Damas.» Estrassi il tesserino d'identificazione e glielo feci balenare sotto il naso. «Devo rivolgerle alcune domande.»

L'uomo mi guardò. Nel retro qualcuno aprì e chiuse un rubinetto.

«Lei è il proprietario del negozio?»

Cenno di assenso.

«Signor...?»

«Plevritis.»

«Signor Plevritis, Grace Damas lavorò qui solo per un breve periodo, giusto?»

«Chi?»

«Grace Damas. Una sua comparrocchiana di Saint-Demetrius.»

Le braccia esili si incrociarono all'altezza del petto. Altro cenno di assenso.

«Quando, esattamente?»

«Circa tre o quattro anni fa. Non ricordo di preciso. Gli aiuti vanno e vengono.»

«E anche la signora Damas se ne andò?»

«Senza preavviso.»

«Come mai?»

«Lo sapessi! E non fu nemmeno l'unica.»

«Che lei ricordi appariva nervosa, turbata, infelice?»

«Dico, le sembro Sigmund Freud?»

«Qui aveva legato con qualcuno? Era particolarmente vicina a qualche collega?»

Le sue pupille si fissarono nelle mie, mentre un sorriso gli stirava gli angoli della bocca. «Vicina?» ripeté in tono ironico.

Gli restituii lo sguardo senza sorridere.

A quel punto anche lui si fece serio e i suoi occhi vagarono altrove.

«Qui ci siamo solo io e mio fratello. Non c'è nessuno a cui *avvicinarsi.*» Sputò fuori quell'ultima parola come un adolescente avrebbe fatto con una battuta sconcia.

«E in negozio non veniva a trovarla nessuno, nessun personaggio strano che potrebbe averle dato dei fastidi?»

«Senta, io le offrii un lavoro, le dissi cosa doveva fare e lei imparò a farlo. La sua vita sociale non mi interessava.»

«Certo, ma magari aveva nota...»

«Grace lavorava bene. Quando se ne andò, io mi incazzai. Cos'è questa mania di mollare la gente di colpo? Lo ammetto, sì, ero incazzato, ma non sono uno che tiene il muso. Quando venni a sapere della sua scomparsa, in chiesa, voglio dire, pensai che era scappata di casa. Non mi sembrava nel suo carattere, ma suo padre può andarci giù pesante, alle volte. Mi dispiace che l'abbiano ammazzata, ma davvero non la ricordo quasi.»

«Cosa intende per "andarci giù pesante"?»

Un'espressione vacua gli calò immediatamente sul viso. Abbassò gli occhi e con l'unghia del pollice si mise a grattar via qualcosa dal banco. «Be', di questo deve parlare con Nikos. Sono questioni di famiglia.»

Dunque Ryan aveva colto nel segno. E adesso? Qualcosa per stimolargli la memoria visiva. Dalla borsetta estrassi la foto di Saint-Jacques.

«Ha mai visto quest'uomo?»

Plevritis si sporse a prenderla. «Chi è?»

«Un suo vicino di casa.»

La studiò attentamente. «Come foto non mi sembra il massimo della vita.»

«È stata presa da una videocamera.»

«Anche il filmato di Zapruder, ma almeno si vedeva qualcosa.»

Non afferrai il riferimento ma feci finta di niente. Non avevo voglia di altre storie assurde. Poi colsi una specie di fremito sul suo viso, una lievissima strizzata d'occhi che per una frazione di secondo gli gonfiò le palpebre inferiori.

«Le è venuto in mente qualcosa?»

«Be', ecco...» Sguardo incollato alla foto.

«Cosa?»

«Assomiglia un po' a quell'altro stronzo che mi piantò in asso, ma forse è solo perché lei mi ci sta facendo pensare con tutte queste domande. Insomma, non lo so.» Mi restituì la foto attraverso il bancone. «Devo chiudere.»

«Chi? Chi era?»

«Senta, è una foto di merda. Potrebbe essere chiunque. Lasci perdere.»

«Cosa vuol dire che qualcun altro la piantò? Quando?»

«È per quello che mi incazzai tanto con Grace. Il tizio che avevo prima di lei se n'era andato senza neanche salutare, poi Grace, poi quest'altro ragazzo... Lui e Grace lavoravano part-time, ma erano l'unico aiuto che avevo. Mio fratello stava negli Stati Uniti e quell'anno ero da solo a mandare avanti la baracca.»

«Come si chiamava?»

«Fortier. Aspetti, mi faccia pensare. Leo. Leo Fortier. Me lo ricordo perché ho un cugino che si chiama anche lui Leo.»

«E lavorò qui nello stesso periodo della Damas?»

«Sì. L'avevo assunto per sostituire quello che se n'era andato prima di lei. Pensavo che con due a part-time in caso di assenza di uno sarei rimasto invalido solo per mezza giornata, no? E invece, *tabernac*, guarda in che casino mi mollano. Fortier restò qui un anno, forse un anno e mezzo, poi di colpo smise di venire. Non mi restituì nemmeno le chiavi. Fu lì che capii che dovevo organizzarmi diversamente. Non volevo più trovarmi in una situazione simile.»

«Che altro mi può dire di lui?»

«Oh, questa è una domanda facile facile. Niente. Vide il mio cartello, entrò e mi disse che voleva lavorare part-time. Gli orari che servivano a me gli andavano bene: al mattino presto per aprire e la sera per chiudere e pulire, e poi aveva anche un po' di esperienza nel taglio delle carni. Anzi, era proprio bravo. Insomma, lo presi. Di giorno non so più che altra cosa faceva, ma sembrava un tipo a posto. Molto tranquillo. Sgobbava senza dire una parola. Non credo nemmeno di aver mai saputo dove viveva.»

«E lui e Grace andavano d'accordo?»

«Che ne so? Quando lei arrivava lui era già uscito, e quando se ne andava lei, lui tornava. Probabile che non si conoscessero neanche.»

«Dunque pensa che questo tizio della foto possa assomigliare a Fortier?»

«Sì, come a tutti i mezzi calvi che fanno di tutto per nasconderlo.»

«Ha idea di dove sia adesso Fortier?»

Scosse la testa.

«Conosce nessun Saint-Jacques?»
«No.»
«E Tanguay?»
«Nome da checca.»
La testa mi martellava e in gola il bruciore era quasi insopportabile. Gli lasciai il mio biglietto da visita.

38

Ryan mi aspettava imbufalito davanti alla porta di casa. Non perse tempo in preamboli.

«Inutile sperare di farsi capire anche solo una volta, giusto? Lei è come quegli indiani che ballano la Danza degli Spiriti e poi si credono invulnerabili.»

Era paonazzo e una piccola vena gli pulsava all'altezza della tempia. Forse non era il caso di ribattere.

«Di chi era la macchina?»

«Di una vicina.»

«E tutto questo le sembra molto divertente, vero, dottoressa?»

Non risposi. Il mal di testa non mi risparmiava e una tosse secca preannunciava già ospiti sgraditi nel mio sistema immunitario.

«Esiste una persona sulla faccia della terra in grado di farsi ascoltare da lei?»

«Posso offrirle un caffè?»

«Che cosa le fa pensare di poter uscire così, come niente fosse, lasciando una pattuglia a far la guardia ai muri, eh? La massima aspirazione di quei poveracci non è certo star qui a proteggerle le chiappe, cara signora Brennan. Perché non ha chiamato o non ha provato al mio cercapersone?»

«L'ho fatto.»

«E non poteva aspettare dieci minuti?»

«Non sapevo dov'era né per quanto ne avrebbe avuto. In compenso sapevo che io non ci avrei messo molto. E infatti...»

«Poteva almeno lasciare un messaggio.»

«Se avessi potuto immaginare la sua reazione isterica le avrei lasciato anche *Guerra e pace*, mi creda.» Non era vero.

«Reazione isterica?» La sua voce si fece di ghiaccio. «Lasci che le spieghi meglio, allora. Sei, forse otto donne di questa città sono state brutalmente assassinate e seviziate. L'ultima non più tardi di quattro settimane fa.» Ripassava la scaletta degli argomenti toccandosi la punta delle dita. «Una delle vittime ha fatto parziale comparsa nel suo giardino. Nell'album dei ricordi di un pazzo che ci è sfuggito c'era una sua foto. Un solitario dalle abitudini un po' strane che fa collezione di coltelli e materiale pornografico, frequenta prostitue e si diverte a tagliuzzare animaletti innocenti le lascia un messaggio vuoto sulla segreteria telefonica. In precedenza ha molestato la sua migliore amica, morta assassinata e sepolta con una foto sua e di sua figlia. Anche il nostro secondo simpaticone si è dato alla macchia.»

In quel momento una coppia transitò davanti a noi sul marciapiede, occhi bassi e passo svelto, imbarazzati di aver colto due amanti nel pieno di un litigio.

«Perché non entra, Ryan? Le faccio un caffè.» Avevo la voce rauca e parlare cominciava a essere un'attività dolorosa.

Sollevò una mano in un gesto esasperato, quindi la lasciò ricadere lungo il fianco. Restituii le chiavi alla mia vicina, la ringraziai per avermi prestato la macchina e aprii la porta.

«Decaffeinato o vero?»

In quel preciso istante il suo cercapersone si mise a suonare, facendoci trasalire senza ritegno.

«Ho capito, meglio un decaffeinato. Il telefono sa dov'è.»

Attraverso la falsa cortina del tintinnio delle tazze cercai di origliare la conversazione.

«Ryan.» Pausa. «Sì.» Pausa. «Oh, cazzo.» Lunga pausa. «Quando?» Pausa. «D'accordo, grazie. Arrivo subito.»

Sulla soglia della cucina si fermò, il volto teso. Immediatamente sentii impennarsi la pressione sanguigna, le pulsazioni e la temperatura corporea. Stai calma. Versai due tazze di caffè, sforzandomi di controllare il tremito della mano. Perché se ne stava zitto?

«L'hanno beccato.»

Polso paralizzato a mezz'aria.

«Tanguay?»

Annuì. Riappoggiai la caraffa sulla sua base termica. Calma. Tirai fuori il latte, ne lasciai cadere due gocce nella mia tazza, quindi lo offrii a Ryan. Tranquilla. Lui scosse la testa. Rimisi il cartone in frigorifero. Piano. Una sorsata. Okay. Adesso puoi parlare.

«Mi racconti.»
«Andiamo a sederci.»
Passammo in soggiorno.
«Lo hanno arrestato circa due ore fa a bordo di un'auto sulla 417, mentre viaggiava in direzione est. Una volante dell'SQ ha riconosciuto la targa e lo ha fermato.»
«Siamo sicuri che si tratta proprio di Tanguay?»
«È lui. Abbiamo la conferma delle impronte.»
«Ed era diretto a Montréal?»
«A quanto pare.»
«Con quale capo d'accusa è stato arrestato?»
«Detenzione di alcoolici. Guidava con una bottiglia di Jim Beam aperta sul sedile posteriore. Gli hanno anche confiscato alcune riviste soft porno. Lui crede sia per quello, e intanto lo lasciano lì a sudare per un po'.»
«Dov'era?»
«Sostiene di avere una casetta di legno sulle rive del Gatineau, un lascito paterno. Era andato a pescare. Quelli della Scientifica si stanno già precipitando sul posto.»
«E adesso?»
«È al Parthenais.»
«Lei ha intenzione di raggiungerlo?»
«Sì.» Inspirò profondamente, come preparandosi ad affrontare un attacco, ma io non avevo nessuna voglia di trovarmi faccia a faccia con Tanguay.
«Bene.» Mi sentivo la bocca asciutta e avevo una specie di debolezza diffusa in tutto il corpo. Tranquillità? Non sapevo nemmeno più cosa significasse quella parola.
«Katy sta venendo qui», dissi infine, esplodendo in una risata nervosa. «Ecco perché... perché stasera sono uscita.»
«Katy nel senso di sua figlia?»
Annuii.
«Pessimo momento per una visita di piacere.»
«Pensavo di poter scoprire qualcosa e... be', non importa.»
Restammo qualche secondo in silenzio.
«Sono contento che sia finita.» Ogni rabbia era scomparsa dalla sua voce. Si alzò. «Le va se ripasso di qui dopo che gli avrò parlato? La avviso solo che potrei fare molto tardi.»
Male come stavo, non avevo nessuna speranza di addormen-

tarmi prima di aver ricevuto notizie. Chi era Tanguay? Che cosa avrebbero trovato nella casa sul fiume? Era lì che aveva ucciso Gabby? E Isabelle Gagnon? E Grace Damas? O ce le portava soltanto a cose fatte, per macellarle e confezionare i suoi sacchi?

«Mi farebbe piacere.»

Solo dopo che se ne fu andato mi venne in mente che avevo scordato di riferirgli dei guanti. Riprovai con Pete. Ormai Tanguay si trovava in stato di arresto, ma l'ansia per Katy non era scemata. Per il momento non volevo assolutamente che si avvicinasse a Montréal. Piuttosto l'avrei raggiunta io da qualche parte.

Questa volta lo trovai. Katy era passata da lui ed era ripartita alcuni giorni prima, raccontandogli che l'idea del viaggio era stata mia. Vero. E che i suoi programmi avevano la mia benedizione. Mica tanto. Pete non ricordava di preciso quale fosse il suo itinerario. Tipico. Viaggiava con dei compagni dell'università, erano diretti nel District of Columbia dai genitori di qualcuno e poi a New York a casa di qualcun altro. Successivamente sarebbe venuta a Montréal. Per lui andava bene. Di sicuro mi avrebbe chiamato.

Fui lì lì per dirgli di Gabby e degli ultimi avvenimenti che avevano sconvolto la mia vita, ma poi mi trattenni. Non ne ero capace. Non ancora. Pazienza. Tanto ormai era tutto finito. Come al solito lui doveva scappare a preparare un'udienza per il mattino dopo. Sono desolato, ma proprio non posso stare al telefono. Insomma, niente di nuovo.

Dal canto mio ero troppo esausta e malconcia anche solo per pensare di farmi un bagno. Per qualche ora rimasi seduta, avvolta in una coperta, tremando come una foglia e fissando il camino spento, rimpiangendo l'assenza di qualcuno che mi preparasse un brodino caldo e mi accarezzasse la fronte dicendomi che presto mi sarei sentita meglio. Continuavo ad appisolarmi e a svegliarmi, scivolando dentro e fuori dai sogni, mentre un esercito di microscopici esserini insisteva a moltiplicarsi nel mio sangue.

Ryan citofonò all'una e un quarto.

«Santo cielo, Brennan, ma ha un aspetto terribile.»

«Grazie.» Mi riavvolsi nella coperta. «Forse mi sta venendo un raffreddore.»

«Perché non rimandiamo a domani?»

«Non ci penso neanche.»

Mi lanciò un'occhiata perplessa, poi mi seguì rassegnato, buttò la giacca sul divano e sedette.

«Si chiama Jean-Pierre Tanguay. Ventotto anni. Un tipo qualunque. È cresciuto a Shawinigan, non è mai stato sposato e non ha figli, però ha una sorella in Arkansas. La madre morì quando aveva nove anni. Situazione famigliare difficile. Il padre, un muratore, in pratica tirò su i due figli da solo. Morì in un incidente stradale quando Tanguay era al college. Evidentemente la prese molto male, perché piantò la scuola e per un po' si trasferì a casa della sorella, quindi si mise a girare per gli Stati Uniti. E qui arriva il bello. Mentre si trova a Dixie riceve la chiamata del Signore, così prova a entrare dai gesuiti, ma il colloquio va male. Forse pensarono che non aveva una personalità esattamente pretesca. Nel 1988 torna in Québec e riesce a farsi riammettere alla Bishops. Un anno e mezzo dopo dà la tesi.»

«Insomma, in poche parole è in circolazione dal 1988?»

«Esatto.»

«Il che significa che ai tempi degli omicidi Pitre e Gautier stava già qui.»

Ryan annuì. «E da allora non si è più mosso.»

Deglutii.

«E gli animali come li giustifica?»

«Insegna biologia, abbiamo già controllato. Dice che è materiale di esercitazione per le sue classi. Fa bollire le carcasse e monta gli scheletri.»

«Il che spiegherebbe anche la biblioteca di anatomia.»

«Probabile.»

«Sì, ma in che modo se li procura?»

«Li raccatta già morti ai bordi delle strade.»

«Oh, Cristo. Bertrand aveva ragione.» Lo immaginai aggirarsi furtivo di notte, raccogliendo cadaverini e portandoseli a casa nei sacchetti di plastica della spesa.

«Ha mai lavorato in una macelleria?»

«Di questo non ha parlato. Perché?»

«E Claudel che cosa ha scoperto dai suoi colleghi?»

«Niente che già non sapessimo. Un tipo introverso. Arriva, fa lezione, nessuno lo conosce davvero. Comunque non erano particolarmente contenti di ricevere una telefonata dalla polizia in piena notte.»

«Il profilo fatto dalla nonna calza, insomma.»

«La sorella dice che è sempre stato molto schivo. Non le viene in mente un solo amico, ma ha anche nove anni più di lui e i ricordi d'infanzia che lo riguardano sono pochi. In compenso ci ha regalato una chicca.»

«E cioè?»

Sorrise. «Tanguay è impotente.»

«Una confessione spontanea?»

«Pensava che potesse aiutarci a spiegare le sue tendenze antisociali. Dice che è un ragazzo innocuo e che soffre solo di una profonda mancanza di autostima. È una appassionata di psicologia fai-da-te, una che conosce il gergo.»

Non risposi. Davanti a me rivedevo due righe estratte da altrettanti referti d'autopsia.

«La cosa ha senso. Sia la Adkins che la Morisette-Champoux sono risultate negative alla ricerca di sperma.»

«Tombola!»

«Ma come è diventato impotente?»

«Una combinazione di fattori congeniti e traumatici. È nato con un testicolo solo, e se l'è giocato in una partita di calcio. Una storia assurda. Pare che un compagno di squadra avesse in tasca una penna e che Tanguay si sia fatto male cadendoci sopra. Addio spermatogenesi.»

«E questo sarebbe il motivo del suo eremitaggio?»

«Perché no? Forse la sorella ha ragione.»

«Be', questo potrebbe spiegare la mancanza di eccitazione con le ragazze.» Stavo pensando ai commenti di Jewel. E a Julie. «Con loro e con tutte.»

«Sì, ma non è strano che si sia messo proprio a insegnare?» ragionò Ryan. «Perché scegliersi un mestiere dove sei costretto a interagire con un mucchio di gente? Se davvero ti senti così inadeguato perché non cerchi una cosa meno minacciosa, più riservata? Un lavoro al computer? O in un laboratorio?»

«Non sono una psicologa, ma credo che invece l'insegnamento possa essere perfetto. In realtà le persone con cui interagisci non sono mai tue pari. Non sono adulti, ma ragazzi o bambini. Il più forte sei tu. Sei tu ad avere la responsabilità e il potere. La classe è il tuo piccolo regno e i tuoi allievi devono stare ai tuoi ordini. Nessuno può metterti in dubbio o in ridicolo.»

«Be', almeno non apertamente.»

«Ma sì, potrebbe davvero essere un buon modo per recuperare equilibrio e soddisfare il bisogno quotidiano di controllo e potere, mentre di notte continua ad alimentare le sue fantasie sessuali. E sto parlando dello scenario più ottimistico», aggiunsi. «Pensi a quante occasioni per soddisfare il suo voyeurismo, quando non addirittura il desiderio di contatto fisico con i ragazzi.»

«Già.»

Per un attimo restammo in silenzio, mentre Ryan si guardava intorno. Anche lui aveva l'aria distrutta.

«Immagino non ci sia più bisogno di sorveglianza», dissi.

«Infatti.» Si alzò.

Lo accompagnai alla porta.

«Ma lei cosa ne pensa, sinceramente?»

Non mi rispose subito. E, quando lo fece, scelse accuratamente le parole.

«Si proclama innocente come Heidi, ma è più nervoso di un diavolo. Secondo me nasconde qualcosa. Domani sapremo cosa c'è nella sua casetta sul fiume, e con le prove che troveremo lo inchioderemo. Dovrà confessare.»

Quando se ne fu andato buttai giù due belle pastiglie contro il raffreddore e per la prima volta in settimane dormii come un sasso. Se sognai, non ricordo.

Il giorno dopo mi sentivo meglio, ma non abbastanza da andare in laboratorio. Forse era solo resistenza psicologica, ma alla fine me ne restai a casa. Birdie era l'unica compagnia di cui avessi voglia.

Mi tenni impegnata leggendo la tesi di uno studente ed evadendo parte della corrispondenza che da settimane ormai ignoravo. Ryan telefonò verso l'una, mentre stavo scaricando la lavaasciuga. Dalla sua voce capii subito che le cose non andavano per il verso giusto.

«La Scientifica ha rivoltato la casa da cima a fondo senza trovare uno spillo. Non un indizio compromettente. Niente coltelli, niente armi, niente filmini degli omicidi. Non uno dei souvenir di cui parlava Dobzhansky. Nessun vestito, cranio, gioiello o pezzo di cadavere. Solo uno scoiattolo morto in frigorifero. Tutto qui.»

«Segni di scavi recenti intorno alla casa?»
«Nessuno.»
«E non c'era nemmeno un capanno degli attrezzi o un seminterrato con una sega o lame di qualche genere?»
«Rastrelli, zappe, casse di legno, una vecchia motosega, una carriola rotta. I soliti attrezzi da giardinaggio. E una popolazione di ragni degna di un piccolo pianeta. A quanto pare il signor Gilbert ha solo bisogno di un po' di psicoterapia.»
«Non avete trovato nicchie nascoste?»
«Brennan, lei non mi ascolta.»
«Luminolo?» tentai ancora, ormai depressa.
«Tutto pulito.»
«Ritagli di giornale?»
«No.»
«Insomma, niente in grado di collegare in qualche modo questo posto alla tana di Rue Berger?»
«Niente.»
«A Saint-Jacques?»
«No.»
«A Gabby?»
«No.»
«A una *qualunque* delle vittime?»
Non rispose neanche.
«Quindi che cosa ci fa in quel posto?»
«Pesca e rimugina sulla sua palla perduta.»
«E adesso?»
«Bertrand e io andremo a scambiarci una lunga chiacchierata. È venuto il momento di fare qualche nome e di mettergli un po' di strizza. Personalmente credo ancora che cederà.»
«Davvero?»
«Perché no? Forse Bertrand ci ha visto giusto e Tanguay è una vera personalità schizoide: da una parte il professore di biologia con la sua vita pulita, la passione per la pesca e la collezione di animaletti per i suoi studenti, dall'altra la rabbia e il senso di inadeguatezza sessuale che lo spingono a uccidere. Magari le due personalità sono così ben separate da vivere anche in due luoghi distinti, la casa e il museo degli orrori. Cazzo, forse Tanguay è così malato da non sapere nemmeno di esserlo.»

«Hm.» A quel punto gli raccontai delle mie scoperte con Lacroix.

«Perché non me ne ha parlato prima?»

«Non è facile trovarla, Ryan.»

«Quindi Rue Berger è coinvolta al di là di ogni dubbio...»

«Perché crede che non ci fossero impronte?»

«Non lo so, Brennan. Forse Tanguay scivola su tutto come un'anguilla. Se la consola, comunque, Claudel l'ha già fatto arrestare.»

«Con quale capo d'accusa?»

«Glielo comunicherà lui stesso. Senta, adesso devo proprio scappare.»

«Teniamoci in contatto.»

Terminai le lettere e decisi di imbucarle direttamente dall'ufficio postale. Prima di uscire controllai il contenuto del frigorifero. Katy non avrebbe apprezzato né lo spezzatino di maiale né la carne trita. Sorrisi, ripensando al giorno in cui mi aveva annunciato la sua intenzione di smettere di mangiare carne. La mia quattordicenne vegetariana. All'epoca ero convinta che non sarebbe durata nenache tre mesi. Ormai erano passati cinque anni.

Mentalmente preparai una lista della spesa: humus, taboulé, formaggio e succhi di frutta. Niente bibite gassate per la piccola Katy. Ma che ingredienti avevo usato per impastarla?

Mi sentivo di nuovo la gola irritata e un po' di febbre, così decisi di fare prima tappa in palestra: avrei sconfitto gli aggressori a colpi di esercizio fisico e di bagno turco. Almeno speravo.

Quella dell'esercizio fisico si rivelò subito una pessima idea. Dopo dieci minuti di StairMaster avevo le gambe molli e la faccia coperta di sudore.

Il bagno turco invece sortì effetti misti. Da un lato calmò il mal di gola e sciolse la tensione che mi attanagliava la fronte e i muscoli facciali. Ma, spinta dall'ozio tra i vapori, la mia mente andò in cerca di qualcosa con cui distrarsi. E trovò Tanguay, le ultime informazioni di Ryan, la teoria di Bertrand, le previsioni di J.S., più tutto ciò che già sapevamo per certo. Con l'incalzare dei ragionamenti, sentii così rimontare anche tutta la tensione fisica.

I guanti. Perché fino a quel momento mi ero impedita di coglierne l'importanza? L'handicap di cui Tanguay soffriva lo portava davvero a concepire fantasie sessuali che culminavano in violenze reali? Davvero era un uomo con un bisogno disperato di controllo sulla realtà? E uccidere era la manifestazione finale di questo suo tentativo? *Posso limitarmi a spiarti, oppure farti del male o persino ucciderti?* Le stesse fantasie trovavano sfogo sugli animali? In compagnia di Julie? Ma allora perché uccidere? Forse per un po' riusciva a controllare la propria violenza, ma alla fine soccombeva al bisogno irresistibile di metterla in atto? Tanguay era il risultato del lutto per l'abbandono materno? O l'esito di una deformità fisica? O di un problema cromosomico? O che altro?

E perché Gabby? Lei non rientrava nel quadro. La conosceva. Era una delle poche persone disposte a parlare con lui. Ondata di angoscia.

Ma certo. Certo che rientrava nel quadro, invece. Perché nel quadro rientravo anch'io. Ero stata io a trovare Grace Damas e a identificare Isabelle Gagnon. Io stavo interferendo con i suoi piani e mettendo in discussione la sua autorità. La sua virilità. Assassinare Gabby era stato un modo per sfogare la sua rabbia nei *miei* confronti e ripristinare il controllo sulla realtà. E adesso? Un quadro simile prevedeva necessariamente l'uccisione di mia figlia?

Un insegnante. Un assassino. Un uomo che ama pescare. Un uomo che ama mutilare. I miei pensieri vorticavano impazziti. Chiusi gli occhi e avvertii una sensazione di calore diffuso sotto le palpebre. Frecce colorate nuotavano avanti e indietro, come pesci in una fontana.

Insegnante. Biologia. Pesca.

Di nuovo il prurito che non mi portava da nessuna parte. Eppure c'era. E dài, forza. Forza! Ma cosa? Un insegnante. Un insegnante. Ecco. Un insegnante. Dal '91. Saint-Isidor. Ma sì, sì, questo lo sappiamo. Che altro? Improvvisamente mi sentii la testa pesante. Troppo pesante per pensare.

Poi.

Il CD-ROM! Me ne ero completamente dimenticata. Afferrai l'asciugamano. Forse nel CD-ROM avrei scoperto qualcosa.

39

Sudavo copiosamente ed ero in preda a una debolezza indescrivibile, ma riuscii a mettermi al volante. Una mossa del cavolo, Brennan. Stavolta hanno vinto i microbi. Rallenta. Non vorrai farti fermare? Devi arrivare a casa. Trovarlo. Deve esserci.

Percorsi la Sherbrooke, feci il giro dell'isolato e mi fiondai in garage. La porta suonava di nuovo. Per quale motivo Winston non riusciva a ripararla una volta per tutte? Parcheggiai e corsi di sopra. Ricordati di controllare le date.

Davanti all'entrata era appoggiata una specie di sacca.

«E questa che roba è, adesso?»

Mi chinai a guardare meglio. Era uno zainetto di pelle nera. Di Coach. Articolo costoso. Un regalo di Max Ferranti. Un regalo per Katy. Appoggiato contro la mia porta.

Il cuore mi si paralizzò nel petto.

Katy!

Aprii, chiamandola a voce alta. Nessuna risposta. Digitai il codice dell'impianto antifurto e chiamai ancora. Silenzio.

Mi precipitai di stanza in stanza, cercando segni della sua presenza e sapendo già che non ne avrei trovati. Si era ricordata di portare la sua chiave? Se sì, non avrebbe avuto bisogno di lasciare lo zaino sul pianerottolo. Sarebbe entrata e, non trovandomi, avrebbe scaricato il bagaglio per poi uscire di nuovo.

In camera da letto mi fermai, vittima tremante della paura e di qualche virus sconosciuto. Ragiona, Brennan. Ragiona! Ci provavo, ma non era facile.

È arrivata ma non ha potuto entrare. Allora è andata a bersi un caffè o a fare un giro per negozi. Magari a cercare un telefono. Sì, fra qualche minuto chiamerà.

Ma se non aveva la chiave, come aveva fatto a entrare dal portone? Attraverso il garage. Doveva essere salita dall'accesso pedonale sotterraneo, usando la porta che non chiudeva bene.

Il telefono!

Corsi in soggiorno. Nessun messaggio. Tanguay? Possibile che l'avesse presa?

No. Era in prigione.

L'insegnante è in prigione. Ma non è lui. Non è lui l'assassino. O sì? Era lui l'affittuario di Rue Berger? Era stato lui a sotterrare la foto di Katy insieme al corpo di Gabby?

La paura mi fece montare un conato di nausea. Inghiottii ripetutamente, la gola trafitta che protestava.

Controlla i fatti, Brennan. Era epoca di vacanze?

Aprii il computer. Le mie dita tremanti riuscivano a stento a dominare la tastiera. La mia solita tabella riempì lo schermo. Date. Ore.

Francine Morisette-Champoux era stata assassinata in gennaio. Tra le dieci e mezzogiorno. Un giovedì.

Isabelle Gagnon era scomparsa in aprile, tra l'una e le quattro del pomeriggio. Un venerdì.

Chantale Trottier era sparita un pomeriggio di ottobre. L'ultima volta era stata vista a scuola, in Centre-Ville, a chilometri dalla parte più occidentale dell'isola.

Tutte e tre erano morte o scomparse di giorno, e in giorni feriali. Forse la Trottier era stata addirittura adescata all'uscita di scuola.

Afferrai la cornetta.

Ryan non c'era.

La buttai giù. Mi sentivo la testa di piombo e le mie facoltà intellettive cominciavano ad appannarsi.

Provai con un altro numero.

«Claudel.»

«Buongiorno. Sono la dottoressa Brennan.»

Nessuna risposta.

«Dove si trova la Saint-Isidor?»

Esitò. Pensai che non intendesse dirmelo.

«Beaconsfield», si decise infine.

«E dal centro quanto ci vuole, più o meno? Una mezz'ora?»

«Se non c'è traffico.»

«Sa a che ora finiscono le lezioni?»

«Ma cos'è questa storia?»

«Potrebbe rispondermi e basta?» Ero sull'orlo della crisi di nervi. Probabilmente se ne accorse.

«Be', posso informarmi.»

«La prego anche di verificare eventuali assenze del professor Tanguay, se e quando si è dato malato o ha preso dei giorni di libertà, in particolare in coincidenza degli omicidi Morisette-Champoux e Gagnon. Devono avere un registro in segreteria. Sicuramente se la scuola non era chiusa avranno cercato un supplente.»

«Ci andrò doma...»

«Adesso! Devo saperlo adesso!» Decisamente ero isterica. Attento a non farmi saltare, Claudel.

Mi sembrò quasi di percepire concretamente l'irrigidirsi dei suoi muscoli facciali. Forza, riappendimi in faccia. È la volta buona che io ti appendo al muro.

«La richiamo.»

Sedevo sul bordo del letto fissando imbambolata un raggio di sole in cui si muovevano miliardi di particelle di polvere.

Datti una mossa.

Mi alzai e andai in bagno a sciacquarmi il viso con un po' di acqua fredda. Poi presi il quadrato di plastica dalla borsa e tornai al computer. L'etichetta riportava l'indirizzo di Rue Berger e la data 24/6/94. Sollevai il coperchio, estrassi il CD-ROM e lo infilai nel drive.

Aprii il programma di elaborazione delle immagini e richiamai una fila di icone. Scelsi *Album* e *Apri*. Nella finestra comparve un unico nome: *Berger.abm*. Cliccai due volte e sul video apparvero tre file di foto, ciascuna contenente sei immagini dell'appartamento di Saint-Jacques. Un'indicazione ai piedi della schermata mi informava che in totale gli scatti erano centoventi.

Cliccai per ingrandire al massimo la prima foto. Rue Berger. La seconda e la terza mostravano la strada da angolazioni diverse. Poi veniva l'edificio: facciata anteriore e posteriore. Quindi il corridoio che conduceva all'appartamento di Saint-Jacques. Le immagini dell'interno iniziavano con la foto numero dodici.

Le passai in rassegna tutte, studiando ogni particolare. La testa mi martellava senza tregua e i muscoli della schiena e delle spalle sembravano cavi dell'alta tensione. Di colpo ebbi la sensazione di trovarmi ancora là dentro. Afa soffocante. Paura. Puzza di sporco e di degrado.

Cercai e cercai, una foto dopo l'altra. Ma *cosa* cercavo? Di preciso non lo sapevo. Comunque era tutto lì. I paginoni centrali di *Hustler*, i giornali, la cartina della città, la scala con il mezzanino, il lurido angolo-bagno, il ripiano unto, la tazza di Burger King, la scodella con i resti di spaghetti.

Per un po' rimasi a osservare quella natura morta. Immagine 102. Una scodella sporca. Cerchi biancastri di grasso rappresi nella salsa rossa. Una mosca, le zampe anteriori giunte come in preghiera. Una specie di macigno arancione mezzo affogato nella pasta.

Socchiusi gli occhi e mi avvicinai al monitor. Possibile che stessi vedendo proprio quello? Lungo il macigno arancione. Sentii il cuore balzarmi nel petto. No, non potevamo essere così fortunati.

Cliccai due volte e apparve una linea tratteggiata. Trascinando il cursore la linea si trasformò in un rettangolo, i lati una serie di punti rotanti. Sovrapposi il rettangolo all'ammasso arancione e ingrandii più volte. Due. Tre. Otto. La parabola, inizialmente appena accennata, si rivelò con sempre maggior chiarezza una scia arcuata di punti e trattini.

Zoom fuori. L'arco nel suo complesso.

«Oh, Cristo.»

Con il programma di elaborazione delle immagini lavorai sulla luminosità e il contrasto, modificando intensità e sfumature. Quindi provai a invertire il colore, trasformando ciascun pixel nel suo complementare, e alla fine sottolineai i contorni dando rilievo al minuscolo tracciato lungo lo sfondo arancione.

Mi riappoggiai allo schienale, fissando il monitor. Eccole lì. Respiro profondo. Cristo santo, ci sono proprio.

Allungai una mano tremante verso il telefono.

Un messaggio preregistrato mi annunciò che Bergeron era ancora in ferie. Dovevo cavarmela da sola.

Considerai le varie possibilità. In fondo gliel'avevo visto fare un sacco di volte, forse potevo anche provarci da sola. Era fondamentale sapere.

Cercai un altro numero.

«*Centre de Détention Parthenais.*»

«Sono Tempe Brennan. Potrei parlare con Andrew Ryan, per favore? Dovrebbe trovarsi con un prigioniero di nome Tanguay.»

«*Un instant. Gardez la ligne.*»

Voci indistinte. Forza. Sbrigati.

«*Il n'est pas ici.*»

Merda. Occhiata all'orologio. «E l'agente Jean Bertrand?»

«*Oui. Un instant.*»

Altre voci. Scalpiccio di piedi.

«Bertrand.»

Mi identificai e gli spiegai subito quel che avevo trovato.

«Bergeron cosa ne dice?»

«È in ferie fino a lunedì.»

«Formaggio! Mica male, eh? Un po' come i suoi pseudoinizi. Be', cosa dovrei fare?»

«Si procuri un pezzo di polistirolo e glielo faccia mordere con decisione. Non occorre che gli riempia la bocca: mi bastano i sei denti anteriori. L'importante è che arrivi fino in fondo, perché solo così otterremo impronte chiare e pulite di entrambe le arcate. Poi dia il reperto a Marc Dallair, del laboratorio fotografico. Sta alle spalle dell'unità di balistica. Ha capito tutto?»

«Sì, sì. Ma se Tanguay non accetta?»

«Questo è un problema suo, Bertrand. Si inventi qualcosa. Se si proclama innocente, dovrebbe fare i salti di gioia.»

«E dove diavolo lo trovo un pezzo di polistirolo alle cinque del pomeriggio?»

«Esca a comprarsi un Big Mac o una porcata del genere. Che ne so? Si ingegni un po'. Io devo rintracciare Dallair prima che se ne vada. Si sbrighi!»

Quando la mia chiamata lo raggiunse, Dallair stava già aspettando l'ascensore. Mi rispose dal telefono della reception.

«Ho bisogno di un favore.»

«*Oui.*»

«Marc, nel giro di un'ora circa Bertrand recapiterà due impronte dentarie al suo laboratorio. Dovrebbe scannerizzare l'immagine in un file Tif e inviarmela per posta elettronica al più presto. Può farlo?»

Lunga pausa. Me lo immaginai mentre lanciava un'occhiata all'orologio sopra gli ascensori.

«Si tratta di Tanguay?»

«Sì.»

«D'accordo. Aspetto.»

«Usi un'illuminazione il più possibile radente per dare massimo rilievo alle impronte nel polistirolo. E, mi raccomando, includa una scala di riferimento. Ah, vorrei un'immagine uno a uno.»

«Nessun problema. Credo di avere un righello ABFO.»

«Magnifico.» Gli lasciai il mio indirizzo di e-mail pregandolo di avvertirmi telefonicamente non appena il file fosse partito.

Quindi mi misi in attesa. I secondi passavano con insopportabile lentezza. Il telefono taceva. Katy non arrivava. Bagliori verdi sul quadrante della sveglia. Tic. Tic. I numeri giravano.

Agguantai la cornetta al primo squillo.

«Dallair.»

Deglutii. «Sì.» Avevo la gola in fiamme.

«Ho inviato il file circa cinque minuti fa. L'ho chiamato *Tang.tif*. È compresso, quindi dovrà decodificarlo. Resterò qui finché non l'avrà scaricato tutto. Mi faccia sapere qualcosa, sia in caso di problemi, sia che vada tutto liscio. E... buona fortuna.»

Lo ringraziai e riappesi. Tornata al computer mi collegai con la casella elettronica presso la McGill: il messaggio *È arrivata posta!!!* brillava a tutto schermo. Ignorando il resto delle comunicazioni non lette, scaricai il file di Dallair e lo riconvertii in formato grafico. Sul monitor si materializzò l'arco di un'impronta dentaria, il segno di ciascun dente perfettamente visibile sullo sfondo bianco. In basso a sinistra c'era un righello a squadra ABFO. Mandai subito l'Okay a Dallair e mi scollegai.

Quindi rientrai nel programma di gestione delle immagini e aprii *Tang.tif*. All'impronta di Tanguay accostai quella scoperta nel pezzo di formaggio di Rue Berger.

Il passo successivo fu convertire entrambe le immagini in scala RGB per massimizzare il quantitativo di informazioni in esse contenuto. Regolai tono, contrasto, luminosità e intensità; poi, così come avevo fatto una prima volta con il formaggio, usando il programma di elaborazione delle immagini rilevai i contorni dell'impronta lasciata nel polistirolo.

Per il tipo di confronto che mi serviva le due immagini dovevano essere tarate sulla medesima scala dimensionale. Con un calibro a punta fine misurai il righello allegato alla foto di Tanguay:

la distanza fra i segni di affondamento era di un millimetro esatto. Bene. Immagine uno a uno.

La foto di Rue Berger, però, era completamente sprovvista di parametri di riferimento. Che fare?

Usa qualcos'altro. Torna all'immagine totale: un elemento con caratteristiche note deve pur esserci.

E infatti c'era. La tazza di Burger King. Sfiorava la ciotola in prossimità del formaggio, il logo rosso e giallo perfettamente chiaro e riconoscibile. Magnifico.

Corsi in cucina. Signore, fa' che ne abbia ancora una! Spalancai gli sportelli dell'armadietto e presi a frugare tra le immondizie sotto il lavandino.

Eccola! Lavai via i fondi di caffè e portai la tazza nell'altra stanza. Con dita tremanti divaricai il calibro. L'asta verticale della "B" aveva una larghezza di quattro millimetri esatti.

Selezionando la funzione di ridimensionamento cliccai su un bordo della "B" della tazza di Rue Berger, quindi trascinai il cursore fino al bordo opposto e cliccai di nuovo. Una volta scelti i riferimenti per la calibratura, dissi al programma di reimpostare l'intera immagine finché la "B" in questione non misurasse esattamente quattro millimetri di larghezza in quella stessa posizione. Automaticamente tutte le proporzioni della foto scattata in Rue Berger si modificarono.

Entrambe le immagini erano ora in scala reale. Tornai ad accostarle e finalmente potei iniziare il mio esame. L'impronta fornita da Tanguay riproduceva un'arcata dentaria completa, con otto denti a ciascun lato della linea mediana.

Nel pezzo di formaggio, invece, erano rimasti impressi i segni di cinque denti soltanto. Bertrand aveva ragione: sembrava uno pseudoinizio. Prima di mordere un boccone alle spalle del segno visibile, i denti erano rimasti incastrati, o forse erano scivolati o avevano esitato ritirandosi.

Osservai la sequenza delle incisioni: ero certa si trattasse di un'arcata superiore. Ai due lati della linea mediana apparivano due lunghe depressioni, forse corrispondenti agli incisivi centrali. Un po' più lateralmente si trovavano due solchi orientati in maniera analoga ma di lunghezza inferiore, e al margine esterno, sulla sinistra dell'arcata, notai un piccolo segno profondo e circolare, probabilmente lasciato dal canino. Le impronte finivano lì.

Mi asciugai il palmo sudato delle mani sulla camicia, inarcai la schiena per sgranchirmi e inspirai a fondo.

Bene. Adesso posizionale.

Selezionai la funzione *effetto* e cliccai su *ruota*, manovrando lentamente l'impronta dentaria di Tanguay nella speranza di riuscire a ottenere lo stesso orientamento delle impronte di Rue Berger. Un grado dopo l'altro spostai gli incisivi centrali in senso orario. Avanti, indietro, avanti di nuovo, un millimetro per volta, ulteriormente rallentata dall'ansia e dalla mancanza di manualità. Dopo quelle che mi parvero interminabili ore, finalmente i segni dei denti di Tanguay risultarono perfettamente allineati e angolati rispetto alla loro controparte nel formaggio.

Tornai al menu *Modifica* e selezionai la funzione *punta*, quindi scelsi come immagine attiva quella del formaggio e come immagine fluttuante quella delle impronte nel polistirolo. Impostai il livello di trasparenza sul trenta per cento e immediatamente il morso di Tanguay si opacizzò.

Cliccando su un punto al centro della linea mediana delle arcate di Tanguay, quindi sul punto corrispondente dell'altra immagine, fissai il riferimento di sovrapposizione di ciascuna foto. Soddisfatta, attivai la funzione *posiziona* e il programma sovrappose le due immagini. Il risultato finale però era troppo opaco e i segni nel formaggio completamente velati.

Ritoccai allora il livello di trasparenza portandolo al settantacinque per cento. I punti e le linee impressi nel polistirolo sfumarono con decisione, lasciandomi una visione chiara e distinta delle impronte sottostanti.

Dio santo del cielo.

Ogni dubbio svanito di colpo. Le impronte appartenevano indiscutibilmente a due persone diverse, e nessuna raffinazione delle immagini o manipolazione artificiale avrebbe potuto alterare quel fatto. La bocca che aveva affondato il morso nel polistirolo non era la stessa del formaggio.

L'arcata dentaria di Tanguay era troppo stretta, la curva anteriore molto più chiusa di quella di Rue Berger. L'immagine composita che avevo ottenuto ricordava un ferro di cavallo sovrapposto a un semicerchio spezzato.

Un'altra caratteristica inconfondibile del morso anonimo era una frattura anomala a destra dell'interstizio sulla linea mediana, seguita dalla traccia di un dente proiettato all'infuori a un angolo di circa trenta gradi. L'inquilino di Rue Berger doveva avere una brutta scheggiatura all'incisivo centrale e un laterale nettamente ruotato.

L'arcata di Tanguay, invece, appariva regolare e ininterrotta. Nessuno dei tratti precedentemente rilevati poteva in alcun modo appartenergli: non era stato lui a mordere il pezzo di formaggio. O Tanguay ospitava qualcuno, dunque, oppure l'appartamento in Rue Berger non era suo.

40

Chiunque fosse, l'inquilino di quella topaia era l'assassino di Gabby. I guanti avevano la stessa origine, ma ormai appariva altamente improbabile che si trattasse di Tanguay. Non erano suoi i denti che avevano morso il formaggio, ergo Saint-Jacques e Tanguay non potevano essere un'unica persona.

«Ma allora chi diavolo sei?» La mia voce rauca fu come un graffio nel silenzio della casa. I timori per Katy tornavano già a erompere in tutta la loro violenza originaria. Perché non aveva ancora chiamato?

Cercai Ryan a casa. Niente. Bertrand. Già uscito. La sala della task force. Nessuno.

Uscii in giardino e attraverso il cancello lanciai un'occhiata in direzione della pizzeria dall'altra parte della strada. La via era deserta. L'ordine di sorveglianza era stato revocato. Ero sola.

Esaminai le possibilità che mi restavano. Certo non avevo molta scelta. Andarmene non potevo. Se Katy arrivava, volevo esserci. *Quando* Katy arrivava.

Consultai l'orologio: le sette e dieci. I file. Torna ai file. Che altro potevo fare da dentro quelle quattro mura? Il mio rifugio si era trasformato in una prigione.

Mi cambiai e andai in cucina. Avevo un mal di testa terribile, ma mi sentivo già abbastanza annebbiata anche senza medicinali. Avrei sconfitto il nemico a colpi di vitamina C. Tirai fuori dal freezer una confezione di succo d'arancia congelato e cercai l'apriscatole. Merda. Dove si era ficcato? Impaziente, afferrai un coltello da carne e segai la cima del cartone per rimuovere il coperchio metallico. Caraffa. Acqua. Mescolare. Dai che ce la fai. Le gocce le asciughi dopo.

Nel giro di pochi minuti ero sul divano avvolta nella coperta, l'aranciata e una scorta di fazzolettini a portata di mano. Come al solito, sfogavo il nervosismo giocherellando con le sopracciglia.

Damas. Mi rituffai nel suo caso, rivisitando nomi, luoghi e date. Monastère Saint-Bernard. Nikos Damas. Padre Poirier.

A ripescare Poirier era stato Bertrand. Con uno sforzo di concentrazione enorme lessi le sue dichiarazioni. Niente di nuovo. Allora ripresi in mano la deposizione originale, in cerca di altri nomi e altre piste da seguire. Per ultime avrei lasciato le date.

Il custode chi era? Roy. Émile Roy. Cercai l'allegato del suo interrogatorio.

Non c'era. Passai in rassegna tutti i fogli del dossier. Niente. Possibile che si fossero dimenticati di lui? Eppure non ricordavo proprio alcun rapporto. Perché non era insieme al resto della documentazione?

Per un attimo rimasi lì impalata senza sapere cosa fare, il lieve sibilo del mio respiro l'unico suono dell'universo circostante. Riecco il prurito, la sensazione di un'idea inafferrabile che andava formandosi, simile alla tensione indefinita che precede un'emicrania. E più che mai mi sembrava di essere vicinissima a ciò che invece, ostinatamente, continuava a eludermi.

Ritornai alla deposizione di Poirier. Roy si occupa della manutenzione dell'edificio e del parco. Ripara la caldaia, spala la neve.

Spala la neve? A ottant'anni? Perché no?

Immagini del passato tornarono a danzarmi nella mente. Ripensai alla sera della mia avventata esplorazione, quando mi ero ritrovata sola in macchina, accasciata sul volante, e alle ossa di Grace Damas sepolte nel bosco fradicio di pioggia.

Ripensai al sogno di alcune notti prima. I topi. Pete. La testa di Isabelle Gagnon. La tomba. Il prete. Che cosa aveva detto? Solo coloro che lavoravano per la chiesa potevano varcarne i cancelli.

Possibile? Possibile che fosse quella la chiave? Quello il modo in cui era penetrato nelle proprietà del monastero e del Grand Séminaire? Il nostro assassino era qualcuno che lavorava per la chiesa?

Roy!

E brava, un serial killer ottantenne.

Dovevo aspettare e risentire Ryan? Ma dove cazzo è finito? Tremando, presi l'elenco del telefono. Se trovo il numero, giuro che chiamo.

E. Roy. Indirizzo di Saint-Lambert. Perfetto.

«*Oui.*» Voce roca.

Attenta a quel che dici. Cautela.

«Monsieur Émile Roy?»

«*Oui.*»

Spiegai chi ero e perché telefonavo. Sì, era l'Émile Roy giusto. Gli chiesi di parlarmi delle sue mansioni presso il monastero. Per un bel po' non disse nulla. Sentivo il fischio incessante del suo respiro di vecchio. Poi:

«Non voglio perdere il posto. Sono ancora buono per fare i lavori».

«Ma certo. E si occupa di tutto da solo?»

Inceppamento del sibilo, come se un sassolino gli avesse improvvisamente occluso la trachea.

«Ogni tanto mi faccio aiutare, ma non sempre. A loro non costa niente. Pago io, dal mio stipendio.» Tono quasi piagnucoloso.

«E chi la aiuta, monsieur Roy?»

«Mio nipote. È un bravo ragazzo. Di solito spala la neve. L'avrei detto, al padre, ma...»

«E suo nipote come si chiama?»

«Leo. Ma non finirà mica nei guai, no? È un bravo ragazzo, le dico.»

Sentii la cornetta scivolarmi nel palmo della mano.

«Leo come?»

«Fortier. Leo Fortier. È il nipote di mia sorella.»

La sua voce si fece di colpo distante. Stavo sudando copiosamente. Continuai la telefonata il minimo indispensabile per pronunciare le frasi di rito e congedarmi, la mente già altrove, le pulsazioni cardiache alle stelle.

Calmati. Potrebbe essere una pura coincidenza. Fare il macellaio part-time e il ragazzo di fatica non significa automaticamente essere un assassino. Ragiona.

Guardai l'orologio e ripresi il telefono. Forza. Rispondi.

Al terzo squillo lo fece.

«Lucie Dumont.»

Sì!

«Lucie! Non posso credere di trovarla ancora in ufficio.»

«Ho avuto un problema con un file di sistema, ma stavo per andare.»

«Ascolti, Lucie, avrei bisogno di un favore urgente. Si tratta di una cosa davvero importante. Forse lei è l'unica che può aiutarmi.»

«Mi dica.»

«Ecco, dovrebbe eseguire una specie di controllo a trecentosessanta gradi su una certa persona e fornirmi tutte le informazioni disponibili sul suo conto.»

«Veramente è molto tardi e io...»

«È una situazione critica, Lucie. La vita di mia figlia potrebbe essere in pericolo. La prego!»

Non tentai nemmeno di dissimulare la disperazione nel tono della voce.

«Be', posso collegarmi con l'archivio SQ e vedere se è persona già nota alla polizia. Che cosa vuole sapere, di preciso?»

«Tutto.»

«E di quali dati dispone già?»

«Solo il nome.»

«Nient'altro?»

«No.»

«Come si chiama?»

«Fortier. Leo Fortier.»

«Bene. Le ritelefono io appena possibile. È a casa?»

Dopo averle lasciato il numero mi alzai e cominciai a passeggiare avanti e indietro, sconvolta di paura per Katy. Era lui? Fortier? La sua rabbia di psicotico si era fissata su di me perché l'avevo ostacolato? Per sfogarsi aveva ucciso la mia amica? E progettava di fare lo stesso con me? Con mia figlia? Come faceva a sapere di lei? In che modo era entrato in possesso della nostra foto? Rubandola a Gabby?

Il terrore mi congelava anche l'anima. Mai prima di allora avevo concepito e indugiato in pensieri così orribili. Mentre immaginavo gli ultimi momenti di Gabby e ciò che doveva aver provato, il telefono esplose strappandomi a quella tortura.

«Pronto!»

«Sono Lucie Dumont.»

«Sì.» Il cuore mi batteva così forte che temetti potesse sentirlo anche lei.

«Ha idea di quanti anni abbia il suo Leo Fortier?»

«Hm... sulla trentina, direi. Forse quaranta?»

«Ne ho trovati due. Uno nato il 9 febbraio 1962, che quindi ha trentadue anni. L'altro il 21 aprile 1916, il che significa... settantotto.»

«È il primo», dissi.

«Lo immaginavo, infatti ho già eseguito qualche controllo. Il signore qui ha un fior di curriculum, a partire dal tribunale minorile. Nessun reato grave, ma una serie ininterrotta di infrazioni e comportamenti illegali con conseguenti richieste di perizia psichiatrica.»

«Che genere di comportamenti?»

«A tredici anni venne colto in flagrante in atti di voyeurismo.» Sentivo le sue dita volare sulla tastiera. «Poi vandalismi vari. Assenze ingiustificate. A quindici anni un brutto incidente: rapì una ragazzina e la tenne sua prigioniera per diciotto ore. Nessuna condanna. Devo andare avanti?»

«Passi a qualcosa di più recente, se non le spiace.»

Clic. Clicheti clicheti clic. Me la immaginai con il naso appiccicato al monitor, le lenti rosate che riflettevano il verde dello sfondo.

«L'ultimo aggiornamento risale al 1988. Arrestato per aggressione. Un parente, a quanto sembra: la vittima ha lo stesso cognome. Neanche un giorno di carcere, ma ha passato sei mesi a Pinel.»

«E quando è uscito?»

«Vuole la data precisa?»

«Se ce l'ha.»

«Vediamo... il 12 novembre dello stesso anno.»

Nel dicembre del 1988 era morta Constance Pitre.

La stanza era bollente e io nuotavo in un bagno di sudore.

«Per caso da qualche parte compare il nome dello psichiatra che lo seguiva a Pinel?»

«Si fa riferimento a un certo dottor M.-C. LaPerrière. Però non dicono chi è.»

«Ha il numero di telefono?»

Me lo dettò.

«E attualmente dove si trova?»

«Il dossier finisce qui. Vuole l'ultimo indirizzo al 1988?»

«Grazie.»

Sull'orlo delle lacrime mi ritrovai così a digitare un numero e ad ascoltare il segnale di libero di un telefono all'altro capo dell'isola di Montréal. *Composer* dicono in francese. *Composer le numéro.* Componiti anche tu, Brennan. Mi concentrai su quello che avrei detto.

«*L'hôpital Pinel. Puis-je vous aider?*» Voce femminile.

«Il dottor LaPerrière, *s'il vous plaît.*» Ti prego, fa' che lavori ancora qui.

«*Un instant, s'il vous plaît.*»

Sì! Era ancora lì. Mi misero in attesa, quindi dovetti ripetere la richiesta a una seconda voce femminile.

«*Qui est sur la ligne, s'il vous plaît?*»

«Dottoressa Brennan.»

Nuova attesa.

Poi: «Parla LaPerrière», annunciò una terza voce femminile, questa volta però stanca e impaziente.

«Buongiorno. Sono la dottoressa Temperance Brennan», ripetei, lottando per eliminare il tremore dalla voce, «antropologa forense del Laboratoire de Médecine Légale. Sto indagando su una catena di omicidi verificatisi negli ultimi anni nell'area di Montréal. Abbiamo motivo di credere che un suo ex paziente sia coinvolto.»

«Sì.» Diffidente.

Le spiegai della task force e le chiesi cosa ricordava di Leo Fortier.

«Dottoressa... Brennan, giusto? Dottoressa Brennan, lei sa bene che non posso discutere nessun caso sulla base di una semplice telefonata. Senza l'autorizzazione del tribunale, costituirebbe una violazione del segreto professionale.»

Calma. Sapevi già che questa sarebbe stata la risposta.

«Naturalmente. E l'autorizzazione arriverà, dottoressa. Ma, mi creda, è una situazione di grande emergenza e non possiamo assolutamente rimandare questo colloquio. Anzi, allo stato dei fatti l'autorizzazione diventa addirittura superflua. Ci sono molte vittime, dottoressa LaPerrière. Tutte donne. Massacrate e assassinate. Questo individuo è capace delle peggiori violenze. Crediamo abbia covato una rabbia esplosiva nei confronti del sesso femminile e che si tratti di una persona abbastanza intelligente da pianificare e mettere in pratica tutti i suoi propositi assassini. Siamo convinti che presto tornerà a colpire.» Deglutii, la bocca asciutta per la tensione e la paura. «Leo Fortier è fortemente sospettato e abbiamo urgenza di sapere se, secondo il suo parere professionale, la sua anamnesi calza questo profilo. Le assicuro che tutta la documentazione del caso seguirà al più presto, dottoressa, ma se nel frattempo lei potesse comunicarci ricordi e impressioni sul suo ex paziente, forse ci aiuterà anche a fermare l'assassino prima che colpisca ancora.»

Mi ero avvolta in una seconda coperta, questa volta di impassibilità e distacco.

«Mi dispiace, proprio non posso...»

Ma rischiava di scivolarmi dalle spalle da un momento all'altro.

«Io ho una figlia, dottoressa LaPerrière. E lei?»

«Cosa?» Senso di sfida in lotta con la stanchezza.

«Chantale Trottier aveva sedici anni. L'assassino l'ha percossa a morte, l'ha fatta a pezzi e l'ha sotterrata.»

Lunga espirazione costernata e impotente.

Probabilmente non sarei mai arrivata a conoscerla di persona, ma a giudicare dalla voce Marie-Claude LaPerrière doveva essere una specie di trittico nei toni del grigio metallizzato, del verde ospedaliero e del mattone sporco.

La immaginavo come una donna di mezza età con un volto su cui la perdita della speranza aveva scolpito segni ormai indelebili. Lavorava per un sistema nei confronti del quale aveva da tempo perso ogni fiducia, un sistema incapace di comprendere, e ancor meno di contenere, la crudeltà di una società piena di esplosioni di follia quotidiana. Le vittime della guerra tra bande di quartiere. Gli adolescenti dallo sguardo vuoto e i polsi svenati. I neonati picchiati e torturati con la brace delle sigarette. I feti annegati nei gabinetti pubblici. I vecchi affamati e incatenati nei loro stessi escrementi. Le donne dai volti tumefatti e gli occhi imploranti. Un tempo, forse, anche lei aveva creduto di poter fare qualcosa. Ma l'esperienza l'aveva convinta del contrario.

Tuttavia – tuttavia – aveva prestato giuramento. A che cosa? Nei confronti di chi? Ora il dilemma tornava a farsi sentire, la sua voce familiare come quella dell'antico idealismo. La sentii inspirare profondamente.

«Leo Fortier venne internato per sei mesi nel 1988. In quel periodo fui io a curarlo.»

«Lo ricorda bene?»

«Sì.»

Aspettavo, il cuore in gola. La sentii aprire e chiudere un paio di volte il cappuccio di un accendino. Poi un altro respiro profondo.

«Leo Fortier arrivò a Pinel perché aveva picchiato la nonna con una lampada. Nonostante gli oltre cento punti di sutura, però, lei rifiutò di denunciarlo.» Frasi brevi e studiate. «Al termine del periodo di cura forzata, gli consigliai caldamente di continuare la terapia. Lui non volle.»

Pausa.

«Da bambino Leo Fortier vide morire sua madre. Insieme a lui c'era la nonna, che in seguito lo allevò instillandogli un'immagine tremendamente negativa di sé. E questo, direi, è all'origine della sua incapacità di intessere relazioni sociali normali.

«Il punto è che è stato sottoposto a punizioni assolutamente eccessive e al contempo protetto dalle conseguenze dei gesti che commetteva fuori dalle mura domestiche. A giudicare dalle sue attività, intorno ai dieci anni soffriva di una grave forma di distorsione cognitiva accompagnata da un disperato bisogno di controllo. Era molto arrogante e, se ostacolato, reagiva con intensa rabbia narcisistica.

«Il suo bisogno di esercitare controllo sulla realtà, l'amore e l'odio repressi nei confronti della nonna e il crescente isolamento a livello sociale lo hanno spinto a rifugiarsi sempre di più in un suo mondo di fantasie private e a sviluppare meccanismi di difesa tipici: repressione, negazione, proiezione. Si tratta di un individuo estremamente immaturo sia sul piano emotivo, sia sul piano sociale.»

«E lo riterrebbe capace dei comportamenti che le accennavo prima?» La voce mi uscì sorprendentemente salda, a dispetto della lotta contro la paura che mi dilaniava interiormente.

«All'epoca in cui lavorai con lui, Leo aveva fantasie ossessive decisamente negative. Molte includevano comportamenti sessuali violenti.»

Un'altra pausa e un'altra inspirazione profonda.

«Secondo me, Leo Fortier è un uomo molto pericoloso.»

«Per caso saprebbe dirmi dove vive adesso?» Questa volta non riuscii a nascondere il tremore nella voce.

«Non ho più avuto contatti con lui dal giorno delle sue dimissioni.»

Stavo già per salutarla, quando mi venne in mente un'ultima domanda. «Dottoressa LaPerrière, di cosa morì la madre di Leo?»

«Di aborto illegale», fu la risposta.

Quando riagganciai il mio cervello era in tumulto. Finalmente avevo un nome. Leo Fortier aveva lavorato con Grace Damas, aveva libero accesso ai terreni della chiesa ed era un individuo estremamente pericoloso. E adesso?

Un rumore sordo e leggero mi richiamò alla realtà e fu così che mi accorsi che la stanza si era tinta di una sfumatura violetta. Aprii le porte-finestre e lanciai un'occhiata fuori. Nuvole pesanti incombevano sulla città e avvolgevano il pomeriggio in un'oscurità precoce. Il vento era girato e l'aria portava già con sé l'odore della pioggia. In giardino la punta del cipresso cominciava a oscillare e per terra si agitavano le foglie.

D'improvviso mi tornò alla mente uno dei primi casi di cui mi ero occupata. Nellie Adams, cinque anni. Avevo sentito la notizia alla radio. Il giorno della sua scomparsa si era scatenato un violento temporale e quella notte, dalla sicurezza e tranquillità del mio letto, avevo continuato a pensare a lei. La piccola era là fuori, sola e terrorizzata in mezzo alla bufera? Sei settimane più tardi l'avevo identificata a partire dal cranio e da alcuni frammenti di costole.

Per l'amor di Dio, Katy, torna qui!

Calmati. Telefona a Ryan.

Il baluginio di un fulmine illuminò il muro della casa. Rientrai e chiusi porte e imposte, quindi feci per accendere una lampada. Niente. Il timer, Brennan. L'hai impostato sulle otto, è ancora troppo presto.

Feci scivolare una mano dietro il divano e premetti l'interruttore del timer. Ancora niente. A tastoni raggiunsi la cucina. Nemmeno lì le luci funzionavano. In preda a un crescente senso di allarme incespicai lungo il corridoio fino alla camera da letto. La sveglia elettrica era spenta. Era saltata la luce. Per un attimo rimasi immobile in cerca di una spiegazione. Il fulmine che avevo visto era caduto da qualche parte provocando un black-out? O forse un ramo abbattuto dal vento aveva spezzato i cavi?

Soltanto allora mi accorsi che nell'appartamento regnava una quiete innaturale. Socchiusi gli occhi e restai in ascolto. Un nuovo cocktail di suoni aveva riempito il vuoto lasciato dall'ibernazione degli elettrodomestici. Fuori, il temporale. Dentro, il battito del mio cuore. Poi, qualcos'altro. Un clic quasi inudibile. Una porta che si chiudeva? Birdie? Dov'era finito Birdie? Nell'altra camera?

Andai alla finestra. Per strada e nelle case di De Maisonneuve l'illuminazione era regolare. Mi precipitai verso le porte-finestre del giardino. Attraverso la pioggia vidi le luci negli appartamenti dei vicini. Dunque ero l'unica. L'elettricità era saltata solo da me. In quel momento ricordai che, aprendo le porte esterne in soggiorno, l'allarme non aveva suonato. Anche l'impianto antifurto era fuori combattimento.

Mi fiondai sul telefono.

La linea era muta.

41

Posai il ricevitore e subito il mio sguardo corse a sondare la penombra che mi circondava. Non incontrò nessuna forma minacciosa, eppure io intuivo una presenza estranea nella casa. In un'alternanza di tremori e irrigidimenti, passai mentalmente in rassegna il mazzo di carte delle opzioni che mi restavano.

Innanzitutto conserva la calma, mi dissi. La tua via di fuga sono le porte-finestre e il giardino.

Ma il cancello del giardino era chiuso e la chiave in cucina. Immaginai il recinto. Ce l'avrei fatta a scavalcarlo? Se anche avessi fallito, almeno sarei stata all'esterno e qualcuno mi avrebbe sentita gridare. Davvero? ragionai poi. *Con quel temporale?*

Aguzzai le orecchie nel tentativo di cogliere il minimo rumore, mentre il cuore sbatteva contro le costole come una falena su un vetro. Vortice di pensieri. Margaret Adkins. La Pitre. Le altre. Le loro gole squarciate. I loro occhi spalancati.

Agisci, Brennan. Agisci! Non star qui ad aspettare di diventare la sua prossima vittima! Ma i miei timori per Katy ostacolavano ogni ragionamento. E se io me ne vado e lui resta qui ad aspettarla? No. No, lui non aspetterà niente. Ha solo bisogno di affermare il suo controllo sulla realtà. Scomparirà e metterà a punto un nuovo piano.

Deglutii, rischiando di urlare per il dolore. D'accordo. Sarei corsa fino alle porte-finestre, le avrei spalancate e mi sarei lanciata sotto la pioggia verso la libertà. Tesa fino allo spasmo, spiccai un balzo in direzione della porta. Cinque passi e avevo aggirato il divano, una maniglia già stretta nel palmo e l'altra mano che armeggiava affannosamente con il chiavistello. Tra le dita febbricitanti l'ottone era gelido.

Di colpo, una mano sbucata dal nulla e grande come una casa

mi afferrò il viso tirandomi all'indietro e premendomi la testa contro un torace di cemento. Sentii che mi si spaccavano le labbra e mi si storceva la mascella. Il palmo mi coprì la bocca, mentre un odore familiare si insinuava nelle mie narici. Era una mano innaturalmente liscia e scivolosa. Con l'angolo dell'occhio intravidi un bagliore metallico e qualcosa di freddo si appoggiò alla mia tempia destra. In quel momento la paura era un rumore bianco che sopraffaceva la mia mente cancellando tutto ciò che non era il mio corpo e il corpo del mio aggressore.

«Finalmente, dottoressa Brennan. Ci contavo proprio su questo appuntamento.» Lingua inglese, pronuncia francese. Parlata morbida e bassa. Il recitativo di una canzone d'amore.

Tentai di divincolarmi, agitando le braccia e contorcendomi. La sua presa era una morsa. Disperata, allungai le mani stringendo solo aria.

«Oh, no. No, non opporre resistenza. Questa serata la passeremo insieme, tu e io. Non c'è nessun altro al mondo, a parte noi.» Sentivo il suo fiato sfiorarmi il collo mentre continuava a stringermi. Come la mano, anche il suo corpo sembrava stranamente liscio e compatto. Mi sentii travolgere da un'ondata di panico. Ero del tutto impotente.

Non riuscivo più a pensare. Non riuscivo a parlare e, anche potendo, non avrei saputo se supplicarlo, contrastarlo o tentare di ragionarci. Mi teneva la testa immobilizzata, la mano che mi schiacciava le labbra contro i denti. In bocca, sapore di sangue.

«Non hai niente da dire? Be', allora chiacchiereremo più tardi.» Aveva uno strano modo di parlare, si umettava in continuazione le labbra per poi risucchiarle forte contro gli incisivi.

«Ti ho portato una cosa, sai?» Sentii il suo corpo muoversi e la mano staccarsi dalla mia bocca. «Un regalino.»

Una specie di fruscìo metallico e la mia testa venne spinta in avanti, mentre qualcosa di freddo mi guizzava davanti alla faccia e sul collo. Il suo braccio ebbe uno scatto e mi ritrovai scaraventata in un luogo impensabile, uno spazio fatto di luce accecante, tosse e conati di vomito. Capii cos'era quel dolore solo osservando e interpretando i suoi gesti.

Per un attimo allentò la stretta, quindi tirò la catena con rinnovata violenza serrandola all'altezza della laringe e torcendomi ancora una volta la mascella e le vertebre. Una fitta lancinante mi sconvolse da capo a piedi.

Le mie braccia brancolarono nel vuoto e mentre rantolavo cercando disperatamente di prendere fiato lui mi girò, mi afferrò le mani e mi immobilizzò i polsi con un'altra catena. Strinse forte, con uno strattone brutale la agganciò a quella che mi aveva passato intorno al collo, quindi tirò entrambe verso l'alto. Sentii un incendio esplodermi nei polmoni. Il mio cervello gridava implorando aria. Lottai per non perdere i sensi, il volto coperto di lacrime.

«Oh, ti ho fatto male? Ma come mi dispiace...»

Riabbassò la catena, e la mia gola torturata e soffocata gemette di nuovo.

«Sembri un grosso pesce appeso all'amo che non riesce a respirare.»

Ora l'avevo di fronte, i suoi occhi a pochi centimetri dai miei. Il dolore insopportabile mi permise di registrare solo pochi particolari. Era una faccia qualunque. La faccia di un animale qualunque. Gli angoli della bocca gli tremavano, come solleticati dal ricordo di una barzelletta. Mi passò la punta di un coltello intorno alle labbra.

Quando cercai di parlare avevo il palato così asciutto che la lingua vi rimase incollata. Provai a deglutire.

«Vorre...»

«Stai zitta! Stai zitta, troia che non sei altro! Lo so cosa vorresti, lo so. So cosa pensi di me. So che cosa pensate tutti di me. Credete che sia un mostro da sterminare. Be', invece sono normale. Normale! E adesso comando io.»

Stringeva il coltello con tale veemenza che gli tremava la mano. Una mano pallida come quella di un fantasma, le nocche bianche e sporgenti. I guanti chirurgici! Ecco cos'era quell'odore familiare. La lama mi azzannò la guancia e un sottile filo di calore si fece strada fino al mento. Ero alla sua mercé totale.

«Prima che io abbia finito il mio lavoro ti strapperai le mutande dal desiderio, *dottoressa* Brennan. Ma questo succederà dopo. *Dopo*. Per il momento, limitati a parlare quando te lo ordino io.»

Aveva il respiro affannoso, le narici esangui. La sua mano sinistra giocherellava con la catena, avvolgendosela ostentatamente intorno al palmo.

«E adesso dimmi.» Tono calmo. «A cosa stai pensando?» Occhi freddi e spietati, quelli di un mammifero del Mesozoico. «Credi che sia pazzo?»

Mi trattenni dal rispondere. La pioggia sferzava la finestra alle sue spalle.

Uno strattone alla catena e la mia faccia tornò a sfiorare la sua. Il suo alito era come una carezza sul sudore della mia pelle.

«Sei preoccupata per la tua bimba?»

«Che cosa ne sai di lei?» Dolore lancinante.

«Oh, io so tutto di voi, dottoressa Brennan.» La sua voce pacata e zuccherina si insinuò come una creatura oscena nelle mie orecchie. Continuavo a inghiottire nonostante il bruciore alla gola, volevo parlare e al contempo evitare di provocarlo. I suoi umori oscillavano come un'amaca sotto un uragano.

«Lo sai dov'è adesso?»

«Forse.» Sollevò di nuovo la catena, questa volta adagio, obbligandomi ad allungare il collo fino alla sua massima estensione, quindi mi accarezzò la gola con un lento movimento del coltello.

Un fulmine improvviso squarciò il buio facendogli tremare violentemente la mano. «Allora, è abbastanza stretta?»

«Per... favore...» Le mie parole quasi un rantolo.

Tornò ad allentare la catena, consentendomi di abbassare il mento. Deglutii e inspirai a fondo. La mia gola era una palla di fuoco e il collo un ammasso livido. Sollevai le mani per massaggiarmelo, ma lui me le riabbassò tirando con violenza la catena ai polsi. Altro fremito della bocca.

«Allora, non hai niente da dire?» Mi fissò, i suoi occhi due pupille nere dilatate. Gli tremavano anche le palpebre inferiori.

Mi chiesi in preda all'orrore come avevano reagito le altre. Cosa aveva fatto Gabby?

Di nuovo la catena si rialzò al di sopra della mia testa e la tensione aumentò. Un bambino che tortura un animale. Un bambino con istinti omicidi. Alsa. I segni nelle carni di Gabby. Cosa aveva detto J.S.? Come sfruttare quelle informazioni a mio vantaggio?

«Per favore... Vorrei... parlarti... Perché non andiamo... da qualche parte... a... bere qualcosa e...»

«Troia!»

Uno scatto del braccio e la catena si tese senza pietà. Nuove fiammate mi avvolsero il collo e la testa. Istintivamente sollevai le mani, ma erano impotenti e ghiacciate.

«La grande *dottoressa* Brennan non beve, non è così? Lo sanno tutti.»

Attraverso le lacrime vedevo le sue palpebre guizzare incontrollabilmente. Era vicino al punto di non ritorno. Oh, Signore! Aiutami, ti prego!

«Sei come tutte le altre. Pensi che sia pazzo, vero?»

Dal mio cervello continuavano a partire due messaggi insistenti: scappa! Cerca Katy!

Invece ero lì, in sua balia, e il vento gemeva e la pioggia sferzava le finestre. In lontananza udii un clacson. L'odore del suo sudore iniziava a confondersi con il mio. I suoi occhi, vitrei di follia, mi perforavano il viso. Credevo che mi scoppiasse il cuore.

Poi nel silenzio della camera da letto si udì un piccolo tonfo, e per un istante le sue palpebre si socchiusero. Sulla soglia della porta apparve Birdie, che subito emise un verso stranissimo, qualcosa a metà fra un grido e un ruggito. Gli occhi di Fortier virarono in direzione dell'ombra bianca. Fu allora che decisi di tentare il tutto per tutto.

Concentrando tutto l'odio e la paura che mi pervadevano in quell'attacco disperato, sollevai un ginocchio e lo colpii con forza nei genitali. Fortier si piegò su se stesso con un urlo. Approfittai di quell'istante per strappargli di mano le estremità delle catene e lanciarmi in corridoio. Terrore e disperazione mi avevano messo le ali ai piedi, eppure avevo la sensazione di muovermi al rallentatore.

Fortier si riprese in fretta, e l'urlo di dolore si convertì in un grido di rabbia.

«*Brutta puttana!*»

Continuai a correre, rischiando di inciampare a ogni passo nelle catene.

«*Sei morta, troia! Morta!*»

Lo sentivo alle mie spalle, nel buio, ansimante come un animale impazzito. «*Sei mia! Non crederai di scappare così?*»

Sbandai oltre l'angolo, contorcendo i polsi nel tentativo di liberarmi della catena. Il sangue mi rimbombava nelle orecchie come un fiume in piena e procedevo come un robot, meccanicamente, senza pensare.

«*Troia maledetta!*»

Si piazzò tra me e la porta d'ingresso, obbligandomi a deviare verso la cucina. Nella mia mente un solo riferimento: le porte-finestre!

La mano destra scivolò fuori dalla catena.

«*Puttana! Sei mia! Mia!*»

Ancora due passi e il dolore tornò a impossessarsi di me più violento che mai. Credetti che mi avessero ceduto le vertebre del collo. Il braccio sinistro si sollevò, mentre la testa si girava di scatto: era riuscito ad afferrare un'estremità della catena superiore. Sentii le viscere contrarsi di nuovo e i polmoni esaurire di colpo ogni scorta d'aria.

Cercai di disimpegnare la gola usando la mano libera, ma più ci provavo più lui tirava e la catena mi affondava nelle carni.

Lentamente si riavvolse le maglie intorno al palmo, risucchiandomi a sé. Mi sembrava quasi di fiutare la sua frenesia e di avvertire il tremito del suo corpo attraverso le vibrazioni della catena. Una maglia dopo l'altra, la distanza si accorciava. Ormai mi stava assalendo un senso di vertigine e temetti di svenire.

«Questa me la paghi, troia maledetta.» La sua voce un sibilo.

La mancanza di ossigeno mi faceva formicolare la faccia e la punta delle dita e rimbombare le orecchie. Intorno a me la stanza si deformava. Una manciata di punti scuri si piazzò al centro del mio campo visivo, coagulandosi e poi allargandosi come un cumulo nero sfilacciato dal vento. Attraverso quella nuvola vedevo le piastrelle di ceramica della cucina sollevarsi al rallentatore e gonfiarsi verso di me. Osservai le mie braccia tendersi, mentre continuavo a ondeggiare in avanti insensibile.

A un tratto mi sentii affondare un angolo del ripiano della credenza nello stomaco e la testa sbatté contro un pensile. Per la seconda volta a Fortier scivolò la catena di mano, ma subito il suo corpo premette da dietro sul mio.

Allargò le gambe modellandosi contro la mia schiena e spingendomi ancora più forte contro il ripiano. Il bordo della lavastoviglie mi si conficcò dolorosamente nell'inguine sinistro, ma almeno adesso riuscivo a respirare.

Il suo torace si sollevò, ogni fibra tesa come una fionda pronta a partire. Ruotando il polso riguadagnò la presa sulla catena e mi obbligò a piegare la testa all'indietro. Quindi mi passò una mano davanti alla gola, puntandomi il coltello sotto l'angolo della mascella. Sentivo la carotide pulsare contro l'acciaio gelido e il suo alito inondarmi la guancia sinistra.

Mi tenne in quella posizione per un'eternità, il collo inarcato, le braccia inutilmente tese, come una carcassa appesa a un gancio. Avevo la sensazione irreale di osservarmi da una grande distanza, spettatrice sconvolta e impotente.

Portai la mano destra fino al piano della credenza, sforzandomi di fare perno per allentare la tensione della catena. In quel tentativo sfiorai qualcosa. Il cartone di aranciata. Il coltello.

Silenziosamente, le mie dita si chiusero intorno al manico. Gemi. Singhiozza. *Distrailo!*

«Sta' buona, puttana. Adesso giochiamo a un giochetto, eh? A te piacciono i giochetti, non è vero?»

Pianissimo, facendo la massima attenzione, ruotai il coltello e mi produssi in rumorosi colpi di tosse per coprire eventuali fruscii.

La mano mi tremò. Per un istante fui colta dall'esitazione.

Poi rividi le donne e ciò che aveva fatto loro, provai il loro terrore e conobbi la disperazione dei loro ultimi istanti.

Colpisci!

Sentii l'adrenalina riversarmisi nelle vene e nel torace come un fiume di lava che trabocca sul fianco di un vulcano. Se dovevo morire, non sarei morta come un topo in gabbia ma caricando il nemico con tutta l'energia che mi restava in corpo. In una frazione di secondo la mia mente tornò lucida: ero di nuovo protagonista attiva del mio destino. Strinsi il coltello, lama all'insù, e calcolai l'angolazione. Quindi vibrai il colpo oltre la mia spalla sinistra, e in quello slancio misi tutta la forza della paura, della disperazione e della vendetta.

La punta incontrò l'osso, scivolò deviandolo leggermente, affondò in una morbidezza pastosa. Il suo primo urlo non era stato nulla in confronto a quello che ora gli lacerò la gola. Mentre indietreggiava incespicando, la sua mano sinistra ricadde verso il basso e la destra mi sfiorò il collo. L'estremità della catena si srotolò fino a toccare il pavimento, allentando la sua stretta mortale.

Immediatamente avvertii un dolore sordo intorno alla gola, poi qualcosa di umido. Qualunque cosa fosse, non mi importava. Volevo solo aria. Inspirai avidamente, sollevando le mani per allentare le manette ai polsi e toccare quello che sapevo già essere il mio sangue.

Alle mie spalle un altro urlo. Acuto, primordiale, il ruggito di una belva in agonia. Ansimando e appoggiandomi al piano della credenza, mi girai a guardare.

Stava ancora arretrando, una mano sollevata a coprirsi il viso, l'altro braccio teso in cerca di equilibrio. Dalla bocca gli uscivano spaventosi gorgoglii. Urtò contro la parete in fondo e, lentamente, si accasciò sul pavimento. Scivolando, la mano aperta disegnò un serpente nerastro sul muro. Per un attimo vidi la sua testa oscillare avanti e indietro, poi un rantolo sottile gli sfuggì dalla gola. Le mani piombarono a terra e la testa si fermò, il mento abbassato, gli occhi fissi.

La calma e il silenzio improvvisi mi lasciarono quasi paralizzata. Sentivo solo il mio respiro e i suoi gemiti sempre più flebili, ma attraverso la cortina di dolore fisico iniziavo a riconquistare il senso dell'orientamento e il contatto con la realtà. Là c'era il lavandino. E il gas. Lì il frigorifero, spento. Qualcosa di scivoloso sotto i piedi.

Tornai a guardare la sagoma inerte accasciata sul pavimento, gambe tese in avanti, mento ripiegato sul petto, schiena contro il muro. Nella penombra intravidi una scia scura che dal torace gli scendeva verso la mano sinistra.

In quel momento un fulmine saettò in cielo illuminando la scena.

Nella membrana blu pavone che lo inguainava il corpo appariva lucido e perfettamente liscio, mentre un berretto rosso e azzurro gli appiattiva i capelli trasformando la testa in un ovale privo di lineamenti.

Il manico del coltello gli spuntava dall'occhio sinistro come una bandierina su un campo da golf. Rivoli di sangue percorrevano la faccia e la gola, tingendo di scuro lo spandex sul petto. Leo Fortier aveva smesso di gemere.

Un colpo di tosse e la flotta di punti nerastri tornò istantaneamente a galleggiare nel mio campo visivo. Mi sentii cedere le gambe e dovetti cercare sostegno contro il banco.

Avevo ancora bisogno di aria, di respirare profondamente. Mi portai le mani all'altezza della gola, nel tentativo di togliere la catena, e per l'ennesima volta avvertii qualcosa di caldo e scivoloso. Riabbassai una mano e guardai. Ma certo. Stavo sanguinando.

Avanzai verso la porta, pensando a Katy, pensando che dovevo chiedere aiuto, quando un rumore mi paralizzò. Il fruscio delle maglie d'acciaio! Un lampo bianco riempì la stanza. Poi uno nero.

Troppo esausta per mettermi a correre, mi girai. Una silhouette scura si stava avvicinando silenziosamente.

La mia voce. Una nuova esplosione di punti. Infine la nuvola nera avvolse ogni cosa.

Sirene in lontananza. Voci. Un peso sulla gola.

Aprii gli occhi. Luce. Movimento. Un corpo chino su di me. Una mano che mi premeva qualcosa sul collo.

Chi? Dove? Il mio soggiorno. Ricordi. Panico. Sforzo disperato per tirarmi a sedere.

«*Attention. Attention. Elle se lève.*»

Mani che delicatamente tornavano a sospingermi in posizione sdraiata.

Poi una voce familiare. Inattesa. Fuori contesto.

«Non si muova. Ha perso molto sangue. Sta arrivando un'ambulanza.»

Claudel.

«Dove so...?»

«Al sicuro. L'abbiamo preso.»

«Quel che resta di lui...» Charbonneau.

«Katy?»

«Stia giù. Ha uno squarcio in gola e su un lato del collo. Ha già perso abbastanza sangue, preferiremmo che stesse calma.»

«E mia figlia?»

Le loro facce galleggiavano sopra di me. Un nuovo fulmine le pennellò di bianco.

«Katy?» Mi batteva forte il cuore. Non riuscivo a respirare.

«Sta bene. Non vede l'ora di incontrarla. È in buona compagnia, con degli amici.»

«*Tabernac.*» Claudel si alzò dal divano. «*Où est cette ambulance?*»

Andò in corridoio, lanciò un'occhiata a qualcosa sul pavimento della cucina, quindi verso di me, una strana espressione dipinta sul viso.

L'ululato di una sirena si fece sempre più forte, fino a riempire la mia via. Poi un'altra. Attraverso le porte-finestre vidi pulsare dei bagliori rossi e azzurrini.

«Si rilassi, ora», mi disse Charbonneau. «Sono arrivati. Di sua figlia ci occupiamo noi. È tutto finito.»

42

Nei miei file ufficiali resta un buco. Un buco di quarantott'ore. I due giorni sono lì, ma confusi e privi di ordine cronologico, un collage di immagini e sensazioni scollegate che si alternano a loro esclusivo piacimento.

Un orologio con numeri sempre diversi. Dolore. Mani che mi tiravano, mi toccavano, mi sollevavano le palpebre. Voci. Una finestra illuminata. Una finestra buia.

Facce. Claudel sotto una luce al neon. La silohuette di Jewel Tambeaux contro un rovente sole bianco. Ryan in un cono di luce gialla, che lentamente sfogliava delle pagine. Charbonneau appisolato, i riflessi azzurrini di uno schermo sulla sua faccia.

Mi avevano imbottita di una quantità di farmaci sufficiente a obnubilare un esercito, e distinguere tra il sonno drogato e la realtà della veglia mi è oggi quasi impossibile. Sogni e ricordi continuano a vorticare su se stessi come l'occhio di un ciclone, e per quanto mi sforzi di ricostruire un percorso logico le immagini di quei due giorni continuano a sfuggirmi.

Tornai lucida solo il venerdì.

Aprii gli occhi e c'era il sole, vidi un'infermiera intenta a regolare il flusso di una flebo e capii dove mi trovavo. Alla mia destra qualcuno produceva un lieve fruscìo. Girai la testa, ma restai quasi paralizzata da una fitta di dolore. Una specie di sordo martellamento nel collo mi disse che tentare di muovermi ancora sarebbe stato un suicidio.

«Sopravvivrò?» chiesi con voce impastata.

«*Mon Dieu.*» Sorriso.

Deglutii e ripetei la domanda. Mi sentivo le labbra gonfie e dure.

L'infermiera mi prese il polso, vi appoggiò sopra due dita e si concentrò sull'orologio.

«Così dicono.» Ryan lasciò scivolare l'agenda in tasca, si alzò e si avvicinò al letto. «Trauma, lacerazione dei tessuti del collo e della regione della gola con consistente perdita di sangue. Trentasette punti, dati con grande perizia da un ottimo chirurgo plastico. Prognosi: la signora sopravvivrà.»

L'infermiera gli lanciò un'occhiata di disapprovazione. «Dieci minuti», gli disse, e se ne andò.

Una scheggia di memoria perforò la nebbia chimica che mi avvolgeva.

«Katy?»

«Si rilassi. Sarà qui a momenti. È venuta anche prima, ma lei era ancora nel mondo dei sogni.»

Lo guardai con espressione interrogativa.

«Era arrivata con un'amica, una studentessa della McGill, poco prima che la portassero via in ambulanza. Nel pomeriggio si era fatta accompagnare fino a casa sua, ma senza le chiavi era riuscita a passare solo il portone convincendo qualcuno ad aprirle. A quanto pare non tutti i suoi vicini si pongono problemi di sicurezza.» Agganciò la cintura dei jeans con un pollice. «In ogni caso, a quel punto le telefona in ufficio, ma non la trova neanche lì. Allora lascia lo zaino davanti alla porta per segnalare il proprio arrivo e si rimette in contatto con l'amica. A più tardi, mamma.

«Ha intenzione di rifarsi viva verso l'ora di cena, ma scoppia il temporale e si trattiene da Hurley's a bere un tè e a scaldarsi. Intanto chiama, ma non prende mai la linea. Quando finalmente è arrivata c'è mancato poco che le venisse una crisi nervosa. Non so come sono riuscito a calmarla. Una funzionaria del servizio assistenza alle vittime è rimasta in contatto con lei aggiornandola costantemente, ma nonostante le offerte di alloggio ha preferito andare a stare dalla sua amica. Comunque è venuta qui tutti i giorni e muore dalla voglia di vederla.»

Inutile sforzarsi di ricacciare indietro le lacrime di sollievo. Ryan mi porse un fazzolettino, guardandomi con un'espressione strana. Anche a me faceva effetto vedere la mia mano sulle lenzuola verdi dell'ospedale, era come se non fosse mia. Avevo un braccialetto intorno al polso e sotto le unghie riconobbi minuscole tracce di sangue rappreso.

Nuovi byte di memoria. Un fulmine. Il manico di un coltello.
«E Fortier?»
«Non adesso.»
«Adesso, invece.» Il dolore al collo stava aumentando e sapevo che presto non mi sarei sentita più in grado di sostenere una conversazione. Inoltre temevo il ritorno di Florence Nightingale.
«Ha perso moltissimo sangue, ma la medicina moderna ha miracolato il bastardo. Da quello che ho capito, la lama gli ha trapassato l'orbita ma poi è scivolata nell'etmoide senza penetrare il cranio. Ci rimetterà l'occhio, ma i seni se la caveranno alla grande.»
«Molto divertente.»
«Si è infilato in casa passando dalla porta difettosa del garage e scassinando la serratura mentre lei era fuori. Ha disattivato l'allarme e l'impianto elettrico. Lei non se n'è accorta perché il portatile va anche con la batteria e il telefono non dipende dalla corrente. Probabilmente ha isolato la linea subito dopo la sua ultima telefonata. Quando Katy ha lasciato lo zaino sulla porta, lui doveva essere già dentro.»

Secondo ghiacciolo di paura. Una mano potente. Qualcosa che mi serrava la gola.
«Adesso dov'è?»
«Qui.»
Provai a mettermi seduta, ma il mio stomaco me lo impedì e Ryan mi spinse delicatamente contro il cuscino.
«È sotto stretta sorveglianza, Tempe. Non andrà più da nessuna parte.»
«Ma Saint-Jacques?» Mi tremava la voce.
«Ne riparliamo.»
Avevo mille domande da fare, ma era troppo tardi. Stavo riscivolando nel buco di assenza che mi aveva inghiottito in quegli ultimi due giorni.
Di lì a poco tornò anche l'infermiera, che incenerì Ryan con un'occhiata. Non lo vidi nemmeno uscire.

Quando mi risvegliai, lui e Claudel stavano chiacchierando a bassa voce vicino alla finestra. Fuori era buio. Avevo continuato a sognare Jewel e Julie.
«Jewel Tambeaux è venuta qui, oggi?»

Si voltarono nella mia direzione.

«Oggi no. Giovedì», rispose Ryan.

«Fortier?»

«Hanno sciolto la prognosi.»

«Parla?»

«Sì.»

«È lui Saint-Jacques?»

«Sì.»

«E?»

«Perché non aspetta di essersi ripresa un po'?»

«Voglio saperlo adesso.»

Si scambiarono un'occhiata, poi si avvicinarono al letto e Claudel si schiarì la voce.

«Leo Fortier, trentadue anni. Vive all'altro capo dell'isola con la moglie e i due figli. Passa da un lavoretto all'altro, niente di stabile. Nel 1991 ha una relazione con Grace Damas. Si conoscono nella macelleria dove entrambi lavorano.»

«La Boucherie Saint-Dominique.»

«*Oui*.» Claudel mi guardò stupito. «Dopo un po' però le cose prendono una brutta piega. Lei minaccia di spifferare tutto alla moglie e comincia a ricattarlo. Lui ne ha abbastanza. Un giorno le dà appuntamento in negozio, dopo il lavoro, la uccide e la fa a pezzi.»

«Certo corre un bel rischio.»

«Il padrone è fuori città, il negozio resta chiuso un paio di settimane. Ha tutti gli attrezzi a disposizione. Insomma, la fa a pezzi e poi la scarica a Saint-Lambert, dove la sotterra. Pare che lo zio fosse un custode dei terreni del monastero: o gli diede direttamente la chiave, o Fortier se la procurò da solo.»

«Émile Roy.»

«*Oui*.» Di nuovo l'espressione stupita.

«Ma la storia non finisce qui», intervenne Ryan. «È sempre all'interno delle proprietà del monastero che si libera anche della Trottier e della Gagnon. Le porta lì, le uccide, le smembra nel seminterrato. Poi pulisce tutto perché Roy non se ne accorga. Ma quando stamattina Gilbert e gli altri hanno passato i locali al Luminolo, si sono accese più luci che ai grandi magazzini sotto Natale.»

«È così che si è introdotto anche al Grand Séminaire», osservai.

«Sì. Dice che l'idea gli venne mentre seguiva Chantale Trottier: in pratica suo padre abitava girato l'angolo. Al seminario Roy aveva un intero pannello con le chiavi d'accesso a un gran numero di chiese e monasteri. Fortier non doveva fare altro che scegliere.» Claudel.

«Ah, e Gilbert le ha tenuto da parte una bella sega da cucina. Vedrà che luccichio.» Ryan.

Poi forse notò un'espressione sul mio viso.

«Naturalmente quando si sentirà meglio», aggiunse.

«Oh, non vedo l'ora.» Mi sforzavo di essere all'altezza, ma il mio cervello contuso cominciava già a fare i capricci.

Arrivò anche l'infermiera.

«È un colloquio riservato fra agenti di polizia.» Claudel.

La donna incrociò le braccia e scosse la testa.

«*Merde.*»

Li fece uscire di corsa, ma un attimo dopo era di ritorno. Con mia figlia. Katy attraversò la camera senza dire una parola e mi strinse le mani nelle sue. Aveva gli occhi colmi di lacrime.

«Ti voglio bene, mamma.» Un sussurro.

Per un attimo mi limitai a guardarla, ammutolita dalle troppe emozioni che mi si agitavano dentro. Amore. Gratitudine. Senso di impotenza. Adoravo quella ragazza come nessun'altra creatura al mondo e avrei fatto qualunque cosa per la sua felicità e sicurezza. Invece ero del tutto incapace di garantirle entrambe.

«Ti voglio bene anch'io, tesoro.»

Prese una sedia e la sistemò accanto al letto, senza mai perdere il contatto fisico con me. La luce al neon le faceva brillare un'aureola bionda intorno alla testa.

Si schiarì la voce. «Sto da Monica, sai. Frequenta i corsi estivi della McGill e in questo periodo vive a casa. I suoi sono molto gentili con me.» Fece una pausa, incerta su cosa dire e cosa tacere. «Ho portato anche Birdie.»

Lanciò un'occhiata verso la finestra, poi a me.

«C'è un agente che mi contatta un paio di volte al giorno e in qualunque momento è disponibile ad accompagnarmi qui.» Si sporse in avanti, puntando gli avambracci sul letto. «Non sei sveglia da molto.»

«Pian piano tornerò lucida.»

Sorriso nervoso. «Papà chiama ogni giorno per sapere se ho bisogno di qualcosa e per informarsi delle tue condizioni.»

Senso di colpa e di perdita andarono ad aggiungersi alle emozioni precedenti. «Digli che sto bene.»

In quel momento riapparve l'infermiera che, silenziosamente, si appostò al fianco di Katy. «Tornerò domani», disse lei, cogliendo al volo l'invito.

Il mattino dopo mi riferirono la puntata successiva della storia di Fortier.

«Per anni è stato accusato di molestie sessuali lievi. Nel 1977, quando ne aveva quindici, lo denunciarono per il sequestro di una ragazza. Durò un giorno e mezzo, ma la cosa non ebbe seguito: la nonna riuscì a evitargli l'arresto. In linea di massima gli piaceva concentrarsi su una ragazza, seguirla, tenere un diario di tutti i suoi movimenti. Solo nel 1988 lo beccarono per aggressione...»

«Alla nonna.»

Claudel era sempre più stupito. Quel giorno sfoggiava una camicia color malva e una cravatta di seta della stessa sfumatura.

«*Oui*. Una perizia psichiatrica di quel periodo lo descrive come paranoico e compulsivo.» Si girò verso Ryan. «Che altro diceva? Rabbia incontenibile e comportamento potenzialmente violento, specie nei confronti delle donne.»

«Gli diedero sei mesi e alla fine uscì. Un classico.»

Questa volta Claudel si limitò a fissarmi. Poi si pizzicò il naso all'altezza degli occhi e riprese: «A parte la storia della ragazza e le percosse alla nonna, fino a quel momento non aveva commesso reati gravi. Ma uccidendo Grace Damas fa un grosso salto di qualità, il senso di gratificazione lo spinge a mirare più alto. È in quel periodo che affitta il suo primo nascondiglio. Quello sulla Berger viene dopo».

«Non voleva condividere la sua passioncella con la vecchietta.» Ryan.

«E dove li trovava i soldi per l'affitto, con un lavoro part-time?»

«La moglie guadagna. Probabilmente se li faceva dare da lei raccontandole qualche balla. O forse aveva un altro hobby ancora di cui non siamo al corrente. In ogni caso, lo scopriremo.»

Claudel proseguì la sua cronaca in tono distaccato.

«L'anno successivo le battute di caccia diventano una cosa seria, sistematica. Aveva ragione lei, a proposito del metrò. È come ossessionato dal numero sei. Comincia contando le fermate, poi segue la donna che più risponde al suo profilo. La prima è Francine Morisette-Champoux. Per parecchie settimane sale a Berri-UQUAM, scende a Georges-Vanier e la segue fino a casa. Alla fine colpisce.»

Ripensai alle parole della vittima e mi sentii sommergere da una rabbia cieca. Francine Morisette-Champoux avrebbe voluto sentirsi sicura e intoccabile nella sua casa. Quale donna non coltiva questo sogno?

La voce di Claudel tornò a farsi sentire.

«Ma la caccia allo scoperto comporta dei rischi, non è abbastanza controllabile. Così, prendendo spunto dal cartello di casa Champoux, decide di sfruttare gli annunci di vendita immobiliare. È una chiave perfetta.»

«Così arriva alla Trottier?» Avevo la nausea.

«Così arriva alla Trottier. Questa volta prende la linea verde, sei fermate come al solito e scende ad Atwater. Una camminata nei dintorni, finché non vede il cartello: è arrivato al palazzo del padre. Si apposta, con calma, osserva Chantale andare e venire. Dichiara di aver notato il simbolo del Sacro Cuore sulla sua uniforme scolastica, e di averla spiata anche lì, qualche volta. Poi l'agguato.»

«E ormai ha anche trovato un posto più sicuro in cui compiere i suoi massacri.» Ryan.

«Il monastero. Un luogo perfetto. Ma come convinse Chantale a seguirlo?»

«Un giorno aspetta finché è sicuro di trovarla sola in casa, suona il campanello, chiede di vedere l'appartamento. Lei gli apre. È un potenziale acquirente, giusto? Però non lo fa entrare. Alcuni giorni dopo la accosta al ritorno da scuola. Ma che combinazione, sai che avevo un appuntamento un quarto d'ora fa per vedere la casa? Peccato che non sia ancora arrivato nessuno. Chantale sa quanto suo padre ci tiene a concludere, così stavolta alla fine accetta di farlo entrare. Il resto è storia nota.»

Il tubo al neon sopra il mio letto ronzava piano.

«Ma Fortier non vuole rischiare sotterrando un secondo corpo nei terreni del monastero, così la porta fino a Saint-Jérôme. La zona però non gli piace: il viaggio in macchina è troppo lungo, e se lo fermassero per strada? Gli vengono in mente le chiavi al seminario. La prossima volta si organizzerà meglio.»

«Tocca alla Gagnon.»

«Curva dell'apprendimento.»

«*Voilà*.»

Come al solito la conversazione fu interrotta dall'arrivo di un'infermiera, ma questa era una versione più giovane e gentile della mia cerbera feriale. Lesse la mia scheda medica, mi tastò la fronte e mi prese il polso. Per la prima volta mi accorsi che non ero più sotto flebo.

«Si sta stancando?»

«No, sto bene.»

«Se vuole un altro analgesico, lo chieda pure.»

«Vediamo se riesco a cavarmela anche senza.»

Mi sorrise e uscì.

«E la Adkins?»

«Quando parla di lei, si agita moltissimo», riferì Ryan. «Si chiude. È come se di tutte le altre andasse fiero ma con lei fosse successo qualcosa, ci fossero stati dei problemi.»

In corridoio passò un carrello delle medicine, le ruote di gomma silenziose sulle piastrelle.

Perché la Adkins faceva eccezione?

Una voce robotica sollecitò qualcuno a chiamare l'interno 237.

Perché tutto quel disordine sulla scena del delitto?

Le porte dell'ascensore sibilarono. Aperte. Chiuse.

«Riflettiamo un momento», dissi. «Ha la sua tana sulla Berger. Finora tutto ha funzionato. Individua le sue vittime in metropolitana e con il sistema dei cartelli, dopodiché le segue fino al momento buono. Dispone di un luogo sicuro in cui ucciderle e in cui sotterrarle. Forse è perché funziona *troppo* bene. Forse l'eccitazione è calata, deve tornare ad alzare la posta. Così decide di tornare in casa delle sue vittime, come ha fatto con la Morisette-Champoux.»

Ripensai alle foto. La tuta da ginnastica. La pozza di sangue scuro intorno al corpo.

«Ma ha un calo di attenzione. Abbiamo scoperto che prima di

recarsi dalla Adkins aveva telefonato per fissare un appuntamento. L'imprevisto è il marito che a sua volta telefona mentre lui è lì. Deve ucciderla in fretta. E farla a pezzi in fretta, mutilarla con qualunque cosa ci sia a portata di mano. Ce la fa, anche questa volta la passa liscia, ma ha perso il controllo della situazione.»

La statuetta. Il seno mutilato.

Ryan annuì.

«I conti tornano. L'omicidio non è che l'ultimo atto della sua fantasia di controllo: posso ucciderti o lasciarti vivere. Posso nascondere il tuo corpo o piazzarlo in bella vista. Posso privarti del tuo sesso mutilandoti un seno o addirittura la vagina. Posso ridurti all'impotenza tagliandoti le mani. Ma di colpo il marito telefona, compromettendo il potenziale di gratificazione della fantasia.»

«Disinnescando l'esaltazione.» Ryan.

«Prima della Adkins non si era mai servito di oggetti rubati. Forse dopo ha avuto bisogno di usare la sua carta di credito per riaffermare il proprio potere.»

«O forse aveva problemi di liquidità, era in scimmia da sniffo ma gli mancava il grano.» Claudel.

«Comunque è strano. Delle altre quasi non riesce a smettere di parlare, ma quando arriva alla Adkins si chiude come un'ostrica.» Ryan.

Per un po' nessuno disse più nulla.

«E la Pitre e la Gautier?» chiesi infine, cercando di evitare la vera domanda.

«Sostiene di non aver niente a che fare con loro.»

Poi Ryan e Claudel si scambiarono un sussurro che non riuscii a interpretare, e un brivido si diffuse all'interno della mia cassa toracica, mentre *la* domanda prendeva insistentemente forma. La ignorai ancora per qualche istante, ma alla fine si insinuò nella mia gola rivestendosi di parole.

«Ditemi di Gabby.»

Claudel abbassò lo sguardo sulla punta dei piedi.

Ryan si schiarì la voce.

«Tempe, ha già passato una brutta...»

«Gabby», ripetei. Lacrime bollenti bussavano alle mie palpebre.

Ryan annuì.

«Perché?»

Silenzio.

«È colpa mia, vero?» Non riusciva a controllare la voce.

«Questo animale è un pazzo scatenato», sbottò infine senza più contenersi. «Ha una sete inestinguibile di potere. Non parla molto della sua infanzia, ma la rabbia che vomita nei confronti della nonna è così forte che quando esci senti il bisogno di farti una doccia. È lei la causa di tutti i suoi problemi. Dice che l'ha rovinato. Per quel che ne sappiamo noi, aveva una personalità dominatrice ed era una fanatica religiosa. Probabilmente il suo senso di impotenza deriva dalle dinamiche instaurate fra di loro.»

«Che tradotto significa: fa cilecca con le donne e la colpa è della vecchia», sintentizzò Claudel.

Ryan sembrava riluttante a continuare.

«All'inizio spiare gli basta per illudersi di essere in una posizione di totale controllo. Osserva le sue vittime, le segue, sa tutto di loro e loro non se ne rendono nemmeno conto. Un'altra garanzia contro il rifiuto. Ma dopo un po' non è più sufficiente. Uccide la Damas, si accorge che la cosa gli piace e decide di fare carriera. Comincia a sequestrare e ad assassinare tutte le sue vittime. La vita e la morte: la forma di controllo finale e decisiva. Loro dipendono da lui, e lui è implacabile.»

Fissavo le sue iridi azzurre fiammanti.

«Poi arriva lei a dissotterrare Isabelle Gagnon.»

«Sono una minaccia», dissi, sapendo già dove stava andando a parare.

«Il modus operandi non è più perfetto. Per colpa della dottoressa Brennan, Fortier si sente in pericolo. È lei che rischia di far saltare l'intera fantasia in cui lui ha il ruolo di protagonista assoluto.»

Rapido caleidoscopio degli avvenimenti delle ultime settimane.

«All'inizio di giugno recupero e identifico il cadavere di Isabelle Gagnon. Tre settimane dopo Fortier uccide Margaret Adkins, e il giorno successivo piombiamo in Rue Berger. Tre giorni dopo trovo lo scheletro di Grace Damas.»

«Esatto.»

«È furente.»

«Più che furente. Queste cacce sono il suo unico modo per sfogare il disprezzo che nutre per le donne...»

«O la rabbia nei confronti della nonnina.» Claudel.

«E io sono una donna.»

Ryan tirò fuori una sigaretta, poi si ricordò dov'era.

«Inoltre, commette un errore. Con l'omicidio Adkins è stato disattento, a momenti si fa beccare con la carta di credito.»

«Perciò gli serve un capro espiatorio.»

«Non può ammettere con se stesso di aver fatto una cazzata. E sicuramente non può accettare l'idea di essere inchiodato proprio da una donna.»

«Ma perché Gabby? Perché non io?»

«Chi lo sa? Puro caso? Una coincidenza temporale? Magari la sua unica colpa è stata uscire di casa un attimo prima di lei.»

«No, non credo. È evidente che mi ha curato per un bel po'. Non è forse stato lui a mettermi il cranio in giardino?»

Cenni affermativi.

«E allora avrebbe anche potuto aspettare e prendermi come ha fatto con le altre.»

«Un bastardo malato.» Claudel.

«Il fatto è che Gabby non era come le altre, non è stata una scelta casuale. Fortier sapeva dove vivevo. Sapeva che lei abitava con me.»

In realtà parlavo più con me stessa che non con loro. Qualcosa di simile a un aneurisma emotivo cresciuto nel corso di quelle ultime settimane e controllato solo con la forza di volontà stava ora minacciando di esplodere.

«L'ha fatto apposta. Voleva che sapessi. Gabby era un messaggio, né più né meno del cranio.»

Sentii la mia voce farsi sempre più acuta. Rividi una busta appoggiata alla maniglia della mia porta. Una cornice ovale di mattoni. La faccia gonfia di Gabby e gli orecchini d'argento. Una fotografia di mia figlia.

L'esile pelle del mio aneurisma emotivo si ruppe di colpo, lasciando fuoriuscire settimane di dolore e di tensione.

La gola trafitta da stilettate insopportabili, mi ritrovai a urlare mio malgrado: «No! No! No! Maledetto figlio di puttana! No!»

Ryan ordinò qualcosa a Claudel. Sentii le sue mani sulle mie braccia. Poi l'ago. Il volto dell'infermiera. Il nulla.

43

Il mercoledì successivo Ryan venne a trovarmi a casa. Dalla mia notte d'incubo la terra aveva già compiuto sette rivoluzioni e, almeno per quanto riguardava la mia coscienza, avevo avuto il tempo di ricostruire una versione ufficiale dei fatti.

«Allora, hanno già emesso la sentenza?»

«Lunedì. Cinque condanne di primo grado.»

«Cinque?»

«È probabile che la Pitre e la Gautier non c'entrino.»

«Dimmi una cosa.» Alla fine eravamo passati al tu. «Come faceva Claudel a sapere che Fortier sarebbe venuto qui?»

«Oh, non lo sapeva, ma dalle tue domande sulla scuola aveva capito che Tanguay non poteva essere l'assassino. Controlla, vede che i ragazzi entrano alle otto ed escono alle tre e un quarto e che il nostro uomo merita una medaglia alle presenze: non un'assenza dall'inizio del servizio, e i giorni in questione non coincidevano mai con festività di alcun genere. Intanto ha saputo anche della storia dei guanti.

«Così decide di venire qui per tenerti d'occhio in attesa che ti riassegnino una pattuglia di guardia. Arriva, prova a chiamarti, ma non prende la linea. Scavalca il cancello del giardino e trova le porte-finestre aperte. In quel momento eri troppo impegnata per sentirlo. Avrebbe anche rotto il vetro, ma non ce n'è stato bisogno.»

Claudel. Due volte il mio salvatore.

«Altre novità?»

«Sì. Nella macchina di Fortier hanno trovato una borsa da palestra con dentro tre guinzagli a strozzo, un paio di coltelli da caccia, una scatola di guanti chirurgici e un cambio di vestiti.»

Mentre lui parlava, seduto sul bordo del letto, io facevo i bagagli.

«Il suo kit di lavoro.»

«Aha. Sono sicuro che il guanto di Rue Berger e quello di Gabby vengono proprio da quella scatola.»

Me lo rividi davanti nella sua lucida tenuta da Uomo Ragno, le mani guantate bianche come avorio nella semioscurità.

«Ogni volta che colpiva indossava la tuta da ciclista e i guanti. Persino in Rue Berger. Per questo non abbiamo trovato niente: né fibre, né capelli, né impronte nascoste.»

«Né sperma.»

«Ah, giusto: aveva anche una confezione di preservativi.»

«Un piano perfetto.»

Tirai fuori le vecchie scarpe da ginnastica e le infilai nella sacca.

«Ma perché lo faceva?»

«Questo forse non lo sapremo mai. Sembra che la vecchia fosse davvero inflessibile e ossessiva.»

«Ossessionata da cosa?»

«Dal sesso e da Cristo. Non necessariamente in quest'ordine.»

«E quindi?»

«E quindi, per esempio, tutte le mattine faceva al piccolo Leo un enteroclisma e lo trascinava in chiesa, per purificargli il corpo e lo spirito.»

«Oh, la famosa dieta della messa e del frustino.»

«Abbiamo parlato con i vicini di casa. Una volta Leo stava facendo la lotta con il loro cane e a momenti alla vecchia non venne un infarto perché l'animale aveva avuto un'erezione. Due giorni dopo trovarono il cucciolo con la pancia imbottita di veleno per topi.»

«E Fortier lo seppe?»

«Su questo punto tace, ma in compenso continua a raccontare di un giorno in cui a sette anni la nonna lo colse in flagrante mentre si masturbava. Per punizione gli legò i polsi ai suoi e per tre giorni se lo trascinò dietro ovunque. Prova a parlargli delle mani, e ti accorgi subito che non ci sta più con la testa.»

Smisi di piegare una felpa.

«Ma non è finita qui. Con loro viveva uno zio prete in pensione anticipata. Pare che bighellonasse tutto il giorno per casa in accappatoio, e probabilmente stuprava il nipote. Anche di questo però non parla. Stiamo verificando tutto.»

«La nonna dove si trova adesso?»

«È morta. Poco prima dell'omicidio della Damas.»

«Il fattore scatenante?»

«Chi può dirlo?»

Cominciai a passare in rassegna i costumi da bagno, poi mi stufai e cacciai tutto nella sacca alla rinfusa.

«Tanguay?»

Ryan scosse la testa ed emise un lungo sospiro. «Un altro poveraccio afflitto da gravi problemi di natura sessuale.»

Sospesi la selezione delle calze e lo guardai.

«Certo non è molto sano neanche lui, ma probabilmente non ha mai fatto male a nessuno.»

«Nel senso?»

«Nel senso che fa davvero il professore di biologia e raccoglie animali morti lungo le strade per bollire le carcasse e rimontare gli scheletri: materiale didattico per la scuola.»

«E le zampe?»

«Quelle le seccava per una collezione di zampe di vertebrati.»

«È stato lui a uccidere Alsa?»

«Sostiene di averla trovata morta per strada, dalle parti dell'UQUAM, e di essersela portata a casa. L'aveva appena fatta a pezzi quando lesse l'articolo sulla *Gazette* ed ebbe paura, così la infilò in un sacco e la scaricò alla stazione dei bus. Credo che non sapremo mai come fece a uscire dal laboratorio dell'università.»

«Ma Tanguay era effettivamente il cliente di Julie?»

«In persona. Gli piace andare con le prostitute e farle vestire con la sottoveste di mamma. E...»

Ebbe un'esitazione.

«E....?»

«Sei pronta? Era anche il nostro Fantoccio.»

«No! Il ladro delle camere da letto?»

«Brava. Ecco perché al primo interrogatorio se la faceva sotto: pensava che l'avessimo pizzicato per quello. Aveva elaborato un piano per cui quando non riusciva a rimorchiare si consolava con i suoi pupazzi.»

«Entra in casa di qualcuno e prenditela con il suo pigiama.»

«Esatto. Meglio che niente.»

Ma c'era ancora un punto in sospeso.

«E le telefonate?»

«Questa era la terza possibilità. Telefona a una donna, riaggancia e goditi il solletichino ai genitali. Roba da guardoni. Aveva un'intera lista di numeri.»

«Qualche teoria su come si fosse procurato il mio?»

«Forse l'aveva avuto da Gabby. Spiava anche lei.»

«Ma il disegno che ho trovato nel cestino?»

«Sempre lui, Tanguay. È un patito di arte aborigena. Era la copia di qualcosa che aveva trovato in un libro, un regalo per Gabby. Voleva chiederle di non essere tagliato fuori dal progetto.»

Lo guardai. «Che ironia, eh? Credeva di avere un molestatore, e invece erano addirittura due.»

Sentii gli occhi riempirsi di lacrime. La cicatrice emotiva cominciava a formarsi, ma era ancora allo stato embrionale. Mi sarebbe occorso parecchio tempo prima di poter tornare a pensare a lei.

Ryan si alzò e si stirò. «Dov'è Katy?» chiese, cambiando argomento.

«È andata a comprare dell'olio solare.» Tirai le stringhe della sacca e la depositai sul pavimento.

«Come sta?»

«Benone, mi sembra. Si prende cura di me come un'infermiera privata.»

Con un gesto inconscio mi grattai i punti di sutura sul collo.

«Ma temo che tutta questa storia possa averla scombussolata più di quanto non dia a vedere. Non che non sapesse già cos'è la violenza, ma si trattava sempre di fatti di cronaca, di guerra tra gang a Los Angeles, o a Tel Aviv, o a Sarajevo. Cose che capitano agli altri, mai a te. Pete e io avevamo deciso di proteggerla dalla mia attività, di non coinvolgerla nel mio lavoro. Adesso però improvvisamente è diventato tutto vero e personale. Il suo mondo è andato gambe all'aria, ma ritroverà l'equilibrio.»

«E tu?»

«Io sto bene. Sul serio.»

Restammo a guardarci in silenzio. Poi lui allungò una mano verso la giacca e se la mise sul braccio.

«Quindi andrete un po' al mare?» Tanta indifferenza non mi convinceva.

«Vogliamo collezionare più spiagge possibile. L'abbiamo battezzata "La grande conquista della Sacra Sabbia". Prima tappa Ogonquit, poi giù giù giù fino a Cape Cod, Rehobeth, Cape May, Virginia Beach... L'unico impegno fisso che abbiamo è arrivare a Nags Head il quindici.»

Era stato Pete a proporlo. Ci avrebbe raggiunte lì.

Ryan mi appoggiò una mano sulla spalla. I suoi occhi tradivano qualcosa di più di un semplice interesse professionale.

«Hai intenzione di tornare?»

Era quel che mi chiedevo da una settimana. Voglio? Per ritrovare cosa? Il lavoro? Potevo ancora pensare di cimentarmi con la follia di qualche altro psicopatico? Avrei sopportato di vivere in Québec? Con Claudel pronto a farmi a fettine ogni due passi? E il mio matrimonio? Non mi ero certo sposata lì. Cosa avrei deciso di fare con Pete? Cosa avrei provato nel rivederlo?

L'unica cosa che sapevo era che non intendevo pensarci adesso. Avevo giurato a me stessa di accantonare le incertezze sul domani per godermi il presente con mia figlia Katy.

«Ma certo», dissi infine. «Dovrò finire i miei referti, completare le deposizioni, venire a testimoniare.»

«Ah, ecco.»

Silenzio teso. Sapevamo entrambi che quella non era una risposta.

Si schiarì la voce e infilò una mano nella tasca della giacca.

«Claudel mi ha pregato di darti questa.»

Mi porse una busta marrone con il logo della CUM.

«Grazie.»

La trasferii nella mia tasca e lo accompagnai alla porta. Non ora.

«Ryan.»

Si girò.

«Come puoi fare questo lavoro giorno dopo giorno senza perdere la fiducia nel genere umano?»

Non mi rispose subito. Il suo sguardo parve mettere a fuoco un punto imprecisato nello spazio che ci separava. Poi i suoi occhi incontrarono i miei.

«Di quando in quando la razza umana partorisce predatori che si cibano dei loro simili. Be', questi esemplari non fanno parte della specie: sono una mutazione. Penso che certi mostri non abbiano nemmeno il diritto di respirare ossigeno dall'atmosfera ma, dal momento che esistono, faccio del mio meglio per catturarli e isolarli dove non possano più nuocere a nessuno. Cerco di rendere più sicura la vita di tutti coloro che al mattino si alzano e vanno a lavorare, che allevano figli o coltivano pomodori, e la sera guardano la partita. Perché *loro* sono il genere umano.»

Restai a guardarlo mentre si allontanava, tornando per l'ennesima volta ad ammirare lo stile con cui riempiva i suoi 501. E aveva anche cervello, riflettei, mentre già chiudevo la porta. Chissà, mi dissi sorridendo. Chissà. Forse, un giorno, a Dio piacendo.

Più tardi, quella sera, Katy e io uscimmo a prendere un gelato, quindi ci arrampicammo sulla montagna. Seduta nel mio punto panoramico preferito ammiravo l'intera vallata, il San Lorenzo che correva come una cicatrice scura in lontananza, Montréal una distesa luccicante adagiata sulle sue rive.

Ero giunta alla fine del viaggio, e forse mi ero spinta lassù per il congedo.

Terminai il cono e appallottolai il tovagliolino di carta infilandomelo in tasca. Fu allora che la mia mano ritrovò la busta di Claudel.

Be', perché no?

La aprii e ne estrassi un biglietto vergato a mano. Strano. Non la lamentela formale che mi aspettavo. Il messaggio era scritto in inglese.

> *Gentile dottoressa Brennan,*
> *aveva ragione: nessuno dovrebbe morire nell'anonimato. Grazie a Lei, a queste donne non è successo. Grazie a Lei, la carriera omicida di Leo Fortier si è conclusa.*
>
> *Noi rappresentiamo l'ultima linea di difesa contro questa gente: sfruttatori, stupratori, assassini a sangue freddo. Considererei un onore poter lavorare di nuovo con Lei.*
>
> *Luc Claudel*

Più su ancora, in cima alla montagna, la croce brillava debolmente, inviando il suo messaggio nella valle. Com'era la famosa battuta? *Lassù qualcuno ti ama.*

Ryan e Claudel ce l'avevano fatta. Eravamo l'ultima linea di difesa.

Lanciai un altro sguardo alla città ai miei piedi. Tieni duro, Brennan. Laggiù qualcuno ti ama.

«*À la prochaine*», mormorai alla serata estiva.

«Che cosa?» domandò Katy.

«"A presto".»

Ma aveva ancora l'aria perplessa.

«Scappiamocene un po' al mare, adesso, eh?»

BUR
Periodico settimanale: 23 maggio 2001
Direttore responsabile: Evaldo Violo
Registr. Trib. di Milano n. 68 del 1°-3-74
Spedizione in abbonamento postale TR edit.
Aut. N. 51804 del 30-7-46 della Direzione PP.TT. di Milano
Finito di stampare nel maggio 2001 presso
il Nuovo Istituto Italiano d'Arti Grafiche - Bergamo
Printed in Italy

ANNOTAZIONI

ANNOTAZIONI

ANNOTAZIONI

ANNOTAZIONI

ANNOTAZIONI

ANNOTAZIONI

ANNOTAZIONI

ANNOTAZIONI

ANNOTAZIONI

ANNOTAZIONI

ANNOTAZIONI

ANNOTAZIONI

ISBN 88-17-20266-5